我的故乡在

每个中国人，都能从本书中找到自己生活的影子

祁新龙 著

团结出版社

图书在版编目（CIP）数据

我的故乡在漱山 / 祁新龙著. -- 北京 : 团结出版社, 2020.10

ISBN 978-7-5126-8348-8

Ⅰ.①我… Ⅱ.①祁… Ⅲ.①散文集—中国—当代

Ⅳ.①I267

中国版本图书馆CIP数据核字(2020)第194815号

出版：团结出版社

　　（北京市东城区东皇城根南街84号 邮编：100006）

电话：（010）65228880　65244790（传真）

网址：www.tjpress.com

Email：zb65244790@vip.163.com

经销：全国新华书店

印刷：大厂回族自治县德诚印务有限公司

开本：149×219　1/16

印张：30.5

字数：280千字

版次：2021年1月 第1版

印次：2021年1月 第1次印刷

书号：978-7-5126-8348-8

定价：68.00元

目 录

第一章　回到故乡

回到故乡，回到生命之初，感受城乡裂变后，故乡人的精神状态和生活状态。

1.回　家

腊月二十二，我回到了久别的故乡。这也是提前预定好的，我必须要在腊月二十三之前返回故乡去，扫霉除尘，收拾半年多不住人的庭院。在故乡有腊月二十三送灶神的风俗，必须要在这一天将灶神送上天，否则灶神就会在来年搞出各种"乌龙"事件来。

当然，我这次回去，是以调研、分析、研判故乡发展的身份回去的。

临走时，我带上了四岁的女儿。这么做一则可以让她感受一下农村生活的氛围，另一方面，也是为了调查更深入方便。故乡人，素来对我们这个"城里人"有戒心，要想让他们打开心扉，就得要拉近和他们的距离。女儿就成了我此行的法宝。

我的回乡之旅，就此拉开。

我手里拎着两大包行李，肩上还背着一个大包——里面装满了孩子的衣物。我出了家门，身后跟着四岁的女儿。

打的赶往班车站。好在班车依旧停在县城北街老地方，只要没有错过点，班车永远在那里停着。当我们赶到班车跟前时，上面已坐满了人。幸亏我有远见，中午提前用行李占了座位。

就这样我上了回家的班车。

这条线路多少年如一日，都是班车在跑。即便是如今这般私家车风靡时代，故乡的路上，依然是班车的主场。

我记得高中时全乡的面包车，曾经跑过一段时间。那时候，各村都有面包车，那些早年间挣了钱的人，都买了面包车，随叫随到。走时到门口接，来时送到大门口。坐车方便了一时，甚至买面包车挣钱，成了那个时代的一种时尚。当然，为了多拉人，面包车司机也常常是超载运行。一个七座的面包车，总会超出一两个。我印象中，最拥挤的一次是一个面包车里面挤了16个人。这种情况下，班车的生意也遭受着巨大挑战。饼就那么大，分饼的人多了，到手的饼，也就不多了。所以，那些年里班车司机与面包车总是抢生意，司机们也在明着暗着较着劲。后因面包车发生了重大交通事故，据说"震惊市里"领导，经主管部门整改，这条路上面包车被禁绝。这种一刀切的做法对不对尚且不定论，但故乡人，总是很怀念有面包车的时代。方便成了人们出行的标准。以后很多年，班车就成了这条道上的主力军。

现在依旧是班车在跑这条线。原来跑这条线路的有好几家，而今只有一家在跑。且分出了早中晚三趟，也算是方便多了。但比起随叫随到，随时就走的面包车时代，交通似乎退步了。

班车上全是老家外出务工的返乡人员，有我认识的，有不认识的。全乡有十几个村，一万多人，我自然不可能全部都认识。但认识的总是要认识，不能装作不认识。故乡人很看重见面问好的礼仪，即便是在外面多么厉害的人，到了故乡来，也都是要放下架子的。

我曾经听奶奶说过，故乡在民国时出了一个大将军，大将军每次回来，都会在村口下车，走着进村子，逢人就问好。在故乡眼里，外面再怎么发达，回到回乡，就是故乡人，七大姑八大爷，爷爷奶奶，叔叔伯伯，婶婶阿婆……一样都不能少。曾经的少不知事，一度让我遭受故乡人的"非议"。现在，我也非常重视这个礼仪了。

我给那些认识的不认识的打招呼，给他们递烟，问他们打工收成。他们脸上，都洋溢着喜悦，不管怎么样，这个春节赶上了回家过年。挣钱多少，也都无所谓了。最惦记的还是老婆孩子热炕头。外面风餐露宿一年，吃尽了苦头，看尽了脸色，为了几个钱，苦苦挣扎着，到了冬天，也该回家享几天清福了。

那些不认识的老乡，询问着我的身世，那些我认识的人，就给他们说我是×××的儿子。那些人听闻我的父亲名字，自然也都熟悉，相互说一番我父亲生前的琐事，又叹息一番。

我坐在座位上，把女儿抱在怀里，看着她玩着手机。发车时间过了，司机依然不见人。整个车厢里乱嗡嗡地，夹杂着各种声音。车厢里，就是一个缩小的村庄，就是人生百态，众生世相。他们来自不同的村落，来自不同的打工之地。但他们和我的目的一样，就是回家。

百无聊赖，我将目光移到车外，县一中的初中部，映入我眼帘。那栋教学楼外墙上，因常年雨水，被污水洇出一道又一道肮脏的痕迹，看上去显得尤为扎眼，让人有些难受。在我上学的年代，这里还是高中部，建筑是新的，是全县最好的教学楼。然而，如今一中高中部，已经搬迁到县城新城区，那里地域宽广，光线充足，还有令人神往的塑胶跑道。

看到那栋熟悉的建筑物，我的思绪又回到了许多年前我第一次进城时的情景。

第一次进城时，我十二三岁。当时我从下了班车起，脚便笨重地迈不开步，眼睛向四周观望。那时候的县城算不上灯红酒绿，但和乡下相比，却有太多吸引人的东西。这是我第一次独自进城，就像余华的《十八岁出门远行》里写得一样，懵懵懂懂，糊里糊涂。我按照父母给的地址，去找一位亲戚。城市的建筑，高低差不多，建筑形状也相似。我找了好久，就是没找到那个地方。路上行人悠闲，却不敢问路人。感觉路上的人，都比我要幸福，都要比我高出一头。在心间，我仿佛侏儒。我在县城徘徊了半天，中午很饿了，却不敢去路边买个包子吃。我在街道上迷了路，不停回忆着来时走过的建筑标志。下午的时候，我才绕过几个街口，找到了停放班车的地方。我钻进班车，便再也不敢出来。生怕走丢了。肚子在叫着，提醒着我该吃点东西，可是我还是不敢去买。手里捏着一张绿色的两元纸币，让汗浸透了。直到发车，我就在班车里坐着，饿着肚子。班车往回走，我就后悔来县城了……

现在想来，这座小县城它展现给一个乡村孩子的形象，却是明确的阶层与距离。而今，我也居住在了这座小县城。在这里有了一套自己二十年青春换来的房子。我"去农"了。

接下来的一次，印象更深刻。那便是后来参加中考时，进城的情景。那年我上初三，六月份中考，学校租了全乡唯一的班车，连着跑了两趟，才将毕业班的全部同学拉进城。那是我长这么大，第二次进城。眼睛里充满了好奇，城市的楼宇，尽管破败，但在我的眼里，他们却别有洞天。

那年临走时父亲给了二百元钱，算是参加中考的花销。我怀里揣着二百元钱，仿佛装着一大笔财富。去掉来回的二十块钱路费，还有两晚上住店的二十元，剩余一百六，就是三天两夜的伙食费和买考试文具钱。我有生以来，第一次在澡堂子里洗了澡，身上散发着洗发水和肥皂的混合味道。我用二十元钱，给自己买了一件短袖（离家时，穿得厚，不知道城里六月份，和乡里不一样）。当时，头发也留的很长，当时觉得那样的发型，一定很有个性。

也是那次，我被新华书店里琳琅满目的书籍惊待了。我用手头仅有的钱，买了一本曹文轩的《草房子》，并在中考的两天内，翻完了这本书。那个叫桑桑的男孩，彻底震撼了我对世界的认识。还有那个叫杜小康的男孩子，他跟着父亲去放鸭子，在芦苇荡里寻找受惊的鸭群，在与自然的对抗中，他感觉长大了。那几天，我沉浸在这本书里，中考差点考砸。那时候，我就想着，我要到外面去，因为外面还有更为广阔的世界。考完后，在几个同学的怂恿下，钻了一回网吧，但一窍不通，电脑都开不了机，不会打字，不会玩QQ，不会上百度……这些都成了我不能忘却的回忆。

中考后，我又回到了家乡等待成绩。自认为还考得不错，但成绩出来后，也就在全县二百名内。家乡的尖子，在全县人才大比拼中，瞬间被淹没。我们那一届毕业生，总共有十四五个人成绩上了线，进了县一中。其余的人，绝大多数结束了求学生涯，在中考后，走上了打工之旅。人生百态自此拉开。

进入到高中后，方知天外有天，自己引以为傲的学习成绩，在全县考生面前，只能算中等。高中三年，勉勉强强读完，高考后，义无反顾去了大北方。以后每次回家，在北街坐班车，脑海里，总会闪现第一次进城的情景……

售票员吆喝着"买票买票"，将我从思绪中拉回。我赶紧掏钱。我递给售票员一张五十元，想着女儿是不是也要收费。售票员找了我三十元零钱，撕给了我一张皱巴巴的票据，票据上龙飞凤舞地画着两个字：一人。但那种票据，现在早就不使用了，不知道这个小县城，为何一直在使用。

我又回到了现实中。

车厢里相互熟悉的人，彼此询问着这一年在哪里打工，吃住如何，老板待人如何，工资几何，明年准备去哪里等等问题。我完全插不进嘴，只能听着他们说。生活已然将我们拉向了不同轨迹，我所关心的，恰恰是他们最不在意的。而他们最在意的，也是我所关心的。他们今年挣完钱回家，却不知道明年该去哪里，一年不知一年来钱处，一家不知一家愁。这种不稳定的打工，也让他们遍及全国各地，游走于城市和乡村之间。

下山沟村的两个人谈着话，我并不认识他们。其中一个说："我家两个儿子都在上大学，每年的开销大，这开春（正月）初四，我就得走，提前上去就有钱。等着两个孩子开学时，我就赚了二十几天的钱了，暂时会给他们有生活费……"另一个说："我儿子虽然考上了大学，有了工作，可要在县城买房，还要结婚，到处都是要钱的地方，我得想办法多挣点钱。念书的时候，村里人还说等着把孩子供出来，我就能享福了，可现在供出来了，工作也有了，可哪里有福享啊……我感觉我这一辈子，就一直在打工的路上。"

这时候，班车启动了。

班车上塞满了一车人，大家都急着回家，急着见老婆孩子。他们在车里叽叽喳喳，说话声此起彼伏。班车如老牛般，驶出城区，向那个隐约中的山里爬去。

当班车出城后我才看见，城外路边上，站着黑压压的一二十人。一些没有座位的，或者半路下车的人，早就等候在这里了。他们急着回家，在站点发车时，不让超载，只能让他们出城，在城外等着。

班车停在了路边上，等候在路边的人如洪水般从班车门上涌进来。班车上各个空隙里都站满了人，严重超载。

这种现象，在这座小县城的任何班车上，随处可见。临近年终，大家都想回家，班车就那一趟，错过了就得等到第二天。既然已回到县城，挤一点也得赶回去。再说很多人是舍不得在县城住一晚上的，住店就得花钱。与其要把钱花在住店上，还不如省下来，给孩子买个作业本，或者书包之类的东西，他们宁可委屈自己，也不能让孩子受委屈。这是中国人的美好传统。

班车再一次启动，摇摇晃晃，像个喝醉的人，在马路上蹒跚。

车厢里有人抽烟，不管其他人的感受，烟味儿就钻进了大家的鼻腔和口腔。有些外地来的媳妇们，则白着眼皮，戴上了口罩，不让烟钻进自己的口鼻中。也有人在诅咒，学着城市里人的强调，说车里吸烟的人一点素质都没有，不顾其他人的感受。吸烟者却反问：嫌班车烟味重咋不去包一个出租车？话里话外都是挑衅，却意外地噎住了批评者。当然，还有晕车的人向司机讨要塑料袋，司机便将塑料袋递给身边的人，大家伙就将塑料袋瓜分了。

整合车厢里，空气混浊，烟味飘散。如果你在隆冬腊月的北方乡村班车上待过，一定会对我上面的文字不吃惊。这个世界有最精彩的地方，也有很无奈的地方。那些晕车者已经发出了令人作呕的声音，大家伙见怪不怪。我胃里不时犯上一阵阵恶心感，只能将目光移到窗外。

冬天掩映在村庄上头的炊烟，袅袅漂浮，笼罩着村落。一些落了叶子的杨树，孤零零地站着，向后退去。高树风云紧，远山晴更多。

我看到被挖沙船肆掠过的河道里，有的地方高凸，有的地方低洼。一堆又一堆的沙子，分类堆积如山。燕子河已瘦成一条麻绳，只在河道最深处，结着一层耀眼的冰。冰面中央豁开一道口子，可以看见有流水从冰面底下流过。

一路上司机眼观六路耳听八方,不与人交流。他机警地注意着路边的动静,不停打电话询问路况,怕有交警拦路,好在一路平安出了城。快到罗坝时,司机接到了某位"线人"电话,线人告知他,前面有交警查超载。司机迅速将车停在了路边上。将车上没座位的人请下车去。于是,塞了一车的人,陆陆续续开始下车。只在车厢里,留下了有座位的人。我和女儿因有座位并未下车。

几个下了车的年轻人,嘴里不干不净骂着,嫌弃着班车司机不负责任。扬言在大城市,如此严重超载早就被抓住了。司机听见了也不作声,这年头挣个钱,不受气能行吗? 有钱才是大爷。

当然,司机没有回答那些诅咒和暗讽,并不是怕得罪人。而是采取了息事宁人的态度。那意思很明确: 这里并不是大城市,请不要将大城市的那种做派带到这里。司机继续把站票的人,请了下去,让他们等等,说过一会儿,将有座位的人拉倒了"安全区",就来接他们。

站票的人下去后,整个车厢里,空气流畅了很多。

司机让跟车的人(司机助手)下了车,和那些一起下车的人,站在路边上继续等待着将我们拉到"安全区"后,司机会重新将我们放在路上,来接这些人。

我们乘着车继续前进。路过一个分路口,果然有一辆警车呼啸而过。不过警车并没有要查班车载客量的意思。司机放下了心,继续向前开,走到了一个转弯处,却停着两辆警车,我从班车的前挡风玻璃处看见,警察在招手,示意班车停车。司机很听话地将班车停在了路边,车门口走上来两个穿警服的人,司机堆着满脸的笑容,给警察们递烟,警察们接住烟,司机又打着了火。一个年纪稍大点的警察看来和司机很熟,他们寒暄了几句,并没有难为司机的样子。

班车继续前行，进入到湫山地界，待放心没有交警后，司机将我们如卸行李一般，卸在了路边上让我们等着，他要掉头去接之前被卸在路边的人。有人不解地问：这次去还不被交警发现？马上有人说，司机给交警喂上（打点好）着呢，交警会睁一只眼闭一只眼。

天很冷，女儿两个红彤彤的脸蛋上有了酱紫色。我将提前准备的帽子，给她戴上，让她跟着我，在路边上等待班车。腊月二十二，四九天气，寒气袭人。我感觉冷风从裤腿里往上蹿，专找身体最温暖的地方落脚。

为了增加运动量，以抗衡寒冷的天气，我和女儿在路边上我追她赶，父女两个就来回跑着，女儿发出"咯咯"嬉笑声。

这时候，有人叫了我一声，我抬头看了看，竟然是我们村的张阳。他穿着黑色厚风衣，紧紧裹住身体，嘴里叼着一支烟，头发顺溜溜的。我赶紧和他握手，寒暄了一番，询问了他的情况。

他告诉我，这几年他在西安包工程，一年也弄十几万，已经在西安买房了，这次回来就是将老父亲带过去，因为西安的房子有暖气。我说："那好着呢，我一年撑死，也就三万多块。"他却不以为然，说我的是铁饭碗，不上班都有工资。而他只要不上班，就没钱。他说他的钱是用血和汗淌出来的。我说大家都一样，谁不是负重前行呢？他似乎觉得我这样说太矫情，也许在他的眼里，我整天就是睡大觉。话没办法进行下去了，只能"王顾左右而言他"。他看着我身后的孩子问我："这是你女儿吧。"我点了点头，他二话没说，从钱包里抽出二百元，给了我的女儿，女儿看着我。我说："不能要叔叔的钱。"女儿就不要。张阳说："我给孩子的压岁钱，过年了买糖吃，又不是给你的。"女儿还是看着我。张阳说："咋，看不起人？我这才让孩子收下。"

张阳和我寒暄了好一阵，话里话外，他透露着一种在大城市生活的优越感，和干过一番大事业的意思。我也只能笑笑。大城市我也去过，好多年了，现在蛰居小县城也好。他一年十几万，我可能就死工资。对此，我并未作比较。

两个人无话找话说。最后说到了我父亲去世的事情上。张阳已经是城里人，对村里的事情也很少参与，他们全家都在西安定居了，只有老父亲，还在故乡生活。张阳说："我听我爸说了，你爸过世的消息……你要看开点，那个病，也治不好……我相信你已经尽力了……唔……人的命，有时候，很强大，有时候又很脆弱……唔……我记得那几年，你爸和我一起在工地上干活时，就胃上不好，我还让他专门去检查一下，他不去，说老毛病，吃几片药就好了……"

他说到了我父亲，我就有些孤单。他的话总是断断续续，好像脑袋里转了好几个弯儿，总是不停地更换着思维和场景。我和他正说着，班车摇摇晃晃开了过来。这回，我们之前的座位被别人坐了。两少年头发染着黄绿相间，脸上有些青涩和轻浮，低着头每个人抱着一个手机，不知道在玩游戏还是干着其他。他们明显没有让座的意思。我只能站着一只手抱着女儿，一只手用力抓着车座，不至于刹车或者启动时被摔倒。女儿说："爸爸，我要坐座位。可车里哪有座位。"二十九座的班车，足足拉了五十几人。整个班车上，像个巨大的裹肉机。我只能安慰女儿，还有一会儿就到了，再坚持一下。

张阳说："我来抱一阵，你休息下。"但女儿怕生，死活不让张阳抱着。张阳笑笑，挠挠头。

张阳和我有一搭没一搭说着话。张阳说："你今年要坐纸（有已故亡人的家庭，腊月三十下午到坟头将亡人灵魂接回，在家里设立牌位，供三天，正月初三下午，将亲友送来的冥币和纸、蜡、香等物，在坟头烧了，算是祭奠亡人，叫作坐纸。）吧。"我点点头。

不止今年，以后两年内，每年春节，我必须要回到故乡过年，回家坐纸，祭奠父亲。这于我，已经不仅仅是个形式的问题，不仅仅是个风俗的问题，而是寻求心理的一种归属感。挣扎在小县城，很少想起父亲，只能在这样的特定时间，想想父亲，也想想我的村庄。

这样也好，远离城市的生活，我只关心我的老屋，还有那片贫瘠土地上父亲的坟茔。

父亲是今年二月去世的。病魔整整折磨了他一年，最终，依然离我而去。在父亲生病的日子里，我由一个叛逆的青年，开始懂得了父亲。当父亲去世后，我才真切地体会到了为人父的酸甜苦辣。记得今年十月一，我来给父亲送寒衣，我在父亲的坟头上，坐了一下午，对着父亲的坟茔，说了好多话，那些话随着寒风散尽了。我还在无比激动中，记下了这段话：

昨日立冬，寒风凛冽，冬天到了。毫无例外，在故乡这片土地上，冬天总是来得太早。

冬天刚刚来到，日子也紧跟慢赶，就到了十月一。故乡有十月初一送寒衣之说。老早母亲就叮嘱我，要在今日，务必买上寒衣，送到父亲的坟头……

我买了寒衣，再一次靠近父亲，靠近他沉睡的那方土地。我坐在父亲的坟头上，点上两支烟，父亲一支，我一支，烟在空气里弥漫，最后消失……

我坐着，目环四野，方圆土地上，秋麦苗都黄了，在和这个严冬做着抗争。半年多没回来，故乡这些土地上，多了些许坟茔。故乡人，正在一茬一茬出生，也在一茬一茬消亡。这样也好，父亲有伴了，不用一个人孤零零的, 夜晚时分, 也有个拉家常的人……

我坐在这片土地上, 静静地聆听, 聆听地底下, 期待着父亲久违的声音, 父亲离开我们快一年了……父亲用死亡, 让我成长, 教会我热爱这片土地, 热爱生活在这片土地上的父辈们。此刻, 我就坐在父亲的坟头, 忽然感觉, 送寒衣这件事, 并不是迷信, 这是对已故亲人久久地怀念, 我宁愿相信, 有那个朦胧中天堂的存在……我坐在故乡的土地上, 这里埋着我的父亲, 也许只有这片坟头, 才是父亲鼓励我不断向前走去的动力……

这个下午, 我关了电话, 避开了一切尘世的纷扰, 陪父亲坐着。这是二十多年来, 只有我们两个人的独处, 风中絮语, 万物萧条, 耳边刮过一阵阵刺骨的风……

我完全沉浸在一片思绪中, 泪眼朦胧。

按说到了我这个年纪, 心早就被社会捶打冷了。但每次坐班车回故乡, 听着满心操劳的家乡话, 心里就有种说不出的滋味。此前每次回故乡, 我经常回去燕子河坝里溜达, 打发时间。可现在的燕子河道, 也变了样子, 许多庞大的、瘦小的、规矩的石头不见了。家乡越来越多的新房拔地而起。那些河道里的石头, 都成了垫地基的物料, 被压在了各色房子底下。

班车在路上攀爬, 路面严重损坏。整个颠簸过程能持续一个小时左右。这条路, 始建于2008年, 计划使用十年。这期间因为两次灾后重建, 超载大卡车不断碾压后, 这条路成了全县最破烂的一条路。至今, 都没有重修的样子。这也是故乡人一直以来的诟病, 领导们换了一茬又一茬儿, 这条路却越来越烂了。不过后来听说我们这条道路, 被规划成了省道, 但至今都没有动工, 那些设计的人, 倒是来了三五回，测量了，走了，便再也无消息。

班车过了高河村，在堡子底下扬起一路尘埃。

故乡就在眼前，我忽然有了一种近乡情更怯的感觉。故乡我回来了，我再一次回到了你的怀抱。这些年来，尽管我一直都在这条路上奔波，但真正待在故乡的时间，总是有限的，一方面是家里再无家人，门紧锁着，老屋依旧在，铁锁看大门，回家已经成了一种礼仪。另一方面，这村落里有很多的儿时的记忆，有我们一家人一起生活的影子，每次回来兴致勃勃，临走时，都会惆怅万分。这样一来，我就更不愿意回来了。详细数数，在故乡上坪村待的时间，就少得可怜了。一年，在村子里住不了十天。有时候，明明有时间，也不愿意提前回故乡，总是要等着年关才回。年轻时总想干点什么，总想摆脱农民的帽子，摆脱出身农村的标签，一心想成为一个城里人，从根本上隐去故乡的这段生活背景。从上学到工作，一路都在躲避，都在逃避故乡这个累赘。

但这次意义不同，这次我要在故乡住一段时间，重拾当年丢掉的光阴，寻找记忆里那些久违的人和事。这也是我在外面游荡了很多年后，再一次对故乡的认知和看法发生了改变。

当然，这一切，都是因为父亲去世这件事给我的影响。

我忽然惊奇地发现，只有这里才是我人生的起点和终点，不管我走到哪里，这里都是我的根，是我出发的地方。我曾经一度要摆脱故乡，永远不想再回到这里。但在这个年龄段，忽然觉得，故乡才是我心灵休憩的港湾。我从这里走出，必将在这里终结。那一抹抹山梁，那一栋栋老屋，就是我精神的全部，就是我以后写作的源泉。

所以，这次我打定主意，我要重新回到故乡，而不是以客人身份在这里逗留。我知道故乡人已经将我从故乡队伍里剔除，我成了城里人。即便是那个"非农"户口，也已将我与故乡隔开。故乡是农村，而我，成了"非农"身份。我和故乡，和故乡人之间，天然地有了一道鸿沟。但这次，我不想继续做个进入故乡的客人，每次来故乡，都是"进入者"的身份。我想重新回到故乡。回到生命之初，回到我生活过的土地上，用我的视角审视故乡的变化，审视农耕文明的消退痕迹，审视故乡人在市场经济冲刷的身不由己……

恍惚中，我这才从思绪中回到现实。班车在下坪村停了下来，不走了。距离我的村子，还有一公里路程，我拎着包，身后跟着女儿，向我的村子走去。

女儿看到了家乡的风景，有些兴奋，毕竟这里的一切，对她而言是新奇的。这里和城市里截然不同。

母亲早就在路边等候。许多外出打工已经回家的村里人，都在路边上三五人一伙，四五人一处地站着，讨论着他们眼中世界的变化。路上的几个分路口，都成了"闲话中心"，那些有事没事的老人、少年人、孩子，都在闲话中心逗留。他们关注着最近几日，那些返回故乡的人。

我进村时，他们向我投来异样目光。这时候，我得识趣，上前李大爷，王大妈，张大婶，刘大哥……挨个问候，挨个递烟。这样才不至于显得我轻浮，在故乡人眼中，这种传统的礼节性问候不能少，否则会有人说，我架子大了不认人了。

迎面总有人走来。我拎着行李，跟在母亲身后。这时候，我是害怕故乡人这一双双眼睛的。他们那眼神里的东西，多多少少，都让我胆怯。我内心有一种无法言表的感觉。倒是母亲，和村子里的人都打着招呼，似乎这里的一切，都没有变，似乎这里才是她生活的地方。

母亲一只手挽着我女儿，我们往回家走去。碰着村上的老人，或者熟悉的邻居，我们相互打招呼，相互寒暄。我给他们递烟，说几句可心的话。我们相互又告别又邀请。他们让我有时间去他们家里玩。我一一致谢，并表示一定会给他们拜年。

这时候，你会觉得故乡像个宽广的胸怀，容纳着一切看似合理不合理的人和事。即便是我这常年近在咫尺，却也没有归来的人，它一样欢迎。

在巷子口，碰到了我初中的语文老师。他明显老了，脸上留下了岁月侵蚀的痕迹，纵横交错。老师去年退休了，赋闲在家，忙时务农，闲时看家带孙子。我问好。老师颤巍巍接过烟，问我："刚回来？住多久？孩子多大了？"一连串的问题。他手里挽着小孙子，小孙子见我眼生，使劲拉着他的手，催他赶紧走。

老师很客气地邀我去他家里玩，我答应了。这是每年回家必去的。老师与我而言，不仅仅是教了我课，更教会了我如何做人。那年，上初三，青春期犯二，和班主任干过一仗，班主任让我滚蛋，一气之下，我背着书包回了家。最后学校以为我再也不想上学了，想挽救一下我这个不学无术的学生，于是语文老师走到我家里，叫我去学校……某种程度上讲，是老师挽救了我。否则，我也许和许多初中同学一样，打工会成为我终生的事业，每年都会面临着今年干完不知明年干什么的处境。

只是今年老师格外老了。只有在故乡，你才会发现时间是把刀，收割着每个人余生的时间和精力。

2.见　闻

回到家里，回到了久别的心灵念想处。

母亲已提前几天回家，收拾屋子。准备过年的事宜。

屋子里炉子燃烧着，暖融融的。一根陈旧的烟囱里，飘着淡蓝色的煤烟，烟囱锈迹斑斑。白色墙面上，漏雨处被渗进屋子的雨水染成一道又一道黄黑相间的印痕，像条巨大伤疤，显示着这个屋子被冷落后的惨状。母亲说，过几天，请人再用大白粉刷一下。我说，随它去吧，反正一年也住不了几天。但母亲还是坚持要粉刷一下。

回到家的女儿，对农村的一切都充满着好奇。她进进出出，观望着、思考着农村与城市的不同。兴奋之余的女儿，前前后后看了一番，很快对这片老屋失去了兴致，偷偷拿着我的手机，继续看视频去了。

母亲去了邻居家，让邻居们的孙子也来我家玩，陪陪我的女儿。但孩子们总是在大门边上，躲躲闪闪，好奇又胆怯。

我坐在院子里，点着一支烟，目光环视着这一切。这个小院落，我生活到了二十岁才离开，每年也都回来，匆匆忙忙中过完三天年，便又开始离开。外出的这些年，来回都是匆忙的。故乡似乎成了一个临时容身之所，我们的去留，从来都不考虑故乡老屋的悲喜。

此前，我从未细致地看过这栋房子，它在多少年风霜雨雪中，坚持着，就像个上了年纪的人，衰老之相凸现。这里曾经是父亲引以为傲的地方，这是父亲一生的家业。这栋房子是父亲一手修建起来的，在故乡修房安家才是落地生根的标准和依据。至今都是如此。

我家这栋房子和我同岁，始建于1988年。据说，就是修建这栋房子时，母亲生下的我。后来，在2003年的时候，父亲曾动手翻修过。那时候，翻修房子，完全是凭借自身能力，而今房子质量有问题，都有国家管，给钱修。许多人家开始遗憾，自己的房子修建的早了，不然也能占个便宜。

当时，我正好上初中，也帮着家里人干活。一些零碎的活儿，就由我和弟弟干着。父亲给房子加了屋脊，换了棱子、大梁等房屋主件，又换了顶、新瓦，加了滴水。前面门窗也换了，墙面用瓷片贴了，曾经也颇为壮观。当时，是很气派的一套房子，村里的人也都经常夸赞。而今，这房子却成了村子里最破败的房子。我有时候就在想：当年那么好的房子，而今竟然破败成这样，岁月把我的童年蚕食得面目全非。

这一晃，又是十多年过去了。我的父亲从四十岁，变成了五十五岁，最后又在这片他的家业里告别人生。而我在这里上学，在这里长大，从这里离开。如今这房子已经经历了三十几年岁月侵染，千疮百孔。就像我的人生轨迹一样，充满了衰老和颓废。只是今年，院子里再也没有父亲的咳嗽声，和爽朗的笑声，以及生气骂人时，"爆竹"一样的训斥声。物是人非这样的词，也只有到了特定时间，才会让人体会出其中的含义。

院子里格外安静。偶尔一阵寒风掠过，有一丝丝凉意。厅房屋檐下两株马莲花，被母亲用塑料包住根部，等待春暖花开时，再一展飒爽英姿。

我钻进了杂物间，里面装着许多的早已弃之不用的农具，有锄头、镰刀、斧头、锯子，还有连枷、筛子等东西。这些当年发挥过很大作用的东西，而今都成了"文物"，永远地在墙上挂着。还有一把刀镰子，锈迹斑斑。这是当年父亲为我亲自操办的割麦神器，我拿下刀镰子，用手摸了摸，上面虽然锈了，刀刃却依然锋利。我抚摸着每一件工具，追忆着它们似水的年华。

往事一幕幕，山水一幕幕。往事并未远去，只是在我们内心深处被掩埋。非得到了特定地点，才会涌现出来。

倒腾了一阵后，我走出杂物间，继续坐在院子里胡思乱想。

邻居家的孩子探头探脑，在大门口看着，似乎也很好奇这个常年锁着的大门，怎么忽然间就有了人，还有了孩子。他们发出各种搞怪的叫声，似乎要引起我的注意。这时候，正在看手机的女儿听到了院子外面的动静，丢下手机冲了出去。我无法想象女儿和那些邻家的孩子们是如何相识的，但他们总是很快就熟识了。或许孩子们之间就这样不设防，只要能玩到一起，就肆无忌惮。成年人的世界，远比孩子之间复杂地多，除了各种设防，还有各种意想不到。

孩子们进进出出，奔跑着，嘻嘻哈哈说着话，女儿很大方地钻进了他们的队伍中，成为他们当中的一员，和他们打成了一片。

随着孩子们的嬉笑声传播，几个邻家的孩子都闻讯而来，院子里热闹起来了。看着他们这些孩子，我又一次掉进了记忆的漩涡。这里对女儿来说，是陌生又新奇的，但对我来说，却是我少年青年时期生活的地方。这里留下过太多的记忆，只是平时很少回忆起这些事，也只有到了故地，才能重忆往事。

这时候，守着古老传统的母亲，用村里人一代代坚守的"规矩"，给我准备好了冥币、香、茶、酒，还有鞭炮和草木灰。这是每次回来都要做的事情。母亲说，我常年在外，不能回家，很少有时间陪陪我父亲，也很少有时间给他烧些纸钱，既然回来了，就去他的坟头上看一看。

我接过来，穿上了那件肮脏的孝衣，带上生孝(孝帽子，用麻布制作而成，至亲才会戴孝帽)，去给父亲上坟。一直以来，母亲都固执地认为，那个虚无缥缈的阴间是存在的，那阴间和阳间一样，也是各类已故人生活的世界。似乎那个世界，就是阳世间的倒影，因此，去世的人在阴间也会和阳间一样，需要钱，需要花销。我无可辩驳，只能顺着母亲的意思。当然，我也希望那个世界的的确确存在，这样，我和父亲之间，就有一种隐隐的联系一直存在下去。

其实每次回家，我都要去父亲的坟上，祭拜、磕头，和父亲说一阵话，尽管父亲已经长埋在地下，他不可能听到我的话，可内心依然坚持着这种偏执，而这种偏执和母亲相信阴间存在又何其相似。在父亲去世后，我和父亲和解了。我们曾经那样坚守着各自的准则，我们曾经那样看不惯彼此。可是父亲走了，我做了父亲，我理解了父亲。所以，每次来父亲坟头，我们都要谈很多……这已不是迷信，而是必须要做的事情，我把这理解成靠近父亲的唯一途径。

我端着这些祭物，往坟茔上走。腊月的风，吹过脸庞，有些冷也有些疼。女儿跟着我，往我身上扑。但我并没有带女儿去，父亲的坟茔在村外，路上不好走，小孩子行走不便。再说，我也想和父亲单独待一阵儿。似乎每次去父亲的坟头，我都有一种敬畏感，仿佛要去赶一场约会似的。我固执地没有带女儿，但女儿不依不饶，我只能将手机给她，让她坐在家里看手机。

我一个人上了路。

路上碰到了许多故乡人。我的这身打扮，不言自明。大家自然也都知道，我要去给父亲送纸钱。他们和我打照面，问我何时候回来的，几时又走？我一一回答。似乎在他们看来，我回来就是为了祭奠父亲。当然，我承认这是回来的重要原因，但故乡依然有我的童年记忆，这些东西难以割舍。我能感觉到故乡的一切都在发生着变化，故乡与我的感情，也逐年在变淡。

我在卑微与慌乱中，走出村子，走向父亲的坟茔。父亲的坟茔在我家一片地里，距离村子不太远。地是我家少有的川地，是留下过我们一家人挥汗如雨岁月的地，只是现在已然荒弃了。

当我快走到地畔时，老远就看到了一个身影，坐在路边上沐浴冬日里最后一抹残阳。

坐着的人是李家奶奶，一个童年时代的老奶奶。记忆里她个子矮小，不善言谈。而今的她，就显得更矮小了，岁月碾压她的身体，也压缩着她的身高。

许多年前，她丈夫去世，她成了寡妇。我对她的丈夫完全没有印象。她膝下留有几个儿子，都已离开故土，不知在何处定居。家里便只剩下她，一个人寡居。如今的她，已丧失劳动能力，仅有的几亩地，被大孙子种着，她成了村子里的闲人，拥有了别人没有的多余时间。时间有了，打发时间的方式却憋住了她。

她众多孙子中有一个依然固守着土地，坚持着父辈们的刨挖事业，自过光景，并不管李奶奶。李家奶奶因无赡养之人，年纪又大，生活依旧拮据。我有个朋友在乡民政办，经常会说起这个人，说李家奶奶经常到他面前要钱，五元也行，十元也可以。他知道李家奶奶的日子难肠，也经常给她钱。我就给他说，多照顾照顾，积善成福。

后来李家奶奶身体多病，又无劳动能力，村里没辙，只能将其报成五保户，靠着国家给养度日。这样，她的生活有了些许改善。她也成了村里的"重点对象"，逢年过节上面领导都会慰问她，给她一些生活物资和钱。我不止一次在新闻报道上发现她被领导慰问的照片。

她看到我端着这些东西，就站起来，看着我走近她身旁。她嘴里就念叨说："你爸吃了一辈子苦，你现在把孝尽了。"我答应了一声，算是回答她的念叨。在她眼中，人去世了是有阴间的。活着的人要逢年过节给去世的人，烧纸钱尽孝，让地底下阴间的人也要过上好日子，这样便不罔顾白养育了一场。情形与《祝福》里的祥林嫂很相似。

我问好，她就跟着我走。嘴里叹息着命运不公，也说自己的不幸，这点尤其与祥林嫂相似。

以前，在回村的时刻，总能看见她，也能听见她说自己的委屈。村里人刚开始也都很体谅她，听她叙述自己的遭遇，可说的次数多了，村里人就不想听了。毕竟就是那点事，说多了，别人就腻了。但她还是不管不顾地诉说自己的内心想法，只是，听众越来越少，她也找不到听众了。

有时候，在路上随便碰见一个人，她都能说一通。渐渐地大家对这个诉苦的老人，也都烦了。看见她都躲着，不和她说话，防止她感情泛滥，到处说自己的不幸遭遇。大家都很忙，都有自己的难肠事，自然是没有人愿意听她的话的。她就自言自语，自己对自己说话。每次也只有看到我了，她才能抒发一下自己压抑的内心。因为我是唯一一个可以听她絮叨的人。在故乡这样孤居的老人，很多都是默默无闻，没有人询问他们的精神状态，没有人愿意倾听他们的内心世界，他们只是为了活着而活着。

我曾找过她的孙子，一个壮实的小伙子，家里还有个不算难看的女人，两个脸色黝黑的孩子。我去他们家时，着实让他们受宠若惊，又是端茶递水，又是递烟打火。仿佛我是多大的领导进门一样，但当得知我是请他们关照好自己的奶奶时，他们就警觉了起来。

小伙子说着自己的烂肠事，他的老婆顺着门溜了，再也没闪面。小伙子表示很为难，家里两个孩子，还有他母亲，开销太大，没有时间和精力以及金钱顾及老人。李家奶奶孙子对我的态度还是很不错的。据说，当年因为赡养问题，村干部上门给李家奶奶孙子做工作，被骂成了狗血淋头。我很窝火，也不好发作。也许在他看来，我这是多管闲事。再说，老人现在由党和政府管着，他们觉得挺合理。我只能告辞，这种事要自愿，不能强迫。即便是法律，都管束不了偏远山区的赡养问题，何况我几句片面之词。以后这小伙子看着我，都有意回避。

后来，我听人说老太太经常把自己的五保金拿上给重孙买好吃的。孙子看似不管老太太，实则是，故意给人看的。让人看到老太太无依无靠，公家就会管。这样，孙子少了开销不说，还会有定期的五保款，打在老太太折子上……当然，这些事情我不知是假是真，但总归有人说着。对于村上的许多事，我也只能是听说了，我不可能注意去核实每一件事。

她跟着我，在我身后碎嘴说着村里的事情，谁家猪丢了，谁家的牛又生了牛犊，今年谁出门打工挣大钱了……诸如此类，似乎村里的事情她都知道。

我只是走到父亲的坟前跪定，任由她絮叨着。我给我父亲烧纸钱，上香，敬酒，上茶……磕了头，我把一串鞭炮点着，噼啪一阵响后，空气里就有了硫黄的怪味儿，瑟瑟的，钻进鼻孔里，刺激着我们的味觉。一只野山鸡，在鞭炮声中，窜上了天空，尖叫着飞走了。鞭炮的碎屑，散了一地，地里那些麦苗已经全部变黄，耷拉着脑袋，趴在地上，一副无精打采的样子，要等到明年春天，它们再长出新芽时，才会迎来沉醉的春风。

我坐在父亲的坟头上，她则坐在距离我两三米的地方，我们相互想着彼此的心事。她有她的无人倾诉的压抑，我也有我的人生颠簸的酸楚。我点上两支烟，一支放在坟头给父亲，一支自己抽着。父亲一生不离烟酒，即便是他生病的日子，烟还是不离嘴。而今，他已经离开我们，把一腔的思念，留给了我们。所以，每次到父亲的坟头，我都会带着烟，带着酒。这是每次祭拜时都要有的形式，当然，这已经不仅仅是形式，也是内容。我把一瓶白酒拧开，我喝一口，给父亲倒一口。

远山铜色，萧条肃穆。

我本来想给父亲说一说这一年的人生际遇，可遇到了李家奶奶。许多话，也不能说出口。我们就这样坐着，我一口一口喝着酒，又敬给父亲，敬给我们逝去的岁月。

我的目光由远及近，沿着起伏的山脉在忽高忽低。眼光所到之处，尽是一片冬色。目光最终磕磕绊绊从远处下来，过了燕子河，收回到近处。附近地畔上，又有了几座新坟茔，葬父亲时，这些地方还都是换了季的菜籽花儿。而今，上面的坟茔里已经有了荒草，一些碎纸屑，扎眼地在坟头耸立着。毋庸置疑，又有人悄悄走了。越来越多的故乡老人，正在逝去，和土地融为一体。和父亲一样，他们留给世界的，也只有那方阳坡地了。

李家奶奶坐着，看着我一言不发，一遍又一遍说着我尽孝了，似乎在讨好我一样。她看我没有起身回家的意思，便又说起了自己的不幸，似乎她的不幸，絮叨后，就能减轻一样。

你说我，养了四个儿，从小到大，一把屎一把尿拉扯，省吃俭用，没活过一天舒心日子，还不是想着孩子大了，自己老了时，有个尽孝之人。养儿为的是防老。

可现在，我成了没人管的人。儿女越多，老了就越没人管。你看那些儿女多的人，都成了没人管的，谁管你啊？有儿女，跟没儿女也没啥区别。女儿就不说了，嫁出去的女子，泼出去的水。可儿子也不管啊，相互瞪着眼，谁也不愿意多为父母尽点孝。村里的×××也是养了四个儿子，一个女儿，四个儿子一个比一个过得好，可就是不管两个老人，两个老人在牛圈里过活，最终，他们也都在牛圈里殁了。

他们的四个儿子，就和我的儿子们一样的，都是没良心的货，早知道小时候把他们送人了多好，省得这么多麻烦。

原来大儿子还对我好。大儿子是老好人，一辈子窝窝囊囊，老婆跟人跑了，打了半辈子光棍，现在大儿子死了，死在了我的前面，算是不受罪了，却把我留在这世间受苦。大孙子，不管我的死活，一家子吃香的喝辣的，连一碗饭都舍不得给我。每年，仅啤酒罐，都码得像个小山一样。你说，人家宁可和不相干的人喝啤酒，吃肉菜，也不问问我。娃娃没良心啊，小时候，有点好吃的，我都舍不得吃，全部都给他们吃了。老了却不管我了，你说而今这世道，到底成了什么样子了？

剩下的三个儿子，全部搬迁（移民）到新疆去了，不知道过得怎么样。这么些年来，没打过一个电话，没给过一分钱。新疆那地方，几千里路，我也没去过。

现在要不是政府给的救助金，我可能就要饿死了。我住的房子，还是掌柜的（丈夫）在世时修建的，现在到处漏雨，没人帮我修一下，你说生下儿女有何用？村干部让我搬到五保家园里面去，我没去。五保家园只有一间房子，空间太小，啥都放不下，你说我们庄农户人有用的东西没一件，没用的东西到处都是，我要是搬到五保家园了，我的那些破烂都没地方放。再说了，我还担心村干部鼓动我去五保家园，可能看上我这屋子的地基了，想把我骗进五保家园，霸占了我的地基，我才不上当呢！我就要守着这地方，这是我的家，没有人决定它的用途。

这几年，我也习惯了一个人的日子，苦也苦，却不愁吃穿了，乡政府每个季度还发物资，也给钱。我一个人的生活够了。有时候，一点钱，舍不得花，全部攒着，攒着攒着，有个风吹感冒的，全部都给药店上了税了。可人食五谷杂粮，哪有不生病的呀！钱这东西，根本攒不下来，可能你今天积攒了一点儿，没准儿明天就要被花掉。我们这种人，就不是有钱人的命，手里存不下几个钱。

我也想通了，没钱就没钱吧，只要日子还能过下去，就活着。我一个人吃饱全家不饿，儿女我也不想了。古人说得好，儿孙自有儿孙福，既然他们不管我，我就不管他们了。各过各的，老死不相往来。

我现在最担心的，就是我死了，没人管咋办？你说，人死了，没人管，是不是就成了孤魂野鬼了？那样就投不了胎，转世不了人。我这一辈子，从来没害过人，也没给人使过坏，不会下地狱的。那些做尽坏事的人，才会下地狱……

她絮叨着，意识在时间和空间里穿梭，她的叙述跳跃性很大，过去、现在、未来之间进行着交换，她说的有些事情我也含含糊糊。她话里话外表示这儿女们出门在外，也都不管这个老人，可老人依然惦念着他们。

她唠叨着，我并没有插嘴。只是一根一根抽着烟，一口一口喝着酒。我感觉脑袋有些沉沉的。她见我不吭声，感觉挺无趣的，便停下来不说自己的往事了。我们就这样在地畔上坐着，这几年，她明显地老了。最后她询问我关于死亡的事情，我就闪现出了《祝福》里面的场景，我没办法回答她。此刻，我方能体会鲁迅先生当年被祥林嫂询问时的慌乱，因为这种事，我们自己也说不清，还怎么去回答她呢？

李家奶奶见我无动于衷，只是静静地坐在坟头抽烟，主动转了话题，说起了我的父亲。

你爸太可惜了，咋就得了不治之症？才五十多的人，就死了。老天爷有时候见不得人好。光景过的烂肠时，身体好得很，吃生冷东西都不得病，夜里着凉了也不得病。可在你好过的时候，总会降下灾难。就说你家的邻居，两口子打了那么多年工，光景刚刚活在了村里人前面，却出了车祸，赔了那么多钱。这一下，又一次回到了最困难的日子中，还得想着给人家还钱。人的命啊，天注定的。我有时候就在想，这人啊，真是个琢磨不透的东西，我这一辈子看了很多人，还是看不懂。

你爸年轻的时候，人有本事，干农活是一把好手，农活样样精通，就没有难得住他的事情。他们那一茬人里，算是有本事的人了。他垒出来的麦垛，既漂亮，又实用。也很乐于帮助人，每次干完活，都会帮助那些没有干完的人一把。你爸是吃过苦的人，一辈子也没过上几天好日子，现在你们家光景好了，可他死了。这人的命，说也说不清。

你爸给我印象最深的一次，是在大雨中捞麦子。

我记得有一年碾场。早上天不明就摊场，麦子碾过头遍后，所有人都在吃早饭。早饭是酸拌汤，蒸的馍馍。恰巧这时候，天上开始聚集乌云。马奇山那里，马奇山你去过吧。一大片黑压压的云彩，向我们这边移动。大家刚刚还在树荫底下乘凉，这下，所有人都慌了。因为牲口拉着碌碡才碾完第一遍，好多麦子，都还原封不动地在麦秸秆上，根本没有碾下来。这时候落雨，那可是要命。当时的风一阵紧过一阵，刚刚还闷热难耐的空气里，开始有了一片又一片的雨花。那雨花落地地上，和麻钱（铜钱）一样大。吃饭的人，撂下饭碗，赶紧将一场麦子堆起来，用大棚布盖。可是，哪里来得及。雨已经筛子筛一般，直戳戳往下掉。已经被碌碡碾下，从麦秆上落在底层的麦子颗粒，顺着雨水流经打碾场边上，往排水渠里涌去。你爸很麻利，找到了一个大筛子，在下水口接着被雨水冲走的麦粒。那些麦粒，都落进了筛子当中，不过麦粒都被水泡涨了，要好好晒一晒才行，不然就得吃芽面糕了。

我记得当时雨很大，很多麦粒都涌向了筛子当中，眼看着筛子就要满了，但麦粒还在源源不断地从打碾场流向筛子。你爸一看情形不对，他就让我看着筛子，自己跑到了场上，将雨水改道。他挖了一条壕沟，把雨水引了出去，这才免了一场灾难。不然，那年上粮（给国家上交粮食）的麦子都不够……

　　她说的这些事，距离我太遥远，但塌场（碾麦子时，遇到下雨，被雨打搅后，本来一天的活，可能会干几天，谓之塌场。）的情景，我经历过。而今我的父亲，早已深埋在黄土底下。碾场，已经与他无缘，也与我无缘。

　　坟茔的旁边，土地被冬天的风，刮得好硬，仿佛铁板。她的叙说，我本来也不感兴趣，但说到了我的父亲，我又用耳朵开始聆听。我想象着年轻时代的父亲，在大雨破瓢泼中，是如何挽救一场塌场的。

　　她又说到了村子一天一个样的变化，说到了而今的世道，她越来越看不懂了。她也细数村里依然健在的老人，说他们的年龄，也分析他们至今长寿的原因。

　　当然，她说的最多的，是村子里谁家又死了人，今年全年死了多少人。谁家的死人风风光光，谁家的子女舍不得给先人买纸火（用纸做的房子，汽车，马，摇钱树，花圈等用来祭奠亡者）。似乎到了她这个年纪，谈论死亡就成了一种常态。

　　她掰着手指头，从村头算到了村尾。这些已经亡故的人，怎样死的，得了什么病，她都了如指掌。她说，村东头的张老汉死了，是肺癌，一年四季不停吸烟，最后把自己吸死了；村南面的李家阿婆，一辈子不吸烟，也得了肺癌死了；而村西端的某某人，得了胃癌，没钱看，天天抓中药吃，应付着病，家里人也知道这病是要命的病，也就放弃了治疗，在家里天天煮中药，他们家那一片都漂浮着中药味儿，最后水米不进，活活饿死了；村后头的李家丫头，放学背着书包往回走，被车撞了，还没拉到医院，就断了气；某某，常年喝酒，最后把胃喝坏了，大夫说有多少钱，都看不好，让回去准备后事……

说到这些她如数家珍，似乎这些死亡的身影，在一遍又一遍提醒着她逐渐老去的生命。

听着她说这些，我的内心异常沮丧。不知不觉中，那些村里的老人，都埋进了黄土，属于他们的人世间，正在挤压着他们有限的生命，他们必须离开。死亡是所有人最后的终结方式。正如网上的段子说，这个世界只有两件事是公平的，第一件是每个人每天都有二十四小时，另外一件是每个人都将走向死亡。

当她细数村里的亡人时，我感到无比的难过，为这个村庄，为这些已经亡故的人。世事无常，谁能坚守到最后？人的命也就短短几十年而已。我的父辈们在这块地方劳作一生。最终也都落进泥土里，成为大自然中一种肥料。

我不想听她再说下去了，这些事听起来总叫人沮丧。我起身，沿着麦子地往回走，她也跟着我上了地畔。上了大路后，我们分手。我看着她向反方向走，去她寡居的房子。她一直沿着大路走，身影越来越小。最后变成了一个黑点在移动。我看着她走进了房子。那房子在山底下，一片玉米秆，还在地里长着。玉米秆在寒风的侵袭下，来回摇曳，从空气中传来"哗哗"喧嚣声。

她房子周围，是冬天萧瑟的山峦，和她一样孤零零的。

3.杜大爷串门

腊月三十的下午，我接纸（接父亲英灵）回到家里时，女儿正在院子里玩耍。邻居家的几个小孩子，也参与其中。彼此都好奇地追逐着，邻家孩子好奇我女儿是"城里人"，我女儿又好奇他们是我家邻居。这种好奇心，总能激发孩子们的热情。

他们彼此小心翼翼交流着，不一会儿，女儿就将我穿在她上的新衣服，搞脏了。胸前衣襟上，不知是水，还是牛奶倒在了上面，腌臜的样子。泅出一坨一坨不规则形状。两只鞋子，全部弄湿了，像个狼狈的小脏人儿。

母亲担回来的两桶水中的一桶，已经被几个孩子当成了玩具，洒得满院子都是。

故乡缺水，多少年了，都依靠那口老井在养活着一村人。所以自来水入百姓家的今天，我们吃水，依然都沿袭着最古老的挑水方法。原先村里也组织过两次拉水活动，全村人都动员起来，挖沟，夯土，埋管子。可最终，自来水也没有流进村里人的家里，那些早年间水龙头，都成了摆设，耻笑着当年拉水活动。我们家院子里的书龙头桩子因为常年无水，早就被弟弟挖了，扔进了垃圾堆，院子里也重新被马路砖铺上了。所以，这些年来，我们一直沿袭着老传统：挑水。

女儿两只手因玩水冻得通红，还在嘻嘻哈哈玩耍着，完全没有意识到全身湿透后的结果。我担心孩子会因为衣服和鞋子湿了，自己拿的替换装也不多，便生了气。

我虎着脸，将女儿一把扯了过来，在屁股上轻轻拍了两下。女儿"哇"一声，哭了。哭声吓跑了跟着孩子们觅食的一只鸡，鸡呱呱叫着，一路小跑，当然我揍女儿的举动也惊跑了邻居家的孩子。他们还没有见识过我这样。

在厨房里张罗晚饭的母亲，闻声出来，看到我正在教育女儿，母亲说了我两句，很溺爱地将我女儿搂在怀里咿呀哄着。对于孩子这种无由头的溺爱,我很不以为然的。可孩子钻进了母亲的怀抱,我也只能作罢。

女儿委屈着哭泣,衣服鞋子,全部浸湿。母亲哄着女儿,将女儿带进了屋子。母亲在屋子里翻箱倒柜地寻找着,试图找出一两件衣服给孩子换上。我只能将带来的替换装拿出来,给女儿换上。母亲拿着孩子已经湿透的衣服去重新洗了。

此情此景,记忆又将我拉回到了久远的童年。

小时候,我们是期盼着过年的,因为冬天过年,我们能够穿上唯一一双新布鞋。如果出门务工的父母没有被人骗,或者游手好闲,我们平时穿的补丁衣服,也可以暂时告一段落了。过年是能够改变这一切的特殊时期,即便在那些贫瘠的岁月里,父母省吃俭用,依然会给我们置办新衣服。当然,玩具之类的东西,是不敢想象的。我们的童年,玩具不能用少来形容,而是没有,所以我们就发挥创造力,自制玩具。能玩的地方也不多,燕子河坝,是我整个童年最为喜爱的摇篮,哪里留下过太多的美好记忆。我们总是在过年时期,穿着布鞋,开始溜冰,或者在干裂的河面上奔跑,也把鞋子弄湿,然后用脚的温度,将鞋子继续暖干……

这些,对现在的孩子说,他们一定不会相信。我打孩子,一个很大的因素,便是心里总有不想让孩子走我的老路的意思。可是今天的孩子,面对着高度发达的社会,不会担心衣服和鞋子湿了没替换。现在已然不是我小的时候,时代的潮流,滚滚向前。在这种时代背景下,出生的孩子,不会担心没有衣服穿。

是不是我思想退伍了?

我钻进了厅房,脑袋就有些疼。不想细究这些琐事。我找出了父亲的遗像,还有盘香、蜡烛、鞭炮等。

遗像上父亲面目威严。我不敢直视，对我来说，父亲去世快一年了。他的面容在我的脑海里越来越模糊，我已经记不起他长什么样子。我害怕随着时间的推移，我终会有一天，我会淡忘父亲。看着父亲的遗像，一种悲壮的味道油然而生，泪花在眼眶里打转……

想起很多年前，我和父亲之间的"对抗"。在和父亲许多年的"对抗"中，我们始终相互不理解。加上彼此对世界的认识不一样。好长一段时间内，我和父亲，像两个倔强的对手，彼此看着都不顺眼，相互较着劲，更多的应该是我和父亲较着劲。

甚至可以说，我不理解父亲，而父亲却看透了我。或许从我身上，他看到了自己年轻时的样子。

许多年后，我也成了父亲，逐渐开始理解为人父的孤独，和不可倾诉的悲哀。然而，当我尝试着理解父亲时，父亲却永远地离开了我。父亲是我人生的一座灯塔，《宝莲灯前传》里杨戬学成武艺后感谢师傅玉鼎真人，可玉鼎真人说杨戬的师傅是玉帝，那一刻，杨戬似乎才明白了自己一身本领，却都是拜玉帝所赐。我和父亲早期的关系，似乎也是这样，彼此对峙。

父亲于我而言，不仅仅是生了我，养育了我，还启发了我的智力，让我把对他的那股"恨"劲儿发挥到极致，我就成功了。只是，那些年月里，我对父亲一无所知。

关于父亲的诸多往事，我是从奶奶以及村中一些老人口中得知的。

1971年，父亲九岁，正好遇上了文化大革命后期，我爷爷争强好胜，和当时民兵队长发生了争执。民兵队长利用手中的权力，给爷爷扣了一顶反革命的帽子，用粗绳子捆了，狠狠地给了一顿毒打，关进了牛棚。似乎那个时代，这种公报私仇的现象遍地都是。这个事件直接改变了父亲的命运,也间接地改变了我们一家人的命运。而爷爷争强好胜的性格,注定了在这场运动中,成为历史的悲剧人物。

奶奶托人解救,但那个人人自危的时代,没有人愿意帮一把。阶级斗争成为有史以来,最分明、最激烈、最残酷的斗争。至于那个时代里,亲人相互背叛,邻居相互检举的事情,早已屡见不鲜。很多人为了自保,不惜把别人拉下水。扣在我爷爷头上的帽子,应该能够申诉,只要我爷爷能够忍耐。我们祖上也是根正苗红,纯粹的贫下中农。可人在阳世上活,为的只是一口气,爷爷被人莫名其妙这样整了,自然不会轻易咽下这口气,对他来说,这是侮辱。宁折不弯的性格,成了致命的弱点。

爷爷在牛棚里继续叫嚣着,可越是叫嚣,那些人,就越会想着法儿折磨你。经受了几天折磨后,并未将爷爷的好强心打压下去,他对民兵队长继续辱骂,各种恶毒的语言都从口中飞出。

民兵队长和爷爷,像两只斗红了眼的鸡,彼此谁都不服气谁。可能爷爷当时还说出了许多将来出来后要报复之类的话,这些威胁的语言,让那个民兵队长心里有了担忧,他继续用手中的权力,玩弄着另一个人的肉体,折磨着他的精神。这就让我想象到那些影视剧中,被关进牛棚后任人宰割的人一样的命运。

自尊心极强的爷爷,怎能受得了这种委屈,他在想着法儿摆脱这种命运。当然,他想到的不是逃跑,毕竟当时全国一盘棋,能逃到什么地方去?再说他也没办法逃。求生的欲望逐渐熄灭,爷爷做了一个大胆决定。

于是,在一个晨雾蒙蒙的早晨,村庄还在沉睡中,西斜的月亮,还挂在天宇,只是颜色有点淡了。爷爷绕过看守民兵,溜出牛棚,解下队里背篓系(绳索),绑在一颗歪脖子树上,结束了自己年轻的生命。等到众人发现时，已经全身冰凉。

在老人们的叙述中，我一直在想：爷爷有家人，有妻有子，为什么没忍住极尽的侮辱，而是率性而为，宁折不弯？后来，在我父亲身上，包括我自己身上看到了这种性格，这是一个家族的性格，可以用遗传学来解释，故乡人有句话叫继承。这在今天看来，似乎是有种宁死不屈的精神——"宁为玉碎，不为瓦全。"

生死只在一线之间，完全想不到生命其实很脆弱。那棵歪脖子树，那段绳索，都成了一个时代的帮凶，让一个年纪轻轻的人，走上了死亡的边缘。

于是，我的父亲九岁，童稚之年，丧父。人生的第一苦，幼年丧父，他顺利地接受了。

直到多年后，三爷对我说起这段往事时，我曾经有过要报仇的冲动。我专门去看了那位依然健在的民兵队长。他拄着拐杖，佝偻着身躯，喉咙里发出"呼哧""呼哧"喘气声，气管炎已经折腾的他不像样子了，他还端着旱烟袋，一锅接着一锅吸着烟。

我看到他眼睛里混浊不堪，目光呆滞，和任何老年人有着相似的特征。我心里对这些往事就释然了，时间对于谁都是公平的，所有人免不了都要走向衰老死亡，只是，有的人提前走了，有的人在阳世上过了很久，最后也不得不要走。

我唯一不能想象的是九岁的父亲，一个还不懂事的孩提年纪，没了爱他的父亲后，到底经历了一种际遇？尤其是在那个年代，人心惶惶中。那种幼年的不谙世事心里，能够承受得住这种现实惨烈的击打吗？父亲过早接起了不应该属于他的年龄里该有的压力，他是怎样习惯了生活的摧残？又是怎样品尽了人间冷暖？

后来，理解父亲之后，我常常感叹：父亲像石缝中的野草，尽管没有营养，但总有流经缝隙里的雨水。然后艰难地活了，长出了枝干，发达了根须，迎接着一次又一次天晴雨下，白天黑夜，甚至暴风骤雨……遗憾的是父亲生前我们总是"对峙着"着，而没有听他说自己的童年。但父亲一生的经历，似乎随着父亲的去世，永远成了不解之谜，我再也没有办法去探究。

我给父亲的遗像续香，追思往事。

屋子里飘满了香火味儿，炉膛里活燃烧着，却格外安静。女儿又开始在门口与邻居叫的孩子们玩耍着。这次我给她下了禁令：不许玩水。母亲还在厨房里劳作着。

这一刻，我与父亲，相看两不厌。

忽然院子里有人叫了一声，来人鼻音很重，我分辨不出来是何人。那叫声喊的却是父亲的名字。尽管父亲已经去世，但在故乡人心里，这个家的主人依然是父亲。这让我很欣慰，这就说明，大家还记着父亲，一个人最高的价值，不就是去世了还有人记着他吗？在院子里玩耍的女儿闻讯，冲进了屋子，躲在我的身后。我收拾一下思绪，赶紧迎了出来。

来人是村子里的杜大爷。论辈分，我应该称之为"爷爷"。杜大爷呵呵笑着，说他的样子把娃娃吓着了。女儿一个劲儿往我身后跑。

杜大爷叫着我父亲的名字，走了进来。我赶紧递上烟，他笑着，牙齿蜡黄，鼻腔里喷出浓烈的烟味儿，俨然是几十年的老烟枪，身体早就被各种旱烟、纸烟浸透了。较一年前，杜大爷确实老了，满脸皱纹，胡茬长短不一，黑黑的一层，裹挟整个脸颊。头发很多很短，白色的，青色的，都立着。

杜大爷祖上是外来户。全村上下，就他一户姓杜。至于他怎么来的，我不知道。他们祖上在我们村立户，辈辈人，都是农民。到了他父亲这一代人，遭遇了国家天翻地覆的变化。

后来，他的父母父母相继离世，留下他一人，在苦苦挣扎着，终日愁眉苦脸。有一年，大旱，地里收成不好，整个村子都处在一种苦菜色的气氛里。这时候，一个带着两个女儿乞讨的外乡女人，乞讨到了他的门前，他心里生了怜悯，给了女人和孩子吃食，把她们喂饱了。女人再也没走，和他搭伙过起了日子。女人的孩子，就成为他的孩子，女人也成了他的个老婆。

再后来，日子逐渐变好。粮仓里的粮食越来越多，两个女儿越发茁壮。不久，大女儿出嫁。小女儿也长得水灵。几年光阴，小女儿招了个女婿，侍候着他们老两口。现在孙子孙女已经上学了。

杜大爷性格豪爽，脾气火爆，嫉恶如仇，和我的父亲脾气相投，属于村里"刺头儿"式的人物，没人待见，又善喝酒，每逢酒场，总是把持不住，一喝就醉。村子里人，见了他喝酒，都打趣，甚至调侃他。他乐意了，就呵呵笑，不乐意便开口骂人。

他和我父亲是同龄人，幼年的玩伴，青年的朋友，中年人生路上的依托。对丁我父亲的　些事，他可能比我更清楚。

我将他让进屋子，点上烟。他说我长大了，知道尊重村里的长辈了。我反思，又道歉。他叹息我父亲去世一年了，人没了真快，一晃就一年了。我知道他今天来，必然会带来我要了解的东西，知道他好酒，我便将一瓶好酒拧开，倒了两盅，我们各自喝了起来。

几杯酒下肚，我感觉脑袋不受指挥，开始云山雾海。这时候，母亲端着饭菜进来，杜大爷又叫着我母亲的名字，哈哈大笑着。他们是同龄人，一辈子过来了，早已习惯。母亲端起酒杯，给杜大爷敬了两杯酒，杜大爷"吱吱"吸溜着酒。免不了咯咯笑着，像弥勒佛一样。我张罗着吃饭，杜大爷也不客气，我倒是觉得他这种豪爽和不拘一格，给人一种亲切感。

我和杜大爷边吃边喝。杜大爷喝着喝着就兴奋了。他随口说着村子里的人和事，谁家新修了房子，谁家的娃娃娶了亲，谁家的粮食被人偷了，谁家的媳妇跟着人跑了……内容五花八门，古往今来的变迁问题。

多数时候，都是他在说，我在听。一顿饭下来，杯盘狼藉，酒已经喝完了。杜大爷有些兴奋，明显还有话要说。他脸色通红，吸着烟，嘴里叹息着我早亡的父亲。

你爸和我一辈子了，一辈子的老弟兄。咱们穷山圪崂里的人，对人就是真诚。你爸得病的那时候，都愿意往我家跑。我和他，煮上罐罐茶，拧开一瓶酒，一坐就是半夜。当然，都是我在喝，他看着。那时候，他的病已经很严重了，我也不敢给他酒喝。倒是你爸说他想喝一盅，可喝了会全都吐出来，因此就不敢喝。

人老了，瞌睡就浅。我们就坐着，说一夜话。回忆我们年轻时干活时的光景。这一辈子，真快。许多事，好像昨天发生的一样。

我给你说，龙，你爸一辈子，没享过一天福。现在该到享福的时候了，却死了。老天爷对你爸，有些不公。你爸一辈子好强，不看人脸色，更不求人。即便是再困难，都不愿意求人。你爸生病后，村里有些人就躲着不见，生怕给他们传染上。我不做那种事情，人的命天注定，老天爷要是打算收人的命，就没有人能够逃脱。

你爸生病那段时间，我也经常来，和他坐着，说半夜闲话，煮半夜茶。你爸对我啥都舍得，把你曾经给他买的好酒，都让我喝了。那时候，他喝不了酒。也不愿意给别人，只有我去了，他才拿出来，让我喝几盅……

你爸小时候，和我一起长大的。我们一起放牛，一起干活，甚至一起打工。我们那时候生活苦，哪有你们现在这么方便，出门就有车坐，啥东西想吃了，只要有钱就能买得到。即便是湫山没有，城里也都有，早上坐班车进城买了，下午，就能拿回来。我们那时候，一没钱，二没那么多好东西。你们现在是享福了。我们那时候，吃饱肚子是第一位的，要是吃不饱肚子，就没办法干活。苦苣酸菜，彻底把我的胃吃坏了。这些年，我看到那苦苣，胃里就泛酸水。

杜大爷酒喝得有点多，嘴里胡乱说着，毫无层次，尽兴而为，说到哪里，就到哪里。我意图引导他，让他朝着我想要的结果方面说，试了几次，都不成功。我这才意识到，杜大爷只是希望可以找一个倾诉的对象，随便说什么都可以。但他的话，跳跃性太多，说的许多事，有些我知道，有些我不知道。

村里人嫌我脾气不好，又爱喝酒。还有人说，我喜欢蹭吃蹭喝。他妈的，我吃他们了没有？那些嚼舌根子的人，我都知道。人在做天在看，背后嚼舌根子，小心把舌根子闪断。

我们庄子里有些人，就爱多管闲事。传我闲话的那些人，等着那天碰见了，我要专门问问，我吃了他们的没有？你说现在这些人是不是吃饱了没事干，就讨论别人的长长短短。

龙，你爸和我一辈子了，小的时候耍，大了还是一起耍。一辈子的老知己老弟兄了。我来你家里吃晚饭，你能说，我蹭吃蹭喝吗？你爸和我，亲弟兄一样。他死了，我要夜夜陪着他，陪着他，直到进坟安葬……

现在的人良心坏了，啥都要钱。耕地一天也要钱，干一天活也要钱。咱们那时候，谁给谁家帮忙，哪里好意思要钱。家庭条件好的人家，做几顿好吃的，家庭条件不好的，尽着本事做几顿好吃的，也就够了，谁还要过钱？咱们那时候，人与人之间有感情，干活也不耽误活。现在的人，给了钱，还要滑，不好好干活。盯地紧了，说主家是黄世仁，盯地松了，又嘲笑主家不懂世事。做人难呐，怎么做都有人说。我一个亲戚，搞了好大的阵势收草药生意，雇的人，没有人尽心尽力，倒是我帮忙的，夜夜给他守摊子。最后，我还没落下个好，说我好吃懒做，整天喝酒不干事。日他妈，我真是为了他的烂摊子夜夜操心，最终落成了这种下场。

现在的人心，让人想不透。以前大家都穷，生活水平差不多，所以也没有攀比之心。大家一样穷，一样光荣。可现在不一样，一家看一家的样样。家口好的人家，吃了好的，喝了好的，还要在人前显摆一番。要我说，人还是不能太富裕了。人要是太富裕了，所有的毛病就都出来了。

咋说呢，现在的人，没良心了。

前不久，我们准备翻新房子，请人来牉（pàn）木，提前请了几家，当时请的时候，答应地好好的，临到事情的一天，偏偏都有事，女婿没办法，只能出钱雇人。可说到出钱，人倒是来了不少。你说我年轻的时候，给谁家没出过力？问谁家要过钱？而今这世道变了，有钱就成，没钱免谈……

杜大爷说了很多，说了他对社会的认识，对当今社会人心不古的叹息。他发出的疑问，我无法回答。乡村秩序正在改变，乡村观念正在市场化。

随着年轻一代涌入城市，他们与乡村的关系是割裂的，没有感情的。许多年轻人，还有和我一级的同学，绝大多数小学毕业就走上了打工路，另一部分上了初中，混个初中文凭，就出门了。我算是一直坚持到最后，为数不多的几个读书人之一。

比我大一些的那一代八〇后，以及比我小几岁的九〇后，依然如此。似乎，求学，已经不是他们毕生的方向，他们需要的是成家立业，生孩子，继续沿袭父辈们一样的日子。他们十几岁出门打工，常年在外，只有过年回来，陪着家人过个年，及早准备到处打问单身适龄女孩子，以备过年回来时提亲。他们与父辈们不一样，父辈们生活在二十世纪六七十年代，经历了共和国的所有变迁，所以，父辈们很珍惜当下的生活。

但这些村里的年轻一代，他们从小没吃过苦，念几年书，认识常用字，会简单的算账，就离开了故乡。他们只是把故乡当成了临时歇脚的地方，故乡好不好，发展不发展，与他们没有多少关系。他们所关心的，只是能挣多少钱。这就导致了故乡与新生代力量的断茬，乡村新崛起精英流失了。

这类人在城里生活，将城市的生活方式带进农村，对农村固有的生活造成冲击，可以说，现在许多农村流行的东西，都是外出务工者带来的，父辈们依然在坚持着他们那一代人的道德情操……

杜大爷红着眼睛，叭叭抽着烟，嘴里发出"哎哎"叹息声。我也感慨万千，故乡已经在变。我不知道，这种变是好是坏。

杜大爷意味深长地追思往事，又激动着给我说当今社会的变迁。在他眼中，农村的变化，他有些不适应，说他真老了，越来越看不懂社会发展了。就是手机，孙子玩的都比他精。他总把手机当成打电话的工具，能通个电话而已。微信、语音、视屏对话，对他来说，成了天方夜谭，他只能听孩子们说。而那些手机自带游戏，对他来讲，就是天机，窥探不了。

其实，这也能理解，杜大爷一辈子没怎么出过家门，最远走了回四川，还是老婆子走失后，他带着女婿去寻，曾到过四川。那个蜀中天府之地，对他来讲，留在记忆里的，只有大片大片的高山，石头组成的高山。

以后他将一直在故乡坚守着。他是最后一辈土地坚守者的代表，也是农村最后一批乡村文明的践行者。

今天的故乡随着大量年轻人进城打工，城市文明冲击了乡村青年的消费观、价值观，而固守农村的如杜大爷这样的人，自然不懂城市文明到底几何？

当一波又一波年轻人，穿梭于城市之间，将农村文明带进城市，并与城市文明进行融合。这些年轻人身上有农村青年的淳朴，又有城市年轻人的轻浮，他们成了这个时代里性格怪异的异类。他们将乡村文明带进城市，每个有故乡人聚居的地方，就有个"上坪村"，那里人们依旧坚持着故乡的生活方式，说话方式，俨然成了他们在城市的故乡，尽管这样的地方，多以城中村居多。

他们在每次回家过程中，又将城市文明带回了乡村。这些城市文明影响，甚至改变着故乡原有的生活。乡村文明和城市文明，在他们穿梭的城市里，以及年终回归到故乡后，不断改变着他们自身的生活。这些被他们异化后的文明，有些不伦不类的感觉，既带着浓厚的乡村属性，又有时髦的城市风格。像城市人生活的模式，又带着挥之不去的乡村习惯。所以，城市里生活的人，看不惯有着乡村习性的乡村人，嫌有"土味儿"。但这些年轻人回到故乡后，又觉得故乡人原来的生活模式，太土气太过时，故乡的老人看待这些返乡的青年也别别扭扭，种种不顺眼。这也是杜大爷看不惯村里年轻人的主要原因。

其实，在城市文明与乡村文明交汇的过程中，城里人看不惯乡村人，认为乡村人始终带着某种落后封闭的标签。乡村人居住在城市里，又看不惯城市人，觉得他们势利，贪婪、小气。城市文明与乡村文化在任何时候，都进行着博弈。

在这场博弈中，乡村注定会失败。越来越多的事实，也证明了这一点。城市里，乡村文明对城市文明影响较小，而城市文明对乡村文明影响不言自明。这些在城市生活的乡村人，火种一般，在城市生活过程中，潜移默化，受城市文明影响，将城市文明带回乡村，冲击着原来乡村固有的价值体系。乡村文明与城市文明，又不能很好地融合。城市的新式文明，逐渐在代替着传统的乡村文明，这种乡村文明与城市文明不和谐的发展，正好是当前中国社会城乡差异和城乡矛盾最普遍最直接的根源。

杜大爷抽着烟，粗糙手指弹着烟灰。桌上，第二瓶酒，见底了。两个平时喝茶用的茶盅里，还剩一点残酒。杜大爷又抿了一嘴，那"啧啧"吸溜声，充满了神奇的力道，让你想到他在品尝世间最美的佳酿。

你永远无法想象一个庄稼人的内心，或者叫他的精神世界，远比我看到的他本人精彩得多。

我忽然就想起，父亲入殓时，没有人上前帮忙，阴阳师一个人根本搬不动父亲的身躯。或许大家觉得，扶着亡人进棺材这种事情，多少有些不吉利。村子里，所有人都往后退缩，都在找着借口往门外走。当时是杜大爷猛喝了一口酒，对众人说："我来。"他叫着我父亲名字，说和我父亲多少年了，老哥老弟兄的，他怕啥。我看到有些人在窃笑，不知他们在笑杜大爷的无知，还是笑我家人丁稀少？我跪在门口，看着他帮着阴阳师，将父亲身躯缓缓放进了棺椁，在棺椁合上的那一刻，我看了最一眼父亲。这也是我最后一眼看父亲，从此后，我和父亲，阴阳相隔，永不会再见。

杜大爷醉了，睡在炕上。嘴里有一句没一句念叨着胡话，谁也听不懂。

我也感觉脑袋"嗡嗡"响，眼睛有些朦胧，甚至意识都不清醒了。我坐在他旁边，看着他酒酣后通红的脸上，露出了淡淡笑容，我就想到了他和我父亲秉烛夜谈的场景……

4.走访三爷

按照计划，今天我要去走访三爷。三爷是我们家族，到目前为止健在，意识清晰，身体依然健朗，年纪最大的人。我经常在故乡的大街上，碰到三爷。如今的三爷，总是背着手，在街道上转悠。或者在逢集天，拿着自家种植的苹果在集市上兜售。苹果是三爷自己营务的，品相不太好，但吃起来可口。

但这次我是要向三爷请教一些家族成员的演变兴旺。所以这趟拜访显得庄严而温馨。我上去三爷家的路，就显得脚步沉甸甸的。

我家在上坪村，距离三爷家两公里左右，而三爷家在下坪村（乡政府所在地）。上下坪，又叫漱山坪。尽管都在漱山唯一一片小盆地上，但上坪和下坪两个村，却是截然不同的。这就相当于一个城市的市中心和分区，虽然都属于核心地带，但本质上还是有区别的。

下坪是漱山政治经济文化的中心，学校、卫生院、乡镇府、派出所、畜牧兽医站等一些职能部门，都在下坪。很早就流传着这样一个说法，漱山坪，赛过礼县城。那泛指漱山上下坪，现在，这两个村已然连接起来了。

小时候，这两个村庄还是分开的。我上学的那时候，还是班干部的我，因为拿着教室门的钥匙，每天必须最早到校，最迟离开。每天晚上，当我将教室门锁了后，再往回走，校园里、路上，已经没有人。

下坪村到我们村，中间有一段，没有村庄，有几片田地，还有坟茔，黑漆漆的很恐怖，加上故乡流传着的那些"鬼故事"，我常常是一路唱着，边走边跑，边跑边走。等到回家时，早已汗流浃背。可我每天都会穿梭于这条路上。偶尔天下雨，等回去后，身上就会被雨水全部浸湿。有时候也会碰着一明一暗抽烟的人，我会大胆许多。每晚回家时，我也会畅想，有个漂亮的狐仙，跟在我身旁，给我做伴。那个年月留下了很多当年想入非非的桃色。现在这片空白地带，已经修建起来了许多房子，那些麦地里都亮着灯。而今的这两个两个村庄，已经你中有我，我中有你了。

我沿着上坪村往下坪走。展现在眼前景色，截然不同。上坪村这些年来，发展起来了，最明显的就是村中心的那条路，已经硬化了，尽管这条路，质量一般，路表面的水泥已经掉落，坑坑洼洼的样子，但这解决了好多年烂泥路的现象。我记得小时候，上学从上坪到下坪这短短的一截路，会让布鞋沾满烂泥，甚至裤腿上都是污泥点点。我们只能绕着路面高的地方，踮着脚尖走，但往往是高出路面的地方，猪会选择拉屎。那些猪粪在雨天经雨水浸泡，会变得晶莹无比，但也酥软无比，而且很滑，脚不小心踩在上面，准会挨摔。每次绕过那些猪粪，就好像走过一段雷区一样，战战兢兢。

路两边已经没有了原来用柴荆条临时搭建的栅栏，都修成了房子，即便没房子的地方，也都砌成了墙。这几年政府为了让村子更美丽起来，组织人对路边上那些房子都进行了美化，墙面皆用秦汉风格的涂料粉刷了，远远看起来，还倒是一排排整洁的样子。但不能向很深处延伸，那些巷子深处的烂院塌房，会露出村庄衰败的本来面目，让你觉得，时间的可怕，生活的无情。许多已经在外面安家落户的人，祖屋还都在，只是被斑驳的岁月蚕食的不成样子。

沿着上坪往下坪走，隔开两个村庄的是林业站。林业站原来的职责是防止村民伐树。但这几年来，人都外出务工，砍树的人几乎没有了，偶尔有人进林砍柴。整个山上，树木明显茂盛了。沿着燕子河道，就能看出来，树木没有人砍伐后，长势喜人。小时候，靠山吃山的庄稼人，把这片山脉的树木，砍了个精光，大树做栋梁，小树用来当柴火，最细的嫩芽都用镰刀割了，码起来，到冬天烧炕用。连那些树根，都要刨出来，冬天用来烧炉子。总之，那时候，整个山管着我们吃喝拉撒，包括经济的来源。那时候，砍树木也是我们本土人的来钱处，我们这些半大孩子，也都会拿着斧头去砍树，搞两根椽，从林子里扛回来，能卖十几元钱。而今，已经没有人砍树了，很多人家冬天取暖，都是煤块。但现在的林业站，似乎更多的职责是为了森林防火。

过了林业站就到了下坪的地界。临着下坪与上坪的交汇处，是派出所和卫生院，还有学校，三家单位并列着，有些彼此不相让的感觉。又像三个亲密的兄弟一样。地理位置的优势，让这三家单位，也就有了明显的交集。

从这里看湫山的发展，你就发现其实并不一样。尽管上坪下坪，统称湫山坪，但从地域和镇政府所属地，就分开了两个村的差距。上坪和任何村都一样，普通而大众。早年间，因为出了个副市长，有些项目还能兼顾上，后来也正因如此，上坪村成了全乡三个非贫困村之一，许多资源也就与上坪无缘了。而下坪明显就不同了，除去那些单位洋气的办公楼。下坪沿着一条通乡公路两边建立起了一栋又一栋的二层小洋楼，商店、裁缝铺、馒头铺、铁匠铺、摩托车修理铺，一字长蛇阵一样排列着。各种店铺琳琅满目，让下坪村有了城镇的样子。

加上学校、派出所、乡政府等部门全部集中在这里，来往的人流，自然也多。

整个下坪村道路，实际上是一个Z字形。所有建筑，都在这个Z字的四周分散开来。我三爷家，就在Z字中间部分，算是黄金地带了。

等我到达三爷家时，三爷早就等候我了，似乎他对我的这次"采访"十分看重。

我的祖父，弟兄四个，我爷爷排行第二。长大后，弟兄四个自立家门，他们的后人也自然分散在湫山的好几个村。

在湫山，祁姓属于独姓。整个湫山只有我们这一族人。我不知道我们的祖上，最早来自何处，这也是今天要采访三爷的重要内容。

我爷爷于1971年去世，去世时，父亲九岁。关于我爷爷去世这段往事，我知道些皮毛，也仅仅是些皮毛而已，残碎不堪，组织不了完整的故事。有时候，村上的老人会给我絮叨几句。最完整的是三爷在去年过年时，给我说的一段经过。至于爷爷们弟兄之间的那些事，我就更陌生了。只是记得爷爷弟兄四个，分散在两个村子居住。

我根据自己了解的情况，将这一家族人员进行了梳理。

我的祖上不是湫山人，全家人搬来湫山之事，应该是曾祖父这一辈的人。而作为我，能记住的也只是我爷爷这一辈人以下的人，他们四兄弟在二十世纪中叶，来湫山这个地方扎根落户，成了湫山人。

我的大爷曾经参加过解放战争。解放后，回到了故里，娶妻生子，本该生活的幸福无比。然而，就在全家人为二叔吃上了一碗公家饭改变身份时，大婆（大爷的妻子）却因为喜得孙子，突发脑溢血，早早亡故。很多年来，大爷一直一个人生活在农村。性格耿直久居乡下的他，早已对那片热土有了浓厚感情。再说，这片土地上，有他弟兄和亡故的妻子。所以大爷喜欢住在乡下，喜欢营务庄稼。一辈子勤勤恳恳，大爷常说的一句话是，人可以亏人，但土地不会亏人。人只要对土地好，土地也会感应得到。大爷除了是营务庄稼的高手，也是制造欢乐的高手。我记得大爷在世时，大爷家有个很大院子，院子周围植满了果树，夏季各种果子陆续成熟，我们的欢声笑语，常常伴随着果子成熟的季节，洒满整个院子。大爷家门前园子里，还有棵大核桃树，每年都是硕果累累，每到秋季，我都可以尝到核桃的香甜。在大婆去世近二十年间，大爷都生活在农村。后来大爷身体不好，需要人照顾，才在我二叔多次动员下，进城住了几年。大爷去世时，已是高龄。随着大爷的去世，那个院子也荒废了。核桃树已经老去，还挣扎着发出绿叶，彰示生命的顽强。而那些果树因为院子常年无人居住，被孩子们翻出翻进采摘果实。最后，不得不全部砍掉。

我的四爷，家住在新庄村四组。那是一个萧瑟的村落，三十来户人，一到了春天，青壮年出门务工，村子里常年都静悄悄的。此村落树木植被茂盛，素来都是湫山人避暑纳凉之地。当然，也因此这里属于偏远边缘地带，沙化路坑坑洼洼，在这里生活，相对于在乡政府所在地的我们，就显得艰苦很多了。

四爷当年在这里落户，很大程度是日子困难，在缺吃少穿的年代，弟兄四个日子都不怎么好的情况下。地里种的庄稼，除过给国家上缴之外，自己也剩不了多少，家里人每年都有一段青黄不接的时期。然而，穷则思变，四爷选择了来这个山村定居。这里有着广阔的绿林，可以用来开垦些田地，种粮食，填饱肚子。那时候，划归给个人的地都是有限的，要想多打粮食，就得在山上开垦自留地。那时，也没有现在退耕还林的说法，只要有本事，就可以在山里面开垦荒地，广泛生产粮食。用毛主席的那句话说："广阔天地，大有作为。"

　　所以，四爷在这里定居，这一族人，就在这里生活并延续了下来。四爷有个独子，我叫三叔。三叔有两个儿子，和我是堂弟兄。三叔年轻时，跟着四爷把力出尽了，这几年来身体不好，总得有人看着。我父亲去世时，他来我家里，和我并肩而坐，给前来吊唁的亲朋磕头拜谢。当时尽管三叔身体不好，但对前来吊唁的亲朋，总是和我一起磕头答谢，我对三叔，充满了感激之情。三叔现在需要有人在身边看着，他有间接性并发症，如果身边没个人，经常就因病复发而跌伤自己，三婶就寸步不离地跟着他。

　　四爷现在年纪大了，身体不好，常年在家不出门。那些当年花了大力气开垦的土地，都荒芜了，上面涨满野草，似乎像四爷的一生一样，庞杂而无头绪。印象中，还是很早上学时，见过四爷，以后都没有。我打算抽时间去看看四爷。

　　另外就是三爷一家了。三爷有两个儿子，大儿子叫平，初中毕业就去了北京，混迹在北京二十多年，终于有了一方自己的地方。还有个小儿子至今未婚，这也成了三爷夫妇一直以来的心病。

　　还有个姑婆嫁到了小河村，如今也是儿孙连绵。

　　以上这些，就是我爷爷那一辈人的生活状况。

　　这次采访三爷，有许多家族的"历史问题"要解决清楚，我想摸清这一族前几代人的生活轨迹。之前和三爷没详细交流过，也对这些旁氏宗亲重要程度认识不足，所以，这些年来，只是父母和三爷一家之间走动着，我很少涉足。去年父亲病重，我去给三爷拜年（每年都是父亲给三爷拜年），才让我和三爷有了一次深入的交谈。我和三爷坐了整整一下午，他潦草而简略地，给我讲述了我们祁姓几辈人的生活，我算是对这些有了立体的了解。

　　因为事先就打过招呼，今天要"采访"三爷，所以三爷很早就立在门前等着我。或许在他眼中，我这个孙子也是祁姓里面有出息的人，对我也另眼相看。

屋子里陈放着自家的苹果和梨子，洗得干净。我和三爷坐在地上，炉子里火烧的正旺。三爷，将罐罐茶煨在火炉上，茶香四溢。有了简短的寒暄之后，我直奔主题。三爷给我讲述那些久远的往事，这对三爷而言，也是一种非常乐意的事。

三爷开始叙述。

你爷是咱们村的攒劲人，整个村子，几十年出不了一个这样的人的。我详细观察了我们那一茬人，能和你爷不相上下的人，咱们村没几个。我那时候，都很佩服你爷，个子高，打篮球时，我们都拦不住。不过他不识字，我记得有一次他和我说过，他这一生最遗憾的事情，就是没念几天书。要是他念书了，后来说不定就是他的民兵队长了，而不是那×××的，你爷也不会有牢狱之灾。

家里只有你大爷，老早就去当兵，可后来经不住你太爷往回叫，加上你大爷身体负了伤，最后还是复原回家了。后来一直在村上干着村干部。要是他没回来，说不定家里现在是另一番光景了。那些和他一起当过兵的人，后来国家都给安排了，吃上了商品粮。

你四爷，老早就和我们分开，各过各的了。那时候，不分开也不行啊！家里人多地少，只能想办法先填饱肚子。六〇年的时候，是最艰苦的一年，地里颗粒无收，草根根、树皮都吃光了。你们是没经历过那个时代啊，把苦吃尽了。那时候，你四爷家里粮食打得多，偶尔也会给我们接济。可他们家里人口太多，也没办法给我们太多粮食。后来，粮食收成好了，咱们家，才慢慢改变了那种挨饿的局面。

挨过了最艰难的日子，我们又迎来了文化大革命。这场革命，按说对我们这样的贫下中农而言，应该是幸运的，我们不是"黑五类"，根正苗红，正宗的受苦人家。那时候，你爷和你奶奶才刚刚结婚不久，你爸也很小。但那时候，你爷真年轻，自恃长着一副好身板，也喜欢惹是生非。我给你爷说过，让他凡事多想想，那时候的社会很复杂，我是看清楚了，弄不好，自己就栽了跟头，但你爷不听，觉得我的话没有见地（见识）。可我们身边这样的事例也很多。人这一辈子，凡事得多想想，别人不做的事情，我们坚决不做。这样才能平安。

你爷不听，我也没办法。其实，那时候，我就看出来了，你爷有个致命的弱点，就是人太硬太强势。这人的命有时候不能绷地太紧，要有张有弛。你爷年轻的时候，爱出风头。但我不得不承认，我们弟兄四个，就你爷最有本事。

后来，果然出事了。当时我们下坪的一个民兵队长，就是那×××。这个民兵队长是带羔子（母亲改嫁后带到改嫁人家的称呼）。你爷当时和×××发生了口角，你爷就说××是他妈×带来的。这就让×××嫉恨在心，一直在想着法儿整你爷。你爷那时候又那么爱出风头，爱喝酒。最终，被人家逮着机会，给抓了起来，还扣了一顶帽子。

你爷之前给我说过，他顶看不上×××的，一副奴才的样子。可最后，竟然是这个他最看不上的人，把他送进了牛棚。你都不能想象，那时候被关进牛棚的情景，人可受折磨了。而且×××想怎么折磨你，就怎么折磨你。外人根本没办法。人被关进去后，其实服个软，也有可能×××就放他一马。可你爷偏偏就是个执拗人，在牛棚里，还是和×××对着干，×××就不想放过你爷了。你爷被折磨了好一段时间，最终，无法再受辱，就用一根背篼系，把自己挂在了一个树上，等我们发现时，人已经死了。

我有时候就在想，你爷要是给×××服个软，一定不是今天的这样。可咱们祁家人宁折不屈的秉性，决定了我们注定会成为牺牲品。你看你爸的秉性，也和你爷很像。

你爷去世后，我们帮着料理了后事。但家里那一套房子都在。当时你婆岁数也不大。你爷去世后，当兵回来的你大爷一家负责照顾你爸和你婆。后来，你婆的改嫁，也是你大爷做得主。当时，我觉得不改嫁也行。但最后你婆还是改嫁了，嫁到了上坪村。从此，你们家就从下坪搬迁到了上坪。你爸自然也就跟着你婆到了上坪村。我当时觉得，要是你爸不去上坪，而是继承你爷的那份家业，由我与你大爷照顾你爸，但大家不同意，尤其是你婆，一定要把你爸带在身边，毕竟你爸在这世界上就只有你婆这一个亲人了，我们也就没再坚持。

后来，你家原来的那些房子，就是农业社里的大商店，也因为你婆改嫁，被你爸最后便宜处理给了别人，后来那里就成了农业社的大商店和药材公司。要是那片地方没有被你爸转给别人，现在那片地方可大着呢，能弄一大片地方，可惜了那片地了。

你爷去世时，你爸才九岁。我建议你大爷把你爸收养算了。你大爷不要。你婆带着你爸改嫁到了上坪里。你爸给我说过，说他小时候，被别人欺负惯了。所以，他一定要在人群里出头，改变那种被人鄙视的处境。可是那个时代，怎么出头？农家娃，出头的路只有一条，那就是上学。可那年月，家家都困难，念书对我们这样的人家来说，就是一笔不小的花销。

上坪的你爷（奶奶改嫁后的男人）并不想供你爸上学，但你婆还是要坚持让你爸上学，你婆自己上过几年学，对知识这东西，看得比我们都远，可那时候，你爸脾气不好，也不好好学习，最终，初中没毕业，就不念了。他要是好好念书，那你们家的光景肯定也和现在不一样。你看那时候念书的人，哪一个出来不都是头头脑脑当着，起码让自己的日子过好了。我觉得，这都是命。我们弟兄四个，都没念几天书，孩子们自然也没有多少人能够念下书。我看电视上说的，那些能念下书的人，祖上都是书香门第，我们没有那种条件。即便是你碎爸（我父亲堂兄弟里年纪最小的，三爷是大儿子祁平）也没念几天书，那时候我们也实在是供不起了。所以，你碎爸就老早就出门打工去了。

也怪我们见识短，不知道念书将来能有大作用。

那时候，念书的人太少。只有你二爸（二叔）几个人，在那种艰难的生活中，坚持着学习。记工分的年代，大家都希望一家人被多记点，年终时，就可以多分点钱。包产到户以后，很多人家都希望多有个劳力帮着自己劳动，许多在农业社里还念书的孩子，包产到户以后，就很少再念书了。大家都忙着种地收庄稼，谁还有心思念书？

那时候的人，集体观念就是念书没什么用，将来能到大队部当个会计，或者当个老师就不错了。咱们这地方穷，有男娃的人家，老早就给孩子张罗亲事了。毕竟结婚是一辈子的事情，不可大意，等着年纪大了，就娶不到老婆了。有些人家，为了让还在念书的孩子早早成家，就给孩子提前把亲事问下了，等孩子高中毕业，就回家结婚。有些好苗子，本来可以书能念成功的，也是被家里逼着没办法，才回来和家里早就定了亲的人结婚。只有那些能坚持念下去书的人，才会真正吃上公家饭。这样的人一般对自己都狠，也只有对自己够狠的人，才能成才。

现在看来，咱们家，要想出人才，就得念书。本身咱们祁姓人，在湫山，本就很少，我们弟兄四个，住在四个村，相互有走动，但各自都有了儿孙，也只能各顾各了。这就像一棵树的不同枝杈，各自都分叉处了很多枝杈，尽管根还在一起，但也只能各顾各了。

你四爷，身体不好，常年不走动，我偶尔能在下坪街上见一面，也很老了。而今，你大爷，你爷都死了。我们这一代人，就剩下我和你四爷了。我们是亲弟兄啊，却也各过着各的日子。下一辈人里面，你爸是老大，你三爸是你四爷的儿子，你二爸是你爷爷的儿子。你爸，你二爸，三爸，都是独子，就只有你碎爸祁平（三爷的大儿子）和祁猫（三爷的二儿子）弟兄两个。他们这辈人，基本上也都没啥出息，就只有你二爸是公家人。而今，你爸也死了，你三爸也是个病罐罐（多病病体状况不佳），一年到头不见好。

到你们这一辈，基本上，都有弟兄姊妹。可到了你们的下一代，你们生下来的却都是女子。这是祁家祖先不保佑，子孙没有一个男娃。我给你说，你闲了就把你父亲的坟整顿一下，说不定会好。

我给三爷纸烟，但他说自己抽不惯，嫌纸烟太绵，不如他的旱烟来劲。三爷基本说清了我们三代人的脉络走向。不过从他对念书这件事的认识上，我看得出来，他也有些懊悔当年没有供我碎爸祁平好好念书。

三爷继续开始了往日的生活的叙述。

现在日子越来越好了。好多当年活在人屁股背后的人，都活到了人前头。世事真是难料，我都没想到，我们的生活变化这么大，都是赶上了好时代。在这样的时代里，咱们就要活在人前头，改变原来的命运。别人暂且不说，就说我们家，当年活的那么难肠，日子艰苦极了。你爷你爸一辈子，都在苦难中浸泡，被人欺负，那时候，我就没想过我能翻身。好在黄河水总有清的时候，人不可能倒霉一辈子。

现在，你通过念书，改变了命运，这就是要变啊，我们家族的命运要变。所以，要教育自己的孩子，好好念书，对于我们而言，念书是唯一翻身的机会，不然，一辈子都要在土地上刨挖。你爷，你爸这两辈人已经埋入了黄土，你就要改变这种命运，远离黄土。虽然黄土养人，可在黄土地上刨挖，能有几个出息？

当年我不懂，祁平就是因为我没能力供着念书，导致学习中途就不念了。娃娃当时学习好得很，每回考试都能得奖状。最后我们没办法供着念书了，但祁平还是去考试了，也考上了，只是没去念书而已。祁平说过，他要证明给那些瞧不起的人看，即便是不再念书了，他也要证明自己能考上。都是我们没本事，当时祁平要是能好好念书，他可能也能吃一碗公家饭，也不至于在外漂泊这么多年了。

不念书了也没事干，总得想办法养活自己，祁平就上了北京。当时，我觉得，出去外面也挺好的，我们既然没有能力供他读书，也就没有理由阻挡他到外面闯世事。祁平在外面打工时，日子也不好过，经常一年也挣不了几个钱，可是祁平是个倔娃娃，他一直在北京不回来，我就想着，他肯定要闯出一番事业，才能回来，因此，在他的亲事上，我们尽管很着急，也不好催他。等着他结了婚，说要在北京买房子时，我们也很熬煎，没有一点余钱给他帮上忙。好在祁平现在靠着自己的奋斗，在北京边缘买了一套房子，算是河北人了。祁平说过年的时候回来，到时候你们好好谈谈。

那时候，家里困难，就是祁平结婚时，也都没钱。在老家里结的婚，结婚了，拉了一河滩账，这两年才还上。后面，他们有了孩子了，夫人又没有工作。生活相当困难。现在，祁平大的女儿，自小在北京长大，根本不习惯我们这里的生活，去年过年的时候回来了，嫌我们的厕所脏，也嫌炕上不干净，今年就没来。十几岁，个子像竹子一样拔节长，都上高中了，一年学费四万，你说，祁平的压力多大，可他还在干着。还有房贷，车贷，一个月干下来，工资全部都还给银行了。

祁平我们没有把他供出来，是他自己把自己供出来了。

三爷说着说着，越来越兴奋，似乎要把这几十年来，家族的变迁，从头至尾说给我听。三婆，将做好的浆水面端了上来。三爷还饶有兴趣，边吃边说。

我看着你们而今都过好了，我也高兴，咱祁家人，一直都活在人尾，几代人灰头土脸地生活着，为了点吃喝，到处想办法。现在，世道好了，你们要团结啊。我看着你们相互不走动，关系生疏了，这不好，我虽然不懂大道理，但我懂一个家族要想发展壮大，必须要团结。祁家人，要让后代发达，必然要团结起来，你们要多走动，才能让这个家族慢慢走上正道，你和你二爸要凝聚人心。

我们这代人，在土地上一辈子，根在土地上，离开了土地不行。祁平让我们不要种地了，反正现在也饿不死人。祁平说由他们供养着我们，可我总是闲不住，一闲下来，就心里慌。我觉得，农民，不种地干啥？既然生活在这里，土地就是农民的命，舍了土地，也就舍了命。我们得知足，很早的时候，都是吃不饱，现在每顿饭都想吃啥做啥，条件太好了。

我们是受过苦的人，舍不得浪费一点粮食。我记得在困难的时候，正是土地拯救了我们。我看到现在好多人都不种地了，许多山地，川地都荒废了，长满了蒿草，看着真让人心疼。我要是再年轻十年，我就把村上人不种的那些荒地都种上，对农民来说，仓里有粮人不愁。而今社会好了，但谁也不能保证有个天灾人祸的。我记得六〇年，挨饿，树皮都吃尽了，现在的人，不知道心疼粮食，这不好。再说了，人要有忧患意识，都不种地了，缺粮了怎么办？咱们自己打下的粮食，能帮着我们度过很多危机呢？

　　三爷用他的一生经历，概况了我们家族的兴衰历史。几十年光阴，弹指一挥间，他的叙述中，也饱含了诸多感慨。当然，让他最为感慨的是，他感觉自己老了，真的老了，对一茬又一茬的新奇事物，显示出了一个坚守土地者的困惑。当下快速的发展，让他不适应，却也无可奈何。也许一代人有一代人的使命，一代人有一代人的坚守。他的使命已经完成，他的坚守初心未改。至于以后人的使命和坚守，他没办法预测。但他总归明白了农家的孩子，只有读书这条路，才能改变命运，否则土地就是一辈辈人逃脱不了的紧箍，成为下一代，甚至下下一代人无法改变的樊篱。对于现在安定平静的生活，三爷也会常常与他生活的那个时代作比较，话里也不经意间流露出对当今时代的感恩与知足。

　　三爷在和我谈话的最后，说了当下农村生活的状态，话里话外，都透露着某种担忧。这种担忧，你可以理解为保守，或者农民思想局限性，但这种担忧，我个人觉得不无道理。这是一个在底层生活了很多年农民对土地的担忧，对粮食的担忧。外面的世界，他们可能理解不了，但就几十年的生活经验告诉他，不能就此荒废土地，无论何时，农民的根本是土地，尽管有那么多人都想逃离土地。可离开了土地，农民赖以生存的根本在哪里？对三爷而言，他看不到。这一点我非常理解，他们这代人，经历过许多大风大浪，而我们这代人，相较而言，生活的心酸与梦想就要小一些。

　　可以肯定地说，他们也曾是那个时代里，拥有梦想的人，然而，时间总是将人的生存与梦想分开。计划经济时代，一切都是有计划的，不能超出计划。三爷还给我说起了一首歌的歌词：

　　穿的粗布衣，吃的家常饭，腰里披着旱烟袋儿，头戴草帽圈，手拿农作具，日在田野间，受些劳苦风寒，功德高大如天。农事完毕积极纳粮捐，将粮儿交纳完，自在且得安然。士工商兵轻视咱，轻视咱，没有农夫谁能活天地间。

后来我才知道，这是晏阳初写的《农夫歌》，我不知道三爷从何渠道得知这首歌，但用这首歌来描述三爷当下的情绪，非常到位。

吃了饭，和三爷告别。他将我送出家门，看着我离开。

我走了好远，折过头来再看，三爷还在门口站着，看着我，我心里忽然有了一股感动。他的背影有些驼，他是共和国真正意义上的第一代农民，他们终将离开这个世界，并在我们意识不到的时间间隙里。

他们是这个村庄里最后一批坚守土地的人，他们对土地的执着，对土地的敬畏，是中国几千年来农民对土地敬畏的缩影。我不知道，许多年后，还有没有人再说土地是命的话题。在这个时代里，他的话显得那么不合时宜。

5.乡愁的背后

每一个村庄都是一部长篇小说，包罗万象，人们在其间熙熙攘攘。每一个村庄又是一部画卷，蕴含着人文和历史，是收集人间情感的港湾！

村庄留下了曾经在这里生活的人的悲欢离合。往事如水，滚滚而去，但不会消亡，只会在每个故乡人的心中愈久弥香。

我在这里生活了近二十年，以后我也会不断地回到故乡，重拾记忆，用手中的笔，一次次来描写我生活过的这个地方。但这次我的目的是要寻找我的乡愁。

这个村庄始于何年，无可考究。这里最早繁衍人群始于何时，亦无可考究，似乎一切都是个迷。当我怀着激动的心情去寻找故乡的源头时，发现生活在这里的人，也和我一样迷茫，那些一直在这片土地上生活的老人中，也没有人能够说得清，他们能记住的，也仅仅是从上一辈老人那里听来的古经。在这里，年纪最大的已耄耋之年，最小的还在怀里抱着。他们对祖先的代代相传，和我知道的一样多。祖先的那些事，早已在一代又一代人的传言中消失。

现在，想要寻根觅源已无从下手。可我还是要固执地去寻找那些根源。寻觅最早湫山人的祖先落居于此的往事。

现有的文史资料有限，许多原来在老一辈人口中的景物，早已不见踪迹。不然，那些景物，可以作为既定事实，来证明一切都曾经存在过。唯一有记载的，要数"南海圣地"的几片残片旧碑文，以及下坪坪头寺《观音圣境碑》。那些残碑的背后，隐匿着湫山的历史，埋藏着过去。

这里插一嘴南海圣境。南海圣境，是湫山的一处风水宝地。很多年来，外地人说起湫山南海，都能说一段事情来。在南海圣境，有一座庙。一个叫小陈的道士，穷尽毕生精力，在这个地方化缘修庙。而今那庙已经有了不小规模，两座主殿在群山深处犹如仙境，岷县、西和县等地的人，都不远百里来此地拜佛，寻求精神寄托。湫山南海也成了远近闻名的佛教圣地。

我们再说湫山的起源。根据王钧先生的《湫山乡志》记载：湫山的称谓年代久远。明朝崇祯癸未（1643）孟夏初八日，岷县马坞镇范登科给坪头寺还愿，敬立的《圆通妙境圣碑》两侧有"湫山"两个大字。碑文中引用如来菩萨碑记盖闻（不知出处），其中有"见得湫山之境"的地名用语。礼店东山长生观碑亦有"红岫湫山之茂麓"的记载，而坪头寺《湫山观音圣境之碑），系元朝至正九年（己丑），即公元1349年镌刻，距今669年。古碑正面碑文第二段云："昔唐宋封为通济正佑福安王，历五代史，宋金两朝，约五百余载。"古碑背下右记述："翻盖殿堂会首杜惟能、杨福寿、郭仲景、郭仲祥、郭仲严、郭全寿等。"以此可知，创建殿宇在前，刻立龙头碑在后，前后相距五百余年。元朝至正九年古碑系众会首翻盖殿堂竣工后所立。据此可得出结论：一是坪头寺创建约在唐朝第十八代帝宣宗（李忱）在位的公元849年。二是早在1152年前这里便取名湫山。

以此来看，坪头寺始建于唐代。那个年代佛教在中国的传播非常广泛。由此，我们就可以推断出唐代这里早就有人居住，而且这里佛教兴旺。另外根据《湫山乡志》中记载，在今天南海圣地，发现过一片残碑，上面有记载，碑石大概立于魏晋南北朝时期，也就能说明，在魏晋南北朝时期，湫山就有了人类生存的足迹。而那些残片碑文，则是生活在这里的人所记述。

后来，又有学者考证，湫山在魏晋南北朝时期，在南海圣境就建有寺院，主持应该是智简大师。这足以说明湫山在魏晋时，就是佛教流传很盛的地方。只是这座本在南海圣境的泓福寺，已经被历史深深掩埋，留给我们的，也只有那些残碑剩片，供我们后世慢慢端详器重被历史掩埋的部分。我不能想象，距今一千一百多年前，这里是怎样一番境地，森林茂密还是河流湍急？天干物燥还是土地肥沃？那坪头寺是否是香火不断？

从这些记载中，我们大概可以窥探出湫山当年也是一片富庶的土地。据我爷爷辈人说，早在他们生活的那个年代，湫山还是一大片一大片的原始森林，整个生活在湫山的人，靠山吃山靠水吃水。尤其是那些几个人合抱之木，漫山遍野都是。森林资源达到了前所未有的丰富。加之湫山被群山包裹，燕子河常年不断，虽然在某些地方的管辖之内，也算是别有洞天，很有世外桃源的影子。

只是后来曾经掀起过一场砍伐热潮，森林被毁于一旦，我们村有个脚户（专门砍伐森林的人）曾在全村脚户群里宣称自己一年毁林三百亩，我不知道是真是假，但那时候的砍伐热潮。最紧张的时候，三四十个脚户与森林警察对峙过。有一次，包山村的一个人，就因为砍伐森林与森林警察起了冲突，最终被森林警察用枪击伤。即便如此，也没能刹住砍伐森林的热潮，直到二十一世纪初，大量人外出务工，湫山的森林才渐渐没了砍伐之声。

湫山的石头也让我着迷。据专家论证，湫山这片地方属于冰川遗址，那些奇形怪状非人工垒成的石头就是例证。湫山境内确有很多奇形怪状的石头，那些石头都是大自然作用的结果。在湫山双兑村有个地方叫石方。原因是哪里的石头都是方方正正的，且这些石头都在深山老林里，不可能是人为的。所以，专家们看了后，就下了个模棱两可的概念：湫山极有可能是冰川遗址，是截至目前，全县范围内，唯一的一处冰川遗址。

这对湫山来说，也是个非常好的结论，如果这个结论一旦落实，那么也就意味着，这里该是大力发展乡村旅游的绝佳之地。然而，事实并未如我们预测的那般顺利，那些专家来了，也看了石头，取了样本，拿回去检验了。甚至北京的许多公司，也来实地考察，转了一圈，又走了。临走时还说这里有很好的开发前景。

然后，就没有了下文。湫山依旧守着古老的遗址，守着那些岁月的残片，继续在等待着。

面对着这些历史遗迹，和窥探湫山文化渊源的残片，我无法满足自己的好奇心。这片土地，它的辉煌和兴衰，都被深深掩埋了。我想，我要深入人迹罕至的地方去找找故乡那些被掩埋的故事，哪怕是一些可以窥得见的历史碎片，我都不能放过。

可怎么去寻找呢？哪些方向是我需要确立的？我又陷入到了某种惶惑之中。

有一天，我一个人在燕子河边上溜达，脑子里，还在想着那些困扰我的问题。坐在燕子河边，习习寒风凛冽，让我清醒了很多，忽然脑子里闪现出了一个想法，我觉得要了解故乡，应该沿着一条河，一道山去追踪觅迹。这是漱山的命脉，也是漱山人赖以生存的根本。

河流是燕子河，山叫分水岭。

燕子河是一条彩带，串起了漱山南北两岸。燕子河，又是一柄利剑，划开了漱山南北两岸。这是漱山祖先逐水而居的先天条件，如果没有这条河，漱山这片大森林里，还会不会有人迹，尚且难以定论。

而分水岭直接决定漱山地理位置和流向。按照地域，漱山属于黄河流域，然而恰恰在漱山北面，有一道岭，叫分水岭。这道岭划开了长江、黄河两个流域。漱山就处在这道岭的下方，所以从地理位置上来说，漱山属于黄河流域，这条贯穿漱山全境的燕子河，又成了长江众多支流中的一支，最终汇入到西汉水里，再经西汉水流入长江。

找到了出发的落脚点，我觉得该是出动的时候了。我打定主意，这次一定要去燕子河道，重新审视这条河流，审视历史变迁中物质世界的同异。同时，我还要去分水岭，用脚步去测量分水岭的奇峻。

于是，我沿着燕子河而上，去没有人涉足的地方，寻觅历史留下的碎屑。当我来到那些经过千百年来流水冲击的石头前，它们依旧静静地安坐在河道里，仿佛早就等待我了。

我沿着儿时放牛的路，慢慢走着。从庙山至洗瓶沟这一段，河道异常狭窄，悬崖峭壁，暗流涌动。站在那悬崖上边，你才能体会到什么是大自然的力量，什么叫鬼斧神工。那些石崖底下，是波涛汹涌的燕子河，而石崖上面，长满了树木，即便是那些石缝里，都能钻出一棵树，一株草。一些树在死去，一些草在重生。走在燕子河道里，你能体会到大自然的神奇。这里多少年来，春花秋月，冬寒夏雨，都在上演着。过去的历史，似乎幻化成尘埃，消失在历史隧道里。我详细观察燕子河道的石崖、苍松，甚至一株草，一根朽木头，它们身上都有着浓厚的历史辙印。

少时，我曾不止一次走过这条河谷。在洗瓶沟口，在燕子河道中间，有两方巨大青石，青石中间有凹进去的一条巨缝，燕子河水就从巨缝里流过。这条巨缝水流湍急，但里面却有很多鱼儿。故乡人将此地称之为鱼槽。

《湫山乡志》里这样描述鱼槽：

"燕河咽喉——鱼槽，自崖村一带山高林密，峰回路转，燕子河蜿蜒穿流其间，在白崖村下游一公里处山崖形成一个大裂缝，长约数丈，宽不过九尺，犹如一个巨大的石槽，将桀骜不驯的燕子河夹在其中，水顺势泻下，声如雷鸣，震耳欲聋。春天，鱼群溯流而上，在此处如跳龙门，跃上冲下，故名为'鱼槽'。"

1998年，岷县沙金村发生过一次史无前例的特大洪水，整个燕子河咆哮着，冲走了一些人，一些牲畜，一些生产物资。那是我记忆里，燕子河脾气最大的一次。那段时间里，总是有岷县人前来湫山寻觅被水冲走亲人的尸身。我们就跟在大人身后，在燕子河道里打捞被水冲下来的木柴、木头，还有人捞到了一包钱，成为奇谈。

此后，燕子河似乎逐年在见小，原来河道裸露，燕子河瘦成了一道麻绳。

我的燕子河寻根之旅，仿佛更加萧瑟孤独。这些地方，原来漫山遍野都是人迹，站在对山喊一声，就能听到另一个山头人的回应声。可这些山终究还是山，千年不动。但山里已经没有人了。燕子河道里，除了涛声，还有各种鸟鸣。尽管人迹罕至，但那些当年被人们用脚步踩踏出的山路，已经长满了蒿草，分不清哪里是路，哪里是林子。

我沿着燕子河而上，在弯弯曲曲的河道里艰难前进。

燕子河寻根之旅很不顺利。我只能折身返回。

第二天我走向了分水岭。这也是必经之地。分水岭前后并没有水。所谓分水岭，其实就是说分开了长江黄河的一道山脉。分水岭因为高寒，鲜有树木。一些苔藓类的植物，在地上趴着，和大地一样寒冷。猴北嘴（分水岭最高处）的那些雄伟的石头还在，马奇山一面挑着岷县马乌镇一面挑着湫山镇。分水岭比燕子河更冷清，这里远离人烟，没有树木，能看见的也仅仅是一山的荒芜。每一脚踩下去，都能感觉到土地的抗拒。

我沿着山脉走，耳旁刮起了两股风，一股风来自岷县，一股风来自礼县，这两股风裹挟着我向前走去。我随便一抬眼，世界就都映入眼帘。那些更远的山后面，是哪里呢？

我的目光所到之处，皆是满目萧瑟。这次分水岭之行，虽然不算是有多少收获，但这是我第一次认真地站在故乡最高处眺望世界的样子。所谓会当凌绝顶，也不过如此了。这一次分水岭之行，让我看清了故乡这片山脉的走向，看清了各种隐匿在那些"凹下去"的地方隐藏的河谷。这也为写作深入，创造了一个视觉基础。以后，再要设计山脉背景，也不会觉得茫然若失了。

临近下午时刻，我拖着疲惫身躯往回走，边走边胡思乱想，任由思绪在这条河流里奔腾不息。这一路一直在寻根,那么,我的根在哪里?当我走下山时,这个问题还没有想通。我不是个爱怀旧的人,却在故乡这种氛围中,一次又一次让记忆在久远年代寻觅。

我在想我所寻觅的,到底是什么?在我远离故乡的这些年,故乡和我愈来愈远,我们之间的感情,越来越稀薄。要不是因为这里有我的父母,有我生活过的痕迹,故乡终究会被遗忘。我记得梁鸿在《中国在梁庄》里说:"回想父母的一生和我们的艰难岁月,家庭的概念、亲情的意义总是在瞬间闪现出来。如果没有这些,没有故乡,没有故乡维系、展示我们逝去的岁月和曾经的生命痕迹,我们的生命,我们的奋斗、成功、失败又有什么意义呢?"

这里与我而言,到底还有多少无法割舍的感情呢?我的村庄,确切地说,我生活过的故乡,早已不是记忆中的故乡。我常常会在梦里,想念儿时的田野、绿水、蓝天,还有燕子河。它们伴随着我成长,并在不断给予我营养。

可我留给故乡的是什么呢?当我在故乡的土地上行走,用脚步丈量着这座村庄时,它的变化太惊人。我们曾经以为亘古不变的,指不定转个身,就不见了踪迹。比如我们村前的那条大坝,一直以为会存在下去,尽管水磨可能就此停止不转,但那道拦水坝,应该会一直成为我们回忆乡愁的连接点。可当我再次踏上燕子河时,水磨已经废弃了。那条大坝也不见了踪迹。我当时惊奇地在心里问自己:坝呢?

其实,不仅仅是这条拦水坝,童年记忆里的许多地方,都变了样子,在一点点地消亡。这种消亡,时间做了催化剂,加上人为的外力,一切以为不变的东西,其实早就在潜移默化地变着。比如村里的那些草房,在经历了几场意外大火之后,全部变成了烁瓦。最后剩余的那一片土墙，都在美丽乡村建设中，全部推倒，变成了一片空旷的土地。

我们不得不承认，现代化的脚步，太匆匆。时间的河流，正在淹没着一些能唤起我们记忆的东西。它们在消亡，我们的记忆也在消亡，至少是我们这一代人的记忆在消亡。今天，当我回首往事，意图再找一找记忆中的村庄时，那些永远的弥足珍贵的瞬间都消失了。那些田地，那些路，那些牛羊，那些充满乡愁的劳动身影，都定格在记忆里。

站在分水岭梁上，我惆怅万分。我不停地问自己：我究竟在这寻觅什么呢？一座村庄还是一个人？无处安放的灵魂，还是一片已经忘却的记忆？除了耳边刮过的风，没有人回答我的迷茫。

找了这么久，我恍然发现，我所苦苦寻觅的，其实就是留在心中的那份乡愁。

我的故乡正在加速向城镇化迈进。我所排斥的现代社会，其实正是现如今孩子们的童年记忆，很多年后，也会成为他们的乡愁记忆。

6.两口井

有人说故乡上坪这片地方，像个瓦片，也有人说，像只鳖。那些村里的老年人，总是在变换着各种视角，形容着故乡的外貌。或许在他们所处的年代，这地方的确像他们描述那样，可随着人们不断在那片土地上修建房屋，故乡的外貌其实也一直在变化着。

基于人们的这种描述，也为了满足自己的好奇心，我专门登上到故乡后面的山上，仔细看了一下。但我看到的故乡分布，不是瓦片，也不是鳖，而是一片犁铧。整个村子里就在犁铧之上。现在，白崖村搬迁点突了出来，压在了那片犁铧之上，原来的犁铧已经不像犁铧了，整个村庄外形呈不规则状。好似一个人的轮廓。搬迁点是头部，原来的犁铧部分镶嵌在搬迁点上，成了人的两条腿。

在这个人字形的村庄里，也在一日日变化，原来的川坝地里和庙背后，都修起了各种各样的房子，我们家就在川坝地里。小时候，我家门前就是土地，临着燕子河坝，白天黑夜，总能听见燕子河的涛声。后来，年轻人不断地从家里分离出去，重新安家立院，川坝地也一点点成了宅基地。今天，已经我家已经处在村子的中间了。

今天的村子其实也在慢慢变化着，比如有了二层三层洋楼，还有了别墅式的庭院，村子里，已经打破了传统四合院的建筑，那些有本事的人家，都在想着法儿把自己的庭院收拾的一尘不染。若要沿着今天村子走，与我小时候的村子，是截然不同的。当然，村子里，也有许多天然又至今在使用的东西。比如村里的井，就养育了我的祖祖辈辈。我今天的目的，就是去重新寻访那两口井。

如果说房屋是一个村庄的衣服，那么，井就是一个村庄的眼睛。

上坪村有两口井。全村的人，都集中在这两口井周围居住，并依靠这两口井来生活。这两口井，这么多年来，一直养育着故乡人。村里的自来水，拉了很多年，就是没通。我小时候，自来水通过一段时间，后来，管子破了，自来水断了。全村人至今都依靠这两口井。似乎现代化的东西，远没有祖先留下来的实用。

故乡人把井不叫井叫水泉。靠着村子西北边的井，叫上水泉。靠着村子东面的井，叫下水泉。以泉水为界，整个村庄，分为两片，挨着上水泉的村子叫上庄里，挨着下水泉的村子是下庄里。两个庄，紧挨着, 早已分不清彼此。上庄里和下庄里, 原来有界限, 现在随着房屋不断修建, 村里居住的人, 早已不分下庄里和上庄里。达到了你中有我, 我中有你。

许多人沿用了官方名字, 所以我们村, 统一叫上坪里, 和下坪村接壤的地方, 还有一块牌子, 上面写着 "上坪里村", 坪字的拼音打错了, 少了一个后鼻音 (g), 但这并不能影响村里人对村子的认可。今天的村子, 交融在了一起。外面有人问, 你是哪里人? 村里人肯定说是上坪里人。不过以村庄为界, 村里人在村里居住生活时, 却又泾渭分明, 上庄里的人, 更多地和上庄里交往, 下庄里亦是如此。好像上下庄, 又有着明确地界定。对外和对内, 人们的态度截然不同。

因为村里人各自形成这种区域划分, 也将取水的位置, 刻意地划分出来了。按照地理位置, 我家在上庄里, 自然地就经常去上水泉取水。那些年里, 抬着水桶担水, 是我们这帮半大孩子必须干的家务。雨水多的季节, 井里的水就茂盛, 有时候不小心将水桶掉落在井里, 扁担是捞不着的, 需要找一根长竹竿, 搜寻好一段时间, 才能打捞出来。后来人们学精了, 打水时, 总是先用绳子将水桶和扁担钩子绑在一起, 这样水桶就不易脱落了。

上庄里人很少去下庄里挑水, 下庄里人也很少到上庄里挑水, 除了距离远之外, 似乎上下庄子的划分, 也是根本原因之一。地理位置决定一个人的出身, 也决定吃水的位置。

也有个别时候, 比如, 上水泉没水了, 上庄里的人, 也担着水桶, 去下水泉挑水。或者下庄里井里取水人太多, 供不应求时, 也有下庄里人不嫌远, 挑着水桶到上水泉担水。不过, 这样的情况总是很少。这两口水泉, 像源源不绝的乳汁, 很少有干涸的时候, 即便是最炎热的三伏天气, 水泉里的水, 依旧汩汩流淌。

　　这两水泉，就是村子的眼睛。指引着村子，供养着村子。因为我家在上庄里，我小时候经常都去上水泉取水，对上水泉比较熟悉。而下水泉，在下庄里我很少去，只知道下水泉旁边有一些大酸梨树，盖着水泉，一到夏天就绿茵茵的。这也是下水泉的水常年比上水泉水多的原因。下水泉后面，就是逐渐升高的山了。下水泉，要比上水泉深一些。加上毗邻山脚，出水多。即便是十几家人同时取水，也取不干。

　　我这里重点说说上水泉。

　　上水泉旁边是贺家胜安，三贵家和邻居张家的草房。一排房子，有五六大间，保守估计，应该在四百平米左右。后来，成义家也在此地修建起了一座二层草房。草房的后面，紧挨着我们的打碾场。水井就在草房中间，被草房紧紧围着。不远处就是我们上庄里的山神庙，冬天时，这里总是青烟袅袅，炮声如雷。而现在，三贵家的那一排草房，已被火烧成了一片瓦烁。木头也被拆卸了，拉回家烧了柴，或者捡那些有用的重新被修了房子，就是那些还能用的石头也都被砌进了墙里。留给我们的那排草房，还有两堵墙，残颓不堪，在水井旁边立着。墙面上被火缭绕过的斑痕，显得尤为刺眼。成义家的草房，至今还在。水井旁边，敞开了一个大豁口，像个巨大的玩笑。

　　水泉旁边是两条岔路，形成了Y状。而水泉就处在岔路口上。这条岔路一个方向是走向山野，走向我们祖辈们劳作的田地。另一个方向是走向上坪人另一聚居地方，我们称之为"沟沟里"。沟沟里前后住着二十几户人家，现在一部分已经重新修建了房屋，搬迁到新房子里了。沟沟里的老房子，都闲置着，像饱经沧桑的人，继续接受着风雨洗礼。有部分人家，在外面定居，原来的房子也就独自守着寂寞，等待着过年，主人们回来住几天。

　　水泉边上有一个洗洋芋的石槽。石槽出自谁的手，无可考究，只是石材边上，雕刻着公元一九八二年的日期。石槽边上，常年有人在哪里洗洋芋。特别是秋天洋芋收了以后，许多要磨洋芋粉的人家，更是守在这里，用石槽洗洋芋。当然，石槽有时候也用来滔粮食（洗麦子），把麦子洗干净后，在地上铺上麦草，把干净的大塑料布摊开，在上面倒上洗干净的麦子，任由太阳晒。有时候，谁家有个红白喜事，石槽也兼做洗菜的地方。当然，这一切，都归结于那口水泉。因为水泉在哪里，取水方便，所以，洗洋芋、淘粮食、洗菜，都在石槽上进行。

　　距离上水泉不远处，还有个碓臼，我们这里叫碓窝（石臼粗壮朴拙，一般是青石凿成，形状像个巨型的酒杯。石臼外观是上大下小的倒台形，里头掏去大半个圆，那半个圆，放个篮球绰绰有余。）这是村里人制作甜酒的地方，所谓甜酒，就是把麦子的皮剥掉，加上酒曲，发酵成的甜食。儿时，每年过年前，或者夏季时刻，人们都会制作甜酒。这个制作过程，首先得把麦子倒进碓窝，用石杵不停地捶打，直到把麦子最外层的麸皮全部捶打掉，就算是完成制作甜酒的第一步。故乡人用"创"这个词来代替捶打，你不得不佩服，最形象的语言，往往就在普通人的生活中。儿时，我和大姐不止一次在碓窝里创过麦粒。这里留下了许多值得回忆的往事。当然，之所以把碓窝设在水泉附近，还是因为那口井，依然是为了用水方便。这时候，那口井就显得非常重要。创出的麦子，要用水进行淘洗，才能将混杂在麦粒中的麸皮洗干净。

　　现如今，碓窝已经被废弃，很少再有人去制作甜酒了。县城里有做好的，要吃给汽车司机打个电话捎一点，当天就能吃到嘴里。自己再做就麻烦了。还得用酒曲，还要将煮熟的麦粒房子炕上焖。这个过程要两三天。

关于这种划得来与划不来之说，是工业文明冲击的结果。这里面又涉及到价值与价格的关系，以及劳动时间的关系。自己做的甜酒，有劳动时间，有倾注的心力，还有对食材的热爱，这些加起来，就是自己做的价值，而市场上的那些，只是价格。原来传统的做法，在工业文明席卷农村时，被淘汰，或者被边缘化了。尽管每年村上还有人会制作甜酒，但那都成了一种稀奇。

当我重新走向那个碓窝时，碓窝里被填了土，废弃在路边。碓窝后面原来也是一溜的草房，如今也都废弃。贺随安经过自己多年的努力，已经在这里建起了一座三层洋楼，第一层用来开小卖铺，二三层家用。这也成为我们村第一个三层楼。

这些变化都围绕着水泉开始。水泉周围那一片地方，换了模样。而今除了那口水泉，依旧在供着人们的生活，原来的草房、碓窝、打碾场，都已经被废弃了。那些年，日子一旦到了三伏天，麦子上场以后，这座水井旁边，就尤为热闹。在汗流浃背的劳作中，故乡人最惬意的要数喝一碗泉里的凉水。那沁人心脾的感觉，瞬间会让人精神清爽。

只是这些劳作，也只能留在记忆里了。

看着这些，我感觉故乡正在消失，我记忆里的故乡正在消失。尽管水泉还在，但附近的草房，几乎无一例外地被大火吞噬，留下的只有那些残痕。

第二章　回家看病

据相关部门统计，每年从十一月到腊月底，大量农民工返乡，县级医院接诊人数超过了前三季度的一半以上。

——某县级医院新闻报道

1.林　青

林青是我的小学同学。很多年都没有联系了，只在每年回家时，偶尔见过一两面。早年间，他邀请我去他家里，我也没去过。我感觉我们越来越远了，甚至有时候我明显感觉故乡人刻意躲避着我。但这次在家里，听家人叙述了林青患病的经过，心里顿然生出一股悲哀之情。一个正当壮年的人，却被意外的病魔判了死刑。我觉得，我应该去看看他。

我拎着一包东西走近林青家时，空气里飘着淡淡的药草味儿。

林青的家的房子，十几年前算得上村里修建的较好的。那时候，林青的父母也是村上的"能人"，心眼灵活，能够走在村里人的前面。我依稀记得当时林青家五间大瓦房，坐北朝南，东西各三间偏房，西南角是大门，典型的中国四合院。不过林青的父母去世的早，在父母去世后，林青的日子，也就出现了下滑。后来他结婚时，我也因为还在上学，所以没参加他的婚礼，这一晃就是好多年了。现在当我再一次走近这里时，这座当年被人称赞的房屋却在风雨中饱经沧桑。橡头乌漆麻黑，被烟火熏染过后，肮肮脏脏。几面墙坑洼不平，泥层在岁月剥蚀下，掉落了，一些混杂在泥层里的麦衣闪着光，一半在空气中饱经风霜，一半镶嵌在泥层里，有了一种上了年纪的感觉。

我进院子时，一个小女孩在玩耍，脸被冻成紫色，手里把玩着肮脏的玩具——小猪佩奇。她的脸轮廓很像林青小时候的样子，我料定她就是林青的孩子。

我问："你爸爸在家吗？"小女孩很胆怯，也很警惕。见了陌生人，不说话，窜进了屋子。随即，屋子里出来了个女人，是林青的老婆，我见过几面。不过，较他们结婚时，女人明显被岁月染出了时间痕迹。林青老婆也认识我。我突然到访，她竟一时语塞，不知说啥好。我说："我来看看林青，他人呢？"女人眼圈红了，但没有落泪，只是哽咽着说，在炕上躺着。

我掀开门帘，走进屋子里。屋子里很黑，窗帘拉着，门帘也是厚厚的布。我定了定神，好让眼睛适应屋子里的黑和暗。满屋飘着浓烈的中草药味儿。我在黑暗中看到林青在炕脚蜷缩着。

我进去的时候，他用尽了全身力气，想办法坐起来。我说："你就躺着吧，我来陪你说说话。"

林青说："想不到你还会来看我。"说完，他又感觉到刚刚说的话似乎不妥，马上补充说："我在炕上快一个月了，刚开始还有人来看我，后来就没有人来看我了，我像个鬼一样，躲在黑暗里，等待着黑暗将我吞噬……"我静静听着他叙述，没有任何恰当的语言来安慰他。

林青喊女人，让倒水，递烟，找火。

林青老婆拿着半盒黄兰州烟（大家戏称黄皮鞋），掏出一支递给我。我只好接住，用打火机点着。屋子里便有了一种烟和中草药的混合气味儿。故乡人家里即便有多大的变故,接人待物上还是一如既往,这就是我故乡人的可爱之处了。

我坐在炕边上,林青依然在想办法坐起来。来人探望,坐起来,算是对我起码的尊重。故乡人,这种古老的习俗,代代相传。我让他躺着,不要坐起来,他无奈只能将一床被子和枕头垫在腰底,斜坐着。

为了让他放下戒心,不至于拒我于千里之外,我端起了茶罐,开始一边煮罐罐茶,一边和他拉家常。乌黑的陶罐上,不知道被多少人使用过。

林青又叫着让老婆给我找冰糖,我说不用了,他却坚持让找。茶叶成色不好,第一罐我递给他。他饶了绕手,说自己什么都吃不进去,喝茶已经成了一种奢侈。我这才猛然间意识到他的病。我和他坐着,零零散散说着这些年彼此的生活。

在林青眼里,我已经是故乡人眼里的骄傲,是能进城买房的人。我只好将话题转移,不至于让我陷入尴尬境地。我们说起了他的病情。林青在我印象中,不善言谈,属于三棍打不出一个屁的闷葫芦,这天他却给我说了很多。仿佛憋了很久,仿佛要一吐为快。我一边听他叙述他的病的经过,一边在感受他内心深处的波涛汹涌。

我是十一月二十六回来的。按照往年的习惯,还得再上一个月班,才考虑回家过年的事情。但是今年不行。今年,我自从正月初六到内蒙,就感觉身体不适,吃饭稍有不合口,就呕吐,加上天天都是大锅饭,我的胃,就如一台老化的机器,消化不了那些饭菜。不得已,我自己买了台电饭锅,经常熬粥喝。我的胃上不好,好多年了,我也没当回儿事儿。

在内蒙的时候,我去镇上的药店看过,大夫也没说出个所以然来,开了些药，吃上后，明显好了。但过不了多久，大锅饭吃一段，胃里老毛病就又犯了。再去镇上小药店看，人家就建议去大医院检查，自己也舍不得花钱，就没去。不太难受时，忍一忍就过去了。难受得实在坚持不住了，就吃几片药，缓解一下，就解决了。当时，总觉得是老毛病，根本没当回事儿。怎么也想不通，癌症会落在我的头上。

我当时想着自己还年轻，身体好着呢！那些年月里，为了几个钱，去小陇山林场砍伐木头，一个人可以砍倒合抱粗的树，犁地别人一天最多二亩地，而我可以犁四亩……大家都叫我拼命三郎。那时候，家里困难，出门又挣不了几个钱，唯一来钱处，就是砍木头，檩子、椽、门槛儿、挑头、浮梁，只要能挣钱，拼了命地往回砍。有一次，我们为了砍木头，与洮坪林场的警察起了冲突，好家伙，几十人拿着斧子冲向了警察，结果，王李村的李瓜儿被警察打了一枪，我们就跑了。现在想来，可能是那时候就把力出尽了，所以才会得病。人这一辈子啊，力气也是有限的，年轻的时候，要是把力气花光了，到了中老年时，就成了病秧子。

其实我这个病，一直都在。很多年了，断断续续的，吃药就轻了，不吃药，或者吃错了东西，就严重了，加上自己也喜欢喝酒，所以，我的胃，应该早就有问题。

今年去内蒙，胃上总是不舒服，我以为是老毛病，也没当回事儿。那时候主要是刚刚从家里出来，还一分钱还都没有挣到手，所以我也不能病，我病了那一家子人怎么活？家里两个孩子，老婆也在家照顾孩子，营务庄稼，全家一年花销，都指望我从外面挣回来。我不会相信自己就病了。再说，现在的医院，进去后，小病都给你说成大病，让你做各种检查，白白花费冤枉钱，检查出来，结果啥病都没有。所以，再苦再累，我只能撑着。网络上不是流行那么句话嘛，问，死了没有？答，没有！说，既然没死，就往死里干……有点调侃的意思，但又是大实话。我总觉得，这应该是小毛病，多少年了，我只要吃喝不合适，都会胃疼，或者拉肚子，我把这简单的人看成了伙食引起的。

就这样，我一直拖着病，干了十个月。后来，十月份的时候，几个老乡来我干活的地方要，看见我，就说我病了，脸上发黑，人也瘦了一圈，根本不像年初离家时候的我，他们让我到大医院去检查检查。

我原来没重视，听他们一说，我才在镜子里好好看了看自己，天哪，不看还好，一细看，我自己都吓了一跳。我怎么成了这副求样子。我这才感觉身体轻飘飘的，仿佛能在空中浮起。也是我大意了，从没有照过镜子，每天累死累活，回来就睡了，哪有时间看自己的模样，咱又不是明星。其实，之前身体释放过信号，有一次，肚子疼的实在厉害。我就去了一个老中医哪里取了几幅中药，煮着吃了，竟然肚子不疼。我就继续上班了，少上一天班，就少一天的钱，这对于我来说，得不偿失。所以，胃上不舒服时，往往强撑着，我不相信，也不愿想自己病了，现在想来，有点自欺欺人，要是那时候就看病，可能……实际那时候，我的身体就已经出现问题了。他们走了后，我想起自己越来越少的饭量，与目前身体显瘦的关系。

我忽然害怕了，我感觉到了死亡气息。我给老婆打电话，老婆就让我不要管家里人，赶紧去医院检查。那时候，我还是抱着一丝侥幸心理的，我就想，我才三十几岁，正当青年，还是干事业挣钱的年纪，即便身体有问题，也不会是大问题。

但我还是决定去医院检查，如果没病更好，花点钱，权当是消灾。如果有问题，也早发现早治疗。我就去了内蒙的医院去检查，大夫听了我的叙述，问了很多，然后就根据我说的情况，开了很多的检查项目，还让我住院。我去缴费处一打听，检查费就得五千多元钱，另外还得交五千块钱的住院费，我心里就又打起了退堂鼓，现在的医院住不起啊，费时间不说，还不能报。内蒙这边我又没有医保，住院看病的钱，不报销。再说，我还抱着侥幸心理，万一只是小毛病，进医院检查一番，白白花钱，我舍不得那血汗钱打了水漂。与其花那钱，不如给孩子买几件衣服。我就想着，与其这样白花钱，不如等过年的时候，早点回，去老家县医院检查，年年交医保，还没有正儿八经看过病，咱这回也要消费消费。年年到了年底，新农合要清零，只能在卫生院取一些常用药。

所以，我强忍着胃上不适，坚持干到了年底。但这期间，我的胃上，出现了以前从来没有过的疼痛，根本没办法再坚持干下去了。于是，最后一个月，我就没继续干，提前回家。十一月底，单位发了工资后，我就提前请了假，回家看病。单位上看我的脸色不好，还多发了三千元。我买了票，往回走，准备在县城医院检查一下，如果是小毛病，吃点药，住几天院，明年早点出门，一样弥补这提前一个月的损失。

我是十一月二十六回到了我们县城的。到了县上，害怕家里人担心，也没给家里人说，就找了个小旅馆住下。正好赶上周末，白白住了两天，花了两天冤枉钱。十一月二十九，星期一，医院大夫上班了，我去了县医院。

去了县医院，大夫问清了情况，和内蒙一样，还是开了一大摞检查单，我盯着那单子上的钱，肠子都悔青了。可是，来都来了，那就检查一下吧，有些时候，钱赚来就是为了花掉。好在，这次有医保，能报销一部分。

我按照大夫给的单子，交钱，又做了一大堆检查。整个检查，因为要预约，要排队，做了好几天，每一次，我都将检查的单子交给大夫看，大夫也没说出个所以然来，只是有些指标比较高。最后一项检查是胃镜。大夫说，让通知家属来，做胃镜，需要家属签字。我问大夫，我的病到底严重不严重，为什么非得家属来？大夫没给我说实话，只是说做胃镜要家属签字。我原来没想到自己得了癌症，只想着，可能说胃炎胃溃疡之类的。咱也懂上网查，我就在网上查了查，还特意在网上问了医生。网上的医生，说的不一样，有的说得严重，有的说的轻，但都建议做胃镜，因为胃上的病，只有胃镜能查出来。

看来给家里是瞒不过去了。

我给家里打了电话，第二天老婆就坐着班车进城了。我在医院门口等着老婆，一年没见了。老婆看到我，就开始哭，眼圈红的我都心疼。我知道自己的模样，吓坏了老婆。咱比不了那些小年轻，可咱也不死板，也见识过大城市里男女之间的浪漫。没想到一年不见面，见了面竟然在医院里。我们两个人相顾无言，老婆根本不相信，我成了这副模样。她哽咽着，我也难受。我还说，不检查了，咱回家，可老婆这回却来了劲，硬拉着我去签字。

第二天就在医院做胃镜。做胃镜之前，大夫把我老婆单独留在房子里，不让我听，大夫和我老婆说了啥，我不知道。后来我问她，她也没说。我被推进去了，老婆就在外面看着我，我能感受到她的伤心。

我这辈子没做过胃镜，感觉那东西强行被塞进嘴巴，最后捅到胃上的感觉，好恶心。做胃镜时，因为病症，导致了胃上出血。做了胃镜好几天，都吃不下一口饭。

做了胃镜，大夫就说，病比较严重，县医院不能确诊，需要从胃上抠一块肉，送到兰州做活检。我也不知道做活检是什么意思，只能忍着痛让他们抠。大夫就用那工具，在我胃上剜了一块肉，送到了兰州。检查完毕，大夫开了些药，让我出院，回家等消息。活检结果下来后，他会打电话的。

我们就回了家，村里人见了我，都叹息，我的病应该比较重了，我的脸色很不好看，许多人都劝我放宽心，好好接受治疗。当时检查结果也没出来，我也不知道自己的病到底有多么严重程度。

七八天后，大夫打电话来，说活检结果出来了，让我们进城，给我们具体说病情。我和老婆就又进城了，孩子也送到了他外婆家。去了县医院后，大夫又对我们说，我的病情不太好，给我办转院手续，让转到大医院去重新检查。

随即，大夫又给了我一个单子，说上面有他开的药，让我去取药，而把我老婆一个人留下了。他们说了什么，我不知道，我老婆也装作若无其事的样子。其实，那时候，我就感到了这次的病是麻烦病，不然不会这么麻烦，还要转院到其他大医院去检查。然而，我不知道的是，这个病，竟然会这么严重。腊月初八，我和老婆去了兰州，在兰州的医院里住了十天，做各种各样的检查，钱像水漂一样，逐渐在减少。最后，确诊了，是幽门癌，而且到了晚期。兰州的大夫也没有给我明说，只是我不在的时候，给我的老婆说了。不过，我隐隐感觉到事情不妙。和我同一病房的人，都是胃癌的患者，尽管我老婆和大夫没有明说，我却能感觉到，我胃上的毛病，一定与癌症有关系。看病的人，不可能把癌症患者和其他患者安排住在一起。有一点，我自己心里肯定的，我是得了胃癌，不过，我不知道，自己的胃癌，到底到了什么程度。

在医院里住着，天天做检查，抽血化验，接着就是化疗。然而，那时候，我兜里只有三万多块钱的一张银行卡，这还是明年家里一年的开销。而这一次住院，就花去了四万多，好在有新农合，报销过后，自己花了七千多块。现在想来，新农合真有用，没病的时候，还有些抵触，现在得了病，才知道，这玩意儿真能救命。可那七千多元，是不能报销的，我们只能自己掏钱。

腊月二十一，我们才回到家里。临走时，大夫要开口服的化疗药，给我们提供了方案，让我们选择，一种是国内药厂生产的药，另一种是国外进口的药，虽然两种药一样，但国内国外生产厂家不一样，所以，这两种药的价格也不一样。我当时觉得，国内的药就可以，可老婆却坚持要进口的药，我看了下单子，啥进口的药，一粒五十几块钱，每天得吃好几粒。但这时候，我已经对老婆有了依赖性，谁能想到我这么个老爷们，最终，却要依靠老婆。我总是觉得，娘们儿应该是我们疼的，可这时候，老婆却心疼我。于是，大夫就开了两周的药，我们拿着这些药，回家。吃完这些药，待一个礼拜，还得上去做复查。

现在我都不知道该不该去了。去兰州医院，还得检查，人只有在医院里，才能体会，所谓钱，不过是个数字而已。我现在想通了，我的病，肯定是个要命的病，反正左右是个死，我就不想再看了，再看还得花销，而且我这病，一次两次也治不好，每一次去都得花一疙瘩钱，还不一定能够看好。我问过大夫，我的这个病能不能看好，大夫没有明说，却让我心态放好，只要心态好，病就有希望。大夫还给我说一个外国人，也是这病，但这人知道自己得了绝症，天天开开心心，还流浪丛林，当他从丛林里出来时，去医院检查，身体竟然没有一个癌细胞。我知道，大夫是安慰我呢，我自己的病，自己知道。既然咱这县医院看不好，省上的医院，大夫说的含糊其辞。我就知道，我的病看不好了。既然看不好了，就不能拖累老婆孩子。我老婆跟着我吃了这么多年苦，最后却摊上了这么个事情，我自己都恨自己。

现在说什么都没有意义了，我只是觉得老天有些不公，我们一家子这些年来都生活清苦，也从来没有做过什么昧良心的事情，为什么这样的灾难降落在我们家的头上？

你都不知道，回来这些天，我第一次感觉活着是多美好，即便是没钱，也好。

我都不瞒你说，这段时间，你不知道，我常常梦见我的父母。童年时期的那些事，总在眼前晃。

林青还在给我叙述，这时候，他的老婆掀开门帘钻了进来。我们的谈话，也就只能终止了。林青说得很含糊，思维也很混乱，想到哪里说到哪里。只是说了自己得了幽门癌。但他对这个病完全没有认识，对化疗更没有认识。化疗只是一种催化剂，不断将病情加速的过程。近几年来，癌症开始蔓延到年轻人身上。我们这个年龄段，在十几二十年前，五十岁以上，才会得癌症，但现在普遍提前了。

林青的老婆说饭熟了，要留我吃饭。我开玩笑说，我一定要尝一尝林青老婆的手艺。林青的老婆笑着。但我似乎看到林青老婆笑容背后，表露着诸多的无可奈何。其他不说，仅化疗的费用一项，就可以让这个六口之家，遭受灭顶之灾。

可是能不继续治疗吗？当然不能。即便是死亡，也该是自然而然地终结。任何人都没有权力决定一个人的生死，更不能眼瞅着这个生命活活被病魔折磨。

林青的老婆张罗晚饭去了，林青告诉我说，他不想再治疗了，可不治疗，就是放弃。我和大夫一个口吻，让他心态放好，凡事多往好处想，说不定能治好。

林青说："可怜了他的老婆孩子，老婆跟着他吃苦受累，没年没月地干活。没有过一天好日子，眉头舒展的日子不多。现在好不容易，日子有了转机，偏偏他又得了不治之症。"

我能说什么呢？除了和他坐着，说着苍白的语言安慰他，没有任何能帮上他的。那一刻，我忽然发现，世界上所有精彩绝伦的语言，在这种情况下都会显得很苍白无力。面对着这个同学，我平时所有的腹有诗书，竟然都成了一堆毫无用处的废话。我在想，读书到底有什么用? 知识又有什么用? 面对着这个奄奄一息的同学, 我不知道说什么好。

　　我们就这也静静坐着, 不说话, 任由黑暗充斥着房子, 任由中药充斥着房子。天色暗下来时, 林青的老婆端上了手擀面, 和一碟苦格咸菜。或许在他们眼中, 这是能为我做的最高规格的招待了。我没办法再推辞, 只能端起碗开始吃, 面里窝着荷包蛋, 专门招待客人的。我没有拒绝, 吃了两碗。只是, 我将自己碗里的荷包蛋拨给了林青的女儿。

　　临走时, 我告诉林青, 让他放心看病, 只要他自己不怕, 任何病魔都打不到他。当然, 这话, 我自己都觉得虚弱无力。

　　林青让老婆送我, 走到门口时, 我把两千块钱, 给了林青老婆, 林青的老婆死活不要, 而且她眼里明显飘着泪花, 我只能强硬将钱塞进了林青老婆手里, 然后转身快速向我家跑去。

2.小　福

　　腊月十四, 在外面打工一年的小福, 忽然给我打电话, 问我在不在县上。小福是我村的青年, 在外地干工程, 我们互相有微信, 有时候闲了也说一些没用的废话, 骂骂世道险恶, 人心叵测。

　　我一时摸不清他要询问的重点, 只能说我就在县上。他就约我出去, 说有事给我说, 神神秘秘的样子。我让他来我家, 他不想来, 一怕生二来也不愿意给我 "带来麻烦"。

　　我只能将自己的手头的活放下, 匆匆去找他。

　　我在县医院门口见到了小福。这时候的小福, 和我去年见他时, 没有多少差别, 只是脸上铜色, 有黑影, 仿佛得了病。我问小福, 是不是身体不舒服？小福说："没有，我的身体健壮如牛！"我说："你还是检查检查，没什么问题更好，要是有小问题，及早治疗。"小福说："别胡说八道。"我嘿嘿一笑，很显然小福有话说，但他不急。他不急，我也不能急。

小福递给我一支烟，自己也点上一支烟。他说："我自己有时候感觉身体不舒服，胸口隐隐作痛，但我坚持忍着。现在还顾不上给我看病，我爸身体彻底不行了，我把他接进城，让在医院里调养一段时间。"我这才恍然大悟，我又试探性地询问他爸病情，小福说不上担心，也说不上不担心。这时候，我才觉得小幅我见面的重点不在这里。我只能开门见山地说："商人无利不起早，说吧找我有什么事？"

小福要给我说的事情，其实是自家的合作医疗票据丢了，报销的时候要票据，想问我有没有办法。我不能说没办法，只能想办法。还好我有熟人，我甚至怀疑这家伙知道我有熟人，才故意给我打电话的。我就给一位办这个事情的朋友打了电话，咨询了一下，原来还有底票，复印一张就可以。我交代清楚了姓名，还有身份证号码候，我让小福去找他。

小福在医院门口，开着自己的雪佛兰一溜烟儿跑了。我笑笑，往回走。我想这次与小福见面，肯定还会有后续。

这个空当，我们还是说说小福吧。小福是村里第一个坚持不种地的人，这一点倒是与他父亲形成了鲜明对比。这或许与他多念了几天书有一定关系。高中毕业后，没有考上大学，复读了一年，还是无果。小福后来说，那时候，他应该去考中专就对了，可偏偏考了个高中，还在高中时期，处了个对象，原来对象的学习挺好，结果两人就经常厮混，高中时也没学多少知识。

毕业后,那姑娘首先自己不念了,打工去了。小福还复读了一年,可高中欠下学业太多,一年时间,根本补不上去,而且高中复读时,老师讲的都是试卷,根本不讲之前课本上的知识点,小福复读的那一年成绩,还是与那个录取线,有一定差距。小福干脆将那些三年攒下来的书本和复习资料交了废品收购站,自己背了个黄挎包上了西安。

这一走就好多年。

这些年小福一直在西安干建筑工,具体干建筑工哪一类,我无从知晓,他也很少发朋友圈。能从他的朋友圈看到的,都是他最风光的一面。我只是从故乡那些曾经和小福一起干工程的人嘴里听说了一些。有的人说他发了,吃香的喝辣的,日子过得逍遥自在,说小福在西安消费可阔气了,一晚上竟然能消费一万多元。也有的人说他看起来表面风光,其实欠了一屁股的债,小福自己的难肠日子只有自己知道。基本上在故乡流传着小福的传言,就是围绕着这两种截然相反的结果展开。当然,关于小福在西安的故事,在故乡人嘴里咀嚼后,润色、加工,变成了各种版本,在每个傍晚,或者空闲时期,成为故乡人议论的热点。

对此我一直有所保留,我想非得他亲口说说,许多事情才能拨云见日。

这一次正好是个时机。小福的父亲在医院住着,他也走不了,只能每天陪着。

其实去年他回家的时候,曾经给我说过一段他打工的经历。

在西安建筑工地上摸爬滚打了许多年后,小福在圈内混熟了,也算认识了些人,就自己包工程。那时候,包工程这件事,对于一个高中毕业生的小福而言,还是挺具有挑战性,可他还是坚持干着。

2010年前后，小福赚到了人生第一桶金。小福虽然算故乡出去打工者中的"能人"，可他也有思想局限性。小福把赚来的第一桶金，没有再次投入市场，而是将自家的庭院收拾整齐，一院子四合院，全部都用瓷片贴了，白得耀眼。他结婚的时候，我去了他家里，那气派的庭院，我也有些嫉妒。这一点，他也有解释，如果老家的房子不漂亮，外面赚多少钱都白赚。

摸出门道的小福，开始进军西安建筑业。那时候，正好是到处大搞建设时，到处都需要人才，到处都有功臣，小福就一头扎进房产市场，一直干着，手头的积蓄也就越来越多。在圈内混久了，小福也变化了不少。就说他这几年在西安，被城市文化熏陶，也在自家新房子墙上，挂着各类书画，看起来倒像个书香门第世家。

小福说，他就好书法，好花草，算不上附庸风雅，纯属个人爱好。他这一辈子，是给人出力的命，一定要给孩子创造一个好环境，让他将来不再给人出死力生活。

小福的生活，我就了解这么多。

当天下午，小福继续打电话来说请我吃饭。我说吃饭就免了，让他好好陪陪父亲，可他说饭都订好了，就我们两个人，我不好再推辞，只能硬着头皮去了。我向来都不善言谈，尤其反感很多人在一个酒桌上吃饭，相互不认识的人喝几盅酒后，就称兄道弟，我自己做不到。

小福定了个雅间，我进去时，他还真一个人。小福说："你那朋友也挺仗义，我去以后，一会儿，事情就办妥了。"小福预订的这地方挺高档，偏僻，里面却什么都有。这些年来，中央八项规定出来以后，许多路边上的饭庄，都开始躲在"幕后"了。据说，临街的饭店里，某位官员被吃瓜群众拍过，造成了不好影响，以后这当临街的饭店就不吃香了。很多商人赶紧转变思路，把吃饭的地方都设置在深巷子里，反正酒香不怕巷子深，那些不花自己钱的官员们，自然会喜欢隐蔽之地。

我说，你这地方选也太高档了，根本不是我这平头老百姓能消费的地方，还是当老板好。小福说："别说那些没用的，我就想找个安静的地方，和你说会话。这地方，也是去年我回来，找县上一位领导，他安排的地方。"小福还不忘了补充一句："当然，那次是我请客。"

小福说："我这次来，主要是给父亲看病。"我这才知道小福的父亲，今年身体一直不好，六月份的时候，小福曾经回来过一次，但他没告诉我。我也只是从朋友圈看到他回湫山老家去了，以为是小住，我也没有联络，毕竟而今大家都各有各的生活。小福说："上一次回来，我陪着父亲在医院里住了两周，稍稍好转了点，我就将老父亲安顿好，又上了西安，我也没有联系任何人。"对此我深表理解，每个人的做法，都有自己的意愿或者道理。

我问小福他这次住多久，小福说，住半个月吧！我问起了小福父亲的病症。小福说："脑萎缩。"我当时就很震惊，脑萎缩是老年病，上了年纪的人，都会得这种病。这种病最常见的表现是老年痴呆。然而，小福的父亲年纪并不大，却过早地得上了这种病。

小福对他父亲得这个病的情况，并不惊奇，甚至觉得意料之中。

我爸的病，都是累出来的。干了一辈子活，把一辈子的精力，都放在了土地之上。这么多年没享过一天福，春耕夏收冬藏，家里的每一样活，都是他的，他就像个永不停歇的机器，不停地干着。我妈死得早，家里家外，都是他一个人操劳，我记得我上高中的时候，他一边种地，还要给我准备生活费。那时候，家里穷，我爸想着法儿让我吃饱穿暖。而他自己总是将那些旧衣服，改了自己穿。

　　小时候的日子，没有比我们家过的更难肠的了。那时候，我对钱有一种病态的迷恋。对于父亲给我的生活费，我总是规划了再规划，省了再省。人家都去进馆子，我可不敢去，我宁可花工夫自己做饭，也不进去。有些和我院子里住的同学叫我一起去，我就不去，如果我去了，下一次轮着我请客，我是请不起的，所以，我就不去。

　　后来日子渐渐过好了，我爸还是舍不得这舍不得那，给他买点好吃的都放变质了，还是舍不得吃，最终还是要扔掉，他们这代人，一辈子就这样紧紧巴巴过来了，让他们融入这个疯狂消费的时代，他们肯定不适应。

　　今年六月份，我爸身体就出现了问题，我爸从来都不会轻易给我打电话，用他的话说，他在家里什么也不缺，要我好好在外面闯事业去。只要我爸给我打电话，我就知道，我爸一定是遇到自己没办法解决的问题了，不然他不会给我打电话的。

　　六月份我回来的时候，我能感觉到他自己内心的挣扎，其实，那时候他的病就已经严重了。我带着他到医院里看了，大夫也没说出个所以然来，就让好好休息，不要再干重体力活。我觉得县上的医疗水平一般，我要带他去西安重新检查，可我爸就死活不去。我知道我爸是担心花钱，可我现在能拿出看病的钱了。我爸不去，我不能强摁着带他去，只能听从县医院大夫的建议，不再让他干活，只让他在家好好待着。你也知道，我爸他们这一代人，干了一辈子的活，你让他闲下来，他还真不知道自己该干什么。那么大个院子，那么空，那么安静，我能想得来他的日子是怎么过的。我给他的钱，他也不花，我让他买着吃，每月都给他生活费。他还是自己做饭。他说他不习惯外面的饭，不干净，盐大，调料味重，他吃不惯。我知道，我爸是怕花钱，他们这代人，把钱看得很重要。

当时大夫还说，一定要有人陪着，这种病，极容易引发阿尔兹海默症。可是，我不能天天守着我爸身边，西安那边一摊子事情等着我去做。再说，我爸也不让我陪在他身边。让我上西安，照顾老婆孩子去。我当时就很为难，你说人这辈子，挣死挣活的，不就是为了家人过得好吗？可是我现在尽管自己有点小钱，却给不了家人幸福。我们一直努力地在改变自己，牺牲自己的时间，不停地工作，我们希望能通过自己不断地努力，让家人过得好，可到头来，你会发现，其实我们把所有的时间都牺牲在了工作上，最终家人也没有如我们预料的，过上好日子。

你都不知道，我这些年来，熬煎着不行。当年，我挣了一些钱，老婆建议我们在西安买房子，我当时还想干点生意，再说，我也对西安没有感情，我不想成为在西安落脚的湫山人，所以，愣是没有买房子。当时西安的房子，我完全有能力买得起。可我犹豫了，这一犹豫，一晃几年过去，现在的西安房价，我自己只能叹一声气。这人呐，看上什么呢，一定要果断决定，犹豫不决，只能害人害己。

六月份我回来时，就想找你谈谈。那时候我爸身体不好，加上公司不停地催促，我就匆匆忙忙走了。

我爸的这个病，是老年病，说不准什么时候就发作了。让我常常很担心。你说他一个人，我们不在身边，万一有一天他病犯了……我都不敢想。我妈要是活着，该多好，他们两个人相互照看，我也就放心了。

我想带他去西安，让他和我们一起生活。他也不愿意，说去那地方，他生活不习惯，出门都是个问题。再说了，去西安，也没个亲戚朋友，没法去串门子，他会急死的。

我爸说他一辈子，就在这个山乡圪崂里习惯了，闲了串串门子，谝一阵闲话，玩一阵纸牌，他还不急人。他说让他待在西安，他会迷失方向不说，还会没有了精神寄托，整天都面对着空房子没地方去，那和他坐牢是一样的，他宁愿守着家里的那几亩山地，也绝不会跟着我去西安。

他对外面的世界天然地有着恐惧心理，所以也很排斥外面。

我也不能强迫他，只能由着他去了。他这种在农村生活了一辈子的脾性，在城市里也的确不习惯，更吃不开。你都没办法想象，我们一家四口人，现在扯到了两处。老婆还在西安，儿子的培训班还没有结束，她们回来，可能要腊月二十六七了。我爸不去西安，我又不放心，总是过一段时间，要回来一两天，看看他的精神状态。人活一口气，精神状态不好，人也就完了。

而我必须要去西安的，那里有我全部的生活价值，我在那里生活了十几年，各种圈子，也都在那里，所以我必须在那里苦苦挣扎，哪怕是累死，我都不想再回来了。不怕你笑话，这些年，我出门在外的，也和村里人接触少，每年回家，也只能待在家里，融入不到故乡人群里去了，故乡人，把我当成了异乡人，而异乡并没有我的故乡。

我现在最担心的就是父亲的病，所以，我提前回来了。当我回来后，我发现父亲的脸色不太好。我赶紧将他带到医院，做了各种检查。医生说，我爸脑萎缩面积又比六月份的时候增大了。我想就这样先住院吧，观察一段时间，等过了年，实在不行，我就将父亲接到西安，在西安调养，毕竟那里的条件要好一些，我们也在他身边。

我在网上看过一个段子，说一个老人得了阿尔兹海默症，又一个人生活着，每天只记得一件事情，就是去学校里等放学的儿子，而儿子早就成家毕业，到大城市里生活了。我现在最怕自己会遇到这样的事情。人老了，智力就开始下降，和小孩子一样了。咱们小时候，父母拉扯我们不容易，现在他们老了，我们作为子女的不能不管啊……

小福在叙述的过程中，动情处往往哽咽着，他为了掩饰总是一杯又一杯喝着酒。似乎一切，都在这酒杯里，在这进入胃囊的酒里。我忽然想到了我们任何人都不容易，那些看起来的表面风光，其实是隐藏了很多生活的不容易。我们这代人几乎都是背后戴着镣铐的修行，没有人一生会顺风顺水。中年人的生活，到处都是压力，而且自己还得挺住，一家子都把你当成顶梁柱，一旦你倒下，他们的生活就异常艰难了。

他的这些担忧，其实和我很相似，一个成年男人，无法让家人过上好日子的熬煎，也只有经历过的人才懂。我当然还想知道，小福这些年在西安打拼的经历，所以，我故意把他向这个方面引导。

小福要了两瓶金辉五星酒。我说："一瓶就够了。"小福说："一瓶喝啥呢，还没开始，就喝完了，咱虽然喝不起茅台五粮液，这百十块钱的酒还能买得起。"

说到这些年在西安的打拼，小福精神多了。我们之间的谈话气氛，也缓和了许多，不像刚刚说起他父亲时的沉重、难过和绝望。小福笑着，若有所思地回顾着他这些年西安的生活。

要说我这一辈子，苦吃尽了。我从十七岁到西安，现在快二十年了。当年，要是好好学习，咱也能坐间办公室，吃碗轻省饭。那时候，和我一起念书几个人，现在都当官了，他们当年的学习成绩可没我的好，可人家就是有那么好的命。

有时候，你不得不相信，人的命，天注定。我当年要和他们一样坚持读书，也不至于这样。可如今，只能把这希望寄托在下一代了。我高中的时候，主要还是贪玩了。好多时间都白白浪费上了，还害得那女子也没考上大学。哎，那女子原来成绩比我好，愣是我给人家耽误了。她毕业了就上了北京，我们刚开始还有联系，我复读的时候，也经常给他写信。第二年，我又没考好，就把那些书交了废品站，上了西安。我当时其实想去北京找她，可那段时间，我觉感觉她心里有人了，因为我明显感觉到她对我没有之前好了。没过多久，果然她处了个对象，湖北人。我也就不好再去北京找她了，毕竟去了北京，咱也给不了她幸福，这点我还是有自知之明的。

这以后，就下定决心，要在西安发展了。其实我最早也想去北京转一圈，毕竟那里是首都，就业应该比西安好一些。可我和那女子出了这样的事，我就不想去北京了。我害怕在北京遇着她，那会多尴尬。

我刚刚到西安的那会儿，啥都干过，当装卸工，骑三轮车送货，到酒店当服务员。可以说，能干的我都干了一遍。慢慢地，随着我长大，见识多了。自己也就胡思乱想，我就想，我不能这样一辈子浑浑噩噩的。我总得学点安身立命的本领。

你都不知道，那时候，国家各项好政策都在西安落地生根，只是咱当时不懂。要不然，咱也能干点啥。怪只怪，咱读书少，不懂许多东西。念书这件事，看起来最轻松，其实是农民翻身的最佳途径。一个农民家的孩子，要想立于不败之地，要想有所作为，一定要读书。也只有读书，才是最低门槛的财富积累。可惜那时候，咱也不懂。现在回过头来，早已过了静下心来好好读书的年纪。正如老人说的："一失足成千古恨，再回头已百年身。"

那时候，我像只无头苍蝇一样，到处晃悠。我看到所有人都在想尽办法挣钱，而稍微有点头脑的人，都大把大把地挣着票子。似乎各行各业都满是挣钱的门道，咱看的心里痒痒，可没有本钱干，只能给别人出力。我在酒店干服务员的那几年，真正见识了什么是一本万利，那些大饭店，火爆得不行。那些单位的领导，花钱都是大手大脚。我刚开始不懂这情况，看着那些人花钱不心疼，我都心疼，那茅台五粮液一顿饭能喝一箱多。我来我才听说花的是公家的钱。反正不花自己的钱，就不心疼，这是我后来才体会到的。

大饭店招待的都是公家人，咱也没那个本事。我就把消费群体放在了那些工地上的工人身上。我看到他们每天都在干活，吃饭也都是凑合，但这是个大群体，如果开个饭馆儿，凭着人流量，也能赚一笔。

于是，我想自己也搞个饭馆，赚点钱，赚大钱咱没本事，赚这点小钱应该可以。我想，大饭店咱开不起，小饭馆，咱总能开得起。可是我没有多少启动资金，那些年，虽然在西安打工多少积攒了一点，可要想真正干一件事，你才知道，有多难。咱不眼红别人，只想老老实实凭借自己双手，挣点钱而已。

可即便这样，做起来也很难，现实就是这么残酷。再说了，开饭馆是手艺活，我手艺也不行。但那时候，我已经决定了要开饭馆，就行动起来了，空想什么也得不到。退一步讲，反正自己还年轻，即便是血本无归，也可以学些经验。

当然，从内心深处说，我自然是希望多赚点钱的，即便是十块、二十块的小钱，但要是量多了，也会攒下来。于是，我就在一个建筑工地旁边开了个面馆，专门供那些工地上的农民工的吃饭问题。主营的是面条，咱们西北人，都喜欢吃面条。此前，虽然我报了一个班儿学习了三个月，但很多手艺，是在实践中慢慢练就的。做了几天，发现并不好。摊子已经撑起来了，不能就这样歇菜，也怪我当时太心急了。于是，我就请了个厨子，自己打下手，负责打扫卫生，收钱买菜之类的活。当然，我也看我请的厨师耍手艺，但这家伙鬼得很，每次我要看的时候，他就很提防了。

饭馆干了一年，每天的流水账，看起来也挺不错。但一年下来，除去各种开销，也剩不了几个钱。连自己开店时投入的钱，都没有赚回来。

我心里多少有些失望，一年来，早出晚归，忙的跟狗一样，竟然没赚下多少钱。来我这面馆吃饭的人，大都是农民工，舍不得花钱，做餐饮生意赚大钱，必须要开酒店，可我哪里有那么多钱？这样下去也不是个办法，第二年，我就把饭馆转手了。我又开始为自己的前景煎熬，西安这地方，虽然已经干了几年，可依然一无所有。我看到了建筑工地的优势，那些衣衫不整，肮肮脏脏来吃饭的人，每个人每天的收入，超过了我饭馆一天的收入，我决定进军建筑行业。我这个人最大的优点就是，想清楚了就行动，不会迟迟不动。

刚刚到建筑工地那会儿，咱啥也不懂，只是个小工，干一些出死力的活。搬砖头、和水泥、扛钢管……反正只要是能干的，也都尝了个遍。但工地上工种太多，只要会一样，也能摆脱这种被动的局面。我就想着，要变一变，不能总当小工，工资低，活累，只能出死力。

你咋不喝酒喝呢？来干了，干了，咱慢慢说。

后来，我跟了个师傅，是灞桥人。他是大工，各种工地上的活都会干，他给我说过，他在建筑工地上已经干了二十几年，西安好多高楼，他都参与了修建。我就拜了他为师傅，跟着他，到处干活。

但那时候的人吧，都有心眼，俗话说，教会了徒弟，饿死了师傅。好多师父对徒弟都留有几手。咱人也灵活，为了打消师傅的顾虑，赢得师父的信赖，我也是想尽了法子。我经常给师傅买烟买酒，还请师傅吃饭。夏天热了，给师傅送去一件饮料或者啤酒，冬天冷了，给师傅买一件棉衣。慢慢地，师傅觉得我这人还可以，其实现在想来，我还不是为了学到手艺，给师父耍了心眼。师父认可了我这个徒弟以后，就给我教那些技术活。那些压箱底的技巧，师父高兴了，也会给我说一嘴，我就像得了宝一样。毕竟这些东西，师父实践了很多年才得出来的经验。我留心学着，很尊重师傅，也经常给他跑腿。

师傅在西安买了房，算是市民了，老婆孩子都在西安生活。但师傅说，他一辈子就靠这点本事吃饭，别的他也不会，所以，一直在建筑工地上干着，但师傅的名气比较大，建筑行业里，没有不知道他名字的。

我跟了师傅三年，鞍前马后。这三年，基本上是师傅包工程，我跟着他干。我也能得一部分钱，但我把大部分的钱花在了学技术上。三年来，师傅教给我了许多工地的技术，我也慢慢知道这个行业里的猫腻。

后来，我出师了，自己揽活干。但依然和师傅有来往，逢年过节了，也去师傅家里小喝一杯。有时候，师傅手头有多余的活，也分给我一部分。我慢慢通过自己的努力，积攒了一点钱。

那是2008年的时候，国家给了灾后重建的砖和瓦，我就全部根据自己的需要，修了砖混结构的房子，把墙面全部用瓷砖贴了，看起来就好看一点。当然，我还必须面对这样的事实：我自小没了母亲，只有父亲一个亲人了。如果自己再不努力，我就得打光棍。所以，我修房，也是为了给村里人看，我们家尽管人丁稀少，但我绝不是吃软食的。

房子修好后，父亲就张罗给我娶媳妇。我们家当时那院子，远近闻名。另外，我在西安打工的那些事迹，被故乡人说得传神，也算是在娶老婆这件事上帮了忙，这人还是要有个名声，不管是好名声还是坏名声，都要有个名声，别人才能注意你。所以，我的亲事，异常顺利。我的老婆也是别人介绍的，父亲就请媒人上门提亲。女方家里打听了一下我家的情况，也就同意了，但彩礼不能少。这点我能想的来，人家养育了那么大一个人，给我当媳妇，要彩礼自然也合理。

我们凑选了个日子结婚了。可结婚的那天，我收到了一个陌生号码发来的短信，凭直觉我能猜到短信是谁发的。但那天，我们家很忙，我也没有回复短信。过了几天，我试探性地回复了短信，果然是和我高中好过的那女子，这时候，我才知道湖北佬和她同居一段时间后，她怀孕了，湖北佬竟然消失不见了，她回来时，就听说了我结婚的消息。我也为她感到不公，毕竟好了那么多年，要说没一点感情，肯定是不现实的。但我已经结婚了，我也不想节外生枝，就再没有与她联系。老婆进门后，我们在家里生活了一段时间，但我还是想着西安的工程。我们两口子把家里收拾了一番，丢下父亲，就上了西安。

我包工程，自己干大工老婆干小工。帮着我和水泥，抬木头。那年月，日子过得不算太好，也不算太坏。一年到头，我们两口子一年也弄点钱。没活的时候，我们就到处去旅游。也是那时候太年轻，存不住钱，有点钱，就感觉要花掉，不花掉，心里憋得慌，老婆常说我是"狗肚子里存不住三两油"。也是因为那时候，没有负担。对于故乡来西安的人，不管谁来，我都招待，我从来不会把人分成几类。再我记得第一次登上华山时的情景，至今想来都让人难忘。那几年，是我们最好的日子，无拘无束的，偶尔回来和父亲喝几盅。这时候，老婆让我在西安买房子，但那时，我没想过要在西安定居，也就没有打算买房子。为这事，老婆这些年来，经常在我耳边叨叨。

再后来，我就从故乡那些到西安打工的人当中，选了几个老实人，跟着我干。我这人也不是太黑，给他们的工钱也不会少一分钱，不过我不喜欢偷奸耍滑的人，自作聪明。我喜欢老实人，那些亲戚家的和村子里的子弟，听说我在西安混大了，都希望我能带着他们的子女在西安干活，但我都拒绝了，我有今天的成就，都是自己一步步摸索出来的，我害怕带几个不负责任的人，把自己的锅砸了。因此，我也得罪了一些人。我在西安的时候，从来不会亏待那些跟着我干活的人。即便有时候工程款没下来，我也得想办法把他们工资发到手。

我包工程干活时，老婆就给我们做饭，这样也省去了一些钱。如果请厨师，必然要多出一些花销来。我老婆就负责做饭和管账（嘿嘿），主要的账还是我管，老婆文化程度低，给她一些账，她看着都头疼。

后来老婆怀孕了，我就不让她干了。我在西安租了房子，她就在家待产，而我天天上工，从不歇息一天，我要为我将来的孩子准备足够的物质财富。既然他们和我成了一家人，我就得对他们负责。

生儿子时老婆是剖腹产，躺在床上不能动。我就重新租了个单元房，两室一厅的，一年租金一万多。这样，孩子生活能条件能好点。我这就算是正式在西安居住下来了。

儿子出生后，家里的花销明显增多，所有的事情，都要花钱。我还请了个月嫂，帮助白天照顾孩子和老婆，晚上，我再晚都得回去。本来说好，丈母娘要来西安伺候月子，可临了，岳父摔了一跤，伤得不轻，在西安住院，所有的花销，基本上都是我出。出院后，他们就回去了，因为我租的这地方，也容纳不下那么多人。月嫂伺候了三个多月，老婆身体慢慢修养好了，能做饭，她就要辞了月嫂，我害怕她还没有恢复好，不想辞退月嫂，但老婆硬是自己辞了，还说她会专心在家带孩子，不拖我们的后腿。

那段时间，我感觉压力可大了。几乎每天都要花钱。钱对我来说，就成了每天的必须。我天天上班，有时候还加班。只要能来钱，我啥都愿意干。五六月，西安那么热的天，一点风都没有，我还是备上一壶开水，就上了工地。我家里有两张嘴要我养活，老家里还有个孤零零的父亲，等着我养老送终。所有的一切，都告诉我，必须赚钱，赚大钱。

后来，我们还是预定了一套房子，交了首付，正在修，估计后年能修好。这套房子，几乎花掉了我所有的积蓄。

这几年来，一家人在西安生活，除去吃喝拉撒睡，一年挣的钱，全部都花了，临到过年也攒不了几个钱。加上这几年，国家的政策紧了，许多规划好要修建的地方，都停工了。建筑行业，已经不吃香了。所有和我一样的包工头，都到处找活干，没活干，就在西安无法生活。那地方可不是咱老家，喝口水都要钱。

老婆要出去找活干，我死活不让。我这人，还有点大男子主义，我觉得她的事情，就是好好地给我们做饭，守着家，供儿子上学，其他的，她就不要考虑了，我在西安能养活这一家人。

我现在最后悔的事情，就是当初没在西安买套房子。当时挣了点钱，舍不得，总想着再挣点。没想到这房价噌噌飞涨。这几年的房价，翻了好几番。现在我买的房子了，啥时候能住进去还不知道，每月还得还房贷。

我们现在还租房子住着。我既然决定要在西安定居了，就要给儿子一个好的学习生活环境，如果儿子将来成才了，现在的拼死拼活干活也就有意义了。我爸让我把儿子留给他，他看着在老家上学。我不放心，我爸的那身体，我不放心。再一个是老家的教学水平，我也不放心。

……

小福喝醉了。随口说着既清晰又模糊的醉话。不过他说的这些，好像不是我在村里人口中得知的那样。

我的意识也陷入到了朦胧状态中。桌子上杯盘狼藉，我叫了一个好哥们，把我们接了回去。

我将小福带进我家的客房，又和哥们去看了看住在医院里小福的父亲。老汉在病床上躺着，呼吸均匀，面目祥和。

3.小 童

腊月二十六，小童陪着父亲回到了村子里。

村子里关于小童父亲的病，传得风一股雨一股，各种版本都有。我向来对这种经过大家口里加工的产物，产生怀疑。但这些传谣里无不透露着一个信息：小童的父亲确实病了。

此前，我就听人说小童的父亲死了。那时候，我不在故乡并不知道故乡发生的事情。当我听到这些消息后，只是暗暗震惊，我明白有时候故乡人传播的信息，虽然经过大家的嘴加工，但最初的那个核还在，这样传言，绝非空穴来风。小童的父亲和我父亲年纪相差不多，怎么会明莫名其妙地死了？我记得前不久，还看见过他手里拿着镰刀，上地干活去了。一个活生生的人，怎么说没有就没有了？当然，后来证实属于谣言，小童的父亲依然活着，但重病却是事实。

小童父亲的病，和我父亲的差不多都在胃上。我不知道，为何越来越多的故乡人，胃上出了问题？是吃了不该吃的东西？还是喝了不该喝的东西？还是其他方面的原因。这些问题困扰着我，也困扰着故乡人。在我成长的这些年来，很少听过因为胃病而去世的老人，或许有，但人们没有像这样重视，总之就是很少听到。现在胃病却成了威胁农村老中青年的重大杀手。人的生命在这些病症前，不堪一击。此前就有两个也是胃病的人相继过世。我父亲也是胃病，刚开始吐，就到处求医看病，最后确诊为胃癌。我的父亲去世快一年了。想不到又一个父辈，得了一样的病。

关于我父亲的病，故乡的那些老人，归纳了好几点。有人说，喝酒太多了胃喝坏了；有人说，不按时吃饭，饥一顿饱一顿，胃坏了；也有人说，是脾气不好，常常爱发脾气，把胃气坏了……总之，花样百出，五花八门。当听说小童的父亲病了以后，那些在太阳底下晒太阳的老人，又衍生出了小童父亲各种得此病的版本。

我并不想深究这些，生死自有天命。现在追究这些，已经完全没有意义了。看病应该是目前小童唯一要做的事情。我的父亲在最后的日子里，曾经一度要我母亲去给他买老鼠药，让他结束痛苦。那段日子是我们最黑暗的日子。我隐约看见死亡的脚步正在靠近。

我想小童的日子一定和我当初的日子一样。人只有经历生死，才能看透一切。家人生病，是提醒我们和家人要多相处。我记得在兰州看病的那段时间，我内心充满了黑暗。不知道小童，现在的处境如何？

我想要见见小童，听听他的心里话。

我在路上碰见他，他好似有一肚子的话要给我说。我忽然间深刻地理解了"同是天涯沦落人，相逢何必曾相识"这句话的深切含义。

小童是在我家坐纸的晚上来我家的，我们相对而坐，炉子里煮着罐罐茶，开始了一场秉烛夜谈。

要说我的日子，其实也没什么，挺一挺就过来了。

当初县医院大夫说他们看不了，让转院的时候，我其实就感觉到了事情不妙。尽管现在许多人说，县医院的医疗水平有限，但当时，我看得出大夫的话有保留。我猜想，我父亲的病，一定是到了很麻烦的时候。不管任何行业，都怕麻烦事情。医院大夫，当然也害怕麻烦病，这几年来，医患关系不断吃紧，很多人家花光了钱，最终没有治好病，导致了人财两输，自然有人就不乐意了。也是基于这种情况，县医院的大夫自然要我们去外地看。既然县医院看不好，那只能转院了。我父亲，刚开始转到了市医院，毕竟市医院距离我们这边近，要是上省城，那就远了。在市医院做的检查，结果和县医院差不多。唯一不一样的，就是从父亲的胃里剜了一块肉，说做什么活检。

我当时有点蒙，他们说，我父亲有可能是癌症，所以要做活检。当大夫说出癌症两个字的时候，我就知道，情况已经很严重了。这是我最不想看到的事情，却突然而至，而且你还不得不面对。这时候的我，已经没了主意，医院说怎么办，我们就怎么办。做活检需要一个星期，待在医院里，没有任何意义，白花钱。大夫让我们出院等结果。其实，我是害怕那个结果的，一旦确诊，就意味着父亲被判了死刑。

我在焦虑中等待那个结果，既渴望，又恐惧。当然，一个星期之后，结果还是来了。大夫打电话说，让我们去医院，有些事情需要交代。我就去了医院，这次大夫开门见山地说了父亲得了癌症，而且已经到了中后期。大夫让我们去兰州看，因为兰州的条件比较好，医疗设备，技术等都要比市医院好一些。大夫都这样说了，我当然就带着父亲上了兰州。

这次去，住了二十几天，做各种检查，白天黑夜，父亲身上插满了各种管子，好像蚰蜒一样，身体里忽然就长满了触角。做检查的时候，父亲尽管想挤出一丝丝笑容，好安慰我焦虑的心，但我总是看见他难受的表情，让我心里一阵又一阵的疼。说起来你可能不信，这是这么多年来，我第一次近距离和父亲相处。他躺在病床上，闭着眼在与疼痛做抗争，而我有生以来第一次这么近距离地看父亲的面容。父亲竟然那么老了，他所有的头发根都白了，脸上的色斑很多，皱纹也很多。我的父亲老成这样子了，做子女的却至今才发现。许多歉意的话，根本没办法说出口。

父亲把我们姊妹两个拉扯大，一天福都没有享，该吃的苦，却吃尽了。现在我们都已经成年，成家立业了。我去年还生了儿子，父亲应该享受天伦之乐了。

然而，就在我们家日子不断好转的时候，父亲得了这不治之症。陪着他在兰州的那段日子里，我感觉到全世界都黑暗了。我不知道你有没有过那种感觉，就是对任何事都失去了希望。那段日子，我住在医院十八楼上，整个楼道都静悄悄的，一点都不像医院，我感觉到了害怕和孤寂。这就是肿瘤科和其他科室的区别，喧嚣是医院的特征，可你进了肿瘤科就知道什么是安静了。那是一种让你心慌的安静。你都不知道，我咳嗽都不敢大声。肿瘤科的人，似乎就该忍受这份儿安静。

我整天在楼道里打转，为父亲的病煎熬，也为即将要花的巨额医药费煎熬。父亲似乎看出来我的煎熬，执意要回家，不想治疗了。还说到了他这个年龄，死了和活着已经一样了。父亲说，他这一生欣慰的是供我读书，给我娶了老婆。人生需要尽责的地方，他都做到了。如今，即便是死了，他也没什么遗憾。可是我不同意，父亲的确尽到了自己的责任，可作为儿子，我也要尽责，我的责任却没有尽到。父亲在我的坚持下，不得不重新接受治疗。

我让父亲坚强，可我自己的心里是崩溃的。医院里不让抽烟，我就坐在大马路上，一根接着一根地抽。都不怕你笑话，我抽的是黄兰州，大家戏称黄皮鞋，就是最劣质的烟。吃饭也是能省就省。这都是其次，重要的是心里吃亏了。以前总觉得父亲是家里的主人，什么事都不需要我操心。可这时候，我却成了家里的顶梁柱，所有人都看着我。每做一个决定前，我都不断地问自己，这样做到底对不对？

在医院，各种检查做完，大夫就开始会诊，希望拿出最有效的治疗方案。他们给了我两个结论，一个就是做手术，直接将那片坏死的胃切除，然后缝合，但这样做有风险，其一是会复发，其二，无法确定癌细胞的扩散。还有一种方法，就是保守治疗，用中药续命。我当时已经方寸大乱，没想到父亲的生命，最终要由我来决定生死。我忽然感觉到了大山一般的压力，大夫让我们尽快拿出方案，因为这种病耽搁不成，越早治疗越好。一旦耽搁，癌细胞扩散就没办法治疗了。

我何尝不想拿出一个好方案。可是，让我来决定父亲生命的延续方式，我忽然觉得自己没有资格。我在楼道里徘徊了一个下午，又在黄河边上抽完了两包烟。最终，我还是没有拿出可行的方案。不过，有一点是可以肯定的，我得征求父亲的意见，他的生命，必须由他负责，我们任何人，都做不了这个主。那时候的父亲，已经意识到自己的病重程度。当我含蓄地表达了我的意思之后。没想到父亲问我："哪一种能让我活下来？"我当即就语塞，父亲的求生欲望那么强烈，我们不该毁了父亲的念想。可是，我无法给父亲回答，因为我也不知道那种方式可以让父亲活下来。

　　我想不到，这个决定的做出，却需要这么大的决心。而父亲只想活下来这件事，对我来说有些缥缈，当然，大夫也说有奇迹，而且世界各地的奇迹都在不断发生着。可谁能保证，这种奇迹就会发生在我们身上？大夫催了一次又一次，要我赶紧做决定。可面对父亲，我迟迟下不了决定。我害怕，我的任何一个决定下去，都会让父亲承受不必要的痛苦，甚至付出生命的代价。我这三十年的人生中，做了好多决定，甚至做了人生走向的决定，我都没有这般煎熬过。但这次，我该怎么办？

　　我出了医院，在大街上漫无目的地走着。我想寻求一种可以让自己做决定的依据。然而，满大街的人，都在急匆匆地行走着。没有人注意我，更没有人看到我内心的挣扎。我看到大街上所有人都是幸福的，他们笑容满面，他们衣裳时髦，而我，成了天下最可怜的人。

　　老婆打电话来，询问父亲的病，我只能说一切都好着呢！我不能给她们再造心理负担，自从父亲生病后，母亲就一直郁郁寡欢，尽管他们这一生中都在拌嘴中度过，可这时候的母亲，却显得格外抑郁。我胸中压着一口气，不知道怎么释放出来。我一边走，一边想这个艰难的决定。最终，我还是觉得应该试一试，既然现在已经成这样子了，不试一试，怎么就知道不会成功呢？我决定了，顶着风险做手术。当然，我还是很担心，我用自己的一个决定，赌上了父亲的一条命，而且尚不知结果如何，可摆在我面前的只有这一条路。

回到医院后，我与大夫进行了一次挺长时间的对话。我咨询了各种治疗的后果，和意想不到的情况。最终，大夫建议说，手术比较好，成功的可能性也很高。我就与父亲进行了交流，给他说了做手术的好处。父亲静静地听着，并思谋着我说的话。这时候的父亲，已经像个孩子，许多事情，都需要我来替他做决定，他对我的依靠，从来没有像那一刻一样。

最终，父亲同意做手术。我忽然感觉肩上卸了担子一样，心中的一块大石头终于落地。当然，这次大夫也给我说了手术费用，让我提前着手准备。我知道，一旦要决定做手术，我就得想办法筹钱。我给每个亲戚朋友打电话，借钱成了一种难以启齿的事情，可再难以启齿，你还得打电话。很多人都借故没有钱，对此我也不怪怨任何人，人家给我借钱是帮助我，不借钱是人家的本分。最终，还是有几个亲戚慷慨解囊，帮助我凑足了医疗费。感谢的话也没说多少。他们还都安慰我说，不急着还钱，等我有钱了再说。有时候，你不得承认，亲人和其他人真不一样。这个世界，有时候真冷漠到只剩下亲人还能帮你的程度。

紧接着就是做手术。尽管大夫说了做手术的好处，但真正到了做手术之前，大夫又拿出了很多需要家属签字的东西，需要家属一一签字，这些东西都是万一发生了意外，医院该怎么样做，其实说白了就是一种推卸责任的文书而已，我已经没有耐心一个字一个字看，再说，父亲已经被他们推进了手术室，就等着我签字完毕，手术就能开始了。这时候，我已经没有退路，必须把那些"万一"的文书都签完。

手术前大夫让我签的家属签字，我感觉自己姓名的那三个字，好像每一个字都有千斤的分量，每一笔落下去，都是对父亲的判刑。我不知道自己颤抖的双手，是如何签上自己名字的。甚至，大夫等得有点不耐烦，皱着眉头看我签字。

我在手术室外焦急等待着里面的结果，我一遍又一遍在内心祈祷，请命运之神放过我的父亲。那长久的几个小时等待，仿佛几个世纪一样长。

手术持续了多长时间，我并没有看时间，但记忆中，有很长时间，我都忘记了看手机。我只是在手术室门口来回走着，心里做着各种假设。

好在手术很成功。当父亲被推出手术室的那一刻，我明显感觉到自己眼泪下来了。看到父亲惨白的脸色，我忍住了眼泪。父亲被推出来后，依然昏迷着。他安详地睡着，我跟着护士走近了监护室。大夫告诉我，手术很成功，只需要静养就好了。不过手术后的这二十四小时很重要，大夫要我时刻关注着，一旦有什么问题，及时通知护士。我真想抱抱大夫，是他们将父亲从死亡线上拉了回来，是他们重新点燃了我内心的希望。以后，我将继续与父亲重温父子之情。

三天后，父亲意识清醒，说他想家了。我说，不急，等着医院这边放我们走，我一定第一时间带着他回家。父亲在做了手术后，虽然脸色苍白，但我看得出，他的心里舒展多了。相信他和我一样，也期望这个手术的成功。

我们在医院住了十几天，大夫开了些药，交代了我们回家后需要注意的事项，并让我们定期到医院复查。我就带着父亲回来了。那时候，已立冬，外面很冷，我拉着父亲的手，肩上扛着我们这段时间使用过的一些工具。走向火车站的时候，我感觉父亲就是个孩子，一切都听着我的指挥。当我们登上火车，我在穿梭的车窗内看到兰州远远退去的时候，我再也忍不住自己的内心的悲伤。我在想，我这二十几天，到底经历了什么？我跑进了厕所，足足一刻钟，才将自己的情绪收拾好。

　　我的父亲需要我的鼓励，他刚刚做了手术，不管怎样，我都得笑着，像什么事也没发生一样，带着他回家。

　　然后就是各种转车，那天走到县城时，已经下午了，班车上坐满了人，我准备包一辆车送我们回去，但父亲坚持要坐班车，我们只能走向班车。班车司机知道父亲的病，主动让出了跟车人员的副驾驶，让父亲坐着。

　　当我们从班车上下来，再次踏上故乡那片土地时。父亲站在故乡的土地上，站了好一阵子。他不说话，也不走，就静静地站着，我静静地站在他的身后。我们眼前，就是故乡，就是我们一直要回来的地方。我在想，父亲跟着我上兰州的时候，他肯定想到了最坏的结果：这一趟，要是回不来怎么办？回不来，就是对故乡最后的观望。没想到，二十多天后，我们回来了。所以，踏上故乡土地的那一刻，父亲和我的心里是一样的，活着回来了。

　　紧接着，就是我们小心翼翼呵护父亲养病。母亲这段时间，脸上也好看多了。她总是问父亲想吃啥，她给父亲做，可是父亲一点都吃不下去，我们只能期望父亲慢慢好起来。俗话说，病一病，缓三年。如果父亲三年后能恢复好，那对我们家而言，也是再好不过的了。看着父亲一天天好转，我心里也好受多了。

　　我准备今年去外面打工，给父亲看病欠了一河滩账，我得想办法给人还上，再说了，现在父亲虽然做了手术，但后期的治疗却一样不能少。你都不知道，那种什么抗癌药，一粒就将近一百元，回来的时候，拿了三个疗程的药，还要在一个月后去复查。还有家里的各项开销，也得想办法。当然，这都不是问题，我也不怕。只要父亲好起来，即便是欠再多钱，我都有能力还清。

　　我这几年虽说在外面打工，但也仅仅能维持生活而已，自己挣点钱，也都是挣一分花两分，从来没有给家里接济过。家里的一切都是父亲张罗的，父亲身体好的时候，让我尽管去外面闯世事，不要牵挂家里。甚至，从念书到毕业，进入社会后打工，这段时间，父亲没有向我要过一分钱。家里的开销，都是他在张罗。后来自己成家了，才知道挣一分钱的不容易。

现在父亲病了，我除了面对父亲痛苦的表情和叹气声，还要面对高额的医药费。去年打工，挣了六万多元，那也是自己省吃俭用，一点点省下来的。现在，这六万多元已经花光了，还欠了一部分钱。好在现在有新农合，出院的时候，医院就报销了一部分，不然，我真不知下一步，我该去何处筹集钱。这年头，谁都缺钱，问谁借钱，都张不开嘴。这些钱，本来是计划老婆今年带孩子进城上学用的，全部都花在给父亲看病上了，还欠了一河滩账。如今，只能让孩子在老家继续上学。而今有点本事的人，都把孩子往城里转，我老婆也跟风，我觉得没必要，在老家上学一样。可老婆说，城里的教学质量好，我拗不过，只能同意了。我也希望自己的孩子能接受良好的教育。有时候，变故随即而来。这年头，不管是城里人还是农村人，都得有点存款，作为生活预防。如果一点钱都没有，一旦家里发生变故，根本不是人力所能扭转的，尤其是花钱的地方。我们没办法和那些有钱人比，在人家眼中，钱不过是个数字，但对于底层人来说，钱其实就是一切。这不是世俗，也不是太物质了，而是摆在一个农民眼前的既定事实。

老婆说，年过完，让我在家里看着父亲，她出去打工，这一家子总得要生活。我不同意，我决定自己出去，让老婆出去抛头露面不好，我不就成了窝囊废了吗？即便老婆要出去，我想我也得出去，孩子就留给我妈。我会让我妈不要再种地了，照顾好孩子和父亲，我们两口子出门挣钱。我相信，只要我们两口子努力，用不了两三年，给父亲看病时花钱的，也就都能还上。

好在，现在手术已经做完，父亲会慢慢变好。等到了父亲好了，我们的日子也就好多了。

我该为小童高兴。至少他的父亲做了手术，现在家里静养。只要身体养好了，钱可以慢慢挣。

小童闷着头抽着烟，看得出他依然精神状态不好。我知道他在担忧什么。希望他的父亲就此好起来。

第三章　张罗过年

没有一种感情比亲情更浓烈，没有一种温暖比得上过年回家。

——网络

1.坐 夜

在故乡有坐夜的风俗。这与中国文化中除夕坐夜，还有着不一样的形式与内容。在中国文化中，除夕坐夜，是为了守岁，也就是为了等待那个叫"年"的怪兽过去。但故乡的坐夜，是整夜守灵。当然，这种整夜守灵不是家家都有，只有那些有亡故亲人且三年守孝期未满的人家，才有坐夜这一说。所谓坐夜，也不是主家人坐着，而是那些村里的人，都来坐着，陪一陪亡故的阴灵。这场坐夜，要持续三天三夜。不过白天一般都没有人来，只有晚上的时候，大家都来，这也是一种约定俗成。

这是古老习俗，一代又一代人延续着。正如前文所述，这也是很多离乡人回家之缘由，说白了就是祭祖这件事，就是要那些外出者，在过年时回来寻根。我既然回家，就得融入这种风俗中，入乡随俗。

其实，这也是我此次回家的重要原因，如果没有父亲去世这件事，这个春节我可能就会在那座异乡小县城过年，而不会返回故乡。

既来之，则安之。

坐夜相关事宜，在大年三十的早上，就得准备。

年三十这天，要做的事情很多，老早起来我就得给父亲制作"封包纸"，敬上我们子女的一片心意。

中午还得去那些三年守孝期未满人家送票子（冥币），以前都是送封包纸，而今人们为了省事，早就不制作封包纸了，只有本家之人，才给亡故亲人制作。

我细数了一下，全村有十八户三年守孝期未满的人家。也就是说，这两三年之内，故乡去世了十八个人。印象中，出生率似乎没有这么高。

我拎着一大包冥币，挨家挨户送。这也是一年之中，可以去"串门子"的唯一一机会，如果没有别的事，除非等到下一年的春节，我们才能因为送票子再次踏入这些人家。

这个风俗始于何时，我不知晓。从记事起，故乡就延续着这样的风俗，只是那时候，我们只给已亡故人家送冥币。而今，我们自家也要设立灵位。

送冥币这件事，是一场涉及全村人家的事情，每家每户都要给那些未满三年守孝期人家送冥币。也就是说，我要接受全村人送给父亲的冥币。所以，我要提前给那十八家送去冥币，等到全村人都出动时，我得守在家里，等着大家给父亲送冥币。

这场送冥币活动，一直要从腊月三十中午持续到了下午。

下午四点以后，就得接父亲回家了。这场接父亲阴灵回家过年的举动，显得异常庄严。这似乎已不单纯是迷信，而是一种心灵的念想，这种念想驱动着我必须去这么做。

我早早准备了盘香、封包纸、蜡烛、香炉等物件，带着女儿，穿上了孝衣，去村口接父亲回家。封包纸上面写着父亲的名字，和牌位差不多一个道理。这种迎接父亲的阴灵回家，也有讲究。必须是在半路迎接，然后点了那些香、封包纸、蜡烛、香炉物件，最后留三根香，燃着，带回家，插进早就备好的香炉里，这样，整个接父亲英灵回来的流程也就完成了。

等我们到了村口时，许多家庭也如我这般，跪在路边上，大人小孩儿都佩戴孝帽，穿着孝服，几代人一起跪在路边上，人口众多队伍庞大的样子，着实让我有些羡慕。反观我们家，只有我和女儿，两代人，形单影只，在这种接父亲回来的路上，你就能体会到人多势众这个词的含义。

人们用一包草木灰将烧纸的地方围成一个圈儿，留一个小口，烧纸币，上香，倒酒，点烟。自小我看过，只是没有亲手操作过。在父亲去世后，我依葫芦画瓢，跟着别人做，也学会了。我怀着虔诚的心态，烧纸，上香，奠酒……女儿好奇地不断询问着各种问题，我没办法回答她，只能带着她往回走，盘子里是三支燃着的香，青烟袅袅。

我将父亲接回来，把他的遗像放在桌前。磕头，上香。按照风俗，以后三天，不能出门，不能去别人家，只得等到大年初三下午，将父亲英灵送走，才能走亲戚。这种风俗就有了强制约束力，所有人都必须遵守。当然这针对的仅仅是三年守孝期未满的人家，对于其他的人，则无此约束。其他人可以正常到我们家拜年，不过来的时候，都要给父亲上香、磕头，以敬亡灵。

这种带有强制约束力的风俗，我们至今都延续着。有时候我就在想，很多年后这样的风俗是不是也会进行革新，人们创造出来一些新的风俗，不用这样约束人？这不过是乡村文明的一点影子而已，在将来城镇化后，我的故乡人，是否还能坚持下去呢？

这难免有点杞人忧天，却也不无道理。

做好这一切后，我将火盆架上炭火，端在炕上，屋子里飘满了炭火的味儿。我准备好了茶叶、酒、瓜子、花生，重新整理了桌面上凌乱的冥币，拆开了一把完整的香，放进一个盒子，以供来人使用。我知道七点过后，就会有陆续的人来坐夜。那些老年人来了要上炕煮茶，年轻人则要喝啤酒，扎金花。我给大家做的，就是提供这些东西。

晚饭是母亲包的饺子，算是简单吃了团年饭。三代人在一起吃饭，却让我又一次感受到了人丁稀少的悲楚。我们在外面打拼时，从来都不考虑这些东西，单打独斗成了当今年轻人不可避免的必经之路，可当回到故乡时，你才能体会到茕茕孑立的悲凉感。一个人，即便你再大本事，家里面没有亲人了，其实也是非常可悲的事情。我们活着，我们奋斗，这一切不就是为此吗？

七点半以后，家里陆续开始来人。年龄大的父辈们，年纪小的小青年，都来家里坐着，上香，磕头，上炕，煮茶。

这是大家难得聚在一起的时刻，所有人都洋溢着新年的喜悦，说孩子们的成长，儿子儿媳打工情况。也诉说当今世道，畅想一下未来的日子。很多人坐在一起，夜晚就显得琐碎而温馨。但这样的日子毕竟很少。那些老年人就开始怀念当年集体学大寨时，大家在一起干活时的日子。但对于年轻人来说，那种日子遥远而难以想象。

九点半时家里一下子就有了十几个人。老年人自动脱了鞋子上炕，端着罐罐茶煮着，说一些农村里的琐碎，东家长西家短，打发时间。年轻人坐在地上，开始打牌消磨时光。我将酒端上，敬谢每位故乡人，这也是我作为主家唯一能做的。故乡人来家里坐夜，其实都是讲究各种关系，无缘无故之人，或者有过节的人，是不会来坐夜的。

老年人抿着酒，伴着茶水，说着村子里的兴衰，人群的更新替代。他们更感叹岁月不饶人，掰着手指数着村子里仅剩的几位高龄老人，也许明年的这时候，那些熟悉的身影会再度减少，似乎在他们这个年龄段，说死亡已经是一种家常便饭了。一茬一茬的同龄人，在走向死亡，就像那一块又一块荒芜的土地，人在上面踩踏的足印正在消失。

这些老年人回忆着年轻时的力气和饭量惊人，怀念着挥汗如雨的劳动生涯，甚至说到了修梯田，农业学大寨。这些已经成为时代符号的事情，让他们成了最后一批经历者，参与者。老年人的世界，已经远远落后了。他们这一生能回忆的，其实也就是年轻时期的那些劳动光阴了。我没有经历过那段时间，但从各类书本上，也算是了解那段时间的中国城乡社会的一些事情。我和他们说文革，和他们说包产到户，老汉们个个精神就来了，给我说村里当年的情况。都说我没经历过那个时代，可对那个时代的许多事情，比他们都门儿清。他们不知道，这一切，其实都在各种书籍中有记载。一个村子里的历史，可能远没用书本中记载的典型。

而地下沙发上，则坐着村里的年轻人。他们玩纸牌，喝啤酒，打发时间。也说一些当下时新的东西，比如5G时代，比如互联网，还有酒店经营，北京三里屯的夜生活等等。这些年轻人的生活与视野，要比村上那些老年人宽广。

这些青年人回到村子后，隐藏起了那些在城市的"新生活方式"，恪守村子里多年的人情世俗。不管他们在外如何风光，如何不可一世。但对回到故乡后，他们不说悲喜，不论人生起起落落，只是将自己的身份划归到故乡年轻人的队列里。在我给各位村上老人敬过酒后，他们也分别敬了酒。他们继续坐在地上玩手机，玩纸牌，喝酒，以及和外面各类人进行交流。

作为一个旁观者，这时候我能清晰地看到家里的这些人，其实更像两个不同时代人物的缩影。老年人不断老去，逐渐消亡，如同那些濒临灭绝的珍贵物种，数量一年年在减少。一茬一茬的青年人，在村子里崛起，成为村子里新生一代，并从父辈们手中逐渐接过了村子的管辖权。以后但凡村子大事小事，都是他们的了。

来家里坐夜的年轻人，有比我年纪大的，也有比我年纪小的，我之所以把他们归结于年轻人的队伍当中，就是因为他们都有一个极其相似的经历，那便是他们都已经进入社会，没有坚持读书。他们的人生之路，随着步入社会彻底地改变了。他们走着这一代故乡年轻人共同的路，打工、挣钱、成家、生孩子，然后继续挣钱，供孩子上学……这样循环着往事。

他们终其一生，和父辈一样，苦苦挣扎，意图改变命运，又不知如何改变。对农民来说，改变命运最好的捷径是读书，可他们过早地关上了这扇门，意图从其他方面求得突破。一些比我年纪小十来岁的年轻人，当年还都是我的学生，而今都以已经大成人，结婚的结婚，出门打工的出门打工。一翻闯荡以后，他们不得不面对始终无法改变命运的悲哀，继续沿着许多人共同走过的道路，推天度日。

可依靠传统的劳务输出，已经不能很好地缓解他们与生活之间的关系。现实与追求，依然存在着一些说不清道不明的矛盾，用一句很官方的语言就是，他们对日益增长的美好生活需要和不平衡不充分的发展之间的矛盾，成为当下时代里主要的矛盾。而面对这种矛盾，似乎暂时找不出能够解决的办法。

我也一直和他们一样担忧。

这些年来我一直关注着故乡的变化，虽然我不在那里生活了，但故乡对我而言，还是我心中放不下的牵挂。自始至终，故乡的兴衰荣辱，都与我不无关系。我关注着村里的发展，关注着老年人的命运多舛，也注视着村子里每年能多出几个大学生……

相较而言，我更关注村里年轻人的人生轨迹，他们的人生流向，其实就是故乡流向。一方面，他们终将成为影响村子发展的力量，他们的行事风格，做事原则，都对将来故乡的发展形成影响。另一方面，他们的成长，对村庄的革新和改变，将起着主导作用。这与梁启超先生那篇《少年中国说》颇有相似之处，所不同的是，故今日之责任，不在他人，而全在我青年。青年智则家乡智，青年富则家乡富；青年强则家乡强，青年独立则家乡独立；青年自由则家乡自由；青年进步则家乡进步；青年胜于欧洲，则家乡胜于欧洲；青年雄于地球，则家乡雄于地球。

我依然担忧着。我所担忧的，不外乎没有出类拔萃之故乡青年自己成长，然后改变家乡。毕竟这是个大流的社会，随大流总会不错。这是故乡人一贯坚持的做法。然而，随大流终究会被淹没在人群中，淹没在世俗中，终其一生，碌碌无为。

我们所谓的随大流，不过是不想出人头地罢了。多少年来，就有"枪打出头鸟""出头橡先烂"等各种警示性的语言和事例摆在我们面前，这些东西，是故乡人一辈又一辈沿袭下来的至理。村子里的这些年轻人，在成长的过程中，不断地接受着这样的教育，使得他们从小练就了凡事钻在众人中间行走的性格。这样即便是有个闪失，大家都在一起，也不会对自身造成影响。即便是有影响，也是会很小的影响。

这就是几千年来很多中国人处世哲学的体现，凡事不出头，钻在人群里，就能保护自己，也保护家人，尤其是爷爷辈和父辈们经历了二十世纪的一些社会运动之后，对这样的至理更加深刻体会了。这是他们保护孩子,保护家里人的做法。以至于,那些孩子们至今都无所作为。也正是如此,但凡有点要变一变思想的年轻人,生活一定都会过得好。可他们不知道,这种被众人裹挟着行走,其实是湮没自我的一种表现。我记得有一次和一个故乡父辈说起这类事情,他的态度是不要出头,别人都没有出头,为什么你要出头? 因为强出头,会招人妒忌,给自己惹麻烦。

其实,从内心深处讲,我依然希望故乡的年轻人,有突破自我的能力。当然这只是我所希望的。

我坐在他们身边,听他们说各类话题。观察着这些年轻人的举动,随时给他们端茶递水,并接受所有人的询问。而且,我又再次试图给他们说,要学习,要想办法掌握一种技能,将来能养活一家人的技能。

可是这些年轻人,对我这样的话,不感兴趣。他们也持着"念书时都没好好读书,现在就更读不进去了"的理念,对于我的提议并不接受。或许在他们眼中,只有傻子才干那种活。再说,读书不能直接给他们带来经济的收入,这是他们拒绝读书的根本原因。如果读书,也能有钱赚或发工资,或许他们会读书。他们当中有的人,甚至给我说看见书就头疼,即便给他钱让他读书,他都不读。在这类青年眼中,读书似乎要比他在工地上干活艰难的多。

我曾经和北大读博士的故乡有为青年张宁说过此事,我们的观点和感受基本一致。他是通过自己努力实现身份转变的青年,所谓鲤鱼跳龙门,他真正变成龙了。但我们故乡人对张宁的成功,归纳的更多是祖上阴德和个人命运,完全忽略了他个人的艰辛努力。

如此,即便是我搬出张宁的例子,他们也不买账。这种特殊和普遍的对比,似乎缺少说服力,毕竟村里有很多年轻人,是属于"同一类型"的，而那些不同类型的，又成了异类。个性和共性相差比例太悬殊，作比较说服力太弱，我只能放弃自己这种说教式的谈话。

相较而言，他们更关心的是明年去哪里，干什么能挣大钱。我就进入到他们所关注的视角中，听着他们说。聆听也未尝不是一件乐事。也只有到了这时候，我才感觉和故乡近了，和故乡人感情近了，我能听出他们的呼吸，听出他们对生活的无奈和惋惜，甚至能听到气管炎或者咳嗽惊动夜的沉寂。

或许和他们盘腿相坐，聆听才是靠近他们的最佳方式。要在平时，他们总是对任何不太熟悉的人都持有戒心。

我试探性地问他们的情况，比如何时成家，老婆是哪里人？那些没有成家的有没有对象？诸如此类的话题，这些话说起来，他们却都有些不好意思了，脸上露出了羞答答的表情。几个炕上的老人，则谁谁谁叫着，说等着这些年轻人有相中的对象了，他们就做媒人上门提亲，这种几代人共同的话题，让来家里坐夜的人，又打成一片了。

2.幸福的人都是相似的

这场坐夜，随着时间在一分一秒地流逝，炕上和地下变换着不同的面孔和声音。今年村里去世的人，加上两年前去世的人，总共有十八家。也就是说，这些来坐夜的人，他们在我家里坐一会儿，还得去其他人家坐坐。他们要用三晚上时间，轮流去这十八家里转一圈，不能厚此薄彼，毕竟大家都在这个村里住着，而且去了谁家，没去谁家，主家人自然也都知道。这样，对他们来说，时间有点紧，只能一晚上转几家。上门去磕个头，坐几分钟，就是礼仪，反过来不去别人家转的人，等着自己家里遇到事情了，别人也不来。大有一种"礼尚往来"的意思。有些多年不来往的人，进来磕头，上香，坐一会儿就走了。也只有那些老年人，能在炕上多坐几个小时。

凌晨将至，屋子里也少了很多人，刚刚那种喧嚣的情景已经过去。年三十的春节联欢晚会，主持人动情地说着新春的祝福，倒数着新年的钟声。

电视里到处都是烟花的声音，村里的那些年轻人，也都在新年钟声敲响时，点着了早就准备好的烟花。漆黑的夜里，绽开了一朵朵漂亮的烟花。

凌晨到来了。地上的电视机前，只坐着我一个人。而炕上坐着张家大爷。这是凌晨以后，还在我家炕上坐着的唯一一个人。我干脆脱了鞋，上了炕，和他坐着。母亲炒了几个菜，端了上来，我们两个吃着，交流着如烟往事。

好多年都没有这样和村里的老人这样坐着的情形了，这些年来，我们太过注重成败荣辱，奔走于各种生活的道路上，以至于，就这样的情形，很少再有。能想起的，也是很多年前，我们还一帮小孩子时，围着大人这样坐着。可这时候我也成了大人，没有小时候那么不谙世事。在琐事中迷乱了心智，精神套上了现实枷锁，我们都成为一个个俗人。只是故乡的人，没有那么多想法，而我却经常备受精神折磨。

我和张家大爷对立而坐，喝着茶，也喝着酒，聊一些没用的事情，打发漫漫长夜。我问了张家大爷家里的情况，身体健康如何。张家大爷似乎觉得，我这么关心他，心里有了一丝感动。以前回村里，看到张家大爷，他往往都将脸转向别处，似乎有意回避我的目光，我也就不好再问候了。也许现代人，都喜欢将自己的内心关闭起来，不想受外界影响。加上我多年在外，显然和故乡人之间，竖了一道鸿沟。但这一晚上，就我们两个人，这种相对而坐，似乎从距离上拉近了我们之间的关系，心理的距离自然也就此拉近。张家大爷，喝了几杯酒，脸上泛出了红光，他颤巍巍地点着了一支烟，开始叙述他的幸福，或者叫"不幸"。

我的孙子，今年二十二了，至今还没有打问下媳妇。眼看着年纪一年比一年大，媳妇儿还不知在哪里。

我一天煎熬啊，我二十二的时候，儿子都扫地跑了。腊月里，找媒人跑了几个村，把和他年纪差不多的女娃娃都问到了，几斤茶叶被揉成了茶叶面子，没有人愿意嫁到我家里来。

按说，我们家的条件也不差，家里就这一个男娃，有两院房子，怎么就没人愿意嫁进来呢？

我听人说，现在的女娃娃，结婚时，和过去结婚时要的东西不一样了。过去的女娃娃，结婚时，虽然也要一些彩礼，规矩可没那么多。我记得我娶老婆时，拿了五个元，一个猪娃，就把老婆娶进门了。现在的娃娃结婚都是麻烦，看屋里、买首饰一样都不能少。三金一端一盖一冒烟是不能少的。哦，对了，我给你解释一下啥叫个三金一端一盖一冒烟。三金就是金戒指、金项链、金手镯；一端是指摩托车；一盖是要有新盖的自建房；一冒烟是要有小汽车。我还听说，有的女娃娃，要的在城里买房子，不要老家村子里修建的房子。你说一个农民人家，在城里买一套房子，那不得把人逼上梁上山吗？

前几天我到寺庙里算了一卦，问了孩子的姻缘，算卦的人说孩子的媳妇在北方，让我们在北方找。当然，也说让我们不要急，孩子的媳妇儿没有成，那是姻缘未到，千里姻缘一线牵，等姻缘到了，自然就有女娃娃送上门来。

可北方那么大，我们去哪里找才好？孙子一年四季都在外面打工，就这过年了，才回来待几天。过了年又要走，正月初四晚上的火车，去北京。根本没有时间相亲，对于自己的亲事也不上心，还叫我们不要管他的婚事。你说能不管吗？我已是半截子埋到黄土里的人了，我什么都不担心，就是为我孙子媳妇的事情操心，他爸他妈也急，可我们急死了。现在的娃娃，根本不理解老人的心。

我也托付一些老知己，多留心身边的女娃娃。倒是有几个说了一嘴，我们上门打听，人家不是说孩子还小，不考虑婚姻之事，就是已经许了婆家。

哎哎！而今这年头，有钱也不一定娶到媳妇。那些个女娃娃，都心气高得很，不愿意在我们这山疙崂里安家。我就在想，那外面的世界，到底有多精彩，可以去了就不想回来了。我记得我九几年的时候，也去过北京，北京就那样。为啥现在的女孩子，就喜欢待在那里？外面再好，能有咱这地方舒心？

张家大爷说了好多，问了好多，似乎在问我，又像问他自己。他坚守着土地，不知道外面的世界，到底变化成了什么样子。他记忆中的北京，还停留在二十世纪九十年代，而他不知道的北京，已经成了国际化大都市，任何人去了，都想留在那里。

关于他孙子媳妇的事情，成了他这些年来一块去不掉的心病。当然，这样的老人村里还有很多。女孩子追求自己的幸福，并没有错，不是人心不好了，而是任何人都有追求幸福的权利。我试图说服他，也给他说外面的世界，他说也能从电视上看到外面的世界，可他没办法理解的是，外面的世界再好，能有咱这山乡圪崂好？

我们继续说着闲话，对于他的这些理由，我并不反驳。可我惊讶地发现，我现在和村里的那些老人谈起话来，可以说老半天，是不是意味着我也老了？

张家大爷还说着孙子娶媳妇的事情，邻居王家大叔走了进来。我溜下炕，上香，磕头，邀王大叔上炕。此时，已经过了凌晨一点钟，电视里好多台，都出现了停播的标志。我将电视机关掉，和张家大爷，王家大叔坐在炕上煮罐罐茶，这是用来对抗瞌睡的良药，浓茶能够让人清醒。

王家大叔明显老了。我记得小时候，他是我们的偶像，把庄稼活玩成了一种艺术。他是他们那一代人里面营务庄稼的佼佼者，许多活都能做到极致。村里的大人小孩儿，也都对他很佩服。比如，他粗壮的手，却能用麦秸编制出蚂蚱笼子，用三根麦穗搭成平衡木，用春天抽芽的柳条，制作用嘴吹的"响响"。

童年时代，王家大叔，脾性好，不发火，对小孩子也都很疼爱。我们总是跟在他的身后，让他给我们做这做那。王家大叔喜欢孩子，可以满足我们任何需求。当然，那些年月里，他最能让我记住的，还是帮着我家里干了好多活。那时候，父亲出门挣钱，母亲拉扯我们几个孩子，还要种地，营务庄稼。很多艰难的岁月里，都是在他的帮助下，我们总能按时种上地，按时收割庄稼。

王家大叔一辈子，一直想要个儿子，可惜连着生了五个女娃。最后绝望的王家大叔，招了个上门女婿，女婿人也很好，我们经常也有来往。如今，自家人也自得其乐，两个孙子已经上了小学。享受了儿女天伦之乐。王家大叔有一年得了重病住了院，身体一直不好。后来通过药物维持，现在身体也挺健朗，不过遗憾的是，他从此之后，烟酒不能再沾。在我父亲去世后，他帮着我度过了好多夜晚。

我还是端上酒，让王家大叔喝，王家大叔果真没有喝酒。我也没为难，能否喝酒，全看个人身体状况，但在家乡依然有劝酒的风俗。于是，张家大爷，王家大叔和我，并排坐在炕上，煮着罐罐茶，拉起了家常。

我和张家大爷继续着之前他孙子没有取到媳妇的话题。这时候，王家大叔加入到我们的谈话中。不过这次，王家大叔说的却是自己的难肠事。他说女婿女儿这几年在外面打工，小有成就，打算开春了，将两个孩子带去西安，让孩子在西安上学。这件事这让他担忧着，纠结着。毕竟那两个孩子是他们老两口一手拉扯大，和他们有着深厚的感情，也是他们感情的寄托。现在女婿女儿要将孩子带走，他们两口子心里不愿意，也舍不得。孩子小的时候，他们没想过要去外面，现在女婿出息了，要带孩子走。孙子们要是走了，家里就剩下他们老两口，大眼瞪小眼，得多没意思。可若不让带走，又担心误了两个孩子。一种叫纠结的情绪，在他心里时时泛上心头。

这时候，张家大爷又开始劝王家大叔。

人家娃娃有本事，你就让带出去嘛。再说了，西安那可是大城市，孩子在大城市受教育，总比我们这地方好吧。你看看我们这地方的教育，和县城里的孩子都没法比，还不要说西安了。只要娃娃有本事，放开着踢腾去。咱们老了，跟不上时代了，只能窝在这个小村庄里，你看我不顺眼，我看你不顺心。

再说了，你看看咱们这地方，一年能出几个大学生。好多娃娃，念完了初中，就不念书了。念高中的都少得可怜。你看现在但凡能念下书的娃娃，都有出息。至少，不用出死力挣钱了。门前头的张宁，人家都是北京大学的博士了，上着学，国家就发工资，等着念完了书，那还不得天天吃香的喝辣的？

北京大学的博士,咱且不比,就是上个大学,也能改变命运。对我们农民而言,不念书,就只能出死力了。咱们在土地上刨挖了一辈子了,难道还要后代儿孙像我们一样,在土地上找吃食吗?

王家大叔抽着烟,喝着罐罐茶,似乎有话要说。

这时候,挂在墙上的摆钟响了,我看了看,凌晨两点半。

王家大叔等着钟声响完,也开始了他的叙述。

你说的都在理儿上,咱们活了一辈子,不就是为了后代儿孙能够有出息吗?但这两个娃娃,是我们一手拉扯大的,走了,家里就剩我们两个老人,日子怎么过?我的意思是让他们先带一个出去,外面好了,安稳了,再将另一个带出去。

女婿虽然这几年包工程,弄了点钱,但大城市生活,可与我们这里不一样。那地方,喝口水都要钱,而家里则啥都有,吃喝不愁。家里产的粮食,吃着也安全,我听说外面的粮食都是机器种的,也是机器收的,根本不安全。再说了,他们要是将两个孩子都带出去,我们的日子也难活了。这孩子们都一走,村里也没个人,整天窝在家里,多难受啊。

我就想着在哪里打工,这钱都不好挣,拼死拼活,都要靠力气吃饭的,一下子带两个孩子出去,就得有一个人专门看孩子,一个人打工养家糊口。那日子也不好过啊!咱们这地方,来钱处少但吃穿不愁,开销又小。留给我们照顾,可以减少他们的压力。

我想着他们在外面立住脚了,再考虑将两个孩子带出去。可是女儿女婿不同意,非要将两个都带走。我就问他们是不是不放心将孩子交给我们?他们两口子就不说话,为这事,我们还置了气。做父母难啊,小人(指子女)一点都不体谅父母的心思。你说,一家子都去了西安,那可是大城市，说句不好听的，上个厕所都要钱的地方，开销得多大？我听说，在西安上个幼儿园，一年得几万元钱，我的老天爷，那可是要命啊。咱们这地方，上学免费，还发补助。早上有早餐，吃的比我都好。一年下来，也花不了几个钱。可到了西安，那就不好说了，啥都要钱。

再说了，现在孩子还小，先让孩子去幼儿园玩几年，等着上小学了，他们又在西安稳住了脚，再带孩子去也未尝不可。可他们现在非得去，还说什么教育孩子，首先得从幼儿园抓起，我想着，天底下哪里的幼儿园都一样的吧，都是孩子玩耍的地方，为什么我们这里的就不行呢？

女儿女婿还说等着将来在西安扎下了根，也要把我们两口子接到西安去。哼哼，我是不去的，我这一辈子在漱山这片土地上生活，死了也一定得埋在这里，落叶归根。我不会老了老了，还跟着他们去逛西安城。

当局者迷。

对于王家大叔的烦恼，我却能感同身受，他害怕孩子们在西安过不好，才不同意女儿女婿一家子都上西安的。至于说将来去不去西安，他的话应该是真心话，别看大城市对年轻人有着那么大吸引力，但对一个在农村生活了一辈子的人而言，农村才是他的一切，离开农村，也就意味着离开了一切，他的生活一定会就此混乱。

这也是我们很多年轻人在城市扎根后，想把父母接进城，父母却不愿意在城里常住的根本原因。他们的生活方式和习惯，已经养成了，在城市里又得注意这注意那，他们肯定不适应。这点和一直在城市里成长的人很不一样，甚至有年轻人感叹说，不是自己不愿意尽孝，实在是父母在城市里生活不习惯，他们自己生活的别扭，父母也别扭。但当父母回到农村后，这样的情况，马上就得到改善。

张家大爷则站在局外，开始劝王家大叔。

你看你，这就是目光短浅了。既然娃娃有这想法，就让他们带出去嘛。只要有本事，一年十万元的学费，他们也能挣下。儿孙自有儿孙福，管的太宽了，容易惹得找人不乐意。

咱们年轻时候，不也是要闯出一番世事，可咱们那时候，条件不允许，我们也被死死绑在土地上，只能在土地上想办法。而今这世道好了，有本事的人，都出去赚了大钱。世道不同了，咱得用现在眼光看世道。再说了，孩子们走了，你们老两口还不清闲清闲？现在老胳膊老腿的，天天早上得按时送孩子去学校，中午得按时去接。下午又送又接，一天净跑路了，啥事都干不了。孩子们走了，你们也可以过几天清闲日子。

说句实话，咱们这地方的教学也一般，你看那些孩子的学习成绩，就能看出来。老师不好好教，孩子不好好学。那×××家的娃娃，上一学期，考试的时候，卷子考个零蛋。老两口又是睁眼瞎，儿子儿媳妇忙着挣钱，也没工夫管孩子，孩子就放了羊。咱们这里的人，说来说去，还是要供孩子读书，读了书，即便是将来打工，也能干一些轻省的活，坐办公室，不出力。睁眼瞎只能出死力，凭靠力气赚钱。你都没看那些电视上演的，人家的娃娃哪一个不是本科，有钱的人都让孩子考啥研究生。

我看了一下，我们这地方的娃娃，九年制毕业，去参加全县高中考试，一年也考不上几个，最终，都因为没有好好学习，不得不外出打工。可人家城里孩子就不一样了，如果娃娃学习不好，家长还请个家教，咱们这地方，哪有那条件？孩子学不好，咱又不会教，也不知道孩子学习怎么样。

现在还有些孩子，早上背着书包走了，我们也不知道去没去学校，反正一早就走了，中午又掐着点回来吃饭。吃了饭，背着书包继续走了。可实际情况是，那些娃娃并没有去学校，却到处去害人（做坏事）。下坪那×××家的娃娃，就是没去学校，偷了人家商店的几百元钱，跑到了县城里，最后又跑到了天水，被天水警察发现，才打电话让父母领了回来。

你说，孩子要是学坏了，那可咋办？人家小人（儿子儿媳妇）把娃娃给你留下，你没看好，娃娃学习不好都是其次，如果到处害人，你作为看娃娃的人，到时候肯定落个里外不是人。我也看透了，孩子还得他亲娘老子教，才不会有错，哪怕是孩子学成了二流子，也是他们的责任。我们能做的就是好好照顾自己，保证孩子们过年回来时，有吃有喝就行了。

归根结底，还是让女儿女婿把孙子带出去得好，说不定将来，你的孙子就成为吃劲人（有本事的人），咱们还是跟着沾光。

这场劝说，张家大爷说得很现实，列举的例子也很有说服力。王家大爷也同意张家大叔的这种劝导，不过从心里上来说，他还是没办法说服自己。

我忽然觉得，他们的对话很有意思。这是价值观与金钱观碰撞后产生的必然结果，这是传统与现代之间的不可协调的矛盾。农村老年一辈人，胆小、谨慎，宁可保持现状，也不愿意冒险。但这也不能怪他们，他们经历了共和国恢弘的变革，在变化不定的时世面前，坚持了老人说的枪打出头鸟的观点，畏畏缩缩，维持在人群中，被这个时代裹挟着，向前走去。

当然，张家大爷的规劝，自然是希望王家大叔的孙子能够成才，毕竟现实的例子在那里摆着。他们无法想象孩子更加广阔的将来，但摆在眼前的例子，也让他们羡慕嫉妒。在王家大叔眼中，即便是这些孩子将来当一个学区校长，都能过上那么让人羡慕的日子。他的思想局限性，也仅仅是希望孩子将来有个好前程，能够吃香的喝辣的。

在中国老百姓的眼中，自己干事业多么成功，都远不及在政府谋个一官半职成功。也就是只有在体质内，他们才会觉得，真正算是出了人才，哪怕是这样的人才，只是一个乡镇学区的校长，也能光耀门楣了。

他们还在相互说着，我却在迷迷糊糊中睡着了。梦里，我回到了童年时代，穿着破布鞋，挑着一根竹竿，上面有我从旧草帽上拆下的线，和一个用绣花鞋烧热后折成的鱼钩。燕子河里，河水在咆哮，总有红色尾巴的鲤鱼跃出水面，在空中划出一道风景，又落回水中，溅起一片水花。而我就坐在燕子河边上，甩动着竹竿，从河里拎出一尾尾红色鲤鱼……

等我醒来，时间已经从去年跨到了今年。大年初一落了一场雪。张家大爷和王家大叔，早就起身回家了，屋子里只有我一个人。我起身给父亲的灵位续上香，走出了屋子。院子里厚厚一层雪，被我踩出了两行脚印。北风卷地，呼啸而过。煤炉子里的烟，在院子里被风撕成了碎片，不知所终。

一整天我都处于一种昏昏沉沉当中，脑袋仿佛被酒精浸泡。我想，终于过去了第一夜，剩下的两夜，也是非常艰难的。人到了中年，对于各种熬夜早已不习惯。

3.闲话里的旧事

夜晚，又开始了昨晚的坐夜。

这一天是大年初一，这晚上来的人比较多。

屋子里的人，不停地换着面孔，到了后半夜，才算是安定了下来。我以为不会再有人进来了，准备熄灯睡觉，因为我实在熬不住了。

但就在此时，我们村的王宁钻了进来。我看看时间，已是凌晨一点。我启开啤酒，两个人喝着啤酒，有一搭没一搭说着话。

他比我小两岁，上学的时候，自然我就比他高两级。他是我的师弟。我们曾经上同一所高中，大学才各奔东西。大学毕业后，我回家考试。他大学毕业后，也回来考试，但他没有我这么幸运，或者说不幸，考了好多次，没考上。后来想尽办法，在故乡谋一种生存，比如开饭馆，办商铺，都失败了。故乡人太少，根本赚不了钱，而要赚钱还得去大城市。那时候，我都有些羡慕他，可以做那么多尝试，即便是失败也未尝不是人生一种宝贵经历？

2015年的时候，苦于无法养活自己，还得依靠父母。他陷入极度苦闷之中，十年寒窗，求学一场，却换不来填饱肚子。他整日无所事事，又不甘于做一个本分的农民。那种苦闷，亦非常人所能理解。对于一个没念过书的普通人而言，或许对于人生的某个消沉阶段，忍一忍就过去了，但对于一个念了书，依然没办法改变现状的人来说，那就是精神的折磨，是一个人和自己不断较劲。

好在这一切并没有让他消沉多久，他又开始想办法赚钱。他曾给我说过，只有解决了肚子的问题，才能考虑其他。当然，他不会去干那些出卖力气的活，毕竟念了那么多年书，不可能就此一事无成。他只能到处想办法挣钱，可是出路在哪里呢？我经常看到他在燕子河边溜达，就有了怜惜之情。那时候新疆招人，条件还可以，依照他的阅历和学识，在新疆谋一份工作，养活自己应该没问题。我建议他去新疆。

他犹豫过，去了新疆，就等于和故乡这里告别，毕竟远隔千里，而且以后都得在千里之外遥望故乡。最终他还是去了新疆，并在乌鲁木齐的一所中学谋了个差事，成为一名语文教师，工资比我都高。所谓一份稳定的工作，其实也就这样，他曾跟我说过，新疆一切都管得更严，和我们内地还不一样。我笑笑，其实哪个地方不是一样的，成年人的世界，永远充满了无可预知的无奈。

不过，现在我很欣慰，而今的他也挺不错，总算是立住脚了。他在新疆将会开辟出一片自己的天地。当然，他与那些在新疆农场务工的家乡父辈们还是有着差别的，这也是读书和不读书的结果，很明显地摆在哪里，不需要更多语言来说明。

而今，在他工作几年后，也买了商品房，成为定居在新疆的湫山人。每年过年也回来，和家里人过个年，正月十五后，又得风尘仆仆去新疆。这几年，他就在新疆和故乡这两个点来回奔波着，偶尔看到他发的朋友圈，生活状态好了许多。

听故乡人都在议论说，今年他回来时，带着一个姑娘。那姑娘我没见着，不过我相信他的眼光。我还听说姑娘和他一样，也是在故乡没有谋得生存之道去新疆的甘肃人。两个人有着共同的故乡，有着同在新疆工作的相似经历，所以很自然地生活在一起了。经历有时候，是两个人在一起的必要条件。他告诉我，他正月初四要去女朋友家，准备提亲，尽管两人的关系，已经经过双方父母的认可，但有些婚姻上的形式，需要去完成。在我们这里，结婚不仅仅是两个人的事情，它涉及两个家族，提亲、定亲、送礼、娶亲，一样都不能少。这时候形式就是内容，两者同样重要。再说，两个家族里的人都必将为这对新人而祝福。有些形式是需要走一走的。

我感慨而今的他，也算是熬到头了。

他和我坐着，说了一些他这些年的经历很精彩。一个人年轻时最好的财富，就是这样，有一些刻骨铭心的记忆。这些记忆值得一生去纪念。

他说他们正月初四准备去女朋友家里，商讨结婚事宜。这时候双方父母都在家里，亲戚也都在，好商量。况且过完年，他们两个人都得离开故乡，去即将扎根的新疆上班。乘着正月里闲暇，把这些事情定下来，按照故乡的风俗，选定一个好日子，就该结婚了。

他给我叙述这些的时候，脸上露着幸福的光芒，我真该为他高兴。可我一点都高兴不起来。在新疆定居，意味着他以及他的后代，都将在新疆生活，故乡就成了异乡。这个陪伴我们长大的地方，永远地成为魂牵梦绕的地方。我在想当许多年后，我们在这里，再也没有牵挂的人，再也没有回来的理由，那么，故乡与我们而言，到底意味着什么？

尽管我心里矛盾着，但我还是鼓励他干好工作，哪里都是活人呢！故乡这地方，尽管养育我们长大，但要想在这个贫瘠的地方生活，其艰辛程度不言而喻。他现在即将成为丈夫，不久的将来，也要成为父亲，这一切都要他肩负起一个男人的责任来。

他叹息着，无可奈何地离乡之旅，让他最放心不下父母安康。新疆距离这里几千里，每一次离开家，胸中都积郁着沉甸甸地忧虑。回到家的时候，自然就会不断地想到要离开的日子。这是一种难以掩饰的内心伤痛，对于故乡，对于父母，他们还都在这里。如果我们舍弃故乡，那么我们的奋斗，意义又在哪里？他所困惑的，其实也正是我所困惑的。

他说每一次回家，总有种近乡情更怯的感受，没回来的时候，很想念，回来了，可又不知道如何面对。曾经的记忆，永远变成了记忆。他说故乡人已经毫无意外地将他划进了异乡人的序列，因为他将不在这里生活，他最终成为异乡人。他说他最怕出门，每次回来，都窝在家里不出屋。直到好多天了，故乡人都不知道他回来了。出门去玩，也不知道该去哪里？村里对那些"闲话中心"，大家谈论的都是打工时的话，他自己插不上嘴。村里的那些"娱乐中心"，大家谈论的亦是如此。他融不进故乡这些人的世界里了。这样的情况下，就只能每天窝在家里，不出门。回来没事干，那些童年的玩伴，各有各的生活，关系早就不是当年一起放牛时的关系，见了面，寒暄几句，也没话说。那些玩伴们，关心的只是怎样赚钱，怎样让日子过好，明年去哪里打工。他与他们毫无共同语言。似乎世界早已将彼此分开，那道无形的陌生感，隔开了他意图修补童年关系的想法。

故乡的年轻人，有各自的生活方式，偶尔他也被邀请到朋友家里"喝一场"。然而，这仅仅是联络一下感情，那些玩伴们，对自己定位准确。念书和不念书，本身就是两条路，他和玩伴们选择的两条路，截然不同。既然选择了，必然走向两个不同方向。

我也感叹，这些年来，我亦是面对着这种无法言明的尴尬，于故乡而言，我们到底算什么呢？我们的前半生，都在这片土地上，后半生因为生活所迫，不得不离开，但这种离开，似乎就隔断了继续和故乡相处下去的理由。

一箱啤酒被我们喝光了，院子外面已经有了一丝丝的光亮，一夜的时光又过了。这一夜，我们都没有睡觉，谈了很多事业、爱情、生活等方面的话题，幸福和追求，梦想与困难，还有乡愁和离愁。也只有这时候，我们可以说这些，等到了白天，或者真正又开始工作了，我们根本没有时间和精力谈论这些。这些细微的感情，我们会深深埋在心底，不给人说，独自品尝。

这一天是大年初二，我们在家里吃了早饭，他才告辞，回去给那些亲戚拜年。他走之后，我也睡了好一阵。但脑袋却格外清醒，似乎一夜没有睡觉并不影响我此刻的精神状态。

我随即起身，随手翻到了一本我已经丢弃很多年的书——《天行者》。这是一部获得茅盾文学奖的作品，作者是刘醒龙，第一部分《凤凰琴》，在二十世纪就获得过中国中短篇小说大奖。我又开始翻起了这本书。其中的情节是熟悉的，只是这本书像个老朋友一样，我购买于几年前，最终遗落在家里。此刻又被我翻出来，感觉有了一种隔世之感。我在书中寻找着自己熟知的故事。

晚上我继续着前两天的事情，准备好了茶叶，冰糖、白酒、啤酒，也把火盆弄着了，炭火窜出了红红的火苗。我在等待着故乡人再一次来家里坐夜，这是最后一晚上坐夜，明天下午，我将拿着故乡人送给父亲的冥币，去父亲坟头烧纸钱。

我刷着新闻，用手机了解天下事。有人很奇葩地归纳了全年的一些新闻，而且这些新闻结局往往令人匪夷所思。比如：强迫症犯人被判9年8个月，当庭上诉要求判10年凑整，法官："下次吧"；黑龙江男子右腿受伤，手术台上一翻身左腿被缝14针；重庆男子夜间寻狗掉入深坑，发现原来狗也在坑里；弟弟被骗一千元，姐姐上网搜"怎么办"又被骗走一万元……诸如此类的新闻，竟然都发生在了这一年。当那些好事者将这些新闻都一件件归纳总结出来时，总让人产生啼笑皆非之感。

就在我一个人独坐时，家里陆陆续续开始来人了，今天晚上，大家来得比较早，或许在他们看来，前两天晚上他们没有来，今天晚上一定要来坐一坐。不然这一年都要过去了，这种坐夜拉近关系的事情，今年就履行到位。我坐在他们身后，听他们说这些年来村子里发生的各种奇怪事情。至少这些事在他们眼中是稀奇古怪的。

坐夜的人如往常一般，形成两种阵营。炕上坐着的，是老一辈的人，包括我的父辈，还有爷爷辈。地下坐的大都是年轻人。年轻人玩纸牌，老年人细说往事。这些年轻人和我一样，也是一年四季都在外面，只有过了年，他们才回来。故而对村里发生的诸多事，他们也不知晓。

我就悄悄溜到炕沿边，听这些老年人说古今往事。毕竟村里面的这些事，也是我非常感兴趣的。这一年，我没有在故乡生活，不知道村里到底发生了哪些惊心动魄的，或者鸡零狗碎的事情，让人们一时间津津乐道。这些事，由村里的老人说出来，一定别有一番风味。

话题由村上玩纸牌打麻将拉开，说到了赌博喝酒，不务正业，甚至男女作风问题，由此衍生出了家庭不睦，婚姻出现裂痕，老人操碎了心，孩子们还未意识到问题严重性……那些坐着煮茶的老人，把今天农村的现状，通过各自的视角表现出来了。尽管各人都有不同的见解，但大家一致的意见是：喝酒赌博是威胁农村家庭散伙的两大杀手，越来越多的农村人，因为这两件事，妻离子散，家破人亡。但现实社会中，仍然有很多人在这两条路上乐此不疲……

他们的谈话，很有随意性，想到哪儿说到哪儿，作为记述者，我也只能随着他们的谈话来一起概括这些内容。

张家大爷一边煮茶，一边开始自己的叙述。

如今这赌博和喝酒，越来越让人担心了。以前村里也有赌博的，但没这么严重。现在，很多人过年回来，就为了这件事。这些娃娃一年在外，挣死挣活在外面挣钱，不知道流了多少汗。可挣点钱回来，他们就在家里赌博。咱也不懂那赌博到底有多么大的魔力，好多娃娃，几天几夜都不回去，坐在一起赌博，有的一晚上能输掉好几千元，我的老天爷，那好几千元得花多长时间的挣到手？

你说这些娃娃，只要回来，就坐不住了，想捞一把，结果，不但没捞着，连本都输了。

上了赌场的人，谁不想捞一把？可要是人人都赢钱，谁还输钱？我听说老王家的三儿子，腊月三十的晚上，就输掉了两千元，正月初一的晚上，又输掉了三千。两个晚上，五千元就没有了。不知道这五千元，给人家出多少力气能赚回来？他们输了的这些钱，真让人心疼。

你说而今这娃娃们，越来越让人看不懂了。那几千元，给家里人买衣服，买成吃的喝的，多么好，为什么要这样打了水漂呢？有的娃娃，回来挣的钱，给他娘老子都舍不得买一件好衣服，或者称一斤好茶叶，都在赌桌上输给别人了。我们村最早的赌博人，就是×××，最终家里父母置办下的一片家业，都输给了别人，没办法在这里生活了才上了新疆，也不知道现在过得怎么样。我就觉得吧，这个赌博真是害人，有魔力，让陷入其中的人越陷越深。

还有那些不赌博的娃娃，爱喝酒。喝酒其实没有错，大家平时也见不着面，等到过年回来了，坐在一起喝喝酒，联络联络感情，也是人之常情。可现在的喝酒，似乎已经变味了。这些不赌博的年轻人，也没闲着，似乎总要寻找一种玩耍的门道，才能消停。他们从腊月里回来，几乎天天喝，可以一直喝到正月过完年后，他们离开村子去外面打工。

我这人也是个开放的人，不是老板古（形容因循守旧，不善变态之人），对于喝酒我也是赞成的，我自己平时也喝酒，可比起这些年轻人，我的那酒量，根本不值得一提。我就想那酒的味道再好，天天喝，也会腻。但而今的这些娃娃，把喝酒当成了吃饭，尽管很难受，但还是天天喝，我们作为长辈，也不能天天说这些事，可自己看着，心里就不舒服。我家的老二，就天天喝酒。我说了好多次，就是不听。还理直气壮地对我说，村子里那么多人都天天喝酒，别人家的父母怎么不管，就我喜欢管着他，一说到喝酒的事情，就和我吵。我现在也不管了，随他去。

我主要是担心娃娃的身体。你说，喝那么多酒，那胃上怎么受得了？你看现在村上那么多得癌症的人，不都是喝酒喝的吗？现在的娃娃根本不记性（汲取教训）。

王家伯伯叹息着，附和着张家大爷的话，对赌博与喝酒这两件事，也显得尤为反感。

张家大爷的话，抛砖引玉一般，在炕上坐着的人当中，激起了内心的涟漪，许多人都说起了如今村里的一些事情。他们在这个村子里生活了一辈子，见识了国家整个的发展，对许多事情，只能叹息着。

王家伯伯，就急不可耐了，他要一舒胸中积压的沉闷。王家伯伯的儿媳妇常年在外打工，不回来，即便是过年，也很少回来，因为放七天假，划不来，来回几千里路，家里能呆三四天就得上去，还得花钱。儿子又是老好人，靠死力气挣钱，一年挣的钱还没有儿媳妇挣得一半多，自然家里的地位也不如儿媳妇。两个孙子，学习差的要死，还到处祸害人。他常年在家里营务庄稼，也看着两个孙子上学。整个家里，一年四季都不见儿子儿媳妇的身影。家里实际上只有爷孙两辈人。他在家里，既是爷爷，也是父母，既是看门者，也是孩子的监护人。他的内心似乎比别人更复杂。

而今，农村的日子不好过，要过好日子，就得外出打工。我们现在的处境是不打工日子推不过，一旦出门打工，家就散了！打工是为了更好的生活，却发现打工之路，正在破坏着家的幸福！

出门打工，首先是孩子没人管了，教育问题，就成了大问题。我们打工的目的，是为了让家人更好的生活，可到头来，却发现，我们总是牺牲和家人一起的日子，把更多的时间放在了外出打工上。对孩子的亏欠越来越多，孩子也显得越来越孤独，厌学情绪不断增加着。

许多家庭，都把娃娃给爷爷奶奶留下，父母全部外出打工，而爷爷奶奶大多都不识字，睁眼瞎一个。孩子作业做好了没有，不知道！在学校学习怎么样，还是不知道！

过年了，孩子的父母回来，在学校一打听，说孩子学习不好，责任全部怪在爷爷奶奶身上。这也不是爷爷奶奶的问题，他们要是识字懂知识，也不至于被孩子这样糊弄，关键是大家都一辈子睁眼瞎了，即便孩子把空白的作业放在我们面前，我们也不懂，只能是娃娃说怎么样，就怎么样了。孩子学好学坏，老人们哪里知道。不能每天跟在娃娃后面吧？就这还是轻的，最起码娃娃天天还去学校，哪怕是混日子，他还在学校里。

可有些娃娃，根本不去学校，也不回家，谁知道干什么去了？反正早上背着说包出门，和巷子里的孩子一起走了，饭点了，也能正常回来吃饭，但到底去没去学校，就不知道了。

前两天，我去河坝里给骡子饮水，就发现我的孙子在河边上玩着，我找了根棍子，赶回来，关在家里打了一顿。挨了打之后，赌咒发誓要好好念书，不敢再逃学了。就这，我还是不放心，一直跟着上了一星期的学。有时候，我就在校园不远处偷看，看这孩子是不是中途逃跑，一个星期都老实多了。我就正常干活，可没过几天，老师又叫我去，说，这孩子还是老逃课，我回来又打了一顿，还是不长记性。我给儿子打电话，儿子就让我不要种地了，一心操劳孩子的学习，如果不听话，就往死里打，可天天打也不是个事，孩子就打皮实了，更没办法管了。

我有时候就气得很，一家子都出门，把两个娃娃都留给我，也从来不操心孩子学业。挣多少钱是个够啊，如果孩子学坏了，将来成了二流子，挣多少钱，都是白挣，用不着几天，败家子儿就能败光。

王家伯伯似乎还要说，但这时候，李家大叔却接上了话茬，而且也是一种迫不及待，不一吐为快就憋坏的感觉。

你说的孩子教育，确实也重要，但更重要的是，现在人心不稳了。人活在这阳世上，什么最重要？是人心最重要。我们现在的人心啊，真是应了的那句人心不古的话。人与人间的相互攀比，大家都注重享受，没有人愿意受苦。

你是没见，现在许多村里的年轻媳妇，外出打工，就学坏了，干什么的都有。离婚已是最常见的事情，这些年，这些女娃娃们，在外面生活一段时间，就不愿意回来了，长得稍微好看点的，都在外面重新找了男人。过年回来，就和男人离婚，准备重新过好日子。不离婚，就一哭二闹三上吊，反正就是不愿意和男人过了。你没看，这几年村里离婚的，越来越多了。家庭的问题，成了今天农村最大的问题。我们年轻的时候，老婆打都打不走，打一顿，还不敢回娘家，只能默默自己承受。可现在的女娃娃，别说打了，就是语气稍微有点不对，都不愿意，给你甩脸子、耍脾气。

有的女娃娃即使没有学坏，但把城市里的那一套东西学下了，回来啥事都与城里作比较。嫌厕所不干净，又嫌炕上味道大。反正没有称心如意的地方。我的儿媳，好几年都不回来了，说攒钱在城里买房，准备在城里生活。她打工的地方，工资还可以，就是太忙了。还不让上班时看手机。

去年，孩子放暑假，我们想着孩子和他妈好几年不见了，想让孩子见见他妈，孩子他妈就让我们带着孩子去北京，因为她请不了假，老阿婆

（王家伯伯老婆）带着两个孙子去北京住了一段时间，说不习惯，北京的天气热的要死，像钻进了蒸笼，路上车很多，马路也都一样，容易走丢。

老阿婆就天天带着孩子窝在儿媳妇租的房子里，哪里也不敢去。儿媳妇好不容易抽出时间，带着他们去朝阳公园、长城、颐和园转了一天，也算是给孩子开开眼界，老阿婆就带着两个孩子回来了。

老阿婆说，住在北京急死人，那城市里有什么好，非得要在城市里买房？咱们这山乡圪崂，这么宽敞，想去哪里就去哪里，我们生活了一辈子，也没什么不好。住在城里的感觉，就是商店多了点，马路干净了点，还有什么好的呢？我也觉得老阿婆说的有道理，我们这茬人，根本不习惯城里人的生活。

王家伯伯话音刚落，贺家大叔又接上了话茬。

谁说不是呢？现在的女娃娃都心气高得很，在城市里待了几天，回来就嫌弃家里的环境不好，大家生活不讲卫生，总之是嫌弃这嫌弃那。有的在城里住了几天，就不知道自己身上几根毛了？回来还嫌弃老人做的饭都不干净，也不吃，宁可天天煮方便面，也不吃家里的饭。你说，她们也是打小就在这里生活的，小的时候，猪粪坑里天天玩耍，整天都像个泥猴儿，也不嫌弃这地方贫穷，现在长大了，见了世面了，就看不上这看不上那。

人家说儿不嫌母丑，狗不嫌家贫。可如今这些娃娃，已经不习惯农村的生活了。我的儿媳妇，回来做饭，都是给他们一家单另做，而我和老伴儿，自己做饭。我们做的饭人家不吃，说我们吃的饭不合他们的胃口。

我看了人家一家子三口，吃的馒头是买的，面条也是买的，米也是买的。这些东西，家里就有，难道家里的就没有商店里面的好？我听电视上说外面买的吃的，里面都有什么添加剂。你说咱们自己做的，纯天然的，他们不爱吃，倒是喜欢吃有添加剂的。我是越来越看不懂了。我儿子也这样，不闻不问，任由老婆做什么，他就吃什么。我就气得不行，怎么养了这么个白眼狼，全不顾娘老子的感受。

更可笑的是吃酸菜这件事，家里缸里漫漫严严一缸，人家不吃，嫌不卫生，说啥乳酸菌超标，他们吃酸菜，就去超市里买酸菜。你说这气人不气人？这是我们自己弄的酸菜，有啥毛病，我吃了一辈子了，也不见有啥毛病的。那超市的东西就好吗？听说都加了啥添加剂，咱们自己的酸菜，啥都没有，人家就是看不上。

有时候，他们也将好做的饭菜，给我们老两口端来，让我们尝尝鲜。可那饭，也没有啥新奇的，就是放油多，里面的肉片太油腻，我还吃不惯。我们这辈人，吃苦吃怕了，啥东西都省着，想着会有饥荒年。可孩子们不会理解这份心情，他们对家里的一切，都无所谓。他们不心疼粮食的来之不易，不心疼劳动的艰辛。在他们眼中，一切都可以与钱衡量，只要是钱买来的东西，都比家里的好。对我们这种固守土地的做法，早就看不惯了。

贺家大叔还没说完，张三爷也迫不及待地想表达自己的意见。

你们说的这都在其次，主要的还是女娃娃出去转一圈，会变心。外面的世界精彩不精彩暂且不说，就是这种劳动模式，已经与城市里的生活截然不同。谁愿意每天满朝黄土背朝天地干？人都是懒惰性动物，都喜欢舒适的生活工作环境。相比农村，城市里的很多优势我们都没办法比较。怪不得女娃娃都爱往城市里跑，其实也有原因的。

女娃娃们出去，接触的都是新东西，对我们农村里的事情，自然就看不惯。尤其在家里与丈夫、婆婆、公公的关系处理不好时，总会有变心的人，而且从这几年村子里离婚的情况看，变心的人越来越多了。有的和男人吵一架，就跑了，不回来；有的因为两口子拌嘴，或者动了手，就离婚。你说，咱们这辈人，谁还没打过老婆？两口子吵架打锤（打架），都是再正常不过的事情，现在的娃娃，却把这说成啥家暴。家暴不家暴暂且不说，咱们祖祖辈辈都是在这样的条件下生活下来的，也没见出现啥问题。而且，越是打地凶，老婆就越在家里住得牢。现在可不一样了，时代发展成了这样，你能怪谁？谁能与这个时代抗衡？

而今的女子家，真是无法无天。我听说，不知是包家山还是高家河的两口子打架，男人把女人打了一拳，女人就报了警，派出所警察都上门了。警察上门，也没办法解决这样的事情，只能劝一劝，不要再动手打架了，还能把男人捉进监狱去？你说这样的事，动用人家警察，真是不应该。那不是要撕破脸吗？谁家的两口子吵架还惊动警察？

贺家大叔却有反对意见。

你说的也不对，现在时代发展到这地步了，咱也不能老守着祖宗留下来的那些东西。

你没看现在电视上都在说，妇女也能顶半边天吗？咱们这代人，可能都打夫人，可现在的娃娃，见得世面多，早就知道了要维护自己的权益，打夫人的行径，我是看不上的。两口子有啥事不能心平气静地坐下来谈，非得要动手。

我这人，一辈子了，只打过一次老婆子，那还是年轻的时候，现在，都是老婆子说了算。从那以后，我就决定，我这辈子即便是和她离婚，我都不会再动手了。

　　按我说，而今这家庭不睦的原因，除了赌博喝酒，还有一个原因就是打老婆。这是导致家庭出现问题的原因。你看现在那些离婚的，哪一个不是有打老婆的倾向，如果他们也疼爱自己的老婆，不动手打人，估计会降低离婚率，咱们这地方虽然穷，但人的心还是好的，有个别人的确不好，但那不能代表全部。

　　就说那清华，一年四季不出门打工，总是窝在家里。天天喝酒，老婆一年在外面打工，过年回来了，他喝醉了，还要动手打老婆，你说这样的事情，谁愿意啊？现在的年轻媳妇，哪一个还受这委屈？清华老婆是腊月二十六回来的，清华腊月二十六晚上就喝醉酒，把老婆打了一顿。据说当时是有人怂恿清华这么干的，你说现在的人咋就那么坏呢？

　　当然，我也听人说清华的老婆，可能在外面有相好的。这种事情，咱也没见，不好下结论。不过咱们这地方，老婆能出去挣一年钱，过年回来和你过年，就是放不下这个家，仅就这一点，我们都不应该打人。其实，打人是最没有出息的行为。清华这小子，也不想着和老婆好好过日子，净听了别人的怂恿打老婆，而今这世道，你得承认，坏人不是没有，尤其当你不如人的时候，就有坏人就想着法儿来捉弄你。清华把老婆打了一顿，老婆也就离家出走了。这下看他如何过下场（为难，艰难的意思）这年。

　　几个坐在炕上的老人，说话的内容其实各自都有侧重点，那就是这些事情，多多少少都与他们自己有关系，所以他们也都是站在自己的角度上来看待有些问题，他们的观点难免有些偏颇。但当大家说着说着，说到了清华打老婆的事情上，整个谈论的主题又变了。他们不再叙述自己的难肠事，而是跳出了谈论内容的外面，以一个局外人的角度，集中谈论起了清华老婆跑这件事。

清华老婆腊月被清华打跑这件事，我回家的时候，也听村里那些人说了一嘴，但大家各执己见。这件事，在村子里坐夜闲谈中，形成了各种版本。但这种版本，往往与真实的事件本身相差甚远。三人为虎的事情，我们在生活中屡见不鲜。

张三爷说："酒把娃娃害了。爱喝酒，耍酒疯，总归不是好事。一个家要是没了女人家，家就烂包了。咱这地方虽然穷，但喝酒的风气却很高。你看看一到腊月正月，喝酒打架的人有多少，全都是酒惹的祸。"

王家伯伯说："酒这东西，我一辈子都不沾，也说不上酒好在哪里，但酒壮怂人胆，喝了酒的人，就格外的胆大。而且好多人酒风不好，喝了酒就爱惹是生非。清华把老婆打跑了，他的日子不好过，他的女儿还那么小，谁管啊？"

张家大爷说："有什么因就有什么果，一切早就注定。听说清华过完年，要上上海去找老婆，可上海那么大，上哪里去找啊？咱这地方，随便走丢一个人，都找不到。退一万步讲，即便是找到了，就能保证老婆跟着他回来？现在的女娃娃，都是见过世面的人，外面的生活，总归是要比我们这里的好，所以，还是要好好对人家。"

贺家大叔说："就是可怜了那个娃娃，那么小，父母就这样，那孩子长大了能好吗？你没见那些出了问题的家庭，孩子长大了有几个学好的？我听电视上说，一个孩子父母一直在外面打工，这孩子就跟着爷爷奶奶生活，等到这孩子十二岁以后，父母回来，准备好好供孩子上学，不成想这孩子嫌母亲逼迫的紧，竟然将母亲用刀子捅死了。你说这样的事情，让人寒心不寒心？"

听到了贺家大叔说的这件事，坐在炕上的几个老人都沉默了。

他们抽着烟,住着罐罐茶,唉声叹气。世界远比这个小山村要复杂得多,这里只是中国数以万计的村落之一。

4.拜 年

正月初三下午,我带着女儿,走向父亲的坟茔。按照故乡风俗,这天下午我必须将接回家的父亲的英灵,重新送到坟头上。

我用一个背篓,装上了村里人送来的冥币。各种各样冥币,面额不等,整整装了一背篓。据说,这些冥币,面额高的价钱也硬,也就是说,那些给父亲送高额面值冥币的人,都是很重视父亲的人……这些冥币是村里人依然记得父亲的依据。我装着这些大小不一图案各异的冥币,似乎,每家每户的冥币,都有记号一样,都显示着不同人不同的祝福。希望这些纸钱,可以供父亲一年的花销,也希望故乡人给父亲的祝福,能够让他听到。

穿上孝服,庄严地接过代表父亲的英灵的三支燃着的香。然后走向父亲躺着的那方热土。

我们在父亲的坟前跪定。点上香,点上蜡烛,还给父亲点上一支烟。上次我来时,遗留的灰烬,被雪水打湿,在地上洇出一大片。我继续跪在那片灰烬之上,点着了背篓里的纸钱。当火苗蹿起,冥币化成灰烬时,父亲也许能收到吧。冥币燃烧了一个小时,才悉数燃尽,化成一堆灰。

磕头,敬酒,拜别。我在心里说:父亲,我这就走了,不知道什么时候,才能到你的坟头再看你,和你拉家常?

临走时,我在地畔上点着了一挂鞭炮。随着那响声,在地畔上腾起一朵青烟,还没上升到高空,便被冬天的风,撕裂地不成形状,消失在了空中，只留下了满地的硫黄味儿。地畔上，一些露头的麦苗，晃动着畏畏缩缩的脑袋，尝试春天的温度。

我脱去孝衣，沿着来时的路往回走。路上穿着孝衣陆续往坟头走的人很多。初春下午，暖阳尚有余热。山乡圪崂里，到处都有鞭炮的响声，此起彼伏。这一刻，那些在家过了年的英灵们，都各归神位。

回到家里，打扫庭院，父亲的那张遗像，香炉，白烛，均被收藏了起来。我们正式进入新年模式。我们家的年，应该从正月初三下午才真正开始。母亲说："现在，你可以去拜年了。×××家一定要去，曾经那么帮助过我们；×××在你小时候得病时，把你从鬼门关救了回来；还有那×××，和你爸是很好的弟兄，一直也挺照顾我们……"

我拿着礼品，走访村子里的亲朋。几位邻居家是必然要去的。远亲不如近邻，在你最需要的时候，邻居可以帮着你一切。我记得父亲去世时，他们整天整天，都在为此忙碌。对于我而言，这种由衷地感谢，无以言表。只能在这本书里，感谢他们，感谢我淳朴的父老乡亲。是他们带领着我从一个青年，过渡到一个能担起责任的儿子。

连着走了好几家，有的主家人在，有的主家人不在。但无一例外，他们的家里都有人。过年时，家里必须留有人看门，接待前来拜年的人，这是规矩，这也是礼仪。

拜年，吃烟，闲谈，成了重要的内容。

我这次回来，也觉得必须要和那些父辈们聊聊，不吃饭可以，最少也得喝一杯茶水，以显示自己不轻薄，这也是规矩。谈话的中心，紧紧围绕身体安康，家人幸福等方面开展，其他方面很少涉及，毕竟这种谈话是散碎的。乡亲们都很客气，也都很淳朴，看到他们依然健朗的身体，我们就会言不由衷地说起我的父亲。

出了东家进西家。我计算着走了几家还有几家。这一时刻我越来越感觉村子里那些固守着村子文化的父辈们的重要，也许他们是最后一批农耕文化的坚持着。他们的子孙辈，已经离开土地，涌入大城市。他们就是这个时代里，最后坚守土地的人，他们也逐渐在消亡。

这一次我去的是李清明家。

李清明是我们家一个远方亲戚，李清明的父亲李德云，和我的父亲风风雨雨一辈子。父母的朋友，必然会影响子女的交往。比如李德云与我父亲关系就很好。我与李清明也是如此。

这是一种地域性框定的友谊。

我们是童年的玩伴，少年的学友。

我们家和李清明家里，相聚几百米远，要穿过几条窄窄的巷子。儿时，我们在巷子里背着书包狂奔，你追我赶着，跑向学校。不过这几条巷子，给我们的最大记忆是，晴天一身土，下雨一身泥。现在几条巷道被硬化了，上面是水泥，再也不见了泥泞满面。但上面依然和童年一样爬满了猪粪，还有一些排出的污水，永远一副不干净的样子，情形还不如当年土路的巷子，大自然的力量可以消耗路面的上一切杂质，混凝土似乎隔开了人与人之间的交流。

后来李清明辍学打工，而我则上了高中。我们之间的关系，也由此拉远。再后来我考了大学。也是从那时候起，我们走上了打工与求学两条截然不同的路。

上学这些年，我几乎都在外面生活，已经很少涉足故乡。每年也只有过了年，才能回来在家里住几天。后来我只是听说，李清明结婚了，只是他的婚礼我并未参加。这时候的我们，已经失去联系很多年了。再后来，李清明全家都搬迁到新疆去了，也只有过年的时候，全家人才会回来，过了年又去新疆了。故乡已经成为他们经常怀念，但不会经常居住的地方。

李清明的媳妇儿，是另外一个村的女子，两人育有一个女儿。李清明两口子常年外出务工，且分居两地。媳妇一般都去北京，或者干服务员，或者干酒店前台，总之属于女性的职业。而李清明总觉得北京的工资太低，白白浪费时间，他选择的地方往往是新疆矿山，出卖力气，但能挣大钱的行业。早些年，新疆矿山开采地方比较多，李清明曾赚回人生第一桶金。

甚至那些年他和村里那些最早出去上矿山的人，都成了故乡人眼中的传奇。然而后来，矿山整顿。他没有学历，又没有技术，只能被裁掉。即便如此，李清明也不打算去北京，原因与之前一样。这时候的李清明春夏季"务瓜"（种瓜），秋季拾棉花，冬季埋葡萄（将葡萄树埋在土层下面，以免冻死）。而这一切，都在新疆的广大土地上完成。

然而，两地分居的婚姻生活，本身就存在风险。后因感情不和，女方有离婚的意思。李清明的女儿由父母带着。我曾外在路上口见过那个孩子，长得壮壮实实，两片稚嫩的脸庞，被寒风吹皲裂了，上面布满了红色血印儿，仿佛被猫抓了一样。他们一帮孩子在追逐着，嘴里骂着那些我童年时期听过的脏话，像拉家常一样随便。我忽然就对这些孩子的未来担忧起来。我也是很多年后，才改掉了这些随口就骂人的习惯。

我去李清明家里时，他并不在家。他的爸在家陪着孩子看动画片。而他的母亲在厨房里做晚饭，院子里飘荡着浆水味儿。

我坐下来和李清明父亲聊天。两个孩子窜出窜进，释放着童年特有的朝气和活力。屋子里地上立着一个地桌，墙上挂着梅兰竹菊四幅画，上面沾满了煤尘。九片基子的炕上，两床被褥乱堆着。炕边上一些小玩具，胡乱摆放着。一只灰猫，缩成了一个球状，趴着，仿佛全世界只有它最冷。我与李德云坐着，说些无关紧要的话。

我询问李清明与老婆的事情怎样了。李德云支支吾吾不愿意谈。这时候，李清明的母亲，将浆水面片端了上来。我知道我不能拒绝。于是，我端起一碗就吃。我看到他们笑了。我们边吃边说一些话，说到了李清明与媳妇的婚姻问题，李清明的母亲，开始诉苦。李德云闷着头不说话，一支接着一支抽烟。

那娃娃（李清明的老婆）没良心，我们把她当个宝，从来不让她干活，就是厨房里的活，也不愿意让她干一把。她每天睡到十一二点起来，我还要将做好的饭端到跟前。她吃了，碗一撂，抱着手机不停地摁着，我就是想不通，那个手机，到底有啥看的，可以看一天？

就这还没完。我思谋着清闲的时候，耍手机就耍吧，现在的年轻人，哪一个不是抱着手机过日子。可那娃娃，不知道好歹。五黄六月，农村最忙的时候，我们常常天不明出门，半夜里了才回来，下一天活，累死累活的。回到家，冰锅冷灶的，她连顿饭都不给我们做，只顾她自己。人家（李清明的老婆）饿了，自己做饭吃，甚至饭都不做，去下坪饭馆里买着吃一顿。我们回来，还得自己做饭吃，你说我们是娶了个老佛爷，不是娶了个儿媳妇。

除了不做饭，不干活，口细（挑食）得很，家里做的饭，稍微有不合口，就不吃，自己也不做，买了一箱子方便面，专门煮着吃。方便面那东西好，有调料，味道又香。我们是没福气吃了。

她怀这个孩子的时候，我当牛做马地伺候，一点好都没落下，反而嫌我做的饭不好吃。我就说，嫌我做的饭不好吃，可以自己做，家里什么都有，想吃什么，完全能按照自己口味来。可她又懒得做。

我给清明说过，他们两口子可以单另起炉灶。可他们就是不做，害怕村里人笑话，说他们不管老爹老娘，只顾自己享受。可我们又吃不到一起，生活习惯也不一样。早上我们起来时，他们还在睡觉。我早早就得下地干活，等到了他们起来，我又得做饭。

就这，我都不说啥，关键是那娃娃把心坏了。孙女生下来，好像就是给我生的。孩子都没有奶，也就不亲近了，顿顿吃奶粉。半夜三更的，我夜夜起来给孩子烫奶喝。孩子没过周岁她就出门打工，也不问孩子吃穿。我们这地方，一个来钱处都没有，可孩子上学，家里种地，都要花销。从来没有给过我们一分钱。

这些我们都不计较，只要他们两口子过的顺心，我们也没说的。这年头，哪个年轻人能和父母过在一起？但儿媳妇把良心坏了。这几年出门，在外面逛野了。前几年出门，还打电话来，问孩子的情况，年底也就回来过年。可现在，几个月都打不了一次电话，更不愿意进这个家门。即便是过年回来，也住在礼县城的旅店里，就是不回家。去年，就有人看见她腊月十二在礼县转，腊月二十六才回来。正月初四，又走了。我不知道，那娃娃是不是变心了？但她对这个家没感情了，我们把心给人家，都暖不热人家的心。

今年过年了，清明打电话，让回来过年，可儿媳妇就是不回家。清明从腊月初，叫到了腊月三十，还是不回来。后来我们也打电话，可是人家已经换了号，没办法联系人了。腊月三十那天，从城里回来的李安和说，他在城里见过我们的儿媳妇，和他一起坐班车回来的。可今天正月初三了，依然不见她回来。我想肯定是去了娘家。

明天我们准备让清明去叫，如果叫不回来。就拉倒吧，反正回了娘家，也不来自己的婆家。你说谁家的女子嫁人了，还在娘家过年？一点规矩都不懂,你来家里我们能把你吃掉?

我是看透了。我的儿媳妇没良心,我们把她当成了祖宗。他把我们当成了啥?农村里说喂一头猪,到年底杀了,还能过个好年,要她能干啥用?除了生了个孩子,为这个家做过什么?我算是看出来了,儿媳妇压根不想来我们家了。打定主意要离开,想摆脱这个家,想去外面过舒服日子。

明天我让清明去叫人,如果不回来,就去离婚吧,这样的儿媳妇,有和没有其实是一样的,不如不要。你看人家张家的儿媳妇,做饭、喂养孩子,都是自己做。很早起来,不是烧炕,就担水做饭。阿公阿婆(公公婆婆)啥心都不操,一天悠闲成啥了。人家的儿媳妇才是真正的儿媳妇。我们请的是神不是儿媳妇。

我觉得清明没本事,要是有本事,能让她随心所欲?不把她的腿打断就怪了。这样的女人,就是欠收拾。不听话到处野,不回家直接打,一次性打怕,就乖了。

这次要是叫回来了,我要给她说清楚,孩子自己喂养去。别把孩子总扔给我们。我们就欠辈(命苦)得很,让她自己喂养几天,就知道喂养娃娃没那么简单。

要是不回来,那就离了算了。离了他,清明就再娶不到媳妇了?地球离了谁都转。没有年猪,胡萝卜也可以过年。

李清明的母亲,满肚子的抱怨。从儿媳妇的生活习惯,说到了儿媳妇变心的事实。我不知如何安慰她。我知道她的话里,自有她的一番主观臆断。但故乡的年轻媳妇们,确实越来越多不愿意回故乡,不愿意继续开始农村生活。这种逃离乡村的背后,到底隐藏着什么,我暂时还说不清楚,但我隐隐感觉,城市的生活模式,正在影响着乡村。原来我的故乡人,把离婚看成了与古代"休妻"一样的耻辱,有时候，甚至有家暴，夫妻不合，貌合神离等情况，但他们一辈子都不愿意离婚，苦苦守着那种婚姻，故乡人骨子里的传统，让那些妇女们不敢有再次寻找自己幸福的冲动。

但现在截然相反，我们似乎又走向了另一个极端，越来越多涌入城市的年轻媳妇们，在见识了各种"新思想、新事物"后，思想活跃起来，不愿意继续以前的生活。他们开始学着城里人，追求自己的幸福。乡村里掀起了离婚的热潮。就像赶时髦一样，随意、率性，又不计后果。

我放下碗筷，退了出来。我知道这是积在心里的怨恨，越积越多。多到一触即发的地步。不知道李清明能不能把老婆叫回来。但他们的婚姻，存在的问题不是我所能解决的。

我回家，取了礼品，继续拜年。我要在天黑前，把所有的亲戚邻居走访到。这时候的拜年，就成了一种形式。说得更标准一点，就是风俗。我不知道这种风俗始于何时。从我记事起，就有拜年的风俗，我们小时候家里穷，也没有那么多花样翻新的礼品。

每次拜年不是四个油饼，就是四个苹果，或者一包挂面之类的礼品。甚至，有些远方亲戚，我们走到半路，不愿意去了，就把油饼或者苹果吃了。回家告诉父母，那谁谁家，我们已经去了。

夜幕降临，我基本走完了邻居家。当我拖着沉甸甸的步子往回走时。在巷子口遇到了贵平。

贵平是我们巷子口的另外一个青年，他是残疾人。智力和体力上都有残疾。贵平二十几岁了。两片薄嘴唇上面，张着一层浅墨色的胡子，这点能够反映出他也是成年人。我给贵平递上了烟，和他开了个玩笑。贵平呵呵笑着，吸着烟向巷道口走去。在墨色的夜空里，看见他嘴里的烟，忽明忽暗。

贵平因为身体残疾，是常年待在村子里的年轻人，也因身体原因，父母给他开了个小卖铺，平时贵平经营着。到了过年时，村里的年轻人回来，便有人支起麻将桌，小卖部就暂时由父母看着。贵平虽然有残疾，但村里人却没有人看不起他，大家偶尔和贵平开玩笑，却也都很看重这个二十几岁的年轻人，我在想：如果贵平能够好好学习，说不定我们村还能出一个霍金。

贵平虽然身体有残疾，但上天为他关上一扇门的时候，也给他重新开启了一扇窗。贵平为人很聪慧，对村里的红白喜事从来不缺场。他很明白村里代代相传下来的那些"规矩"，他在别人的一言一行中学习着，并不断修正着自己的行为举止。或许在他眼里，他是村里常年留守的年轻人，总得尽自己的力量，帮助那些人家干活。

当然，贵平也学会了抽烟喝酒。村里有好事者，便在酒席上，故意"抬秤"（抬杠）贵平，让他多喝酒，然后博得众人一笑。这种场面，我在村里很多次红白喜事上见过。遇到此类事，贵平自然喝一杯，红着脸笑笑，为别人带去了乐趣，也乐了自己。我羡慕他的坦诚和率真，这个世界上，也只有他们才能率真地活着，而不至于接受某些恶意的惩罚。

回到家里已经八点多了。女儿坐在电视机前看着动画片。我坐在炕上玩手机。这时候，黑暗的夜空里，传来了一声接着一声的爆竹。正月里，在城市里已经禁绝的烟花爆竹，在农村迎来了新的生命力。村里那些年轻人热衷于放烟花，每天晚上都有人放。

正月初四开始，我便骑着摩托车，走访亲友。那些常年不联系的人，那些村里的老人，我是一定要去看看的。他们是这个村子里最后的坚守，他们固守着村子里古老的风俗。他们也代表着村子的过去，代表着村里最后一点人文力量。

　　早上我走了好几家，都是些常年有来往的人。中午走进我的一个远房姑姑家。许多年前，我并不知道有这么个姑姑。当我求学回来，在这片地方生活并深入研究我们这一族人时，才知道我有这么个姑姑。

　　我记得2017年的时候，父亲病重，我们兄弟姊妹几个，只有我在父母身边。当时家里还种着地。为了乘着黄金时间，收割完地里的麦子，母亲不得不叫姑姑来帮忙。这一天，我们天不明出发，三个人在烈日暴晒下割完了三亩麦子。那便是我这么多年来，第一次近距离接触姑姑。

　　姑姑一生孤苦，和那个时代里任何女人一样，没有过上几天富裕的日子，从小就与贫穷做斗争，后来嫁到了另一个村子。这个村距离我们村十华里，却全是山地，属于漱山最偏远的一个自然小组。这里的人，都住在山里。他们生活的地方，其实就是前文提及的分水岭。

　　姑姑有个儿子，比我大一岁，常年在外打工，把两个孩子留给姑姑照看。姑姑一边务农，一边供养着两个孩子。那时候，他们家生活其实已经开始一点点向好的方向发展。儿子儿媳妇打工，姑姑姑父供着两个孩子上学。按说，姑姑的日子应该好过了。可就在这个茬口上，发生了一件事，让他们那个家遭受了灭顶之灾。

　　当时姑姑的儿子两口子，搭着顺风车去新疆，在半路上出了车祸。两个人全殁了。因为车祸现场惨烈，尸骨都没带回来。姑姑经常念叨的一句话是："年年去新疆，都好好的。谁能想到，会在路上出事呢？"据我了解的情况，事故方是大卡车，直接把坐人的小车，碾成了粉碎。车尚且如此，坐在车里的人，怎能逃脱厄运？

　　事故发生在几千里之外，我们所有人都不在身边，无法准确判断故事发生的具体过程。我只是听说，大卡车司机是少数民族，赔了三万元的丧葬费。两个年轻的生命，就此在人间消失。我记得不久前，姑姑的儿子还带着孩子，去学校给孩子报名，半路上碰到我，还和我拉了一通家常。然而，就是这个人，已经彻底告别了这个有他牵挂的世界。

我去姑姑家时，姑姑独坐着，目光呆滞。两个孙子，在院子里玩耍着。姑姑对我的到来，表示很惊奇。我以外人的身份，怀着虔诚的口吻，问了他儿子的情况。姑姑在叙述中，几次哽咽着。这种老年丧子的悲痛，彻底击垮了她。她的额头上，青丝变成了一根根银丝。和两年前我见她时相比，姑姑明显地老了。有时候我们不得不感慨催老人的不是岁月，而是无法预料的生活打击。我们的坚守，我们的付出，我们的忍受，都是要有活着的希望。然而，当希望破灭后，内心的各种坚持，缺少了坚持的依据，心该落在何处？

早知道会出事，打死我也不让他们（儿子和儿媳）出去了。如果我当时阻止他们去，也不至于连命都没了。

其实，他们走的那时候，我就有种预感，我的眼皮那几天跳得厉害，我都不敢说，娃娃大了，我们说的太多了，他们就会厌烦。

现在想来，人这一辈子穷一点也没关系，总是要活着。只要活着啥也都慢慢会有的，只是我们又太着急了，太想往人前面活了。你说人这一辈子，总是不知足，总是为了要活在人前头，想尽办法。可人的命，天注定，老天爷不让你发达，你再怎么折腾，都折腾不出个样子来。

原来，他们一年出门打工，多少也挣回来些钱，虽然日子过得紧巴巴，但也够家里的花销够了。可他们就是不知足，非得要上新疆，非要去挣大钱。其实，咱们农村人，一辈子能挣到的钱，是有数的，就像命一样有定数，没有无缘无故能够挣大钱的人。

他们坚持要走，我也劝不听。看着他们非要走，我当时还劝着说，坐火车方便，也安全。你说他们走在路上，不就是图个安全吗？可他们就是不听，非得要坐私人的车。说图个便宜，也图个方便。如果当初听我的，该多好啊！

人这一辈子，有些弯路还是要走的，没有捷径走。可有些路，一旦走上去，就没有回头路了，只能硬着头皮走到头。他们殁了那天，我就心急的很，干啥都心急，我也不知道怎么了，啥都不想干，就从屋子里进进出出，想着一些乱七八糟的事情，但我没有想到是他们出了事。

过了几天后，才接到了电话，说他们出事了。我也没上去，是你姑父上去处理的，说人也没见着。刚开始，我都不敢相信，这就是我们家发生的事情。

他们没了的那几个月，我天天眼睛睁着，根本睡不着。我不想跟任何人说话，也不想哭，就想一个人坐着。你都不知道，我整宿整宿听着外面的动静，很希望院子里有他们的脚步声。那段时间，我的耳朵格外灵敏，外面有个风吹草动，我都能听见。我睁着眼睛，一睁就是一夜。乌漆嘛黑的夜里，眼睛是看不见任何东西的。但我的意识也很清醒，我总是期待着。可我期待的东西，一直没有出现。

后来，熬的时间太长了，实在是太困了，就迷迷糊糊睡着了。一睡着，就梦见他们在眼前晃。醒来后，院子里静得怕人。这个院子，再也没有他们的脚步声，再也不会有他们的说话声了。我整天就这样，浑浑噩噩。

那段时间，我是害怕睡着的，因为睡着了能梦见他们，而醒来了却不见他们的影子。我一看到他们的那两个孩子，就想起他们来，我都不知道自己是不是魔怔了。你姑父也一样，不说话，整天都闷着头干活，一锅又一锅接着吸烟，气管炎犯了，咳嗽的要死，还是一锅又一锅接着吸，我也不管了。

……

他们甩膀子走了，把这个家扔给我，把这两个孩子扔给我，我该怎么办？我五十多岁的人了，半截子已经埋进了黄土里。咋样才能把这两个孩子拉扯大？过几年我干不动了，而这两个孩子还没长大，他们由谁来管？真可怜了这两个娃娃。老天爷咋不把我收了呢？

……

你说那开大卡车的，赔了三万元，就不管了。那可是两条人命啊。新疆那地方，咱也说了不算，又没有人，只能任由人欺负了。你姑父去新疆处理了，前前后后一个多月，还是没有处理下去。两条人命，白白死了。

我们没人没钱。谁来替我们出头？

我现在一点心劲都没有了。整个人都昏昏沉沉的。常常是丢三落四，不是忘了这就是忘了那。前两天，我给孩子买衣服，记得拿了二百元钱，就匆匆去坪里（下坪村），等到了下坪里才发现钱没拿。又跑回来取了一趟。等到了坪里，又把手机忘在了屋里。我身体也一天不如一天了。天天吃药，天天不见好转。

原来他们在的时候，我总是鼓着一股劲，累死累活，一定要让他们的日子过好。那些年，我记得最困难的时候，家里缺吃少穿，但那时候，孩子们都健健康康的，他们是我的希望。可如今，这希望就像蜡烛一样灭了。眼前，一片漆黑，我看不到前面的路上，到底怎么走？

姑姑在叙述中，哽咽着。每到伤心处，眼泪就自己流下来了。我竟然没有一句合适的语言，来安慰她。她的坚守，她人生的全部意义，似乎都随着那场车祸，烟消云散。

她的那些后悔与自责,让她沉浸在痛苦中不能自拔。我不相信,一个积极乐观,一个当年立誓要把两个孙子供上大学,供成吃一碗公家饭的姑姑,却在意外的打击中,一蹶不振。但我还是不断从脑子里搜索着可以安慰她的词汇,毕竟生活正在一点点地变好。虽然这场车祸,给了这个家那么大的打击,可是,还有两个孩子嗷嗷待哺,他们要好好念书,改变命运。我劝姑姑,凡事给两个孙子眼里看,他们一天比一天要大了。相信用不了几年,他们都会成为大孩子,为家里分忧解难。

当我从她家里出来时,姑姑一直把我送到了大路上。我骑着摩托车开始往回走。我从反光镜里隐隐看到,姑姑和两个孙子,站在自家的地畔上,还在看着我逐渐远去。

我的眼睛里吹进了沙子,眼泪就掉下来了。

5.社火社戏抬佛爷

正月初六,天气还处于半明半暗的状态中,村子里就想起了"轰轰"的敲鼓声。

鼓声由远及近,不断地在敲打着。这是村里人"抬佛爷"时招呼人的鼓声。所谓抬佛爷,其实就是将坪头寺里供奉的佛爷抬到我们村,在我们村"坐"一天。届时,村里人都会拿着黄纸和香、腊、鞭炮去上香,磕头,期望佛爷保佑一年风调雨顺、家人平安。这又是一种流传下来的宗教文化。

在今天人们虽然不断在改变对世界的认知,但故乡的这些东西,从来都没有人遗忘过。一说到正月里要抬佛爷,大家都会来兴致。甚至村里人对这种文化的认可,要比对村里干部认可度大。抬佛爷之事本来是自主自愿的，但村里人都能投入到其中，把这当成了一件隆重而有意义的事情来做。

每年村里的这些事宜，都会选出四个会长，上庄村两个，下庄村两个，他们负责这一年的这些事宜。这种会长制度，是挨家挨户往下沿袭的，没有特殊情况，就得服从这个默认的规则，因为大家都这么干。

我们村每年的这些活动，主要集中在端午节和春节这两个时间点。端午节是祭祀山神，保佑风调雨顺。春节，则主要是抬佛爷，耍社火。当然，还有每五年一次四月初八负责下坪唱戏事宜。最常见的就是正月里这次抬佛爷。

我小时候，对这种日子特别向往。这是过年时，期盼的几件事之一。每年到了抬佛爷的这一天，我们总会冲进上坪头寺，抢一杆最大的旗子，扛上往村里跑。庙里的旗子，有大有小。其中最大的两杆旗子，青色，上面绣着两条龙。对于我们这些半大孩子而言，谁要是抢到那两杆旗子中的一杆，这次抬佛爷活动，也就算称心如意了。当然，孩子们会按照自己的实力，每人都扛一杆旗子。那两杆旗子，也不是谁都可以扛的，旗杆粗重，旗帜宽大，一般人扛不动。也只有到了一定的年纪，体力能支撑这杆旗子时，它才会成为众人抢一旗的局面。抢到了旗子，等到了庙里的轿子绑稳妥，我们就出发，向村子里跑。

孩子们扛着旗的在前面跑，而大人们则四人抬轿在后面跟着。当我们作为先头部队走过村庄时，总会无比荣耀地享受村子的羡慕目光。甚至有时候，那些常年身体不好，或者有邪症的人，会用被子或者羊毛毡卷成一个桶状物，自己钻进那个"桶型"物里，让我们这些抬佛爷的人，都跨过他们的身体，以达到驱邪之作用。

155

许多年后，我发现故乡的一茬一茬的孩子们，也从父辈们手中接过了操作这件事的担子。他们也一直在延续这种风俗，丝毫不会因为念书或者不念书，而放弃这种行为。

这是一种老少都参与的活动。这种活动似乎成了村里人聚集在一起的由头。那些已经成年的同伴们小时候扛旗，长大后就参与到抬佛爷的队伍中。佛爷的轿子是用木头制作的，富丽堂皇，各种丝绸，各种工笔，雕梁画栋，里面坐着至高无上的佛爷。

每年抬佛爷的约定时间，不是正月初四，便是正月初六。今年，时间就定在了正月初六。

天蒙蒙亮，毫无例外，大路上想起了鼓声。还有连着"叭叭"响的炮仗声。一个早晨，正式开始。故乡的那些外出打工的年轻人，回来在家里待几天，总得要体现一下自己的价值，所以要参与其中。

听着鼓声、鞭炮声、人声的混杂音，我睡意全无。

但我不想起床，更不想去参与抬佛爷的活动。只能静静地听着穿过那些房屋传来的鼓声，敲击着村庄惺忪睡眼。天还未亮，一切都穿在躁动中，一切又都在呼呼欲睡。

巷子里传来的脚步声、说话声，邻居们出动了。对于这场一年仅有一次的活动，许多人趋之若鹜。过不了几天，他们都开始陆续离开，非得等到明年，才能参与这样的活动。机会只有一次，谁都不愿意放过。我刷看手机内容，很多人依然睡得很迟，凌晨三四点钟了，都在刷朋友圈。我一个学弟，发了几张打鼓的照片，并附上文字："一年一度的抬爷，我们村最后的一点宗教信仰。"

没过多久鼓声歇了，大地又陷入沉睡。我起床将煤炉子弄着，屋子里飘满了烟味儿。这时候，我忽然觉得，我又回到了炊烟袅袅的故乡里，我又在这里和故乡同呼吸。

　　炉子里蹿出了火苗儿。我钻出屋子，将一大堆玉米秆抱到炕眼门边上，用打火机点着，将玉米秆捣入到火炕里。火炕里传出了噼里啪啦的响声。烟苗儿随着另一个炕眼门钻了出来。我被烟苗儿呛地满眼通红，直流眼泪。

　　天还蒙蒙亮，只能看到空中许多星星，在眨眼睛。远山，模糊不清。

　　巷子里那些早起的父辈们，已经担起水桶去挑水了。我站在院子里，和黑夜一起在感受着故乡的气息。

　　不久，天彻底亮了。

　　初春的故乡，寒流蔓延，气温逼人。天也阴着，和我的心情一样沮丧。我一遍又一遍打着哈欠，准备继续睡个回笼觉。然而这时候鼓声又近了，随着鼓声而来的，还有不间断的各种炮仗声，那些烟花爆竹，昙花一现，在空中散开了美丽的花纹。这是故乡人抬着佛爷回来了。会长这会儿肯定支好了平台，等待着佛爷进家门。

　　母亲也起来张罗饭。我担着水桶，去担水。等我上了大路，路上落下一层鞭炮碎屑，一些碎娃娃打着鼓，在到处敲打着，那鼓声，一声，两声，三声，穿透着我的胸膛。也整个划破了清晨的寂静，这个早晨注定了谁也没办法睡懒觉。

　　吃完早饭鼓声更响了。鼓声里透露着诱惑。母亲让我拿着黄纸、香、蜡烛、鞭炮去拜会佛爷。我向来对这些事挺拒绝的。年轻的我 总觉得这是封建迷信。但母亲说："回来了，你就是这个村里人，就要遵守这个村的风俗习惯。"

　　我恍然大悟，我只能拿着这些东西，去给佛爷磕头。等我走到会长家里时，会长和几个人正将一头猪苗揪出来，准备宰杀。会长对着我笑了笑，拉着撕心裂肺的猪娃，钻进了一片废弃的破房子中。就在磕头的瞬间，我听到了一声长啸，猪娃被杀了。

在佛爷前闭着眼睛的阴阳，若有所思地念着我完全听不懂的经文。

我退出了房子。会长走到我身边对我说："一会儿别走，猪娃肉，嫩得很！"我赶紧退了出来。我似乎看到了那头猪娃，还没有享受人间四季，就过早地接受了作为祭祀的命运。

我回到家里，脑子里想一些乱七八糟的事情，也听母亲絮叨很多村里的鸡零狗碎。

中午时分，小小来给我拜年。

小小还和当年一样，大嗓门，还没进门就叫着我的名字，声音先从大门口飘了进来。

我们坐在炕上，煮起了罐罐茶。有一搭没一搭地说着村里的事情。最后又绕到了小小自己的身上。

我今年不行，和去年比，今年根本没挣几个钱。

今年来来回回两三趟。五六月份回来收割庄稼，在家里待了二十多天，前后耽搁将近一个月。十月份的时候，我妈身体不好，我又回来待了将近一个月。一年的时间，都消耗在路上了。挣了点钱，全部都交给了铁路局。

前半年，务瓜（在新疆种植瓜，主要是西瓜和甜瓜）还赚了点钱，六月份回来，花掉了一部分。给孩子置办了一些衣服和鞋袜，给父母买了些衣服，我自己又抽烟喝酒，基本上就没剩几个钱了。

我还好赌两把，麻将桌上又流失了一部分，根本就没钱了。这人要是迷恋上赌博，也不好，我就想着把赌博给戒了，可是当看到别人打麻将，自己就坐不住了。

等到了秋田种上，我再上新疆时，口袋就布贴布了。老婆子倒是挣了点钱，一直存着，不让我动，我也不动，老婆挣的钱，是给孩子上学用的，我自己当然不能动。后半年的时候，我又上新疆在工地上绑钢筋，也挣了点钱。后来，天气太冷了，工地上也干不成活了，我又接着埋葡萄树，干了将近一个月，也算是挣了点。

腊月里我就回来了，回来也没事干，天天喝酒打麻将。我给自己留的私房钱，都败在了麻将上。老婆回来的迟，一直等到腊月二十六才会来的。她给人家当保姆，工资是死的，不过也管吃住，基本上不花钱，也能攒一点钱。但就是每年的春节假期有点短，等过了年，还没待几天，北京那家人就打电话叫，让上去，老婆也就只能走。我昨天刚刚从网上给她买的火车票，初八就走。

老婆怕我赌博，将我们挣的钱，全部存成了定期存款。为此，我们还吵了一架。你说，挣死挣活的干了一年，过年了，就得回来逍遥快活几天。挣的钱就是要花的，要不然，放下那些钱有什么用？可老婆说她明年再打一年工，就不出门了，准备将两个孩子送进城上学，钱要为孩子上学准备。你说这上学，哪里上不是上，城里的学生，不见得就比乡里的好。我还听说城里的学生，不补助早餐，还没有啥补助资金，老婆就图那个新鲜。看着人家将孩子送进城，也跟风。

这几天晚上坐夜，打麻将我自己挣了三千多元钱，够自己花了。我也不看老婆那个脸色，女人总是磨磨唧唧的。

开了春，我不打算去新疆了，务瓜那活太苦了，你都没体验过，一眼望不到边的地，干着干着，人就没了信心。这几年在新疆，把力气出尽了，现在看到土地，精神就恍惚。家里的那些山地撂荒了，没有人种。只有几亩川地，父母还都坚持种着，但是家里因为没有牲口，种点地太费劲了。得等有牲口的人家都种上地了，我们才能把人家的牲口借来种自己的地。

今年，我准备去北京找个保安的活干干。我们村的李平他们，这几年在北京就干的保安，听说不错。干保安那活，包吃包住，一个月五千多的工资，除去自己吃烟、喝酒、买衣服、电话费、坐车费的鸡零狗碎，一个月剩四千块没问题。一年也就弄五万元，还不用风吹日晒，天天坐在房子里，冬天有暖气，夏天有空调。咱也享受一下。

哎！不过说归说，但上了北京，人家不一定要咱呢。咱识字浅薄，一个小学毕业证都没有混到手。而今出去大城市打工，人家都看学历，没有学历只能出死力气。听说那保安还要考试，考试合格了才能签合同。咱这些年，对原来识的字都忘记了，用手机打字可以，让自己写，有些字就忘了笔画顺序。

现在的社会，越来越容不下不识字的人了。前年我去苏州，在一个工厂里干活，人家也要识字，能写自己的名字，还要认识一些工厂的标识。许多东西，差别看起来不大，其实大得很，比如说，参与成分比例，四分之一和四分之三制作出来的成品，质量就不一样。我就是有一次把那个看错了，让我们车间损失了一部分，我自己也自认倒霉，用工资顶了。我干了一段时间就上了新疆，那地方，根本不是我们这类人干活的地方，对知识的要求很严格。

今年我就打算上北京看看，如果运气好，能找个保安或者看大门的，就祖宗保佑了。实在不行，就找北京边上的厂子干，咱有的是力气。在北京了，也和老婆距离近，有闲暇时间了，也可以带着老婆到处去转一转，咱也赶一回年轻人的时髦。

实在不行，就再上新疆。在新疆我有信心，自己能找一份好工作干，毕竟我们这些年都在新疆干活，也有些人脉资源。

小小的叙述充满了自我局限。这又是对自己将来没有打算的故乡打工者, 这样的人占了故乡打工者的多数。他们不管自己的职业生涯, 只管一年能赚多少钱。他不在乎孩子在哪里上学, 却对现代社会对知识的认可表示不理解。透过他的叙述, 我似乎能看到那些背井离乡的故乡人, 因为没有知识, 只能给人出死力的背影。知识正在改变着这个时代, 而像小小这类人, 不学习却想着挣大钱, 又没有一技之长, 不知道不久的将来, 外面的世界还容不容得下他和以他为代表的这一批人?

下午两点多钟, 巷子里鼓声大作, 随即, 鞭炮声震彻云霄。这是村子里的人又出动了, 他们要将抬进村里的佛爷, 重新送回到坪头寺。听闻鼓声响起, 小小把一支烟, 狠狠地吸了两口, 扔到地上, 用脚踩了踩对我说: "我要抬佛爷去了, 你去不去?" 我摇头, 小小说: "你不去我去了啊!" 我点点头, 他就颠颠地跑了。

这场欢送佛爷回寺庙的活动, 显得格外庄重。早上人们天不明抬佛爷进村时, 大家都还在熟睡中, 但这一刻, 大家伙儿都要一睹这场声势浩大的活动, 尽管每年都有此项活动, 但好活动百看不厌。我和女儿一起钻出了巷子, 在大路边上站着, 等待着那个即将到来的时刻。

鼓声一阵急过一阵, 似乎在提示着每一个人, 佛爷到村里的所有活动结束, 该送归佛爷回庙了。

许多孩子们扛着彩色旗子, 已经小跑着从巷子口冲了下来。一个会长拿着一杆旗子, 在最前面维持秩序, 让孩子们慢点走, 后面佛爷的轿子, 还没有绑好。但孩子们不管那些, 还是横冲直撞地往前冲着, 看到他们我就想到了小时候的自己。让人所欣慰的是, 这些记忆还在。

许多村里人拿着黄纸、香、蜡烛、鞭炮, 跪在路边上。不过这次，他们先是点着了一把麦秆，并没有点炮仗和香蜡纸，毕竟这些东西是孝敬寺庙里的佛爷。那麦秆在火苗中，由黄变白，最后变成了一堆黑色灰烬。我忽然看见了母亲，也点着了一对麦秆，跪在巷子口，而我却在路边上站着，一种羞愧之心袭上心头。等孩子们走过去，抬佛爷的队伍，就跟着走来。我看着母亲在磕头，她对这种神佛很是相信。

佛爷被抬走了。村子里又陷入安静中，那些出来观看这一年一度盛会的村民们，大家相互说着一些闲言碎语，陆陆续续回家了。只有每家门口还未燃尽的麦秆和黄纸的混合物，还在飘着烟丝，被空气慢慢吸收。

路上行人无几，整个村庄都是烟火过后的安静。

我快步走近巷子，钻进了屋子里。我在这场活动中，重新认识了故乡人，包括母亲在内的人。我也开始理解他们那种追求平安的迫切心理。一种很难解释清楚的感情，在心里不断地冒出来。这些东西或许已经不是所谓的迷信，而是一种心灵的念想，一种生活的希望，当然，我们也可以把这些归根于佛教，但谁又能说得清呢？想起母亲跪在巷子口的举动，我内心尤为感慨，这种事情她并没有让我去做，她坚持着自己的认识，和村里人一样，跪在了村口。而我似乎成了一个看客，站在路边上目睹着这一幕。

我在等待晚上的到来，因为晚上新庄村的社火到我们村来耍。这已经成了一种既定的安排，或者叫部署吧。早在前两天晚上坐夜时，我就听那些年轻人在张罗这件事了，他们每人或掏一百，或掏五十，都在私底下搞募捐，准备买一些烟花，在唱社火的晚上放。他们说，那些出门打工的年轻人，已经捐了两千多块钱了，他们准备在群里继续张罗，争取再募捐一些。我当然也慷慨解囊，拿出二百元钱，这种事情大家的心是一致的，他们要好好在村里耍一耍，如果我不参与这个募捐，自然在他们眼里就成了抠门的象征。我为自己的这种矛盾心里感到一阵好笑。

下午的时候，村里的另外一个群体——一帮半大孩子开始了他们的表演。他们推着架子车，挨家挨户地收柴火，一家一根柴火。村里人也都很支持孩子们的举动，都会拿出最好的柴火，送给这些孩子们。儿时我们这里森林茂密，人们靠山吃山，烧火做饭，自然也是柴火。孩子们收上来的这些柴火，要留在晚上燃起一大盆篝火，人们围着篝火，开始跳舞唱歌。

大家伙都在为晚上的社火准备着。会长们就更忙了，他们得负责晚上社火场上的一切事宜，包括请神封神，还有招待那些唱社火人的伙食。

七点已过，河对面的新庄村就响起了炮仗声。

这声音当然是提示村里的会长要去新庄村请社火。我们小时候耍社火，都是在村里提前准备好的打碾场里。但也偶有将打碾场麦秆点燃的事情发生。这两年，村里重视安全生产这项工作了，不让在打碾场上耍社火，因为那里都堆满了麦秆。

但耍社火又必须做，村干部也不能和全村村民对着干。再说这是老祖宗留下的风俗，谁要阻止耍社火，谁就是数典忘祖。最终只能将社火对引到村子外面的一片空地上，燃起篝火。如此一来，就避免了麦秸秆被点燃的危险。

耍社火我是一定要去的，那些动人的社火曲儿，深深吸引着我。《劝世人》《十二将》《织手巾》《放风筝》《农庄曲》等等，都充满着浓郁的乡土色彩。似乎这些年过去了，那些古老的传唱，并未因时间的推移而显得不合时宜。《湫山乡志》里这样描述湫山的社火：

"社火"是漱山群众喜闻乐见的一种传统娱乐形式，它的演出历史早于秦腔，上古耍社火的村庄较为普遍。随着秦腔的兴起，在54个村社当中，如今仅剩史家山、庙山、新庄、格子等几个为数不多的村庄春节耍社火，舞龙灯，狂雄狮，搬旱船，斗狗熊，耍武术，跑马队，说快板，唱小曲，放焰火。内容丰富，形式多样，自编自演，参与面广，生活气息浓厚，临近村庄都邀请献艺。其中新庄社火历史最为悠久，在乡里小有名气。

烟花从新庄村升空，沿着大路，一步一步正在向上我们村走来。这个过程让人联想起2008年奥运会开幕式的那一串脚印。在故乡人眼中，社火代表着各路神仙，人的事情可以商量，但对于神的事情，不能有丝毫马虎，必须虔诚，并做到没有遗憾。

社火队伍的脚步走地并不快，因为里面有很多人。他们过了新庄大桥，就到了下坪村，那些琳琅满目的商店，都要出来放一挂鞭炮，来送一送这些路过的社火队伍。等到了我们村，大家自然早就在村口等待多时了，那炮仗声，炸响了整个村子。

女儿在院子激动地跳着，大声喊着"啊！啊！"自从城里禁止了烟花爆竹后，乡下成了烟花爆竹的释放地。我抱着女儿，后面跟着妻子，走向那个久违的场院。当我们出了巷子口时，村里人都三三五五也走向社火场。

这一夜，注定充满了各种梦幻色彩。

场院里社火队已经开始彩排，舞狮的人在场院边上来回跑动着，狮子身上的那些铃铛，就发出了悦耳的声音。

不久，场院里就传来了一阵熟悉的唱腔，唱曲儿的那些姑娘们，和穿着姑娘衣服的"假姑娘"们，扭动着身姿前后跟着，在场院中心围成一个圈儿。她们手里握着自制的彩色灯笼，也在她们扭动中摇晃着。灯笼里那些蜡烛，透过纸糊的灯笼，朦胧地闪着昏暗的光。场院周围，站了一圈的人，紧紧围住中间那些掌灯笼的姑娘。

接着，就在人声喧哗的场地中间，伞头唱起了："新春里正月正，十五闹花灯，白马银枪巧将小罗成……"后面的姑娘们，就跟着唱起来了。这是《十二将》唱段。那久违的旋律，在耳畔回荡。我将女儿架在脖子上，她似乎对这种场面尤为兴奋，嘴里不停地叫着，在我的肩上也扭起了腰。

唱小曲儿环节结束，人群已经将中间的空地围堵了起来。这时候舞狮再次出动了。两个舞狮的人，穿着狮子衣服，在场院里沿着人群边上走着，也不管边上是否有人，气势汹汹地向靠拢的人群扑去。人群像退潮的水，迅速向两边退去，中间耍社火的场面扩大了。这时候，拿着扁担的人，开始在场地中间耍棍。黑暗中只听见铁器的碰撞声，隐隐约约中，一个人影在场地中间快速游走着。耳际不断传来人们的喝彩声。但这种耍棍的动作，我们是没办法看清的，也只能听听那些耍棍的声音了。耍棍完毕，便是跑马队上场。一帮半大孩子，一个人一个马，在场地上跑着。这里所谓的马，当然不是真的马，而是用一个竹制编织的形似斗笠的竹斗，上镶嵌一根棍子，用纸糊一个马头，按在棍子上，竹斗上画上马的臀部，再制作出一些马尾丝挂在上面，就算是马了。马上挂着铃铛跑起来，就出现一阵悦耳的声音。孩子们在社火场上跑着，不断地制造出各种不同的"轨迹"。他们跑几圈后，就开始轮到了旱船表演。所谓旱船，不过是一种纸糊的旱船，上面制作出各种各样的花纹和团，中间时一个人用肩膀挑着。耍船的两个人，一个是挑着船的人，还有个船夫。旱船耍着耍着，就发了脾气，停下来不走了。届时，撑船的人会和旱船有一段精彩的对腔，十分滑稽有诙谐幽默。老一辈人，都会那段对腔。

现在的社火已经省去了好多流程，只是为了一种形式而存在着。我记得小时候，人们对耍社火相当热心，男女老少，但凡有点"天赋"的人都上场。

那是一场盛会，是展现才艺的盛会，是体现劳动人民精神的盛会。原来的社火各村之间都有相互表演、相互比拼的场面，现在没有了。最能代表这盛会的舞龙，各村的社火都不见了。

据说新庄村有忌讳，一直不舞龙。相传有一年护林村的社火到新庄村来耍，有交互交流的意思。护林村的舞龙来到了新庄村，尽情地耍了一回。但不久就发现新庄村的牛，在那一年，竟然死掉了一半儿以上。许多人都说是那次护林村舞龙所致。这里面，也有"神"的意思，以至于很多年，新庄村的社火，都不舞龙。

庙山村的社火，因为当年被我们邀请来村里耍，却不知何故没有来，反而去了下坪村。那一年，据说村里的人都很愤怒，把途经我们村，去下坪村的社火队伍给打砸了，人们辛苦一个腊月准备的一些社火用具，全部都毁了。从此之后，庙山村的社火就不出村了，只在本村耍。还有白崖村的社火，也是在自己村里耍，不再出村了。

好在这两年政府部门，已经给一些村配备了舞龙、狮子、战鼓等设备，每个村也不同程度地重新拾起了往日的这些旧习。

社火耍到最后，还有个封神的环节。我不知道这种封神和《封神演义》里姜子牙封神有何不同。但总归是有个穿着戏服，站在高台上，嘴里振振有词的人，在念着大家听不懂的术语。

社火结束后，小河、包山等村的社戏就开始了。这也是一种相互接替的活动，已经不仅仅是迷信之类的内容可以涵盖，这也是返乡人员回来闹新春的一种载体。在二十世纪大革命中，这些风俗一度被损毁，现在又鼓励重拾起这些东西了。唯一遗憾的是少了一些能够唱秦腔的本地艺人，老一茬艺人没办法再上台表演，好多村已经撑不起社戏摊子了。

上面提到的这几个村，也都缺少这些人才，以至于每年，他们都提前排练，准备在春节时好好一展嗓音。我小时候也经常跑这几个村，在看戏的人群中来回穿梭。社戏主要是秦腔曲目，有忠君爱国的曲目，也有才子佳人的剧目，还有公案的剧目，以此三类为代表的剧目有《金沙滩》《花亭相会》《铡美案》等剧目，这三个剧目，也是常年都演唱的剧目。

老一辈人，喜欢戏文，我很难想象，那些艰难的年月里，他们是如何饿着肚子，唱着戏曲来度过艰难岁月的。但现在已经很少有这样的人了，我们村原来也有几个唱戏能手，那些干活的岁月，他们即便没有舞台，也能在艰辛劳作的地头，唱一出折子戏。

对于我们小孩子而言，在戏场子里乱转，无非是人多热闹。但对于青年人就不一样，戏曲为那些爱侣们提供了约会的机会。那些青年男女，也会趁着社戏人多的机会，钻在黑暗的夜里，相互说情话。

总之，社戏是年轻人出门转的由头。故乡的社戏场上成就了多少对鸳鸯。我家里的邻居，就是在社戏场地上，看见一个穿着漂亮的姑娘，自己主动上去搭讪，最后这姑娘就成了他的老婆。

今年的社戏，我一定没有时间去了。不久，我就得奔赴工作岗位，对于故乡的一切，也只能是在心里念想了，再说我再也不是小时候的那个少年。而今的我上有老，下有小，生活已经将我折腾得浑身疲惫，许多青年人参与的场合，我已经不合时宜了。

社火结束后，我们一家人往回走。许多人在分路口，去了小河村、包山村，凑热闹去了。而今的年轻人，和我一样对秦腔一窍不通。他们不是为了去看戏，而是为了转一圈，活动一下，顺便看看戏场子里那些养眼的姑娘媳妇们，然后就回来了。我们在村口还遇到了一些村里的玩伴们，他们也吆喝着我们去看戏，但我都婉言谢绝了。

回去的路上，绝大多数人还是回家了，去那小河等村看戏的，也仅仅是一些年轻人。不得不承认，现代的人在精神世界里，更多追求新奇，对社戏这种传统的乡村文艺，已天然地不接受了。即便是那些懒散的庄稼汉，也改变了自己的观念，当有人约他们去看戏时，他们常常会说，冷冷清清地在戏场子里看戏，不如坐在自家的炕上，放高清的秦腔碟子，边看边煮茶，也未尝不是一件乐事。

现在有专家就建议，要保住秦腔，保住乡村文艺。可在市场经济影响下的乡村，更多地接受了新实事务。网吧、KTV、茶楼、麻将早已代替了原有的生活娱乐。

加上这些年，外出务工人员大量流失，故乡实际剩余的是老弱病残学，这些人不可能成为发展乡村文艺的主力军。最年轻的力量，在大城市接受最前沿的诸如电影、音乐、舞蹈等新文艺进入到了人民的视野。

我觉得如果真要振兴乡村，最先振兴的应该是乡村文艺，那是一个村庄赖以生存的灵魂。为什么我们的乡村坚守着自己的道德操守，却不抵金钱的冲击？当然，这将是个需要深入探讨的话题。

第四章　离婚潮

据相关人士称，近几年，离婚率持续增长。2016年以来，累计离婚案件超过民事案件总数的50%。

1.意外的电话

某一天，我接到一个陌生号码电话。

当时因为工作太忙，他打第一遍的时候，我没有接上。然后他就连续打了好几次。

电话响了第三遍时，我终于接上了。我喉咙里冒着不和蔼的语气，说了声"喂"。电话另一头传过一个沉重的男声："喂，你就是祁……新龙吧！"这是一个带着疑问的感叹句。

我没好气地问："你谁啊！"

我能听出来对方的话很急促，他不是很肯定地又问了一句："你就是新龙吧！"这次他省掉了我的姓。我已经没有理智了，硬着口气说："我就是，你有什么事？"

这时候，电话那头又有些喜出望外。他调整了几秒钟，才说："我是平娃。"我有些愣，在脑海里不停搜索这两个字，完全找不出这个人的影子。我反问："平娃？"他觉察到我似乎没有听出他的话，又有些惋惜和不乐意的意思，随即说："你们村的平娃。"

这时候，给了我地域限制，我又在脑海里搜索了一遍。我们村，对,地域是我们村。忽然,脑海里就跳出了一个人。

这个人叫张平娃,从小和我长大,是我童年最好的玩伴。我们的关系很像《杀死一只知更鸟》描写的杰姆和斯库特的关系。

后来,他幼年丧父早早辍学,学校里再也见不到他,上学路上也不见他了,我渐渐适应了没有他一起上学的日子。偶尔见他,也是在地畔,或者山上,他帮着家里干农活。那年月生活困难,他从十三岁开始,便帮着家里人干农活,早就成了农村一把好手,犁地、撒种、碾场、搭草,甚至学会了开手扶拖拉机。后来看到《平凡的世界》以后,我就觉得,他不就是生活中的孙少安吗?每年到了夏秋收割季节,作为同龄人的他,把干农活如同玩耍一般,我们常常都看得目瞪口呆。他也成了我们那年岁里,村子里老人们眼里将来的"出息人"。

再后来我上高中,离开故乡,到县城寄宿。我们便失去了联系。许多年后,听说他出门打工挣了一笔钱,在新的宅基地上,建出一片标志性建筑物,成为故乡人啧啧称赞的工程。

后来听说他结婚了,我每年回村里都和他有过几面之缘,但彼此已经不是小学时亲密的关系,我们之间,似乎更像中年鲁迅与闰土的关系。时间和社会身份的改变,已经将我们隔成两个世界的人。每次见他我都是递上烟,寒暄几句。

关于平娃的人生经历,或者说故乡近年许多故乡事,都是奶奶在絮絮叨叨中,灌进我耳朵的。这个幼年的玩伴,已与我有着巨大隔阂和无法逾越的鸿沟了。

我赶紧调整好语气说:"你好,平娃,这么多年没联系了,也不知道你过得好不好……你家里还好吧……大爷和阿婆(平娃的爷爷奶奶)身体都好吧……"我有些语无伦次,无话找话。我为刚刚自己的态度感到某种羞愧,并试图打破这种尴尬的局面。关于他家里的许多事情，我仿佛知道的很多，但又都很模糊，无从说起。在我一遍又一遍询问中，了解到他家里现在还好。母亲又结婚了。爷爷奶奶身体尚健朗。总之家里一切都好。

其实，我们之间的谈话，都是我在问，他在简短回答。我们说的这些都不足以满足他急切的语气。我这才意识到这么多年我们断了联系。现在他忽然打电话，肯定是有事情要给我说。

我试探性地问："你给我打电话，是不是有什么事情需要我帮忙，如果有，你就直说。"这时，他才慢吞吞地，又似倾诉一般地，给我叙说了他这些年的婚姻问题，隐隐透出夫妻不睦关系破裂涉及离婚。目前妻子已将他起诉至法院，法院通过电话联系到了他，希望他于本月某日到法院开庭审理离婚案件。

我脑袋清醒了一些。

平娃说给我打电话，是因为我读的书多，见识广，能给他出出主意。我详细地询问，但他又很含糊，或者说刻意回避某些事情。许多我需要了解的地方，说的含糊其辞。

这种夫妻离婚之事，我早就司空见惯了。但当它真正让自己面对，或者说，让我来出主意时，我竟然无计可施。许多农村的妇女，出门务工，在大城市习惯后，早已不想再回到农村面朝黄土背朝天，一辈子在黄土地上刨挖，生儿育女，孤老终生。她们也在追求现代文明的成果。所以，越来越多的离婚事件，层出不穷，五花八门。有些女人在城市里待久了，回来离婚。丈夫不离婚，他们就学着用城市的方法，起诉至法院，让法院判决。有人做过统计，今天的中国农村，每个村，每年至少有一对夫妻会离婚。

平娃很恐惧上法院这件事，在他眼里上法院其实等同于撕破脸了。在故乡人眼中，上法院这种事情只能在电视剧里演绎，但不能发生在他们真实生活中。然而，这种只有电视剧里有的情节，偏偏就发生在了生活中。其实生活远比我们想象的残酷，艺术作品里的生活，也都是经过处理的生活，缺少了生活的原汁原味。

他问我这次他的妻子将他起诉至法院，他该如何应对？他说："你是我们村最出息的人，念的书多，懂得道理多，需要我给他出出主意。"我除了"啊啊"震惊之外，完全没了主意。离婚这种事，我也没遇到过，何谈"经验"。况且那些又长又繁杂的法理，我其实也说不上几条。

甚至在许许多多文学作品里，或者电视新闻里，看到那些女子外出打工，在大城市生活习惯后，便很自然回乡村老家离婚，远离贫困，远离曾经凄苦的生活，包括父母、公公、公婆、丈夫、孩子。以前总是在奶奶口中得知，故乡某某某又离婚了，某某在外面有男人了，某某和别人家媳妇鬼混……但总觉得这种事，距离我太遥远，我只作为故乡在城镇化过程中，不可避免的事来看待。然而当这些事真实发生在我身边，并惊人地露出它们本来面目时，我又是何等震惊！

然而，现在这位多年未曾联系的发小，却突然打电话来，要求我拿个主意。毕竟在他们眼中，我上了大学，有了稳定工作，又在城市里生活。这对于他们而言，那便是鲤鱼跳龙门了。

我不知道该如何安慰他，如何给他出主意。我的脑袋很乱。乱到我根本认不清当前农村正在发生的事情。从某方面来说，故乡留给我的，依然是父辈们质朴劳作时牛一样的精神。留给我的还有那贫瘠的土地，泥泞的小路，弯曲的小河，记忆中河里活蹦乱跳的鱼儿……

我在脑海里搜寻关于离婚的法律条文，拿出来按照他提供给我的线索进行分析。然而，农村的事总有它的特殊性，总有法律照顾不到的地方，甚至，我们故乡人好多都是法盲，他们一直在从事着法律所不容许的事情，比如，十六七就提亲成家，比如好多年都不办理结婚证，比如至今还存在的家暴……

我没办法给他提供很多的"知识"。我安慰他不要着急，凡事总有解决的办法。我以有事很忙，挂断了电话。当然，我给他说了，我还会给他回电话。他很客气，也很期待我给他回电话。因为这次我压根没说清，也没说服他，甚至没说到他需要的那个"方面"。

挂了电话后，偶尔瞟了一眼通话记录，我和他竟说了四十七分钟。这也是这么多年来，能说这么久的唯一一次通话记录。

我想着我晚上一定要查查资料，给他回个电话。即便我们没办法在法庭上帮他一把，但总是要从法理的角度，弄清楚整个事件的来龙去脉，并朝他需要了解的哪个方向，给他解释清楚。

然而，总是无穷无尽的工作，总是各种生活的琐事来找上门，要求我去解决。事情多了，我便将这事忘了。

几天以后，平娃他又打来了电话，看见电话，我心就虚了，我才意识到，该查的资料，还停留在计划里。他电话里说马上要开庭了，他想再问问我，还有没有解决的办法。我脑袋一片空白，给他说了个地址，我们约在那里面谈。这件事已经不能再耽搁了，毕竟他一直在等我的回复，可我竟让将此事忘诸脑后。

我们约在一个咖啡店里见面，并订好了座。那里人少，许多事情可以放开说。

见面之前，我系统地翻阅了一些法律知识，从各个方面查看了资料，希望可以找到解决的办法，但很明显他的婚姻之事我依然很模糊。我又给一个律师朋友打了电话，希望他可以帮助我一把。听了我叙述后，朋友建议和先和平娃见面，了解清楚事情来龙去脉后，才能制定解决方案。

我提前到了，要了一杯咖啡等待着平娃。半刻钟，他也到了。他面目消瘦，牙齿蜡黄，明显是被烟久经熏染后的结果。他年纪和我相仿，但很明显生活的重压，已然将他压低有些透不过气来，看上去要比我老很多。尽管人显老，但那个脸庞，和小时候很像，我一眼就认出了他。我给他招手，他就坐在了我身边。

我们寒暄，我们询问着彼此的生活，就是没有直奔主题的意思。毕竟，这是很多年后的第一次见面，而且是为了这样一件事来见面。好似谈起这件事，就像从他内心深处窥探他的秘密一样。我感觉到了一种压抑。我无意窥探他内心的秘密，可是有些事，不说出来我也不知道怎么办？

他递给我一支烟，自己又咬上一支。我接住烟学着将烟头夹在耳朵上。又提示他，这里不让抽烟。他将一支被咬扁的烟重新插入烟盒，向四周看了看，眼睛里很茫然。我问，你喝点什么。说着将一个菜单递给他。他翻了翻，眼睛里有吃惊和犹豫，不知道该点什么，或许，这辈子他都没有进过这样的地方。这里一杯最便宜的咖啡五十八元，而一壶茶最便宜的也要一百三十八元。他翻来翻去，眼睛在价钱上飘忽，寻找着最便宜的价钱……他咋舌说，这一壶茶比一斤茶都贵。他还没喝过超过一百元一斤的茶叶。在他的心里，为了他的事情，我选择了这样一个地方，这顿茶钱一定他要掏的。故乡人，虽然没有多少知识，但为人处世的哲学，在各自成长的过程中，早就形成了。

我知道，他喝不惯咖啡，就要了一壶茶。这样显得我和他没有差距。其实我更愿意喝咖啡。

喝了几杯茶，他有意无意地说起了自己的婚姻，以及这些年生活的艰辛，但他眼睛里总有躲躲闪闪的东西。我知道这时候，他肯定还有顾虑，或者说，他不想把那些内心深处折磨他的东西都倒出来给我看。

于是，喝完茶后，我和他走进了一家川菜馆。我要了两瓶白酒。我知道只要他确定我和他站在一起，并相互之间没有差距时，他才会说出他想要说的话。而要达到此目的的方法，只有一个，那便是让酒精来麻醉，让人放松自己，降低警惕。

果然，几杯酒下肚后，他开始叙说。

我们小时候一块念书，现在能吃上一碗公家饭，还是你有福气，现在工作有了，不像我们这样一天累死累活，为了几个钱，拼了命地干。我记得那时候，你到县城上学，我就出去打工了。

十六岁那年，先去了北京，那时候，正规的公司不要我，因为我年龄不够，说聘用我，就是聘用童工。我没办法，就去了亦庄边上一个小工厂。那时候，亦庄那一片还是荒地，只有些零散的板房搭建的公司。我去那个公司，是因为公司里有张宝（我们曾经另一个同学）。张宝你知道吧，我们村的。

张宝把我引荐到那个厂子里。我就跟着他干了。其实活一点儿都不累，就是生产聚乙烯的盒子，装各类食品的盒子。但那时候工资低，一个月几百元，加上那时候我吸烟厉害，一天一包烟根本不够，尤其是上夜班，一晚上要两包烟，好烟根本买不起，四块钱的中南海，已经是最奢侈的了。

那时候，我还买了个小灵通电话。一个月下来，除过吃喝拉撒，剩不了几个钱。干了一段时间后，觉得没前途，每个月二十号以后，就精打细算。没烟的时候，烟瘾犯了，就到处找别人丢掉的烟把儿，捡起来，点着吸两口，过过瘾就好了。

后来一想，这样不行，别说出门挣钱，就是自己的嘴都供不住，这样长此下去，我就得吃西北风，家里人还指望我出来能挣点钱呢。我就想办法往外面走，苦一点儿没关系，只要能挣着钱，我就愿意干。

打问了几个老乡，他们和我一样，大城市里混的，都差不多，工资是死的，咱也没知识。人又不灵活，能赚钱的生意，咱也不会干，只能跟着别人干，或者给别人干活。打问来打问去，还是没有打问出个所以然来，最后决定去新疆。把北京厂子里的活辞了，买了张车票，去了新疆。

新疆那地方好，政策松，只要有力气，不管你童工不童工，靠力气吃饭。这对于我来说，就是好事情，你知道的，我年轻的时候，就力气大，干活也是一把好手。我就在新疆扎下根了。

最初的时候，我在鄯善火车站逗留了一段时间，干过服务员，当过装卸工，最后还学会了开铲车。这时候的经历，说来也丰富，也有被人骗的时候。不过，人就是这样成长起来的。

后来，经人引荐我就去了矿上干活。那时候，矿上的活，工资也是死的。后来，我就听说许多人都偷炭。偷了活性炭，悄悄在山下卖掉。刚开始，我也不太敢。因为公司有规定，谁偷炭被抓住，会直接开除。我们那时候拿的工资，本身就比别的地方多。但看着大家都偷碳，我心里就痒痒，凭什么他们能偷我就不能？

后来见所有人都偷，一个武山的小伙子，一年偷炭卖的钱，要比他实际工资高出好几倍。我也学着别人，悄悄偷，悄悄处理。慢慢手头就有钱了。我记得十八岁那年，我一年就挣了八万多块。

回家后，我便将家里的房子整修了。我父亲也看着我挣了点钱，又加上我到了找老婆的年纪，就托人给我张罗老婆。人还是比较现实的动物，因为有那一套好房子，亲事很快就定下来了，是邻村王家坪的一个女子，比我小一岁。

那时候，他们家困难，两个弟弟还在上学。所以，她的彩礼四万，一分都不少。我硬着头皮允了这件事，毕竟，我已经十八九了，过了年纪再娶媳妇，就困难了。眼下虽然困难，但只要将媳妇娶进门，两个人出去挣钱，没几年，彩礼钱就能挣回来。

那时候，我也不懂，觉得大人说的肯定有道理，就答应了。再说了，娶媳妇对我来说，是一件挺好奇的事情，我也非常想娶个媳妇。接着就是看屋里、言礼。看屋里的那次，他们家来了十几个人，按照咱们的习俗，来家里给看屋里的宗亲我们都要给钱。我就给她们家十几个人，每人一百元。等着她们走了，我婆（奶奶）就嫌我给得钱多了。我说多了就多了，反正咱家也算进个人呢。

亲事定在了腊月十二，天气正冷的时候。等到了结婚那天。他们娘家来的人也很多，我租了十个小轿车，在他们村转了一圈，又在我们村转了一圈，尽管我们两个村不足五里路。在娘家席上，我爷爷给一桌人忘了敬酒，我岳父说我爷爷不给他们宗亲敬酒是看不起人，加上我爷爷也喝了点酒，两个人在婚礼上就闹起来了。

最后他们娘家人不乐意了，气呼呼地走了。结婚那天，搞得不欢而散。结婚没几天就过年了。等到过年时，我作为新女婿要去给岳父拜年，遭受了她娘家人一顿奚落。我丈人喝了点酒，借着酒劲说我看不起他们一家，我只能赔着笑。我爷爷就是那样的性格，其实他本人从不给人揣坏心眼。我岳父还说从此就不登我的家门，我也不好再劝说。最终，他还是没有到过我们家，但我们还是每年都去给他拜年。

我想着不管岳父怎样，我们总归是亲戚。再后来，我们就有了孩子。其实那时候，我自己都是个孩子，十八九岁二十岁的人，莫名其妙地就成了父亲。老婆怀孕后，我就让她在家里待着，哪里也不要去，好好等娃娃生下来。我依旧去新疆打工，还是在矿山上干，一年最不行几万块钱能拿到手。后来，女儿出生时，我没有赶上回来，都是家里人张罗的。以后，我依旧打工，而她就在家里喂养孩子，帮着给老人做口饭吃。

第三年后，我们有了第二个女儿。那时候新疆的矿山，开始整治，许多矿山都被封。我们只能想其他出路。那时候，我带着她上新疆务瓜（种植各种瓜）。但务瓜的活太苦了，老婆跟着我天天灰头土脸的，我也心疼，就让她回家，之前矿山上打工时，还有些积蓄。

可这时候，家里的矛盾不断。我妈和老婆生活习惯不一样，两个人的矛盾也不断，彼此心里都堵着一口气。到了你看我不顺眼，我看你也不顺眼的境地。没办法，老婆给我打电话哭诉，我也没办法。之前修的一院房子里，住着一家老小，难免就有矛盾。我老婆让我另选地方，我们打算重新盖一院房子，可盖房子哪有那么简单。有了几次和我妈之间的矛盾之后，我老婆一气之下，就上了北京，在一家酒店干服务员。我的两个孩子丢给我奶奶，让我奶奶拉扯。

2009年过年时，我回家的早，我老婆回来的迟。我记得腊月二十几她才回来的。回来后，因为和我妈生活不到一起，经常吵架。那时候，我也不懂事，见老婆和大人吵架，心里气得慌。和一伙朋友喝了一顿酒，被几个哥们挑唆起来，醉醺醺地回家，不问青红皂白，就将老婆打了一顿，老婆没有吭一声，任由我拳打脚踢，不还手也不躲避，只是坐在地上。那气势就像我把她打死，她也不怕。

她越这样我就越发感觉没面子，降服不了她。我用手抓着她的头发，将她从院子里拖到了大门口，许多邻居都来劝架。我也不知道自己哪里来的那些火。老婆在家里躺了好几天，眼睛肿着，也不哭不叫，就是躺着，不吃不喝。

酒醒后，我尽管很后悔，但又觉得，男人打女人太正常了。我爸活着的时候，就经常打我妈。我爷七十岁了，还打我奶奶。得知我将老婆打了后，我老婆两个上学的弟弟，拿着斧头冲进了我家里，准备打我一顿，被我爷和我奶奶拉住了。

那两个弟兄还扬言，我要是再动手，会把我打死。我也只能忍着，但心里憋屈。那年，家里灰蒙蒙的，年过得也是灰蒙蒙的。大年初四，老婆一大早就出门了，我以为她去转（回）娘家，也没在意。哪知她没有去娘家，而是偷偷离家出走了，不知道去了哪里。

我知道消息赶回家时，我奶奶已经坐在院子里哭着。我奶奶告诉我，老婆一件衣服都没拿出门了。我感觉到了情况不对。

我一边联系早上通往县城的班车司机，一边联络车追。我从村子追到了县城。问了通往县城的司机，司机说，我老婆早上坐班车进的城，他们也不知道去了哪里，以为是走亲戚去了。我又坐了班车追到了天水。我想着老婆肯定去北京，而天水发往北京的车，晚上才到。当我到达天水时，火车站旁边黑压压一片，都是要出行的人，我在人群里找我老婆，又买了站台票在候车室里找。第一趟车，Z152次车候车室里，我没见人。我又等待第二趟Z76次列车，依然没见人。

我就在天水火车站附近找了个小旅馆住了下来，心灰意冷。第二天，我在候车室里转了半天，希望可以看着老婆的影子。然而并未看见。许多年后，我才知道，那次我老婆直接从天水坐火车到了西安，又从西安转乘火车到了北京。条条大路通罗马，谁能防住她从西安转乘火车呢？

我没有找到她，只能折返回来。年也没过下场，一家人都灰头土脸的。许多邻居，都在背后议论纷纷。我给老丈人拜年，老丈人板着脸一句话都不说，丈母娘骂骂咧咧的，脸像"黑风"一样。

正月十六，我就买了上北京的火车票，去了北京。我想，这一次，我要给她道个歉，尽管我身上有大男子主义，但是，老婆是自己的，还有那两个可怜分分的孩子，也像没娘娃。当我到达北京后，找到了她当年干活的那个酒店，但她早就不在哪里干活了。原来的电话号码也变成了空号。

我扑了个空，内心愤怒的火苗就"蹭蹭"上窜，我知道她是故意躲着我。我像个无头苍蝇一样，不知道该去哪里找她。我在北京游荡了几天，身上拿着的几百块钱，眼看就要花完，生计都成了问题。我就想先找个活干。反正我和她都在这个城里，慢慢找就是了。

我在一家建筑工地上找了个活干，尽管条件艰苦，但干一天是一天的工资，也划得来。我白天晚上干活，一天都不敢耽搁。有一次，我奶奶打电话来说我的小女儿得了肺炎，要住院呢，希望我能给家里寄点钱。我找了几个朋友，打凑了一千元，给家里寄了回去。但孩子还是因为肺炎，留下了后遗症，一条腿总是出不上力……

平娃又喝了一杯酒，"嘿嘿"哭了。我并未安慰他。有时候释放出来，未尝又不是一件好事。他的话让我内心不能平静。他打老婆的场面，在我脑海里闪现，场面很清晰具体。我坐在他身边，静静抽着烟，整个包厢里，烟雾缭绕，有种让人眩晕的感觉。我忽然想到了托尔斯泰在《安娜·卡列尼娜》开头的两句"幸福的家庭都是相同的，不幸的家庭各有各的不幸。"

平娃有些醉了，眼睛布满了血丝，出气明显浑浊了。我向服务员要了一杯茶递给他。他喝了茶，平静了好一会儿。盘子里的菜已经剩不多了，我们就这样坐着，一支接着一支抽烟。

平娃连着吸了五支烟，才接着继续说起了往事。

我在北京一边打工，一边找老婆。我甚至通过qq联络到了我们村好多人，希望他们留意，如果碰到我老婆了，就给我打电话（我专门换了个电话）。但老婆仿佛消失了一样，毫无音信。托付给老乡们的信息，也都石沉大海。

我几乎要失去信心了。也许老婆根本就不在北京，而是去了其他城市也有可能。可中国这么大，我上哪里去找她呢？

忽然有一天，有个陌生的QQ加我为好友。加上之后，才知道是我老婆。她问我孩子的情况，我没好气地说了一通气话，并要她的电话。她说自己没有电话，我知道，她有电话，只是不愿意给我而已。我就骂他，仿佛要将这半年多憋在内心的苦楚全部要发泄出来。我还威胁她说，她要是不回来，我找到她就把她打死。然而，这次QQ上简短的对话完毕后，她就把我删除了。我们再一次失去了联系。我像个孤魂野鬼一样，一边在挣死挣活挣钱补贴家用，一边疯狂地找她的下落，并在心里下了狠心：这回找到她，打断她的腿，让她就在家里躺着，我养她一辈子，这样她就不跑了。

我在北京一年多，挣了一万多块钱。年终了回了家。腊月里，我日日希望她能回来，只要她回来，我会原谅她，我们一家人，依旧会更幸福地生活。然而，她并未回来过年。我只是在邮局里收到了一份汇款单，上面的电话，打过去，是空号。地址，网上查了一下，是北京的一条胡同。

来年我继续去了北京。那时候，北京正好在到处搞建设，活很多，工资也不少。我在北京干了几个月，一次偶然的机会，我在王府井附近，看着一个身影像她。等我追过去，那身影早已不见了踪影。

我就想可能是我眼花了，整天想着老婆，所以产生了幻觉。可这一个大活人，到底去了哪里？我不知道她在哪里，我在心里祈求上苍能够眷顾我一下，只要找到我老婆，我这回把她当祖宗供着都行。

可老婆依然杳无音讯，我开始心灰意冷。后来，一个老乡说，在顺义见过我老婆。这给了我希望，我就去了顺义寻找，又托顺义的老乡和朋友，继续在顺义留心，如果发现，不要惊动，第一时间通知我。

又干了两个月，天下雨，工地上干不了活，我便换上干净衣服，到北京到处转悠。不经意间，竟然发现她在一家咖啡馆当服务员。我走近咖啡馆，仔细辨认了一下，发现就是她。

我内心很挣扎，不知道该怎么办。但理智告诉我，不能在北京胡来，这里不是老家。但我内心的确想打她一顿。我站在咖啡馆外面，调整了好一阵状态，我才推门走了进去，要了一杯咖啡。她也看到了我，给前台一个老板模样的人打了个招呼，走过来坐在我对面。我看到他身体微微胖了，脸上有肉了，化着淡妆，很美丽的样子，谁能想到，这就是我老婆。

我心里本来就不高兴，现在看到她不顾家里的孩子，竟然一个人过自己的小日子。内心的怒火，就压不住。她越是过得好，我心里就越不是个滋味儿，尤其是想起那两个孩子时，很多积压在心中的愤怒，就要爆发。

我问她：'你还有没有良心，你还是不是人，即便你不管我，那两个孩子也应该问一声吧？'其实那时候，我已经被情绪左右了理智。她说，她不想和我吵架。但一想到这两年多来受过的各种委屈，我气就不打一处来。几句话还没说，就动了手。她挨了我一拳，她的腮帮子上，一片酒红，但她并未还手，也没有躲避，和几年前那场面如出一辙。他们老板过来大声喝止住了我，那些喝咖啡的人都看着。老板掏出手机来要报警，被她阻止了。

我又后悔自己的冲动了，明明才见了她，怎么又动手了，我这火爆的脾气，这辈子怕是改不了。我当即要求她跟着我走，她不肯，说这个咖啡馆她刚刚习惯了。她老板给我们找了僻静的包间，让我们"好好谈谈"。可是有什么好谈的呢，老婆跟着丈夫走，天经地义的。她说，她不想跟着我走，她想好好挣点钱，为两个孩子将来做打算。我心软了，她还想着两个孩子。我说，你跟着我走，我们去工地上揽活，我干大工，你干小工，比这个地方挣得多。她说，她不想去，工地上乌烟瘴气的。我内心的火苗又"蹭蹭"往上蹿，但看到他老板在不远处看着，就强压着自己内心的不快。

不久，我又去找她。希望她跟着我走。她还是不愿意。这回，我们没有在咖啡馆里面谈，而是在咖啡馆外面人行道上争论。我们在咖啡馆外面大吵了一架。不过这次，我没有动手，但说了好多气话，好多威胁的话。再后来，我再去找她时。她已经离开了哪里。我问她的老板，那人用鄙夷的眼睛注视着我，看了我好一阵，才说她辞职了，去了哪里，他们也不知道。

她又泥牛入海，不知所踪。

我找了他好几年，都不见她的音讯。就前一段时间，忽然县法院给我打电话，说她将我起诉至法院了。他还请了一个律师，说我们没有在一起生活好几年了，法院可以直接判离婚。

可是，我不想离婚，离了婚孩子怎么办？再说，像我这样，三十好几的人了，离了婚，谁愿意还跟着我过日子？可法院说，我们好几年没在一起生活了，法律上有规定，直接可以判离婚，对不对？这个我也不懂，所以才找你的。我知道，你文化程度高，知道的事情多，你一定有办法的。

说到这里，我似乎明白他的意思了。平娃舒了一口气，仿佛把内心的积压，终于倒出来。然而，我陷入无尽的困扰之中。

很明显平娃不想离婚。他想继续维持着这种关系，即便是不和谐的夫妻关系，他都愿意维持着。至少对他的家庭来说，只要老婆依旧在，家就是完整的。可是他们的婚姻，早就名存实亡了。如何能够挽留?

我问:"你知道你老婆外面有人没?"平娃说:"我不知道,但我想应该有,这么多年都没回来,也不问家里情况,现在忽然提出要和我离婚,我想她肯定是外面有人了。"

我说:"既然是这样,你的这个事情就比较麻烦,涉及婚姻问题,涉及孩子抚养问题。"

听了我的叙述,平娃眼神里有些慌乱。他是来找我想办法的。当法院的那个电话打给他时,他就慌乱了。从根本上说,平娃没想过要离婚,即便是妻子出轨了,他都愿意包容。为了保住这段婚姻,他可以忍受,他的年轻气盛,早就被生活磨得荡然无存。

可是如何能保住这段婚姻呢?有关法律明确规定:夫妻双方两年以上未一起生活的,可以直接判离婚。仅这一条,就够平娃喝一壶的,况且还有他家暴在先。

我说:"凡事往最好处想,也要往最坏处做打算。往最好处想,就是你老婆如果答应不离婚,你就得好好待人家,不要再有家暴倾向,照顾好孩子。"平娃说:"打死都不会了,这些年,连个夫妻生活都没有,感觉自己连只狗都不如,狗还有个伴侣呢,何况自己是个人。"

我又说:"往坏处做打算就是,万一你老婆实在不想和你过了,坚持要与你离婚,那么孩子怎么办?"

平娃低下了头,半天不说话。闷着头又将一杯酒倒进了嘴里。因为这也是他不想看到的,更不是将来他面对的。在中国农村,出轨可以容忍,没有性生活也可容忍,唯独离婚不能容忍。离婚就意味着而那个家就散了。

我知道我说的这种最坏的打算,平娃或许想过,但要面对,他的内心依然会无法接受。理智告诉我，必须做两手准备。此时的平娃一根筋，他的目的只有一个：就是保住这段婚姻。

许多冒在嘴边的话，我只能打住。

我给他分析这个案子的胜算几率，鼓励他多与其妻子沟通，重点还是要妻子回心转意，说不定这个案子就有回旋的余地。他却说："人家（他妻子）现在电话都不接了，专门等着开庭呢！而且，啥事情都交给了律师全权代理，她根本不闪面。"我说："请了律师不怕，我也可以帮你请律师，这点你不要担心。"他心里舒了一口气，趴到桌子上睡着了。

我看着平娃睡着，走出了酒馆。我在马路上给自己的一个律师朋友打电话，说了这个事情的经过，求助他有没有办法挽留。朋友告诉我，胜算的几率不大。最大的问题其实是孩子的抚养权问题，他们的婚姻已经走到了尽头，即便是挽留回去，夫妻不和谐将是家庭隐患，将来必然会成为家庭不和谐的主要原因，甚至有可能酿造成悲剧。他说的这些，我都想到了，如果一个人不愿意和另一个人生活了，即便是将他们拉在一起，也只能产生破坏力。两个人过日子，绝不是一对临时搭配的牛，只需要耕地就可以了。生活在一起，就有生活需求，性需求，包括浅浅的爱，可是这些，平娃夫妻之间早就没有了。

我调整了一下自己烦乱的思绪，钻进了酒馆。平娃还睡着，我坐在他身边，点上一支烟，把这件事，前前后后捋了一遍。但依然一筹莫展，我无法办到平娃期待的结果，即便是给他请个律师，结果一样。面对平娃，我该怎么说呢？一眼就可以看到的结果，平娃却想在我这里扭转局面。我感到了自己的无能，我发现上了那么多年学，念了那么多年书，在解决实际问题时，百无一用。

平娃还趴在桌子上睡着，嘴巴里流出一堆涎水，浸湿了桌布。我坐在他边上，看着他鼾声如雷，心里有了种酸楚的忧伤。这是我童年的玩伴，是我十几岁年纪里，老人们口中的出息人，是在矿山上挖到第一桶金后，最早在村子里修建房屋的人……此刻，他像个孤单的吉普赛人，不知道魂归何处。这次，他要是被法院判离婚，那么他的一生，将会发生怎样的转变？

服务员不停敲着门，询问我们还有啥需要的。我知道这是明显在催人了。我看了看手表，这顿饭，我们整整吃了四个小时。我出去前台付了款，进了包间收拾东西。往出走的时候，平娃的眼睛有些飘，脚底下更是软成一堆肉，仿佛踩在云上。两条腿像两条出锅的面条，尽管有温度，但已经绵软无法站立。我将他的一只手扛在肩上，保证他能不倒。

出了饭馆，路上已经是华灯初上。各种霓虹闪耀着光芒，车如流水。我扶着他在路边上打了的士，将他直接送到了酒店。

我在酒店开了房子，将他扶到了床上，才退了出来。

我在霓虹灯下往回走，夜晚有些凉风吹刮着，有丝丝疼痛感。我得赶紧回去准备相关资料，陪他参加几天后的开庭。

2.李老汉的烦恼

正月里坐夜。有一晚已经到了后半夜，我独自坐着一边煮茶，一边浏览着手机。这时候，李老汉钻了进来。我赶紧张罗他上炕，李老汉看来也没有坐一会儿就离开的意思。我就和他继续坐着煮茶，说一些村里的稀奇事。当然，每当这时，绝大多数情况下，我都是倾听者。说着说着，就说到了李老汉自己的事情上。似乎，今天他来家里，就是为了早说这些事。他平时没有场合和机遇把内心积压的事情说出来。一旦有了这样的场合，他就会把内心的积压，都释放出来，给心里解压。而这样的人在故乡比比皆是，他们成了这个时代里最能承受的人。梁鸿女士在《出梁庄记》里写到他去青岛时，夜里和小柱妈妈一起睡觉时，也有类似描述。

李老汉今年六十多岁了，但具体六十几岁，我不知道。他膝下有四女一男，据说当年为了生下一个带把儿的，可把他折磨坏了。

其实，也很好理解，那一辈人包括现在我们这一辈人，都有生儿子的情结，即便是那首歌里不都唱着《把根留住》？计划生育的人，去他家比去村大队还要勤。他带着老婆孩子外出躲避的情景，比黄宏和宋丹丹演的小品《超生游击队》要精彩的多，一度成为村里人的谈资。即便如此，他还是生了五个孩子，我们很难想象他是如何在那样艰难岁月里，把孩子们拉扯长大的。

眼下他的四个女儿已相继成家。大女儿嫁到邻市，也是一个山村里，不过那个山村在平原上，比起我们这个山区小村落，就有些"川里人"的优越性。二女儿嫁的更远，走了四川，听人说二女儿嫁的女婿有本事，但出了车祸，家道中落，我印象中根本想不起这个人来。三女儿在湖北，跟了个武汉小老板，算是姊妹几个中最有福气的一个。四女儿，虽然嫁到了邻村，和一个小伙子结了婚，日子也不宽裕，后来四女儿全家都搬迁到新疆去了。我多年很少回村里，也就很少见他嫁出去的女儿回来。

他们身边，只有那个小儿子。这孩子前几年听说还在念书，后面不知何故，就不念书了。后来，我回家时就听说他的小儿子也要结婚了，我还专门去参加了他儿子的新婚。那一次李老汉的四个女儿都回来了，我才见识了他的四个女儿。这是很少的一家团圆时刻。我看到李老汉脸上皱纹纵横，但笑起来也很幸福，那些村里的老汉们，都半开玩笑钦慕着李老汉的幸福。这大概就是我所知道的李老汉一家情况了。

我给他递烟，问候家里情况。李老汉叼着烟，唉声叹气，很苦闷的样子。似乎与我上面所述幸福不沾边。尽管我知道每个人都有每个人的难肠事情，但李老汉比起别人来说，应该是幸福的。他有那么多孩子，他就是一棵老树，盘根错节扎根于地下，枝叶就是他的孩子，从这样枝枝分出去，就能分叉出很多的枝杈来。四世同堂，他应该早就享受到了。我羡慕他那么多女儿，外孙子孙女儿应该有一个班了吧。

李老汉说："生下的女子，从生下来的那一刻就已经成了别人家的人。"我说："你这是偏见。"李老汉说："啥偏见不偏见的，我生了四个女儿，如今都是天南地北，各过各的，好几年回来不了一次，即便家里有个啥事情，她们也不见得能帮上一把，啥事都不要指望女子。生孩子，还是要生儿，即便是再混账，老的时候，有人管，死了也有人埋。"

话题依然扯到了他儿子身上，我就问他的儿子一家情况。李老汉抽着烟，表现出了郁郁寡欢的情绪，想说又不想说的样子，着实吊起了我的胃口。我想他从和我说起家里的事情，就眉头不展，应得是儿子的事情，女儿的事情，即如同他说的，已经是别人家的人，而且都是远隔千里，他会操心会牵挂，但不会那么煎熬。他最忧心的人应该是他的小儿子。我就试探性问他是不是有需要帮忙的，如果有需要我一定尽心尽力。李老汉听我这样说，才压低了嗓子对我说："我给你说说这些事，你不要给别人说，毕竟这是家丑，不可外扬。"我点点头，他这才说起了他的难肠事。

李老汉找我的目的，是让我劝劝他的儿子李小白。我问缘由李老汉说:"儿子和媳妇闹矛盾,儿媳妇过年并没有回来。"我一听,就知道,又是家庭矛盾。所不同的是,不幸的人各有各的不幸。李老汉他让我劝劝他儿子,他说我说的话李小白听。而他说的话,儿子不爱听,两个人没说几句,就会吵起来。我不知道我何时有了这样的本事,一个青年连他父亲说话都不听,我说的话他能听?我满脑子狐疑着,但又不好拒绝他,他之所以找上门来,其实就是寻求我的帮助,如果我的话,他儿子真听,我还真愿意出面当这个和事佬。

李老汉儿子叫李小白,比我小几岁,是村上外出打工的年轻一代生力军中一员。我一直记得,他内向话不多,是一把干活能手。小时候,我经常带着这一帮半大小子寻野菜,到燕子河钓鱼,或者凫水。

随着我外出求学,他们也长大了,成了村子里夹着烟、吹着牛的年轻人。前几年,我回家时,见过李小白,还和以前一样,内向、沉稳。你要在路上碰着他,非得你给他打招呼,他才会招呼一声,这不是没礼貌,而是一种性格的表现,不知道的人会觉得没礼貌。我曾在村里那些老人嘴里,听过大家对李小白的评价:瓜子一个。这里的瓜子,并非吃的瓜子儿,而是形容一个人不懂人情世故。故乡的许多俗语里,都有些很形象的词汇,用来形容一个人的性格、相貌、行为举止。而且你会发现,这些经过大家嘴里传播的词汇,远比某些文学作品里通用词汇要传神和准确,只不过这些词汇太小众了,只有故乡人才能明白其中含义。

让李老汉为难的是李小白的婚姻。

在我们这里,男孩子过了十八意味着成年,也意味着到了结婚的年纪。故乡的风俗是提亲要赶早,迟了好女子都会成了别人家的媳妇。当然,那些吃公粮或者有本事闯荡世事的青年则不受此约束。毕竟，在任何环境下，有本事的人都能通过自己的努力，改变人们对他的看法，甚至于改变那些约定俗成的规矩。但故乡更多人都是平凡而普通的，他们就得坚守着这样的风俗。

当李小白这茬人成长起来的时候，彩礼飞涨，且要看家世背景。此前结婚的那些人，都多多少有些幸运，可时代在不断发展，任何新生事物，都会席卷乡村。李小白父母都是老农民，老好人，在黄土里刨挖了一辈子，没攒下多少钱。只有那装粮食的柜子和席桶（一种用席子做成的容器）里，满满严严装着几年都吃不完的麦子、大豆、菜籽。

尽管李小白的四个姐姐都远嫁他乡，应该能帮他一把，可嫁出去的女子，也不好自己做主，给弟弟借钱可以，送钱就不现实了。谁的日子都不宽裕，青年人的生活，绝大多数人还是在为生活奔波。李老汉也不指望女儿能帮他一把。所以，这种情况下，李小白的提亲之事就有些艰难了。

相对来说，李小白的家庭算不上村里的好人家。尽管衣食无忧，生活还能继续，但没有大把的存款。在一个追求金钱的时代，即便仓里有粮，依然解决不了没钱的窘迫。李小白常年外出务工，也仅仅能够管住他一个人开销，有时候实在运气好，也能给家里寄点钱，但这样的时候，总是很少的。家里的房子，也还是旧房。

房子是2008年汶川地震后重新修建的，但那时候 上面的政策是不给钱，统一给的物资，那些红瓦上面，荒草丛生，整个屋顶看起来像一面坡。这也是故乡人一直引以为诟病的事情，据说当时国家拨的钱，要受灾的地方修建房屋，一些部门领导怕是老百姓把钱领取后不修房，直接花了。于是，在某些领导开会研究后，这些重建款就以物资的形式发给老百姓，可这些物资采购却是地方政府决定到底。最终不知何故，他们采购的物资都是些劣等货，根本用不了几年，和原来人们用的那些青砖青瓦，还是有着区别的。

为此，那些早年间挖到第一桶金的人都相继拆了2008年灾后重建的房屋，建了二层小院，或者清一色框架结构的四合院。村子里那些依旧住着红砖红瓦的人家，家庭条件相对较差一些，李老汉的家就属于这一类型。

2013年的时候，岷县漳县地震后，这里又重新被规划为重灾区，上面又有了灾后重建款，很多人家，都动手翻修了房子。据说李老汉也修了东面三间厢房。但五间主房，还是2008年修的。红砖红瓦，土院旧木。门口还有一间骡子圈，墙面斑斑驳驳。从家里的条件比，李小白家完全没有优势。即便是村子里和他同一批成长起来的年轻人，家庭大多要比他好。当然，也不是说很艰难，李老汉还是有些积蓄的，他为儿子结婚这件事，已经准备了很多年。

条件就这样了，媳妇可耽误不起，等再过几年李小白年纪大了，就更没有人嫁到他们家了。

找媳妇的日程一提再提。几斤茶叶从这个村背到那个村，东家进又从西家出。连着几年都没有人愿意嫁到他们家来。村子里的名嘴媒婆，都不愿意再答应给他们家上门问亲事了。这种打问不到媳妇的事情，就像瘟疫一样，笼罩着这个家庭。那些女方家里听说了，也都打退话。这可愁坏了老两口，儿子要是娶不到媳妇，错过了这个年龄段那就有可能一辈子都打光棍了。

老两口就这样絮絮叨叨地说，李小白有些烦但也忍耐着，毕竟这是大人为他的事情煎熬。

平日里李小白都外出打工，只有过年的时候，才回来。所以，每年到了过年时，提亲之事都成了重中之重。当然，除了李小白，其他人家的男孩子也面对着这样的困境。那些十里八乡的女娃娃，也往往都只有在过年的时候才回来。平时根本见不到人，不知嫁人了没有。只有等到了腊月里，男娃娃女娃娃都回来了，相互一打听，知道那些人家的女子没嫁人，才能上门提亲。这就形成了某种竞争效应，那些女娃娃家里人，当然要货比三家，谁都想把自己的女儿嫁个好人家，日子也会好过一些。

他们这一茬人中，李小白没有竞争优势。

尽管这样，但不能放弃。而今的这提亲，就像中彩票一样。得一家一家尝试。说不定就有"中标"的可能。

然而，许多年来，李小白的亲事都成了一桩悬而未决的事情。从十七八就开始张罗亲事，二十五六了，依然没有女子娃愿意来他们家。李老汉焦虑地整夜整夜都睁着眼，一锅接着一锅吃烟。而李小白却没有当回事儿。依旧过年回家，开了春，继续外出打工。

谁也没想到，多年孤身一人的李小白，竟然在2012年回家时，带回来了个老婆。这让村子陷入一种慌乱和不安之中。有的人充满了疑问，有的人在暗地里笑：就你家那个烂包家庭，相信这女子待不了多久。也有些人满是羡慕：这家伙可以啊！

大家对李小白的这种举动，多少还是有些羡慕的。在故乡人眼中，有本事的娃娃都是从外面带回女孩子，没本事的娃娃，才动用家人的关系，到处打问没有出嫁的女子。

李小白带着老婆回家时，他的父母有些慌乱，不知如何安置儿媳妇。母亲出出进进，张罗着做饭吃，但总是忘了这忘了那。李小白两口子，看着两位老人慌乱的样子，相互坐在炕上"嘿嘿"笑着。

父亲李老汉坐在房檐下，一锅接着一锅吸旱烟。他内心充满了疑问，毕竟这不是小事情，即便是要带回来一个女孩子，也得知道她的来龙去脉。一个年就那样草草过了。李小白的父母，对儿子带回来的这个女娃，还是挺满意的，要模样有模样，要身段有身段。

然而，就在老两口认为儿子和这个女娃娃到谈婚论嫁的时候，儿子竟然又和这个女娃娃分手了。具体的分手理由，儿子不说，他们也不好问。李老汉两口子空欢喜一场，心里的滋味也只能自己品了。悲喜交加的生活，只能让他们更加期待有好结果。毕竟从儿子这些年带回来的女娃娃来看，儿子比他强，带回来来的都是外地女娃娃。

果然，没过多久，李老汉就听人说，儿子李小白又带着一个女娃在西安生活。说这话的人，是在西安和李小白一起打工回来的人。李老汉多少有些高兴，儿子这些年不给家里寄钱，其实是有原因的。这也总比那些一个女娃娃都不愿意跟着的孩子强吧。不过这次李老汉两口子装作不知道，既然儿子不说这些事，他们也不好问。他们唯一能肯定的是，儿子在西安打工时，带着个女娃娃，而且两个人已经"睡到了一起"，用现在的时髦语言，叫同居，但李老汉不懂这些，他只是知道，儿子出息了，早就过着已婚男人的生活。

可儿子过年回来时，却没有带这个"睡在一起"的女娃娃回家，他们老两口也不好问。过完年儿子又出去了。等到第二年回来时，又带着一个女娃娃，但李老汉从和儿子一起干活的那些人口中得知，这个女娃娃并不是去年和儿子"睡在一起"的女娃娃。这个女娃娃是故乡另外一个村的女孩子。李老汉接受着大家的恭维，但心里依然不安。儿子这样一年换一个，什么时候是个头啊？总得有个一起过日子的人才行呢？

没过多久，儿子就说要结婚，李老汉两口子可高兴坏了，这对于他们来说，就是最大的事情。他们给四个外面的女儿打电话，让他们回来准备张罗弟弟的婚事。李老汉自忖又完成了一件人生大事，这以后，就等着抱孙子，享受儿孙绕膝之乐。

李小白就这样结婚了，不久，他们夫妇还生下了一个儿子。可不知道什么原因，儿子和儿媳妇，在一起生活时慢慢有了矛盾。这种矛盾始于何时，也不知根源，李老汉怀疑最直接的根源，应该与儿子过年回来经常酗酒有关。小两口刚开始，声音很小地吵，后来演变成了一种大声吵，最后演变成了一种家暴，儿子和儿媳妇的婚姻，考验着两个人。有时候，李老汉忍不住也要说几句，但是儿子儿媳妇吵架，他也只能说儿子的不是，毕竟儿媳是进了门的人。

正是这种情况下，李老汉找到了我。

李老汉说起自己儿子婚事时，我对这个比自己小几岁命犯桃花的年轻人感到震惊，但我还是听完了李老汉的叙述。

我都不怕你笑话。我的这个儿子不学好，现在成了家里的祸害。天天喝酒，一年也挣不下多少钱。

他原来也没有这么不听话，而且还挺有本事的。那时候，每年出门挣钱，都会给我们寄回来一些，让我们供给家里，虽然钱不多，但人的心里暖暖的，这说明他在外面还想着我们。

我们老了，一辈子没本事，钱对于我们来说其实作用不是太大。我们那时候最熬煎的是他的媳妇问题，和他年纪差不多的娃娃都结婚了，每次去给村里人张罗结婚事宜，我内心都很难受。

你说一样年纪的孩子，人家的娃娃咋都结婚了，就他还一个人单飘着？我问过他好多处，想要个什么样的，只要他愿意，我们就是砸锅卖铁，都给他娶进门。可是他自己总说不急。他不急，我们急啊。村里和他一起长大的年轻人，孩子都满地跑了。老阿婆（李老汉的妻子，在故乡，老一辈人口中，将老伴儿统称老阿婆）天天就在我面前念叨，还不敢对着儿子说，害怕儿子听了烦。

可老阿婆天天说，我也烦啊。

再说，老阿婆急归急，她急在表面，而我却急在心里。我们老两口，常常半夜睡着，从村前一直掰着手指头数，把那些女娃娃数了个遍，发现和他一样年纪的不是被人家娶走了，就是已经定了亲。村子里已经没有几个女娃了，仅剩余的那几个不是有问题，就是家境好，咱也不奢望上门去求亲，我听说，那几个家境好的人家，对村上家境也好的人家都不乐意，他们还要求在城里买房子，这样的主儿我们是高攀不起的。我们就把视野放大，在十里八乡打听。

2011年的时候，我们在直沟里打问到一个还未出嫁的女子，我们就瞒着儿子悄悄差人探听女方家人口气。这种事情，你知道的，只能先探听口气，人家要是愿意，咱们才能去，人家要是不愿意，最好不要碰那个冷屁股。

那时候，女方父亲是个赌博犯（赌博上瘾的人），要高彩礼。我听探听口气的人说，只要高彩礼，我们当时也没怕。见了那孩子，发现孩子打扮得挺漂亮，我们还挺高兴，是个能过日子的主。打定主意把这个娃娃给问成儿媳妇，不过最让我们担心的是，这些事都是我们背着儿子做的，等着儿子过年时，我们得给他说这件事，具体还得儿子自己拿主意。

过了年儿子打工回来，我们想让两个孩子见一面。儿子虽然有抵触情绪，但也觉得可以试一试。我们就做了饭，邀请人家来家里玩。可那女娃娃，心气高得很，来家里转了一圈，走了。

后来我才打听说，那女娃娃根本没看上咱儿子，嫌咱儿子闷，个子也不高，人还挺黑，总之就是人家不中意。这个事情，也就暂时放下了。老阿婆还说，她挺喜欢那孩子的。可她喜欢有什么用，得两个孩子愿意才行。我就问儿子，儿子说，她看不上我，我还看不上她呢，一个山沟沟里的人，心比天高，拿鸡当什么凤凰。我一看两个人都彼此没有那点意思，就作罢了。

这个不行，我们又托人，到处打问。你都没办法想象，一个农民为了给儿子打问媳妇，可真是想尽了办法，看尽了脸色。

这回，我们又差人侧面打听了另一个村的一个女子。这回我们有了经验，先打问人家愿不愿意到我家来。刚开始说，先见面处一处，等到脾气对上了再说。不过，从打听的人反馈的情况说，这个女娃娃愿意来咱们家，也不嫌弃咱家贫穷。

我们就给儿子说了这件事，儿子不乐意，说他的亲事不要我们再操心。可我还是急，总想着给儿子娶个媳妇，儿子就能收住心了。我们就把目标定在了这个同意来我家的女娃娃身上。

我们当时也到处打听她的为人处世，不打听不要紧，一打听，我们就吓了一大跳，我们听说这女子，在外面不学好，自己未婚还带着一个孩子。这让我们陷入了尴尬。当时，按照我的意思，不应该找这样带着娃娃的女子。名声坏了，不好。我们这地方，尽管贫穷，但最怕女人家名声坏。咱们儿子虽然长得闷了点，但也是个少年，怎么能够娶一个带着孩子的女人？这件事我是死活不同意的。

我们只能想着办法，重新给儿子物色媳妇。

可事情远没有我们预想的那么简单。就在我认为不要再那个名声不好的女娃娃有啥瓜葛的时候，我儿子却和她好上了。我不知道这两个孩子是怎么联系在一起的，两个人很谈得来。这完全超出了我们的想象范围。

我记得那一年，儿子还没有回家就给我们说了他们两个的事情，还要我们提前准备，等着他过年回来，就和女娃娃结婚。我也说了自己的担忧，毕竟女娃娃未婚先孕，还带这个女儿。这样的事情，说出去太难听了。况且女娃娃既然已经在外面有了孩子，很难保证她就能够在家里待得住。可儿子说，是他结婚，又不是我们，只要他觉得可以就成。看着儿子拿定主意要结婚，我们也只能顺从儿子的意愿。我们就请人看日子，托人上门提亲。一切都很顺利。日子都看好了，就在腊月里，等着儿子回来了，就详细定具体结婚事项。

快到年底时，在外面打工的儿子忽然打电话回来，说他不要这个女子了。

我们当即就傻了眼。亲都定了，结婚的日子也看好了，说不要就不要了？我们这老脸往哪里搁？全村人都知道了，腊月里，我们家要迎娶新媳妇。可这眼看着日子就快到了，却出现了这变故。我问儿子具体缘由，儿子才说，这女子还和以前与她带着孩子的父亲密切联络着，说这事他不能忍受的，既然心没在他身上，他也就不能再想着和她结婚了。

我想这样也好，还在没有结婚前，就结束，比结了婚再结束，彼此伤害小。我最担心的不是村里人的嘲笑，而是这女子的父母会上门来讨说法。到时候，事情会闹得沸沸扬扬，两家人脸上都会很难看的。我儿子说，他们敢，是他们家女子先与第一个男人不清不楚的。果然，女方家里没有上门讨说法，此事也就不了了之。只是前前后后花掉了一万多块钱。

受过这次打击后，儿子再也不让我们给他介绍媳妇了。儿子说，我们为他张罗媳妇，纯粹瞎折腾，只有花钱的份儿，而且这种花钱还是无本的买卖。儿子说，他的终身大事他自己负责。尽管儿子这样说，我们还是很急啊。尤其是看着我们这一茬人，都抱着孙子到处转，你是没办法体会心里的那滋味。那些年来，我们两口子都很少出去串门子了，受不起那个刺激。这样一晃就几年了。儿子还是一个人，和他这个年纪的村里年轻人，孩子都上学了。

尽管儿子不让我们再给他找媳妇了，但我们还是留心着那些年轻的女娃娃。不过这次，我们不会贸然行动了，我们关注着那些村里和外村的女娃娃，尤其是逢集，街道上打扮漂亮的女娃娃转的时候，我就更加留心。我到了这个年纪，大半截子已经埋进了黄土里，我不奢望自己这辈子能享啥福，但我要在自己进土之前，给儿子把媳妇娶进门，能抱上孙子。我这辈子的事情，也就干完了。

儿子年纪二十好几岁了。在农村一过三十岁，还娶不到媳妇，就意味着打光棍。我们村里这样的人很多，我们家就这一个独苗，要让他打了光棍，而让我们家断了根，那我就是罪人，死了都不敢去见列祖列宗了。我们老两口又陷入熬煎状态中。我们整宿整宿都睡不着，希望着，也叹息着。老阿婆愁的头发全部花白了，人也痴痴呆呆，经常干活丢三落四。

就在这时候，在西安打工的儿子，过年时，带回来了个关中的女娃娃。那娃娃长得也水灵，白白净净的样子。见了咱，叔叔婶婶叫着。咱虽然一辈子没出过门，没见过世面，但关中是养人的地方，历代帝王都选择在关中建都，那是有道理的。老阿婆偷偷地问儿子，关于这个大眼睛姑娘的一些事情，我就坐在门槛上，听他们说。儿子说，他们是在西安认识的。

我当时以为这女娃娃就是我的儿媳妇。可把我给高兴坏了。村里人得知儿子带回来个陕西的姑娘，就对我另眼相看。咱一辈子都没受过众人那种尊敬和羡慕的眼光。

后来这娃娃的父亲打听了我们家的情况后，坚决不让女儿嫁到我们家。可那女娃娃也是个痴心的娃娃，任由父亲百般阻止，也要和我儿子在一起。

他们在西安租的房子住着，一起打工一起生活。而今时代发展了，咱们也看清楚了，娃娃没结婚就能住在一起了，咱们那时候可不敢这么做，那就犯了流氓罪了。

那女娃娃的哥曾经找过我儿子，希望我儿子放手。我儿子没答应。她哥还威胁说，找人拆散他们。儿子没怕。女娃娃他哥后来只能作罢。后来，也没再阻止他们。他们在西安过的啥日子，我不知道，这时候，儿子不给我们寄钱了。我们也想的来，他的钱，要两个人花。

再后来，那女娃娃的父母坐车来到了我们家，看了我们家的条件后，当天就走了。我看得出来，他们并没有看上我们的家境。我想这事情是不是要黄？虽然这里距离关中也不远，可关中，那可是帝王之都。咱平民老百姓，出生都不会出生在那里，那里出生的人，非富即贵。咱这里出生的人，都是黄土里刨挖的命。

谁知这时候，那女娃娃竟然怀孕了。我想的来，肯定是那女娃娃给他的父母说了她怀孕的事情，可她父母还是不让她来我们家。

女娃娃将怀孕的事情，并未告诉我儿子。她父母知道女儿怀孕后，就将女儿从西安接走了。我儿子那时候，正好活最多，也抽不开身，只能任由女娃娃被她父母接走。

她父母把她关在房子里，不让出门。没收了她的手机，想断绝她和我儿子的来往。后来，还带着那女娃娃做了人工流产，一个活生生的生命，就没有了。后来儿子说起此事时，总是觉得女娃娃应该告诉他，她怀孕的事情。

那女娃娃被父母留在了老家，不让她再去西安，并很快给她说了一门亲事。男方家里条件好，父母都是中学老师，在县城有房子。比起我家里来，一个天上一个地下。可那女娃娃死活不嫁人，甚至以死相逼。他的父母只能作罢，让她继续留在家里。其实，我也能理解，哪个父母不愿意让自己的子女过上好日子？

想不到那女娃娃竟然魔怔了，整天稀里糊涂的，精神状态出现了问题。不像疯了，却又像神经不合适。说得了什么抑郁症。反正我也不懂。她父母没办法，只能将她放出门。没想到那女娃娃直接就找到了我儿子打工的地方。她给我儿子说了做人流的事情，我儿子就有犯了牛脾气，觉得这个孩子没经过他的允许，就被做掉了，是对他的不尊重。于是，儿子决定不要那女娃娃了。

我儿子换了地方，重新找了工作。那女娃娃就把电话打到了我们家，我就给她说了儿子干活的地方。后来她父母也打电话来，说同意两个孩子的婚事，但我儿子死活不要那个女娃娃了。我也劝过儿子：人家父母都同意了，就娶了过来。我们家也需要有个年轻媳妇的脚步声。儿子却说，决定流产都不告诉他的女人，他不敢要。也不知道儿子犯了什么倔劲，油盐不进，我们也说不过儿子，这是儿子自己选择的，我们也不好干涉。后来，不知道他们怎么样了。

再后来儿子就将引娣这娃娃带了回来。引娣是外地人，也是山区，我去过一次，家里也不富裕，一个弟弟在念书，父母和我一样，都是农民，条件比我们这里还要差一点。我第一次见这娃娃的时候，就知道，这个是好娃娃，在苦水里泡大的娃娃，一定会过日子。咱们娶媳妇，不就是为了让儿子能过上好日子吗？我当时就打定主意，这就是我们的儿媳妇。两个孩子的婚事，也简单。引娣的父母也没要多少彩礼钱，只说要我们好好对待他们的女儿，毕竟嫁到了那么远的地方，他们也没办法知道孩子过得怎么样。

两口子结婚的时候，还是挺不错，一直到他们有孩子的时候，他们也都很好。他们为我们生了一男一女，这是对我们老李家最好的礼物。就这，我觉得，儿媳妇了不得。有的人家，娶不进门媳妇，有的人家娶进门也一生一个女子，真让人泄气。

后来，儿子成了家，我们也就不再管他们的生活了，他们一年四季还是到外面打工，把两个孩子留给我们。我们一天操心孙子孙女。但也就是这时候，儿子开始与儿媳妇有了口角，经常都有，我都不知为什么要吵架？我也不知道他们在外面打工的时候怎么样，但在家里，就是吵架。

儿子总是嫌儿媳妇管他管得太紧。我就觉得，管紧点好，现在社会太复杂了。可一旦两个人吵架，儿子总是有理由，总是说儿媳妇的这不好，那也不行。儿媳妇还不敢还嘴，要是还嘴，儿子就动手了。为这事，我也经常和儿子吵。

引娣这娃娃是个好娃娃。我说句公道话，他们两口子成了今天这种局面，很大的原因，都归结于儿子的脾气不好。我们原来太向着他了，每次他做什么决定，不管对错，我们都觉得应该尊重孩子，现在想来，是对他的骄纵。可这一个人的脾性，一旦成型了，就很难改了。俗话说江山易改禀性难移，就是这个道理。

引娣这娃娃难得一遇的好娃娃。尽管她在我们家生活时间不长，但我能感受到这个娃娃能暖人心。她不睡懒觉，嘴也甜。在家的时候，老阿婆都不进厨房了，她会把饭做好，端上桌子。哎，好娃娃啊！

他们两口子吵架，祸根在我儿子这里。儿子喜欢喝酒，也喜欢赌博，我都不知道他的这些恶习是什么时候开始的。或许是我们根本不知道儿子这些年到底在干什么。

其实，我在几年前就听人说过，说我儿子在西安的时候，就喜欢赌博，我以为年轻人一起玩，也没上心，其实从那个时候开始，儿子就已经有了这种毛病，只是没有这么严重罢了。

现在我儿子很讨厌，经常去赌博，即便自己不参与，也能站在打麻将的人身边看一天，家里的活也不干，专门看着人家赌博。家里的很多事,我也懒得说,我自己就干了。为赌博的事情,他们两口子已经吵过几次架了。我有时候气不过,真想给这个不争气的东西几巴掌,可是俗话说,好老子不打三十岁的儿,我一直都忍着。

我儿子还有个毛病就是一喝酒就骂人。平时儿子总要找那些同伴们去喝酒,引娣不让去,两口子经常吵架。酒这个东西真能够害人,可以让家庭不和睦,可以造成兄弟之间反目。我们村那×××家娃娃,就是因为喝酒,两个人喝醉了打起来,最终都进了派出所。

酒这东西不能喝醉,多少喝一点可以,要是没命地往醉喝,真容易出事。那看那些打媳妇的,哪一个不是喝醉了酒后干的?酒这东西这是害人精,我倒是希望国家再不要产酒了,乡下也就太平了。你是没见,这些年轻娃娃们,喝酒不要命的那个劲儿头,说起来我就害怕。那×××家里的娃娃,就是因为晚上喝酒,回去的时候,醉倒在马路边上,结果翻进了沟里,摔折了腿。俗话说,酒是穿肠毒药,还真是这样。

现在想来,引娣这娃娃走了不回来,就是儿子赌博、喝酒把人家的心伤了,人家负气走了。我们家一年过年时,也就变得冷冷清清的。引娣这娃娃虽然在外面,也打电话或者发视频,问我们生活,问孩子好不好。每次引娣这娃娃打电话或者发视频,儿子接上,就破口大骂,导致引娣这娃娃电话也不打了,视频也不发了。最近一段时间,我想叫引娣回来,在家过年,毕竟在外面两三年了。可儿子就是骂着不行,不让我们把引娣这娃娃叫回来过年。就是有时候他们两口子打电话,打视频,都会吵起来。我听着就一肚子气,有什么事情,要天天天吵架?

两口子吵架这件事情,归根结底是2013年的时候才有的。那时候,引娣这娃娃在西安一直干服务员,她嫌这个职业不好,挣不下钱,也没啥前途。且当时他们两个人在西安租房子住,吃喝拉撒睡,都只能自己买,挣点钱两个人就花了。引娣这娃娃觉得长久下去不行,得想办法挣钱。引娣说，要想攒点钱，就得两个人分开，各挣各的钱，到时候还能攒一点，为孩子上学花销做打算。可儿子不同意，还说引娣这是不想和他过了，喝酒了就吵架，骂人，甚至还动手打架。儿子也经常出入那些赌博的地方，两个人根本攒不下一点钱。

后来引娣这娃娃想上北京和几个人合伙开个烧烤店，儿子不同意。两口子就吵架。其实有些事情不吵架，可能还会解决，一吵架，相互赌气，引娣这娃娃就上了北京。

引娣这娃娃去了北京，我们就给儿子打电话，让他去北京看看，到底引娣这娃娃在干啥。我儿子也去过北京，在北京引娣这娃娃开店的地方，住了一段时间，觉得生意也可以，几个人合伙，一年也挣点钱。儿子又返回西安，后来就有人嚼舌根子，说引娣这娃娃在北京又找了个男人。我不相信这样的事情，引娣这娃娃和我们生活了这么多年，我觉得她不是那种人。儿子就不乐意了。就从那时候开始，他们吵架变得越来越频繁。

儿子希望引娣这娃娃回来，到西安和他一起干活，两个人包工程也行，引娣这娃娃随便干点啥都行。引娣这娃娃却说自己的生意刚刚有了起色，就这样放弃，她不甘心。两个人就这样耗着，相互吵着架。这人啊，吵一架，感情就薄一分。我是不赞成吵架的。

儿子两口子的事情，也不给我们老两口说。我们只能通过和他们一起打工的人口里得知。后来，我听说儿子看见引娣这娃娃与别的人在手机上聊天，就怀疑引娣这娃娃有不好行为。他们之间的关系，也就是从那时候开始恶化的。我就想，现在的社会，每个人一部手机，谁的手机里没几个朋友，和男人说了话，就是有不好行为？

两口子就吵架，越吵越凶。

即便这样，引娣这娃娃过年也回来。她会买好多好吃的，和我们一家人过个年，在家里待几天。临走时，引娣还会给我们老两口钱。过完年，上了班，她就走了。

可我的儿子不是个好东西，打工回家，腊月里天天喝酒，每天都要喝地醉醺醺的。喝醉了回来，引娣这娃娃就会絮叨。女人家絮叨说不让你喝酒，那是对你好，别人家的女人咋不在你跟前说不让你喝酒的话？我这个儿子，就以为引娣这娃娃故意让她难堪，每次喝完酒回来，还会说起那些陈谷子旧芝麻的事情，翻旧账，说引娣这娃娃啥出轨了。渐渐地，引娣这娃娃就烦了，吵架也从两个人半夜里小声吵，演变成了大声吵，甚至摔碟子摔碗。我觉得，这两口子生活，不能总抓着一些旧事情不放，人要往前看。

儿子觉得引娣这娃娃对不起他，对他不忠，不守妇道。说着说着，吵着吵着，两个人的感情就出了问题。

我记得2014年，腊月二十六的时候，儿子因为喝酒，和引娣这娃娃吵过一架。当时还动了手，打了引娣这娃娃脸上一拳，红突突的脸上，就一大片紫青色的肿块。我实在是听不下去了。半夜里，我把儿子狠狠地骂了一顿，我还说他再打引娣这娃娃，我就不认他这个儿子了。

我的儿子不知足啊。我们给他问了那么多年的亲事，都没成。现在好不容易有个女娃娃愿意到咱家里来，咱应该感谢才好，他手里掌着个宝，他却看成了石头，有他后悔的一天。

第二天是腊月二十七，引娣这娃娃背着自己的小背包走了，给我们说的是去转娘家，没承想，这孩子却直接坐车进了城，坐当晚的火车，去了北京。我当时就觉得很对不住引娣这娃娃，咱这么烂包家庭，人家不嫌弃，还给我们生了两个大孙子。我就觉得，这是前世修来的福缘，咱们应该感谢人家，不然我儿子至今可能都打着光棍呢！

引娣这娃娃是个苦命的人，我能理解她。她就想找个好人家，好好过日子。这娃娃从小就受了苦，她的那个家，也没让她过上几天好日子。后来在打工的时候，和我的儿子遇见了，两个人就走在了一起。结了婚，引娣这娃娃对我们很好，就像我们的亲女儿一样。我记得她刚刚嫁过来的时候，逢年过节总是给我们买好吃的，即便是他们出门在外打工，也都常常给我们寄一些好吃的回来。我们在人后面活了一辈子，哪里受过人的尊重？我就想着，老天把这个娃娃送给咱家，那是咱积攒的阴德。这娃娃要不是自小命苦，人家会来咱家？只有吃过苦的人，才知道对好日子的珍惜。

我看我儿子这架势，可能还不想要引娣这娃娃了。儿子有这个毛病，之前他谈的那些女娃娃，都不是这样结束了吗？我有很多的想不通，我和老阿婆也熬煎的很，每夜每夜睡不着觉，有时候想给儿子说说，让他好好和引娣谈一谈，两个人把话说开也就好了，堵着气，对谁都不好。所以，我想请你劝劝他。你是读书人，知道的道理多。你的话，他一定听。我私底下听过他们对你的议论，很羡慕你今天的成就……

李老汉说着自家的心酸事，我能感受到他对这个儿媳妇的重视。他是本本分分的农民，坚守土地的最后一批人。他却说出了要"珍惜"这件事，说出了一家人在一起是缘分，是积阴德的事情。

我想这都是他多年的人生经历。他早年间也带着老婆到处跑，为的只是生一个儿子，后来终于如愿以偿，可这个儿子却成了他的心病，从给儿子打问媳妇到结婚后儿子儿媳妇不睦，都成了他最揪心的事情。

很多事情他都没办法理解，他甚至说到了希望国家把所有的酒场都关闭了，很显然这种想法太天真可爱了，但这种天真可爱的背后，却是生活一次次猛烈的打击。和他坐着谈这些的时候，他说不出多少大道理来,他却能够根据自己一辈子的经历,悟透人生的真谛。

他最后希望我可以找他的儿子谈谈,给他的儿子说说大道理。我当然愿意效劳,这种帮人说好话的事情,于我而言,是一种乐于助人的事情。我曾试图找过他的儿子李小白,也旁敲侧击地说到了李小白的婚姻问题。李小白对我也很客气,但他总是将话题避开,有意回避此事。我也能感觉到李小白内心是矛盾的,他的婚姻也应该是他一直所思考的问题。

我不能没完没了地说给李小白大道理。或许道理他都懂,可是懂得道理,不一定就能做到。李小白自己的问题,也只有他自己想明白了,他自然会珍惜眼前人。

当然,我也没有直接劝他怎么了怎么了,而是给他列举了一些生活中的例子,让他自己慢慢去体悟。毕竟这样的年轻人,脑子够灵活,如果他真能体会到,或许他的生活就变了,不再需要父母操心了。

在家里待了一段时间后,我必须又得去奔波了。在我离开故乡时,我在车窗里看见李老汉手拉着孙子孙女,正往学校走着。孙子手里拿着一颗糖,满嘴都沾满了碎屑。生活即便再怎么不如人意还得继续。这就是我们所要面对的。

也许这时候,他的儿子李小白已经又走上了打工之路,不知道李小白想明白了没有,他有没有去找老婆了?他们会和好如初吗?他们的婚姻,会不会朝着他父亲期待的方向发展?

所有的这一切,似乎都随着我的离开,逐渐远去。

3.霞 霞

霞霞是我的初中同学,也算是邻桌。

在青春懵懂的年代里，我们一起上了三年学。初中毕业，和绝大多数同学一样，霞霞也走上了打工之旅。从此我们便失去了联系，已经有十多年了，再没有见过面。生活已然将我们隔开，或许人生的相遇，只在念书的年代。

时间一晃，岁月沧桑。

许多年后，我再次见到霞霞时，霞霞已为人母。

我是正月十五在一个买衣服的摊位前，见到了多年不见的霞霞。那是一种久违的熟悉感觉，虽然彼此身形都发生了变化，虽然许多年没有见面，但只要看一眼，我们就能从人群中认出彼此。

霞霞笑着，不语。我也僵在了路边上，不知道前进还是后退。

看到霞霞那一刻我有些暗暗震惊，当年那个扎着马尾的姑娘呢？霞霞穿着时髦，一副城里人的做派。她的外表着实让我很难与心里那个同学联想起来。

许多年前，我就听说霞霞嫁到了城里，成为我们这批同学里，归属最好的人。尤其是每次同学聚会时，那些已经嫁人的女同学们，说起霞霞都满含羡慕。这当然也让我对霞霞的生活，充满了好奇。我们那时候，对进城之事，不敢想。进城对于一个农家出身的人来说，无异于异想天开。我们对那些进了城买了楼房的同学，我们也只有羡慕嫉妒恨了。不用怀疑，霞霞在我羡慕之列。

这次偶然间碰见，或许是上天早就安排的。我们这一生中，可能会遇到很多人，这些人进入我们的生命里，不会是无缘无故的进入，也不会无缘无故的消失。就像佛家说的，一切都是缘分。

我想霞霞肯定也在人群里一眼就看到了我。这种家乡遇故知的情形，自然让人格外兴奋。以前的种种往事，似乎并没有远去，而是就在记忆深处掩埋，只要我们走进曾经的生活之地，这些地方这些人就会将尘封的往事勾起。

许多年前，我们在湫山初中一起上学；许多年前我们是无话不谈的好朋友；许多年前我们约定，做这一生的好朋友；许多年前我们曾经相约，二十年后再相会……现在想来，时间还真快二十年了，这中间我们只是偶尔在同学的口里，探听到彼此的生活，但却没有见过一面。

霞霞走近我，嘴里发出爽朗的笑声，还和多年前一样，见了面总忘不了挖苦我几句。谓之我现在当大官了，想不起老同学了，人眼光高了，看不起人了云云。我笑着，不作答。有些性格，一旦形成，就是一辈子的痼疾，改变不了。我们一起念书时，见了面，总是先挖苦一番彼此，想不到多年前的旧习，并未随着岁月的激荡而改变。

当然，我显示出了男子汉的豁达，显示出了这个年纪的成熟，不再用挖苦人的话，来回复这位昔年挚友。我们在人群里大声说着话，询问彼此生活的情况。人群中，叫嚷声、吆喝声、啼哭声，还有咒骂声，夹杂着街道摊点上的水果味儿、蔬菜味、烧烤味、啤酒味，以及尘土味儿、汗臭味、屁味儿……充斥着整个街道。我建议走出人群，去燕子河边转一圈，好好说说话。她答应了。我们挤出人群，走向燕子河。

燕子河瘦成了一根麻绳。

我和她相跟着，沿着燕子河往上走。燕子河的水，越来越少，当年不可一世的河道，裸露着，像个没穿衣服的人。几个钓鱼的碎娃娃，甩动着竹竿，大声叫嚷着。

我们在一棵树下坐了下来，树下有一片绿荫。霞霞脸上有些红润，不知是走路时走热了，还是内心依然有少女的羞涩。

这时候，我才真正详细端详了一眼霞霞，她脸上厚厚的脂粉掩盖不住岁月的沧桑，霞霞眼袋下垂，尽管做了修饰，但近距离一眼就看得出是休息不好缘故。眼角的皱纹，清晰可见。皱纹是最能反映一个人身体的指标。而我自己，早就皱纹淹没。

我问起她的生活，她寥寥草草地说了一嘴，表明自己一个孩子已经大了，不需要人操心了，一个在上幼儿园，她的任务就是每天接送孩子，给家里人做饭，她还戏称自己是个保姆，没有地位，只能干活。

她的话里，绝口不提婚姻，以及婆婆家里的生活，只说孩子。似乎在她的生活里，只有孩子，没有其他了。我当时隐隐感觉到，她的婚姻应该出现了问题，在秀幸福的年代，更多的人都想把最好的一面显示给别人看。反过来一个人要是不说自己的妻子、丈夫、家庭，那么他的家庭一定是出了问题的。当然，还有些人天生低调不做各种作秀。但这种事她不说，我也不能问。窥探别人内心深处的隐秘，也非一种道德行为。

她也问了我的一些事，我也是草草说了一些。但她说，其实我的生活，她都知道，在毕了业的这些同学中，很多同学的生活，她都有耳闻。她还说，她挺羡慕我的，家庭和谐，日子过得滋润。我也不想辩解，成年人的世界，谁不是负重前行？不过她说她羡慕我，应该是真的。我们就是这样，在别人的羡慕下生活着。有时候，我们羡慕别人，也被别人羡慕着，就像卞之琳那首《断章》。

我问她，既然知道我，为什么不联系？她说："你现在过得这么好，我干吗联系你？不打扰就是最好的祝福。"我恍然大悟，这些写在书本里的观点，也许只有我们不断成熟了，才能理解其中的含义。我们就这样坐着，但很多话已然说不出口，我们不再是校园里那些青春少年少女，可以肆无忌惮，相信我的青春我做主。生活的磨砺，已经让我们收起了往日的矫情。

我问霞霞她是否急着回家，霞霞不解地摇摇头。我说："那晚上我们就聚一聚。"霞霞点了点头。

于是我给在依然家乡的一个同学打电话，询问他这几天在家乡的同学，让他统计一下回来过盛会的同学有多少人，如果大家晚上有时间，我们可以出来聚一聚。那个同学很快核实了情况，给了我回复。我说："那就我张罗了一桌饭，大家一起坐一坐。"我觉得毕竟这种能聚在一起的同学，已经很少了，好多同学都见不了面，有的甚至永远都见不了面。

我给每一个同学打电话，邀请他们晚上一起吃饭，那些分散在天南地北但这几天也在家乡的同学都爽朗地答应了。我赶紧给乡政府所在地的一家唯一饭馆打了电话，订了一桌饭。霞霞就坐在我旁边，看着我做这些。等到我将这些事情安排妥当之后，我和霞霞去饭馆里等着。霞霞同意了。

我和霞霞先到了饭馆，进去的时候饭馆里正在收拾上一桌人吃完饭后的现场。我们就在外面等着。当我和霞霞坐在一个唯一的雅间里时，我的那些同学都陆陆续续来了。所有人坐在一起，七嘴八舌，都说彼此的加家长里短。也叹息着自从毕业后，就很少再聚在一起了。大家的兴奋是，尽管多少年没见见面了，但似乎时间并没有冲淡大家的感情，大家还和当年一样，无所芥蒂，有什么说什么。

这种气氛，一下子化了很多的不合时宜。平时大家在各自生活中，对一切的突如其来，都有"人设"，但在这里，一切自我保护的外衣都脱下了。有几个已然成了打工者的同学，完全没有那种自卑心，而是和大家一起开着玩笑。我们回想着昔日念书时的生涯，大家相互打趣，又相互"揭底"，笑声飘满了那个小小的屋子。或许很多年后，这依然会是我们这几个人值得记住的美好回忆。随即，点菜、要啤酒、玩纸牌。无论如何，大家都要喝点啤酒的。即便是几个女同学，有些扭捏，但都端起了啤酒杯子。

这时候，门被推开了，进来了一个人，而这个人，一下子就让我陷入到了尴尬的境地当中。这个人不是别人，正是我初中的"女朋友"张琼。她推门进来的瞬间，大家"嗷嗷叫"着。想不到很多年后，再次见到张琼时，我依然还会脸红。

其实，我并不知道她也回来了，2008年，我在北京打工时，我们曾经见过一面，以后就再也不曾见过。此后，很多年我们就失去了联系。只是在别人的谈话中，偶尔会听到她的生活。我们也成了彼此不再相见的陌生人。就像霞霞说的，最好的祝福就是不打扰。

岁月已经将我们分开，我们彼此都有了各自的生活，我们也成了两个不同生活圈子的人。我明白大家"嗷嗷"起哄的目的，我倒是一时语塞，不知道该说什么？还是霞霞说："怎么，老情人来了就不认识了啊？"霞霞这一句，登时噎住了我，让我无言以对。倒是张琼说："霞霞，你不要胡说八道行不行。"大家都看着我和张琼，我只能红着脸，让张琼坐。这时候，本身坐在我跟前的霞霞却说："张琼，你来坐这里。"随即大家都起哄，张琼就很大方地坐在了我身边。

大家看到张琼如此镇定后，也就不再捉弄我们了。我们又开始了谈论往日岁月的话题。当然，这时候，大家的谈话，分成了两种类型。男同学们都在说这几年外出打工情况，有几个的做派，明显是发了。穿着时髦的衣服，一看牌子就知道价钱不菲，头发打理成了时下最流行款，可见是见过大世面的。而女同学都说起了孩子、家庭、老人。似乎人到中年，就绕不开这些话题了。这让我想到一位作家曾经说过："人到中年的味儿，酸不拉几灰不溜秋。不管日子过得如何，是单身还是有孩子长大成人，一到这个节点，中年的心情都会自动下载安装。没有年轻时的朝气和想入非非，也还没有老年的神闲气定，万事皆空，两头不挂，欲说还休。"

饭桌上自然少不了喝酒。啤酒喝了很多，瓶瓶罐罐，到处都是。大家脸上有的发红，有的惨白，而我属于"面不改色"的。几个同学说话声时，舌头都捋不顺了。

酒入肚肠，大家的精神也被酒刺激了，很多刚刚坐下时不敢说的话，也就半玩笑半说起了。大家大胆地说着当年谁和谁好过，谁和谁被老师发现了偷偷约会，谁和谁打过一架，还有谁在毕业典礼上唱过一首歌……似乎那些曾经的热爱，那些曾经的纯真，只有在同学面前，才能肆无忌惮地释放出来。

霞霞开玩笑说，我和张琼多年未见了，是不是给我们腾出二人世界，让我们好好享受一下。大家随即附和，起哄声和吹口哨声充斥着饭馆。张琼倒是很大方地说："能成。"然而，我脸却红了。我自认为这些年在社会上打拼，早就领教各种逢场作戏。当张琼说"能成"时，我又脸红了。我把这归结于毫无目的谈话，这些人都是同学，他们没有目的，有的只是真挚的同学情。而面对这种真情，我的那些"人设"和"心里防备"，就一溃千里了。在真心实意对待你的人面前，再想着玩心理防备，就显得有些龌龊。而我脸红的，正是这一点。

看到我红着脸，不说话，霞霞又开始调侃我。她说："当年的厚脸皮，现在还会红脸，真是稀奇事。"大家笑，碰杯。这时候，霞霞又提议我和张琼喝个交杯酒。所有人都起哄。张琼站起来说："喝就喝，谁怕谁。"整顿饭，似乎我，霞霞，张琼，成了主角，其他同学，只是作为陪衬和我们坐在了一起。

酒足饭饱后，还未尽兴的同学们又提议大家去唱KTV，而这样的主意,往往会得到更多人的附和。于是,所有人都去了。

那晚霞霞喝了不少酒,说了一肚子自己的心酸往事。说起自己悲哀的婚姻,和一直在打官司的财产分割。酒后吐真言的霞霞,其实对自己的婚姻,早就有了一种绝望感。我们不知道如何安慰她,在这个时代里,离婚已经像过家家一样随便。欲望充斥着每一个人的心灵,真情成了奢侈品,太多的虚情假意,太多的另有目的,让你无法预料一个人靠近你的真正目的。

初中毕业后我上了高中,霞霞去了技校。那时候还有联系,等我上了大学,我们就再也没有联系过,一直到我工作七八年后的今天,我才偶然间看见了她。

据说,她的婚姻是父亲一手促成的。那时候她技校毕业,就业成了问题。父亲是个生意人,在各行各业都有朋友,算是个江湖人。当时霞霞毕业时,早就已经不分配了,况且技校生,也成了被社会逐渐淘汰的知识群体。但念了好些年书,总得有个事干,不能天天待在家里混吃等死吧。

其实那时候,霞霞已经开始去外面打工了,但依然处在社会最底层。在那些大城市,她没有一份更好的职业,虽然长得也挺标志,却也难以钓起金龟婿。这时候,霞霞的父亲通过自己的渠道,在为霞霞的将来打算着。毕竟一个女孩子还是要成家的,家是一个女人最好的归宿。

所以找一个好归宿,成了霞霞当时的当务之急,女孩子年龄太大不嫁人,也是问题。在最好的年龄段,找一个好人嫁了,应该是每一个女孩子的梦想。正是在这种情况下,霞霞认识了现在的丈夫。荷尔蒙作怪的年代,有些事情一拍即合,她很快结婚了。甚至当她回首往事时,都不知道自己当年结婚时的潦草和慌乱。

结了婚的霞霞，开始了一个正常女人的生活，不久，她就生下了一个女孩儿。

霞霞的生活看起来真让人羡慕，最起码让我们的那些同学都羡慕。而霞霞也成了我们那一茬人里面，结婚较早的人之一。但生活一定是充满酸甜苦辣咸的。后来霞霞的丈夫和霞霞生活了几年，相互之间爱情的甜蜜已经稀释成了一杯水。生活开始了柴米油盐酱醋茶的琐碎。这时候，吃着公粮的霞霞丈夫，渐渐开始嫌弃霞霞没有工作。

相互之间，便有了某种不对称的感觉，随之而来的，就是更多的嫌弃这嫌弃那。这种地位上的不平等，导致了他们的日子越过越没意思。当两个人相互看着彼此不顺眼时，相互之间的斥力就大于引力。

加之霞霞丈夫好酒，身上有中国男人都具备的大男子主义，往往喝醉了酒，口角自然也会产生，这种口角最终演变成了吵架。夫妻之间的感情也就慢慢淡了。有时候，丈夫醉酒，说一些醉话，霞霞就开始抱怨，谓之男人只顾自己，不管家里死活云云。

当然，这种拌嘴总是霞霞有理有据。女人是感性动物，他们会记得生活中的每一次委屈和亏欠，也许你会觉得我说的有失偏颇，但绝大多数都是这样。霞霞自然也会说，她整天为了家里操碎了心，掏心掏肺最终还落不了好，抱怨由此产生。

后来，这种拌嘴升级成了家暴。霞霞那时候觉得，为了两个孩子，再难她都要忍受了。再说本来就没有工作的她，也有了短人半截的心理。没有工作，依靠丈夫养活，这也是她每次被丈夫触动的痛点。每次两个人吵架最终演变成拳脚相向时，霞霞也只能默默承受着。那时候，霞霞就想着，女人这一辈子，一定要自立，最起码在经济上要独立，这样，女人才有主动权。

当然，即便这样，霞霞还是忍耐着，继续喂养两个孩子，侍奉公婆。霞霞与丈夫的关系，也一如既往，不死不活。丈夫高兴了，全家都幸福，丈夫不高兴，全家都倒霉。

直到有一天，他与某位男同学聊天的记录，被酒醉后丈夫发现，丈夫就怀疑她出轨。其实也就是礼节性的问候，或许还说了些开玩笑的话。吵架在所难免，一场家暴过后，面临的是感情的破裂。

她一气之下上了北京，几年都不回来。在北京打工的那段时间，霞霞只能在梦中，一遍又一遍呼唤着自己的孩子。

这时候丈夫又求她，请她回来，还说会跟她好好过日子。她心软了，毕竟还有孩子。

等她回去后，他丈夫稳定了一段时间，或许是给她看，或许真改邪归正了。她觉得，一个女人这一辈子，就这样了，她还能指望生活有其他意外馈赠吗？可他丈夫只是稳定了一段时间，那种老毛病就又犯了。这一次霞霞失望了，她给了丈夫机会，可是丈夫并没有抓住这次机会。霞霞说："不要相信男人悔改，古人说得好，江山易改禀性难移。"

婚姻已然无法维持，她提出了离婚，但她老公不同意离婚，还扬言就这样不离婚，耗死她。这是那些无能男人惯用的伎俩，这次霞霞没有妥协，这些年的婚姻生活中，她忍受了太多的委屈。她将自己的遭遇，告诉给了娘家人，可娘家人都不同意她离婚，即便是名存实亡的婚姻，还有孩子呢？为什么一定要离婚呢？她多少有些失望，娘家人本来是她自己的后盾，现在，竟然和他那无情无义的丈夫一样。但霞霞主意已定，她不想这样不死不活耗着了。她将丈夫起诉至法院，法院受理了她的起诉。法院的人告诉她，需要调查一段时间，让她等着，不要离开这座小县城。

这样，她就在等待即将开庭的婚姻案子。

几个同学，还拿着话筒在一展歌喉。霞霞似笑非笑，端着酒杯，在歌声嘹亮的KTV里，默默喝着酒。我想她一定是有故事的人。我想听听她这些年的感情、生活、爱，也包括性。于是，我坐在了她身边，在嘈杂的KTV角落里，霞霞给我说起了她的不幸。

我是2004年技校毕业后，就回到家乡的。那时候，早已不分配了。上岗需要考试，你知道的，我的学习本来就不好，所以，初中毕业只能考技校了。要是成绩好，当年和你们一样，上了高中，考上大学，或许一切就又是一番样子。

两年的技校稀里糊涂就上完了，没学到多少知识，也没看过多少书。只是尽情地玩了三年。到了毕业，我才意识到，自己白白浪费了两年时光。人有时候真是在不断失去中成长。我在想，我要是那时候，好好学习，说不定也不是现在这样子。

我们技校的班一个同学，是典型的"书呆子"，不梳头不打扮，一天就知道蒙头看书。我们都叫她书呆子。她也成了我们当中的另类，一个女孩子，不打扮自己，只知道埋头读书，有什么意思，对于女人而言，还是要嫁人的，只要嫁个好人家，读不读书其实一样的。这是当时我们那一茬人的普遍认识。

然而，毕业后人家却考上了专科学校，继续深造。我听说现在人家已经是本科毕业，在市一中当老师。你说，我们曾经最看不起的人，过上了我们梦寐以求的日子。看来老天对谁都是公平的，年轻时候不努力，等到用的时候，才知道自己知识的匮乏。

毕了业，马上面对着就业的问题。有些同学通过关系，找了职业，有些则干脆上了北京上海，当了服务员或者干保姆去了。可我不想去，我害怕我出去会饿死。再说，我念了这些年的书，大小也算是知识人，我也不想去干那些工作。我感觉干那些工作，等于自己这些年的书白念了，甚至干活都没法与那些没念书的人可比，我放不下面子。我面临着高不成低不就的尴尬。可我真不知道自己该干点啥，有些同学拉我去超市当服务员，我也不想干。

　　无处可去，没工作可干的我，只能回家，看看情况再说。可回家，还是一样面对着失业。我们这代人，已经不可能和父辈们一样，在黄土里坚守一辈子。我整日无所事事，苦闷，孤独，寂寥。我常常在燕子河边上溜达，或者上山去山里转。我想通过这种方式来排遣自己内心的孤寂。在故乡人眼中，成了一个没法用词汇形容的女孩子。有时候，我就干脆跟着父母去地里干活。那段时间，是我人生最灰暗的日子。父母看到我的样子也熬煎。

　　后来，我在家里实在待不住了。

　　你都没法想象，和我这样年纪的女孩子，要么出门打工，要么去念书。村里根本就没有我这样年纪的人，我感觉自己每天在村里，就像个怪物。村里人看我的眼神都不对。我觉得，我要外出打工，即便是当保姆，我也一刻都不想待在家里了。

　　我就去了北京。当我走到北京时，才知道技校文凭意味着什么？那是一种介于知识和非知识群体之间的尴尬身份，既不是知识分子，也不是纯粹的农民工。在北京，你必须明白，什么阶层，就得干什么活。我到北京后必须得尽快找一份职业，不然就得饿肚子。

　　于是我也试着在那些贴着招聘广告的地方去应聘。最终，我因为还懂点知识，在一家酒店干前台。但在北京，我也没干多长时间。主要是那种工作太枯燥无味了。每天对着一台电脑，从早到晚。我每天的工作范围，也就是网吧周围。其他北京的景点都没去过。很多北京的老同学打电话来，让我去香山，或者长城等地方转，我都没时间去。我心里就有些难受，干的这个前台工作，直接把人死死钉在了岗位上，根本没办法动弹。我们那时年轻，总想着到处能转转。框住人的工作，就没办法长时间干了，我没有那个耐心。

最终，赶到了年底，我就不干了。过年的时候，我也随着返乡大军，回到了村里。但我那时候，已经与村里的人相处不到一起了。我不知道你当初有没有这种感觉，就是感觉和村里人没办法处在一起，我们关注的生活，谈论的话题几乎都不一样。我感觉我更孤独了。我整天不出门，就窝在家里。后来大家陆陆续续都出门打工，我却鼓不起勇气再次出门。我成了村里的反面教材，很多人家不供学生上学的原因是上学没什么用，不如出门打工挣钱，他们举出的例子，就是我。

父亲凭借自己多年的经验，在中心小学给我谋了一份代课教师的职业。刚刚开始时，我对这份职业很好奇，没想到自己有朝一日也成为老师。我这一辈子很反感老师，很看不起老师，这也是不好好学习的缘故。但当了老师后，才知道老师的不容易。我们的好多老师，在这样的岗位上能坚守一辈子，真让我有些佩服。

你都不知道，校聘教师，意味着没有任何身份，算不得国家正式干部。工资达不到普通教师的水平，就是保险也都不买，可我能怎么办，不出门也就只能干这样的工作。

即便是这样，我也暂时干着，过一天算一天。我对未来很迷茫，不知道你有没有过那种感觉，想干点啥却不知道该干什么。我发现我虽然是个校聘教师，可也融不到当地老师的群里面。每次和那些老师在办公室里批阅作业，他们谈论的话题无外乎都是自己的工资，或者孩子念书之类的，我心里就很难受。你都不知道，那时候，200元钱一个月，连个化妆品都不够买。我干着干着，自己心里就没了底气。我不知道自己的日子何时到头。特别是每年到了腊月里，那些在外面打工的打女孩子，穿着时髦地回来后，我心里就特别不好受。即便是打工，我也应该和他们一样优秀。我为什么要干这样的工作？

与其干这两百元的校聘教师，还不如上北京当保姆。但我的父母这次却阻止我外出，他们的理由也很充分，他们觉得女孩子在外面转几年，就学坏了。因为故乡有这例子。我的一个本家叔叔的女儿，算我的堂妹，也是初中没毕业就上了北京，在北京处了个山东男朋友，后来怀孕了，那山东人就跑了，联系不上。堂妹那时候不懂，吓坏了，挺着大肚子回来了，家里人也一筹莫展。那时候，也不懂人流。所以，堂妹自己在家里下了孩子。可孩子生下来了，那是个生命，不能扔了吧。堂妹名声也坏了，没人愿意要她。现在那孩子就由姥姥姥爷养着。她一年四季不回来，在外面过得怎么样，没有人知道。我的父母正是看到了这个身边的例子，才会动了"恻隐之心"。

有了前车之鉴，父母越是不让我出门，就让我守在他们身边，在他们眼皮子底下活动。我当时很矛盾，一方面我不想再干校聘教师这种职业，因为看不到任何前途。可再次出门打工我也没有准备好，我只能继续在学校里代课，思想世界里一片空白。甚至那些大城市，我只在电视里和别人的谈话中，想象它们美好的样子。

也就是那时候，陆续上门提亲的人，开始往家里跑。有本村的人家，也有听说我没嫁人，差人来探听情况的外村人家。你都很难想象，一个女孩子长大了，不嫁人，在故乡人眼中，会是什么样子？总之那段时间，家里常常有人进进出出。礼品今天拿到我们家，第二天，我就原封不动地退回去。也不是说吹牛，我也有自信，毕竟，我长得不难看。我通通拒绝了上门提亲的人。

当时我若随便答应一个人，过得可能都比现在过得好。然而，我想象着理想中的白马王子，来我们家提亲，然后我们一起双宿双飞。这或许是每一个少女的梦吧。

现在想来，其实结婚也就那么回事儿，在短暂的激情过后，不就是两个人搭伙过日子，一起生孩子，喂孩子，然后给老人送终，最终自己就死了。人的可悲，也是从结婚那一刻正式开始的。等有了孩子，家里的老人年纪大了的时候，中年人的世界里就没有了自我，只能围着这个家转。

这时候，在乡政府上班的我现在的丈夫李琪走进了我的视野。他比我大七岁。因为我当时在学校当老师，而他就在乡政府上班，乡政府距离我们学校也很近，我们经常见面，但没有说过话。见了面也是礼节性的问候一声。我对这个人，完全没有印象，属于人堆里一抓一大把的人，说实话，我并没有看上他。

这时候，他开始追我。你懂的，男人追女人，无非那些写情书，送礼物的行为。我们那时候，电话还没有普及，所以，有老师就偷偷给我递信。我起初只是很好奇，并没想着要和他怎么样。毕竟，我这人也花心，我想象过自己的另一半，最起码要帅气，要有相貌。谁愿意和一个长相不好的人在一起呢？

后来，李琪挖空心思地给我身边跑，还动用了一切资源，他利用自己一个同事的老婆，当时也在学校任教，给我吹耳边风。

这种事，你也知道，撮合与怂恿总是能起到催化的作用。那女老师就给我说李琪家里的情况，说我要是跟着李琪，一定会过上好日子。女人嘛，对这样的事情听多了，自然也就有了自己的小心思。看着我逐渐转变了态度，李琪就主动往我身边跑，陪着我批阅作业，或者干脆在我上课的时候，给我做饭。

我也觉得，他那时候怎么那么清闲。现在想来，一个男人要是想得到一个女人，他会想尽一切办法，耍出一切花招来实现自己的愿望，男人都是占有欲极强的动物。

然而，正是因为这样，我对李琪还真有了好感。其实，男女之间的感情，都是软磨硬泡的结果，很少有一见钟情。现在看那些丑女人嫁给了帅哥，或者美女被长相一般的男人娶了，是很有道理的。在爱情这场戏中，只要有耐力，谁都能成功。

那些学校里的女老师，听说我和李琪好上了，背地里说什么的都有，毕竟那个时代，人和人之间要建立某种关系，还是要看身世背景的。那些与我相处关系挺好的老师，就搬出了李琪的家境：一个儿子，不存在财产分割的问题；家里有房子，没有买房的担忧；父母还有自己的工作和住处，意味着我和他结婚了，就可以过我们的二人小世界……这所有的一切，都是巨大的诱惑，放在任何人女人面前，或许都会心动。

当然，我承认我也很现实，我在充分考虑到了现实因素后，决定和李琪处一段试试看，如果合得来，我们就结婚。毕竟李琪是城里人，我要跟了他，自然就成了城里人。要不然，我因为上技校迁户口，毕业后迁回来时变成的"非农"户口，会死死挂住我，让我回不了农村，也进不了城。当初太后悔上学时候迁户口的事情了。我那时候的处境，就如同无法落地的人，总在空中飘着。很显然农村我是回不来了，城市没有我的立足之地。

我最终败给了现实。许多年后，我忽然明白，一个人要是到了结婚的年纪不结婚，除了身体的原因之外，那一定是这个人的人品有问题。那时候的李琪，就是这类人。只是我还小，不懂世事。我完全没有考虑，他工作这么多年了，依然没有结婚，一定是有原因的。按说他有工作，家里条件较好，他肯定是处过不少对象，但最后都没成。这样的人，往往就成了花心大萝卜，不知道珍惜身边的女人。这女人呐，想嫁给有钱又心疼自己的男人，无异于是在做梦。就像冯巩牛莉演的小品中说的那样。这男人呐，有才华的嫌长得丑，长得帅的又挣钱少，挣钱多的不顾家，太顾家的没出息，有出息的不浪漫，会浪漫的靠不住，靠得住的就窝囊……总是很难碰倒自己能够称心如意的。

自从感觉到我对他有好感后，李琪三天一份情书，两天差人送好吃的。反正就是可劲儿给我献殷勤，那时候，我还是个初入社会的人，哪里能够经受得住李琪那种进攻。这家伙那时候最让我感动是给我写的那些很酸很肉麻的情话，我看了以后，心里扑通扑通直跳。许多年后，我才知道，那是从书上摘录的话。都说爱情里的女人智商是零，我觉得这话不无道理，如果我当时稍微有点理智，其实都能看出很多李琪招呼女人的办法。说来说去一句话，当时自己太年轻，经不住这个时代的各种诱惑。

李琪变着法儿地对我好，让那些已经结婚了的女老师，就更看好李琪了。当然也有羡慕和嫉妒我的，不过羡慕的话，在当面说，嫉妒的话，在背面说。在他们眼中，我是身在福中不知福。甚至，还有人说我架子大，小心捉不住这个金龟婿，最终竹篮打水一场空。那时候，山村里比较困难，城里人的浪漫，农村人根本没见过。而李琪就专挑城里人哄女孩子的方法来讨我的欢心。

你都不知道，我在上技校时，见过那些男生给女生买花，感动的要死，我就想着，如果有一天，谁给我买束花，跪下来求婚，我一定会答应的。李琪就托人在城里给我买鲜花，我当着面一脸正经，但心里还是很感动。

人在年轻的时候，总有些理想的东西在脑子里转动。

尽管我抵制着他的"进攻"，但这种进攻，时间长了，我也就放松了防守。再说我那时候感觉他挺好的，人踏实也对我很好。你说我们女人家，不就是要找个爱自己的男人嘛？我心动了。我把这些说给了父母听，父母也权衡了一下，觉得可以一试，毕竟那时候，我的年纪不算太大。

你都不知道，他为了将我追到手。花样百出，有时候，我都怀疑这一切太不真实了。我似乎每天都处在一种恍惚当中，幸福来得太突然太猛烈时，享受幸福的人不一定幸福，或许更多的是惊愕和不安。我记得有一次，是冬天。我感冒了，没去上课，在宿舍里蒙头大睡，他替我将我的课上了。吃饭的时候，还自己做的饭，坐在我的床边上，给我喂着吃。我感觉自己像个公主一样幸福。从小到大，只有父母给我喂过饭，他算是第一个……

霞霞说着，将一杯酒一饮而尽。KTV里，依然还是各种嚎叫。有的同学在看手机，有的则在嗑瓜子发呆。十几个人的现场，大家也都格局百态。这期间不时有同学过来和我们碰杯。几个同学在大厅中间扭动着身子，似乎格外放松。毕竟在这里，全部都是同学，用不着谁防着谁。

最终，我们的谈话也被大家的激情所隔断。霞霞从角落里冲了出去，拿起话筒，将音量调到了最大，开始了一阵鬼哭狼嚎一样地歌唱。我在昏暗的灯光下，看到她眼里涌出里一行酸楚的泪水。她拿起话筒，吼叫着。还鼓动我和张琼唱一首《知心爱人》，我和张琼对视一眼，笑笑，不当真。然而我的心里却等待着霞霞的后续故事。毕竟，她的话只说了一半。

大家唱着，相互碰着杯。霞霞似乎更疯狂了。她点着《为爱痴狂》《哭砂》，一遍又一遍唱着，因过分嚎叫导致声音有些沙哑。

她又点了孙江枫的《爱的真伤的深》：爱你的人啊想你的人，爱的真伤得越深，负心的人啊伤我的心，相爱又欲罢不能，爱你的人啊伤我的心，分手在午夜时分，痛苦的人啊痛苦的问，难道曾经的相爱有缘无分，那一次的偶然相遇，缘让我认识了你，相思树下许下心愿，誓言永不会分离，可是如今熟悉的你，却说出伤心话语，真心想要把你挽留，都化作伤心的雨……

这些歌词似乎正符合她的心意。这次，是霞霞一个人深情地唱着，虽然有些跑调，但我们所有人都静静听着，没有人说话。也许霞霞的事情，他们都清楚。而唯独我像个局外一人，对眼前的这一切充满了迷惑和不解。

霞霞吼了一嗓子，跑出了KTV。坐在路边上呕吐着。我和张琼跟了出去，站在霞霞身后，询问她怎么样？霞霞佝偻着腰，喉咙里继续发出作呕的声音。好不容易她才缓过神，站起来。

这时候，已经是晚上十一点多。所有人都有些醉意，几个同学抢着付钱，我把他们推开了。我说："好不容易让我表现一回，你们就给我这个机会。"大家笑笑，不再争执。我付了钱，大家都三三两两往回走着。我和张琼，扶着霞霞往回走。

许多天后，霞霞打电话来，说要和我坐一坐。我正好想听听她的那天没讲完的故事。我们在县城的一家咖啡馆见面了。这次她依然打扮的少女一般，意图穿出青春的气息。我笑笑，她也笑笑。有些事情在中年人的眼里，一个笑就明白了。她接上了那晚上没说完的话。

我知道你肯定不死心，像你们这种以文字为生命的人，把故事看地比吃饭穿衣都重要，我估计我要是不说完，你肯定会给我打电话的。不过今天我说完了，咖啡钱你付。不是有本书叫《我有故事，你有酒吗》。我的故事说完，酒钱你付。

好吧，闲话少叙，我们还是说正事。

我就上了他的贼船。其实这也怪我太现实了，我们没结婚就在一起了。男女之间的那点事，我想你懂，大家都是那个年龄段过来的。对此事，许多学校里的老师，也都在背后议论纷纷。我也就不当老师了，回家待着。反正我和他的关系也基本上确定了。没过多久，我发现自己怀孕了。

这件事给了我一种压力，其实我当时并不急着结婚，即便是两个在一起了，也想再玩几年。毕竟一旦成了家，就有了很多约束，让人没办法放开手脚玩。我才二十出头，不想就这么把自己嫁了。其实我发现人真是个奇怪的动物，没有谈对象的时候，整天都幻想着有个对象，可真正谈了对象后，我才发现，结婚是件很恐惧的事情。

就在这时候，我怀孕了。这个意想不到的结果，让我们两个人都大吃一惊。我这时候已经乱了，不知道该怎么办？最终，我还是将此事告诉给了他，并逼迫他赶紧将结婚之事提上议程。双方父母其实早就知道我们在一起了。既然我们已经有了事实婚姻，那就差一个婚礼了。这也是形式的婚礼，但这种形式的婚礼，还必须办，毕竟孩子嫁娶，对于我们这地方人来说，是一生中能数得上的几件大事之一。

接着就是结婚。其实，结婚这件事对我来说，完全没有印象。我只是觉得那段时间浑浑噩噩的，总是丢三落四，人的精神也不是很好，总之就是一村人来家里闹腾了好几天，白天黑夜都有人，最后一天，我被送上了婚车，莫名其妙参加了一场真人秀表演。

结完婚三四天了，我都有些精神恍惚。接着就开始了小日子。我不知不觉中，我又成了一个孩子的妈。有时候，我就含含糊糊，有了一种眩晕感。我还没有玩，我还没有挥霍青春，就莫名其妙地成了孩子妈。

刚刚结婚时，我们的日子过得也挺好，那时候都年轻，也没有什么牵扯，到处也都转。再说，我们那时候也是新婚，多少对爱情和婚姻都有点好奇。但这样的日子，总是短暂的。

怀胎十月，我的身体出现了各种不适，腿和脚都肿了。好不容易，将孩子生了下来，我的好日子也就到了头。他们全家都不是太热心这个孩子，因为是个女孩儿，拉扯孩子的任务，全部都落在我们身上。虽然当时我们没有职业，只是在家负责拉扯孩子，但拉扯孩子是十分痛苦的事情，那段时间，我经常熬夜，天天睡不好觉。我老公刚开始还和我们一起睡，后来，因为孩子太闹腾，他就搬到另一个卧室去睡觉了，原因是他第二天还要上班，晚上休息不好，第二天没有精神。喂养孩子这件事，就全部都落在我身上。

我不知道我小时候，父母是如何将我喂养大的。但这个孩子倾尽了我的心力。尤其是孩子感冒发烧，或者其他身体状况时，你身边没有一个帮助你的人，你会在心里产生怨恨，也会感到绝望。

我老公动辄以工作忙为由不理我，从家里回来的次数也少了，原来他都是每天都回来，后来就成了一周回来一次。他回来了，不是在沙发上看电视，就是鼓弄手机，也不带孩子。我就给孩子买了个摇摇车，把孩子放在里面。

我每天还要做各种家务做饭，我发现我就成了一个全职保姆，操心着一家子的情况。孩子爷爷奶奶有时候来，会呆半天，能抱一阵孩子，不过这样的情况不多，他们每天也都要上班。家里基本上都是我一个人。

我老公回来，其实就是回来了一个老佛爷，我除了伺候孩子，还得伺候他。他喜欢喝酒，每次回到家里是，总是三朋四友聚在一起，很多时候都能喝到大半夜，一起喝酒的人都不好意思了，他却说没事。

晚上他们喝酒，还要我去炒菜。他每次喝完酒，回来就倒头大睡。

星期六星期天，全家人在一起的时间本来就短。他几乎每周都要喝酒。我一个人带孩子，委屈只能自己承受了。

谁叫我选择了他呢？既然我当初选择了他，就得承受这种选择的结果。后来我就给他说，不要在家里喝酒，家里有孩子。他就不在家里喝酒了，可老是往外面泡着喝酒。反正喝酒这件事，不能少了。他喝完酒回来，我免不了要说他，不顾家，不管孩子，把这个家当成了歇脚地，想来就来，想走就走……他嫌我唠叨，就吵架。后来，他干脆住在乡政府不回来了。我打电话不接，发信息不回。你都不知道，那段时间我有多绝望。我有丈夫，过着和没有丈夫的日子，孩子也过着单亲的生活。

我们的夫妻关系也恶化。相互堵着气，睡觉也是各睡各的。甚至，那段时间，我们性生活都没有。我感觉自己像个修女。我不知道，男人好色，他是怎么解决性这个问题的。我心里其实隐隐有个隐患，但我担忧着，又自欺欺人地告诉自己，他还没有到那种程度。

直到不久以后，他出轨了的消息才传进的我的耳朵里。当时，他和单位的女同事有不清不楚的关系，被女同事老公知道了。女同事的老公找到了他们单位，大闹了一番，将他揍了一顿。这件事才在众人的劝说下不了了之。

而这件事我也是最后知道的。你就能知道当时我过得是一种什么样的生活？我像一个傻瓜一样欺骗着自己，却让自己最担忧的事情发生在身边了。按说这件事，受伤害最大的应该是我。

所以，当他回来后，我希望他给我个解释，至少让我的心里不再有那么深地伤害。他不但不说，还是到处喝酒，而且把这种气莫名其妙地撒在我身上。我彻底崩溃了。你都不知道，我像个疯了的女人一样，到处大喊大叫。而他却说我这是给他添乱，现在他已经够乱了，希望我忍住，不要乱发莫名其妙地脾气。我当时就觉得很好笑，似乎他出轨，我过问一下，倒成了我的不是。天底下哪有这样的道理？

那段时间，我整天睡不着，不说话，不吃饭。我想着他会回心转意的，男人嘛谁没有点这样的事情。他过问一声的意思都没有。反而是动用关系，把他调到了另一个单位。天哪，这个人自始至终，都只想着自己，我在他眼里是什么？孩子在他眼里是什么？

我彻底绝望了。我在为谁守候？这一次，我看清了，他根本不在乎我，我想，他应该还想着想着那个女同事吧。一想到这里，我内心就有了一种耻辱感。我把我最好岁月的都给了这个男人，可他竟然能做出这些不要良心的事情。我负气离开家，上了北京，把孩子留给了他，反正这孩子是他的女儿，我就不相信他不管，虎毒还不食子呢，他能让孩子饿死？

我在北京找了个活干。刚开始，很痛苦，总是莫名其妙的流泪，我想念我的孩子，我不知道她怎么样了？后来，我就联系那些同学，和大家一起去北京转。慢慢地，我挺过来了。我走出了自己阴影生活。我现在理解了越来越多的人不愿意结婚的原因了。不结婚，一个人过也没什么大不了的，结了婚也不一定幸福，就像我的婚姻，简直糟透了。慢慢走出生活阴影的我也想通了，大不了离婚呗，而今这离婚，就跟买菜一样随便。我还年轻，我怕什么。

我最难熬的是不知道孩子的情况。那是我身上掉下来的一块肉，怎么能不想呢？我担心孩子吃不好穿不暖。害怕孩子挨打。有时候，我真想打电话回去问问，可理智又很快说服了我，在这场对峙中，如果李琪不主动向我承认错误，我贸然再给他打电话，那么我所面临的处境，将会比之前的更惨。我只能在心里一遍又一遍祈求孩子原谅。在北京混了一年多，对孩子的思念，也少了。我想孩子也有爷爷奶奶，不会没人管的。

没想到一年后他又联系到了我，打电话，发信息，表示忏悔。我不知道李琪是从何处得到我联系方式的，但总归他又联系上我了。他让我回家，还动不动将孩子的照片发来。我其实很想孩子的，一年多没见她了。听见孩子在微信里说想我了，我就一个人偷偷流泪。我知道，这是李琪的伎俩，我知道这个人的手段。不过他能给我把孩子的照片发来，也间接地让我看到了孩子，听到了孩子说的语音。

李琪发来的消息，我基本都不回复，越是这样，他就越发的多。他给我忏悔，比如说自己一定痛定思痛，让我再给他一次机会。面对着李琪这样的轰炸，我明知道有可能又是他的惯用伎俩，但我还是没忍住诱惑回到了县城。

刚刚回来那会儿，李琪可好了。他们家人也好，他对我好，对孩子也好。时常在周末，带着我们一家人去吃大餐。我心里慢慢原谅他。毕竟这就是真实的生活，我这一辈子可能就这样平平淡淡地过完了。我也没有想过轰轰烈烈。年轻的时候，都没有翻起多大浪花，现在都过了折腾的年纪了，还有啥能耐？

我们那几年的生活也真算是好。我认了，即便有些委屈，我也认了。

然而，过了一段美好的日子后。他老毛病又犯了，又开始了喝酒，偶尔也会和我吵几句。虽然他那时候的喝酒没有以前厌烦，我没有退让，既然他不能为我和这个家改变，我不可能再接受这样的婚姻。他出轨以后，我总觉得，我们之间有了某种隔阂，似乎有个人夹在我们中间。尤其是我们要做爱的时候。我总感觉身边站着个人，你别提那种感觉有多别扭了。我一直克制着自己，让自己尽量从这种感觉中出来。

当他酒瘾重犯时候，我崩溃了。我觉得，一个人这辈子很难改变。那些习性一旦形成，就不会轻易改变。我不想和他一起过了，现在的社会谁离了谁都能过下去。前几年，我一直在犹豫，一直在徘徊，一直想保住这段婚姻，哪怕是为了孩子，我也愿意。但今天，我不想了。孩子有孩子的生活，我有我的生活，而今那些离了婚的人，孩子一样过得很好。

在我不断受挫折的过程中，我也悟出了一个道理：女人必须要独立。女人不独立，你根本在这个社会上立不了足，依靠男人来生活，那都扯淡的话。你看那些明星，多少年的夫妻，都可以为了小三儿离婚。而我这样平凡的女人，为什么还要委曲求全？哪有什么白头偕老，只有过不完的坎坷岁月。

我和他谈了离婚的事情，他不离。他又央求我，说他会改的，不会惹我生气的，我依然不为他这种每一次的赌咒发誓所感动，有些话，说多了就成了假话。见我执意要离婚，他甚至拿孩子都不会给我来向我威胁。他还说，如果离婚，已经迁到他户口本上的户口，也不会让我轻易从他的户口本上迁出去。但这一次，我铁定主意了，一定要和他分开，即便是不要孩子，即便是付出代价，我也要为自己活一回。我才三十岁，还有一大半时间来享受生活。我们谈了好多次，他都不想离。可我不想就这么耗着，许多人就是在这样的过程中，耗尽了一生。

他的种种阻止行为，只能让我更加反感这个人。如果留不住一个人，就可以用威胁的手段来对付，你就知道这到底是是个什么人了。别说我们一起生活了那么多年，做不成夫妻，总该能做成朋友吧。可看他那架势，做朋友不现实，有可能还会成为仇人。但无论如何，这次我都拿定主意了。我把他起诉到了法院。我咨询过法院，说他这种出轨在前的行为，可以判离婚。我不想再耗下去了，这样，我会疯掉的。

我现在就等法院开庭，解除我们的关系，我就自由了。那些年，希望有个家，而现在，却希望有个自由身……

她说这些话的口气，平稳多了。看来她真的看开了。我为她的勇气感动，也为她不幸福的婚姻惋惜。她喝着咖啡，淡淡地笑着。我该为她感到高兴。可我却泪眼朦胧。我们这代人，就是这样在艰难中前行着，哪怕是荆棘满布，依然要坚持前进。

我毫无例外地付了钱，她笑着，笑声爽朗。我似乎看到了许多年前，那个扎马尾辫的同学。

以后，我们很少联系。尽管加了微信，偶尔也能从朋友圈看到她发的心情，还是那样，敢说敢做的性格。然而，当我再见到她时，她却带着两个孩子，在故乡的集市上玩着。我还没问，她就说："我和老公和好了！"我震惊到不知该说什么好。

我迅速告别，迅速钻进人群，好让川流的人群淹没我身影。直到走出很远后，我透过缝隙，看到她带着两个孩子在广场上放风筝，她手里牵着线，一步一步退着，两个孩子就跟在她后面追着风筝跑……

4.张　琼

想不到，意外地见到了张琼。

我总觉得，有些人一旦从生命里消失，再次出现的可能性极低。正如人生不可能踏入两条相同的河流一样。而要那些已经从生命里消失的人，再次能见到的，或者能联系到的可能性，也就微乎其微。就如张琼，我和他十多年没见了。我没有想过，我们今生还会见面。

然而，命运就是这么爱开玩笑，我们竟然会在故乡再次以成年人的身份见面。很多时候我们的自以为是，其实远远没办法躲避命运这只隐形大手。

这些年来，张琼留给我最深的印象，是笑起来嘴角的两个甜甜的小括弧，而且永远一副青涩害羞的样子。她的这个样子在我成长的这些年中，我还很少见到。我把这归结于"微笑"效应，小时候因为生活艰苦，我看到的脸基本上都是一脸严肃，或者愁眉苦脸。所以我对微笑的脸，本能地有种喜爱之情。

而张琼就是那种爱笑的人，她笑起来的样子，嘴巴两侧就会形成两个括弧。正是因为这种微笑，给我留下了难以磨灭的记忆。许多年前当我在外面一个人飘荡时，有一段时间里，我会经常梦见她。当然，所有的梦都停留在十多年前。我也解释不清楚，这到底是什么原因。毕竟我们那么多年没见了，相互留在记忆里的，也只有些隐隐约约的记忆。

后来因为生活不断重组，见识的人和接触的人，也越来越多。张琼就渐渐埋在心里了，我很少再想起曾经还有这么个人，贸然间闯入到我的生活里。初中时，那些书籍和写着酸酸歌词的笔记本，也被父亲交了废纸。连接我们所有的记忆载体，已然找不到一点儿痕迹了。

因为没有见过面，因为相隔天涯，自然我对她对这十几年的生活经历一无所知。她就像人间蒸发了一样，不知道走在哪里。有时候我回到故乡，会见到一些昔日的同学，但张琼自始至终一直都没有出现在我的视野里。

后来我想我们注定了要错过今生今世。许多事也只能停留在记忆深处，随着我们的死亡，这些记忆，也终将被埋葬。

可这次的偶遇，却唤醒了沉睡的心灵深处的记忆，许多往事，如同海底深处的鱼儿，终于游出了水面。这次相遇，偶然得如同徐志摩那首《偶然》。不过，这次见面时我明显感觉到了她的变化，生活逐渐剥离掉了我们最纯真的一面，我们终将走向了所谓的"成熟"。

张琼的变化和我的变化，其实都隐隐进行着。

许多年前我、张琼、霞霞是铁三角。我们的关系介于爱情和友情之间,比爱情要浅一些,比友情要深一些。也正是这种铁三角的关系,让我们走地格外近一些。甚至在那个情窦初开的年纪,我偷偷给她塞过情书。当然,所谓情书也不过就是一张小纸条而已,但那些美好的日子,至今想来都让人难以忘却。

这次意外见到张琼,似乎老天格外眷顾,我们注定了不会就那样擦肩而过。张琼忽然间闪现在我的眼前,记忆如同决堤洪水,早在心海里泛滥成灾。

在KTV的那个夜晚人多,我们都保持着相互的矜持。在大家的吆喝声中,我们喝了交杯酒,并唱了《知心爱人》。但有些事,只能两个人分享。人太多,许多话儿没办法说出口。

当我和张琼将和送回霞霞家里时,霞霞醉了,张琼却非常清醒,不过那晚的夜里,我们也没有聊很多,我只是将她送回家。一路上我们相跟着走,张琼在前面,我跟着她。我们就这样,在大路上走着,她偶尔回头看我一眼,我也只能在黑暗中,看到她的轮廓。这一路我们走得很慢。我不确定她是否在等着我靠近,但很多现实将我们无形地拉开。直到她进了家门,我就远远看着。听见她关大门的声音,我才折身往回走。

晚上,她发微信,我们说了一些琐碎的往事,就又进入到了各自生活。直到很多天后,她给我打电话,说要请我吃饭,我才再一次见到了她。不过这次,她看起来比之前我见她时精神多了。

我们坐在一个饭馆的小包间里,说起了各自的生活。我记得那天我们聊了很多,说到了很多往事,说起初中那时候大家在一起的时候,说到了后来生活各奔东西的场景,说到了我们这代人。当然,更多的时候,都是她在说我在听。这时候,聆听也是一种理解和感同身受。张琼似乎对这一切早就看开了。她比霞霞要明智得多。即便如此，我也能从她的谈话语气里，以及她经历的一些往事中，感受到她这些年的不顺意。

　　我初中毕业后，就出门打工了。那时候，你学习好，上高中了。我们这些学习差的人，进入社会是很自然的事情。这个社会，注定了会有很多人走向不同的路，这其实也是社会法则。其实，当时我家里人让我复读，好好念书，将来也考个大学，能有个好的前程。可是你知道的，我这人念书的时候就学习不好，我对那些书也不感兴趣，只要看到书本我就头疼打瞌睡。父母劝我复读，我也就拒绝了，我当时就想这天底下除了读书，还有其他路可走，并不一定非得读书才能出人头地。后来进入社会才发现，知识这个东西太重要了，尤其是对于我们出身农家的人而言，有了这东西，你就能趟开很多条路。但当我明白这些道路的时候，已经晚了。

　　其实，你上了高中之后，我一直也关注着你。我经常听你们村打工的那些同学说你的一些事。不过那时候我就想，我们是两个世界里的人，最好还是不联系了。就像《同桌的你》里唱的一样，我们终究会有各自的生活。后来，你上了大学，我就感觉，我们之间应该距离更远了。所以，也不打算再联系你。我相信不久的将来，你会有你的生活，我也会有我的生活（大笑，嘴边上还是那么两个括弧）。

　　哎，还是说说我吧，你现在的生活，是我们这些同学里，比较好的，我们都挺羡慕你的。但我就不行了，这些年来，我过得生活，可能比你想象的要苦一些。初中毕业后，我本来是打算好了去北京的。

　　至于说为什么选择北京，其实还是那时候村里那些和我年纪差不多的人，都去了北京。每年看着他们回来，打扮时髦，就让人羡慕。选择去北京，多少也有些虚荣心在作怪。

我想，既然我已经不打算念书了，还是要想尽办法出去。去北京之前，我去先去了西安。原因是当时我们村有个姐妹，在西安干活，她叫我去西安。而且她经常联系我，鼓动我去西安，说是他们公司招人，能挣大钱。能挣钱这个消息，总是能吸引人。

于是，我先去了西安。我想看了一下她工作的环境，如果真如她说的那么好，在西安发展也是一样的，反正是为了挣钱嘛。我在西安见她的时候，她要比几年前瘦了，她热情地接待了我，还带着我在西安转了一圈。不过当时我们在西安转的时候，我感觉身后总有两个戴墨镜的人跟着。我给她说了，她却说我紧张了，不过是路人而已。但我还是警惕性很高，因为我们都看见了跟着我们的那两个人。本能地自我保护意识，我就和她跑回到了住的地方。我给她说了这些事，她竟然说神经过敏。但我还是担心，后来我才知道，她进了一个传销组织，不断热情拉我入伙，就是想让我也进去。

那时候，我根本不知道传销这回事情，后来才知道，她进了传销组织，自己一分钱都没挣着，还让家里搭进去了几万元。那时候，她不断地鼓动我去他们公司，我就去了。公司在一个郊区，根本不像公司，越走我心里就越没底。而且这一路上，一直也有两个戴墨镜的人跟着我们。我就感觉情况不对劲，在换乘公交的地方，我说我忘拿了东西，下了车准备坐上返回的公交车就往回走。她竟然阻止我不要回去，甚至和我翻了脸。但我感觉事情不对，一个理智的声音告诉我，不能就这样跟着她去。我就转乘了公交车，回到了西安。

我觉得，我们两个之间的姐妹情谊，怕也是到头了。她在我转身离开的时候，说了很多狠话，有种这辈子都老死不相往来的意思。但我没想到的是这件事情还没完。

当我回到西安城没多久，她又找到了我。说了自己的态度不好，希望我不要计较。不过她的目还是要带我去他们公司，还说了赚大钱的一些东西。但我觉得这些东西很缥缈，我那时候觉得我们这些人，挣百万元，简直是痴人说梦，我不会相信天上会掉馅饼。但当时她还是天天缠着我，对我也很好。完全看不出来之前她那种气愤的样子，这让我心里有些不忍。

恰巧这时候，我通过qq联系上了西安的一个同学，我就去他的那里转了一圈，给他说了我这几天的情况，他就给我说，有可能是传销组织。我也不懂传销，他给我介绍了一些，我当时就吓傻了，要他送我去车站，我不能在西安待了。否则，这些人会天天缠着我。于是，我那同学就把我送上了去北京的火车。上了火车，我的心里才没有那么紧张了。

我到北京的时候，啥也不懂，一个十八九岁的姑娘，有没有学历，只有个初中文凭，也干不了什么。只能到处找活干，只要能给工资，包吃包住就可以。现在想来，那时候，更多的是先填饱肚子，有一个能够睡觉的地方。你很难想象那个时候，我是怎么在北京过的。

这些基本的生活都成了问题，又不敢给家里人打电话，让他们担心。只能硬着头皮找活干。我刚开始找了一家饭馆，给人家当服务员，端盘子洗碗，打扫卫生。反正能干的活都要干。那时候，北京打工，还没有那么重视学历，不像现在，啥都需要学历。

你想想看，我一个举目无亲的女孩子，要在北京立足，困难程度可想而知。但我不想回来，一来是回来怕人家笑话，出门一分钱都没挣下，灰溜溜地往回走，这不就是逃兵吗？二来呢，自己也不甘心回家做农民，我们家祖辈都是农民，难道我还要继续沿着父辈们的老路走吗？如果我一直待在故乡，或许用不了几年，我就得嫁人，生孩子，穿粗布，整天围着孩子转，在村里做一个坐井观天的女人。这样的事例在故乡多得很。我不想就这样，把自己的一生交给能一眼看到头的生活。我要走出去，哪怕是在外面吃糠咽菜，我也不想过大家都希望的那种生活。现在想来，人年轻的时候谁没个理想呢？

刚刚到北京的那会儿，一直干着餐饮行业。再说，像我们这类人，也干不了多高端的事业。我就想着，三百六十行，干任何一行，都能干出个名堂。我那时候长得年轻，人也美（笑了一阵）。

后来，我就不在后厨帮忙了，店里所把我安排在门口，当迎宾。来客人说"欢迎光临"，客人离开，说"欢迎您下次再来"。那个工作轻松，只是一天要站十几个小时。到了晚上睡觉时，两条腿就疼。就这样，浑浑噩噩过来两三年，也知道了饭馆里面的一些内幕，算是增长了一些见识吧。

再后来，我就觉得，不应该这样干了。难道要做一辈子的迎宾？我们店里的老板还刻意想留住我，让我当经理，可我不想待了。毕竟那个店也不大，不是我的菜，我要自己想办法走向更大的地方，虽然这种感觉很模糊，但总是在我心里冒头。一旦要走的主意拿定，谁也没办法劝回来。

我辞了职，成了一个自由人。开始又为自己的将来苦苦煎熬着。我那时候面对的首先是在北京立住脚，然后再考虑其他。就是这样的要求也很难满足。在北京工作的岗位很多，但要找一个适合自己的，还真不容易。这就是我所面对的现实。挣了点钱，入不敷出。有一天，我路过天桥时，看到天桥上那些卖小饰品的人，生意不错，成本看起来也不多。

于是，我就学着那些在天桥上摆地摊的人，在海淀区附近的天桥上摆地摊，出售一些手机配件、杂志旧书，冬天的时候，还出售一些围巾之类的东西。那时候的大学生，都喜欢在地摊上买便宜货。我也正是抓住了这一点，才看着什么常销，就进什么货。我进货的地方在动物园附近的批发市场，现在那里依然是批发市场。那时候的大学生，手里也没多少钱，不像现在的。他们会为了一两块钱，和你软磨硬泡一个上午。

虽然风吹日晒的，但生意还可以，有时候，能挣得多一些。不过像我们这样的人，没有经营证，所以，我经常也被城管撵着到处跑。但总归有了个生活。北京那地方，到处是机会，到处也都是陷阱。后来，我就和那些摆地摊的人，都熟悉了，了解了这里面的很多行道。其实，摆地摊的行业，也处处都是竞争。那时候，我把自己也尽量打扮的好看一些，这样可以吸引大家过来买东西。不过这样也会遭受到同行的排斥，甚至有几个人，就给我说过威胁的话。

干了一段时间后，我发现，这个地摊生意，也没有那么容易做的，任何行业里，都有行业里的规矩，想起之前受到了威胁，我就害怕了。加上我这人干啥事都半途而废。不怕你笑话，我这人对任何事都三分钟热情。看到摆地摊虽然轻省，但也辛苦。风吹日晒不说，遇上了冬天，北京的风干冷干冷的，天桥上根本站不住。再说了，我还得提防同行们的为难。我也就有了不想做的念头。最后我把自己进的货，全部便宜处理给了自己的一位同行。想找个安稳点的工作。现在想来，人就是这样，稳定的时候，想出去冒险闯荡，可闯荡中的不稳定，也会让人心力交瘁。

这次我又找了个宾馆前台，负责住户登记，捎带也清理房间卫生。包吃包住，工资相对稳定。这就是我理想中的工作，虽然枯燥一些，但旱涝保收。我就一直坚持干着。这个宾馆里，住着各式各样的人。迎来送往，有的人会成为回头客，经常来住。特别是一些单位，有时候，会来一群人。后来，一个家伙经常来住。我以为他是在北京常出差，就和他慢慢熟悉了。知道了他是安徽人，在某个单位北京办事处。

熟悉了以后，就成了朋友，有时候他订房间，直接就给我打电话。我就把最好的房间给他预留着。有时候，我们也出去吃饭。我想你能想的来，那个时候，大家都年轻，彼此就有了那个"意思"。

他没事就往我这里跑。最后，我们老板知道了，也不吭声。反正他来是消费的，老板欢迎还来不及呢！因为我必须每天守在酒店里，很少有时间外出，他就把我住的这个地方当成了家。你都想象不到，一个人在北京打工，平时也很少出去，所以，就很孤独。有了这样一个人之后，总觉得自己就不孤独了。

我们正式确定关系，是在一起香山游玩了以后。那一次，我正好休假，我就给他打电话，相约着一起出去转一圈。至于去哪里玩，我是无所谓的，只要他陪着我就好。他就建议我们去香山，我当然愿意，那一次，我们一起坐了电缆车。电车下滑的时候，我感觉山很高，心里难免害怕。他就紧紧搂着我，我感受到了那颗跳动的心脏，还有坚实而温暖的胸膛。我忽然感觉到好温馨，好感动。晚上，我们一起吃了饭，他又送我回去了。其实，现在想来，能在一个陌生的地方遇到一个给你温暖的人，任谁的心多么坚硬，都能被融化了。人在陌生环境里，最需要的就是这种温暖。

不久，我们就在一起了。

半年后，我怀孕了。

这样我们结婚的事情，就被推到了眼前。我当时看《蚁族的奋斗》，感动得不得了，我想他就是我的赵荣生。我把我们的事情，给我的父母说了。他们虽然觉得安徽有些远，可既然我已经选择了，父母也愿意尊重我的选择，毕竟这是我的幸福。很多年后，我才发现远嫁对一个女人而言意味着什么。

接下来的事情，就是张罗结婚了。

我结婚的时候，我们家里没有办事情（摆宴席）。我们只在安徽老家结了婚。她的老家，其实和我们的老家一样，也在农村。你都不知道，他们家人听说自己的儿子娶了个甘肃姑娘后，极不情愿，说两家距离太远了。我在就心里想：我一个女孩子都没嫌远，他们家人，倒是操心的很。

生下女儿后，我也不能再上北京，因此，我就在安徽住了两年。等到了孩子稍稍懂事，我就将女儿带回到了北京。

我不想继续待在农村，更不想让我的女儿，将来继续在农村生活。我们这一茬人已经在农村生活了，也见识了农村的很多事无可奈何。我们这一生已经没办法改变自己的处境，所以，我当然希望我们的女儿能有个好的学习环境，将来孩子也能有个好的前途。最起码孩子不能步我的后尘。

在北京后，我看孩子，他上班养着我们娘俩。你知道的，北京一个人养活一家人，是挺困难的一件事。各种花费，让你天天为钱着急。尤其是我们在北京买不起房。这成了我心里的一块心病。当年离开故乡，一个人到外面闯荡，就是为了找到归属，找到可以不回家的理由。转了一圈后，发现这一切，又迁回到了原点。我要依靠他一个人在北京打拼，根本实现不了在北京定居的目的。我们暂时租了一个地下室，一家人在里面生活着。

生活很辛苦，柴米油盐酱醋茶的日子很琐碎。我也经常莫名其妙地很烦恼。在我还不懂事时，我糊里糊涂就结了婚，有了孩子。等到自己意识到我没有办法给自己的孩子更好的生活时，内心就充满了愧疚。我知道他压力也大，可我们依然还是北漂一族。

我忽然间明白了贫贱夫妻百事哀这个道理。爱情是美好的，现实是残酷的，我们要在压力巨大的社会中生活，自己的压力也倍增。那时候，老公让我把孩子留在老家，让他妈带着，我们两口子在北京挣钱，想办法买房子。可我不同意，我绝对不能让孩子继续留在农村。为此，我们常常为了生活吵架。以前两个人没有暴露出来的问题，现在都暴露在各自的面前。

现在想来，人在恋爱的时候，总是把自己最好的一面展示给对方，可生活一旦成了某种琐碎，那些暗藏在各自身上的问题，就自己出来了。我想自己出去挣钱，可是孩子没人管。当年结婚时，完全没有意识到，结了婚，生了孩子会有这么多麻烦。当年的我，赶上了琼瑶热。《情深深雨蒙蒙》《还珠格格》里面的爱情，成了我向往的爱情。总觉得人，可以为了爱情，不顾一切。

然而，现实生活何其琐碎，那些梦幻般的追求，抵不上生活的一顿抽打。为了生活，为了孩子，我们不得不牺牲掉自己向往的一切。

因为两个人之间不断有了矛盾，老公经常应酬很晚才回来，且多日都醉醺醺的。我就很反感这点。下了班不赶紧往回走，却出去花天酒地，根本不想想家里还有两口人呢！我们吵架，我们赌气，我们分居。我就想，我和这个男人一起生了一个孩子，这是我当初犯下的错误，我要自己承担。而且老公的工资除过房租，吃喝拉撒睡，一个月剩不了多少钱。有时候，我想买盒好一点的化妆品都得好好计算那些钱的花费使用。我觉得，我得自食其力，至少，我自己挣的钱，可以自己花。

这回，我找到了一家酒店，因为之前有过干酒店的经历，我还是应聘到了前台职位。老公不让我去，说孩子没人管。可我要坚持去的。我们吵了一架，谁也没说服谁。老公负气不管不问，由着我的性子来。我就去酒店上班了。这方面我有经验。这座酒店，距离我们租的地方很近，工资也不错。我只能将女儿留在家里，自己在酒店做前台。早上十点多钟，我还得跑回去一趟，确保孩子没事。中午吃饭时，我得端着饭回去一趟。下午三点以后，我又得往回家跑。我就这样，一天奔波于家里，酒店。而每次回家后，确定女儿没事，又得飞一般跑回到酒店。我必须在十多分钟就得返回。

为了及时看见留在家的女儿，我给女儿买了手机，教会了她如何使用手机。好在女儿很懂事，一个人在家里时，从未有过大事发生。大不了总是将屋子里翻腾地很乱。可是有一次，女儿口渴了，我给他放在冰箱里的饮料也没有了。于是她就自己烧水喝，在倒水的时候，将滚烫的开水倒在了脚面上。当邻居打电话来时，我疯了一样。女儿的脚面上，留下了烫伤的难看的疤痕。我懊悔极了。老公也闻讯赶来。孩子哭着，老公却一顿抱怨，说我不负责任，对孩子不负责任，对这个家不负责任。如果当初听了他的话，好好在家看孩子，就不会有这事了。

我也和他吵，但我那时候，总是先想着孩子，我们带着孩子进了医院。孩子烫伤的脚面被处理了，但我心有余悸。我辞了酒店的工作，在家好好照顾孩子。孩子的脚慢慢好起来了，日子又回到了以前，回到了节衣缩食的状态，而且加上女儿这次住院，好几个月都得勒紧裤腰带生活。

我忽然对现实妥协了。我也开始相信命运了。

可这时候，我和老公之间，也出现了问题。我感觉，我们夫妻之间，同床异梦的情况正在加重。孩子，成了维持我们关系的人。我们隐匿了自己的真实情感，包括爱，也包括性。我们几个月都不恩爱一回，加上有孩子在，住在一室一厅的房子里，什么也干不成。

那时候，我每天都闲在家里，也想干点啥，挣点钱。于是，我就搞微商，整天在朋友圈里面发一些广告，但收效甚微，因为那时候，微商就像雨后春笋，到处都是。整个朋友圈都是做微商的。大家也很反感天天发广告，我就很烦恼。你可能不会理解，一个女人整天坐在家里，没有工作，没有工资，面对着四堵墙发呆是个什么感觉。我那时候莫名其妙地烦躁。有时候，我们两个人的吵架，也是因为这个。我甚至有些无理取闹了。可女人都这样，女人都是感性动物，哪一个女人愿意做一个女强人呢？

然而，漏屋再逢连阴雨，家里这时候，又出现了变故。之前，我已经向现实妥协了。既然改变不了现状，那就维持现状把，生活也不一定会很糟。可半年后，我老公的公司要派他到乌鲁木齐去发展业务，这无疑是对我们一家人的巨大打击，他走了我们怎么办？虽然他每月的工资都会如数交给我，可要是男人不在身边，女人就没有了依靠。我当即就表示了不同意。

这样来回奔波，我是不愿意接受的。我就想不通，他们公司那么多人，为什么非得偏偏派他去乌鲁木齐发展业务。可他的回答是，这是公司对他的重视。我却不以为然，公司的重视，也不能拆散我们一家人。我让他辞职，大不了重新来过。北京干什么都能养人。

可他却说，在公司干了这么多年，保险都交了十几年了。现在好歹在公司也是老员工了，再换一个工作，就得从头做起。一切都得重新来过，得不偿失。我觉得这都是借口，只要一家人在一起，什么事情解决不了。可他说我的想法不现实，要想出人头地，就得忍受各种困难。他让我们娘俩跟着他去乌鲁木齐。我是不愿意去的，乌鲁木齐虽然也是省会城市，可那么远。还不如去兰州。去乌鲁木齐，意味着再折回去。

我不去，坚持不去。要去他就一个人去。我和女儿在北京待着。可在北京待着，他又不放心。还说他把我们孤儿寡母留在北京，不就是等于打他的脸吗？我就让他辞职，或者给领导说一下，就让他就在北京。他却说这是公司上层已经决定的事情，他没办法改变。

我们的意见总是不统一。刚开始，我们还商量此事。后来演变成了吵架。他去乌鲁木齐，已经是板上钉钉的事情了。因为他迟迟不动身，公司的领导也找了他谈话，他说了家里的情况，但公司老板说，可以不用带我们去新疆，就留在北京，公司每个月也会适当给予补助。但这又非他所愿。他还是希望我和女儿跟着他去新疆生活的，他说新疆消费水平低一些，我们的生活压力也没那么大。甚至他还说，他要是在新疆干好了，咱们一家人就在新疆买房子，定居在新疆。但那时候，我觉得他一切都在为自己考虑，从来没有为我们娘俩考虑，他一心想着的都是自己怎么样了。这是我最不能忍受的，既然他只想着他自己，我就不愿意跟着他去新疆。最后期限里，我们狠狠地吵了一架。他喝了点酒，乘着酒兴，说我不愿意去了就离婚。

我的眼泪忍不住了。这么多年来，我这样隐忍着自己，压抑着自己。不就是要和他一起过日子吗？想不到我一切的隐忍，到最后换来了一句离婚。我是最不能忍受说离婚这两个字的。即便那些年我们那样吵架，我也没有说过要离婚的事情。现在他竟然自己提出来了。好吧，离婚就离婚。我不怕，只要有女儿在身边，离就离吧，这个世界上，谁离开谁，日子照样过。

他开始服软，但我铁定了主意。既然离婚是他说的，我想这在他的潜意识里，已经存在很久了。我不想再这样不死不活地活着。

可是离婚，面临着孩子归谁的问题。他说他要孩子，我说我要孩子。最后，我们不欢而散。我将孩子带回老家，在老家待了一段时间。父母就问起我的事情，我想他们应该感受得到。最后我实话实说了。父母建议将孩子给我老公，说我一个人带着一个孩子离了婚，名声就坏了。他们还列举出了故乡好多类似的情形。他们说，这个孩子，会拖垮我……他们为了我好，我却心里不好受。我想要我的女儿。我在老家待不住了，只能又上北京。而老公就这样去了乌鲁木齐。

我带着女儿在北京生活。日子何其艰难。没有人帮我一把。父母即便想帮我一把，可他们也心有余而力不足。老公又丢下我们自己走了。我感觉到人生的绝望，就从那时候开始。我不可能一直带着一个女儿，到处去找工作。再说用人单位知道我这情况，也肯定不会录用我。老公经常打电话，问孩子的情况。我直接拒接，从他不顾我们娘俩，一个人只身去了乌鲁木齐，我就知道，我们的缘分尽了。

最后，我实在是顶不住了，叫他回来离婚，孩子归他，我们办了离婚证。孩子他带走了，回到了安徽老家。而他自己，又上了乌鲁木齐。

刚开始的时候，每半年，我都要去看一看女儿。和他在一起生活几天，弥补对孩子的亏欠。可这样的事情，每次都会刺激我一段时间不好过。我想既然法律把孩子判给了他，那么他就得负起责任来，把孩子照顾好。

后来，我决定要攒钱，要为女儿将来打算。安徽我就去得少了。只有每年过年时，才去安徽看看女儿。可正是因为这一点，女儿渐渐和我疏远了。我不知道她奶奶有没有给她说我的一些坏话，总之，孩子故意疏远我，平时打个电话，也不像那么亲热了。

有时候我给她奶奶打视频，让女儿来和我说几句话，女儿都躲着不说。我心里是很疼的。这些年以来，我一直想着为这个孩子将来做打算，哪怕我累死累活，也要给她攒一些钱。可是后来我就发现，其实我错了，孩子在成长的时候，我们没有陪在他身边，她会天然地隔膜我。当然，我也相信，她奶奶肯定会给她说我的坏话，说我不要她了。这些肯定在孩子的心里造成了阴影。

大前年，我去安徽看过女儿，女儿长大了，开始背着书包上学。两个小辫子，来回机灵地转动着。当我走近她时，她却跑到了她奶奶怀里，似乎不认识我似的。原来必须我哄着才能睡的女儿，现在却躲着我，甚至不看我。我试图和她亲近，她老远就躲开了。有一次，我远远看着她，发现她注视着一家人在田野里放风筝的情形，头也不回。我跑上去想抱住她，她从我的怀里挣脱了。

我成了孩子最不待见的人。我不知道孩子这几年到底经历了什么。但总归，女儿与我不亲了。我为自己赶到悲哀，到头来，我空欢喜一场，竹篮打水一场空。唯一牵肠挂肚的女儿，也开始远离我。我不知道，我的生活，该走向哪里。后来，他爸又找了个女人结婚了，还特意给我打电话说了。我当时就和他商量，看能不能把孩子给我，由我抚养，反正他是孩子的父亲，这一点谁也改变不了。可他竟然拒绝了我，还说法院把孩子判给了他，那孩子就是他的，谁也别想从他手里抢走。我现在后悔死了，当初为了离婚就不应该把孩子给他。现在，我主要想着孩子有了后娘，会亏待孩子的，你看那些电视里演的，后娘哪有一个好的？我真为女儿担心。

而我的父母，说我还年轻，还可以找一个。甚至他们给我介绍这个，介绍哪个，希望我有个好归属。可我的心似乎已经死了，我早就不相信爱情这回事了。我的心随着孩子对我的冷漠，碎了。我不想再找另一半。结婚不就是两个人搭伙过日子吗？既然现在我自己能养活自己，我为什么还要和别的男人搭伙过日子呢？在现实面前一败涂地的婚姻，让我脱胎换骨。就像戏文里唱的那样"夫妻本是同林鸟，大难临头各自飞"。我早就不相信婚姻了。婚姻只会绑住我的手脚，给我无尽的烦恼。我现在觉得自己的日子挺好的，自由自在，无拘无束。我觉得女人为何一定非得要结婚，一个人过，轻松自在，想走就走。

现在，我对女儿的思念，也慢慢放下了。她终归会有他的人生。佛教说，放下即自在，我现在是理解了这话的含义。而我的生活，应该属于我自己。我现在对佛学的一些教义，产生了浓厚的兴趣，很多之前不理解的教义，现在也都能理解了。我到底是变好了还是变坏了，你倒是给我分析分析。

我现在也挺好，尽管依然是北漂，有时候也孤独，但我更想随着自己的意愿活着……

张琼没说完，她笑着，但我能听出她喉咙里的沙哑，以及哽咽声。女儿的离开，婚姻的不幸，父母的不理解，都成了她现在生活的困扰。我很想安慰她几句，可我发现自己的嘴笨拙地不知道该说什么。

她说他现在对佛教的教义产生了兴趣，我知道她在找自己新感情的寄托。原来她还有女儿的牵挂，现在这个牵挂，也开始在内心深处变得模糊了。所以她要找一些活着的意义了。只是我们没有想到，同样的十几年光阴，她的生活竟然有了这么大的变故，以至于整个人都变成了如此这般让人难过。

我们就这样坐着，没有说话。桌子上的菜原封不动地放着，我们没有动一下筷子。夜晚的霓虹灯闪烁着，偶尔传来一两声汽笛声。

坐了很久后，我们走出了饭馆。

我们沿着县城的人行道上，慢慢走着，还是和之前一样，张琼走在我前面，我跟在她后面。我一直到把她送到了酒店门口，才转身离开。我往回走的路上，眼泪忍不住了，为她也为我们这一代人。

第二天，她又走了，上了北京。临走时她发给我一条短信：为了不打搅你，我悄悄离开了，主要是害怕送别的场面，如果我要给你说我今天就走，你肯定会来送我。感谢你听我的故事，我走了如果有缘，我们会再见面的……我颤抖着双手，跑向了车站。我钻进了候车室，把车站里的班车找了个遍，车站里并没有看到她的身影。

我垂头丧气地走出车站，像个打了败仗的士兵。车站外人声鼎沸，车辆川流不息，生活依旧，好似什么事都没有发生。

第五章　乡村教育

世界上没有才能的人是没有的。问题在于教育者要去发现每一位学生的禀赋、兴趣、爱好和特长，为他们的表现和发展提供充分的条件和正确引导。

—— 苏霍姆林斯基

1.外　甥

我的二姐在很多年以前，嫁到了下坪。整个结婚的过程，我记忆模糊。我不清楚自己是否参与过这件事情。后来，她有了第一个孩子。然后就是艰难地喂养孩子的过程。而今，她的两个孩子，都上了学。

很多年以来，二姐为了改变家里的现状，早出晚归，干过各种营生。吹棉花糖、烤火腿肠、办小卖部……似乎能赚钱的门道，她都尝试了一下，最终都以失败告终。尽管这样，她还是坚持着，我似乎从她的坚韧中，看到了她血脉里依然流淌着我们家族不服输的秉性。

当然，做这种小生意能挣点小钱，家里柴米油盐酱醋茶够用了，偶尔有个零花钱。最大的益处是可以照看孩子。两个孩子都上了学，没人看着不行。这是农村女人，唯一能做的事情。

那时候她一边照顾孩子，一边做小生意。两个孩子能按时吃饭，亦能按时上学。家里仅仅依靠姐夫一个人外出卖力气挣钱。

后来，上级部门通过整合资源，在原来粮站（当年收粮的重地）所在地，新修建了九年制学校。那学校修好以后，学生整体搬迁到新校区。

那时候二姐马上在新校区附近租了一间商铺，准备做生意。她还一次性付清了八年的房租，以备持久营办她的那个烤火腿肠的小摊子。她坚守着那个摊子，干了一年多。平时也就有了些五毛一元的小钱，在沾满油的盒子里放着。

有一次他将一张纸纸币折叠起来的一百块钱给我，让我给我们孩子。我拿上那厚厚的一摞钱，上面沾满了劳动者血汗斑驳的痕迹。这些依靠一元纸币积攒起来的钱，就像一个时代的缩影，似乎能从每一张纸币中，都能窥测到使用者的职业身份。也能从钱的褶皱程度，看出二姐一点点积攒钱的不容易。

前年的某一天，她急着回家并没有锁门，而是将门虚掩，等她再次折回来的时候，半个多月积攒的五百多元，不翼而飞。

据附近的人说，是两个学生推门进入，但当二姐询问两个学生的长相时，那些目击者又不愿意多谈，都怕得罪人。二姐也不再追究此事。五百元虽然是半个月的收入，但这件事要是没完没了的追究，必然会查出那几个孩子。只是这样做，无异于毁了那几个孩子，让他们背上"行窃"的罪名。只是现在的孩子贸然进门行窃，还是让我惊愕不已，因为二姐的考火腿肠摊子和学校门对门，我很难想象那个推门而入拿走钱的孩子，当时抱着什么样的心态。当然，这种事经常发生，很早之前，我就听闻有的孩子，把某个门市部的窗户撬开，钻进去拿了里面的钱。

她的生意摊子一如既往经营着。生意最好的时候是四月八。那时候她把摊子推到戏场子里，一边烤火腿肠，一边吹棉花糖。四天四

夏天站在燕子河南岸眺望绿荫中的秋山坪

上图：湫山上坪村搬迁点外景图。

下图：丰收过后下坪堡子掩映下的湫山坪。

上图：湫山独特的石头。
中图：迎宾桥下的燕子河。
下图：湫山十景之一的鱼槽。

上图：庄稼过后土地更加整洁。

下图：湫山九年制新学校外景。

上图：秋天的燕子河道里依然风景迷人。

中图：至今都在使用的湫山下坪村水磨坊。

下图：湫山美景之一 —— 流水川石。

上图：湫山坪头寺观音圣境碑双龙碑头。
中图：湫山坪头寺内"观音圣境"题词。
下图：湫山坪头寺内栩栩如生的壁画。

油菜花盛开季节里的湫山坪全景图

冬天落雪后的秋山坪一角

夜的唱戏，可以赚回半个月的收入。不过这样的机会一年也只有一次。在一个乡镇上，能赚到的钱，也屈指可数。人们都出去打工了，谁还整天泡在故乡消费？

再后来各种政策出台，不让卖那些"垃圾食品"。动辄便有各种部门的人上门督查检查，拿一些法律的条文来吓唬你，甚至还想要点好处。

没有市场，缴费群体固定，让二姐的火腿肠小摊子，面临着倒闭。这条食物链上，许多利益集团都想分一杯羹。

后来，二姐干脆不干了，省得看那些人的脸色。而今那栋被租了八年的房子，门紧锁着。二姐出门打工了。那个烤火腿肠的小摊子，已经满足不了家里的开支。她们必须想新的办法，以至于不在这个快速时代被甩出太远。

当然，二姐还有个心愿：就是挣钱再修一院房子。他们原来的家——一套四合院的房子，在学校后面，很多年都与学校毗邻。多少年来，从那围墙里飘出读书声，熏染着这一片地方。而今，当年的平房学校教学楼拆除，在原址上筑起了一栋高楼，像一个巨大的黑屏幕，横在他们家房子前面。房子里的光阴全部被遮住，一年四季不见天日。尤其是冬天干冷干冷的。太阳的光，总是被这栋楼堵住。即便是夏天，院子里也不能长时间坐着，因为会受凉。

发展教育是大事，修建这么一栋楼也无可厚非。只是这种修建，从未考虑过居住在附近村民的意愿。这栋楼房建立起后，是否会对附近村民造成伤害，或者困扰，并不在工程决策者考虑的范围。堵住堵不住光，也都不关那些设计者的事情，他们能做的就是让这个项目立起来，把钱花出去。但世间之事，常常都是相互关联的。学校背后还有人家，还生活着人。但没有任考虑到这些人的感受，没有人知道不见太阳光的感受。那栋楼宛如一道巨大的网，遮住了二姐家对阳光的期待。

二姐经常说，他们家从这栋楼建起来后，就一直生活在黑暗里，以后也一样。只要这栋楼在，他们就用永无天日。所以她要挣钱，重新盘一块地基，修建一院能看到太阳的房子。不然，人一辈子都会绿毛白花（方言，形容发霉了一样，上满长满了绿色、白色的菌霉。）他们要远离这种见不得光的地方。

他们夫妻出门打工了，这一走就坚持了很多年。当然，我能想的来外面的钱不好挣。靠双手劳动的农民，没有一技之长，只能出卖力气，赢得一点儿的微薄收入。可建材市场的那些东西，不断地在涨价，这些市场经济作用下的物价波动，并不会因为某个人而随意改变。

随着他们外出打工，家里的两个孩子，暂由他们的爷爷奶奶看。孩子的奶奶身体常年多病，动辄就有危险，具体病症不清，总归一句笼统的话：老年病。偶尔精神状态也不太好。对两个孩子的管教，重任落在他们爷爷的肩上。而他们的爷爷，已经六十岁的人了。苍老和岁月正在蚕食着他的身体。他不仅要务庄农，还要做饭，照顾孩子。其实，这也是农村现在很多人家的现状，青壮年外出务工，老人照看孩子，营务庄稼。

每次看见那两个孩子，我内心就不由地产生怜悯之情。我从他们的脸上，看到了我的童年，看到了他们父母的童年。我们这一代人，生活的时代与现在他们生活的条件差距太大了。我们那一代人持续念书，依靠读书改变命运的人太少了。很多人在求学的路上都夭折了，走上了打工之旅。而今天这样的现状似乎并没有改变多少，很多学生似乎依然在走这条路。整个念书的过程，仿佛一场持久战役，能坚持下来的，所剩无几。童年念书的时候，父母不在身边，缺少了必要的监督和呵护。教育疏于管理，学校尽人事知天命。我无法预料这两个孩子的将来，看到他们的现状，我只是在内心深处滋生了某种说不清的感情。

他们的未来让人担忧。

我曾经和他们父母谈过关于这两个孩子的教育问题。将来怎么办？难道继续重蹈覆辙，走他们当年的路？现在就这样混着，能念下书就念，念不下书，男娃早点问媳妇，女娃早点嫁人？

我的二姐观点是随他们去。似乎对我的各种疑问，并不怎么产生吃惊。可随他们去，意味着不管不顾。这种对待孩子教育的态度，是故乡人一贯的理念：能不能念好书，能不能改变命运，那是个人的命，任何人都强迫不了。所以在孩子念书的过程中，完全凭借个人的努力和坚持，内心稍微有所松懈，念书可能就会终结。而这些似乎与父母没有多少关系，他们更看重的是孩子能否自己坚持到底。甚至他们会用谁谁家的孩子，没有父母却能在那些同学里脱颖而出，最终成为一个摆脱命运的人来作比较。

他们的观点是现在要出去打工挣钱。因此，他们夫妻常年在外打工，挣死挣活为家里。不打工也不行，家里开销不够，加上这些年，她们做小生意赔了一些钱，都在催促着他们，出门去赚钱。钱成了横在他们面前的需求。工业时代里，办任何事情都要讲钱，没钱办不了事。挣钱也成为他们当前迫切解决的问题。

只有过年的时候，他们才回来，和孩子过一个年。

正月里，又开始联络各种关系，寻求新一年要去打工的地方。似乎这种打工的生涯，会一直伴随着他们毕生的精力。至于说，打了这些年的工，到底挣没挣下钱我从来不过问。但从孩子穿着，以及他们每年要出门的现实,可以看出他们实际上没挣多少钱。

我的二姐夫,初中毕业,而二姐只是小学毕业。他们的学历,他们的见识,早被这个时代甩出了几条街。在一个讲学历的国度,没学历的尴尬,不言自明。当大街上到处都是大中专院校毕业生,他们的处境就艰难了。城市需要的是知识型人才,他们充其量算作半文盲。能认识简单的字,不至于走进城市时,将男厕所误当成女厕所,或者不会将饭馆误认为是旅店。

在城市里,很显然难有他们的一席之地,他们能做什么呢?只能走向那些出卖力气的岗位,花自己一身的力气,换成一点有限的报酬。我的一个远方亲戚,和一伙人去了江苏打工,进工厂时需要签一份合同,可他不识字,连自己的名字都写不好,最终被刷了下来,只能从江苏坐火车赶到新疆去务瓜了。当然,即便是在城市里,也只能干最低端的工种,比如进厂子,或者干酒店服务和保洁,亦或是给人家当保姆。而今这当保姆看孩子,都有很多标准,一般的人也干不了。

当然,我作为弟弟也是在贫困边缘上挣扎,债台高筑的我,没有能力向他们伸出援手。谁的生活不是一片残碎?谁的人生不是充满艰难?深陷囹圄的我,泥菩萨过河。

所以,对他们的生活我只能表示遗憾。最为牵挂的其实是两个外甥。我心里隐隐担忧着,我害怕他们,将来继续走他们父母的老路:成年后,各自结婚成家,生儿育女,出门打工,养育下一代。然后,如此反复,造成恶性循环。守着那一方土地,祖祖辈辈地刨挖。尽管农家的孩子要翻身,总得比别人要付出更多的努力,但求学似乎是最好走的一条路。如果这条路一旦堵死,那么,他们将来只能凭借力气换得生活的微薄报酬。

　　而今，这两个孩子放羊一般散养着。他们是留守儿童，他们的爷爷奶奶根本不在乎孩子念不念书，能不能好好念书。只要不到处惹是生非，只要身体健康就好。我也给他们的爷爷说要严加管教，可他们的爷爷说，根本管教不住，只能任由孩子去了，他们完全意识不到，要改变这种生活状态，首先应该改变扎根土地的命运。

　　而农家孩子改变命运的路只有一条，就是好好学习。依靠自己艰辛的求学之路，让整个家族告别原来的生产生活方式。偏偏这时候，整个农村处于一种厌学的情绪里。求学无用论，越来越多地得到了人们的认可。人们普遍认为那些念书的娃娃，没有几个能吃上轻省饭的，念了十几年书，最终还不是要回到这片土地上。既然那样，能识字，会简单的算术就可以了。

　　整个社会上，也因为大学毕业不再分配工作，只能自己找工作，而对上大学这件事产生了抵触心理。所以，农村里人就喜欢用这种实用主义作比较。我和几位农村里的老人谈过此事，他们的观点也如上所述。在他们眼中，那些上了大学的娃娃还不是一样，大学毕业了，出来还是给人打工。既然改变不了打工的命运，还不如不念，花那个冤枉钱干什么？上高中，上大学，几年下来得好一疙瘩钱。与其花那钱，不如早点给娃娃打问媳妇……

　　那些最近几年大学毕业的学生，在家乡这片地方没办法某一个好职业，无法自己养活自己，绝大多数都上了新疆。新疆是什么地方啊？距离故乡几千里路，去了那里意味着成为异乡人。

　　我常常看到的情况是这些已经打算在新疆定居的人，也都在过年的时候回家来，回到这片曾经生活过的土地，重温儿时的记忆。尽管他们将永久离开，可这里依然有割舍不下的乡愁。

　　有时候，我也和他们谈将来，但他们对自己未来的规划，也都忧患实多。很多人对离开故乡去异地生活，还是有排斥心理的。他们还戏说即便将来去世了，都回不到这地方，成为永远的孤魂野鬼。

求学无用论，弥漫在乡村里。

这些是故乡人对教育的认知。他们供孩子读书的目的，可能只有一个，那就是他们要孩子将来有个好前程，最好能在自己身边。他们想的可能并不远，现实中一个个鲜活的例子告诉他们，求学的目的不明确。即便是求了学，不一定吃一碗公家饭。在故乡人眼中，所谓成功就是要吃一碗公家饭。

我们这里的学区校长就曾坦言说，学生拿手机之事，屡禁不绝；谈对象之事，屡禁不绝；辍学之事，屡禁不绝；尤其是一些上了初中的学生，没有人监护，缺少自我约束力，在情窦初开的年纪，便走上了"谈情说爱"之路。

我经常看见我当年毕业后，在故乡这片地方当聘教师时教过的一些学生，已经为人父母，抱着孩子，在大街上转悠。他们本该在受教育的年代，过早的挤入到了成年人的队伍，然后就是生孩子，出门打工，送孩子上学，如果孩子不好好上学，就及早成家立业。我很难想象，时代在发展，我们这里的教育却在退步。当然，这种教育的退步，是各种原因形成的，若要论起来，几天几夜也争论不休，我们这里不再一个个列出具体缘由。

我只想就教育这件事，说一说自己的看法。念书在今天早已不像当年那样崇高了。念书的娃娃，最费钱。念下书了，还能谋个好职业，念不下书，就是白扔钱。似乎能否念下书，已经成了某种赌局。当然，还有一些迷信的成分在里面，能不能念好书，故乡人一直持着一种祖宗保佑的观念。谁家的孩子念书有出息，那就说明先人的祖坟好，占了地理优势；谁家的孩子念不进去书，那就说明祖坟里没有文曲星。即便是我们这一代人，也有不少人持此观点。供孩子念书成了尽义务，学好学坏与大人无关，只要尽了义务就好。要不然那受教育为啥叫"九年义务教育"。

当然，现在的故乡学校，也秉持着这种观点。所谓义务教育，就是让你在读书的年纪，有义务读书，至于读成哪种程度，学校并不管这些，家长也不在意这些，完成义务就好。学校当然更奇葩，义务教育阶段每个学生都建有电子档案，那种档案是电子管理，自动升学。没有复读的机会，从一年级到九年级，不出意外，九年就能完成。所以，整个乡村教育，处在完任务尽义务的氛围中，乡村教育能好到哪里去？

我的两个外甥以及那些孩子们，在这种氛围中，接受着教育。外甥女，去年数学考了十几分，倒数第二名。我不知道这种结果这归结于谁？十几分的成绩，白白废掉了大半年早出晚归求学的辛苦，一百多天换来的结果，就是十几分的分数。

而外甥不好好吃饭，瘦成了猴状。每天都不见人，在河坝里或者麦地里转着。我总是在人街卜能碰见他。每次见他，衣服穿的肮肮脏脏。两只脸蛋上沾着鼻痂，"高原红"的脸蛋，仿佛经受了烈火烤。当我问起他们的学习情况时，他们总是低着头不说话，好像犯了多大错误。我偶尔也翻看他们的作业本，里面许多地方都空着，并不是密密麻麻的字眼。

他们的父母偶尔打电话来，询问孩子的学习，但也仅仅是询问而已。他们的爷爷奶奶体弱多病，根本管不住这两个孩子。况且他们的文化程度也有限，根本适应不了现在教育教学的模式。许多老师已经开始利用微信群来布置作业了，他们的爷爷奶奶，根本不会玩智能手机，利用手机为孩子辅导作业成了天方夜谭，他们已经被时代踢出局。

最让我担心的是外甥，他七岁，竟然拿着根竹竿，天天在河坝边上钓鱼。我曾在燕子河坝边上，不止一次看见逃课的他。每次我都拦下了他，把他赶回家。

然而，我拦住的机会毕竟很少，听他爷爷说，这孩子不进门，整天泡在河坝里。即便是发暴洪，他也依旧往河边跑。我给他爷爷说过几次，还让不听话了就捶打。

他爷爷却说管不住，随他去。的确是这样，管不住，因为腿在孩子身上长着，想去哪里就去哪里，总不能时时刻刻跟在孩子后面吧？这是他们爷爷对我的疑问做出的回答。这里面还存在着一个安全隐患的问题，因为总往河边跑，谁能保证每一次都是安全的？

孩子的爷爷奶奶只负责孩子的建康，这是唯一目的。其他事情也就无暇顾及了。家里还有那么多农活，地里还有庄稼需要人去收拾。当然，有时候，健康他们都不能保证。去年外甥女突发感冒，不懂轻重的她爷爷，带着孩子吊了几天瓶子，仍然不见好。等我偶然间去他们家时，孩子已经处于昏迷状态，脸色惨白。我顿感情况不妙，马上联系卫生院的车，并第一时间送到了县医院。在县医院里检查完毕，县医院以无法治疗为由，拒不接受，要求我们转院。于是，马上又转到了天水。等到了市医院，孩子的双肺全部感染，在ICU里四十八小时。这时候，他们都父母都远在千里之外，一时半会儿赶不回来。我只能陪着到天水看病。

大夫告诉我，如果再迟来一会儿，这个孩子就没命了。说的我心里忐忑不安。我在重症监护室整整坐了一夜。看着心电图仪上，各种检测数据"滴滴"响着，我便如打了鸡血一样，不敢有丝毫的懈怠。二姐二姐夫相继回来，我才离开医院回来。他们在医院里住了十几天，等孩子康复后才出院。这次住院花了一万多块钱，可他们在外面两三个月的工资，才能抵得上孩子一次生病的花销。

没过多久，他们夫妻二人又外出打工去了，孩子依然由他们的爷爷奶奶看着。看着两个孩子，看着路上奔驰的各种车辆，我的心里总是心惊肉跳。

两个外甥的学业，我看不到任何希望。我曾劝过他的父母，挣一座金山，不够一个败家子败。养出一个出息娃娃，能挣回一座金山。可他们说不挣钱，马上就面临着各种问题，一家人得吃喝拉撒，花钱的地方多着呢。至于说孩子的学习，就那样吧。

2.结　婚

腊月里，我去故乡的另一个村子里走访亲戚，当我到那个村里时，村里正在举行着一场婚事。音响劲爆，人声鼎沸。

我路过这家人门口时，遇到了他们村的李支书，李支书和我当年是同学，我就停住脚，和他说一些琐碎的话。从他的话里面，我知道了眼前结婚的人，刚刚成年。而他的老婆，过完年也就成年了。

村里的李支书说起这事，总是嘻嘻笑着。他说："而今的这娃娃，做的事你想都想不到！"然而我却震惊万分。这个结婚的孩子，在我当年做校聘教师时，还是我的学生。在李支书嘴里我"想象不来的事情"，其实是指这个孩子在外面上学时，与一个女孩子好上了，两个懵懂的孩子，偷吃了禁果，结果女孩子怀孕了。在女孩子家人的强烈控诉下，他们两个孩子只能结束学业，回家结婚。因为女孩子的肚子里，一个新生的生命正在成长。

生活正在不断地发生着变化。没想到短短几年过去，他竟然结婚了。十七八岁的年纪，正是读书的时间。他却提前进入到成年人的队列中。

当年，这个孩子在我当校聘教师时，带过两年，属于聪明贪玩型的学生。在我的课堂上，总是很乖巧，也不捣蛋，但在其他老师的课堂上，就没有那么规矩了。

我们这帮老师私底下谈论的内容，还是学生的学习，这就和老百姓谈哪里赚钱一个道理。我棍棒拿上，他学习成绩就上去了。我放松管理，他就不学了。他属于那种必须经常盯着，才能好好学习的学生。他是自我约束能力较差的人，但自我能力约束较差的人，往往脑袋都比一般人快半拍。在我代课的那几年，他经常出现在我的视野里。个子高，身板也健壮，是他们那个年龄段，长得比较壮实的学生。当时我面对着这帮故乡的孩子，就把他们当成了自家的孩子一样，管教自然比较严厉。我教的是英语，但他们的底子太差，我接手那些班级时，很多学生连最简单的二十六个英文字母都不会写全。

但就是因为我管教太严厉，当时有很多家长都找到学校里面来，给我找麻烦，嫌我把他们的孩子敲打太重了。我当时就很气愤，五百元一个月的工资，让我锐气很受挫，尤其是这些家长们不理解，只顾护犊子，让人由衷地对教育教学失去信心。

但面对着那些孩子，我依然没办法让自己"慈祥"起来，任由孩子们放了羊。我一如既往地严加管教。有一段时间，我成了大家背后指指点点的人。甚至有的家长直接找到我家里，给我父母说，让我不要把孩子管太严，也不要揍他们。我的父母不止一次给我说过这件事，但这更加催生了我要管教好他们的决心，我可不会轻易向现实妥协。好在这样的结果也是预料之中的事情。期末考试时，我带的两个班，英语成绩及格率80%以上，100分的学生也好多个，这打破了故乡小学校英语成绩一直上不去的难题，当时的校长，还说要奖励我一番，最终也不了了之。当然，那时候，我在乎的不是奖励，而是我的努力终于有了某种回报。很多年后，我当年带过的几个学生，都考上了国家重点大学，我甚是欣慰。

我记得这个孩子的英语成绩实在不忍直视，用我们老师经常戏谑的一句话是：马尾提豆腐，根本就提不起来。他对英语的欠账太大了，许多最简单的东西都不会。但我并未放弃他，继续催促着他学习，那一年，期末考试时，他竟然也及格了。

后来，他升到初中，我也离开了乡村小学校另谋职业。我们自然也就疏远了。他以后的求学过程，我也不知道，甚至很难想象，这个需要人经常盯着，才能好好学习的学生，如果在以后任意一个老师的放松中，他都会"返回原状"。

时间再往后推移，我似乎就模糊了一些关于这个学生的记忆。偶尔我回故乡，也会看见他个子长了一大截，在那些学生里面走着。不过我们之间的师生情，似乎要单薄很多，我想这与我当年打过他有关系吧。他不认我这老师，甚至，以后见了面都是转过脸，好像自始至终都不曾认识。但我还是觉得他是我的学生。最后，初中三年毕业，考高中没考上，就自己联系了一个外面的学校去上学了。这也让我很欣慰，总之不管在哪里求学，都是为了更好的生活。

以后，他生活的地方不在故乡了，我也很少再会遇见他，他也必将进入自己新的生活。对于这样一种际遇，我仍然感觉到很欣慰。即便以后不会再见面，但只要他过得好，就胜过了一切。然而，我没想到的是，很多年后，当我再次回到故乡，听见的竟然是他结婚的消息。要不是这次偶然遇见，我还想着他应该是在上学。从李支书眨眨眼睛里，我能看得出来，李支书对这个事，也很难理解。因为李支书和我是同学，我向他打听了这个孩子相关的一些消息。李支书也说得含糊不清，有些事他也没办法弄明白。

我在网上查了查他上的这个学校，在西安是一家私立院校，主要是招技工的学校。我无法想象，他当年是怎么选中了这样一个学校。但很明显初中毕业时，他的中考成绩肯定不理想，高中没考上，只能选这样一个学费高，又不能保障的学校。

我猜测这或许是他第一次远离故乡，远离父母，去异地求学。这也是他第一次离开生活十几年的地方，到一个新的环境里生活。对社会的陌生感和恐惧感，也让他对这个大都市，既好奇又没有安全感。这样的情况下，他可能更多的要结识一些朋友，找一些能说的来话的人，这样才能逐渐安抚他惊慌的心灵。

我无法揣测他和现在的妻子是如何认识，又如何开始处对象的。十六七岁出门远行，本身就是一种冒险行动，况且这个孩子此前一直生活在农村，可能最远的地方，也就是去了县城。县城之外的地方，对他来说无疑是陌生的。让一个十几岁的少年，离开父母离开故乡，到一个陌生的地方去生活，陌生感与孤独感并存，会给他们带来很多困扰。这些东西在心智尚未成熟的少年心中，必然也会留下许多难以的痕迹。这种情况下，他们必然会找一些异性朋友，相互吸引，最终，可能会发展成恋爱对象，尽管对他们来说，恋爱可能仅仅是对对方的好奇而已。还有荷尔蒙作怪，以及对性的向往。

当然，这种外面的学校，虽然属于技工学校类型，却没办法与高中相比。高中管理严格，注重学习、求知和学业。高中时代也是一个人刚好成年的过程，但他却没有上高中，直接一步进入到了技工学校，这等于一步就跨进了大学的门。技工学校的目的，更多的是教给学生技能，希望在不久的将来，可以谋得一份好职业。但这里的管理，俨然已经与大学一样，少了很多的约束。同学们可以在完成学业的情况下，自由打发剩余时间。学校实行开放式管理，对还没有自我约束力的学生而言，可以让他们自由自在的生活，给了他很多便利，也给他们释放个性创造了一定条件。不过这也是个巨大陷阱，会让人误入歧途。

在这样的环境中求学，往往也为谈恋爱创造了条件。许多孩子都和他一样，从父母管教中，一下子进入到了一片大学校园。除了拥有了自由，还有对很多异性的向往。我虽然没办法想象他们的技工大学校园生活，但我也曾经上过大学，只是上大学的时候，比他们年纪要大一些。

他们这个年纪的孩子，自控能力不强，很多社会上的风气也会沾染。在我生活的县城，有一座中专就是这样。我经常在晚上锻炼，或者早上晨练，就曾不止一次在中专院校的那条路上走过，不断有男男女女的学生相拥着，说着悄悄话，毫不忌讳路上的行人。当我们走过他们身旁时，宛若刮过一阵风。有些女娃娃，大晚上，拎着一捆啤酒，几个人一伙，坐在河边上喝啤酒，嘻嘻哈哈笑着。我总是不能理解，这种状态如何好好学习？

当年，上大学时，我对路边上卿卿我我的情侣们的大胆，都大为震惊。我上大学时，已经成年，但对那些谈恋爱之事，还充满了羞涩和隐晦。没想到许多年后，我们这地方，也掀起了这股热潮。

我的这位学生也是这样的年纪上了技工学校。他们的处境应该和县城的那所中专的学生一样。他们到处游山玩水，谈恋爱成了一种风气，似乎他们那个年龄段不谈恋爱就不正常。形成这种风气的原因有很多，甚至有人用武断的言论说，技校的学生如何如何。我对这些言论充满着警惕，同时又觉得，技校的学生管理，的确太松范了。严于管理，给学生树立正确的人生观、恋爱观，才是学校的办法。学校是干什么的？很显然是是教书育人的，不是学生来处对象的。

也许会有人说，技校就这样。可是这种推辞的背后，也隐含着巨大的破坏力。我觉得教育的本质，是教会学生形成独立的人格。即便这个世界再如何变，人格的形成，总归是好事情，那是影响一个人一生的品质。但急功近利的学校教育观，就会教出急功近利的学生。

大概想来，我的这位学生上的技工学校应该也是这样。看到别的同学都谈对象，男男女女，进进出出，而自己却独身一人，这样难免尴尬，也难免觉得不如人。正是因为带着这些复杂的情绪，他可能也开始注意那些女同学。随即，他就注意到了一女同学，并试图靠近女同学。最终，两个人就恋爱了。两个人也进进出出，穿梭于校园之间。成为让人羡慕的校园里许多人谈对象的人里的一对，接受着大家的羡慕眼光。

他们怀着对爱情的向往，进入到了这种懵懂感情里，最终，他们对对方身体不断好奇，终于有一天，两个人偷吃了禁果，而且发现充满了妙不可言的感觉，从此一发不可收拾。

可是他们已经违背了当初去念书时的初心。

如果他们不是学生，不是为了求知识去上学，处个对象也无可厚非。但现实的残酷不断警告我们，不好好学习的结果，只有一个结果，那便是早早结束学业，进入社会，遭受社会的摔打和闷捶。就像一位作家说，人生就是不断挨锤的过程。只是在求学的年纪，过早地接受社会捶打，对他们来说多少有些不公。

我问李支书，他们恋爱的过程。李支书说，他也不懂，只是听村里人说，这个孩子，把女同学的肚子搞大了，学校通知家长去领人。

父母才知道这孩子谈了对象，并在性冲动下，和女同学睡到了一起。

这些概括的文字背后，忽略了两个孩子怎样的心灵变迁。他们的情感，他们的爱，他们遭受的孤独，遭受的社会冲击，包括性冲动，这些都没有人理解。在村里人的价值观里，这是不学好的表现。叫你去念书，却与女同学搞了对象，还不小心发生了性关系。这有悖于农村固有的传统观念。

但木已成舟。

女同学怀孕了，不能再上学。而这位把女同学肚子搞大的男同学要负责任，毕竟，女同学的肚子里怀着他的孩子。或许，说他们的怀孩子，有点太牵强，因为他们自己也是孩子，对怀孕这件事，他们完全处在一种懵的状态里，怎么就稀里糊涂成了孩儿爹妈了？怪只怪两个孩子对性充满了好奇，对爱充满了好奇，在这两种力量的作用下，他们在一起感受到了爱和性的甜蜜，却忽视了这种感情冲动的后果。

麻烦惹下了父母就得出面。其实，这问题也很好解决。两个孩子都那么小，完全可以通过做人流的方式，改变这种局面，而让两个孩子继续上学，毕竟，这是一个追求学历和知识的时代，没有知识意味着将来要在社会上吃苦。不过这种想法，也仅仅是我的一厢情愿而已。

他们选择了另一种方式。孩子的父母直接找到女方家里，商量对策。女方父母当时如何说的，我并不知悉。但我能想得出来，女方父母愤怒的眼神。是的，把孩子送学校是让其读书求知识的，却干了这不光彩的事情。我们常说不忘初心，送孩子进城的初心是什么呢？当然是求知识、学技能，改变一辈子在土地上刨挖的命运，改变一辈子出死力打工的命运。然而，这些念书的娃娃，已经忘了初心，在把持不了自己的年纪，犯下了需要一辈子来承担的错误。

后续的事情，都是村里人口口相传的。不知道经过了多少张嘴巴的加工，变成了各种意想不到的版本。我去亲戚家里时，也听他们说了一些，与李支书说的似乎有出入。

去掉那些类绘声绘色的部分，把核露出来：女方父母最后提出三十万元的彩礼钱，就把女儿嫁给他们家。这彩礼在故乡已然是天价了，这些年虽然有彩礼高的说法，但这彩礼也让故乡所有人瞠目结舌，似乎大家都在看这场戏如何收场。没承想这位同学的父亲早年间外出务工，不知道干的什么职业，总之攒下了一笔不菲的财富，他家里根本不缺这三十万。一切事情，就用这三十万一锤定音。

于是，一场本该用其他方式解决的问题，最后促成了两个孩子的婚姻。

那位学生的父亲，拿出了三十万，让儿子把这个怀了孕的女娃娃迎娶进门，成了自己的儿媳妇。当村里人说起这件事时，虽然对我的这个学生有些失望——毕竟他是为了读书才去西安。可一旦抛开读书这件事，就说他能将一个外省的女娃娃带回自己家里，给自己当成了媳妇，也是一件光彩的事情。他们都觉得我的这位学生有本事，十七八岁就把媳妇娶进门了，少了父母的操心。在故乡不经过父母操心，直接把女娃娃领进门的人，等于完成了一件大事，因为任何时候婚姻都是一个人一生中少有的几件大事之一。那些没本事的娃娃，礼品拿上到处提亲，几斤茶叶被踩踏成粉末了，都领不回一个媳妇。

在故乡人的价值观里，那些能将外地的女子娶进门的男娃，都是攒劲（有本事）人。不管用什么方法，只要能将外地女娃娃领引进门就是本事。没本事的人才会说，不能领外地女娃娃呢！这些年，故乡的那些年轻人,也都陆陆续续带回来外地的女孩子,但大都时间不长就走了。故乡属于穷山圪崂,那些已经在城市里生活的女孩子,当然不愿意在这地方孤老一生。真正能死心塌地跟着故乡那些男孩子的外地女孩子,也绝大多数是因为这些故乡男孩子有一技之长,不会长久地在故乡生活下去,他们是乡村精英,迟早是要离开故乡的。

他们选择了用结婚这种方式,化解所有的问题。他们父母最终各自也都皆大欢喜。在中国这样一个国度里,结婚之事,最终要通过父母同意,不是谁想怎么样就能怎么样的?

于是,就在我去亲戚家的这一天,他们便举行了结婚仪式。据说,这事也成了村子里轰动一时的新闻。老人、妇女、男人们,都在谈论这件事。似乎这件事值得所有人茶余饭后,津津有味地咀嚼一番。我想这些新闻的背后,应该是那三十万的彩礼,和我的这个学生把女娃娃肚子弄大了的这两个点,成了村子里的新闻,而并非结婚这件事成了新闻。

他们结婚的现场,我并没有去。我害怕那种场面,我害怕见到那双眼睛。那是我的学生啊!我能想的来,腊月里打工的个人都回来了。那场面肯定很宏大,所有人脸上喜形于色。门上贴满了喜联,音响里播放着最时髦的歌曲,年轻人正在玩着纸牌,抽着烟,喝着酒。在众人的千呼万唤中,一对新人走出门来,在众人的拥护下,举行了结婚仪式。

当我从亲戚家出来时,已经是下午时刻,我准备往回走,在路上碰见了我的那个学生。这一次,他穿戴整齐,西装革履。他并没有装作不认识我,而是他热情地邀请我去他们家坐席。

当年那个蹲在墙角好动的学生,已经出落成了一个男人,看来还是社会教育人。那些躲在校园里的教育,不能从根本上改造一个人。我不好推辞，只能去了。院子里是帐篷，帐篷底下摆着八个桌子，也就是八口席。每个席上都坐着十里八乡的人，他们各种形态，宛如一幅中国农村的缩影。我被安排在了首席，和前来恭贺的那些老人坐在一起。

我给他们介绍我自己，他们对我一脸茫然，能记起的也仅仅是当年和我父亲一起干过活时的光景。听他们满嘴的羡慕之情，我竟然一点儿都高兴不起来。我不知道自己的这种毫无名状的不开心原因是什么，但自从我坐在那个席上，我就一点儿都不开心。没过多久，他引着父亲来敬酒，对我也很恭敬。我只能喝酒，并向他送去祝福。只是我内心充满了遗憾，这个孩子本应该能够改变一辈子出卖自己力气的命运，可这个突然而至的结婚，将一切都打乱了。

他的父亲对我的到来感到很高兴，感谢我当年那么努力教他的孩子成长。我从他的话语里，能感受到一位父亲的喜悦。我知道许多话到这时，就显得轻飘了。我们碰杯，说一些他不久就要当爷爷的话，他呵呵笑着，对我的恭维欣然接受。

吃完酒席，我要回去，他父亲微醉，非要送我，我也不好拒绝，只能和他从村里走着。他父亲一直把我从家里送到了村口。

路上，我就试图和他谈起了孩子结婚这件事。我甚至说了为什么非得要结婚，做了人流，让孩子继续念书不好吗？他父亲说："这个事情学校里也知道了，希望我们妥善处理，不要给学校带来影响。我们就咨询了女方父母的意见，女方父母还在气头上，说孩子已经成这样子了还念什么书？一个女孩子没结婚就怀孕了，名声已经坏了，即便是做了人流，将来要想嫁人，也有个不好的名声。我听来听去，女方父母的意思，这件事不能就此了结，即便是做人流，也得赔一大笔款项，毕竟女孩子的名声已经出去了。女方父母还说，他们那地方的人，都已经知道了这件事，他们很为难。最终，我就试探性地询问女方家长，能否将女孩子嫁给我儿子，这样所有的问题都解决了。女方父母商量了一下，觉得可以。但他们又考虑两家相距太远，这场亲事成了跨省的亲事。女方父母多少还是有些不舍，也有些不忍。"

总之，当他的父亲说起要给两个孩子结婚之事时，女方家里也在思谋着，这件事终究能成为什么样子。或许在女方看来，女儿嫁到了几千里之外，就等于失去了这个女儿，所以，女方父母在彩礼上，还是准备多要一些。当然，这些都是我的学生父亲自己猜测的。于是，他就差人开始给儿子定亲事。我问她为什么选择了将女孩子娶进门当儿媳妇，他的回答也是一个庄稼人的老道心里。他说当时按照女方家里意思，非得陪一笔不小的费用不可，而且孩子明显已经不能念书了。他就想着与其赔付一笔费用，不如直接娶进门，这样他们还多了个儿媳妇，不久还会有个孙子或者孙女。如果单纯地给人家赔钱，就是人财两空，有些得不偿失。

我就问他当时为什么要把孩子送出去读书，他说还不是让孩子将来有个好前程。

说到这里时，他的话语里充满了一种忧伤感觉，看得出来他也非常希望自己的儿子能够成材。我故意把他的父亲向我要表达的方面引导。但是他的父亲，总是一句话："还能怎么办？"

还能怎么办？事情已经成这样了。我也希望他能好好念书，将来和你一样，吃一碗轻省饭。可是人的命天注定。这些事情，我是没办法阻止的。他不好好念书，干了这种事。当我听到这个事的时候，也气个半死。可你再生气，也不能不管啊？这是我自己的娃娃，我不管，谁管啊？况且那女娃已经怀孕了。

哎！说来说去，这都是命。我能做的就是给他把媳妇娶进门，以后的日子，就得靠他自己了。

现在他还年纪小，就让去外面逛几年，挣钱不挣钱倒是其次，主要是让他进入社会历练一下。这人啊，只有进入社会以后，才能知道社会到底是个什么样子，也才能知道自己能干点啥。教会人成长的从来都不是学校，也不是父母，而是社会。

而今，我还年轻，还能帮着他挣几年钱，等我老了，他也该长大了。他会慢慢长大的，人都要经历这样的事情，只是迟早罢了。既然念不下书，早点结婚也是正事。最起码，少了我的一件大事，你都没见，现在问个媳妇，多么吃力。你看村上的那些娃娃，一年回来，不都是先打问没出嫁的女子，然后挨家挨户地走。咱们村，光棍还是挺多的，年龄大的光棍咱且不说，就说二十几岁到三十岁之间的，也有不少人。

现在也好，儿子结婚了，了却了我的一件大事，剩下的就是喂养孙子了。

他的父亲，顺从地接受了这件事。甚至有些得意，这解决了他为孩子到处提亲的难为情。

当我们走到村口时，他父亲和我热情地握手，并真诚地邀请我去他们家玩。我也爽快地答应了。

路上再一次遇见了李支书。我们重新说起了这个孩子，李支书就说："那孩子他爸这些年挣下大钱呢，不然怎么让孩子出去见世面，据说家里的存款有几十万。"

至于有没有存款我并不知道，我也不关心，我只是觉得他们自然地接受了这个事情，让我很震惊，也让我很惋惜。他们应该有更精彩的人生。两个初中毕业生，能在将来信息化的时代里，干点什么？

生活的琐碎，会让他们放弃学习的念头，和那些故乡的年轻人一样，年复一年，沿着毫无希望的打工之路继续前行。

后来我就听说他老婆生孩子了，是个女儿。我想我应该为他祝福，为他的孩子祝福。

大约是又一年初春的某一天，我再次游走于故乡的土地上，却意外地碰见了他的父亲。这次，他父亲并没有喝醉，而是扛着锄头准备去地里干活。我们打招呼，我就问起了他孩子一些情况。

他们（指儿子儿媳）现在啥都不懂。看似他们生下了一个娃娃，可他们根本不知道生娃娃是怎么回事。他们一天转着不进门，娃娃也不管，就知道耍，我们也不放心把娃娃给他们喂养。我得早上起来给他们把炕烧热，把水烧开。他妈给他们把饭碗端到跟前，他们才会吃。他们都是孩子，啥时候才能懂得做一个合格的父母呢？

现在书念不成了，就打工去吧，到外面转一转，看一看。

我也过完年就走，给孙子挣奶粉钱去，家里就交给他妈和他媳妇喂娃娃看门。有了孙女，也就不一样了，我得为孙女考虑了。儿子就让自己去踢腾，我们给他们喂娃娃。

我偶尔在街上碰见那个学生，依然是一脸的迷茫。他还是个孩子，却过早地做了父亲。他作为我的学生，我在心里面是期望他成材的。当然，当今的社会成材的方式有很多，并非只有念书这一条路，行行出状元。但没有知识，等于断了农户人家孩子最容易走的路。

我只是感慨，两个尚未懂事的少年，已经为人父母了。然而，这个世界的新奇，他们并未接触过。世界的发展，他们也不能很好地感受。或许，不久他们都将走向新的打工之旅，开始他们父辈最早延续的路，然后慢慢成熟，慢慢感受生活的不容易，懂得要供孩子上学。想到此处，我忽然感觉到了一种难过，为他们的青春难过。他们本该进入更高学府，接触最先进的文明。然而，这一切都随着那场婚礼，随着这个孩子的出生，画上了句号。

他们的人生需要依靠他们去改变，而这种改变却是异常艰难的。

过完年，我的那学生背了个挎包，打工去了。他也成为漂泊者中的一员，在异乡怀念着故乡的亲人，怀念着这故乡的土地。

3.苟家大叔

巷子口的"闲话中心"上，几个老汉在晒太阳。一群碎孩子，在路上跑过来跑过去，嘻嘻哈哈追逐着，散发出青春的活力。老汉们感叹着，满足地看着孩子们奔跑。当然，也羡慕他们的活力。很多年前，他们也这样追逐过，只是无情的岁月，把他们的骨骼老化了，再也跑不动了。

我就走近了闲话中心，一探究竟。我走近了一看，原来这地方坐着的老人们并不是单独坐着。他们在闲话中心边晒太阳边玩花花牌，故乡人称作硬纸牌，也说些各自想说的话。这些牌的中间，画上人物或花草图案，两头则有一些黑红两色的椭圆点，像盲文，这些点的多少代表了牌面的大小。因为这种"花花牌"不含数字，只要认识那些点，明白其中的含义，就能玩。即便是不识字的人也可以玩，所以，一度在中国西北农村广受欢迎。几个老人盘坐成一圈，用花花牌玩着怡情养性的游戏，用一块钱作为流转之资，来来回回玩着。他们这不叫赌博，只能称之为游戏。这种花花牌我却不会玩，只能看着他们出牌。

我饶有兴致地和他们坐在了一起，看着他们玩纸牌，听他们说那些久远的故事。刚开始时，他们不理我。本身这样的闲话中心，谁都可以来，却不是谁都能说话的。看似闲话中心，却截然不同地分出各种阶层的人。

但看了一会儿，我就给他们递烟又给他们打火。他们就把我也列入他们的队伍里。这种和他们心贴心的靠近，偶尔也能得到很多意外的消息。故乡人就这样，你要是不和他拉近心灵的距离，他们就能排斥你，藐视你，让你融不到那种圈子里去，更不会从他们的嘴里得出一些曾经村里的广为流传的往事。

我继续给他们递烟，和他们一起说一些村里的古今。张三爷猛地吸了一口烟，就说我给他的烟太绵，没有劲道感，于是几口吸完了我给他的烟，又端起了他的烟锅，抽了一瓶旱烟，才感觉来了精神。这时候他才说出了自己当年干活的时候的往事。他有点炫耀地说，他可是村里胖迷条（把山野里长得野竹子割回来，用水浸泡，用专门的镰刀将竹子剖开成四片，然后晒干，用来编织席片和背篓等工具）的一把好手，在那些年月里，创下过辉煌的成绩。胖迷条这个事，别看大家都干，但真正能干好的人，村里也没几个。

他们还回忆起了当时村里胖迷条手艺最好的人，他们都是那个人教会的这手艺，不过那个人已经谢世多年，他们说的这个人我完全没有印象。张三爷的话，把几个玩花花牌的老人，又拉回到了那个年代。人老了就容易追思往事，想念自己那些美好的回忆，他们叹息着这一手艺即将失传。

随即，他们说起了农业社，修梯田。我也偶尔插几句。我们就这样有一遭没一遭地谈论着,实际上我是想听一些他们年轻时候的趣事,只是他们能想起来的事情并不多。据说,他们生活的那个时代,有很多混乱。他们本能而地做着各种事情,就是要保护好自己和家人。

李青山大叔说,他现在老了,啥也干不到点子上,孩子们也都对他的很多做法看不惯,比如,孩子们让他歇着,不要上山去割蒿柴,用煤来烧炕,家里拉了那么多煤块,用也用不完。但是他根本就不想用煤块,原因是之前他在一个晚上,看着红着的煤块燃烧很美,觉得没有了烟,就没有灭火,结果半夜里煤烟中毒了,从那以后,他就再也不用煤了,他说柴草才养人呢。

诸如此类,东家长西家短。老人们就说了很多。

他们说着村里的孤寂,说着年轻时候的饭量和酒量,夸着彼此惊人的力气。也絮叨着老了之后,身体行动的不便。有几个老人还说,现在年纪大了,身上毛病多,惹得孩子们不乐意,他自己也心里委屈。所谓活着,其实也真正是活着罢了。唉唉叹息声不断,整个现场,就像一场忆苦思甜的批判大会。

我悄然听着,我知道他们平时没有合适的场合,倾诉心中积压的一些感情郁悒。好不容易坐到了一起,自然都要相互倒出积压胸中的情绪。而我作为一个听众,只能和他们一起感受他们往日生活的精彩,和已耄耋之年的不如人意。

这时候,苟家大叔的孙子,向我们扑了过来。孩子豁过我们,径直走到他爷爷身边,一只手伸着,嘟着嘴对苟家大叔说:"给钱,我要买雪糕!给钱,我要买雪糕!"苟家大叔矜持了一下,对着孩子说:"天天要钱,你以为你爷是摇钱树,摇一下,就掉钱啊?"很显然,孙子并不妥协。他继续说:"给钱,我要买雪糕!"苟家大叔也没有妥协,爷孙两个相互对峙着。所有人都停下谈话，看这对爷孙的对话。忆苦思甜过程中，猛然间闯入的这个孩子，打乱了所有人的思绪，即便是我也好奇地看着这对爷孙如何僵持下去。苟家大叔说："你咋不敢问你老子要钱，天天围着我转？"孩子嘟噜着嘴说："我就不问我爸要钱，就向你要钱！"

有几个老汉，给孩子出着主意："你爷爷兜里有钱呢，就是不给你。你不信了摸一摸你爷的裤兜。"孩子见几个老人都帮他说话，觉得有了势力。便伸手向苟家大叔的兜里掏钱。苟家大叔把孙子的手拨开，对孩子说："一点规矩都不讲，谁教你随便翻大人的兜？"

那孩子见苟家大叔不给钱，便扑上来，手脚并用，拍打着苟家大叔的身体，大声哭着要钱买雪糕。嘴里还叽里呱啦冒着听不懂的哭腔，一副不给钱就不罢休的样子。坐在墙角的苟家大叔，哪里招架的住这阵势，瞬间就怂了。大声说："好了，好了，给你钱，你是我爷。"我们就笑。旁边的老汉们喜形于色，似乎他们就期望这种结果，生活的孤寂和困顿，总是让人眉头不展，偶尔有个这样的"娱乐"，也算是慰藉一下自己。苟家大叔说："你们这些老家伙，不给教好样子，还鼓动着要钱。"

苟家大叔颤巍巍地从怀里掏出一个黑色布包。那布包是手工缝制，有一个白色小拉链。他熟练地拉开拉链，抽出一打票子。最大的一张是绿色的五十元纸币，里面包裹着几张十元五元一元的纸币，还有几张毛票。看样子加起来，也不够百元。

孙子两眼冒光，瞅着爷爷清点钱数。老人们又开起了玩笑："你看，你爷的钱多着呢，多要几张。"苟家大叔说："你们别抬举，天天要钱呢，再要是抬举起来，那还得了？"

他用食指舔了一下嘴巴，用有唾沫的指头扒拉着那一沓钱。

翻过五十元，十元，五元的票子，在那些一元的票子里数了数，抽出一张一元的纸币，递给孙子。孙子不走。苟家大叔说："给了钱，还不走？"孙子说："不够！"孩子的话斩钉截铁，不容置疑，似乎对于商店里的雪糕，他们分得清楚多少钱。苟家大叔又给了一元，那孩子才拿着钱跑了。

看着孩子远去，玩纸牌的人继续玩着。不过这次话题转了，由苟家大叔说起了养孩子的辛苦，所有人，都开始听他说。偶尔插一句玩笑话。

而今这娃娃难养地很，稍有不愿意，就整人。刚刚要钱的样子，你们也看到了。不给钱，就从我兜里掏？没大没小，一点规矩都不懂。这要在平时，我非得揍一顿不可，孩子不打，就不知道什么是规矩。今天人比较多，所以胆子也大。知道你们在，我不敢打他，越发地没治了。孙女儿大一些，没有这么麻缠，也听我们的话。给钱了，就拿上，不给钱，也不要。但这个孙子就不行，他要想达到的目的，我们要是满足不了，就和你纠缠下去，耍脾气。

他父母一年四季在外面，教育孩子的事情，就撂给我们。孩子的教育是个大问题，小时候不好好教育，长大了就无法无天了。我们小时候，哪敢在大人（长辈）面前放肆，一句话说不对都要挨一顿。而今这世道变了，咱也看不懂，不过这世道咋变，对娃娃的教育应该是一样的吧。可是我感觉现在的教育，不教孩子做人了。这就是问题，一个娃娃学习好不好，还在其次，在做人方面学完了，那他这一辈子就毁了。

你看村里那些半路上辍学的娃娃，哪一个好的？小时候管不好，长大了就成了害人精，不仅害别人，也会害自家人。有的还进了班房（监狱）。你们说生养下这样的娃娃有什么用，白费了大人一片心机。

前村那××家的孩子，不念书，整天在村子里游荡，我还听说，经常翻墙去偷人家的东西。可他们的父母也不管，常年在外打工，也不回来，任由孩子在家里放羊。家里就一个孩子婆，哪里管得住这样调皮的孩子？

几个老汉就附和，因为他们面对着同样的尴尬局面，年轻人外出务工，孩子留给他们。他们还只能接过教育孩子的任务。

我就好奇地问了苟家大叔，为什么不把孩子留给他父母，至少孩子在他父母身边，应该比在爷爷奶奶身边要听话的多。

苟家大叔点了根烟，继续说。

你问我他爸妈为啥不亲自管理孩子的教育？我也是这意思，孩子能由他们自己照看，最好不过了，可他们年年连个囫囵年都过不完，就走了。

哎！天天说着要挣钱，年年说着要挣钱。打了这些年的工，我也没见挣多少钱。每年倒是能给我寄回来一些，补贴家用。我也不问人家挣了多少钱，儿媳妇比较强势，我问得多了，儿子夹在中间也为难。

我一年到头吃喝全部都从地里种下了，也没啥花钱的地方。他们要愿意给，就给点，不愿意给，我也不要。儿子也三十多岁的人了，该到他当家的时候了。据村里和他们一起打工的人说，钱倒是没少挣，只是不攒钱，挣一分花两分，全在外面逍遥自在了。三十几岁的人了，应该为自己和孩子的将来打算了，老人说，人无远虑，必有近忧。可现在的年轻人，根本不远虑，有一分花一分，有两分花两分，根本不知道家里还有老人孩子。

其实，管不管我们，都是其次，我和老阿婆一年到头，能在土地上刨挖，自己养活自己还是没问题的，可是这两个孩子不能再耽搁了。我的意思是孩子的教育问题，还得他们自己抓，我这老眼昏花的，根本不懂。也不识字，当了一辈子的睁眼瞎，娃娃到底作业做了没有，我也不明白，一问作业情况，孩子就说做了。我也看不懂，密密麻麻的那些字，看着就头晕。

可他爸妈说村里的孩子都这样，爷爷奶奶看着。人家的孩子都由爷爷奶奶看着，我们不给他们看孩子，他们会多想的。

我们也不好再说什么？我再说的多了，儿媳妇会觉得我们老两口不愿意给他们看孩子，惹得人家不愿意。可这样把孩子留给我们，孩子的教育我就担心。他们的父母都是小学毕业，也就仅仅认得简单的汉字，其实和文盲是差不多的。我听说，现在大城市里厕所的门牌都是用英文写的，你说我们哪里知道英文？可他们却不长记性，自己打工时那么艰难，现在却不知道好好供孩子念书。难道让孩子步他的后尘？

可他们说，孩子现在还小，先让在学校里混着。他们现在的任务是攒点钱，因为没钱也不行，啥都得要钱，所以，必须出去挣钱。我也说不过人家，他们总是有理由。既然他们放心把孩子留给我，那我就看着吧，反正我一个字也不认识，孩子学好学坏我也不知道，这些我也给他们说过。可他爸他妈过完年，依然拍拍屁股就走了，也没说给我留几个钱，就把孩子丢给了我们。这一家大小，还得花销。

这娃娃现在也惯下了坏习惯。天天要钱，每天上学早上走的时候，要一元钱拿上。不然，就不去学校。中午放学去接，还得一元钱。下午也是。光这些，一天就得三个元，一个月下来，也就差不多一百元钱。

有时候，我自己兜里揣几个元，都舍不得花，全孝敬了孙子。而今这社会上，也把娃娃教瞎了，娃娃们也都看样样，别人家的娃娃怎么样，他就得怎么样。就说吃早饭这事情，家里他婆做的早餐不吃，就要吃学校门口买的饼子，原因是别人家的孩子都在学校门口买。到了教室吃饭时，发现不一样都不行。买个早餐都看样子。一早上一个饼子，一颗鸡蛋，一杯米汤。现在的娃娃把福享尽了。我和老阿婆早上罐罐茶吃馍馍，一辈子也就这样过来了，也没什么不好。

别的花销不说，光这一项开支，都数目大得很。我算了一下，这个娃娃，每天花销大概在十元左右。一个月二十二天上学，就二百多，一年下来，也就两千多元。我自己都花不了那么多钱，为了省钱，我每年称二斤烟叶，一年就下来了。他爸他妈也不知道一年赚多少钱，回来也不给我们说，走的时候，有时候给家里放一点，有时候不放。他们每年寄回来的钱，除了一家人头疼感冒看病之外，基本上都花在了两个孩子身上。家里的开支全靠我到处干零活，挣一点。咱们庄农户人，种地要花钱，买化肥要花钱。这年头花钱的地方太多了。

去年两口子挣的钱，没给我说多少，只是告诉我，存成了定期，我也不问。问挣了多少钱，儿媳妇会觉得我们探听他们的底细。因为存了定期，也没有给我们钱。只是过年的时候，给了我和老阿婆一人二百元钱，我没要，给孙子孙女一人二百。

我是不要他们钱的，只要他们自己别亏待自己就行了。他们说存成定期，打算在城里买房子。我也没办法阻止了。我想存不存定期也与我没有关系，有没有钱也是他们自己的事情，买不买房其实我也不会去住。我已经活了这么大岁数，啥都看透了，哪里都没有咱这山乡圪崂里好。我也不靠他们，我一年种点庄稼，吃喝不愁了。偶尔也给人家干点活，能挣点零用钱，家里的开销够了。

我算了一下一家子的花钱，基本上都在两个孩子身上。

现在这娃娃念书，太费钱了。虽说是啥义务教育阶段所有学杂费都免了，由国家承担。但即便是书费不要钱，其他方面也到处是用钱的地方。如买作业本，早上吃早餐，平时还要这要那。净是花钱的地方。还有那些复习资料，要自己买。现在的学校也都精得很，原来复习资料都是学校订的，我们只掏钱，也省事。后来听说新闻上报道了，老师和学校利用这种买复习资料赚钱，书店都给学校和老师有提成。这样的事情，被弄成了新闻，学校就不让学生订复习资料了，而是指定一个书店，指定一个复习资料，让学生自己去书店里买。这样看起来就与学校和老师没有关系了，可这不过是变了一种形式的购买复习资料，我们不知道老师和学校拿了人家的提成没有，反正这种换汤不换药的做法，只能糊弄老百姓了。这样反而麻烦了，每年开学，都得给班车捎钱让给孩子买复习资料。还不如直接学校里订好复习资料，我们直接掏钱容易得多。这样绕了一大圈，最后还得自己掏钱买复习资料。说来说去，还是老百姓好糊弄。

当然了，复习资料只是很多花销里的一项。逢集的时候，不带两个孩子去逛集市还不行，非得跟着去逛。跟着去集市上转一圈，就要买水果，买冰糖葫芦，能花一疙瘩钱。

唱戏的时候，还要给买新衣服，不买就要脾气。特别是看到别人家的娃娃，都穿着新衣服，就会问我们为什么不给他们买？咱也不是舍不得那几个钱，谁都希望自家的娃娃打扮得漂漂亮亮的。咱们小时候，一件衣服怎么也得穿好几年，农村里人戏称"新三年旧三年，缝缝补补又三年"，咱不也把日子过过来了吗？现在，咱也不说孩子那么省，但也得知道一分钱来之不易，我们又不是摇钱树。家里两个娃娃的很多衣服，都只穿过一两次，就再没穿过，你说怎么节省？

而今，这些娃娃从小就喜欢攀比，啥都和人家比高低，父母也就跟着攀比，我觉得这很不好。娃娃好样样一个都没学下，坏样子一学一个准。有时候，马路上走着走着，看着同学买个啥，就要给他们也买个啥，不买就和你没完没了。

有一次我记得一个娃娃买了一包啥糖，在路上走着，边吃边吧唧嘴。孙子看到了，说是他的同学，就撒泼不走路，也要那糖。我也没买，可孙子就在大街上滚着不起来，衣服上全沾上了土。我看着路上走的人都在看我，我就给买了一包，马上就不哭了，吃着糖，高高兴兴和我一起去学校。娃娃还挺有孝心，给了我一颗，我塞嘴里一尝，我的天爷，那啥糖酸得要人命。我赶紧吐了。可娃娃却吃的津津有味。我想不来，那酸糖有啥吃的，牙齿都酸掉了。市场上，也是这样哄小孩子的东西太多了，碎脑娃娃自制力不好，看着好吃的好喝的好玩的，自然要。按我说，应该把这些生产哄娃娃吃喝的厂家都给关了，不让他们生产，我看他们能吃啥。就像那广告上说的，要从源头上切断才好呢。可这也仅仅是我自己的一厢情愿而已。那些厂子要是停了生产，他们自己吃风屙屁啊。

花钱的地方还多着呢！学校里有时候也要钱。去年说是买校服，要收钱。我们只能交钱，其他地方需要钱，咱还能拖一拖，就是村干部来催缴合作医疗和养老保险，我们也能拖几个月，但孩子的钱，一刻也拖不得，什么时候要，就得什么时候给。

当然，这些花销都是其次，人家说喂个猪娃也要花钱呢，何况那还是两个娃娃。不过，比起花的钱，娃娃的学习，就让人担忧了。学习学不好不说，做人也都成了问题。

现在的娃娃惹不起，你看看刚才，不给钱就打我。有时候不给钱，就在地上撒泼，滚着不走路，一身衣服，穿不了一天就得换下来。就这样子，我是管教不过来了。我也就那点本事。

去年，他爸回来参加家长会，被老师批评了。说我家的孙子平时上课贪玩，不但自己不学，还影响到其他同学。要我们注意，回家好好教育。

他爸回来就不乐意，言外之意是我们太惯着孩子了，以至于让孩子学坏了。儿子还给我说，让我不要疼惜孩子，该打就打，该骂就骂。不然孩子彻底学坏了。可我们怎么能打呢？他们生的娃娃，他们打，理所当然，我们才不打呢！我们打了，儿媳妇就不乐意。谁生的谁教育，那就合适的，隔代教育，就有问题。我们能做的，就是给他们把孩子看住，能按时上学，就已经不错了。

这孩子现在脾气大得很，只要不随着他的心意，就大发脾气。扔碟子摔碗，好像谁欠了他的。有时候，我真的气不过，想打一顿。但总是忍住了，打孩子，已经不是我这老汉干的事了。

去年有一次，吃饭吃到半中腰（中途），非要买个雪糕吃。那天我们正好干活去了，干了一天的活，骨头都散架了，他竟然要吃雪糕。我就没给钱，你们猜怎么着？竟然要脾气，把端着的一碗饭扔到地上，饭洒了，碗也破了。我实在气不过，打了一顿，其实也就屁股上拍了两下。可孙子反而折过身来，从我的手上狠狠咬了一口，我追出去，已经跑出了大门。晚上回来，用他奶奶的手机给他妈发视频说，我把他的屁股都打肿了。他妈妈就问了情况，还说得挺有理，他要吃雪糕，我没给钱，所以就和我有了矛盾。视频里儿媳妇虽然没有说什么，但我能想的来，肯定是不乐意。没过几天，儿媳妇就寄来了一千元钱，让给孩子们买吃喝。你说，我难不难？

我现在算是看明白了，而今的这娃娃，都精地很。他们好像明白我们老人与他们父母教育的观念不一样。或者说，觉得只有他们父母打他们，就是合适的，我们打就不合适。可有时候，儿子儿媳在家里时，也揍孩子，看着他们父母打，我心里也心疼。所以，我也不打了，学好学坏都是他们自己的孩子。我们能做的，就是照顾好娃娃的身体，确保两个娃娃都健健康康的。

教育的问题怎么办？教育的问题我也不会。那娃娃拿来的作业，我一个不会做。我们那时候念书时，哪里有现在学的那些知识。我看娃娃的作业，只能狗看宿宿（星星）一灿明。

今年过年的时候，我就让儿媳妇不要出门去了，在家看孩子。钱挣到啥时候是个头？可娃娃到了最需要人照看的时候，没有人照顾。就像老师开家长会时说的，孩子的教育要学校和家长一起努力才会有结果。我真害怕将来这两个孩子不成才，都学坏了，这亏欠，到时候还得我们老两口来背。按照我的意思儿媳妇不出门，安心在家看娃娃最好。孩子的教育折腾不起。可是儿媳妇说，待在家里没钱，执意要出门打工去。我也劝不听。

而今的这些事，都让打工打坏事了。原先在家里，不出门，一家人照样生活，现在却要年年出去打工。他们就喜欢打工的日子了。我还听说，明年两口子准备买个车。我就想着那车有什么用，咱又不是城里人，天天要开车？可如今，买车像赶时髦一样，那些年轻人出去挣一两年钱，省吃俭用，过年的时候都买车。你看光今年过年时，那马路上就停了多少车。

我还听说有的娃娃没挣下多少钱，就弄啥贷款买车，反正就是从银行里贷钱买车，然后一年又一年给银行里还钱，为了一个车，年年给银行里打工。你是没见这些买车的娃娃，有事情没事情，开着车去转一圈。好像给别人看自己买了车一样，有什么意思？那车只要一动，就要烧汽油，开着车实际上就是开着钱。好不容易挣点钱，图那个新鲜？原来村子里开始兴起买摩托车的时候，就是这样。现在，摩托车已经没人愿意骑了，都看上四个轮子的了。我听说那车买来，还得交啥保险，还有维修费，一年下来也得一疙瘩钱，即便是停下来不开，这些钱还必须得花，那不就是买了个消费品吗？真是想不通现在的娃娃们，到底在想什么。

咱们一辈子没坐过几回车，还不是活了一辈子？就这，倒也罢了。你看那路上的车祸，我看新闻，就心惊肉跳。开车绝对不是玩的，那实际上是把生命绑在了车上，稍有不注意，就有危险。可娃娃们图热闹，我看而今这买车的热潮，还没有真正兴起来，因为绝大多数人家是买不起车的，等到每家每户都能买起车时，估计农村里也就出现拥堵了。

我也劝说不听，随他们去了。总不能打一辈子工吧？这个家迟早要他们来当，我现在还活着，能看住门，能营务点庄稼，等着我死了，看他们靠谁去？

苟家大叔抽着纸烟。带着满是悲壮的口吻，表示对儿子儿媳的不理解，对孙子教育的担忧，以及对时下社会中的很多事情看不明白。

他不止一次地说道"而今"这个词，这个充满了时代性的词汇里，掩盖了他们这一代人的悲欢离合。其实，说白了就是看不懂今天眼花缭乱的社会现象。他是村里坚守土地的老人，是乡村保守老势力的代表，是没有见过外面精彩世界的时代落伍者……

当然，这也许是他众多性格当中的一面，但世间每个人，都是复杂的人，哪怕他是故乡的一个庄稼人，他们也有喜怒哀乐悲恐惊。比如，他不止一次地说到了孩子的教育问题，说出了自己对孩子们教育的担忧，希望孩子父母对教育多上心。他也说了打工不可持续性，话里话外透露着一种隐隐的担心，他觉得从故乡走出去的那些人，终究还是会回到这片土地上的。就像张炜的《古船》里描写的一样。我虽然无法预测这些已经走出去人的将来，但我能感受到苟家大叔心里需要弄明白社会发展的原因。虽然，他对时代里各种事情发生，表示难以理解，但他又对自己坚守土地，照看孩子这些欣然接受，性格上有些逆来顺受，不想与自己心里的某种坚守做抗争。这或许就是他们几十年的生活经验所得中庸之道罢了。

其他老人们也都各自说起了自己的不幸或者幸福。在认识上他们和苟家大叔差不多。或许这就是时代的力量，一层层年轻人走向世界，一批批老年人走向衰亡。只是现实条件我们没办法改变。

苟家大叔的孙子拿着一块雪糕，满嘴都沾着雪糕的斑痕，一副肮肮脏脏的样子。孙子边走边吃，一只舌头像灵活的蛇一样，在手握着的雪糕上舔来舔去。一块融化掉的雪糕，掉在了他胸前的白衬衫上，显得很扎眼。

苟家大叔说："你看，刚刚穿出来的衣服，成了啥样子了？唉……还不赶紧往回走着换衣服。"苟家大叔起身，拍了拍屁股上的土，牵着孩子往家里走去了。

4.王婶和孙子

大约七八年前，我大学毕业，在北京打工，成了千万北漂中的一员。整天也是朝八晚五。挤地铁，换公交成了我生活的常态。即便是这样的生活，在故乡人眼中我依然是在北京站住脚的人，我和那些去北京打工的故乡人还不一样。

也就是那时候，我除了上班之外，每个月我还有一项重要的工作，就是去北京的一个看守所，给一个孩子送生活用品。

那孩子是故乡一个婶子的孙子，小时候我见过，长大后，我就没有印象。我是在某次上班的途中，接到王婶的电话的。从此我就与那个孩子结下了不解之缘。王婶在电话里叙述了这件事的经过。那时候，电话费还收取国内漫游，即便这样，王婶也足足给我打了四十分钟电话。

当时，听她的口气，总是觉得这个孩子是冤枉的，我也不知道具体情况，只能把她的话都信以为真。根据孩子的奶奶，也就是王婶给我的叙述，我知道了这个孩子十七八岁，早早辍学，走上了打工之路。他在北京打工时，因自己二弟喜欢的一个女孩子跟别的男孩子在一起，二弟很生气，给他说了这件事，他便带领了一伙人去找男孩子算账。因为当时参与打架的人很多，大家一哄而上，冲向了那个挨打的男孩子，大家很解气地挥舞着拳脚。然而，这帮半大少年手里没轻重，众人一哄而上的结果，就是将男孩子打得太严重了。等他们发现情况不对时，男孩子已经奄奄一息了。此时有人报了警，众人都才跑了，只留下了那个奄奄一息的男孩子。

最终，男孩子没有得到及时救治而身亡。因为打架斗殴的当天，那些参与者都逃跑了，只有两个跑错路的同伴被抓住了。这两个被抓住的年轻人，在警方审讯的时候，说出了王婶的孙子，以及另外几个人。此时的王婶孙子，已经逃跑到了西藏，但用警察的话说，天网恢恢，疏而不漏。王婶的孙子终归还是被抓住了。因为案子没有了结，案发地又发生在北京。最终，王婶的孙子被带回了北京，关进了看守所。

听了王婶的叙述，我觉得，无论如何我都要去打听这个案子，探出一些消息来，好给王婶说。王婶既然这么信任我，我也不能敷衍了事。我就专门去了法院，询问了这件事。那时候的北京某法院，对于我这种前来窥探案情的人，都没有什么好感，他们送给我的是"无可奉告"四字。我又找到了那些法院门口的律师事务所，想请里面的律师给我分析分析具体情况。然而。当我走进律师事务所时，需要咨询的费用首先得交二百块。这样，人家才会让我进去。我就找到了一家律师事务所，交了二百块钱，人家这才让我进了门。当我把王婶给我说的情况说给律师听了以后，律师才拿出了几个厚厚的国家法典，挨个查找与案子相关的法律依据。

我虽然不懂法律，但我看得出来，这些人也都非学识渊博，他们整天抱着国家的法理书，打发我这样不懂情况的人。他查找了很多书，也没找到个所以然来。我也没有得到自己需要的案情分析。律师事务所的人还对我说，要是我想找他们摆平这个案子，只要出一笔钱，他们就见一下犯罪嫌疑人，了解询问的事情。

可我对这个案子的具体情况，也说不上个所以然，因为我也不是参与者。可能我听说的内容，已经是第几手转述的内容了，我只能作罢。出了律师事务所，我才有些后悔，白白花了那两百块的。律师给我说的这些，我自己都可以通过网络来解决这件事。我就问各自同学的渠道，打听这样的案子，还是无果。

后来，我又找了很多律师，那些大有口碑的律师我也见过几个。当我和他们说起这个案子时，他们关注是这个案子我能给他们多少钱，他们才会帮我分析，甚至帮我打这场官司。当然，他们也说了不一定能够打赢，毕竟这样的案子，已经致人死亡。我听到他们谈钱，我就知道自己没有那么多钱，请不动他们。

求不了别人，我只能自己去找答案。我甚至找到了受害者的家属，但他们听闻我的来意后，都表示出了不理解，既然我与这个孩子没有关系，充其量也只能算作同村人。他们说，我没有处理这件事的权利。他们还奉劝我不要参与，否则会给自己带来很多麻烦。这条本来通过商谈可以解决的路，被堵死了。

我只能不断探听着这个案子进展情况。然而，虽然前期我走了很多地方，问了很多知情人，他们绝大多数都是缄口不语。有一次，我在法院打问到了案子进展情况，法院工作人员说一切还得等到第一次开庭时，才能有结果，而且王婶的孙子那伙人，现在都被关着，外人根本没办法见到。我就将每次自己探听到的情况，一五一十告诉给王婶。

我也宽慰王婶，不要太熬煎了，一切都还没有定论。不过说这话的时候，我自己都是心虚的。后来，直到我觉得以我的能力，在北京根本无法探听到更多消息时，我就不主动去打听了。这个案子我自己前前后后跑了很多地方，收获的消息甚微，因为王婶的孙子在监狱里，根本没法联系他，不知道具体情况如何发展的。

后来，我就想即便是我没帮上什么忙，但总归应该去见一下王婶的孙子，哪怕这种见面的几乎概率不大。当然，这也是王婶所希望的，因为王婶在以后的日子里，总是希望我无论如何看看这个孩子。

第一次去探监，我还专门叫上了他的二弟。此时，他的二弟还在北京打工，我是从王婶那里得到他二弟的联络方式的。我想毕竟这件事起源于他的二弟，他大哥为了他，受了这么大委屈，他应该报以感恩，尽管他大哥处理这事情时，太过简单和草率了。但他的二弟很不情愿，我联络上他二弟时，他二弟就以各种借口不想去，但我却拿出了故乡"长辈"的口吻，教训了他二弟，他二弟硬着头皮来了，但也仅仅来了这一次，以后也就不接电话了。再后来，直接换了电话，我也联系不上人了。我问他奶奶，他奶奶也不知道他二弟去了哪里，从来也没有和家里联系过。

那天我们坐了地铁，转了公交，走到了很偏僻的地方，才找到了看守所。这一路而来，我都问了很多他二弟关于他们兄弟之间的事情，他二弟有的回答我一声，有的也不回答。我们到看守所时，看守所的探监人很多，我只能排队，从大早上出发，等排到我跟前时，已经十一点多了。我说了我要探监人的信息，他们帮我查了一下，确定王婶的孙子就在这个地方，但狱警很坚决的告诉我，这个人不能见。我当时就有些懵，但人家说不能见，我们总不能纠缠不清吧。我高高兴兴去了监狱，最终扑了个空，多少有些沮丧。但我也从里面探听到了一个消息，那就是探监的人虽然见不到监禁人员，但可以给监禁人员送些钱和生活用品。

我走的时候，把自己身上仅有的五百元钱，全部都留给了他。还从他二弟手里要了二百元钱。我还将这个事情告诉给了王婶，王婶就带着哭腔，希望我每个月能去给孩子送点钱，买些生活用品。需要说明的是，也是这次我和他的二弟，聊了他们兄弟之间的很多事情。因为排队，所以等着无聊。他二弟就给我说起了一些他们兄弟的故事，这在后文中会陆续讲到。

从那之后我就与这所看守所结下了不解之缘。以后，总会接到王婶的电话，让我给这个孩子送些东西，或者送点钱。

王婶和我在一个村，大概和我母亲年纪相差不多。她一辈子没出过门，根本想不来在北京看守所，去看望一个孩子是何种恐惧。她说她已经找不到可以帮助他的人了。她的儿子，也就是这孩子的父亲不管不问这件事，觉得这是孩子咎由自取。可她做不到不管不顾，毕竟是她的孙子。于是，她把这事托付给了我，希望我能够时常去看守所看看她的孙子。这是王婶的一种期盼，也是那时唯一能做的事。对于我而言，这件事似乎成了某种嘱托，我必须要去做。我总是在每个月的固定时间就提前预约，买一些生活用品，风尘仆仆去看守所，给王婶的孙子送去。

每次当我坐在公交车上，从最繁华的市区，走向逐渐萧条的郊区时，内心充满了焦虑。那个荒僻出的看守所，四周都是高墙，还有那些隐约能看见的电线，无不向外界透露着那里面的森严。看守所将外界与内部，泾渭分明地隔开，让你走近那个地方时，不由地内心会产生一种恐惧和紧张。

看守所的人永远伴着那副面孔，不苟言笑。我第一次去的时候，他们对我爱理不理，因为我自己完全不知道这个孩子的一切情况，只知道被关在那里。他们询问我什么，我一个问题也答不上来，我忽然觉得王婶给我说的那些关于他孙子的话里，有太多的泡沫成分。看守所的人看我一脸懵逼状，也就对我烦了。

尽管这样，随着去的次数不断增多，以后再去的时候，我对基本情况都摸清了。也就懂得了某种流程，不越过雷池一步。

当然，从内心上说我还是希望能够见那孩子一面。毕竟这种隔空给他送东西，搞得好像很隐蔽，我总是见不到人，我也总是被吊起了胃口。然而，看守所的人遗憾地告诉我，不能见，除非等到宣判，否则谁都不能见。看守所有规定，去送东西只需要将东西登记了，注明要送之人就行，根本看不到里面的情况。甚至有时候我就处于一种恍惚之中，我不知道自己送东西的人，到底收没收到东西？或者，我干脆觉得王婶的孙子就是一个虚构起来的人物，我只是给一个虚幻的人送东西。但我还是坚持去，我相信，那个孩子一定是收到了这些东西。每次给孩子送完生活用品和钱以后，我都第一时间给王婶打电话，告诉她我这次买了些什么。反正，每次买的生活用品都不一样。

和看守所的人打交道的过程中，他们也渐渐熟悉了我的身影，知道了我这个蚁族的任务。我曾不止一次，意图通过沟通，见那个孩子一面。最起码有个直观的印象，以便在给王婶回电话时，告诉他孩子还好。然而，看守所的人话语很少，总是拿出规定摇着头，表示无法达到我的目的。在监狱里遵守规章制度就显得更重要了，因为监狱是教育里面所关之人如何遵守法律和社会公德的地方。

我便在这种定期地探望中，希望那里面的孩子，能够坚强地活下去，毕竟他还小。在牢狱里好好改造，如果有减刑的希望最好，那样能早点出来。依旧可以生活得很好。虽然他为自己当初的年少无知犯下的错误，付出了惨痛代价。但人生不就是这样，充满了艰难曲折吗？

说来这孩子也挺可怜的。和他奶奶在不断通电话的过程中，我一点点的知道了他的身世命运。后来我还见到了他的两个弟弟。他们兄弟三个相依为命的生活细节，我则是从他二弟那里得知的。

最初听王婶叙说时，我甚至很难想象，这么一个人怎么会莫名其妙地走上了犯罪道路？有些事，我自己也想不通。但后来，随着我对他们兄弟关系的深入了解，我就知道了他其实尽了一个老大的职责，一个家长的职责，他像老鹰一样护着两个弟弟，不让他们受伤害，即便是自己遍体鳞伤也在所不辞。

我之所以这样多次去给他送生活物资，主要的原因，还是觉得他命运不济，过早就承担起了本不应该是他这个年龄段该承担的生活重担。

他自小就没了母亲。过早地过起了单亲家庭生活。父亲又是个醉鬼，常年不干正事，也不出去打工，整天钻在酒肉场合不知疲倦。一年三百六十日，醉酒能有三百日。他能在萧瑟的村庄里，准确探知谁家有酒喝。有时候他自己也独饮，举杯邀明月，对影成三人。他父亲清醒的时候不多，但清醒的时候，也都是怀念自己酒醉的时候。我也无法猜测这个人到底经历了怎样的生活磨难，以至于他对现实生活失去了信心，宁可在日日酒醉中醉生梦死，也不愿意面对这个现实世界？他父亲也因喝酒美名远播，十里八乡都知晓。乡亲们甚至戏称，只要看到村里摇头晃脑脚步不稳者，肯定是他父亲无疑。在他父亲喝酒的那些日子里，他似乎长大了，觉得家里他该当顶梁柱了。

后来，他父亲因为喝酒太多，最终酒精中毒而亡。据说，他父亲对酒没有挑剔，只要是国家生产瓶装的酒都喝。我王婶说，他父亲的病，与喝劣质酒有很大关系。到底有没有关系，我不知道，但近些年来，市场上的劣质酒的确很多，有些厂家明目张胆地勾兑酒，然后出售。农村人对这种有酒味的勾兑酒也很喜欢，一杯酒下肚后，才能安慰和麻木在现实社会中的困惑、困难，甚至不幸。

那个破烂的家里，他就成了撑起一片天的男人。他是家里的长子，早就在人世态炎凉中，看清了自己的处境。虽然从小有爷爷奶奶的照顾，但他也需要爱，而拥有爱的条件是自己先强大起来。我和他二弟后来说及他的一些遭遇时，他二弟觉得，他更希望被人爱。这一心理应该是小时候缺爱后，长大了就想有种弥补的冲动。他生命里缺少爱，而一旦缺爱就极度渴望得到爱。这种矛盾的心里，造就了他复杂的性格。

当然，他也更需要自立。因为活着比拥有爱更现实一些。他要在全村人的耻笑当中，带着一家人走向新生活，带着一家人活在人前头。这是他毕生的目标，虽然农村里这一目标对那些健全的人家不会太难。而他要做到这些，他得付出比数倍于他人的努力，才有可能摆脱原来生活的困境。

他很早就辍了学，开始到处给人干活。他二弟曾给我说过，念书的时候，他哥哥学习一直比他好，只是哥哥为了自己，主动放弃了学业。这种自我牺牲的精神，在农村非常常见。只是近些年来，国家发达了，才很少再有这样的情况了。

十六岁时，他就能给家里寄钱。他明白穷人家的孩子早当家，这是摆在眼前的事情。家里的还有两个弟弟，暂时由爷爷奶奶（王婶夫妇）照顾。那时候，他经常在附近处打工，挣一些零碎钱，供家里花销。因为指望不上父亲，所以，家里面他成了家长，而家长就得对家里成员负起责任来。他没有逃避，义无反顾肩挑起一家人的重担。他不敢走太远，两个弟弟成了他还惦念这个家唯一的理由。

还好，两个弟弟没有亏他。他们在故乡的学校上学，学习很好，总是名列前茅，每学年都能挣一些漂亮的大奖状，贴在自家的屋子墙上。他二弟给我说过，他和三弟的学习成绩，成了他哥哥引以为傲的事情，每次他在外面打工受了委屈时，就想到家里还有两个弟弟等着他供读念书。

他和弟弟们的感情非常深厚，也许是这种生活在这种环境中，他们相互取暖，相互依靠的结果。他二弟有一年参加全学校作文竞赛，写一生中最敬佩的人。弟弟写的人是他，得了一等奖。后来，他也读了那篇作文，写的都是兄弟三个一起的事情，但他依然很感动，当那作文被弟弟拿回家时，他内心波涛汹涌。这件事更加坚定了他的信念，他立誓要把弟弟们供出大学，让他吃一碗公家饭，用他的话说，弟弟有那个本事。

当然，这种兄弟相依为命的故事，好像只有电影里才会有。但就在他们身上发生了，所不同的是，电影里多了一些主人公主动冲破命运束缚，最终活成了一个人样。可现实生活中，他们的生活充满了琐碎和无可名状。虽然还有爷爷奶奶，但过早的痛失双亲，也给他们的内心深处留下了深深苦痛。家里母亲去世的早，父亲游手好闲，根本不管这些，孩子们像一群羊一样，散养着。后来，父亲撒手人寰，他们也成了村里最小的孤儿。也就是从那时候起，他觉得生活中所有的收获都得自己去争取。他过早地接受了生活的捶打，过早地见识了人间的冷暖。

其实，从某种意义上讲，这种家庭的孩子，内心是不健全的，他们缺少爱，缺少安全感。这也为他后来闯下大祸，埋下了伏笔。在他正需要培养心智的时候，就见识到了现实生活中的光明与黑暗。

我听王婶说，他从小自尊心极强，不喜欢看人脸色行事。

很多年后，我回到故乡再次见到王婶。再说起那些往事时，王婶还是坚持认为他这个孙子最有担当，而且绝不是那种唯唯诺诺之人，可惜的是这个孩子，走错了道路。

王婶说："那娃娃从小很懂事，十一二的时候，就陪着他爷爷耕地，撒化肥。都能独当一面了。人也心气高得很，干啥都不愿意看人脸色。他经常说，他爸不学好，他要做一个好人给大家看看。他不相信，他们家一辈子就翻不了身。"

后来，长到了十四五岁时，家里的一切活计都能干了。他还鼓励弟弟们好好学习，由他挣钱供弟弟念书。王婶说过一个细节，我记忆深刻。据说他十五岁那年的一天早上，他爷爷因为身体出现了毛病，不能给约定好的一人家去犁地，爷爷正为此事忧愁，这个孙子却为了减轻爷爷耕地的负担，竟然天不明就赶着牛去地里了。用了一早上，他就将二亩五分地全部耕完了。这可不是一般人能做到的，即便是成年男人，一早上用牛耕这么多地，村里也没几个人能做到。

这时候虽然家里不缺吃穿，但缺钱。钱这玩意儿，任何人都看起来缺，即便是那些百万富翁，也都缺钱。这时候，他就开始外出打工。但没有技术也没有学识，出门打工只有一条路，就是给人出卖力气，凭借惊人的力气，挣得廉价的报酬。

再后来，家里的开销大了，家里情况每况愈下。他就开始走向外面更远的地方，比如兰州，比如西安。

十七岁那年，他跟着村子里的年轻人上了深圳，准备在深圳闯荡一番。他听人说，深圳到处都是钱，只要人去深圳，随便干什么都能赚到钱，这对于他来说无疑是机会。但到了深圳后，残酷的现实，摆在了他面前。一个小学都没有毕业的人，能干什么呢？许多职业，都没办法选择。他开始找自己能干的事干。干过建筑，干过保安。最后又在酒店干服务员。服务员这职业，不需要学历，只要腿跑得勤快、嘴灵活，就能干好。这对于他来说，也不是难事。但这些都不是理想中的工作，最起码对他来说，这些地方挣钱都太慢了。虽然旱涝保收，但没有冒险精神，就没有绝对的大收入，这是他这些年在外面混的时候，自己得出的经验。所以那些暴发户，其实都是冒着险去干某一行业，然后就成功了。

最后，他跟着村里人去了北京，因为那时候北京工地上招小工，每天都有干不完的活，工资也是稳拿，只要肯出力气，有的是活干。这对他来说，也是一种很好的机遇。他就在北京工地上跟着别人干。他边干边学，一些基础性的工作，他也能顺手就学会。他手头慢慢有了钱，只是整个人也脱了一层皮，建筑业的残酷，就是要让你的身体适应建筑行业。他不怕这些，看着每个月都不一样的工资，他还是挺高兴的。

然而，这时候，他没有预料到的是逐渐长大的二弟，有了退学的念头。尤其是二弟上了初中以后，感情也丰富了起来，重新认识了周围的一切。二弟觉得自己这样学习，让大哥一个人担着一个家，对大哥来说不公平，也让自己的学习充满了坎坷，他没办法享受到别人能享受的条件，即便是学校里老师都看不起他，这让二弟心里不是滋味。于是二弟就生了辍学的心。

这个事情他刚开始不知道，后来，二弟的学习一滑再滑时，他才意识到问题的严重性。为了这件事，他专门从北京赶到了故乡。他们兄弟两个有过一次长时间谈话。那是一个盛夏的夜晚，他们坐在故乡的土坎儿上，看着夜晚的星空中，星星点点的。他们两个人都点上烟，稀稀拉拉扯出了很多往事。他们在一起笑，一起哭，一起回忆童年那些久远而难忘的往事。

最终，二弟表达出了自己的想法：二弟觉得念书没用——最起码对二弟自己来说，看不到任何希望。用二弟的话说，念书也是一场花钱的长跑，他注定会在这场长跑中垫底，与其这样不如不念书，另想其他办法。反正人这一辈子，不一定非得念书才能成才，三百六十行行行出状元。二弟还对他说，家里的情况也不允许他再念书而白白吃饭。那晚上在说到念书这件事情上时，都是二弟在说，他默默抽着烟，听着二弟说。也是那时候，他觉得二弟的确已经不是他印象中的那个小孩子了，他也有了自己对生活的打算，那些稀奇古怪的想法，他自己都很难理解。对此他没有更多的规劝，本身这样的事劝说已经没有意义，他看得出来二弟做这件事的想法，绝不是一天两天就有的，肯定是思考了很长时间了。以至于当他知道情况的时候，就应该意识到会是这种结果。

兄弟两个坐在地畔上，把他兜里的一盒劣质烟全部抽完，才往回走。不久，他就又上了北京，二弟也不念书了。家里交给了二弟，由二弟照看小弟，他这样也能放心一些。

二弟替他承接了家里的一切劳动，但年轻人总是没办法长时间在故乡待着。他们充满着活力，充满着要外出去闯荡一番的激情。二弟在家里坚持了半年后，就坚持不住了，给他打电话，表示自己要出门打工去。他也只能同意，他还害怕这个不念书了的弟弟，会在故乡惹出事端来。

二弟也开始打工。他想把二弟带在身边，毕竟那孩子还年纪小，待在身边他放心。但二弟跟着他干了几天后，嫌工地上的活太苦，坚持不干了。他又托朋友给二弟找了一个酒店服务生的工作。二弟就和他在一个城市生活，偶尔也一起吃个饭，但总是见面的时候很少。二弟进入社会这些年，抽烟喝酒，年轻人该有的习性都学会了。

家里只剩下了小弟，因为年纪尚小，在家里念书。*2011年我回故乡，暂时在学校任教*，他小弟，依然在学校念书，学习不错，我虽然没有给他带过课，但那些老师们都说那孩子学习好，将来一定会出人头地。

那时候，他已经被判刑了。

后来，我辞职了校聘教师，离开了那所小学后，就再也没有见过他的小弟。我在王婶的叙述中，知道了他的小弟在八年级时也辍学了。毕竟家里出现了这样的变故，谁也没法预料。

后来我想他的小弟本可以通过念书，去改变这一家人的境况。然而，随着大哥进了监狱，二哥不知所踪，随着爷爷奶奶年事不断升高，他的小弟也告别了读书这条最容易改变命运的路，走上了许许多多故乡人一直坚持的打工路。我不知道该为他们惋惜，还是为他们庆幸。

想到他们的大哥，那个还未经世事的孩子，要遭受十多年的牢狱生活，我内心就不能平静。这三个孩子，本该都念书，成长，和那些上大学的孩子一样，走向他们的生活新天地。然而，他们却走向了另一个极端。两个弟弟相继辍学，开始在北京打工。而他，也必须接受改造。

从某方面说他打架致人死亡这件事，从根本上改变了他们的生活轨迹，以及他两个弟弟的生活轨迹。或许，当年他坚持要二弟继续读书，而不是辍学，就没有这样的事情了。他自认为为了二弟，做到了一个大哥应该做到的事情（尽管这样的事，却违反了国家法律），可这个二弟，却并没有因此感激他，而是从此断了与故乡人的来往。有时候，王婶会说到他的二弟，王婶会说："这孩子咋这么没良心啊！老大是为了他才进的监狱，现在他却不管不顾家里了。"

有时候，我就想当年他们两个不去北京就好了。如果他们不去北京，去其他地方，甚至都能躲过这一劫。在以后的很多年中，我也把这归结于命运，我也相信了有些人命里终有那么几次坎儿，过不去，即便是我们自己，不也是这样吗？

从他进去，到最后被判，我一直都没有见过他。一年后，各种证据准备齐全，法院终于将案子提上日程。他因故意伤害罪，被判了十八年，判决结果通过快递的方式寄了回来。他在北京服刑了一段时间后，下放到了某处，我也忘却了。从那以后，我就再也没有去过看守所。但每次，路过北京，我脑海中都会闪现那些去看守所的日子。

王婶想通过我，用钱的方式，减轻孙子的刑罚的目的并没有实现。我也没有帮助到她。我庆幸地是，那孩子在北京被羁押时，我曾不止一次去看过他。

许多年后，当我再次回到故乡，再见两鬓斑白的王婶时，她已然皱纹纵横。我心里震撼极了，她年纪还不大，却那么衰老了。看着她两鬓斑白，看着她依旧守候着，也希望着的眼神，我似乎能想得到，这几年来，她除了劳作的艰辛，还有无人人理解的内心焦虑。在农村，许许多多的农村妇女，依然坚守着传统的那些"相夫教子""三纲五常"的人伦道德，在男人主宰一切的农村，没有场合让她们将自己的内心想法释放出来。她们隐忍地生活着，并最终走向人生的终点。可能她们内心的波澜，我们永远无法知晓。

当我再问起这三个孩子时。王婶似乎已经接受了这种结果，就希望大孙子能在服刑期间，好好表现，争取早点出来。他的二弟至今都没有消息。小弟在外面打工，很少回来。我跟着王婶进了他们家的房子。家里的一院房子，落满灰尘，院子里长出了一尺高的蒿草。老鼠们争前恐后地在屋子的每个角落奔窜着。王婶说，这几个孙子里，她最看重的就是大孙子了，希望他能听话服刑，争取早日能出来，如果出来了，还得娶妻生子，延续祖宗香火。

5.记忆中的学校

当我站在今天的故乡去观望，小时候念书的地方，已经消失不见了。因为拆迁，因为重建。原来的一切，已然不复存在。

但和我年纪相仿的这批人，或者比我年纪大的那些人，一定都不会忘记我们念书的地方。那一排排平房，那些泥泞的院子，还有教室宿舍前面的那些花园，院子里的松树，都成了难以磨灭的记忆。

如今原来的那些建筑早已拆除，在原址上盖起了新楼。院子用水泥硬化，院子周围，制成了栅栏，或者围墙。如果站在故乡四周任何山上，向下观望，学校，都成了最雄伟的建筑。那些高楼，似乎成了全乡最能代表某种身份的地方——至少，许多人都这样认为。

当我一次又一次沿着这片校园外墙走过时，儿时念书的情景，总是闪现在脑海中。我也仅仅能用记忆去寻找当初的校园了。

我儿时念书的小学，成了如今的中心幼儿园。彩色的墙，塑胶的院子，先进的幼儿园设施，都在昭示着这个时代的变化。建幼儿园时，填平了原来顺势越来越低的地基。

现在，幼儿园的院子和教室，处在一种水平的地域里。这里原来有六排平房教室，最前一排教室前是一个旗台，上面有根旗杆，每周到了周一或者周五，都要升降国旗。后来，在旗台前面，又建了两栋教室房，而今这两栋房子依然健在，似乎在纪念着这片土地一样，和乡文化站紧紧挨着。以后的五六年级，就设置在这些教室里。旗台东边是一个高埂塄，上面是年久失修的坪头寺。那斑驳的墙面，和它的年龄一样古老。

我只能凭着记忆，去恢复当年小学校的样子。我上学时，那六排旧房子，四排是很多年前的旧房，房子的年纪应该很大了，在我尚存的记忆里，它们就在那里了。最前面的两排的，是新修建的。旧房子里设置了一到四年级，最后两排新房子里，是五六年级的教室。我当年念书时，并没有六年级，所以我的小学毕业证上，是五年制。这种农村五年制的小学校，在那时候到处都是。

这里因地势依次降低，整个院子也呈一种倾斜度。六排房子虽然在同一个院子里，却高低错落，坐落前面的两排房子与最后一排的教室，地面差距在三四米之间。不过每栋教室都是独立的，教室前面是平坦的院子，也有水泥垒起来的乒乓球案。

挨着教室东边，是一片宽约四五米的通道，这条坡道是倾斜状，也只有从这条坡道上走下去，才能分出鳞次栉比的房屋。这条通道，是供学生和老师行走的通道，上面铺满了鹅卵石。鹅卵石，也随着依次下降的地基，成了坡道。我们小时候，就在鹅卵石上面踩踏过不少的脚印。挨着教室的外围面，是一道长长的围墙，围墙外面，就是通乡公路。这道围墙也是按照坡度来修建的。尽管学校和围墙只有一条通乡公路相隔，但已然隔开了两个世界。尤其是那些有逢集的日子里，围墙外面人流熙熙攘攘，围墙里面读书声不绝于耳。

靠着这片鹅卵石路再向右，是两个巨型花园，花园边上，用青砖垒砌着一圈围栏，圈住了花园与外界。花园里面植有各种花草，菊花、三叶草、马刺杆、蒲公英、荠荠菜。花园里，成了一个植物的世界，各类不同种类的植物，各自占得一席之地，并常年在里面滋根生芽。花园最中间，有些常年绿森森的松柏，生命力旺盛地向上生长着（后来修建幼儿园，花园被拆除，松柏被连根拔出，移栽到别的地方，有的已经死了，宛若一个干瘦的老人，正在经历着生命的凋零）。

花园的后面是一排老师的宿舍。有十八九间，长长的一排，从最南端的坪头寺庙后面，一直延伸到了小学厕所的位置。这一排教室的办公室，每个老师一间房。正中间，有一个套间，是校长室。

这所校长室先后换了好几个人。我上小学时，校长姓孔，勿吴村人，退休后回到了农村，继续参加劳动，如今身体依然健朗；后来换成刘姓校长，如今也退休在家；以后我上高中离开，听说校长换成了丰池村黎姓校长，当了时间不长不知何故又换了人。这次换成新庄孔姓校长，这位校长我接触过一次。那时候，我早早辍学的弟弟，和几个一起玩耍的孩子在学校围墙边玩，他们相互比赛扔着石子儿，打学校教室的玻璃，打碎了几片，这位孔姓校长，便将几个孩子扣在学校，通知家里去学校领人，顺便商谈赔偿之事。我作为"家长"也去学校。那些被扣住的孩子们说了经过，几个扔石子儿的孩子都说我弟弟没有扔，我就把弟弟领回来了。那是我第一次和他接触，以后也再没有接触过。据说，这位校长因常年喝酒，最终胃病复发，倒在了家里。再后来，就由我们村的张姓校长，接了孔姓校长位置后，干了很多年。

我在大学毕业后，去小学当校聘教师时，就是这位张姓校长。

我曾在这所小学校,有过两年的校聘教师生涯。我教学的时候,这里依然是小学校,老师们也都在这里生活着。

许多年前,我踩着那片石子路,绕过最泥泞的路段,在这里上完了小学。从这里进入到初中,又从漱山走出去。许多年后我却再次折回身来,成为这里的一名校聘教师。

当时,我为了方便教学,曾经请求校方给我一间宿舍,这样我就能很好地教学。最终,那位和我同村的张校长就给了我一间宿舍,我就是在这里,度过了自己两年的时光。和我做邻居的老师,是我小学的语文教师,庙山村人,我们做两年的搭档。后来,某一年过年的时候,忽然仙世了。

我继续在自己念书的学校里,给孩子们教课,偶尔也因为体罚学生,而被家长围追堵截。后来,我因为转行,离开了那座学校。从那以后,我也就对学校的很多事宜,了解甚少。只是偶尔会从那些当老师的朋友嘴里听说一些学校的人事。最终因为政策小学并入到漱山九年制学校,整个学校资源进行了大迁徙,把那些空房子留在了小学那片地方,那里就再也没有读书声传出来了。

2013年当我再次回来时,那里的旧教室,已经全部被拆除,一些挖掘机和推土机,正在轰隆作响着。我这才听说要在小学的位置上建立幼儿园,所以那些小学校的房子,必须全部拆除。我们念书的学校不复存在了。那些旧址也只能在一些怀念性的照片里找得见当年的影子。我们这一茬人的上学记忆,随着那轰隆的挖掘机和铲车的进入,也被深深地埋到了地下。

幼儿园开建后,原来的那些校舍全部被拆除,重新平地基。当然,那些黄土地下除了埋葬了旧学校,还埋葬了我们这一代人的小学记忆。

2013年的深秋，经过多日拆除，那些有着年月的旧房子，被夷为平地。整个拆迁的过程，一直持续到深秋。接着就开始挖地基，准备修建幼儿园工程。冬天，修建幼儿园的施工队，并没有停歇，一直干着。冬天，天气已经冷了，水泥都出现了冷冻。而故乡处于林区，其寒冷程度，可想而知。当时，施工的人，就用麦秆点着，烤那些浇筑的水泥墙面。

我一直在想，那种情况下，工程质量如何保证呢？虽有防冻设备，但数九寒天的干工程，总是有诸多的问题吧！现在的幼儿园，那些涂着各种色彩的外墙，墙面正在一片一片剥落，没有剥落的部分，那些裂了口的墙皮，看起来像个长满疤痕的苍老脸面，不容直视。

疤痕的二层教室里，白色的墙也在一层层剥落。楼上漏水情况严重。一旦到了雨季，常常都是外面下大雨，教室里下小雨。老师们用各种盆子，放在地上接落下的水珠，不至于让教室里成一片汪洋。室内的白色墙面上，因漏水被渗进来的污水，洇成了一道道肮脏的水渍印，像一行行流过脸庞的泪，在耻笑着或者讥讽着这个冬天修建的幼儿园。

当然，修建幼儿园的那一年不平静，冬天时，中学的两间活动板房，毫无征兆地在正月初六燃起了大火，点起了半间教室。当时我就在附近住着，火势烧起来的时候，我被惊醒。那一时刻，我什么都没有想，就想到了灭火。我叫了半村人进行扑火。甚至连当时在派出所任职的同学都叫起来了。事后，我在QQ空间里发了条信息：终于扑灭了。这也成了那位学区校长向我发难的"罪证"。在火扑灭后，他没有想着如何弥补防火短板，而是问我发这样一条信息的动机。最终，我被逼着删除了这条QQ空间的动态。我们也由此结怨。当许多天后，才查明这次火灾是因为线路老化导致的。但我和那位校长，自此结下梁子。很多年以后我才想明白，他之所以这样责难我，还是害怕着火这件事影响到他的仕途。他想着火这件事大事化小，小事化了。

而今，着火的地方已经建起四层宿舍楼，往日着火的痕迹被抹掉了。

小学校的历史从推土进入的那一刻，就成为了历史。然而，初中部也正在被时代的脚步所碾压。

当时的学校，初中部和小学部虽然分开办公，但总体上而言，是连在一起的。小学部老师宿舍的后面，有一个高塄。高塄上面就是初中部了。塄上东南面，是初中部的厕所。每年到了大风季节，那厕所的味道，就撒遍了小学，甚至蔓延到街上。至今，那个厕所，还在那里，继续使用着。有一年，下坪外号叫"油瓶"的孤寡老人（以讨要食物为生），去厕所里捡塑料瓶子，不小心掉进了粪池，等人发现时，人已经被淹死。好在他是弱势群众，即便是死了，村里也不会不管。据说，当时村里主持办了个简单葬礼，也算是入土为安了。不过，那段时间，晚上上厕所就成了某些女老师的心病，没办法一个人去上厕所，毕竟淹死了一个人，这情况，随着后来老师们不断地换人，才有了好转。

那时候的初中部，有两排房子。最前面的一排是老师的宿舍，后面就是教室。第一排和第二排房子之间，有一个用石块垒砌成的圆形小花园，上面是个旗台。四个教室初中的三个年级，就设置在里面。初一设两个班，初二初三各一个班。因为好多同学，上了初中以后，并不能坚持到初中毕业，他们上初中到中途就辍学了。

初一时全校可能有八九十个学生，到了初二可能就剩余六七十个，到初三时就剩余四五十个，几乎有一半以上学生就流失了。正如我前文所述，这种念书其实是一张持久战，能坚持下来的，都是好汉。学生这样流失的一个重要原因是人们外出打工的兴起，那时候，村里那些打工的年轻人，出门打一年工，挣钱不挣钱是其次，主要回家时会给自己置办一套行头，给人一种看起来混得不错的样子。那些学习不好，家庭条件相对弱一些的孩子，自然就动了要打工的念头。其实，那些年很多同学辍学，都是去外地打工了。还有极少数服了兵役，走上了另一条生活道路。最后能坚持到初三参加中考的人，就少得可怜了。因此，班级设置上是合理的，是符合实际的。

在教师宿舍前面的还有一片房子比较陈旧，是很多年前的遗留房子，用作学校的柴房。那时候，学校没有那么多经费，生活资料都要自给自足。比如取暖物资，做饭柴火，都得自己想办法。

我上学时，学校每学期都要组织全校师生去洗瓶沟背柴火。每个人一捆，可以是干柴火，也可以是劈开的湿柴。但我们总是在山上找那些已经干了的树枝，因为干树枝捆成柴，背在肩上比较轻，如果是现砍的湿柴，背起来就比较沉重，而从学校到背柴火的地方，有十几里山路，走起来很不容易。这样的活动，每学期两次。开学的时候一次，放假的时候又一次。这样，学生背回来的柴火，就够学校一学期烧火用。

作为农家孩子，所有人对背柴火的事情都很上心。这也是每学年唯一一次集体户外活动，比现在的夏令营，或者亲子活动要快乐得多。很多同学钻在山里面，都能发挥主动性，自己找柴火。许多家里有骡子的同学，就牵着骡子将自己的柴火捆绑在架子上，让骡子驮回来，他们自己就跟在骡子后面。那时候，我们对有骡子的同学羡慕至极。

这种背柴火的活动，老师也去，不过老师大多时候是组织者，他们在山路转一圈，最终清点人数后，就组织人员往回走。如果你站在远处看我们背柴火的队伍，一定是一长串，就像我们看到路上的蚂蚁搬运食物队伍一样。当然，绝大多数学生，都是自己背着一捆柴火往回走。大家相跟着，从洗瓶沟往回走，反正是一天时间，迟迟早早，大家都会将自己的柴火背到学校里。

后来，学校里还搞了个秤，每个学生背的柴火都要过秤，那气势和当年交公粮差不多。不过，学校也仅仅是象征性地称一下，不会刻意去要求谁背多少斤柴火才算合格。我们这些自小在山里长大的学生，对背柴火这件事，自然也会比一般学生做得要好一些，我们知道哪些柴火耐用，哪些柴火烧起来火光大，哪些柴火能够劈开。所以，在山里找柴火时，我们都尽可能地找这些柴火，把自己的柴火捆装点成一个方方正正一样长短的样子。我们的柴火捆背到学校里，也会被老师提前扣住，拿给他们使用了。这对于我们来说，也是一种荣耀，因为只有那些最好的柴火，老师才会留给自己。

当然，我们那时候参加的各种集体劳动的有很多。比如我们会给学校抬土块，或者在学校里种植的洋芋地里除草。书也要念，劳动更是必不可少。而劳动似乎成了和念书一样重要的事情，我不知道二十世纪知识青年上山下乡是怎样一种境遇，但我们念书的时候，劳动和念书一样普通。而今的念书，孩子们是不能给学校干活的，否则家长们都会群起而找学校的麻烦。

那时候，花里胡哨的东西很少，我们的事情只有一件那就是好好读书。老师的事情也很简单，就是教书育人。学校的风气很好，没那么多钩心斗角。那时候，因全乡就只有一所初中，石洞、大青、磨科等偏远村的学生，也都步行来下坪初中部上学。在那样艰难的条件下，很多家长还是将孩子送到了学校。可见那时候虽然家长们大多都是文盲，但对孩子识文断字这件事，也都是相当重视的。

还有一件趣事，值得一提。那是我初二时，学生太多，一个班根本容纳不下，只能分成两个班。但当时学校的条件有限，多年来初二只设立一个班，也就只有一间教室，根本容纳不下那么多人。

最终，校方多方协调，我们便被分到了三十人的小班上，在坪头寺内的东厢房里上课。谁能想到很多年前，坪头寺里传出过琅琅读书声，许多年后我们再次进入到了坪头寺。但坪头寺因为是佛教信仰之地，大门不可能为我们而开，好在寺院大门的侧面还有个小门，能容纳一个人进出。现在那个小门还在那里木头小门和门框都是原来的样子，看起来非常有时代感。

每次路过那个小门时，就能想起那段念书的青春岁月。那时候，我大小还是个"班干部"，我拿着坪头寺小门的钥匙，每天天不明我就得出门，到坪头寺把小门打开，如果去得迟了大家都会等着，我可受不了大家责备的眼神。那时候根本不知道什么是担当，却总是希望自己早点走，别让先到校的同学等着急了。尤其是冬天，我必须提前去把门打开，把火弄着。因为我们教室里没有电灯，只能凭借着外界的自然光照亮，当然，我们也会自备一个煤油灯盏，以防天气阴沉光线不好时使用。

那些年月里，总是充满了各种好奇，虽然那时年纪小，但我毫无例外地都是天麻麻亮就出发。天晴的时候，我会乘着月色走向学校，天阴时，我就自己拿着手电筒上路。这样到了学校天也就亮了。可冬天的时候，天亮的迟我总是天不明就出发，第一个到达坪头寺，把那开了门，进了院子我就紧张了。

坪头寺的正殿里，有各种佛菩萨的塑像，正殿外面的左右墙壁上，画着韦陀护法，还有一个凶神恶煞的护法，总是让心心生敬畏。

坪头寺有三道门，第二道门西边，栽植着一大片的竹子，风吹过竹影摇动，让我进到教室里就不敢再出门，一直要等到有其他人来，我才敢出教室门。总之，那些在坪头寺上学的时日子，在以后都成了难以磨灭的记忆。

当然，我们那一届是比较特殊的一届。等我们上了初三，上面拨款，重新修建了一排教室。，也就是而今修建宿舍楼的地方，有并排相连的六个教室。我们便从坪头寺内搬到新的教室里。以后，坪头寺内再也没有学生的影子了。而我们成了新世纪到来后，第一批也是最后一批进坪头寺念书的学生。这段经历是我们这一班学生独有的，这份怀念也应该属于我们独有。

新的教室修好后，整个校园里变成了三排房子。我们总在午后或者晚饭后，在操场上背书或追逐。

不过，我们那个时代的求学经历，相比现在而言显得艰苦了一些。学生除了给学校干活，还得把自己照顾好。尤其是做饭这件事，必须自己的饭自己做。出门上学意味着就要过独立自主的生活，不像今天的学生出门要钱，还要大人送到学校。当时，每人一个小锅炉，每天放学的第一件事，便是拢火，燃料是木柴。当然，主要原因还是没钱给我们花，即便是有钱，也没地方去吃饭。自己动手丰衣足食，也是父辈们交给我们的看家之法。

许多年后，岷县漳县发生了地震。批下来了好多项目，让原来成了危房的房子，都进行了维修加固。学校整体迁移到粮站所在地的新校址上。那里是全乡最宏伟的地方，学校、卫生院、派出所，都紧挨着，像弟兄一样。原来初中旧部，那三排教室，也全部拆除，变成了而今的四层楼房。当年旗台和教师宿舍的那一片地方，空出了一大片院子，两个现代化的篮球架子，有气无力地在院子里守候孤独。

　　这就是今天学校的变迁史。那些旧房子，那些老照片，那些还在的或者已故的老师，都只能留在记忆中。

　　时间如流，往日岁月一去不复返了。今天的学校已然不是我小时候念书的学校了。那时候没钱，老师们就自力更生，一样教学。我很怀念那个困难的时候，因为大家一样困难，谁比谁差不了多少，就像电影《牧马人》里说的一句话"我穷我光荣"。

　　而今，这一切都远去了，很多事在记忆深处沉淀。这些记忆也必定会随着我们这一代人的终结而画上句号。我所能记住的也只有这些文字，就让这些记忆，在文字中长存吧！

第六章　前途未卜的打工路

就物质生活而言，我的村庄就是世界；就精神生活而言，世界就是我的村庄。

——甘地

1.祁平的北漂生涯

祁平是三爷的儿子。论辈分是我的父辈，我叫"碎大"。他也就是我父亲这一辈人中，年纪最小的人。在故乡这里，人都有这种叫法。"大"就是"爸"的意思。这点和关中地区相差不大。当然，现在随着汉语标准化的普及，"大"这个词，也在消退，而今的小孩子，从咿咿呀呀学语开始，就已经用"爸爸"代替了"大"。或许，很多年后，就再也听不到这种亲切的叫声了。

有关祁平的一切，是在我成长的过程中，我不断地从奶奶、父亲的口中得知的。他们每次在我面前说起祁平时，都和我一样，充满了对他的钦佩之情。毕竟，这是最亲的人，这是共同流着祖宗血液的人。他的故事，在我的心里形成了某种遐想。

很多年来我一直很羡慕他，一个初中毕业的学生，竟然也能在北京趟出一条血路。当然，那对他来说，一定是一条血路，其中的困难和挣扎，远非我能想象。很多年前我也去过北京，在北京混迹了几年，一事无成，最终还是在北漂一族的大军中急流勇退，而他愣是靠着自己坚强的毅力，在那个让人向往的地方扎下了根。

我觉得他的身上充满了某种传奇色彩，因为奋斗本身就是一件极为传奇的事情，而现实生活中，很多人在奋斗的过程中，都急流勇退没有坚持到最后。毫不避讳地说，祁平应该是我们这一族人里，最有能力的人。也是迄今为止，唯一一个在北京定居的人。北京，那是什么地方？是首都啊！只是好多年，我都没见过他。我带着这种对他的钦佩，等待着我们的能够相遇。

在他们这一辈人中，弟兄几个命运多舛。他们弟兄的奋斗史，其实就是中国几十年的变迁史。

我父亲作为老大，在黄土地里刨挖了一辈子，依然没有刨挖出个所以然来，成为当代农民的典型。早些年也曾外出打工，挣得微薄收入，以持家用。而今，知天命的时候，他却过早丢下我们，去了那个叫极乐的世界。二叔算是有成就，有个一官半职，也算是彻底摆脱了农民的命运。在我小时候，奶奶总是说起二叔的许多事情，至今都历历在目。三叔，也是农民，和父亲一样，一辈子在土地上刨挖，最终没能摆脱这种命运。而今的三叔，常年有癫痫，不知道什么时候会发作，必须要有人在身边看着。老四，就是祁平，祁平还有个弟弟，叫祁猫。他们弟兄一辈，就是这五个人。

这是一个很奇特的现象。我太爷时代，很多事我是不知道的。我也只能听说，无可考究。到了我的爷爷辈，他们有弟兄四个，算是家里人庭比较旺盛的时代。四个儿子对任何一个家口而言，也都是值得骄傲的事情。他们大多出生在民国到解放这段时间，其中大爷还参加过很多战争。新中国建立，他们成了翻身的贫苦人，开始了自己一生坎坷的际遇。

以后，他们也就各自成家，接受生活的猛烈捶打。在他们的儿子中，两个是单传。这些单传的弟兄之间，却因为爷爷辈结婚生子的年纪不同，导致父辈们的年龄，并不是直线形排列。我的爷爷排行老二，却最早有子，生了我的父亲。我的父亲也就成了他们这一代人里面的老大。大爷一生无子女，很早的时候，大婆就对嫁在高河的自家妹妹指腹为子，这个人，就是我的二叔。三爷的儿子是祁平、祁猫，还有个嫁在岷县的女儿，也是我唯一的一个姑姑。四爷的儿子是三叔。这就是我父亲辈的几个堂弟兄姊妹了。

其实，从今天的角度来看，我们家族，从父辈这一代，就已人丁稀少了。

到了我们这一代，已经相隔三代。似乎这种已经有了三代的亲戚之间有意疏远了。尽管逢年过节都有来往，但仅限于来往，平时也很少联系。我父亲在世时，彼此之间经常走动。那时候我一直都在上学，甚至对亲戚这个字眼，很模糊很排斥。那时候，感觉到更多的是人间冷暖。因为我们家属于外来户，全村就我家一户，没有兄姊妹，我们曾经一度被村里的大家族欺凌霸辱。我记得小说《平凡的世界》里有这么一段话：人和人之间的友爱，并不在于是否是亲戚。是的，小时候，我们常常把亲戚这两字看得多么美好和重要。一旦长大成人，开始独立生活，我们便很快知道，亲戚关系常常是庸俗的；互相设法沾光，沾不上光就翻白眼；甚至你生活中最大的困难也常常是亲戚们造成的；生活同样会告诉你，亲戚往往不如朋友对你真诚。

当然，现在折回头来再看这段话，也有很多不合理之处。血亲之间，无论何时，都能在你最需要帮助的时候，帮你一把，不计报酬，不问缘由，这就是血亲。其实，一大家族人能够不断地如树枝一样向外蔓延时，虽然各自的枝节上重新长了绿叶，开了花，结了果，但最根部的东西，依然还是在地下。所以一个家族能否兴盛，取决于这个家族所有成员共同努力。我这里当然不说是宗族势力，而是一族人能够如何壮大发展。宋朝名相王旦，以其严谨的家风，影响了王氏以后一千多年，就是很好的例证。

家族里人与人之间的关系还是需要所有人共同去经营的，就像婚姻关系一样，经营好了自然也就成了牢不可摧的关系。我个人认为，家族人员之间要想破除隔膜化，最好的方法就是多走动。这些，都是父亲去世后我一点点真切的感受。

我们这一代，赶上了计划生育时代。然而，即便是这样，我们都有自己的兄弟姐妹，整个家族里的人，也都不再是单传了。三叔两个儿子，叫大顺、二顺，意为一生平平稳稳顺顺利利的意思。老大大顺是我们这代人里男丁中的老大，比我大两岁。大顺已经成家立业了，依然固守着三叔的老路，在土地上刨挖了许多年。

我和大顺曾经一起念书。当打工兴起时，他自然而然走向了打工之路，现在他成了村里外出务工者中的一员，常年外出，孩子由老婆照看。而老二二顺，我已经很多年没有见过了。他和我同岁，长得英勇帅气，奶奶小时候就说二顺是我们这茬人中最体面的人。我现在已然理记不清这个兄弟的长相了。他很多年都不回家，最早对他的记忆，还停留在小时候和他一起参与的一件打架事情。此后，再也没见过。

不过二顺也走上了打工之旅。听大顺说他在新疆，只是很多年不回来看看家人。我父亲生了我们弟兄两个，还有两个姐姐已经嫁人，弟弟也搬迁到新疆去了，故乡成了我一个人的故乡。二叔生了我堂弟一人，自小接受良好的教育，最终高分被北航录取，现在也成家立业了。碎大祁平，生了两个女儿。老大已经亭亭玉立，她在北京长大，一口标准的普通话，天然地隔开了我们之间的距离。这就是我们这一辈人，总数加起来不够十个人。然而，就是这个八九个人的堂弟兄姊妹，早已各奔东西。

故乡有句话说亲戚过了三辈就不亲了，也的确如此。随着彼此生活的差异，随着彼此居住环境的不同，那种血缘关系越来越远。唯一代表着这种关系的，就是我们都姓祁，有着同一个祖先，并在身体里流淌着祖先的血液。有时候，我就在想三爷给我说过要团结的那些话，似乎成了谶语，在揭示着这一族人的兴衰。

我们这代人已经不像父辈们一样，依然坚守土地。我们早就各过各的生活。若和父辈们一样坚守土地，还有个相互来往的事由。可我们已经离开土地。

尽管我们现在各过各，只有在家族里的重大事宜上，我们才会走动。但这又偏偏显示出了这族人独特的生命特征。他们不合群，独立，又进取。

在许多年后，我详细调查了我们这一族人后，得出了一个惊人的结论：我们这一族人，似乎有一个共同的特点，就是具有敢于和命运抗争到底的精神。我们认死理儿，我们做事认真，我们贫穷，但我们有尊严。当然，你也可以理解成一根筋。不管是父辈们，还是我们这一辈人，向来都是如此。三叔的儿子大顺脾气火爆，动辄就激愤。我也脾气火爆，不喜欢别人瞧不起。大顺说，他想搬迁到新疆，可而今的搬迁，都需要迁户口，他担心户口迁到新疆后，自己又后悔，所以也迟迟没有搬迁。二叔家的堂弟，我们交流很少，偶尔能从二叔二妈的口中得知他的一些情况，但仅此而已。

在我熟知的这几个人当中，隐隐可以窥得见家族血统的影响。我从未放弃过自己内心的渴望，不希望就此平平淡淡；大顺也希望改变现状；祁平一直坚持着自己的追求……

我们都在这个时代里抗争着。

今年过年时，大顺来家里拜年，祁平也来我家里拜年，我们父辈三人，煮着罐罐茶，坐了整整一下午。我们聊了很多，关于这族人，家里人的身体，孩子们的学习……过去与未来，家族与亲人，孩子与家庭，压力与渴望，追求与幸福……

因为从小对祁平的钦佩，和对他北京生活的好奇，我们又聊了许多关于他的话题。

今年我已经四十岁了。想想从第一次出门到现在，我已经在外面打了二十几年工。这二十几年，弹指一挥间。我都感受不到，人这一辈子，感觉不到就老了。当年，我走的时候你们还都是小孩子，而今也都成家立业了。其实，人这一辈子，看自己根本看不出年龄增长的痕迹，可是看下一辈人，一眼就能看到自己经历了多少岁月。

我给你们说说，我十几岁出门远行的事情吧。虽然过去了很多年，但有些事，似乎没办法忘记。后来，我就发现，每一次的经历，其实都是人生的一笔财富，一笔值得用一辈子去追忆的财富。不管这种经历中蕴含着怎样的委屈和痛苦，但过了，就融进血脉里了。他们像抗体一样，会在你抉择的时候，给你提供参考。这就是成长的经历。

我刚刚出门打工的时候，十几岁，现在，我的女儿都十几岁了。有时候，我就在想，人这一辈子快得很。你完全意识不到，自己就莫名其妙地老了。

我现在已经进入到中年人的队列里。甚至，正在向老年迈进。我现在最害怕的事情，就是闲下来。我感觉我已经忙习惯了，就像我爸一样。一旦闲下来，总是老想以前的事情。我知道这是衰老的表现，任何人都要走这一步。只是，我完全没有意识到，这一步我走地这么快。

　　我是十几岁上的北京，在完全朦胧的状态中，进入到了社会里。当时家里穷，念书要钱。那样困难的日子里，没多余的钱，也没个挣钱的地方。人穷就志短，所以只能辍学。而求学这条改变穷人的路，我十几岁正值风华正茂时，就被堵死了。

　　其实，按照我当时的学习成绩，完全可以考一个好中专，自己养活自己还是没有问题的。关键还是家里没钱，那时候我们家穷，也和你说的那样，家里人没本事，经常遭受那些大家族势力的欺辱。甚至有人还嘲笑我说，我就不是念书的材料。反正那话说的很难听，那时候，我就已经有了要活出个样来给这些嘲笑我的人看的决心。

　　既然书没办法念了，那就得另谋他法。当时出门打工的人还很少，大家都害怕出门去冒险。可我要走出去，因为在家里更看不到希望，只有走出去，才能有出路。

　　也是从那以后，我就没想过要再回来，既然决定离开，就义无反顾。当然，这种离开更多的理由是改变命运，我知道只有走出去，才能见识更广阔的天地。

　　我只能与家乡作别，尽管我在这里长大，这里留下了我贫穷而难忘的童年，这里有我的父母，这里还有我常常无法忘记的乡愁。但那时候，我依然决定，要离开这地方，我要去外面闯荡一番，哪怕就此灭亡，我也在所不惜。

　　按照当时人们固定的思维理念，如果不念书，就得结婚成家。我们那时候，十五六岁，就开始打问媳妇，结婚也都没有到法定年龄。但那时候，我心里总有些不甘心。我不能就这样再做一辈子的农民，我从我父亲身上，看到了做农民的可怕。如果我还按照原来故乡人的既定标准走我的人生路，那么将来，我所面对的也肯定是和父亲一样的命运。我不要这种命运，我要改变。

但依靠读书改变命运的途径已被堵死，我只能想其他办法。对于辍学之事，我当时心里堵着气，觉得父母没有努力把我供出来。但我现在也释然了。当时现实条件是家里穷，父亲供不起我上学。一分钱难倒英雄汉的年代，对于我们庄农户人家，保证一家人吃饱穿暖，已经是一件了不起的事情了，念书似乎成了一种奢侈。和我们那一辈人，最后坚持上学的人，基本上都有了一个好的归宿，最起码从我们的角度来看，人家过得很滋润。但当时家里太穷了，上不起学，父亲也不想供我上学。面对这样的现状，我必须选择一条属于自己的路。那时候，打工还是个新行业，外出打工，意味着冒险，故乡人很少走老远去打工。与其外出冒险（不一定能挣下钱），还不如守着土地，只要勤劳，土地是不会亏人的。土地依然是人们赖以生存的根本，吃喝拉撒，都来自土地，他们不敢脱离土地。外出务工万一挣不下钱，家里又苦（种）不下粮食，一家人或许就要吞糠咽菜。所以，故乡好多人，宁可守着土地，也不出门。

但我那时候想得开，父母都在，身体健康，我出去即便是一分钱不挣，回家也有一碗热乎饭吃。这也是我敢于出去的原因。如果家里没有父母，我是不敢去冒险的。什么时候，家里都是依靠，是外面受伤了，家里就是疗养的栖息地。

就是在这种情况下，我背着一个黄挎包，就出门了。

你可以想象一下，对于一个十几岁的少年，我是在完全没有家庭支撑的条件下（家里能给我的，就是省出来的几十个元），大着胆去了北京。反正我什么也没有，也不怕得失。那时候，去北京，要走好几天，不像现在，当天就能到，我们坐的火车很慢，上面人也很多。我好不容易才跌跌撞撞，从天水到达了北京。

当我第一次到北京时，仿佛一个乡巴佬进入到天堂了。九十年代的故乡贫困程度，你们应该记得，啥都没有，大家也都是各过各的日子。我所能想象到的，也仅仅是县城那样的地方。可到了北京一看，人家那才是真正的大城市。不出来都不知道自己是井底之蛙了。当然，现在很多城市都是高楼林立，也看不出城市与城市有多大差距。就像现在的县城，看起来也很不错，啥都有了。但这一切，对于我来说，只能用大开眼界来形容。

在朦朦胧胧中，我对眼前的这个世界，充满了震惊。我也是从这里，看到了世界的发展。然而，尽管北京很繁华，很前卫，但北京不是我所想象的理想国，而且当时我完全没有打工经验，对城市里的一切既好奇又陌生，既向往又胆怯，我总是不敢迈出"那一步"。

那段时间，我干着最卖力的活，拿着最便宜的工资，开始了我向往的北京生涯。尽管那时候，北京这座城市的阶层没有现在分化严重，可我依然感受到了无法融入这座城市的难过。尤其是在知识上，我与那时候的北京人，形成了鲜明的断代。

我觉得那时候的我，每天起来都面对着两个选择，撑下去或者打道回府。这种抉择让我每天都很纠结，撑下去自己很痛苦，打道回府自己更痛苦，出门这条路是自己选择的。最终，我还是撑了下去，我不想再回到那个小山村，过着天人合一的日子。

当世界的脚步正在大跨步向前时，我们的家乡，依然是一副悠然自得的样子。甚至，那时候的村干部，身上还带着二十世纪七八十年代的风气，这让我很不爽。凭什么要让他们这样耀武扬威？

最早在北京的那些年，我一直像个孤魂野鬼一样到处飘着。我完全看不到自己的希望在哪里，我不知道自己该干点什么。那种迷茫感，应该每个在北京飘过的人都有过吧。可迷茫归迷茫，日子还得过，工资还得挣，不然生活马上就会出现断顿。那时候，北京有许多机会，我都没抓住。怪只怪当年读书太少。后来，我几乎将各个行道都干了一遍。但仍然不知道自己干点什么。那种焦虑，就和现在大学毕业到处找工作无果一个道理。

最后，我学了一笨招，看别人干什么，我就干什么。看别人在大学开书店，生意还不错，我就倒腾各种书籍，回收各种书籍。我在大学开过书店，但自己开了书店，才知道那一分一厘钱的辛苦；看别人卖光碟效益好，我也卖过光碟；走过天桥，看那些买小零件的人生意好，就在天桥底下和天桥上面摆过地摊……这只是一种没有方向的生计，仅仅是为了生存而努力，最终却也只能为了生存颠簸。我甚至都不如那些在地下通道里唱歌的流浪歌手。囊中羞涩，干着干着，我就发现自己还是跟在别人屁股后面跑，这样永远不会有出息。那时候，大家说创新，可怎么了才算创新？最后我就发现，所谓创新，其实，就是掌握最新的知识，用知识改变命运，才是这个时代最根本的道路。于是，我就用自己挣来的钱，参加各种培训班，学习各种知识。

那时，电视上天天说互联网，我们参加培训的老师，也说互联网是影响时代的东西，以后互联网一定成为影响全国人民的东西。虽然我还不是很明白这个互联网到底有什么神奇的作用，竟然能有这么大功效。但我也觉得，一个全新的时代就要来临。于是，我就开始学习电脑。所谓学电脑，其实就是接触电脑。那时候，电脑这东西，还都是时新玩意儿，我清楚地记得电视里说上海先有了网吧。后来，北京也有了。

可我对电脑知识一窍不通，市面上也少有电脑的相关书籍，一切都是新的。我就找那些培训机构，从头学起。仅学电脑，我就花了好几千元的学费。那时的几千元钱，可不是小数目。我得挣好长一段时间，才能挣回来那些钱。我原成想买一台电脑，可那时候，电脑还是个新奇的东西，死贵死贵的，根本买不起。许多时候，在参加了培训班后，我都是到网吧去，花几块钱，学一阵打字，也学简单的office办公软件。

其实最初，我只是报了班，参加了计算机基础培训，掌握了计算机的一些基本知识和技能。接着，我又开始学简单的Photoshop办公软件。现在想来，这些技能的获得，也为我后来的职业生涯打下了基础。

不过，遗憾的是，当年虽然接触上了互联网这东西，却没有一个引路的人，全是靠着自己瞎折腾弄得，如果当时选定一门一直学下去，可能现在也会有点成就。这些也与当时的生活环境有关系，我常常是一边学习，一边打工，挣点钱就学习，钱不多了，继续挣钱。属于半工半读的情况。但也就是这种情况下，我那些年根本没有挣下钱，也很少给家里寄钱。

后来，我还开过摄影棚，专门给人和动物照相。但还是不挣钱，自己挣的钱，也都买了设备，打了水漂。这时候，我已经二十几岁了，虽然在北京混着，但家里人还是担心着我的终身大事。

后来家里人给我物色了一个和我同龄的女子，想给我说成媳妇，不曾想那女子他爸嫌我家里穷，还说我们家有穷根，把女儿嫁给我就是把女儿推进了火坑。我当时听父亲说了这话，就像被人狠狠地搧了几巴掌。我想，我家是穷，祖辈几代人都很穷，但人穷志气不能短。这是门缝里看人，把人看扁了。这话仿佛紧箍咒，在以后很多年里，时刻提醒着我，让我不要忘了这种耻辱。也就是从那时候起，我决定，活出个样来给这家人看看，我并不是他们说的那种人。在北京混的那些年，我每次心里打退堂鼓的时候，就有那个说我家穷的声音，在耳边回荡。这是一剂强心针，又是捶打我前行的鞭子。

这件事过去了不长时间，我就把自己的那些设备都出售了。我想着，我应该找一份正经的工作，坚持干下去，这样东一榔头西一棒槌终究不是个办法，自己辛苦弄点钱，全部都垫了底了。这种自己不熟悉的行业，极容易造成各种失误。

我要找突破，找适合自己的职业。但在职位很多的北京，找一份自己称心如意的工作，还是有相当大的困难。我一天干几份工作，把每天的时间排得满满的，每天像打了鸡血一样，干完这又接着干那。晚上还要参加培训，可以说，我把赚来的钱，全部都花在了培训上。那时候，自己干的就是体力活，挣死挣活靠力气吃饭，工资也高不到哪里去。每天早出晚归，晚上回来时，感觉浑身像散架了一样难受。

这种日子必须改变，这种状态不改变，以后的人生会更悲惨，尤其是在日新月异的北京，或许一晚上，整个北京人的视野就变了。信息太快，科技太发达。而作为初中毕业的我，要在这样一个地方立足，摆在眼前的路只有一条，那就是学习。可我不能进入学校去学习，虽然那时候，已经有了自考等各种渠道，提升人的学历，但我没有时间也没精力。

摆在我面前的求学之路，只能是半工半读。我必须一边挣钱一边学习，这样才不会被饿死。边工边读就注定了不可能进入像大学一样的地方，系统地学习某种知识。我只能挑最实用的技能学习。这样能短时间内掌握一种技能，可以用来糊口。而半工半学的途径，就是参加各种培训班。当然，这种学习与在学校的学习相比，就是培训费昂贵。我那时候就想，人在年轻时候少走的弯路，必然会在人生的某个阶段会重新走回来。少年时代没有好好学习，等到进入社会后，才要花更大代价来换取知识。

我必须在眼前不断变化的世界里，给自己找一个精准的定位，这时候，我发现室内设计很吃香，我就决定试一试。但那时候，我对这一行业还不甚了解，也只是看了一些图书，身边也有几个人正在搞这个东西，我认识的室内设计还仅仅只有皮毛。CAD构图对我来说，简直就是天书，太复杂。可每次到了打退堂鼓的时候，那种被人嘲笑的耻辱感，就油然而生。我既然选择了这条艰难的路，再难，我都要走下去。这是我当时自己对自己说的话，其实现在想来，很多时候我们的对手不是别人，恰恰就是我们自己，只有那个奋斗的自己打败气馁自己，我才能成功。

学了一段时间，我慢慢对这个东西摸出了一些门道，构图、分析、计算，选择最佳方案……自己对室内设计也有了新的认识。这时候，我就想起来毛主席的几句诗词："世上无难事，只要肯登攀。"当然，这是个专业性很强的行业，需要很丰富的知识来支撑。我感觉很吃力，但还是坚持着。这时候，那些花钱培训的知识，起到了很大作用。念书的时候知识是最廉价的财富，进入社会你就会发现，任何知识的掌握都需要高昂的费用，哪怕是人生的一些见识，都需要付出惨痛的代价来实现。

学了这个东西后，慢慢就融入这个行业了，自己也开始接活。设计这东西，除了按照人家的意愿设计出图纸，还要加入自己的理解。构图才能让自己和别人满意。创新不再是一个概念，而是实实在在的一种行动。

我算是早期接触这个东西的，许多设计，都是按照自己多年的经验累积。其实，任何行业里面，都注重经验这种事，否则像我这种学历的人，在北京根本没办法混下去。这要求术业有专攻了。

我钻进了设计这个行业里，就整天苦思冥想，整天设计这样那样的图纸。反正就是不断地尝试，并在各种尝试中，获取一定的幸福感。我不知你们写作的人，有没有这种感觉。但对我们这些搞设计的人来说，只要设计出一款自己喜欢的，那也非常有成就感的。

我就是这样，见识了业界的一些大佬们的作品，不断向他们取经。正是点滴积累的过程中，我设计出了很多风格各异的作品。

后来，也就进入到了这个圈子里，还在行业里也小有名气。也正是基于这一点，我这个初中毕业生，才能和那些硕士、本科的大学生一样拥有共同的平台。

　　你都不知道，现在我们单位招录的都是985、211本科或者硕士毕业生，一般人的人是进不来的。不过，现在，我也能和那些大学生一样，在同一栋大楼里工作。甚至，比那些刚刚入职的名牌大学毕业的学生还受老板的青睐，这一切的都是我自学的结果。在北京，一个人都不认识，没有人愿意帮你一把的时候，你就得自己帮自己。靠不住别人的时候，也只能靠自己。没有靠山的时候，靠山就是自己。但我先辍学打工，再边打工边求学的过程，何其艰难，你都很难想象，让你一个不懂英语、很少接触英文的人，天天面对着那些编程，是多么煎熬。

　　没想到，自从与设计这个东西接触上后，我竟然十多年一直在和这个东西打交道，并以此为基础，逐渐在北京立住了脚。我也不再为了谋一份糊口的工资而煎熬。应该说，这一切的艰难成长，都是自己年轻时候不断学习和不随波逐流的结果。没有那些孜孜不倦的学习，就没有今天我的这份职业。而今，不论我自己走到哪里，都能依靠这个养活一家人，尽管我已经不再年轻，尽管在设计这条路上，还有许多的尚未可知，需要亟待开发和研究。但我已然不害怕这一切了，现在的我，已经不是当年迷茫的我了。不过我干了十多年的设计，其他行业也干不了，只能在设计是个行业里生存。

　　后来，我和你碎妈（祁平的老婆）认识了，交往了一段，两个人彼此也说得来，就将婚姻之事提上议程。但结婚是两个家庭的事情，不是两个人的事情，这点你肯定懂。我们也常常在电视剧里看到两个人不顾家庭独自结婚的，但在我们这里行不通。婚姻这事情是人生的大事，必须要给双方父母通气，得到许可之后，我们才能确定关系。虽不像封建社会八聘六礼，但"父母之命、媒妁之言"不能少。否则，就有悖故乡风俗习惯。

　　于是，我们在回家过年的时候，将这事情给彼此父母说了，好在双方家里的四个大人，也都基本同意。接下来就是邀请媒人上门提亲，六礼之周这种形式还是要走一走。这是规矩，这是体现一个地方对婚姻的重视。那些需要走的形式，一样都不能少，这还涉及两家人的面子问题，面子是形式，却不能没有。这时候，形式就是内容，走好了形式，就完好了内容。

与其说我们走进了婚姻的礼堂，毋宁说是婚姻让我们走到了一起。要不是恰巧到了那个年纪，恰巧遇上了那么个人，婚姻还不知道在哪里设立殿堂。缘分这东西就像一双看不见的魔力之手，总是为我们安排着人生的每一个条道路。我们农村里人，把这东西叫作命，而且都很信命。但我总有一种与命运抗争的力量在内心聚集。哈哈，我不善于抒情，却说了这么多没用的废话。

我记得我结婚时，借了一些账。不多，也就几千元钱，但那时，几千元钱，就能压死人。我天天想着如何还上这些账。那年头，大家手头都不宽裕，借给你钱是信任你，你得时刻提醒着自己，还欠着别人的钱，只有自己有钱了，就得赶紧把欠别人的钱还上，人家借你钱是帮你。不像我们现在有的人欠了钱，明明自己有钱，也不还欠账。我觉得这是人品问题，这样的人只适合打一次交道。这也是社会问题，许多人都被这种风气带坏了。你看我，说着说着就说远了。

结完婚，我们就继续上了北京。我十几年奋斗的回忆在那里，我追求的目标在那里。我必须要回到北京去，而不是因为结婚，就对现实妥协，然后在故乡过起乡村夫妇的生活。那样，我可能没有多少熬煎，在故乡慢慢变成一个农民，凭借自己的双手，修一院漂亮房子，买个小汽车，过上村里人认为的好日子。这并不艰难，可如果这样，我最终被世俗所吞噬，变成故乡里一抓一大把的中年男人，最终庸庸碌碌被岁月一点点蚕食，留给世间的也仅仅是太多普通平凡人的经历。每每想到这些，我就感觉脊背发凉。理智告诉自己，那不是我想要的生活。我这么多年外出不归，就是要摆脱大家认定的那种生活。所以，我和你碎妈就又上了北京，继续在北京打拼。

后来，你碎妈怀孕了，我就开始准备买房的事情。但房子是个硬头货，要买是暂时买不起。我们就在北京租房子住。再后来我们有了孩子，也就是你的妹妹。那时候，就想过要在北京买房子。可是北京的房子，一天一个价，你根本等不起。而那时，我自己手里的存款，两万多一点，只能买两平米。尽管这样，我们还是沿着北京转了一大圈，看了那些小区的房子。这时候，你就能感受到，有钱人的生活是多么让人羡慕。尤其是那些高档小区里住的人，就让人产生了遐想。

但买房这件事，已经成了心里的一块心病，唯有买了房子，这块心病才能祛除。但这么多年，在北京生活，一家人都要吃喝拉撒，我的那点工资远远不够。可我已经没有了退路，只能硬着头皮上。你知道的，像我这样一个人，要在北京买房，那压力不仅仅来自自己，还有舆论，还有故乡人嘴里"混得不错"。

那时候，我感觉故乡我回不去了。那里已经没有了我的一席之地。大家都在说我的生活怎么样风光，其实个中滋味，只有我自己知道。但这种情况下，我必须要在北京闯出个名堂来。在北京立住脚，如果因为房价的压力，而灰溜溜地重新回到故乡，那些风凉话，也能把你淹死，既然选择了这条路，好与不好，暂且不说，为了自己的尊严，也得买一套房子。那是荣誉的象征，那是尊严的象征。

为了一套房子，我拼了。

你碎妈生下你妹妹后，我就决定买房子，再苦再累，都值了。即便在八环买一套房子，咱也算是北京人了。我们兜里揣着几万元，到处看房子，苦苦为了买房子的事情煎熬着。一晃，几年时间就过去了。我们还是租房子住着，你妹妹长大了，要上幼儿园。家里必须有一个人要照顾孩子。你碎妈就负责照顾家人，我单枪匹马去战斗。当然，即便这样，买房这件事，依然是我们的重心，这倒不是非得买一套房子。可那个房子，的确在一定程度上，给人安全感和归属感，否则，租房子住，会让人一直感觉在空中飘着。

在北京干了几年后，我们攒了点钱，准备在北京买房子。我们到处看房子，房子都很好，光线好、楼层好，当然价钱也好。那时候，我个人的存款也就几万元，只能交首付十分之一。我们沿着北京的东南西北到处看房子，从三环看到了五环，从大兴看到昌平，从房山看到了顺义，我们几乎跑遍了北京的角角落落。但摆在眼前的结果，依然是买不起。我一个工薪阶层，还得养育一家人。我感觉肩上背着一座山，喘一口气都很吃力，而我又不得不一直背着这座山。

房子成了摆在眼前跨不过去的鸿沟。我忽然就理解了父亲将那一院子房子视为他终生的骄傲，其实是有道理的。人在世上来一回，谁不是为了几间房子，苦苦熬煎着。不管是乡下，还是大城市，房子意味着栖息，房子意味着安家。所以，在故乡建房子和在北京买房子，道理是一样的。

最后，经过多日侦查、衡量、比较，我们把新房子买到了燕郊。一来燕郊已经出了北京，相对于北京的房价而言，燕郊房子价钱我们还能接受。二来，燕郊距离我上班的地方较近。这样决定后，我们就看房子。其实所谓看，就是选地段。最终，还是选择了燕郊这片地方。房子百十平米毛坯房。房子买到手后，我们并未搬过去，此前，我已经自己设计好了房子，装修也基本完成了。可那时候，你妹妹还在丰台那边上学，要搬到燕郊，上学就不方便了。所以，我们依然在丰台住着。反正你的妹妹还有一年就毕业了，等她毕了业，我们就搬过去。

这段时间里，为了装房子，为了住进新房，我基本上没有休息过，像个机器一样干着。根本感受不到累，只有一个目的，赚钱。在北京，花钱的地方太多了，挣得工资却很有限。

有时候我感觉真累，你说人这一辈子，到底要干多少活才算完？可是看到孩子大了，要上学，家里这花费那花费一样都不能少。只能硬着头皮上了，网上流传的那句话，叫只要干不死就往死里干，确实很形象。我现在就处在这样一种处境中。回想这些年的打工生涯，基本上没过一天舒心日子，总是在奔跑，没有时间停下来。没有时间好好享受一下生活，我有时候也很羡慕那些到处旅游的人，他们带着家人，带着幸福，到处转。可我没时间，我得把生命全部都榨出汁液，用在工作上。

当然，在这个时代里，和我一样的人很多，你不也这样吗？我就想起了贾平凹在他的新作《山本》里的一句话（哈哈，我偶尔也看书，不过这和你比起来，就小巫见大巫了。）："你会发现，这世上谁不是可怜人？到这世上一辈子挖抓着吃喝外，就是结婚生子，造几间房子，给父母送终，然后自己就死了，除此之外活着还有啥意思，有几个人追究过和理会过？算起来，拐弯抹角的都是亲戚套了亲戚的，谁的小名叫啥，全知道，逢年过节也走动，红白事了也去帮忙，可谁在人堆里舒坦过？不是你给我栽一从刺，就是我给你挖一个坑。每个人好像都觉得自己重要，其实谁把你放在了秤上，你走过来就是风吹过一片树叶，你死了如萝卜地里拔了一棵萝卜，别的萝卜又很快挤实了。一堆沙子掬在一起还是个沙堆，能见得风吗，能见得水吗？"

2016年，我从原来的哪家公司辞职了，进入到了现在的公司。还是因为工资的问题，本身我一个人养一家人太难了。不过还好，现在的这个公司里，我的学历应该是最低的，我之所以能进入这样的公司，还是之前对专业的钻研起了作用。我们单位，都是清一色的小年轻，二十几岁，学历都是硕士研究生，还有博士，而我是个初中毕业生。我凭什么能在这个公司立得住脚？也许这是许多人的疑问，我想，原因就是我自己的坚持，和对工作的认真。人这一辈子，干好一件事，就可以了。我这些年也一直干着设计这一件事。

要不是这些经验，以及这些不断积累的工作片段和素材，加上不断学习。在设计这个行业，我可能早就被踢出局了。现在的信息更新太快，行业科技更新太快，不学习只能被人远远甩在身后。我们的单位每个月除了看业绩，还看个人学习情况，所以，经常开展定期不定期的学习，你说我一个四十岁的人，和这帮小年轻在一个锅里搅稀稠，自己就得付出更多的努力。常常学习的时候，我就感觉到了力不从心。可不学习也不行，不学习，马上就会被新的时代挤出局。

去年的时候，我带过一个队，搞过一些项目，收入要好一些。但今年不行，今年基本上都是搞了业务了，收入也一般。不过，这些也行，除了还房贷和车贷，一家人生活紧紧张张也就过来了。咱们没办法跟那些有钱人作比较，但自己的小日子还得自己过。

我现在最担心的是孩子的教育问题，因为我个人就是吃了没有接受良好教育的亏，所以，在孩子上学这件事上，我是尽了我个人能力在供着他们的。

你妹妹去年考高中没有考上，我想办法给她报了一个私立高中。这是个贵族学校，私立院校，完全封闭，一年各种费用四万多。加上房贷和一家人的吃喝拉撒睡，一个月要不拼业绩，这家人的生存都会出现危机。有时候我就想，我当年要不是坚持要在北京扎根，要不是那一番嫌我家穷的言论，我说不定还是又是另一番样子。

生活真的不能假设，尤其是在北京这样的地方，根本没有时间往回看。在北京的大街上走，你就会发现，所有的人都行色匆匆。没有人慢悠悠地欣赏城市的景色。甚至，那些匆匆的上班族，早上吃早餐，都是边走边吃，根本没时间顾及别人的眼光，在这里，时间就是金钱。我们故乡的人，谁早上拿着饼子边走边吃，人家不笑话才怪呢！

现在，我感觉生活在一种完全真空化了的状态里。生活的范围缩小到家和公司这两个点上，完全处在两点一线的状态里，世界的发展，人间的冷暖，与我没有任何关系。甚至，某一段时间，我觉得自己就是个老鼠，从来没有享受太阳的权利。我每天都天不明就出发，月上柳梢才踏着蒙蒙月色往回家赶。甚至，在某些赶业绩的晚上，我回家往往都是后半夜了。我蹑手蹑脚地推开门，发现熟睡中的老婆孩子，看着她们幸福地睡着，似乎所有的疲惫都一扫而光。我所有的努力，都是为了她们，她们就是我今生生存的价值。

这些年，我很少休息，每个月坚持天天上。不休息一天，尤其到了每个月月底时，常常都是加班加到天明。整宿整宿不睡觉，已经成为常态。这也把烟瘾惯下了，我原来不吸烟的。可是人到了后半夜，疲惫、困乏，都是提示身体需要休息了。但为了业绩，你必须放弃那些休息的念头，烟这时候就起到了很大作用，尼古丁刺激神经的时候，人就清醒了。

我的房贷，还得还二十几年，你想想，二十几年后，我都六十多岁了。现在也只有过年时，我才能回来在家里待几天。国庆这样的假，我都常常就放弃了。我现在觉得，只要能赚到钱，让我干什么都可以，钱对我而言，真是硬头货。

……

我们说了很多，我的困惑，和他的困惑一样。2011年时，我在北京干过一段时间，对他描述的北京生活，有着刻骨的体会。我在北京没有立住脚，灰溜溜地离开了。而祁平却用自己艰辛的打工之旅，改变了他们一家的生活状况。尽管生活依旧充满着矛盾和无法预知，但他依然很乐观。这种积极进取的精神，也是他不断成熟的标志。

当我将自己的困惑说给他后，他说，谁的生活不是一边收获，一边失去？他还劝我说，一切都会好的。

2.小　贵

今年正月里，小贵女儿满月。我们一帮人都去帮忙，小贵夫妇脸上露着幸福的笑容，迎接着每一个到家里贺喜的人。那些依旧坚守土地的村里老人们，那些没出门的年轻人，都前来帮忙。这是故乡许多年来都沿袭的优良传统，谁家有红白喜事，能动弹的村里人，都会主动前去帮忙，即便是不干活，坐着撑撑人气也是非去不可。在中国农村还盛行着的这种风俗，不妨看作是乡村文化的一部分。

那天天气也很好，太阳热度在逐渐增强。院子里飘满了酒香味和各种菜肴混杂的味道，让这个家里，派生出一股农家的喜气。院子里坐满了人，大家七嘴八舌说着些碎事，恭贺主家新添人丁。

小贵终于为人父了。这个过程他要比我们晚的多。在走向成年人的队伍中，尽管我们终将会为人父母。但总是有着先后顺序。当然，这件事如果放在二十年前，孩子都应该上小学了。

我该为他高兴。他是我们这一茬人里，最晚结婚的。三十一二的年纪，在农村依然不结婚，那婚姻就可能出问题。在村里有许多这样的先例，在那里摆着。在今天的农村，三十岁一过，要找一个老婆就困难了。原因只有一条：年纪太大。毕竟和你这么年纪相仿的女孩子，大都嫁人了。就如同长起来的一茬茬庄稼，别的苗木都在拔节升长，你却成了最早抽穗发芽的，自然就和其他的不一样。比你年纪大的，自然也所剩无几，不是歪瓜裂枣，就是有各种问题的。尽管现在，在农村二十岁以后，如果不念书，如果没有好的职业就得着手准备结婚。农村有句话叫，过了这个村就没有了这个庙。

好在2017年年底时，他结束了自己的爱情长跑，和心爱的女人走近了结婚礼堂。在他的婚姻里，我看到了一种坚持，看到了非她不娶的坚韧。这已经是现在年轻人很少坚持的东西了。很多现实中的婚姻，滤去了爱情和志向，只是为了搭伙过日子。很多人的结婚，目的也只是繁衍下一代。"不孝有三，无后为大"的观念，依然在农村蔓延着。真正为爱情坚持的婚姻还真不多。

现在好了，他成了父亲。在不久的将来，他会拉着孩子的手，混迹于成年人的队伍中，说着生活的细碎。

不过眼下，他还得为自己将来做打算。小贵一改往日年轻人特有的不进门的习惯，天天守在老婆孩子身边，守护着自己的一个暖窝。过年的时候我们约了几次，他都不愿意出门和我们这帮发小烂醉一场。而往年整个腊月，兄弟们都是三天一小醉，五天一大醉。整天泡在酒精里，等待着重新开工，各自走上工作岗位。

小贵说"今年出不了门了，孩子太小，走了不放心。只能在家照看老婆孩子。"

看着他忙忙碌碌，进进出出的样子，我眼睛里有了一丝潮润。这是个被生活不断捶打的人，他和我一起长大，一起上学，求学的那些年，我们曾经是并肩作战的同学。

后来，因为各自生活的不断变化，我们走向了不同的人生道路。我们也有了各自不同的幸福，或者不幸。看到他心满意足的样子，我忽然觉得，所谓幸福，其实就是与家人一起抗争生活的不如意。在农村，没有多少诗情画意的遐想，更没有多少花前月下的卿卿我我，更多的是现实生活的散碎。而这种散碎，有时候都不知道为了什么。

相较我们这一茬人而言，他的人生比我要坎坷的多，也因为如此他才比我有了更曲折，亦或更丰富的人生。那些年月里，他对生活的失望，以及周围人对他的不看好，都让他陷入了某种舆论的漩涡里。

而今生活让他尝尽苦头后，给了他一个幸福的家，尽管在以后的生活中，他将依旧如一的再接受生活的捶打。

他和我走向了截然不同的两条路，或许这就是每个人的选择，每个人的命运。他将为他的小生活奋斗，一点点改变着生活。我也将走向自己的生活，并力图实现新的突破。但自始至终，我都拿他当自己的亲弟兄。那些年一起上学，后来尽管各自有了生活，但那份自小成长的感情，一直会延续下去。

许多年前我们一起上初中，又一起上高中。上了大学后，我们也就联系的少了。后来大学毕业，我们各奔东西，在社会上饱受一切的不如意。只有过年回家，我们才会抛下世俗中的一切一起喝几场酒。其实，童年到青年成长的过程中，我们很多曾经的伙伴儿，都随着彼此生活的不同，感情逐渐变淡，很多人之间成了中年闰土和中年鲁迅的样子，能维持着一如既往感情的人，并没有几个。而小贵成了村里面，至今与我关系最好的那几个人之一。我相信，我们之间的关系，一定也会继续维持下去，不管社会中我们的身份如何变化。

说说小贵这个人吧！

高中毕业后，我去了东北，小贵在西安上的大学，学的汽修专业。大学毕业后，我曾经在北京当过几年北漂。我在北京的那些年，他也曾来过北京。那时候，他们学校对接的实习单位就在北京，所以，他就来北京了。他的那个实习单位，我去过，在大兴那片，比较偏僻。

我记得有一次，我和杨小龙（另一个初中同学）去找他，我们骑着杨小龙的电动车走了很远，才找到了他实习的地方。结果往回走时，电动车半路没电了，我们三个人就推着电动车，在大兴通往城区的路上，边走边追逐，那些记忆，在今天想来，依然让人觉得美好而值得回味。

我们三个人像傻子一样追逐着，而不管这个世界到底怎样。不过，他在那个实习单位干的时间也不长，原因是工资太低。其实，这很好理解，很多大学对接的实习单位，与学校有着某种必然利益关系，学校向那些单位输入廉价劳动力，那些实习单位给学校一定的资金。小贵在那个汽修厂干过一段时间，工资只能够勉强糊口，这样的日子，在北京生活起来显得捉襟见肘。每次出去吃饭，他都不好意思去。后来，我们建议他跳槽，干点其他工作。但他试了一下，却发现这些年来除了念书，其他的谋生之计没有学到一点儿。他在北京混了一段时间后，依然看不到任何希望，不得不折返西安。其实，那时候我和他一样迷茫，只是我不愿就此回去，我还在为了心中的一份执念，在北京苦苦挣扎着。

在北京的那些日子，小贵有一个理想，就是开一个自己的汽修厂。不过这理想对于初入社会的小贵而言，因为缺少启动资金——理想最终搁浅。其实，这样的理想，我们都曾有过，只是有些理想只是年轻时候的一场美丽的遐想而已。

他回了西安后，这些年一直在西安打工。西安成了他的人生归属地。当然，回到西安的他，并没有选择干他的老本行——汽车修理，而是直接上了建筑工地。不过，现实生活中，真正能干到专业对口的人有几个呢？我们绝大多数人，大学毕业后，都走向了自己完全陌生的领域。大学里学的东西，不过是教会了我们更多书本上的知识而已。

上了建筑工地的小贵，也不是干监工之类的活，而是深入一线，从最基础的活做起。搬砖头、绑钢筋、活水泥……似乎，工地上的这些活他都能干一手，而且干得漂亮。对于这一切，我自己深有体会，也不问他为什么选择了这样一个行业。有些事情我们有着某种相似的经历，更能做到感同身受。当很多年后，再次遇见他时，他已经成了一个能在建筑工地撑起一片天的大工了。

有一年我去西安找工作，在西安碰见他，并在他干活的地方，住了一个星期。这期间，他放下自己手头的活，陪着我走了好多家单位，甚至我们冒着险去了陕西电视台和陕西日报，可惜人家不收我这种找上门来的实习生。其实，我后来才知道那几天他的工作到了最关键的时候，可即便是那样忙他还是抽出时间，跟着我转遍了整个西安城区。最终，没有找到工作单位，我不得不重新折返北京。他来北京没有站住脚，就像我去西安没有站住脚一样，让人尴尬。也许，这辈子我与西安就没有缘分。

以后，我继续留在北京，而他，在西安的建筑工地上拼命挣钱。

小贵之所以拼命挣钱，是因为上大学时，欠了一河滩账。这些账，像紧箍咒一样，时刻套在他头上，提醒着他赶紧挣钱。所以那些年小贵一直在想办法赚钱。他已经不选择自己的职业了，只要能赚钱，只要赚钱快，什么活都能干。当我们在想尽一切办法，规划自己职业的时候，小贵在挣钱。小贵说："不提理想，只看眼前，活着就好。"这是他的生活态度。这是一种没有能力与社会抗衡的妥协，如果当年小贵家庭条件稍微好一些，他可能也不会那么急着挣钱。钱对于我们底层人来说，是非常重要的东西。况且，小贵又是那种自尊心很强的人，他不会死乞白赖欠着别人的钱不还。

其实，我完全能理解他。他经常说："人这一辈子，不能选择自己的出生，但能选择自己的生活。"自小就在某种自卑中成长的他，对现实的一切看得更为透彻。人也只有到了最底层，才更能体会到自己生活的处境。

早年间关于我们这代人，在村里也成了传奇。我们是第一批集中上学的人，尽管后来生活各异。村里人传说我们的故事，也神乎其神，那些坐在闲话中心里说闲话的人，总是把村里的各种事情，都说成了某种闲话，以充斥生活的枯燥无味，尽管他们的这种闲话，大都持有贬义。

有时候我回村里偶尔也听见他们说小贵的事情。在村里人眼中，小贵是不成材的，最起码没有一个体面的生活，没有一个体面的工作。我不知道他们所谓的体面，具体指什么？幸福或者说生存的价值，并不在于我们从事什么，而是在于我们如何面对生活。当我看到小贵依然积极昂扬地生活着，我们就不应该去评价他。可村里人不管这些，反正嘴在他身上长着，愿意咋说就咋说。但在农村里，这样的闲话，往往能够成为某种力量，来改变人们对一个人的看法。其实小贵自己也知道村里人怎样议论他，不过这无所谓，他依然会努力赚钱，努力改变人们对他的偏见。正如那部电影里说的，人的成见就是一座大山，任你怎么搬都难以搬动。

后来，小贵在通过自己的努力，将欠账全部还清后，还攒了点钱。此时的小贵，年纪已经不小了。他得为自己将来打算，考虑结婚的事情。此前，一辈子都活在村里人屁股后面的父母，早已煎熬不已，这是农村里每个父母所操心的事情。他们甚至在偷偷地给小贵到处打问没有出嫁的女子。

然而，这年头结婚是结钱。城市里的人喜欢摆排场，农村里人也喜欢，而摆排场就得花钱。现在摆在人们面前的难题是，没有钱就结不起婚。我记得央视的某个台，专门曝光了甘肃彩礼过高的问题。但曝光归曝光，彩礼还是蹭蹭往上涨。移风易俗方面，我们做得远远不够。

小贵的婚恋我并不知具体情况。只是从别人口中得知，他谈着一个对象。可谈着对象，并不一定结婚，谈对象和结婚也是两码事，尽管结婚的前提两个人首先要谈对象。据说，小贵当年谈的对象，也是美人胚子一个。选对象肯定要看外貌，这是亘古不变的道理。我还听说，刚开始小贵对象她妈不同意，原因是小贵的父母身体不好，怕女儿嫁过去后吃苦受累。小贵就年年提亲，好在这个女孩子和小贵一条心。尽管父母有些为难，但他们却爱得死去活来。三十几岁仍然说爱，我们都有些羡慕小贵了。第三年时，精诚所至，女孩子她妈同意了。也许他丈母娘也看出了这个女婿对他的女儿很疼爱。这是比其他物质条件更好的东西。于是，定亲、磕头、言礼、迎亲。当这一切的程序走完，小贵终抱得美人归了。

我们曾经坐在一起，谈论各自的人生经历，小贵也给我讲过他的奋斗史和恋爱史。

要说我啊，其实也没啥可说的。我的事情你都清楚，再要说，也没有啥。

2011年，大学毕业后，面临着就业的压力。我们学校就给我找实习单位，当然，也可以自己找。但自己找，就是一种冒险，有可能找到好的，也有可能找到不好的。对于我而言，就不敢去冒险，其实，那时候要是自己找，可能还找一个好的，反正那时候一无所有，即便是找一个骗子，不也赚一种经历吗？可当时并不这么想。

我那些同学，自己找工作的，后来都干了老本行。最终，我只能接受学校的安排。当时，学校给我找的单位在北京，大兴区那一块，和我一起去的还有几个同学。那次你和杨小龙一起来看我，就那一带。那时候的大兴区，还是北京的郊区，到市区要坐好几个小时的公交车。属于不发达的地段，不过我听现在几个还在北京干的同学说，那里现在也开发了，据说，还要建成一个全国最大的机场。但我们去的那时候，条件还是蛮艰苦的，去转一圈腿都疼。不过那时候，也没想那么多，就想着赶紧毕业，出来挣钱。

可进汽修厂，咱的身份是学徒，一个月几百块钱。北京的消费你知道，几百元钱，连个电话费都不够，还要买衣服。干了一段时，就觉得挺没意思的。这个学徒身份，让人非常尴尬，好朋友在一起聚一聚，都不好意思掏钱。挣的几个钱，连自己都养活不了。那时候，我就发现，大学实习生就是市场上最廉价的劳动力。工资低，干活多，不能抱怨。

再说，当时上的是大专，学历和学校，在北京都是不入流的。去找工作，人家根本看不起。北京那地方，最不缺的就是人才。大路上走的人，随便抓一个，都是硕士研究生。咱的身份，就不敢见人。我觉得，北京我是待不下去了，最起码在汽修行业里，我是没办法待了。汽修这个行业，和其他行业还不太一样，注重经验，即便是学历不高，但只要是经验丰富，也能干好。可咱那时候，要经验没经验，要学历没学历，只能另想他法了。

我在大兴的那个汽修厂越干越觉得没有心劲。无法落脚的尴尬，工资收入的低廉，就让我想起王利芬在《我们》栏目里说的那段话："因为我们步伐的加快，因为我们变化的提速，因为全球的不确定，我们坚持却找不到内心的依据，我们放弃却发现新的开始太艰难，我们徘徊却丧失了应有的机遇。"

后来，我就离开了那个汽修厂，在北京找工作。找工作就得找专业，可找了好几家人家都嫌我是应届毕业生，没有工作经验，工资也就压得很低。当时就挺郁闷，咱也算大学毕业生，不能扫大街去吧。工资的期望和现实的差异，让我备受煎熬。

在北京没找到好的工作，到处闲逛，手头积攒的一点钱，越来越少。转念一想，还是回西安吧，毕竟在西安待了好多年，对各处都比较熟悉。在西安混着，总比在人生地不熟的北京强一些。既然下定了要走的主意，其实也没什么留恋的了。我就收拾了一下，辞了职，回西安了。我觉得，我的拼搏之地，应该在西安，而非北京。当时你还在北京干着，可能是因为你一直在北京的缘故，所以，你不愿意离开那个地方。

回到西安，就业压力更大。因为全国各地都一样，相对而言，北京可能机会还比西安要多一些，毕竟那地方是首都，工作岗位也多，只要不太挑剔，总能找到糊口的职业。可像我们这种人，就属于高不成低不就的人。不愿意依靠卖力气赚钱，想找个轻省营生，还想赚大钱。城市里这样的人太多了，在西安待了一段时间，也是浑浑噩噩的，没挣下多少钱。

那时候我已经毕业了，不可能再向家里人要钱，只能自己想办法。再说，家里欠着一河滩账，自己再不找工作挣钱，那些当年借钱给我家的人，估计就会有想法。人有时候，也得替别人想一想。可偌大的西安城，没有一个适合我干的工作。专业对口成了一句很讽刺的笑话，其实社会才是教育人的地方，我们那些年在学校里学习的知识，在社会中不一定好用。

这时候的我，就不再考虑专业对不对口了，只考虑一样，挣钱。只要目标变了，其实找一个能干活的营生，还是很容易的。之前那样到处游荡，还是希望自己能找一个汽修行业，从零做起，做大做强。这也是我这些年来学习的一种运用。可这样的机遇，对我而言是很难遇到的。这一行业行不通，只能想其他办法。但心里已经铁定主意了，只要是能挣钱的航道，我就干，不管干什么。我开始在西安到处找那些挣钱的门道。那时候，最挣钱的行业是建筑业，而且是现钱现付。当时，也就没想那么多，直接就找熟人上了工地。那时候，西安工地上，咱们上坪人比较多，有些干得好的，已经自己包工程干了。

也就是从那时候起，我开始在建筑工地上干。汽修行业，我也就不再想了。其实，人年轻的时候，谁没个理想呢？但理想和现实总是有冲突的。我所面对的现实是先立住脚，让自己吃饱肚子，兜里有点钱，仅此而已。

这就一头扎进了建筑行业。工地上的活虽然苦但来钱快。咱也不图啥就图个这。刚开始不适应，上了这么多年学骨头都酥软了，工地上干一天活感觉整个身体都散架了。心里经常打着退堂鼓，可转念一想，而今谁不是这样为几个钱熬煎着？干了一段时间，感觉浑身肌肉也瓷实了，也不怕太阳了。你都想不到，西安一到夏天，三十好几度的温度，一丝风都没有，人在工地上干活，就像钻进了蒸笼里，浑身汗流浃背。为了保证体内的水分，我经常都是提一个大水壶，里面装上凉白开。渴了喝一口。上厕所的次数都很有限，因为水分全部被蒸发了。

干了一段时间，整个人就适应了工地的生活。我就想着，咱小时候，就是从劳动中锻炼出来的，我们的父辈干的活可能要比我们在工地上干的活，艰辛不知多少倍，可他们并没有抱屈，而是一日既往地干着，一年又一年。我记得我小时候，家里的地比较少，父母就在山里开辟山地，种植庄稼，我有时候也被他们带到那很远的山里，一待就是很多天，完全与外界断了联系。即便这样，我们不也过来了吗？所以，在工地上干活，锻炼了我对生活的韧性，我不再觉得建筑工就不如人，甚至很高尚，我的赚来的每一分钱，都是挥汗如雨的结果，都是依靠自己的劳动赚来的钱，干干净净，从来不掺杂其他的成分。

建筑工地，有一个特点，就是硬汉的战场。我不是自吹自擂，没有决心的人，是干不了那种活的。我现在也理解了故乡那些在建筑工地上干活的老乡，他们才是这个时代的英雄，尽管他们只是一个个建筑工人。当然，我也成了他们的一分子。（大笑）

在建筑工地上，让我的精神得到洗礼。那是个锻炼人意志力的地方，没有坚定的意志力，根本干不了建筑业。其实，我等于是放弃了所有之前所学知识，一心扑在了建筑行业上。我那时候就想，以后不管干什么，哪怕是当一个农民，都应该迎难而上。这是在建筑行业里，给我的人生启迪历。我是从头干起来的，因为之前从未干过。从头干的结果，就是先从最不需要脑力的地方干起来，反正是出力活。

其实，我当时还是多留了一个心眼，我跟着那些在建筑行业里干了多年的人学习，看他们如何干的，我自己在心里默默地记着一些需要我记住的技能。慢慢地也就学会了。比如，如何将墙面砌成一条直线，保证不出现任何问题，这就考验干活人的眼力和手力。

我们很多人，在建筑工地上，都干不好这个，经常砌墙时，就跑偏了。这也是很多经验的积累。就想女人做菜一样，做得多了，那种火候，自然就把握出来了。以前，我总是把这看得很轻，其实真正钻进这一行业里就知道，一切远非我们想象的那么简单。真是外行看热闹，内行看门道。不过这些相对而言，也都不难。我都能很好地接受。这也感念于这些年来的读书，虽然，我并没有像大家期望的那样，最终走上一个读书人体面工作的职业。但对这一切，我无怨无悔，干什么都是活人呢，只要是我不偷不抢，凭借自己的能力赚钱，我就觉得有意义。后来，我就自己尝试着干一些大工干的活。

你别看建筑行业很简单，其实也充满了智慧。那么大一栋楼，要从地底下一直干到十几层，二十几层，其实都是一些知识的广泛运用。我虽然不是理科出身，但能看得出里面的一些门道。后来，我就能看懂那些设计图纸了。设计图纸这东西，也是个门道很深的东西，你要弄懂了其中的原理，很多技术问题也就解决了。剩下的，就是一些常规的操作。

这一干，就是十来年。现在的我，也不会为了前途而煎熬了，最起码我到任何地方，都能用自己的双手挣钱。当然，可能故乡人对于我这样的选择，还是不能理解。他们会觉得，我念了好多年书，和那些没念书的人，干着一样的活，是一种不进取的表现。这种比较，产生的结果，就是念书无用论。其实，我个人觉得，念书还是很有用的，它能让你不论干什么，都能很好地接受事物本事，这就是读书的意义，至于说，对书的结果和职业选择本身没有任何联系。那北大的毕业生，最后不也卖猪肉了吗？职业对于我们而言，没有贵贱之分。

我在建筑工地上的那些年，挣了一些钱，家里的账，也还得差不多了。这时候，我妈看我快三十岁了，心急得很，就给我到处找媳妇。她说她已经征得下坪的一户人家的女娃女娃父母的同意，愿意嫁到我家来。当他们给我打电话说这件事时，我当时就懵了。我妈还坚持着原来的那种方式，提前打问附近处未出嫁女子的那一套。

当然，我也理解我妈，五十好几的人了，她的理想就是抱上孙子，可我至今还单着。他们自然要做一番工作的，哪怕这种工作，对我而言没有任何意义。在结婚这件事上，我有自己的主意。我和那女娃面都没见过，就能定终身？我不允许这样的事情发生在我身上。我让我妈给人家女娃大人说清楚，这事情我不同意，省的到时候耽误了人家娃娃，倒成了我的罪过。我不让他们操心我的婚事。我虽然干了一个建筑工的职业，而且这个职业还不稳定，随时可能失业。但对于我的另一半，我只能自己找。我不能走故乡人那条老路子。咱好歹也是念了几天书的人，恋爱自由，我也是非常向往的。

我妈也只能作罢。说实话，那女娃我到现在都没见过（大笑）。

我常年在西安打工。一个人来来往往习惯了。那时候，我把结婚这件事，看得比较淡。可当身边的人一个个都结婚时，我才意识到自己成了剩男。你也知道，咱这种人，虽然没有干个体面的工作，但好歹咋也是念过书的人，见识还是有。所以，我也不着急着结婚，我相信会有一个人在等着我。就像陈明的《我要找到你》那首歌里唱的"我要找到你，不管南北东西"。当然，这个人，我不久就找到了。他就是燕儿（小贵老婆笑着，有些不好意思）。小贵说，这有什么不好意思的？都是自家人。

你让我说说我的婚恋史，哎，那有什么可说的。

其实，我和燕儿认识，也充满了传奇性。因为我一直在西安生活，在那个地方待的时间久了，自然也就认识了很多人，也与那些故乡在西安的打工者们有了接触，毕竟每个人都不是孤立的，一定是和社会产生某种关系的。就连马克思都说人是社会关系的总和。那时候，在西安打工的老家人很多。既然大家都在同一个城市，也就相互有了来往。工地上的那些小青年们，有时候也组织一帮人去外面玩，也联络分散在西安各处的男男女女，有种老乡会的感觉。这些人闲了也相互一起吃个饭，或者在那些已经转了很多遍的地方，继续踩着时光的影子，消磨洋工。

当时在西安就和老家这些人有来往，相互留了电话，qq之类的东西，方便联系。有时候，没活干的时也约一起玩。上华山，到白鹿原影视城，或者去秦岭。反正西安玩的地方多得是，只要出去，随便哪里，都能转一整天。而这些到处转的故乡人，也都经常变换着，每次出去，总是有些人不能一起出去玩，同时也会有一些新的朋友加入到我们的队伍当中来。也就是那时候，我认识了燕儿。其实，第一眼看见她，我就知道，她是我这一生需要去追随的人。我不知道你相不相信一见钟情，但我看到燕儿的时候，我相信了。

不过那时候，我们毕竟刚刚认识，不能有些过分的举动。我只能在内心深处隐藏自己的感情。那一次，是我们第一次见面。在异乡遇到故乡人，感觉亲切，有种"他乡遇故知"的感觉。况且我也说了，我第一眼就喜欢上了她。我们在玩的过程中，就加了qq，留了电话。

就这样，我和燕儿就成了朋友，即便不见面，也可以相互问候一声，也说一些家长里短。有时候，遇到了我们都休息时，我们就相约一起吃饭，一起玩。慢慢地两个人的感情也就升温了，超过了普通朋友的感情。这是我一直期望的，之前和燕儿相处的过程中，我就怕她看不上我，所以，我一直以来，也都是战战兢兢的。后来，我们就有那么个意思。彼此心照不宣。那时候，我觉得燕儿是天底下最美的女人。我一定要和她在一起（小贵老婆捶打着小贵的肩膀，显示出幸福的样子）。

有了那种意思后，我知道，我不能再错过她了，不管从年龄上，还是自己心里的感觉上，我都不能错过她了。我认定了她就是我今生今世的另一半儿。最终，我们确定了恋爱关系，这件事也给了我无比的信心。在没有认识她之前，其实我也在为自己的另一半煎熬着，我在苦苦寻觅着。

以后，我们两个人就一直在西安打工，闲了一起转。我的世界里，也从此多了一个人。我们一起经历着生活的一切顺心的不顺心的事情。后来，我们也就公开出行，向世界宣布了我们两个人的关系。那时候，西安打工的那些人，都知道我和燕儿的关系。当然，家里人肯定也就知道了。我想这样也好，总得要他们知道。

可两个人谈恋爱是一回事，结婚又是一回事。谈恋爱是两个人的事情，而结婚就变成了两个家族的事情。所以，过年回来我就上门提亲。反正我是认定了燕儿。我刚开始去的时候，丈母娘不同意。可我不管这些，既然已经认定了她，我就不会放弃。其实，爱情也是一种坚持，不管在世俗面前，还是在物质面前，都要坚持。后来经不住我软磨硬泡（小贵夫妇笑），丈母娘也就答应了。其实我能理解，我家庭条件不够好，父母多病，丈母娘是担心把燕儿嫁给我，过不上好日子。谁的父母不希望自己的子女过好日子？不过，后来他们同意，也是看出了我对燕儿好。我们就结婚了。后来，我们又去了西安。不过这一次，燕儿是我老婆了。

我们在西安又干了一年，但这时候，她怀孕了。我们就回到了故乡。

现在我们也有了自己的孩子，日子一天会比一天好的。虽然很多年前，我们家生活确实不怎么好，而且还一直处在一种贫困线上。但现在，我不怕了。我有了家，有了老婆孩子，我有信心让这个家过得更好。尽管一直以来我没有改变自己的身份，吃一碗村里人认为的公家饭。但我们一家也挺好的。日子有了奔头，人也就对将来格外地有信心。现在我做了父亲，我感觉到了为人父的那种喜悦。现在，燕儿做的剖腹产，我得等到她身体恢复了才能出门打工。

尽管如今还欠着结婚时借别人的几万块钱的账，我也不担心。出门一年就挣回来了。

你问我有没有对职业的规划？我当然有，可是，现在条件不允许啊。谁不想过好日子。但不可否认的是，现在社会发展太快了，很多原来的知识，都已经不适用于这种时代。所以，我还是会坚持学习的。其实，我一直还是想把汽修这个事情干起来，重拾老本行，改变这种生活现状。咱虽然是个打工的，身份还是农民，可咱肚子里好歹也有点知识。我就想着，先把孩子放在第一位，燕儿就负责给我们喂孩子，我出门打工。不过今年不行了，明年吧，等孩子大一点，我就外出。

前不久，小贵打电话来告诉我说，他们夫妻要出门打工去了。在家里老待着，也不是个事儿，尤其是看到大家都出门务工后，自己待着心慌。我问他家里的孩子怎么办，他说暂时还由丈人丈母娘照看。

我知道他还是要出去挣钱。偶尔，我也能从微信朋友圈看到他发的动态，满满都是对孩子和家人的思念。

3.杨　成

当我进院子时，杨成正在剥羊头。羊头上面还有点点血迹。血肉里偶尔看得见有喉骨白森森露着。羊舌头外露，龇牙咧嘴。

这是一家近期要过事情（结婚）的人家。按照故乡的风俗习惯，我们都要提前去帮忙。大人帮忙，小孩子跑出跑进，添加人气。小时候，不太懂这些，总觉得过事情人多热闹，大人们去帮忙，我们总是跟出跟进，顺便吃一嘴席。按当时条件来说，吃席意味着吃好吃的，不像今天的孩子，早就对坐席不感冒了。成年后才发现这是一种人情世故。缺吃少穿的年代也好，衣食不愁的现代也好，人们代代延续着这种风俗。毫不夸张地说，这种全村人参与到某一户人家红白喜事中的场面，想想都蔚为壮观。人们摈弃前嫌，人们把酒言欢，人们畅谈人生，人们絮叨琐碎生活。它是村落文化的一部分，是乡村进程中保留至今的习俗之一。当然，这种文化方式，在今天中国的任何一个村庄都有。他们表面看似相似，但每一个村庄都不尽相同。有一千个村庄，就有一千个风俗。

但也有的地方，需要上门请村里人帮忙。既是给村里人通知一声，主家里婚丧嫁娶了，又要邀请全村的男女老少都去坐席。

各村有各村的约定俗成罢了。

我们村里任何人家有红白喜事，村里能动弹的人都会不请自到，上门帮忙。人们都参与到这件事中，主动找活干，整个过程看似嘈杂，却分工明确。妇女们在厨房帮厨，择菜、切菜、煮菜，剥蒜、剥葱、剥果皮，切肉、洗肉、煮肉，烧水、烧饭、烧汤……青年人则搭帐篷、借桌凳、担水、劈柴。即便是那些耄耋老人，也会端着烟锅，坐在院子里，端着晚辈们递上的清酒，一饮而尽。他们看着年轻人干活，把烟锅在地上磕地"叭叭"响，或者给干活的人指点一下对联水平高低，帐篷搭建的正斜。

我自然也是凑这个热闹，去那户人家转一转，看有没有需要帮忙的。即便去帮忙，也干不了多少活，院子里的人都动手干，再多的活不大功夫也就干完了。当然，我去这家人帮忙，自己心里还有个小九九：帮忙的人多，和他们交谈，或许会有意想不到的收获。整天窝在家里写作，常常会感觉偏离了这个方向。

进门时就看见了剥羊头的杨成。羊头剥起来麻烦，全是毛。

我站在杨成旁边，观看着他剥羊头。只见杨成一只手握着羊角，另一只手你里拿着小型喷火枪，正在烧羊头上面的毛。毛被火点燃后，空气里充满了臭鸡蛋味儿。我好奇地靠近他，看他剥羊头。

他抬起头笑笑，算是打过招呼了。不善言谈的表达，就是对你友好地笑笑。他是木讷而嘴巴笨重的故乡人的代表。他继续手里的活，那喷火枪里，窜出一小股蓝色的火苗。火苗扑在羊头上，好似找到了宿主一般，就不愿意离开了。那些羊毛"嘶嘶"燃烧着，扬起一股黑烟，那黑烟绕过我们眼前的空气，飘在风中。我捂着鼻子，依然好奇地看他烧羊头。羊头的嘴巴周围已被高温火枪烧成了黑色癫状。

他说："有点臭，烧羊头就是这个味儿。"我并不作答，继续看着他烧。只见他翻转着羊头，火焰所到之处，毛发不存。羊头由白变黑，灰烬残渣被他抖落在地上。青烟在空气中撒下了最后的味道。

杨成说："这羊头要烧干净，不然到时候没法吃，全是毛。"他将羊头固定在了一个石头上。两只手拿着喷火枪，使劲地烧着羊头。我说："我来帮你。"

于是，我用双手拎着羊角，他拿着喷火枪开始烧制羊头，并将那些已经烧黑的羊毛残渣用一个铁片刮着，碎屑掉了一地。整个过程，我们配合恰到好处。他将最隐蔽的毛发，比如耳朵后面，眼睛周围的也尽数烧了。羊头变成了黑色，两只已经塌陷的眼睛，失掉了水分，干瘪的样子，有些可怖。

杨成说："一院子帮忙的人都不愿意干这活，嫌臊气。我就说我来干，反正是帮忙来了，总得干点啥，总不能手插在口袋里说白话。"我感觉脸上有些烧，他的话好像在说我。当然，我断定他肯定没有说我，他说不能啥事都不干，意思很明确，既然来了就得找点活干，不然来干什么？这是一个农村人应该有的道德，或许这个词并不不准确，但我只能把这划到道德规范里。在农村，有一整套的约束人行为的道德观念正在消退，文明的法律体系，正在席卷着的农村道德规范本身。我们真应该重新拾起这些几千年来影响农村流向的文化大坐标。

他似乎也看出了我的窘迫，马上解释道："你看那些人，来帮忙的，却坐在桌子上玩扑克。"我顺着他指的方向看了看，却有好几个人摆出阵势，正在玩"挖坑"（纸牌的一种）。他们都是些比我小几岁的年轻人，在我印象中，他们都是些孩子，而今都已成人，成了故乡最年轻一代的中坚。他们大多数都手里夹着烟，嘴里骂着人。那些骂人的话，都从他们嘴里崩了出来，仿佛同龄人之间，不骂人倒显得见外了一般。当然,也有的边骂人边说自己的手气如何如何。每个人跟前,都堆有一些零碎纸币,显示着他们的战绩。

年轻人的世界,咱们不懂。

杨成说:"咱们都是老实人,现在的年轻人滑的很,来帮忙却不干活,就喜欢玩扑克,白吃白喝。不像我们这个年岁的人,干啥事情都为主家着想……总之一句话,人变了。"

不可否认,时代在变,人怎么不会变?当然,他说的变,是人的思维方式和处事方式变了。他看不惯的正是现在年轻人热衷的;他所期待的或许是年轻人不屑一顾的。一茬又一茬的人在老去,一茬又一茬的人在新生。这是发展这也是沦陷。这些谁都阻挡不了。或许,许多年年后,我们引以为傲的,却是那个时代的人以为过时的。

我们就这样,边烧羊头,边谈论着村里的许多事。当然,这种说村里人事变迁的事情,谁都能说一段。但这并不是我需要的,我有意走近他的目的,其实还是想了解他这些年的打工经历。每个曾经到处务工的人,都有不一样的经历。正是这种不一样的经历,丰富了整个农村打工队伍的多样性。

我有意把他向我要了解的方面引导,他就顺着我的思路来了。这种方式很像谈话录,但我并不刻意去打断他的思维,他的叙述,一定自成故事。这一点又与新闻采访有着截然不同。

我想让他说说这些年自己的打工生涯。他也乐意说。或许他们平时的身份决定了,他们不能随便向任何人开口说及往事。

你要我说说我的打工经历,那你可总算找对了人。我这一辈子,平头老百姓一个,一直在打工路上摸索。但我人生经历的世事,你却想都想不到。别看你读的书比我多,可我生活比你精彩。

　　该从哪里说起呢？其实，这一辈子，打工的很多经历都已经忘却了。人的脑袋里，装的事情不能太多，多了就容易造成某种压迫感，所以，生活还是一半经历，一半忘记。这样，就省去了很多自寻的烦恼。

　　我这人，属于高不成低不就的人。不愿意当一辈子农民，总想着去外面踢腾一番，可踢腾来踢腾去，最终还是个农民。这些年来，我总是在这种矛盾中生活着。

　　不怕你笑话，我年轻的时候心气高得很，看不上那些天天撅着屁股在土地里刨挖的人。我觉得那样的人没出息，就像祖祖辈辈生活在这里的人一样。当然，我也不愿意干活，没日没夜，为了几亩地，年年刨挖，年年都是那些活。所以，我对打工一直怀有一种痴迷。而这种痴迷，主要是能引导我离开农村，离开土地。我和那些坚守土地的人还不一样。我看够了天天为了一点地没日没夜干活的生活。我就想为什么不变一下呢？也就是怀着这样的心态，我常年往外走。

　　我算算，到今年为止，我已经在外面打了近三十年的工。我是八八年还是八九年，我就外出打工了，你想一下，那时候你才刚生下。那时候，打工的人还很少，因为大家对外出务工这件事，总是持有某种警惕性，觉得外出务工，是冒险行为。但我不这样认为，很多冒险的事情，最终还成就了事业。

　　这三十年来，我基本上跑遍了大半个中国。最南端的深圳，最北端的呼和浩特、包头，最西端的新疆，还有北京、天津，我都去过。我还在云南待过一段时间。现在想想，这些年，地方转了不少，钱却没挣下多少。主要的原因还是都在路上跑了，没有选择一个行业一直干下去。我这人也是那种看啥都好的人，看着别人做得好，自己就想试试，可试了也发现，很多工作并不适合我来做。看别人做和自己做，还是有着本质区别的。

新疆是我打工时间最长的地方。北京、天津那样的大城市，现在咱吃不开。一来是咱没文化，城市里的人鬼得很，啥都用合同，咱不懂那东西，只听人家说，稀里糊涂就签了，就经常着了人家的道了。二来，城市里我们能干的活少了。咱这没文化的人，出门只能给人家出死力，干不了别的。城市里去，啥都有讲究。最近几年，还要啥资格证。反正就是要个"证"，我私底下问了一下，那东西要学知识，还要考试呢，咱这半辈子在土地上出力气，哪有时间学习，再说了，即便你给我书，我也看不懂，看到书就犯迷糊，看书比干活还累，考试就成了镜中花水中月了。

所以，我打工的地方，大都是出力气挣钱的地方。哪里需要卖力气，我就去哪里。反正这一辈子，除了力气，也没有啥可以卖的东西了。脑袋灵活的人，人家会投机倒把，咱不会，也不屑于那么做。

啥，你让我按时间说。我的老天爷，那年程（年限）多了，也记不太清了。我只能想到哪里说到哪里了。

1988年，我跟着人家（比我早出门打工的人）去了深圳。据说那地方遍地是钱，只要去了就能捡到钱。当时去深圳的几个人，说得神乎其神。再说，那时候年轻，看着那些到深圳回米的人，穿着时髦，根本和我们这里人穿着不一样，我就羡慕了。我想，不管怎样，外出务工回来，一定要给自己换一身行头。

我就去了。去了一看，哪有他们说的那么好？到处的钱都不好挣，不过深圳确实比我们这地方来钱快。但干啥呢？就难住了我。有几个老乡，好的没有学到，却当了三只手，专门在车站、公园等地摸人家的包包。我这人实在，知道没有金刚钻，就不能揽瓷器活。再说，那偷鸡摸狗的事情，我也干不了。只能到处找活干，活很多也能挣着钱，我这人不怕吃苦，就怕白吃苦。但那地方还说粤语，叽哩哇啦的话的，我一句都听不懂。交流上首先就成了问题。还有一点，就是深圳那地方虽然发达，可人家也是要技术的，咱两眼一抹黑，啥都不懂，只能出力气。

干了一段，发现厂子里也有很多的规矩，咱这人实在，看不惯那些背后的猫腻。有时候，也会觉得那些事，做的不敞亮。我当时干的工作，还是很有成绩的，厂里的领导也都喜欢我这人，因为我实在。可实在人，往往就吃亏在了实在上。我见不得那些人的行径，经常也与管自己的领导抬杠，他们就想办法整治我，可我自己又有理没地方说。感觉很受气，处处都不顺心。可越是这样，那些人就越会想办法整治咱。那时候，我就觉得，处理好各种关系，远比自己能干多少活复杂。可处理人际关系，又不是我的强项，咱又是个直性子，受不了人家到处使唤，和厂里的领导干了一架，就回来了。

虽然，和厂里的人干了一架，但那时候挣的钱，却是要比其他地方多。我回来就在家修房子，我们这代人，对房子有情结。不管外面干的多么大，在故乡没有一套自己的房子，其实等于啥都没干下，即便是修一院房子自己不住，但也是身份的象征。村里那些头脑灵活的人，都先后在自己的旧址上修起了房子。我自然也不能落后。毕竟房子是农村最大的资本，一切能代表活在人前头的象征，就是得有一院好房子。

那时候，修房子的很多材料都是自己备下的，花不了多少钱。唯一遗憾的是，那时候，没有人帮我。那些弟兄们多的人家，修房时全家上阵，修起来很快。但我上无弟兄，下没姊妹，只能一个人干活。即便这样，我也把一院子房子全部修好了。我修房子时，也有自己的标准，要建房就要建最好的，不能糊弄自己。我当时放的许多料都是最好的。但就是因为修房子，把自己挣来的一点钱，全部都花了，还拉了一河滩账。房子修好后，我用了一把大铁锁把门锁上，继续出门务工了。

上次在深圳吃了亏，这次我不想去太发达的地方。太发达的地方，挣钱快，但人也都猴精猴精的，我没办法应付这些事。

这一次，我想只要工资高，我不怕脏活累活。在黄土里刨挖，一样不能干净，习惯了。所以，这次我去了河北唐山，在一个水泥厂干活。那时候，北京那一片搞建设的多，水泥是个抢手货，天天生产，天天都有好多车来拉。我们既负责生产，也负责装卸，反正是出力气的活儿，也不在乎干什么。水泥袋子，看起来不大，但那一袋子很重，背在肩上，沉甸甸的。好在那时候咱身体好，只要是出力气的活，我就不怕。我因为自己卖力干，还受到了厂里老板的赏识，让我做了工人的队长，负责一大帮人。

我当时觉得自己作为队长，首先得带好头，这样别人才能信服你。干活的时候就肯定更卖力了，这样一来，别人就不会有想法。厂里为了表扬我，还给我挂过大红花。我和工人的关系处理得很好。大家也愿意和我相处，有些需要和厂里周旋的事，也都是我出面解决……按照当时我的条件，如果一直在这个水泥厂干，最终可能还能混一个领导干干。可我这人吧，就是眼睛里揉不得半点沙子。

后来，一位我手底下干活的安徽人，也是农民，在厂里干工作时，不小心从三楼掉下去，摔折了腿。厂里让医院做了手术，这个人虽然保住了一条腿，但也因为这次摔伤，留下了后遗症。当时，我们这些人都希望厂里多给这个人一点赔偿，毕竟他以后的生活，都因为这条腿而要受到影响。但厂里却只给人家赔了一点钱，就打发回去了。那哥们觉得自己好歹摔断了一条腿，嫌赔的钱太少，就给我说。

其实，当时我要是不管这件事，可能也对我没有影响。毕竟这是厂里的决定，我只是一个小队长。可偏偏这时候，我就犯了倔。看着这个跟着自己干的人，就这样被厂里打发回去，我心里还是很不是滋味的。咱那时候义气，就找了厂里的领导讨说法，厂里领导见我气势汹汹的样子，大为惊讶，他们也想不到自己提拔上来的这个队长，竟然最终和他们作对。厂里的领导脸上很不好看，但又拗不过我，于是，便又给了他一笔钱。但这我依然不满意，觉得厂里这是打发叫花子呢。我想我既然已经出面了，就得让手底下的人满意。我又去找了厂里的领导，希望再给他赔点钱。厂里领导骂我是喂不熟的狼，甚至说出了更难听的话，你想我那脾气，一听别人那样说我，我就和厂里的领导吵起来了，我就被赶出了厂子。你都不知道，那时候厂子里不像现在。而今工厂对工人不好了，还可以拿出法律来维权。咱那时候，就是文盲一个，被厂子里赶了，连同那位手底下的安徽弟兄，也被轰走了。

我当时就很气愤，日他妈的这些黑心贼。把我们一天当牛使，只要有活，加班加点，那是再正常不过了，有时候大半夜睡了，有车子进来，都得重新穿上衣服去干活。最后还把我赶了。安徽那兄弟应该住几个月院好好休养的，结果，还被我连累了，只能回老家。他的腿也耽搁了，没治好，至今都一瘸一拐的。虽然丢了工作，但我无怨无悔，我从良心上对得起自己，也对得起安徽那兄弟。我想，人这一辈子，做啥事不都图个心安吗？安徽那兄弟，对我这样做挺感激也挺愧疚的。没想到经过了这件事，我们还成了多年的好兄弟。

2011年的时候，我还专门去安徽看了他。而今的他，也有了孙子，整天就守着门。他儿子出息了，在县城干装修，要他去城里生活，他不去，怕给孩子们增加负担，就一个人在老家守着老屋过日子。我去看他的时候，我们喝了好一顿酒。二十几年了，成了一辈子的知己。他还说，我儿子结婚时，他一定要来。这人和人之间，也不见得非得是亲戚，有时候认识的陌生人，相处好了，也是一辈子的老知己。

唐山的工作辞了后，又跑到了山西煤窑挖煤。我听说哪里挣钱快，反正是挣钱，肯定要干挣钱快的营生。在山西煤矿当了工人，天天下井，过着暗无天日的生活。那时候，采煤技术还没有现在发达，基本上都靠人力。再说，那些好的机械老板也不愿意买，都是些私人老板。他们才舍不得花大价钱买设备。

我们当时的技术，与世界的采煤技术，还是有很大的差距。我不知道《平凡的世界》那本书你看过没有。我们在井下时，有一个肚子有点墨水的人，读过这本书，他就给我们讲书里面的故事。我的个乖乖，那书里写的采煤的情况，基本上和我们当时所面对的一样。我们就对这本书，很感兴趣。最后，那个女主角叫田啥来着，被水冲走了，挺悲壮的。这书里的故事，和我们的生活一样，也都是好人没好报……你看我说着说着，就说远了，咱么还说我采煤的情况。

采煤那活很苦，但确实挣钱，工资要比外面高很多，咱也就图个这。无论任何时候，挣钱对我们这些人来说，是最根本的目的。可煤矿干活，有个问题，就是容易出安全事故。就是塌方或者瓦斯爆炸，导致人员被埋在里面。我起初只是听人说，下面死了人，直接就地掩埋，矿上给些抚恤金就可以了。但因为这样的事情，我并没见过，所以也觉得很遥远。后来听工友们说，到煤矿上干活的人，都是"不干净"的人，身上多少有些案底，矿上也喜欢找这样的人，反正活着可以干活，死了就地一埋，啥事情都没发生。听他们这样说，我就心虚了，毕竟我可没犯啥事。咱这人虽然脾气倔，但也知道法律的东西碰不得，一旦碰了，就祸及全家，划不来。

后来，我发现，里面有些人确实都那样。他们身上，有着各种各样的问题，和我这样的正常人总是有不一样的地方。那些在矿上干活的人，大都不攒钱，也是挣一分花两分的主。我就想离开那地方，挣钱高是高，万一死了，家里人都不知道死在了什么地方。可进去容易，要想出来就难了。对那些有苗头的人，矿上也看得很紧，尤其是让那些犯了事的人看着。我是没有表现出来自己要逃跑意思。但我总是想逃跑。我是干了一段时间才准备跑的。跑了一次没跑成功，被那些看护的人抓住，打了一顿，浑身疼了好一段时间。后来身体好了，继续下井干活，就有人专门看着我，提防着我再次逃跑。我知道他们防着我，可我表面上装出不再逃跑的样子，暗地里却到处侦查逃跑路线，静待时机。

最后，我想我得融入这群人当中，和他们一样装成地痞流氓，他们就不会对我注意了。你还别说，这招还真管用，不过，那时候我也有自己的底线，有些事我是不能碰的。这样，矿上也渐渐对我放松了警惕，我就这样寻找着机会。

后来，还真有了机会。有一次，下大雨，一片矿区渗进了水，干不成活，我们就排水。那晚，雨下得特别大，我是后半夜起来跑的。我平时已经注意到哪里铁丝网是破的，哪里可以跑出去。我沿着那些侦查好的路段一路跑，雨很大，跑不快。但我还是怕他们抓住我。狠了劲跑。跑了整整一夜，第二天早上，才走出了矿区。

跑出来之后，我就想这辈子我再也不会去矿上干活了，那地方简直不是正常人呆的。不过近几年，国家已经着手整治矿上的生活了，相信会好的，但我还是不敢去，我对矿上有了阴影。

后来，我就上了内蒙一家工厂，给人家看了几年门。看门这事，没有那么辛苦，就是看好门。冬天的时候，也负责给人家烧锅炉。但那个工资固定的，一年下来也挣不了多少。最后，我又离开内蒙，上了新疆。

这在新疆一干就是很多年。最后差点在新疆落户了。

你问我在新疆干的啥？唉，你可能都知道，在新疆也干不了其他的，无外乎种棉花、务瓜、摘枸杞、埋葡萄之类的活。新疆那地方地多人少，只要有力气就能挣下钱。我干了几年，也悟出来点门道，带了一批人自己干。那时候，我每年都回来带人上新疆，在新疆包地（承包土地）。

我成了大家口中的老板，其实也就是带一批人上去，在田地里干活。我说过，我这人不亏人，更不会亏待我带上去的人，所以，那些年，我宁可别人拿多的，我拿少的。这样心里畅快。这样来，一传十十传百，大家把我说得也比较神奇。其实，我就是早出门几年，见识多了而已，说来说去，也是个干活的。现在想来，如果我多读些书，处境可能会比现在要好。

后来，在新疆混熟了，也认识了许多新疆的大老板和团连领导，他们也都愿意和我打交道，因为我这人实诚，不哄人。这个世界再怎么花样百出，做人还是要实诚。老实人可能会吃亏，但不会让人讨厌。我这人就是宁可自己吃亏，也不能因为我让别人吃亏。

2007年的时候，我和一个老板合作，承包了一些地，种瓜，挣了十多万。

第二年，就打算自己干，结果遇上了大风暴。播种在地里的棉花连根拔起，又种了第二遍，到了拾棉花的时候，价钱也不太好，亏了很多。一下子从老板又变成了打工者，不得不找团连领导和那些大老板帮忙，重新跟着他们干。一个老板，也算是几十年的哥们了，借了我七万多，让我东山再起。可那时候不比原来了，啥都精细化了，我也头脑不行。总是不挣钱，挣点花一点儿。七万多元也赔了，打了一年多工，才给人家把钱还上了。

再后来，又跟着一个老板干，工资还行，就是那老板对我带去的人不好。我这人脾气也差，经常和领导干仗，弄的领导不待见。钱也没挣多少，里外不是人，还把自己弄了一身病。去年的时候，我感觉身体不太好，检查说，腰椎间盘突出，还有一些小毛病也折磨我。关节炎一到了阴雨天，就疼地不行，我就回来了。打工的这日子，啥时候是个头？

打了一辈子工，最后两手空空回到了老家。从这里离开，想着干一番事业，最终也不得不回到这地方。

我后来就想，我这一辈子，就是让自己这种正直的秉性害了。我要是眼睛里能揉进沙子，对别人没那么多同情，我就不会至今都这般窝囊。其实，人这一辈子，怎么样的脾性，决定了我们会成为什么样的人，过什么样的生活。我的这脾性，是改不掉了。

而今，我再也不出门了，出门也干不动了。找个活，到处看脸色。被人像挑东西一样，挑来捡去，想想都可气。儿子也二十几的少年了，让他出门打工吧，儿孙自有儿孙福。现在，我给人家营务点庄稼，把门看住就行了。我打了一辈子工，依然是一穷二白，剩下的世事，就让孩子们去闯荡吧。我们也不适应这个时代了。

现在赚钱的方式太多了，据说看手机上那些视频都能挣钱，还说有些人专门拍小视频挣钱，靠别人刷礼物。我也搞不明白，就看孩子们每人拿着一部手机，在看视频。一看一整天，我看着就心急。

我老了，挣不下钱了，也不适合这个时代了。老家这个地方，就是我今后常待的地方。我一辈子外出打工，在家里没住过多长时间，总是在外面跑。现在好了，我不出去了，落叶归根了。我就常常想：这人从哪里来，必然回哪里去。那些离开的人，最后必然还会回来。就像有某种力量，总是在无形中牵引着每个人的人生流向。

我们谈了很多，直到他把那个羊头全部清理干净后，我们依然意犹未尽。他是村里最早出去打工的人，一直认为自己可以通过打工改变生活状态，或者叫改命。可他失败了，他说他走了一大圈，最后还是回来了，就像某种冥冥之中的定数一样。我完全解释不清这东西。

太阳快落山时，他说他要给家里的骡子去饮水，便离开了。我凑到那些年轻人赌博的桌面上，看他们玩扑克。

4.卫国叔

二月底，村子里没有人的影子，大批的务工者，都涌入城市，把故乡留给寂寞徘徊，整个村庄静地吓人。即便是那些留守的狗，都卧在太阳底下，一动不动，有人从身边走过，眼皮都懒得动一动。

村子里失去了活力。

父亲离开我们一年了。我在父亲的忌日里穿上孝服，接父亲的英灵回家。我端着冥币、鞭炮、草木灰等物件，穿过村子，走向村外。一路上没有碰到一个人，那些房屋门都紧锁着。

在村口，发现了盖房子的卫国叔。他一个人干着活，一边砌墙，一边和泥，还要搬石块和土疙瘩。房子所用木料，显然是旧木料，应该是从什么地方拆下来的。墙面上依然用石头垫底，等墙面砌高至一米左右，便开始用土疙瘩砌墙。这是最古老的砌墙法，父辈们修房时，因为没有修建房屋的物资，也没有多少钱能买起砖，就用土疙瘩砌墙。但近几年，这种方式的砌墙已经在农村消失，没有人再用土疙瘩砌墙了。

我问卫国叔："还修这个房子做什么用？"卫国叔笑着说："准备给骡子盖个厩。"我们相互寒暄过后，我去了父亲的坟头。还是过年的时候，我来过这里，一晃时间又过了两个多月。每一次走进父亲的坟茔，我都感觉走进了久违的依靠中。可以肆无忌惮，可以和父亲说一说悄悄话。

我烧了纸钱，带着烧着的三根香，往回走。这次路过卫国叔修房的地方时，卫国叔头也没抬，正专注于他手中的活。而那些用泥巴抹平的墙面上，显得肮肮脏脏。

在家里，摆上了盘香、冥币、香炉、献果、酒杯、茶水，将父亲的遗像，放在柜子正中央，准备过一年忌日。这是故乡的风俗，不管故乡还有没有人，但这种风俗，还得一年年延续下去。

晚上我一个人独自坐着，屋子里飘满了木香的味道。这流程大概与第一章里描述坐夜的情景类似。不一样的是那时候人很多，有年轻人，也有老年人。现在村子里只剩下了老人。

九点以后，依然没有人来。我感到了一丝寂寞。村子里的人，要么都早早睡了，要么还有其他事情要办。我依旧点上两支烟，我一支，父亲一支。这时候，卫国叔踏着黑漆漆的夜色走了进来。上香，磕头。

我邀请卫国叔上炕。

家里只有我们两个人。卫国叔，叭叭吃着旱烟，铜色的烟锅里便青烟滚滚。我让他抽纸烟，他却说纸烟太绵，抽起来没劲，还是旱烟好。我好奇地要过他的旱烟袋，也点上一锅烟，抽了一口，便呛得我不住咳嗽，眼睛里泪花乱飘。

卫国叔笑着，说我抽不惯这烟。我缓过气，直摇头，再也不抽老旱烟了。

百无聊赖中，再没有人来。似乎村庄里，已经没有多少人还知道，今天就是父亲的忌日。一茬一茬人正在老去，一茬一茬亡故的人，正在被人们忘却。

我们两个就聊起他打工的事情。

要说我啊，年轻的时候，到处打工，也算是见过世面的人。只是现在老了，就只能守在家里，给家里人干活。儿子让我把地撂荒算了，可我心里舍不得，撂荒了一家子人吃什么喝什么？那些麦草、麦衣冬天的时候还能烧个热乎炕，现在的娃娃不当家，不知道家里油盐柴米贵。冬天全家回来，还要睡热炕，还要吃白面。这些东西都要从土地上得到，把那些地撂荒了，冬天怎么办？儿子说，可以睡电褥子，可是没电了呢？再说那电褥子，睡一觉起来，整个脑壳就疼，嘴巴也干地要命，好像好久都没喝水了一样，让人很难受。

你问我年轻的时候都去过哪里？那就多了。基本上全国各地都转了一圈。最早的时候，当然是上北京。那时候年轻，北京也没有现在的繁华。我现在从电视上看北京，我就根本不认识了。我们那时候，在北京三环以外，都是土地，哪里有那么多高楼大厦。我在北京时，看着别人都疯了一样，做各种生意，大把大把地赚钱，我也就倒腾过小生意，没赚多少钱，还到处被城管撵。那种日子，也不知道何时是个头。那时候，很多有关系的人，都能赚到很多钱。但我没关系。我在北京的时候，第一次感受到了"关系"这个词语的意义。可没有各种关系，自然啥事情干起来，都不顺利。

后来，听人说，深圳好，在深圳挣钱，就像捡地上的树叶一样。我就冒冒失失去了。可去了一看，哪里有传说的那么好。深圳虽然比北京开放，但在这平头老百姓，大字不识几个，能在深圳干什么？还不是给人出死力。那时候，深圳大搞建设，我就在工地上干活。咱也是个实性子人，不懂建筑行业里面的许多事情，就是埋头干活，也没想过要学一些技术。要不然，我现在说不定也是建筑行业里厉害人了。

在深圳干了三年多，挣了点钱。又看到别人都在做生意，就想着回来弄点小生意，也弄个老板当当。可在深圳想搞点事干，却有困难。我就把目光放到了故乡。但那时候，家里这边，没有深圳那么开放。尽管包产到户很多年了，人们的思想不开放，更舍不得花钱。但即便这样，我还是开了一个小门市部，给农村里人买一些生活用品，也出售一些时兴的玩意儿，比如录音机啊，还有一些娃娃们喜欢的东西。

可当时，大家手里也没有多余的钱，除非是一些重要的生活必需品，其他的东西，他们不会买。小门市部，也就那样不死不活的运行着。不过这也好，我好歹做了自己的老板。

这时候，那些同村的人就三个一群五个一伍，往我家里跑，说我把钱挣下了，要我请客。这样的事情，你总是躲不掉，只能请他喝酒吃肉，况且我还有个小卖部。再说，那时候我的确也比村里的人有钱。花这点钱，可以让大家尊重我。你都不知道，很多年前，我因为父亲去世的早，家里只有一个老母亲，在村里活着抬不起头。经常被村里那些大家族人欺负。我又没有兄弟，自己也只能吃哑巴亏。而且这种情况一直持续了很多年，后来，我儿子小时候总是被村里的娃娃打，咱也惹不起人，只能回家把娃娃管教好，不让去惹那些家族人口多的人家。

我请村里那些人吃喝，其实也就是给村里人看的，我不再是过去的我了。我们家虽然人丁少，但而今的社会，只要能挣下钱，就能得到别人的尊重。门市部的经营，一点点地在蚕食着我的积蓄，后来，实在是开不下去了。因为入不敷出。很多东西都没人要。于是，我又给家里老母亲留了些钱，就又打工去了。在外面挣钱，总是比在家里容易得多，小门市部进账都一毛一毛，一块一块地积攒，挺急人的。

我在外面打工时，总是能挣一些钱。过年的时候，我看戏场子里人多，觉得这是个好机会，如果把戏场子里的人都吸引过来，说不定就能又挣一笔钱。于是，我就开了个录像厅，专门放那些港片。所谓录像厅，其实就三间房，房子最前面，有一个电视。唱戏的时候，人很多，都是来看电影的。那时候的电影，也是新奇东西，好多人家都没有电视，哪里有机会看电影。看电影的时候，一个人一场五毛钱，一晚上，总是能挣百十块。那些碟片，可以轮番地放映。很多年轻人，也就总往我的录像厅里跑。

有一次，几个看电影的年轻人不知何故相互打了起来，闹地不可开交，电影房遭到了破坏，那些新买的电视机和VCD，也都被砸坏了。那时候也没有派出所，就找乡政府的人，调节了一下，说赔我一些钱，我说要原价赔，乡政府的人收了闹事人家里的好处，就给那些人说好话，还说我的电视剧和VCD机子已经用过了一段时间，不可能按原价赔给我。

当时，我也说不过人家，你别说那些乡政府里的人，真不愧是念书的人，说话舌头都不打弯儿。我当时只是不服气，日他妈，我也是见过世面的人，我才不怕他们那些吓人的话呢！他们见我吓不住，就让我去法院起诉。日他妈的，这些人就知道推卸责任。我才不去法院呢，咱一个老百姓上法院，那不等于说撕破脸了吗？我抗争了一下，最后，还是按折扣赔了钱。后来我才听说，有人故意背后使坏，见我的录像厅生意好，就想了这个办法，破坏了我的机器。你说现在的人，没钱了人看不起，嫌你没本事，有钱了有些人又眼红。

录像厅是开不成了。只能想起他办法。再说了，录像厅也是个时令性很强的生意。人多了才能挣下钱，人少了，电费都掏不起。可村里每年人多的时候，也就是过年唱戏的时候，其他时间，有的人出去打工了，有的人则上地干活了，谁还有闲情看录像？我也就自认倒霉，重新想办法。

后来我又去了深圳，继续上建筑工地，还是干那些活儿。但那时候，建筑行业有了新的变动，一些新的材料被用进来。我完全不懂，深圳的电视里经常说深圳是全国发展速度最快的城市，我们也不懂，快不快也与我没有任何关系，我只要挣到钱就好。可当时，工地里有了些新面孔，是大学生。那些大学生，有男的也有女的，他们戴着两边厚中间薄的眼镜，在建筑工地上转一圈就回去了。

可一个月下来，人家的工资是我的好几倍。这也没啥，怪只怪自己没文化。那时候的深圳，知识这东西太重要了。我就想，将来我也得把自己的孩子供上大学，只要他们上了大学，以后也是吃香的喝辣的，和这些工地上的大学生一样，不再给人出死力。可偏偏这时，我遇到了一件事，彻底颠覆了我对那些大学生的看法。那是后来的一件事，其实这件事，本身也与我没多大关系，只是恰巧让我碰到了。

当时，有送水的人送来一车的大桶纯净水。他们正在一桶桶地卸车。那天，我恰巧路过，送水的人让我把水桶扛进去，我就扛着水桶进了经理办公室。咱那时候也不懂敲门这一说，从一楼扛着一桶水去了四楼经理室，我没敲门，直接就把门推开了。当我把门推开的那一瞬间，竟然发现经理和一个女大学生抱在一起，像啃馒头一样，相互啃着。我当时吓坏了，愣在了那里。不知道怎么会碰倒这样的事情。那经理也是有家室的人，老婆孩子有时候也来场子里转，我见过。谁能想到这家伙，竟然和那些大学生搞在了一起。等我回过神来后，放下水桶就跑了。

当时，我其实也没多想，人家是领导，爱怎么干就怎么干，我也管不着，谁叫人家是领导，人家有权利享受我们没权利享受的事情，这都是命，不怨任何人。然而，事情并没有我想象的那么乐观。接着，我的不顺心事情就来了，因为我看见了不该看见的东西。我经常被安排在夜班，或者干最重的活。干着干着，心里就不平衡。这些狗日的，干些见不得人的事情还整我。我想他们主要是害怕我把这事情说出去，我才不干那事情呢？可他们不会这么想，也是他们心虚，因为这种事，我说给谁谁能信呢？不过，对于做贼的人来说，总是心虚的。

我就把这事说给了一个工友。那家伙还建议我找到经理，向经理去讹一笔钱，再找一个轻省的活干。如果经理不同意，还让我去经理家里闹，如果经理继续这样，就让我把这事情抖出去。但我没有这样做，一来我觉得这样做，无异于冒险，如果我弄不倒经理，我的日子就更难了，如果我弄倒了经理，我以后怕也很难在工地上干活。这人一旦名气出去, 不管是好名气还是坏名气, 都会给你带来无尽的烦恼。我们老家有句话说: "人怕出名猪怕壮"。

即便这样, 我的日子也没好过多少。经常还会被莫名其妙地找麻烦。其实我知道原因是什么。受人排挤的生活, 不好过。后来, 我给工友说的话, 竟然让那些一起干活的人都知道了。大家都在议论这件事。我也后悔自己的嘴碎, 不应该说这件事的。有一次, 经理就找我, 问了我这件事, 我就实话实说了。他就说, 我不能在工地上干了。反正辞一个人, 对他们来说, 太容易了。

当然, 即便是他不辞退我, 我也不想干了。这个地方, 我已经成了一种 "坏人" 形象。我就辞了工作, 北上, 到了江苏。

在江苏, 我找了个化工厂, 专门生产化肥的工厂。那里面工资也挺好, 就是流水线上的工作, 一天不能离人。但是, 那个工厂里, 气味太大了。那种刺鼻的气味, 让人受不了。干了一段时间, 总感觉胸部不舒服, 加上那时候我吸烟吸得多。到医院检查一下, 拍了个片子, 大夫说肺部有阴影, 让我注意。我当时挺震惊的。我以为是吸烟导致的, 就戒了烟。但每天上完工回来, 还是感觉嗓子里不好。我就想到了这些原因, 应该与厂子里那些气味有关系。那时候, 工厂为了效益, 也不管工人的死活, 尤其是我们这些外地人, 干的是最劳累, 最污染大的工作。

我们干的很多, 却与厂里的其他人工资福利都不一样。我那时候, 只觉得心里不平衡, 凭什么我们干得多, 却得到的少? 可不平衡归不平衡, 要真正改变这种现状, 我是没有能力的。我当时还想, 如果我是这个厂的厂长, 我就按工人干得多少给工资, 不讲资历, 只讲工作效率。反正只要那个车间制造出来的效益高, 就应该给那个车间人高工资。

哈哈, 我也是做白日梦, 我要是能当上厂长, 也不至于到处打工了。

坚持了一年多, 挣了点钱, 就回家了。回家后, 老母亲就经常念叨我的婚事，其实那时候我也年龄不大，但在农村里，过了二十岁，就是谈婚论嫁的年龄了。我就听了母亲的话，找媒人说亲。结婚这件事，也顺利的多。腊月里说成的亲，正月里就办事情。寥寥草草一个多月，就把媳妇娶进门了。

结了婚，过了几天新婚日子，之前挣的钱，基本上花完了，我就又出门了。那时候母亲的身体一直不好，我就让老婆留在家里照顾我母亲，我自己一个人走了。反正这些年来，都是一个人外出，我也习惯了。

当我拖着个破皮箱，站在天水火车站的时候，我不知自己该去哪里。手头的钱几乎花光了，也不知该找个具体活干，跑到了山西，找建筑工地。可我一个外地人，人家不要。日他妈，就是欺负我们外地人。最后，去了赤峰一个厂子。那个厂子，是生产塑料管子的场子，整天也是黑烟冒着，和我在江苏化肥厂差不了不多。那种刺鼻子的气味，也很难受。但出来了，就要坚持干一年吧，家里还有两张嘴等着我一年的收获呢。我就坚持干着。到了年终时，被人家扣了一个月的工资，才回来了。扣工资的目的很明确，就是害怕第二年我不去了，以此来留住我们这些人。你说人都精不精？过年回来，老婆的肚子已经大了，就要生孩子。

我是等到老婆把孩子生下来之后才走的。当然，我还是上了赤峰，那一个月的工资，不能白白浪费掉。我去了之后，他们就把我扣下的一个月工资发给了我。我干了几天，就辞职不干。但厂子里还不让我走，最后没办法，就在夜里偷着跑了。一些行李都全部扔了。还有我新买的衣服。但那时，哪里顾得上这些，心里只有一个念头：逃跑。

从赤峰出来，就坐车到了西安。

西安那时候搞基建，到处都在建楼房。我就继续干了自己的老本行，反正哪里的建筑行业都一样。这回，我也开始跟着学一下新技术。你都不知道，那些大工心里抠的很，就害怕你学了他的技术活。每次我跟在大工后面，想要看看他们怎么干活的时候，他们就把我打发了。我只能干一些体力活。可我还是不死心，我就要偷着学艺。可这些人比我还猴精，似乎知道我要干什么，但凡有技术活，他们就把我支走。我当时自己心里有气，你们不让我学，我偏要学。于是，我总是偷偷看他们怎么做的，由此也掌握了一些技术。不过，他们对这些偷艺行为也预防很紧。可再好的预防，都有预防不到的地方，我依然可以看到他们的那些技艺。我就自己在工地上练，一遍遍地练，只要我自己掌握了一种技艺，就不会受这种歧视了。

皇天不负苦心人，那些门道我还是慢慢琢磨出来了。我也自己可以揽活干了。

这时候，孩子拉肚子脱水了，我赶紧往回赶。我在家里待了半年多，又上了西安。后来，西安的竞争也很激烈，我感觉，建筑行业里，已经到了饱和的状态，我必须换一个地方。于是，我就上了乌鲁木齐。

以后很多年，都在乌鲁木齐干着，也在昌吉干过几年。我在乌鲁木齐也有了自己的圈子，认识了一些人。后来，故乡人来乌鲁木齐干活的人就多了。我们村那些来乌鲁木齐打工的年轻人，都来找我，我给他们介绍活。你别看他们现在人毛狗样，当初都是我带着的。

后来母亲重病，家里只有老婆孩子，我也不放心，就在县城附近干活。我有手艺，不怕找不到工作。再后来，孩子上学，我继续打工。咱那孩子也不是上学的料，念不进去书，初三没毕业，就出门打了工。刚开始也在西安工地上干着，后来嫌工地上的活太苦，就上了北京。娃娃大了，我也管不住，任由他去了。儿子在外面逛了几年，一分钱都挣不下，我还得给人家打工。眼看着儿子一天天长大，一分钱都挣不下，我就气得很。那么大了，还是不懂事，只要过年回来，就到处喝酒。一喝就喝大半夜。还不让我说，我们父子两个，一说到喝酒这件事，就吵架。一吵架我也就喝酒，我老婆就说我们父子俩没一个好东西。

其实，这些年来，我还是挣了一些钱的。家里过得不算太好，也不算太坏。和那些村里吃公粮的人家没发比，但自问日子过得还是挺滋润的。

后来，儿子大了，就重新翻修房屋，挣钱给儿子娶媳妇。我儿媳妇进门容易，并没有让我操多少心。给儿子娶了媳妇之后，也算是功德圆满了。

再后来，各种花钱的地方就多了。家里也只有我和儿子两个人打工。儿子基本上每年不挣钱，就那样逛着。但我也听那些和他一起出去干活的人说，儿子也挣下钱了，只是不给我说罢了。不过这也好，儿子也有了家室，他要为自己的一家子人考虑，给不给我们钱不重要，我也不要他的钱，我自己还能动弹，能挣回来家里的开销。就这样，我还是负责家里的开销。但这时候，我身体不比从前了，也干不了很多活，只能找不太重的活干。这样，挣钱也就少了。我连村里的那些年轻人都不如了，建筑行业虽然能干，但后来腰上出了毛病，不能总弯着腰。建筑工地上，也就很少去了。挑一些轻省的活干。

后来，儿子儿媳就上了西安，我回家务农。

儿媳妇进门后，人家两口子倒好，一起打工，一起来一起走。一年在家里也待不了多久。他妈就就在我跟前念叨，说她一个急得慌，我知道他是想要孙子，不光他急，我也急。你说我打了一辈子工，到了这年纪，也没啥追求，就是希望可抱个孙子。可儿子儿媳妇说不愿意要，准备挣钱，在西安买房，等到房子买下了，再说要孩子的事情。

现在的娃娃，就是不理解大人的心。你们放心生就是，生下来了我和你妈给你们养着，不要你们操心。我在西安干了半辈子，也没想过要在西安买房。现在的娃娃，看不上咱农村这山圪崂。

到了2006年的时候，身体出了小毛病，去县城看病。一检查，说是肾积水，要做手术。儿子儿媳不相信县城的检查，带着我去西安检查了，结果差不多。我还嫌儿子花钱，其实而今县上的检查水平，与那些大医院差不了多少。可儿子还是坚持要我去大医院检查，人老了就拗不过孩子们了，只能听他们的。儿子儿媳妇陪着在西安做了手术，休息了一段时间，明显感觉身体好了。

那时候，我就想着，既然已经好了，我还是准备继续干活，挣些钱，儿子儿媳也都准备在西安买房子，我想如果我能帮上一把，我就尽量帮他们一把，反正我这把老骨头了，死了活了不重要。只要我能帮着他们一点，我心里也畅快。而今的这娃娃们，都不想在家乡住了，有本事的都往外面跑，在城市里买房。这也是时代的趋势，我们这些人是没办法理解的。

我还想在西安建筑工地上干，但儿子儿媳死活不让。我就把自己的铺盖卷一捆，回到了家里。以后，我再也没去过外面。我也想通了，在哪里打工，其实都是一样的，这个世道终究是年轻人的天下，就是这样，你能怎么办？我就不想打工了，看够了，也干够了。到了我这年纪，虽然还有点技术，但明显身体已经不允许我们在城市里再混下去了。我们这个年纪的人，就适合待在老家，营务点庄稼，谁都管不着我，图个自由自在。

后来，老伴儿去世了。就留下我一个人，其实到了我这个年龄，死死活活早就看开了，不就是谁先走，谁后走的问题吗？老伴儿走了，我一个人在家里，也闲不住，也就把那些地里的活都重新捡起来了。老伴儿就躺在地畔上，有时候，我干活干累了，还能坐在她的坟头上说一阵话。

再后来，儿子心里有愧疚，又担心我一个人在家里待着，两口子便要了一个孩子，这孩子是个男娃。我当时很高兴，在地畔上给老伴儿说了一下午的话，我只是惋惜了老伴儿不能再给他们带孩子了，她活着的时候，一直想有个孙子，现在终于如愿以偿了。孩子生下来以后，儿媳妇在家里喂养孩子，儿子还是外出打工，我也就能吃一口热乎饭了。

后来，孙子两岁多时，儿子已经买了房子，但是毛坯房，还没有装修，还欠着一大笔的尾款，我就把儿媳妇也打发到西安去了，他们两口子去挣钱，总比一个人挣钱强一点。我就负责照看孩子。这孩子也与我亲的很，小家伙机灵得很，和我在一起的时候，总是说一些我爱听的话。他说，他长大了一定会给我买一台汽车，带着我到处去旅游。还说，等他将来有钱了，就给我雇个保姆，让我天天睡觉，不干活。呵呵，小孩子的话，有时候真能暖热心呢。

再后来孩子长大了，咱们这地方没有幼儿园。我就让孩子跟着儿子儿媳去西安上幼儿园，毕竟孩子的教育耽误不得。儿子还坚持让我继续带着孙子，好歹也有个伴儿，等着孩子到了上小学的年纪，他们再将孩子和我接到西安去。但我没有让儿子这么做，毕竟我就一个孙子，虽然心里也舍不得，晚上搂着他睡习惯了，可孩子的教育问题是大问题，我不能因为自己的私心，而让孩学习受到影响。如果不上幼儿园，直接让孩子上一年级，势必会跟不上学习进度，这样也影响孩子的学业。我坚持让儿子儿媳把孙子带去西安。儿子说如果去，就全家人都去，反正他买房子的时候，买了三室一厅的，有我一个卧室。还给我备下了茶罐等东西，就等着我去呢。

但我没去，我已经习惯了在这里生活，去西安天天在家里待着，我会急死的。况且城市里的生活，一家子三代人在一套房子里生活很别扭。不如待在老家这山乡圪崂舒畅。儿子拗不过我，只能将孩子带到西安去上学。不过，每年到了寒暑假，儿子都带着全家人回来，陪我住一段时间。去年过年的时候，儿子非得我跟着他们去西安过年，说楼房里暖和，对我的身体好。孙子也一个劲儿地拉我，我就去了。住了十几天，过了正月初六，我就回来了。楼房里的生活，太憋屈了，我根本不习惯。再说了，他们整天抱着个手机看，也不和我说话。我也没地方去，住下就心急得很。

现在，儿子全家都在西安生活。我想那是他们这一代人的生活，虽然在农村里长大，但与农村的关系也越来越稀薄了。他们本身就没有我们这一代人对土地的感情，所以，他们离开土地时，也是没有牵挂的。但这对于我来说，意义不一样。

我现在越来越觉家里好，年轻的时候到处转，没有想过在家里待多久。更没有多少时间来陪老伴儿。现在她去世了，我就要在这里陪着她。西安再好，那也是异乡了。我给儿子说了，等我死了，就和他妈埋在一起。我给自己把方木（打棺材的木料）都备好了。可儿子不喜欢我说这话，他们虽然没办法说服我去西安生活，但我在这里，也是他们的一个牵挂。我也经常牵挂他们的生活，我想这就是亲人。

你问我为啥不好好好歇息，还要修草房？哎，出了一辈子的力气，干了一辈子的活，让我就这样天天闲着没事干，我就急死了。我就是个受苦的命，不干活心里憋得慌。正好骡子厩有些坍塌，我就直接拆除了，重新翻修。儿媳让我把这给包工程的人外包，我才不干呢。我干了半辈子建筑工地，连自家的一个小房子都修不好，那还不让人笑死？儿子还让我用水泥和钢筋修建，我想着，这是个骡子厩，又不是自己住的，修那么好干嘛？再说原来的那些物料都能用，钱多得没地方花了，要买钢筋水泥？他们在西安买了房子，到处都要花钱，我能省一点算一点吧。家里的活，我一个人就干了，不给他们扯后腿。

家里的地，我也种着，即便他们将来在西安定居了，我营务的庄稼他们也能吃。那城里的面粉，都是加工过的，有添加剂。咱自己产的，天然无公害，吃起来健康。

哎，说一千道一万，只要儿子一家过得好了，我的一切就好。我这个年纪，啥都不稀罕了。只要他们好，我就能安心的见他妈去了。

卫国叔作为村子里第一批打工者，在历尽繁华后，最后依然回归到了土地。我不知道这是旷达，还是向现实妥协。

他乐观的态度着实影响到了我，即便是回到生命最初，又有什么呢？我终将入世，在世界中，展现一个人存在的价值，然后又悄然地回归，这应该是大多数人的归属。就像那句金庸先生的话：人生不过是大闹一番后，悄然离去。

他把大半生的时间，都用在了打工路上。很多年后，想起曾经的打工生涯，依然历历在目。那些美好的记忆，成了他一生的财富。我能想的来，他在各种困难和困惑面前的不妥协。

现在他依然固守清贫，却乐得自在。城市化后，许多人开始进城，害怕农村成为永远甩不掉的包袱，或者自己身上的标签，挤破脑袋进城当城里人。可他们都进城了，农村怎么办呢？

5.生存困境

我为什么不厌其烦地说到了父亲的去世，说到了各种回故乡的感受。一方面父亲的去世，的确给了我极大打击。而立之年丧父，让我有些慌乱，自己本身才刚刚独立，过早地接受了人生独自走向衰亡的过程。另一方面，我发现只有故土和已故亡人，才是那种隐形地牵动着整个故乡人情感的情丝。故乡的老人一直在坚守着他们经历的那些约定俗成的规矩，但外出务工者，已经开始接受城市文明。那些外出务工者，代表了乡村里的精英，他们已经脱离土地，如果在故乡没有任何牵挂，没有祖辈需要祭奠，那么，他们自然也就脱离了村庄。

说白了，而今的乡村与走出乡村人的隐性牵引，就是屹立在这里的祖先的坟茔。祖先在这里，后世子孙就得回来，这是老祖宗留下来的规矩，任谁当了多大的官儿，都要回乡祭祖。即便是一贫如洗的外出漂泊者，年终时也要回来祭奠先人。正是基于这个原因，每年过年时，那些熟悉而又陌生的面孔，在村子里又会碰到。有些人已经外出多年，也很少回来了。但如果家里有亲人去世，那么，他们每年都要回来"坐夜"。这种回乡祭祖，一方面是给故乡的活人看，另一方面，也给自己图个心安，毕竟亡故的亲人还在这里，只要那座坟还在，就由不得人们忘本。如果一个人与这个村子确实没有关系了，他们就能把异乡当成故乡，不愿意再回来。没有念想，回来还有何意义？

当然，我在这里并不是为了驻守农村而诡辩，在一个追求幸福生活的时代里，对每个人外出寻求出路的做法，我们都应当赞同，并鼓励其外出创业。只是更多的人走出去了，并没有创出一番事业，而是为生活迷茫着，苦苦追寻着自己的路。曾经的雄心壮志，在被现实一次次击碎后，夭折了。

然而，即便是不知道前途几何，但人们还是要外出，因为外出总会有来钱处，而蜗居在家，则一分钱的门路都没有。没有知识可以出卖力气，没有技术可以出卖体力。他们相信只要有挣钱的地方，就需要各种各样的劳动力。所以当我穿梭于故乡的大街小巷，我发现越来越多的人，开始出门打工。我也与各类人进行交谈，也发现越来越多的人，不愿意回到故乡，土地早已对他们没有吸引力。至少土地已经无法变现。吃饱穿暖已经不是人们的追求，更多的人希望银行能有存钱,家里能有汽车,孩子们能接受良好教育,老人们能有养老保障……这一切,都是以经济为基础的,没有钱,什么都办不到。所谓一分钱难倒英雄汉,就是这个道理。加上这些年来,贫富差距的不断拉大,也深深刺痛了故乡的人。凭什么你就可以开汽车,吃香的喝辣的,而我只能过清贫的日子?这种刺激,直接催生了人们要外出赚钱的初衷。

对于故乡人来说,在当下社会里,钱比什么都重要,人人都得为钱而苦苦煎熬着,那是财富、面子的表现形式。物质世界其实就是人们追求的世界,中国的农民,还没有达到一味坚守清贫去追求精神的富有。他们当中更多的人,是在艰难生活中前行着。

当然,这里并非诟病他们追求金钱的态度,而是他们本身就处在一种艰难生活中,没有钱的日子,想象真难。我曾经走访的一个叔辈,今年已五十二,老伴去世的早。这些年来他一直在北京给人看大门,工资是死的,没有福利,很多年过年时都不回家,为了省钱,几乎一直在单位大灶上吃饭,等到放假了他就自己做。他说他要把钱省下来,给儿子供房贷,因为他还有个在县城工作的儿子,买了房子也娶了媳妇儿,但儿媳妇没有工作,一家人全凭儿子的一点工资生活,他就只能出来给儿子挣房贷。用他的话说"能帮儿子一把就帮一把,总不能看着儿子天天熬煎吧!"他和我说这话的时候,看不出有多少沮丧,也看不出有多少高兴,对此事,似乎他早已习惯。他还告诉我,等着他再挣几年钱,实在挣不回来钱了,就回老家,收拾一下庭院,一个人生活。我问他,没想过和儿子一起生活?他苦笑一下说:儿子有儿子的难肠,两室一厅的房子,他去了都没地方住……对此我不敢妄加评论,因为他的儿子处境和我又太多的相似之处,我在城里的那个窝,我的父亲生前只来过一次,住了一晚上。以后他再也没有来过,直至去世。

但这种对金钱的追求，让乡村蔓延着一种颓废的情绪。既然传统的务农已经解决不了当下生活的需求，为什么还要坚持继续务农？这是萦绕在故乡人心中的疑团。所以越来越多的人进城务工，土地留给上天。一些山地、川地，还有临着燕子河的水地，开始撂荒。这些地，很多年前都是故乡人引以为傲的地方。那些原来春暖花开时，各种庄稼齐头并进争相拔高的现象，只能留在记忆里了。所有人，都为了生存而苦苦挣扎，在困境中寻找着出路。

故乡的打工者，以青年人居多。十七八到四十岁之间，全部流入到城市了，也有极少数五十岁左右的人，和年轻人一起加入外出务工者的队伍。这种劳动力的缺失，本身就是对农村原有生产模式的破坏。没有劳力的农村，拿什么来支撑整个传统农业生产运作？农村他们不愿意待着，城市里，他们也很难有立足之地，但他们就像个屡屡受挫的人，百折不挠，一个劲儿往城市里冲。因为在城市里有一个最大的，尤其是对农民来说，最实惠也最具有吸引力的因素，那就是来钱快。如果说十年前甚至二十年前，故乡的打工者，还都在一些外地偏远地区挣钱的话，现如今的打工者，都往城市里跑，城市成了他们以后开疆拓土的战场。

故乡这些融入城市里的打工者，他们的生活到底如何，我无法猜测。但是作为城市的进入者，他们一旦进入城市，也就融入城市里了，至少在表象上看，他们和生活在城市里的人并无二致。尽管许多人在城市里只是长期居住，永远没办法改变身份证上面那个家庭住址。而城市里那些漂亮的商品楼，对绝大多数城里打工者，也都只能看看，没办法拥有一席之地。他们远离故乡，却无法扎根他乡，故乡成了异乡，他乡又成了无法安魂的地方。这就是今天农民所要面对的尴尬局面。在身份归属上，他们依然是故乡上坪村人，但在城市里，谁能知道他们就是这个偏远山村的人呢？

当然，也有个别有手艺的，或者脑子比较灵活的，可以在外面挣着钱，拼尽今生在外面落户扎根。可这种草根逆袭的事情，对绝大多少农民来说，只是一个美好的梦。

许多年后当我再次回到故乡，见到昔日很多初中或者小学同学，他们也都每年在外奔波，可就像他们说的，并没有"混出个人样来"。也正是基于此，我们之间的关系也早已疏远成了一种陌生，隔在我们之间的鸿沟，就像三十年后鲁迅再次见到闰土时的情景。或许在他们看来，生活早已将我们分开，现实条件的差异性，让我们昔日的同学情也套上了世俗的枷锁。

我们村的贺来安一家，是村子里最早出去的一批人。早年间，是父母出去，他和我一样念书，我们从小学到初中，都是同学。因为是邻居，上学了，免不了一起来一起去，在一定程度上讲，他是我童年少年的好朋友。后来，我上高中，他去了中专，我们依然有书信来往。那时候，等一份书信，真是盼着鸿雁寄锦书来。再后来，大学毕业他也上了北京，我们的联系就少了。前年他结婚时，全家都回来了。他结婚那天，我正好有事不在，没有帮上忙。我是给父亲交代了要代我去给他家里帮忙。去年全家也没有回来，门上总是用一把大铁锁锁着。今年我回家坐纸，发现他们父母回来了，但没有见贺来安的人影。我问贺来安父亲，说放假七天划不来。我们昔日的好友，因为地域距离，也因为现实因素，都在远去。除去大多数外出混迹于江湖且生活不见起色的情况也有例外，比如我的几个同学，有的在西安买房了，有的在县城买房了。甚至有个初中的哥们，在天津定居了，有了自己的一个大超市，真正意义上改变了一个人的命运，事业上的成功，让他娶到一个山东的娇妻，一家人最终都搬到了天津生活。去年他自己开车回来，我们曾经一起吃过饭，以后也就进入各自生活中，偶尔也能从他的朋友圈里看到他进货的情形，真是羡煞旁人。看着他的生活，就为自己寒酸样感到莫名的悲哀。不过他和我一样，也成了远离故乡的人。

可如上述同学的经历，毕竟是凤毛麟角，没有几个人。绝大多数人都是在年复一年的打工中，苍老了岁月，他们才是故乡打工者的主体。为了摸清故乡这些打工者的去向，我在正月里，走访了很多人，了解他们的情况。在与他们的交谈中，我发现，外出打工者绝大多数上了北京，有做保安的，有在饭店做服务员的，也有在建筑工地干小工的。快递哥、装卸工、售货员、地铁安检员……似乎各行各业里，都有故乡人的身影。我记得我上大学那会儿，路过北京，就在地铁站里看到了和我同村的一个女孩子，在地铁站做安检员，在我慌乱进站时，她还帮我刷了地铁卡。后来，听说她嫁给了一个比她大十几岁的安徽人，在安徽定居了，偶尔也发全家福，幸福的样子，让人很是羡慕。在北京的老乡，绝大多数，都靠力气吃饭。他们没有学历，没有一技之长用来一辈子吃饭。稍微有点心眼的，或者，脑袋灵活的，都干着轻省活。

当然，在一个注重学历的国度，即便再轻省的活，都离不开体力劳动。故乡的外出打工者，依靠脑力收获的，依然很少。接受高等教育的人才，在农村显得尤为稀少，许多念书的孩子，在念书这场持久战中，逐渐会"阵亡"，能最后坚持下来的一定是这场战役的胜利者，他们的生活就相对要好一些。我们村唯一一个北大博士，就是例外，他彻底摆脱了底层人的命运，跻身到上层社会中，所谓知识改变命运，也不过如此。不过故乡人对于读书这件事，总是持有怀疑意见，孩子能否好好读书，全在个人修行，父母很少关注，甚至那种宿命观念，根深蒂固。这也让那些本来可以好好念书的孩子，因为得不到父母的支持，最终选择了接受命运。农村教育的失衡，家长外出打工无暇顾及，孩子随心所欲……诸多的现实因素，造就了今天农村孩子，接受九年义务教育后，真正上高中考大学的就没有几个人了。他们进入到打工者序列中，挣钱，娶媳妇，修房，过日子，继续沿袭父辈们曾经走过的路，唯一不同的是，他们当中很多人识字，比起睁眼瞎的父辈们，进步了一点。

除了上北京务工，故乡打工者还有一大部分上了新疆。新疆地大物博，需要大量的劳动力。不像北京，那里是个靠力气吃饭的省份，所以，他们只要身体健康，更多的人愿意往新疆跑。务瓜、拾棉花、种葡萄、摘枸杞……这些体力活，需要大量的人进入新疆去，用故乡新疆务工者的话说"在新疆，只要人不懒就能赚到钱。"这也是一种实际情况，新疆有更多的地方，是需要手工业者去完成的，产业也都是大规模的，自然就需要更多劳力去了。在新疆打工，也仅仅是体力劳动，没有人与人之间的斗争，这也是故乡人青睐新疆的原因。我曾经做过调查，故乡的打工者，大多数人都不想为了点钱陷入某种明争暗斗中，他们就想明明白白做事，干干净净做人，而城市处处都是斗争。

不过，去新疆的这些人，大多数都是文化程度低，脑子转动也慢的人，他们到那里去务工，都是出卖自己的体力，相对来说，新疆这地方就需要这样的体力。况且新疆的工资也高，如果是打短工，当天就能现结。这对于很多人来说，也是诱惑。就这，依然满足不了急缺劳力的新疆。这几年就有新疆建设兵团移民宣传队，不停在湫山宣传移民的好处。我的弟弟，也是在前年，移民到了建设兵团。移民的理由，和很多人移民的理由一样，故乡这里没出路。出路是摆在当前农民工身上的难题。故乡农民的出路在何方？市场经济延伸到了农村，必然就得按照市场经济的规律来。人是社会的产物，只能顺着社会，不能逆着社会发展。故乡，没有可以养家糊口，甚至挣钱的地方，他们只能选择有希望的地方，重新扎根，重新开始生活。

北京和新疆分流了绝大多数故乡打工者。剩余务工者一大部分在西安。这几年西安的发展，日新月异。从故乡走出去的一些年轻人，有一部分在西安落脚。我的一个小学同学，嫁到了石洞沟，夫妻辛勤劳作，现在已经在西安买房，属于西安市民，彻底甩掉了山村农民的命运，他们的孩子必然将在西安落脚。当然，和她一样的毕竟是少数，剩下的一些在西安打工者，终日还是为了几个钱，在苦苦挣扎。

最后剩余的一些打工者，人数不多，但很分散，他们的打工地遍布全国各地，从北到内蒙古，南到东南沿海地区各个城市都有，四川、重庆等西南省份也有。他们不管去哪里，都是为了能赚到钱，可如今，对知识越来越重视，让故乡的这些外出打工者，越来越觉得出路艰难。智能化的东西，越来越多出现在了市场，纯粹的依靠力气来挣钱的门路，也越来越少，这也是农民工挣钱困难的重要原因之一。

他们年末岁初打工回来的时候，说着打死都不出去了，外面太苦，挣钱太不容易了。可过了年，咬咬牙，收拾好行李，又走了！

再困难钱还得出门去挣，如果不出门，一分钱都没有，全家人的生计怎么办？出门了，即便是找一些不好干的活计，也总能挣钱。所以，每年过年时总能看到这样的景象：那些打算出门的人，早就开始联络，准备过了年就动身，走的越早，一些单位就越有希望接收他们。等到了人们大量返城时，许多企业或工厂，已经人满为患。故乡这些打工者,每年年初离家,年末回家过年,第二年继续出去。年复一年,靠力气吃饭。

我不由地对这种极不稳定的打工路暗暗担忧起来,年轻时,可以拼力气。干不动时,拿什么拼?难道让自己的子女继续着自己的老路,一代代延续下去?这终归不是正道。人这一辈子,能干活的时光总是有限的。这还是保证身体健康的情况下。没有人能打一辈子工,可不打工,又能干什么?许多的问题困扰着我,我也没办法找到答案。

故乡的打工者对自己的人生没有规划,也成为他们面对日新月异时代发展迷茫的重要原因之一。在今年回家过年时,我专门找了一些人,询问了他们对将来的打算。所有被询问者都一脸茫然,甚至有些不好意思,因为他们完全对自己将来没有打算,想都没有想过这件事。他们觉得,大家都这样,自己也这样。随波逐流的生活,是他们没办法改变自己的重要原因。

今天的他们每年都面对着这样的尴尬局面:打工的地方也不固定,今年在这个城市,明年就有可能到别的城市,反正,他们的目的只是挣钱,没有从长远思考过自己的出路,甚至没想过在某一行业里一直干下去,干出一个业内"精英"的追求。我的一个堂哥,比我大两岁,曾经和我一起上学,后因家庭情况,不得不过早辍学,走上打工之旅。后来娶妻生子,和故乡任何人一样,过上了相似的日子。正月初二他来拜年,我问他,以后的打算是什么。他说,走一步算一步。我说,为什么不掌握一种技能,既可以养家糊口,又能保证每年出去都有活干,不会为了找活而惶惶不可终日?他说,现在看不进去书,学不进去,就想着多挣几年钱。可没有技能的体力劳动,也没办法多挣钱。我记得网上有个段子说:你永远赚不到超过你认知范围之外的钱，除非靠运气，但是靠运气赚来的钱，最后往往要靠实力亏掉，这是一种必然。你所赚的每一分钱都是你对这个世界认知的变现。你所亏的每分钱，都是你对这个世界认知有缺陷。

我甚至用这种理论试图说服他，可他回复我说大家都这么干。在他眼里，大家都干的，就是正确的，即便是这种浑浑噩噩，不学习不增长认知，也都是合理的。如果超出这个大家都认为或者都这么干的范围，在他觉得，这就是出格，或者说冒险行为。他还说，他去年在北京工地上挽钢筋，最后一个月的工资还被扣在公司，今年回到原来打工地方，才能领取。他说，他今年不想在工地上干了，想找个保安干，原因是这个工作轻省。我试图用我的观点来让他改变既有的打工或者生存模式。他很显然不愿意接受这种再学习的规劝。他觉得，从小就不是个好学生，所以早早就辍了学，现在折过头来再学习，很显然已经迟了。他坚持干一年算一年，啥时候干不动了，就回来营务庄稼，只要保证有吃有喝就可以了。我与他的交流，发现他消极对待生活的态度，是一茬一茬故乡人得出的经验，也是中国很多农民潜在意识的表现。大家都这么做，我为什么要改变？这种对自己人生没有规划的随波逐流，也让他们成为时代夹缝里，最苦最累的那一类人。

第七章　留守土地

留　守

一个"留"字，"留"的是什么

一个"守"字，"守"的是什么

请你认真告诉这个孩子

丑八怪也有妈妈

路没有变

妈妈，你迷路了吗

我给你指路

最后所有的路

都只能被孩子自己吞下

在别人的妈妈眼中融化

路变成了柏油马路的时候

孩子的腿也够硬了

他悻悻离开了

一个"留"字，"留"的是什么

一个"守"字，"守"的是什么

请认真告诉这位母亲

这……这……难以置信

天下的所有留守

竟然是一场轮回

并不是城市与农村的距离

和美丑也更无关系

——（作者）灵遁者

1.成义婆

昨晚下了一场雨，空气里湿漉漉的。天空中布满了阴云，一团又一团在聚集、叫嚣。似乎还要下的样子。村子里不平的水泥路面上，停着一坑坑污水。

清晨，我在村子里行走。我想找些人谈话，说什么内容都可以。可我没碰到一个人，只是远远看见那些山地里，有人影在动。大家似乎乘着雨天，要把化肥撒到地里。

我像个幽魂，在村子里游荡，感受村里主要劳动力流失后的寂寥，和失去活力的村庄气氛。

我沿着水泥路，行走在寂寥的村庄内。因为刚刚下过雨，路上无人。那些在村庄里屹立的房子，经过雨水冲击，显得潮润润的。青瓦上，还有尚未干涸的水珠。那些暗角里，污水漫过墙面，洇出一大片水痕，给人一种肮脏的感觉。

偶尔有一阵风刮过，村庄里的房子紧紧相拥，抱团取暖。在没有主人呵护的房子，显得尤为寂寥。许多"铁将军"把门，那些铜锁上，也漫过了一层厚厚的尘埃堆。用手触摸一下，会在锁上，留下深深的指纹印。

路过村头，成义婆在自家菜地里摘菜。几畦葱苗，显得生命力旺盛，那些还处在幼年状的菜叶，在雨中尽情地洗了个澡，抖动着身体上的水珠，伸了伸懒腰，等待着雨过天晴太阳重新沐浴。

成义婆佝偻着腰，在菜园子里劳作，似乎在割韭菜，又似乎在除草。小重孙跟在他的身后，相依相偎的样子。雨后的菜地，还是湿漉漉的，泥泞的样子。我停下脚步，问好。成义婆抬起头，笑着，和我打招呼。我看到成义婆真老了，深深的皱纹，爬满了她苍老的脸颊，仿佛她郁积在心中的愁苦一样。

这是我熟悉的人，是童年时代里对我像亲孙子一样亲的人。奶奶家与成义家只隔一条小巷道。彼此大声说个话都听地一清二楚。自然而然，我和成义就自小成了好朋友。

小时候，我们经常一起在我家和他家里跑进跑出。谁家有饭，就在谁家吃。上学一起，放牛也在一起。童年的那种友谊，纯洁，没有世俗的羁绊。

许多年后，早就辍学不念书的成义，结婚了，生有二子。按原来的理解，生两个儿子，应该是祖宗保佑的事情。但成义却隐隐担心着。随着彩礼不断上涨，给孩子娶亲，成了我们这一代人，最煎熬的事情。这两个孩子的成长、教育，包括将来娶妻生子，都是现在该考虑的事情。

如今的成义多年在外打工，和孩子很少一起生活。两个孩子就由他奶奶照看。而成义的老婆，好像我也很多年不见了。据说，一直在和成义闹离婚。我不知道他们夫妻之间发生过什么，只是我看到的现实情况，的确是越来越多的农村妇女，不愿意回到农村了。即便是有孩子，离婚也成了一种常态。

可那两个孩子呢？我不敢想象，那两个孩子是在怎样一种状态下长大的。父亲成义常年在外打工，为了家里的开支，他不得不背井离乡。这个两个孩子的母亲也没有回来，似乎早就与这两个孩子断了联系。我内心隐隐为成义的孩子担心起来。两个孩子感受不到父母的爱，呵护，那么他们是一种怎样的状态下长大的呢？

跟在成义婆身后的孩子，有点怕生。我走近，他就躲在成义婆的身后了。我问了成义婆的身体状况，家里人的情况。

这才得知了成义的老婆，已经很多年不回来了。想当初两口子吵架，成义的老婆负气走了，再也没有回来。成义婆一遍又一遍强调着"成义老婆心变了！"我不知道如何安慰她。她是个苦命的人，一辈子都在苦水里浸泡。她却一直压抑着这种生命的痛苦，一直在隐忍地生活着。

许多年前成义的母亲得了重病，花了很多钱，依然没有看好。最后，因为肠道穿孔而亡。当年的医学也没有那么先进，如果换在今天，或许那种病能看好。

成义很小就成了单亲孩子。那时候，我们还很小。原来，成义和我一样，无忧无虑。但那件事后，他的家庭变故给他心里造成了不小的阴影。以后几年，我们虽然一起念书，但成义的生活，似乎已经与土地紧紧绑在一起了。成义的爷爷奶奶算是村子里最勤快的人之一，他们除了当年包产到户的土地，还在山上开垦出好多荒地，种上粮食。

他们家一年付出的劳动，也要比别人家大得多。到农忙时，他就不来上课，跟上爷爷奶奶去地里干活了。周末，我们都在河坝里玩，或者到处捉蜜蜂，成义则还是跟着爷爷奶奶在地里干活。

他的童年注定了就要和劳动为伴。

后来，成义就辍学了。劳动成了他一生的追求。有时候，我会在村子里碰到他，他总是灿灿笑一下。

再后来，成义的父亲与重新组建的家庭搬迁到了新疆去了。

成义和弟弟妹妹生活在一起。不久以后，妹妹也嫁了人。目前家里就剩下了他，爷爷奶奶，两个孩子。弟弟也常年外出，只有过年时才回来。

如今，成义的大儿子，已经十几岁了。在农村可以挡一面了。我总是在路上会碰见成义的大儿子，帮着曾祖父母干活。而家里，全部由曾祖父母操持。

我问成义的情况，成义婆，总是叹气，不愿意多说。生活一次又一次的打击，已经让这个老人过早地衰老了。

我问成义又去打工了？成义婆叹了声气，说："不出去不行啊，一家子人都要吃喝。这两年，我们老两口不中用了，干不动活了。现在就给成义接孩子。（成义的小儿子在上幼儿园）"

然而，更为可怕的是，我们这一代人，与上一代人沟通太少，或者说与家里人交流太少。我们不知道他们所想所思。父母、爷爷奶奶、兄弟姊妹，都各有各的生活。甚至，有些话，父母都不好意思给我们讲，他们会请一些村上的有威望的人，来表达父母的意思。

我这一代人，感受不到亲人的思想。只是彼此在同一个家庭里生活着，家庭成员之间的期望、忧愁、心酸，还有急需要诉说的压抑，都找不到合适的倾诉对象，更没有场合去给他们说。

成义婆就是这样隐忍了一辈子的人。年轻的时候，为了孩子能尽快长大，出尽了力气。孩子长大了，又生下了重孙，他们继续沿着原来的路走，在日复一日中，期盼着重孙们尽快长大。可养活孩子，是一个劳心费力的活。

成义婆没有给我说很多。因为成义的爷爷在大声唤着成义婆，让她跟着自己去给田里撒化肥。

成义婆带着成义的二儿子走了，路上只有我一个人。

2.我的奶奶

我的奶奶，今年快八十岁了。岁月苍老了她的容颜，她也把岁月陪到苍老了。在这个时代，她属于长寿的人。

奶奶生于二十世纪四十年代，经历了共和国的波澜壮阔。在各种眼花缭乱的变动中，度过了最困难的日子，迎来了这个富裕的时代。奶奶常常念叨的事，是小时候挨饿，为了充饥，吃了一肚子酸刺果，结果胃撑坏了，多少年，都不敢乱吃，啥东西都忌口，由此，错过了很多口福。

而今的奶奶，阅尽千帆，依然健朗，吃饭能吃两碗。这是我欣慰的。风烛残年的她，把一切都看透了，也看开了。在经历了人生中最为黑暗的日子后，她变得与世无争。在日复一日的时光里，悄悄地延长着生命。

奶奶一生中，遭受了三次亲人的离世。

第一次，追溯到上世界七十年代。事件是我爷爷与民兵队长的纠纷。那时候，奶奶还是青年媳妇。当然，那时候还没有我，对那个时代的往事，只能在故乡老人口中得知。我根据不同人叙述的各种版本，归纳，梳理，总结。

事情缘起于一场吵架。在那个以阶级斗争为主的年代，爷爷与民兵队长，因为一次吵架，把命断送在了那场大革命中。据我三爷说，当年那位民兵队长，是从双兑村搬迁到下坪的。属于遗腹子类型。队长他妈带着他改嫁到了下坪，成为下坪村人。这种母亲改嫁还带着遗腹子之事，在故乡传统的观念里，总归是不好的，有短处的，故乡人把带来的遗腹子叫"带羔子"，这其实是一种耻辱，提示这个遗腹子永远不要忘记自己的身份的意思。我想，我爷爷当年与这位民兵队长之仇，可能就因为此。甚至，我能想得到我爷爷肯定叫过"带羔子"。这是人的短处，是最怕人揭开的丑闻。我爷爷肯定揭开过。所以，这位民兵队长，在心里记下了这仇恨。只是这位队长没想到，他亲手让另一个孩子，走了他的老路。这个孩子就是我的父亲。

关于那段尘封的往事，我并没有参与，无法想象里面的错综复杂，只能把各种信息进行对比梳理。我想，再过几年，或许这段往事，就会随着那一代人全部离世，而被埋在土地里。

村子里经过那些往事的老人，我问过不止一个，说的大相径庭。几十年前的往事，他们不愿意再提了。

现在回想起来，那个特定时代里，一个队长，一个支部书记，就能决定一个人的死活。而今的时代，国家的一切都在健全，我们的法律健全到一般都不使用死刑这样的重刑罚了。我们生活在了一个美好的时代。爷爷要是能生活在这个时代里，就不会有他的悲剧了。

被关进牛棚的爷爷，自然心里不服气。我想，他肯定与民兵队长对峙过，或许在他心里，民兵队长不如他。可是在那个特定时代里，民兵队长手中的大权，折磨他轻而易举。

想到这些事，我只能从我和父亲的身上，去寻找当年爷爷的影子，毕竟，家族的秉性，会代代延续。

我们这族人宁折不弯的秉性在我和我父亲身上，也显得尤为突出。我想我的爷爷，也应该是这个性格。爷爷的命运自此改变。他肯定被折磨过，肯定会被羞辱过。之前爷爷在众人面前羞辱过队长，那队长肯定会变本加厉报复在爷爷身上。爷爷也肯定受不了这种委屈，最终酿成了他的悲剧。于是，爷爷在一个晨雾蒙蒙的早上，把自己挂在了一颗歪脖树上，结束了年轻的生命。

今天，当我再写这些文字的时候，我感觉到了苍白，感觉到这些文字的无力。我完全不能想象当时到底是一种怎样的境遇。没了丈夫的奶奶，痛失父爱的父亲，到底在那个年月里经历了什么？

奶奶成了寡妇。那时候，我的父亲才七八岁，根本不知道命运的无情，生命的无常。这是奶奶第一次面对亲人的离世。这时候的奶奶，才三十几岁，正值青年时代。

第二次，2011年，奶奶的第二任丈夫，也就是我上坪村的爷爷，因病去世。那时候，我还在上大学，根本没有赶上爷爷的葬礼。关于奶奶改嫁之事，还得从之前我爷爷死于文化大革命时期说起。

我爷爷上吊自杀之后，家里只剩下奶奶和父亲。此时，爷爷的四个弟兄，早已各自单过起了光景。那是个困难的时代，是个吃不饱的时代。我能想的来，一个女人带着一个孩子，生活的艰辛，不言自明。

后来，在众人的撮合下，奶奶带着父亲，改嫁到了上坪村王家。而我们家的命运自此改变。

改嫁后的奶奶，一如既往地爱着父亲，将父亲抚养成人。据奶奶描述，我的父亲小时很乖巧，不干坏事，也很懂礼貌。谁能想到他成年后心性大变呢？

奶奶改嫁后，她自己并未再要孩子。后来，父亲成家，开始了一家人单过光景。再后来，母亲生下了我们姊妹四个。那年月，家里生活困难，一家人养活四个孩子挺吃力。所以我和大姐，就由爷爷奶奶喂养。奶奶说，我从几个月开始，就由他们抱到家里抚养，直到十多年后，因大姐与王家婚事闹起了矛盾，我才离开爷爷奶奶生活的那个院子。那个院子，而今已经被村长的儿子，修成了一院新房子，非常气派。我童年生活的那片景象，早已不见，只是在偶尔的梦中，我会重新回到那个院子，坐在院子里，给爷爷茶罐里倒着水……

上坪王姓的爷爷，成了我记忆中爷爷的样子，我对那个在文化大革命中死去的爷爷，一点印象都没有，心里根本滋生不出爷爷慈祥的面孔。我心中的爷爷还是上坪王姓的爷爷，他在我一生中，留下了深深的影响。那些童年的记忆力，总有爷爷带着我干活的影子。上坪的爷爷带着我耕地、放牛、刘麦……我在他的陪护下，过完了十多年的童年生活。

当然，如果说十二岁之前，我的童年是无忧无虑的。但十二年后，整个家庭都变了。父亲将我从爷爷奶奶身边带回到家里。我记得那时候，我在完全慌乱的情况下，离开爷爷奶奶，跟着父母生活。父亲勒令我不许去爷爷奶奶身边，甚至见了面也不许打招呼，这似乎不近人情。我在爷爷奶奶身边长大，让我一下子不与他们来往，让我心里受到严重的创伤。我常常会偷着去奶奶家，爷爷奶奶也总会将最好的吃食给我留着。

也就是那时候起，我的童年彻底结束。我提前进入到了早熟的阶段。那些家庭的变故，至今都深深影响着我。我记得冰心说过："提到童年，总使人有些向往，不论童年生活是快乐，是悲哀，人们总觉得都是生命中最深刻的一段；有许多印象，许多习惯，深固的刻在他的人格及气质上，而影响他的一生。"弗洛伊德也说"一个人的童年将影响到他的一生！"

我父亲与爷爷奶奶之间的嫌隙，在我小时候我并不理解。只是在后来奶奶零零碎碎的叙说中，说我的父亲不学好。他们担心父亲会在他们老了之后，不再管他们的死活。我不知道父亲，在成长的途中经历了什么？成年后的父亲性情大变，爷爷奶奶就对父亲失去了希望。

爷爷奶奶看不到父亲的一点孝心，他们开始为自己将来做打算。

1998年, 我十岁, 我大姐十四岁。大姐在完全不懂事的情况下, 她的命运就被绑在一场继承纠纷里, 并在以后很多年, 像心头的一把刀, 深深刺痛着她。

在爷爷奶奶的操纵下, 把姐姐许给了时任村长家, 让村长的儿子顶门立户, 将来为爷爷奶奶养老送终。我不知道这是一种怎样的命运安排? 但当时的爷爷奶奶总归有攀附村长的心理, 毕竟村长掌握着大权, 收粮纳税, 哪一样不是村长说了算。加上这位上坪的爷爷, 与王家村长也算是亲戚, 如果促成这件事情, 不就亲上更亲了吗?

他们的这种做法, 是完全对父亲失去了希望, 是不指望父亲在他们百年之后, 给他们上坟烧纸。这是一种决绝的做法从骨子里对父亲的不认可。我不知道那些年父亲与爷爷奶奶之间, 到底经历了什么?

当年促成这件事的, 还有村支书, 以及几个村子里有威望的人。如今, 这些人有一些以及作古。剩下的都耄耋不已, 勾着腰, 守候着村庄。

这件事促成后, 爷爷奶奶当兴奋不已, 他们的养老问题就得到解决了。但为大姐找婆家这件事, 并没有经过我父母的同意, 是我爷爷奶奶一手促成。所以此事遭到了我父母的强烈反对。我父亲曾不止一次, 找爷爷奶奶闹过, 想破坏这桩已经促成的婚事。

从那以后爷爷奶奶与我父母的关系, 也势同水火。

这件事, 我无法判断谁对谁错。小时候, 我在爷爷奶奶身边, 所以我向着爷爷奶奶, 总对父母充满着仇恨。尤其是父亲每一次喝醉酒后, 找爷爷奶奶闹仗, 我都恨透了父亲。看着奶奶经常以泪掩面。我就有了一种想要逃离的感觉。

很多年后，再次回顾此事，我忽然理解了我的父母竭力要从这场婚事风波中拯救姐姐的那种愿望。

父母百般地阻止，并没有解除当年大姐的婚事协议，反倒是爷爷奶奶为了促成此事，不断地找人给我父母做工作，让我的父母放弃阻止，顺应这件事。我父母却执意坚持反对着，并继续与爷爷奶奶仇视着。那时候，我尽管年纪小但隐约能记起事情了。

2001年，大姐十七岁，我十三岁。爷爷奶奶依然坚持要为大姐和村长的儿子举办婚礼。这件事，一开始我父母就不同意。可想而知那场婚礼上，我的父母是怎样去大闹婚礼的，那些事情，远比整个文字记述要精彩的多。

那时候我的父母都让我们姊妹三个做好随时跑的准备。甚至为了阻止这场婚礼，我的母亲担着一担屎尿，倒在了举行婚礼的现场，意图破坏这场婚姻。全村的人都来劝我的父母：事已至此，再多的阻挠已然没有意义。

我的父母最终还是妥协了。毕竟大姐是爷爷奶奶养大的，这是事实。不过此事在以后很多年，都成了爷爷奶奶和我父母心上的一片疤痕。

未成年就结婚这是故乡的风俗。大姐结婚后，与村长的儿子过不下去。大姐一气之下，上了新疆，以后很多年都不再回来。而我们家，爷爷奶奶家，和村长家的矛盾由此升级。

在此后的十多年里，都相互仇视着。或许干着公事的村长，早就知道事情会有这么一天。所以，在他们决定将儿子过继给我爷爷奶奶时，还立过一个字据。大意是从他儿子和我大姐订婚的那天起，爷爷奶奶的财产将归我大姐和他的儿子，如果我大姐变心，财产将全部归村长儿子所有。爷爷奶奶签署了这个协议。

后来的事情，真如那个协议描述的一样发生了。村长的儿子与我大姐过不下去。我大姐离家出走（这时候，就成了变心）。我爷爷的房产、土地全部归到了村长儿子手中。

2008年时，汶川地震，故乡有重建项目。王家持着那份协议，很自然地翻修的爷爷的房子，土地也全部由他们播种，只留给爷爷奶奶一块养家糊口的地。以后爷爷奶奶的日子就难过了。他们没有想过自己当年一个自以为很完美的决定，断送了两个人的一生，也引发了两个家族几十年的仇视。

我的父亲在大姐离家出走后，便决定不再和爷爷奶奶来往。他把大姐离家出走这件事，归结于爷爷奶奶的错误决定所致。

在日复一日的生活在，爷爷奶奶年纪越来越大，地里的活也干不了。只能在家里等着老天收命。那些年月里，每次我上学回家，都能看到爷爷佝偻着身躯，在路上蹒跚。气管炎已经折磨他多年，但他依然不忘记吃旱烟。即便是在爷爷最后的日子里，他已经不吃烟了。手里依然要拿一根，用鼻子闻着。

即便爷爷奶奶的生活，开始走下坡路。我的父亲依然不管不问。父亲的理由很简单，当年他们不顾一切地要给自己找顶门立户的人，那就让当年指定的人去管他们的生活。

后来，2011年的时候，我爷爷得重病，三个月不能下床，大小便失禁，都是我奶奶帮着处理。最后，爷爷瘦成了一把干骨头，终于在一个晴天早晨，咽了气。离开了这个他热爱，又让他痛苦不已的地方。村长家也安葬了爷爷。

我家与原村长家的关系一直到以后很多年后才有所缓解。这也是我期望看到的，这是上一代人做出的错误决定，已经影响了两三代人。我曾与村长儿子谈论过此事，希望这件事就这样过去，以后我们将永远不再因为这件事再起纠纷。

第三次奶奶痛失的亲人是父亲。在父亲得病的那段日子，我的奶奶没有来我们家一次。但总有人看见，她在偷偷哭泣。父亲去世后，奶奶如何度过那些夜晚的，我不得而知。只是每逢到了十月一送寒衣，或者过年，或者清明时节，奶奶总是准备好一切需要给父亲烧的东西，让我带到坟头上去烧。

如今的奶奶整日坚守着农村，坚守着土地。现在的她总是在回忆，回忆年轻时候那些久远的往事。在奶奶一生中，记忆最深刻的当属小时候拉扯我的许多往事。

她常年嘴里念叨的事情，是我小时候脾气坏。吃饭的时候总是不好好吃，动不动就耍脾气不吃饭了。她对着我的儿女，经常会说我的童年，每次说起，妻都会掩嘴而笑。似乎她的这些话，已经不适宜给我说。但对着我的女儿，她似乎找到了倾诉对象。

你爸爸小的时候，脾气坏。每次做饭前，总会说"不吃！不吃！"我们早就知道他的脾气，但做了饭，他还是不吃。

有一次，我做熟了饭，他就一个不吃，两个不吃。等到饭端上桌。别人都在吃，他依然瞅着所有人，嘴里说着"不吃！不吃！"我就把你爸爸一把揪住，从院子提溜到了大门口，看你爸爸一个坐着去，我们自己吃饭。

这时候明明子（奶奶家的邻居）他妈，看着你爸爸在大门口坐着，就给了你爸爸一根葱。你爸爸就高兴地拿着那根葱，回到饭桌上，快速地吃完了饭。

这是奶奶每一次都要对我女儿说的话。说过很多遍。甚至妻都能背下来了。

我在她每一次地叙述中,想想我童年的坏脾气。这些事情成为她活着的理由。她不断地回忆往事,现在快八十岁了,她依然意识清晰。

她熟悉地记着村子里发生的每一件事,小到某一年,谁家的猪被狼刁走;大到1998年岷县那场大洪水冲走了好多人,许多岷县的人,就沿着燕子河来找被冲走的人。当然,奶奶念叨最多的,还是村子里死了的人,和那些得病后垂危的人。现在的她,越来越热衷于说死亡了。她说她不怕死,老天爷哪天收她都行,活了一辈子了,什么都经历了,看够了,也活够了……

我曾经将奶奶接进城住过一段时间,但她总是嫌城里太闷,无处可去。每天天不明,就出门了,坐在小区院子里,等待太阳升起,等待气温慢慢变热。奶奶根本看不惯我们周末睡懒觉。她说她一辈子没睡过懒觉,要让她睡着不起来,她会心急成病的。

奶奶最喜欢的电视节目,是秦腔。每次为了留住她,我总会找一些秦腔剧目让她看,搞得家里好像过庙会一般。

她待在城里,没有串门子的地方,也没有说话的地方,经常局促不安地在楼房里打转转。我让她去路上转一转,或者去超市里转一转,她都不屑去。一个人都不认识,转啥转呢?

每次接她进城,她都待不了几天就回了故乡。她说城里不是她生活的地方,她的根在湫山,这辈子都与城市无缘。

3.麻婶

当我在村庄里闲转,和不同的人谈论村庄的过去未来时。经常会碰到麻婶。

有时候能听见她呱唧呱唧高嗓门的说话声，或者训斥孙女的声音。那声音多少年，都是那个调，尽管现在麻婶已经很老了。像这片土地一样，充满着苍老和空白。但那个声音似乎一辈子都没有变，就如同鲁迅笔下的杨二嫂一样。

在我很多年村庄生活的记忆里，麻婶留给我的印象，就是这种爆竹一样辨识度极高的骂人的声音。

有一次，我在路上碰见麻婶，她背着背篓，似乎从地里刚回来，一只手挽着孙女，一只手提着热水壶。孙女好像问着什么，麻婶看来干了半天活，心情有点不爽。她口里骂着孩子"要你妈的×，还给你买个糖，我累死累活干一天活，连顿饭都没人做，给买个糖？要糖，问你的老子要去！"

看见我，麻婶笑笑，止住了训斥孩子的声音，快速拖着孩子从我身边走过。我们擦肩而过，我的耳畔里，依然传来她小声训斥孩子的声音。

这是故乡人管教孩子的　种方式，出口就是脏话，咒天骂地。出口就是"你妈的×！""日你妈"之类。如果你不了解这些咒骂的背后，你肯定会长震惊这个村子里人的整体素质。这也是一种文化，一种发泄，一种口头禅。我从小就是在这种氛围中长大，对这些骂人的话，习以为常了。我的故乡人，祖祖辈辈就这样生活着，似乎他们已经习惯了这种生活，甚至不骂几句人就显示不出亲切来。

那个小女孩跟在麻婶后面，嘴里嘟囔着，被麻婶牵着往回走了。她们一老一小，在故乡寂静的路上走着，有些单薄有些孤独，她们形成了留守在农村的人，群最典型的代表。

麻婶叫什么我并不知道的。大家都叫她麻婶，我也叫她麻婶。麻婶是喜欢热闹的人，哪里有人群，哪里就有她的身影。

在目前还留守在村子里的人群中，麻婶算是平时比较闲散，生活也过得比较优越的人。

麻婶有两个儿子，目前都已成家。

据村里人说，麻婶的大儿子这几年把钱挣下了，在外地买了房子，准备在城里定居。我亦是很多年我也没见过他，留在记忆里的只有那个染着时髦彩色头发的小子。很少见他回村，过年也很少回来。他的形象在故乡人嘴里加工后，变成了一种传奇人生。但我总感觉他们和当初的我一样，也在尽情地逃离乡村，逃离背上乡村农民的烙印。而且这种逃离没有回头的意思。

麻婶的二儿子继承了故乡的房屋、田地。当然，连同这些一起继承的，还有对麻婶的养老。在农村，亲弟兄，也会随着各自建立家庭而分开。继承父辈们一切财产的人，自然就成了为父辈们养老送终的指定人。这也很容易理解，分家意味着单另过光景。父辈们留下的一切财富归谁，父母的养老就归谁管，至于去世后送终时，兄弟们还是都要尽孝心，披麻戴孝，哭天喊地。

我们常常在农村也会看到这样的景象：独生子女的人家，因为没有比较，所以老人晚年过得也很好，最后送终之事也很体面大方。但若是兄弟姊妹几个的人家，老人的赡养往往就成了问题，你推我我推你，老人处在夹缝中没有人管。甚至有的兄弟姊妹，平时不管老人，在老人去世后，为了点丧葬费也会大打出手，撕破脸皮。

二儿子作为给麻婶养老送终的人，依然坚守在土地上。他的大哥通过自己的努力，已经摆脱了这一切。成了父辈们羡慕的城里人，把故乡留在了梦里。二儿子夫妻常年在外打工，也很少回来。据说，二儿子夫妇也不挣钱，也不回来务农就在外面闲逛。村子里的人对麻婶的二儿子印象不太好。而麻婶自己说起二儿子也是一肚子委屈。麻婶说二儿子时，嘴如鸡吃食一样，叭叭向外倒着积郁在胸中的愤懑。

说起二儿子麻婶像受了挫的人，满是怨恨，那种咒骂声，也就油然而起。但她总是带着二儿子的小女儿，在村子里游荡。似乎她也认定，二儿子才是为自己养老送终的人，即便再不好，都是自己的儿子。在故乡有一种咒骂叫恨铁不成钢，有一种咒骂叫期望。

麻婶的二儿子，和我年纪相仿，但比我结婚的早。麻婶的孙女成了牵连着麻婶和二儿子夫妇的引线。那孩子眼光躲躲闪闪，很惧怕生人。麻婶尽管骂着二儿子，但从她的穿着以及那孩子的穿着看，麻婶的二儿子，也不像她说的样子。

每次见麻婶，她都会说："城里人回来了啊！"似乎在她的眼中已经将我界定为城里人。似乎我已经不是这个村庄的人，这种身份的不认同感，让我常常处于尴尬的地位。她的这一句，就顶回了我的千句万句想说的话。

在麻婶的嘴里，对两个儿子的评价，一个天上一个地下。尽管如此，麻婶也不轻易谈两个孩子。我曾试图找过她说过好多次，她都对我抱有戒心。谈话内容也不深入。甚至对一些我感兴趣的地方，麻婶都是简单交代几句。

为了打消她心里的障碍，我故意和她谈这些，意图打消她的戒心。慢慢地，麻婶就开始对我叙述了。麻婶明显对大儿子有好感，可偏偏她就被指定为二儿子养老送终的人。所以，大儿子离开这些年，她固守着村庄，固守着这一院的房子。或许她觉得这里她生活了一辈子，也将是她生命最后的归宿。

老大现在过得还可以。在内蒙买了房子，一家人也算是城里人了。我去过那地方，条件比较好。他们买的房子，在城边上，当时买的时候不算太贵。老大说："如果现在买，那肯定是买不起的。"

好归好，但心里总是不得劲儿，你说拉扯了一辈子。长大了却走得那么远，一年才回来一次。小的时候，指望他们长大了能够给我们养老，可现实让人充满了失望。

老大平时也很少来电话，有时候，会给我寄点钱，让我买些吃的，还不让我种地。可我闲着也是闲着，不种地能行吗？一家子看起来只有两个人，但也要吃喝拉撒。而今这年头，啥都要钱，花钱的地方多着呢，咱庄农户人，不省吃俭用不行。我知道老大经常都是偷偷给我钱，他压力也大得很。我就想着种点地，吃喝就不愁了。咱们这地方，又不是城市，做饭要有柴，烧炕也要有麦秆，不然冬天就冻死了。我营务点庄稼，一年做饭和烧炕的材料就够了。这两年，我也干不动了，山里的地全部撂荒了，就把川地种着，一年下来，打几袋麦子，过年时，他们都回来，家里也有个吃喝。

老二也让我不要种地了，哼，不种地了吃风屙屁的？他们不给一分钱，净说风凉话。

现在我就和这个孙女一起生活，日子过得不算好，也不算坏。

老大的日子，过得也挺紧的。一家子人要他拉扯。尤其是在城里生活，吃喝拉撒都要钱。就是上个厕所，冲水也要花钱。城里人就没有不要钱的地方。

老大让我把孩子带到内蒙去，和他们一起生活。可他们一家现在生活也紧巴巴的，我再去，就是添乱，一分钱都挣不来，还得花他们的，吃他们的。我不想给他们造负担。

再说他们买的那楼房，也窄窄的，我住在里面不习惯。出去转一圈，也发现没地方去，不像咱这山乡圪崂，走哪里都能串门子。那地方，出门全是大马路，一个人都不认识，上哪里去串门子？

前年我去那地方待了一段时间，不习惯城里人的生活。一家人挤在一起，实在急人。我待了不到二十天，就回来了。还是咱这地方好，种点地，想啥时候睡觉就啥时候睡觉，想啥时候吃饭就啥时候吃。老大走的时候，偷偷塞给我两千元，我走的时候，又给他们家孩子了。老大在火车站送我的时候哭了，弄得我也难过了一阵子。从那以后，我就决定再也不去他们那里了。冬天，他们要回来，我就把炕烧热，把吃喝给他们准备好，不回来，我也照样过日子。

你问我说老二啊！老二两口子就是狗的食（骂人的话），多少年了，从不给我寄一分钱，也不知道家里的人靠什么生活。一年种地，人情（红白喜事随礼的钱），家里的花销，都是老大出。老二管不都不管。他们只顾自己在外面逍遥。

你看这个孩子（跟在麻婶身边孙女儿）从生下后几个月，他们两口子就外出了，现在这个孩子都三岁了，也没见过给我和孩子买一身衣裳，倒是老大，逢年过节的，都将买好的衣服寄回来。老二出门好几年了，不挣钱不说，回来还要吃好的，喝好的。我做的饭，稍微有不顺口，人家就不吃了，去下坪下馆子。

没钱了，还张口向我要。你说，快三十岁的人了，啥都在等着我做。他们好像我的老爷，等着我伺候。从正月里出门打工，到腊月里回来，年年就闲逛。两口子一万元都拿不回来。

挣点钱就到处喝酒，常常还到下坪的KTV里面唱歌，听说那里面的酒比外面的贵得多。你说家里有酒不喝，就跑到那里去花钱。根本不管家里人。过年的时候，我让老二去买过年的用品，你猜人家咋说，竟然说老大回来了让老大买，反正老大有钱。你说这样的人，就是不满足，老大又不是摇钱树，他也有自己的一家人要拉扯，啥都要老大出了，要他这个废物干嘛？

老二的媳妇，理由也多得很。我让她在家里带孩子，她不带不说，还反问我："谁家的婆婆不带孙子？"没良心的人遇到一起了。我看等着我死了，他们能怎么办？

我现在就想着，孩子由我带着也行，他们两口子好好在外面挣钱，等过几年攒一点钱了，把老院子整修了，自己住在里面也舒坦。我说破了喉咙，人家不听，多次数多了，还惹得人家不愿意。我现在也不说了，尽我的能力把这个孩子带好，种点地，把自己过好算了，看他们逍遥去。他们不挣钱，也不修房子，就这样一年逛一年。我看着他们现在逛，有他们哭的时候。这个孩子马上都上学了，也不早做准备。你看现在家庭条件好的人，哪一个不把孩子转到城里的学校念书？我带孩子可以，可我就是个睁眼瞎，一个斗大的字都不认识，将来这孩子的教育都是问题。

你问我有没有想过和老大过？我想过，咋没想过呢？老大有本事，我要是去了内蒙，一样可以给他们带孩子。而且那里的条件也明显比这好？可我心里放心不下老二这个狗的食。你说，他们的父亲去世的早，老大现在又在内蒙定居，老二又不学好，万一将来出点啥事情，我也没脸面去见他父亲。

说归说骂归骂。都是自己身上掉下来的肉，哪里有不操心的呢？关键这个老二不是好材料（方言），他要是像他哥一样，我们家的日子其实好过的很。老大成材了，老二就成了狗的食。

我现在还有力气，还能帮着他们看孩子，我老了怎么办？他们还这样逛一辈子吗？

麻婶尽管咒骂着二儿子，但心里还是不放心不下。就像她说的，都是自己身上的一块肉，偏向谁都不好。老大现在成材了，似乎减轻了她心里的负担。但她对两个儿子比较后，恨铁不成钢的怨气，就油然而生。

从心里说，她是期望二儿子也成才的。但她又不得不面对二儿子不学好的事实。这种两个儿子之间的比较，让她心里备受煎熬。如果大儿子也是这般，住在故乡挣不下钱，日子勉勉强强推着，她内心的期望可能没有这么强烈。

正和我说着话，孙女和别家孩子玩耍，摔了一跤，哭着向麻婶跑来。她一把抓过孩子，又是一顿数落。孩子受了委屈，低着头不哭了。这时候，我们才发现她的孙女尿裤子了。有人提醒她，她把孩子扯过来看了一下，裤裆里果然湿了。麻婶就骂着，拉着孩子朝家里走去。

4.变还是不变?

打工的人走完，村子里就没几个人了。浩浩荡荡的打工大军，带走了村庄的活力，也带走了村庄的希望。

仅剩的几个年轻人，属于游手好闲的那一类。

这类人出门打工挣不了钱，到处打游击，到处闲逛，流浪者一般。临到年终了，指不定会苍茫北顾，能否有买车票钱回家过年，尚未可知。

我们村的几个年轻人，此前就是这样，在外面逛一年，最后竟然回家的车票钱都没有，还得家里人重新给他转账，让他买票回来过年。他们外出既然挣不了钱，只能继续留在故乡游手好闲，好歹家里衣食无忧，即便是没几个零花钱，也不愁人。也有一些人，自己挣不来钱，只能将老婆打发出去，自己在家里照顾孩子，也营务庄稼。

尽管庄稼地里，草盛豆苗稀，他们也不在乎这些。我们村的一个就认为而今这年头吃穿不愁了，即便是不种地，也不存在饿肚子的情况。没钱了，还可以向外面打工的老婆要。

这村里的少数人，每日最喜欢的地方，就是有酒场的地方，红白喜事，过生日祝寿，总是少不了他们的身影。村子里虽然人员流失严重，但红白喜事，自然是少不了的。有些人家，外出几年不回来，但有红白事，都会回来操办。往往这时候，此类人成了村子里青壮年离开后，唯一代表激情和活力的力量。当然，他们也在老去，并不可逆转地奔向人生的终点。在他们的生活状态里，过一天算一天，醉一天算一天。不管明天几何，哪怕是孩子和别人家的孩子打架了，或者田里进了水，再或者父母病危，都丝毫不影响他们喝酒的动力。今天中国农村，总能发现这样的人。如果你能对全村的人进行分析，就能找出那些漏网之鱼。

打工者离开的村庄，是寂寞的村庄。

随着打工者外出，村子里最缺乏生机的，是少了年轻的漂亮已嫁或待嫁的女人和姑娘们。于家而言，女人是让家庭保持活力的生命源泉，对村庄而言，也是如此。一个没有女人，尤其是没有年轻女人的村庄，是多么可怕，孤寂，冷漠，缺少炊烟味，也缺少河道里洗衣服的倩影。

每年那些村里的年轻姑娘们，已嫁人的媳妇们，陆陆续续走出村庄，走向大城市，村庄就陷入一种被冷落的情绪里。

许多姑娘习惯了大城市的生活，早已不适应农村的这种日出而耕日落而息的慢节奏。甚至传统的生活方式，做饭要拢火，吃水要去挑，种地要依靠牲口，还要烧炕、劈柴、喂猪，即便是上厕所，也要在恶臭空间里蹲坑。这一切的一切，让人沮丧，让人想逃离。这和马路、油烟机、天然气、马桶……相比较,有着天壤之别。

所以,女人们常年在外,多数不回家。成年待嫁的女子,就更不愿意回到故乡。她们即便是嫁人,也要选择一个开阔的地方,想永远走出这个生活了好多年的故乡。那些已经嫁人的,因为有家人,有孩子,年终了自然也回家。和家里人过个短暂的年,正月初三四,又风尘仆仆地出门,拼一年的精力换工资。还有些人,在大城市生活,加上与婆家或者老公不合,缺少爱情滋润,又不得不面对贫困的家庭妇女,她们会毅然决然地选择了离婚,选择了在大城市飘着。有的会继续嫁人,有的即便是单着,也不想再回农村。农村已经成为永远甩不掉的贫困背景。据有关部门统计,这几年来,农村离婚率也居高不下,甚至一年比一年有增长局势。离婚率高的原因有多方面,但与农村落后的生活状态,不无关系。

当我和那些还在念书的故乡学子们一起谈论时,他们对故乡的概括是:今天的故乡已经失去了活力,失去了吸引力。像一个衰老垂危的人,无法用传统的生产方式留住生活在这里的人群。我对这种看法保留意见,但有一点毫无疑问,那就是中国最紧迫也突出的问题,依然集中在农村。

人群外流,故乡成了"空心村"。我觉得这个空心村,空心的不是村里没人,而是即便是村子里的人,或者离开村子外出的务工者,面对村子,感情上依然是一片空白。感情上的这种"空",让村子里一下没有了魂儿。而故乡的那些传统,也正在被人们遗忘,或者摒弃。尽管有地方政府在不断强调着重建乡村文化,树立乡绅贤人。可这种曾经被认为是封建传统的东西,曾在二十世纪遭到了强烈破坏。乡村文明想要在短时间内建立起来,很显然不可能。加上这些年来说要重建乡村文明,但往往都是说说而已,政府的文件里有这些东西,但没有经费支撑，这所有的一切，也只能停留在文件层面。

故乡正在消退，正在溃散。这种溃散程度，完全超出了人们的预想。

消费观念的改变，是推动传统消退的原因。外出务工者，带回来了城市消费观，这种城市化的演变和延伸，尽管不起眼，却也在潜移默化地影响着故乡和故乡人。

尤其是近年来，许多生意人带着资源，开始在故乡落地生根。这类人，往往不是故乡本地人，他们不远百里或者千里，到故乡这个地方来做生意，那些城市里有的东西，逐渐开始在乡村也有了，不过，就其从业者的制作水准而言，与城市还是有不少差距，但这也是好的，总归是有了这些行业，任何事物的开头，不都是这样吗？这是社会分工细化后的结果，许多行业，都在湫山有了生机。饭馆、KTV、商店、馒头片、摩托车修理铺……应有尽有。不过在食药品出售方面，情况更让人堪忧。

许多生活方式，在消费观念的冲击下，正在被改变。原来节约的观念，正在接受着时髦的冲击。比如，馒头行业，有几家经营。随着馒头从业者的产生，饼子行业也产生了，目前有两家都打着"手工酵子饼"的广告，我也买过几次，口感尚可。这种行业，在我小时候，是不敢想象的，人们也没有那个意识，去从事这一行业。当然，更重要的是老百姓兜里没钱，花钱去买馒头或者饼子，对我们本地人而言，就是一种奢侈，只有那些吃公家饭的人，才会这么做，老百姓家里的馒头饼子，都是自己做的。

那年月的妇女们都练就了一手的烙馍馍或者蒸馍馍技术。我记得小时候，每隔几天，母亲总是要发酵面团，蒸一锅馒头，以备几天的食用，馒头干了，馏一馏就软和了。从馒头蒸熟酥软状，到干裂的，依然可以食用状态，维持一家三五天不成问题。但随着这些专门蒸馒头和烙饼的地方兴起，各种形状，各种口味，只要你想得到，别人就能做得到。而且，只要有钱，天天都能吃到新鲜的馒头和饼子。这种现代工艺，对传统生活方式进行了冲击。原来蒸馒头，得发酵面团，得和面、烧火蒸，整个工序下来，得一两天时间，现在方便多了，几块钱买的食品，就可以吃一两天，吃完了继续买，省去了好多时间。

当然，冲击人们消费观念的，不仅仅是馒头或者饼子，比如榨油，比如磨面，比如出行……生活的方方面面里都在进行着改变，这一切都对传统农村生活生产产生巨大的冲击，直接改变人们消费观念。尤其是在时间上，节省了成本。在这种风气影响下，作为生活在时代里的人，没有人能与之抗衡，只能顺从时代的潮流。

我经常看到这样一种情形，那就是一直坚守着传统的村里老人，忽然有一天也开始买馍馍，也开始逛超市。你只能佩服那个看不见的力量，改变着人们的生活轨迹。市场经济的浪潮，终归还是席卷着农村，那些在农村里生活的人，怎么能够独善其身呢？况且，在乡村文明不断溃散之后，还有没有一种新乡村文化，或者代表乡村文化的乡绅依然坚持着传统，而不愿意参与到现代当中来？答案是否定的。

这所有已经发生的，或者正在发生的事情，都能让人感觉到农村正在经历着变与不变的艰难抉择。变一定是要变的，只是这种变化是根植于骨子里的与过去告别，其惨烈程度，也不可同日而语。谁的故乡不沦陷，这种沦陷，其实就是过去与现在，这种变与不变的较量。

这种变的另外一个现象，就是大量的房子空置。随着进城人不断地增多, 村庄上漂亮的房子也越来越多, 可这些漂亮的房子, 也都一直空置着, 一年到头没有人居住。因为人们都出去挣钱, 房子自然空置。多少年来, 修建一院房子, 是故乡人成家立业的外在表现, 很多人把修一院房子当成了毕生追求。甚至那些老人, 如果没有帮着子女修一院像样的房子, 都会成为他们毕生的遗憾。这种观念, 一直在故乡根深蒂固延续着, 许多人, 在外面挣了钱, 都回来将屋子收拾整齐利落, 以备将来之用。

当然, 这也与他们的处境有关系, 其实很多人都明白, 在外面务工, 终究不是长久之计。买不起房的困窘, 是生活在城市里的故乡人不得不面对的尴尬局面。既然在城市里无法立足, 那还是早做准备。挣一辈子钱, 不就是为了过好日子吗? 而过好日子的象征, 首先得有一套漂亮的房子。这诸多原因集合在一起, 就是人们修建房屋的原因。衣食住行, 每一样都不能少, 尤其是住, 直接决定着一个人的根在哪里。如果没有一套自己的房子, 总会给人一种在空中飘着的感觉, 一旦有了房子, 心里就有了归属感, 有了根, 而不管这房子在农村还是在城市。

况且房子也是财富、形象、实力等等的象征, 一座房子就能让人判断出这家人的生活状态。所以, 涉及房子的事情, 很多都愿意加大投入, 即便是负债, 也要将房子修建好。官方术语里对房子的称呼是不动产, 这是个准确的词汇, 搬不动, 也拿不走, 只要修建好了, 就成了不动的财产。

不过, 尽管眼下村庄"洋气"房越来越多, "人去楼空"的现象却越来越明显了。修好一院房屋, 成本价在十几万到几十万之间, 这完全取决于主人家的实力。农村修房讲求风水, 哪一年大吉大利, 有能力的人都会抢占时机, 都将房子翻修了, 毕竟等一个大吉大利的年份不容易，一旦这样的年份来了，就不能错过。翻修目的也不同，但总得要翻修。

新世纪到来后的这些年，故乡人的房子，基本上都进行了整修。加上湫山遭受两次地震，灾后重建项目也两次落入到了湫山，如今，村子里基本上没有危旧房，每一个村庄里进去，都能看到新修的一栋栋四合院立在村庄。

美丽的房子，并没有住着多少人。当我在农历三四五月份，或者七八九月份回到村庄时，村庄是萧瑟的，冷清的，没有人的气息，整个村庄陷入一种极度的空虚和无助之中。偶尔会碰到一只猫，躲闪着踮踮脚尖溜了。或者看到一条狗，耷拉着脑袋，在路上趴着，走过一个人，像刮过一阵风一样，它连脸皮都懒得抬一下。路上行人几何？用故乡人的话说"鬼拉人"。守候村庄的，只有狗和老人。还有那些父母没能力带进城市上学的留守儿童，他们与土地为伴，与爷爷奶奶为依靠，等待着过年，等待着和父母团聚。

当城市正在不断追赶着浪潮，探索着新格局时，故乡似乎成了局外村，与我们所处的时代不一样。大片大片的土地荒芜，蒿草没有比现在更有生命力，其长势盖过了任何丰收时期的庄稼。大片大片的房屋门紧锁着，周遭用荆棘罩着，房屋的主人，好似要就此离去，不愿归来的样子。我曾经不止一次，钻进故乡的巷道里，观看那些庭院紧锁着的大门，那些大门，孤单，寂寥，长久地等待着主人将它们重新开启。

5.孤独的看门狗

前不久，奶奶打电话来说我家的狗死了。言语里满是伤感。

　　我的奶奶年纪大了，遇着任何死亡的事情，她都会触景伤情。这些年，奶奶年纪一年比一年大，回首往事，成了她最为专注的生活。奶奶总是说，村庄一直在变，一直没有停下来。从狗的死亡，她又叙说了村里死了的那些人，我不知道如何安慰她。奶奶说，他们那一代人，都死了，村子里剩不了几个人。

　　从奶奶的叙述中，我就想到了村子里的狗们。

　　这些年，村子里骤然多了些狗。

　　狗的作用是看门。

　　绝大多数人家的狗都被绑着。一条大铁链，锁住了自由。狗守着房子，房子陪着狗，相依相偎。相互取暖，相互倾诉孤独。狗们成了村子里的看家人，成了村子里最庞大的留守群落。

　　也有些流浪狗，在村子里游荡着。东嗅嗅，西闻闻。还在各处撒下尿，象征着"到此一游"。无拘无束，无忧无虑。以天为被子，以地为床。饿了，便在那些倒泔水或者垃圾的地方，胡乱凑合一顿。

　　而今的人，总有吃不完的剩饭，总有倒掉的油水。所以，对狗们而言，温饱问题，不在话下。当然，绝大多数的狗，都有主人。他们都能吃一碗温饱的饭。那些留守的老人，也舍得给这个做伴的灵物吃饱。

　　然而，村子里依旧是孤寂的。随着人的离开，狗成了村子里动物的主力军，尽管人也是动物，但与狗的数量相比较，人就少得可怜。狗迎来了人生最辉煌的时刻，达到了和村子里留守人共同管理村上事务的目的。

　　狗的命运也发生了改变，不再是刘亮程先生在《一个人的村庄》里描述的样子。那时候，狗完全没有自尊，整日会遭受主人的咒骂，或者不怀好意的捶打，甚至有杀狗的行动。现在的狗，其作用普遍得到了人的认可。

　　狗改变命运后, 架子也就大了。似乎要翻身一样, 叫声都高了八度。猖猖狂吠, 那是提醒。还有个别脾气暴躁的狗, 会在不经意间窜出来, 扑向经过主人门前的人。这些村子里的狗, 总是用各种不同音色的叫声, 在提醒人们, 不要忽视它们存在的价值。特别是夜晚, 当你静静走过村庄, 偶尔路遇一条狗, 它会狂吠, 接着整个村里的狗便先后开始狗叫起来, 狗吠深巷里, 不知狗在何处。但那些黑暗的角落里, 总有叫声发出。

　　村子里的狗, 耳朵显得尤为灵敏, 它们通过空气中声音的传播, 听出人的差异。脚步的缓急, 脚步的轻重, 脚步的快慢, 脚步的迈法, 都能通过耳朵来辨识。狗总是听着脚步声, 判断是不是主人到来。

　　当然它们的鼻子也很灵敏, 虽不能千里追踪, 亦可以百米追踪。主人身上的气味, 早就烂熟于心, 但凡不是那种熟悉的气味, 肯定就是陌生人无疑。世界上没有一个人的气味是相同的。只要记住了主人的气味, 就能辨识所有路过人的一切。只要气味不一样, 狗们都会先叫几声, 看看事态发展。

　　还有那些熟知村里情况的小偷, 在行窃时自然要先安抚狗, 或者一块骨头, 或者一片肉。绝大多数狗, 都经不住诱惑。但狗中, 也有伟丈夫, 不为名利所动。它们坚守着自己的操守, 用一个职业狗所有的道德, 来捍卫自己的尊严。

　　而今的狗都学精了, 不愿意惹人。惹的人太多, 就等于给自己树立了很多仇人。村子里的狗们, 也看样子, 别的狗怎么做, 它们也跟着怎么做, 不愿意做那些出头的狗, 那样会背上骂名, 还会成为村里人嫉恨的对象, 混迹在狗群里是最好方法。

一条好的狗会看主人脸色行事。主人的喜怒哀乐，都在那脚步声里，也在那一声声呼吸中。八面玲珑的狗，会闻声而起。懂得察言观色，懂得为主人呵护面子。主人进出门，他们会上蹿下跳，摇尾巴，踏步子，显示自己与主人的亲昵。主人进屋或者离开后，他们就变了脸色，蹲在门口，闻声而动，龇牙撩嘴。

不识时务的狗，村子里已经很少。优胜劣汰的结果，淘汰着一批又一批不合时宜的狗，留下来的，都是狗中的狗精。什么场合，该怎么叫，它们心里都有一杆秤。加上那些不断进化后的狗的基因，让它们的后代，也异常地精明。一只精明的狗，不会生出傻瓜蛋狗仔。

所以村里的狗，越来越适应社会，越来越讨人的欢喜。那些主人，也对狗放一百个心。

在人少的村庄里，狗的作用就显示出来了。狗不仅仅看门，也是个伴儿，甚至为主人守护着一方老祖屋。

而今，村子里几乎所有人家都有狗。当我进村，或者路过谁家大门，总有几声吠叫，显示着这个村子里依然有活物，有生机。尽管这生机，是从一只狗的嘴里传出来的。

在农闲时间，当你经过村庄时，路口见不到一个人，却无例外地会见到很多的狗。他们成了村庄的主人，大摇大摆地在村子里走着。当然，偶尔也有收狗的贩子，用扩音器喊着"收狗！收狗！！"，村里的狗们，便窜进巷子，销声匿迹。似乎它们对这种声音，天然过敏。只要有收狗的车，就能将它们驱赶。

不过收狗的人一年来不了几次。狗们是知道这件事的，所以，它们不怕。即便来了，依然逃之夭夭。等收狗的人离开，整个村庄，又继续是它们的天下。

狗们有时候又显示出了自己的天性，完全忽略了主人的谆谆教诲。它们可以进出任何人家的院子，可以上任何田间地头。整个村子里，没有它们到不了的地方，甚至那些村里相互仇视的人家，彼此噘着嘴不说话，见了面也相互不打招呼。狗们不管这些，谁也阻挡不了狗去仇家院子。也有个别人家，看到仇家的狗在院子里转，会抡起一块石头，或者一截木头，扔向狗。狗看一眼，吐吐舌头奔了。在狗的世界里，事情就简单了，想去哪里去哪里，想和谁亲热就和谁亲热。直到被人追着打了，或者主人因此遭咒骂，主人又将气撒在它们身上，它们就乖了。

早先时，村里人喜欢凶狠的狗，大嗓门，可以挡住一切。后来，人们就喜欢温顺的狗了。凶狠的狗容易闯祸。那些路过的老人，小孩儿，妇女，它们都会扑过去，在那些苍老或者鲜嫩的身体上面，留下一排牙印，甚至那两颗虎牙，会像僵尸一样，在腿上、胳膊上、身上，留下两个洞。

温顺的狗就不一样，叫几声提醒主人，有人路过，或有陌生人要进门。但狗们叫几声就不叫了。这叫几声，似乎都有分寸。比如，有人要进门需要叫几声，有人从家门前路过，又需要叫几声，狗们分寸把握地很好。

而今的人也都富裕了，不愁吃穿的，不怕人偷。至于说那些钱财，自然也进了银行，别人偷不着。所以，凶狠的狗不再适合这个时代了。而今的人也都属于温顺型的，狗们自然也要品种改良。于是，狗们在不断地进化着。

狗也有被陌生人偷走，或者杀了吃肉的时候。不过这时候，人们更多地显示出了按兵不动的冷静和沉着。只要狗出去，几天不回来，肯定是遭了毒手了。冬天那些打工回来的年轻人，专门到那犄角旮旯里的村庄偷狗，回来杀了吃。当然，这里面也有主人对狗的冷漠。反正一条狗命，没了就没了，大不了再买一条。说白了狗不值钱。但不值钱的狗要是看不好门，或者惹是非，那它们的好日子也就到头了。

我们村也有几个专门杀狗的人。他们总是瞅准机会，将那些村子里脾气不好，到处咬人的狗，视为异类，要除之而后快。接着还有那些懒着不动，或者长相太肥的狗，会成为他们的口中餐。我记得有一次，几个玩伴打电话说，下午杀狗，让我晚上去吃狗肉。

到了晚饭的时候，我去了他们家时，狗已经被杀了，我并未见他们现场杀狗的过程。只是在我进门时，只见一张狗皮，疲软地扔在在地上，狗皮旁边，还有一滩干了的狗血，在地上凝固，变成褐红色。一堆变地剁碎了的狗肉，红中带黑，在盆子里用温水泡着。我的玩伴正在用另一个盆子，将洗干净的狗肉，一块一块做着检查，准备进锅煮。看到了来那张狗皮，我脑海里就闪现出雷平阳《杀狗的过程》。

我的胃里开始犯上恶心的感觉。我强撑着，在他家里坐了一会儿，就出来了——狗肉我当然没吃。等我出来时，闻见厨房里有了一股淡淡的狗肉味儿。那味道，便氤氲在空气里，笼罩着这座村庄，巷子里一些狗疯跑着，似乎在奔走相告同伴进了锅的厄运。雷平阳先生描述的那些镜头，总在我眼前晃荡。这时候，我又开始怜悯狗了。

尽管这样，村子里依然是狗的王国。狗们在一茬又一茬不断死去，也在一茬又一茬新生。狗的种类越发地繁多，它们品质不一，高矮不一，胖瘦不一，毛色不一。有时候，我也在想，这狗们哪里来的这么多品种？

村子里的狗们，一年又一年，挨着岁月的边沿，在时间轨道上逐渐老去。每年过年这段时间，狗们处于蛰伏期，对外界不闻不问。即便有那么几只，意图耍一下二杆子气，也总是被人的眼神，甚至棍棒吓回去, 躲在窝里, 叽里咕噜说着听不懂的狗语, 让你无可奈何。

我记得熊培云在《一个村庄里的中国》这样描述狗和猫:

阿猫、阿狗仍活跃于乡下, 自然是得益于他们的社会分工。众所周知, 在乡下猫和狗的主要任务是维持"治安", 它们具体负责着看家护院、抓捕老鼠等现场感较强的工作, 而非像猪一样可以异地规模圈养, 在其长大后任人宰割。不过尽管如此, 以我的观察, 猫大概也要退出农家舞台了。自从农民住进了由钢筋水泥浇筑的楼房, 能够体现猫的存在价值的老鼠早已另谋生路, 逃之夭夭。

而今, 我家的狗也死了。就像那些死去的村庄人一样, 在这个世界消失。我开始怀念我家的狗。我记得那是一条小母狗, 长得小巧玲珑, 也蛮讨家人欢心。但我与这狗没有建立起感情来。

以前, 它活着的时候, 整天就在家里懒洋洋地卧着, 家里人进进出出, 眼皮都不抬。在我将母亲接进城后, 就成了守房者。留守在故乡的奶奶, 会定期给它食吃, 它只负责家里的安全。

关于我家这条狗, 与我并没有多大感情, 也是我常年在外的缘故, 所以, 我写不出我与狗的感情如何如何的鸡汤文。甚至, 那些年月里每次我回家, 它都对我眼生, 要朝着我喊叫好一阵, 直到确定我也是这个家的一分子后, 便灰溜溜地回到了它的狗窝, 闭着眼睛, 对我爱理不理。

奶奶经常骂这条狗口细(挑食), 一般的面条它不吃, 酸菜饭它也不吃。它只对肉感兴趣, 只要是家里有肉丝味儿, 它就进进出出, 喉咙里发出"吱吱"嘶叫声, 眼睛讨好地看着我们每一个人。

后来, 这条狗不知道整么就挣脱了铁链子, 开始在院子里转, 也有时候在大路上转,一副无人约束的样子。我们索性也就不绑着它了,反正也不咬人,只是做一些唬人的架势。

当然,它的命运不太好。就在我们不打算将它绑住的时候,它却吃了别人家的老鼠药,一命呜呼了。此后,我家里再也不养狗了。那段曾经绑过狗的铁链子,依旧在房檐下吊着,上面锈迹斑斑。

6.阴 阳

在中国传统的哲学思想里,阴阳是一种思想。

但在我的故乡,它却是一个职业。

在今天的农村,这个职业依然顽强地延续着。在农村,随着打工者的外出,原来许多农村的职业,都开始消亡。但阴阳这个职业,和村庄一样古老,并会像村庄一样,继续延续下去。

许多人说起阴阳都会肃然起敬。这是一个让人敬畏的职业。这又是一个模糊的职业。阴阳可以通天上地下,可以知前世未来。当然,阴阳往往也都懂风水。所以,在故乡的人眼里,阴阳和风水是连在一起的。

他们是掌握村里人命脉的人。故乡人对命运有一种彻骨的相信。谁谁怎么了? 谁谁又如何? 都把这一切归结于命理。该享福受罪都是命,该长寿短命亦都是命。故乡人最爱说的一句话,就是"人的命天注定"。而阴阳作为能够探知这种命脉的人,就自然让人对这个职业产生深深地敬意。

这些人熟知村里的风水流向,懂得暗处的各路神仙妖魔。这些异能不是常人能及。

我记得小时候,有个头疼脑热的,首先想到的是阴阳,而非去看大夫。当然，那时候看大夫也不方便。所以上门将阴阳请回来"噔赔"（念咒语烧纸）一番，安定各个方位诸神，家里的人病痛就减轻了。那阴阳嘴里的咒语，仿佛是治疗一切的良剂。

我小时对这些也深信不疑，因为故乡人对此深信不疑。

最初时，任何不顺心的事情，都需要阴阳来解决。比如，家里经常有人生病，或者几辈人人生道路坎坷，或总有想象不到的天灾，诸如此类事宜。这时候，人们第一时间想到的就是阴阳。这尽管有点唯心主义，但大家都这么干。既然是大家都干的事情，就一定有道理。因此，每次家里有不顺心了便请阴阳来。堆上笑脸，说出委屈和不顺心。阴阳在心里思谋一番，让主人找来"噔赔"需要的物件，准备安抚各个方位的诸神。

这时候往往会有这样一种景象：只见阴阳一只手拿着一个筛子，另一只手用黄纸或者白纸在手里捏成团，嘴里念着听不懂的词语，到各个角落追赶野鬼。在这些振振有词中，阴阳总是把最后一句话加重音念出来，所以从小我就从"收住了""安定了"这样的词汇中理解阴阳。主家人要跟着阴阳重复这句话，谓之"吟声"。这个过程中往往是充敬意的，没有人说话，只听得见阴阳嘴里声音很轻地念着，最后阴阳嘴里冒出"收住了""安定了"的话，我们就跟着说。"噔赔"完毕，阴阳会蛮有收获地显示自己的疲惫，抽上一支主家的好烟，再拿上主家的"一点心意"，满足地离开。

这一般的"噔赔"对阳阳而言，只是小试牛刀，显示不出真本领来。真正让阴阳大展身手的，是安土、丧葬诸事。

乔迁新居、动土等事情，需要阴阳看日子。这是从中国古代风水学中衍生出的一种风俗，在今天的农村显得的依然盛行。哪天大吉大利，四方没有邪佞，可动土，或者可以乔迁，都有定数。不能擅自行动,否则会惊动四方诸神,给家里带来不必要的麻烦。

阴阳经常走艺的时候,干的活大多数是安土。

何为安土?就是安定一切土地上的诸神和妖魔鬼怪。安土这件事在故乡一般都持续一天,从早上准备开始,到下午,阴阳念一天的经。将那些土地底下的各方神圣,都安顿好了,不来骚扰安土之人,保佑这一家人。

在我小时候,安土很盛行。几乎家家户户都要做这件事。而且一年最少做一次。我的父亲是个无神论治者,这在故乡倒是一种另类。在我长大的过程中,我家里很少安土,因为父亲反感这个。我只是从别人家安土的行动中,了解这一风俗。甚至那时候,对安土这一行径,都充满了向往。安土的时候,阴阳双手持木鱼,边敲边念,而身边还得有一个摇铃这人,我们这帮半大孩子,抢着去摇铃。

除了安土,另外一件重要的事情就是看日子。中国人所谓的黄道吉日,其实就从这里而来。选黄道吉日,只能请阴阳和风水师干,这活别人干不了。

选日子之事,很重要的一个方面,就是嫁娶的日子,这必须是大吉大利之日。在我们这片地方有很多阴阳,但在日子的选择上,却出人意料的如出一辙。比如某两地处相距很远,这两个地方的阴阳,不可能有"串供"的机会,但要选择婚嫁的日子,却能神奇地选择同一天。比如,某天故乡有结婚的人,那么其他地方也一定有,因为这是一个好日子,谁都想占据这个好日子。这就是中国风水学的神奇之处了。

还有个重要的时刻需要看日子,那便是修建房屋时。这个比起婚嫁就复杂。婚嫁的时候,只选择某个黄道吉日即可,并没有时间的限制。但修房子讲究就多了。

在农村,修房子是一件大事,许多人一辈子,其实也就能修一套房子。这房子是自己一生奋斗的结果。所以,不敢轻易马虎,任何流程都必须走到。尽管目的是修起那座已经规划好房子。但修房子的讲究和形式,不能少,这时候,形式就是内容,就是实质。

修房子时,从建地基到房子的座字,一直到立房(将已经制作好的木头套起来,搭成房屋的架子,和今天修了楼房时用钢筋搭建框架同一道理),最后到上檩子。这些都需要看日期和时辰。这时候,阴阳就显得尤为重要。如果某家要修房子,请定某位阴阳后,就不能换阴阳了,直到房子彻底修建起来,所有涉及天时地利的时刻,都要阴阳来主持。

当然,如果家里去世了人。阴阳就更显得重要了。得派人隆重地去邀请阴阳,拿上礼品,带着主人的殷切希望,将阴阳请进门。阴阳来了之后,在炕上坐定,拿出自己的看家物件,摆在桌子上。这里面有朱红、墨汁、毛笔、砚台、剪刀……写挽联,然后制作神位,安排丧葬事宜。主家必须按照阴阳提供的清单,准备一切东西。

然后就根据丰家选择的穴位,开始勾坟。整个勾坟的过程,还要找天时地利、方位、水位,最终决定安葬墓穴。哪天出殡,何时下葬,都要按照风水来计算清楚。先人坟选择好了,可以庇荫后人发达,先人的坟选择不好,会遗祸后人。所以故乡人对选择墓穴看地非常看重。阴阳则在这一切工作中充当主角作用。

阴阳还处理"犯丧"。这是一种极其恐怖的事情。在故乡,"犯丧"是一个比较忌讳的词汇,许多人都谈之色变。生怕谈论此事后,那些"犯丧"找上门来。

所谓犯丧,就是下葬后,经过很多年时间,依然不腐化的尸骨。故乡关于"犯丧"之事,有很多传说。在我长大的过程中,在那些老人的口口相传的故事里，这类事件往往都被描绘成了灵异事件。那些村里的老人，总是绘声绘色地说那位"犯丧"生前的许多事，还说这些"犯丧"死后，依然不愿离去，挑着时间上某个人的身体（附身），讲"犯丧"生前的事情。有需要解决的矛盾，有放不下儿女的牵挂，还有因怨去世后，不断报复生前得罪他们的人……神乎其神。

儿时对这些事情很好奇，也很恐怖。尤其是那些老人说他们去烧"犯丧"的事，总是阴森恐怖，常常让我天黑了，就不敢出门。一泡尿得憋到第二天早晨才尿。但这样的事情，在我十几年故乡生活的时间里，很少见过。这种事情我总是在听说，总是经过大家的口加工，变成各种版本。据说最近几年，全乡这样的事情才少了。当然，这也有科学的解释，许多人因为体质不同，在去世后，尸体不会腐化的事情古就有之，六祖慧能的金身，至今完好无存的保存着。这时候，烧那些未腐化尸体之事，就由那些阴阳主持。

总之，阴阳能通阴和阳两面，他们游荡在人间和阴间，传递着讯息。他们在人间是人，在阴间却能和鬼怪们打交道。他们是村里极少数知天命的人，他们也是极少数沟通阴阳两界的人。他们是村中鸡群里的仙鹤，是扫帚里的竹竿。

这也决定了这个职业很诡异，能干的人很少，吃这碗饭的人，都一定有其过人之处。但还是有阴阳相轻之事，和文人之间那种相轻很相似。似乎你不服气我的本领，我也看不上他的异能。那些厉害的阴阳，据说在晚上可以控制鬼魂，在他们走路的时候，抬着他们走，谓之四鬼抬轿。这在不同类型的电视剧和电影里，也有类似的表述。

我们村有两个阴阳。一个是我的本家堂叔，一个在下庄里。下庄里的阴阳，人称"苟法师"。许多年前，他们共同接受着故乡人的爱戴。我的堂叔在上庄里，也就是我们这一片，负责上庄各路神仙鬼怪的安抚。而"苟法师"，则负责下庄里的具体法事。

过去很多年里，他们就这样各自为营，互不干涉地干着村里的大小法事。没有法事了，也种庄稼，和任何故乡的父辈们一样。只有有人邀请做法事，他们才会从农民的身份中剥离出来，变成一个正经的阴阳。

后来，随着我外出，"苟法师"我也很少再见到了。他们家靠着路边上因修路被拆掉的半边房子，还在那里矗立着。

村子里的阴阳，只剩下了我的堂叔。

相较而言，我对本家堂叔了解更多。堂叔是老好人，是典型的中国农民。平时少言寡语，一辈子没有婚嫁。如今已经到了知天命的年纪。他的父母——我叫三婆三爷的两个老人，已相继离世。他还有个弟弟，已经在新疆定居。而他一直坚守着农村，坚守着土地，是村里留守老人当中的一员。

当然，他比那些一辈子在土地里刨挖的人幸运，因为他有阴阳的手艺，可以到处走艺。他告诉我，他去过成都，去过绵阳，县上许多地方他也去过，我对此深信不疑。不管这个国家如何发达，那些古老的东西，依然有人在坚守着，那些古老的手艺，依然会一代又一代传下去。这已不是封建迷信，而是一种农村文化的延伸。

而今的三堂叔，家里就他一个人，种点地，吃喝不愁，到处走艺，也有个来钱处。唯一遗憾的就是他此生没有结婚，膝下没有子女。但我依然能够看见他积极的生活状态，这是一种看透了生活，依然乐观的状态。

现在，随着父亲的去世，随着我与故乡的距离拉大。我已经很少去村里了。与堂叔见面的机会亦很少了，有时候回村看见他，也是很木讷的那种，但你要是和他说起阴阳之术，他则会滔滔不绝。他用一辈子的经历和走艺生涯，告诉你哪些神仙鬼怪传奇之事。我觉得，世上还是应该有阴阳的，就如人有男女之分一样，阴和阳本身就存在着。

如今，他们的手艺也没有之前吃香了，即便是那些简单的"噔赔"之事，村里人也会自己上手，不愿意再麻烦阴阳了。这种事情我亦熟悉。具体操作是：盛一碗水，找一把筷子，将筷子立在碗里的水中，口里念着那些古老的咒语，等筷子立住，用菜刀将筷子砍飞。家里的邪气，也就随着那一菜刀落下，被赶出家门。当然，这种方法，现在也很少有人再用。人们更多地相信科学，相信医学。而那些古老的"噔赔"做法，自然地被贴上了落后的标签。

随着人们素质的普遍提高，那些头疼脑热请阴阳的事情，也逐渐在淡化。阴阳原来的手艺，也在经受着考验。当然，也有个别与时俱进的阴阳，总是跟着时代走，他们说生死，讲风水，也讲社会主义，讲党的好政策，属于八面玲珑型的人，见人说人话，见鬼说鬼话。总归让人和鬼都满意。

然而，工业文明正在进驻乡村。不知许多年后，还有没有阴阳这个职业，这需要时间去验证。

第八章　正在消亡的农村符号

没有故乡的人是不幸的，有故乡而又不幸遭遇人为的失去，这是一种双重的不幸。我自己便是这样双重不幸的人群中的一个。作为中国人文及自然资源多样性展示得最为完备的后花园，广袤的西部是如此的神秘多姿、秀丽雄奇、狂野粗犷，令人难以忘怀。不过遗憾的是，这些令人难以忘怀的人间爱物，正在逐渐消失于我们视野之中，真有追之莫及的伤怀之痛。可以毫不夸张地说，中国没有作为人文和自然资源庞大宝库的西部，她的魅力将会锐减而流于平庸。

——冉云飞 《每个人的故乡都在沦陷》

1.遗弃的打碾场及其他

也许在中国北方的任何一个村庄都有打碾场，或者说留有打碾场的痕迹。打碾场在特定时期，代表着一个时代的特色。

如果你沿着今天中国北方乡村走，一定会看见一个个大小各异，整体都是圆形或者椭圆形的打碾场。尽管现在打碾场正在逐步退出历史舞台，但它曾经的辉煌也不容忽视。

打碾场是庄稼丰收的象征，是农村的希望，是农民赖以生存的物化表现。

许多年后，当我站在我家的打碾场边上，看到废弃的打碾场，荒草丛生的场地。我的思绪久久不能平静，我总会想起许多年前，我们一村庄人一起碾场的欢乐情景。那种碾场的情景，就像热闹的节令。

与打碾场同时而生的，还有大小不一，粗壮不一，类别不一的庄稼架。由此衍生出来的桩杆、架椽、柳绳（用于捆绑桩杆架椽的柳制软绳），都成了时代的象征。

每年到了夏收季节，我们都会在打碾场边缘，挖出去年没有填严实的土洞，用于支撑的粗壮桩杆。等着将桩杆栽稳后，我们就几个人动手，将架椽横着绑在桩杆上。这整个庄稼架，有半天时间就能弄好。

打碾场边缘一片往往要比场地中间高。这样做的好处，是将麦子上架以后，遇着雨天掉下来的水珠，不会落在麦子底部，这样就不会有架廓底部的麦子因受潮而发芽。庄稼人的智慧，总是超乎想象。

故乡的打碾场在二十世纪人民公社化时候，是公共财产，后来包产到户，就将打碾场分到了每一户头上。而今的打碾场，每一个场，都是由几户十几户人家共同占有，每一户划分一个架廓（一片地域）。

每年到了夏收时期，碾场成了一道亮丽的风景。当所有人家将麦地里的麦子搬进打碾场，上了架，那就预示着，秋粮收成到家了，即便有雨水，都不怕了。

把地上一捆捆麦子，变成一架麦子，那是需要手艺的。即便是那些常年务农的庄稼人，也不见得可以将麦子一次性架好，保证不进水，保证端端正正。村里有几个老手艺人，每年到了这时候，都被邀请着去架麦子。

我记得小时候，父亲不想求人，自己上架，将麦子架起来。但架起来的形状不好看, 有时候, 像个大肚子的孕妇, 有时候又似锥形的帽子。还有一次, 父亲架麦子, 中途因为前后左右平衡没有把握好, 架到一半时, 麦子哗啦一下散架了。父亲溜下来, 吃了一根烟, 叹了声气, 继续重新来过。而今, 父亲再也不会出现在打碾场上了。

等将所有的麦子上了架, 碾场就开始了。

碾场是个持久活计。大概前后要持续一个月左右, 整个村庄的人家才能将麦子装进粮仓。碾场过程, 充满了欢乐。那个过程大家苦中作乐, 尽管干完一天后, 所有人都累地不想吃饭, 但第二天天不明, 大家依然就投入到碾场的队伍中, 直至所有人家麦子进了柜子或者席桶(一种由竹子编织的装粮食的容器)。那段时间, 是村子里最安静的时候, 几乎家家户户锁着门, 大人小孩都上了打碾场。

因为一个打碾场里所有人家, 都是一个小团体。这十几户人家, 基本上负责本打碾场人家的庄稼打碾。但整个碾场的过程是有序的, 并不会发生混乱。当然。也有极个别人家, 会有抢场行为。所谓抢场就是, 到半夜里, 在打碾场上放几捆麦子, 向大家表明他们要碾场。不过, 这样的情况一般很少发生。因为大家都要碾场, 这样的行为, 无异于是从中插队, 很不地道。

碾场是从半夜开始的。当天有了一丝蒙蒙亮, 到处还在似醒未醒的时候, 人开始与时间赛跑, 因为六月入伏天气, 每到下午, 常常会有不怀好意的雷阵雨来打搅, 有塌场的危险。为了避免这一状况的发生, 只能早起。毕竟大早上就下雨的情况非常少。碾场之前, 主家人一定留心天气情况, 如有下雨天, 人们可以懒懒睡一觉, 解解乏。当然, 也有天气预报说有雨, 可早上起来太阳当头照的情况。故乡人那时候看中央电视台的天气预报, 常常不准。他们关注的是兰州和西安。有些村里的老人说, 中央台天气预报说西安下雨, 我们这地方就下雨。也有人信奉兰州下雨，我们这里就下雨。实际我们地处在兰州与西安的中间，到两地的距离相差无几，都是接近四百公里。天气预报，一百公里之内，都东边日出西边雨，更不要说四百公里了。所以，大家觉得中央电视台的天气预报，常常哄人。

瞅准天气，主家便早早准备吃喝。买菜，蒸馒头，刮洗吊在房檐下的熏肉。碾场是集中劳动，必须要在后勤上搞好服务，不然会得罪人。碾场的人也会因此而不好好干活。所以，整个碾场的那一个多月里，大家的伙食都很不错。后来，主家还会给帮忙的人提供啤酒，以及市面上时兴的水果。

主家一般比帮忙的人起得早，他们观测天气，伺机而动。而故乡人根据多年实战经验，判断天气最好的方法是早上起来站在房檐下仰起脸试潮气。如果潮气扑面，预示着天气不好，不能贸然行动，得等到天亮后，有太阳，确保不会下雨，才开始准备碾场；如果站在房檐下，空气里身是干燥的气味，那预示着天气会很好，不用等到天亮，直接就吆喝着人，开始准备碾场。

碾场的过程异常热闹，大人小孩一起上阵，所有人都在干着活。大家相互搭配非常默契，人与人之间的合作程度，空前绝后。谁和谁拆麦架，谁负责运输麦捆，谁摊场，谁管后勤，谁吆喝牲口……一切看起忙忙碌碌，混乱不堪，实则一切都是有组织的。

从摊场开始，碾场的序幕也就拉开了。所谓摊场，就是将架起来的麦子跺拆开，一捆又一捆抱到场地中央，所有人围成一个圈，将麦捆解开，铺散在场地上，等待碌碡上去来回碾压。

麦子散开，摊场的人便回主家吃早饭。吆喝牲口的人，此时已经吃完，等待着麦子摊散完毕，扬起鞭子，催促着牲口钻进了麦秆丛中。

最早的打碾工作是由牲口完成的。用一匹骡子，或者一头牛，架上辕，套上碌碡，有车把式吆喝着，在摊好的麦子上面来回转。摊好的麦子外形呈饼状，牲口在上面转动。但这一过程也是非常吃力的，牲口从朝气蓬勃到有气无力，从刚开始一路小跑到最后吐着气，用鞭子抽打，一样慢慢悠悠。尤其是遇上曝日天气，人和牲口都挥汗如雨。

让牲口拉着碌碡在麦秸秆上循环走了无数遍后，摊场时挺立的麦秆，被碌碡踩躏成一串绵软的稻草。这时候，算是完成了第一遍的碾压。车把式，将牲口拉出麦秆丛中，给牲口饮水，加草料，顺便自己也喝杯水、吃口馍馍。这时候，那些摊场后去吃早餐的人，陆续回到打碾场，剩下的事情，交给这些人。

车把式得意洋洋地坐在场地的阴凉处，吸着烟席地而卧，很享受地看着帮忙的人，将碌碡压平的麦秆用叉挑起来，抖一抖，将麦粒抖落在底部。麦秆抖蓬松后，依然杂乱无序地立着，显示着最后一点勇气。我们把这个过程，称之为"抖场"。

车把式烟足饭饱后，拉着打着响鼻的牲口，钻进了荒乱杂芜的麦秆中，进行第二次循环打碾。

其实麦穗只要遇到碌碡，那些熟透了的麦穗儿上的麦粒瞬间就掉下了。之所以要坚持来回碾，除了将麦穗上的麦粒碾下来，主要目的还是要将那些坚硬的麦秆碾成酥软状，用作牛、羊、骡子、驴等牲畜一年的口粮。如果碾场时，这些麦秆没有碾成绵软状态，牲口吃了消化不好。所以，碾场的过程不敢马虎。麦粒能喂饱人的肚子。那些麦草，也是牲口一年的口粮，不敢在打碾的过程敷衍了事，牲口是代替人最好的劳动工具，牲口出了状况，损失无以言表，就如同莫言在《牛》中描述的一样。

这种碾场的过程中，会产生很多无以言表的专有名词，而这些名词形象到只可意会不可言传的程度，因为词典里查不到这些词汇，它们是故乡人约定俗成的称呼。

碾场的过程，要抖三遍被碾成柔软状的麦草，至于说为什么要非得碾压三遍，无可考究，更多的是多年来农民的经验所得。等麦秆第三遍碾成了绵软状，整个碾压的过程，也就结束了。

车把式们会将牲口赶出打碾场，解了枷锁，任由牲口吃草。这时候，躲在阴凉处的人们，戴上草帽，拿着叉、绳子以及能用到的工具，冲进已经被碌碡压成绵软的麦秆中，开始刮草（将麦秆一层层揭去，以防有麦粒混在麦秆中）。但这个过程或，一定是一层层揭掉麦草，不能直接一次性将覆盖在粮食上面的麦草揭掉。

揭掉了所有的麦草，最底下就是一层有麦粒和麦衣的混合颗粒。

这时候，麦草与麦粒分离了。碾场的人，会分成两拨。男人绝大多数要去背草，因为这些被碾成绵软状的麦草要全部背到草房里，以备牲口一年的口粮。背草又是技术活，将这些酥软的草，像棉花一样酥软而膨胀，要用绳子将它们捆起来，就显得背麦草这件事有了几分技术性。那些小孩子当然做不了这件事，年轻人技术也不过关。所以背麦草这件事，就落在了四十岁左右人的肩上。他们总是一次次将麦草绑起来，背到主家专门装草的房子。这个过程中，妙趣横生。如果在捆绑麦草过程中，稍有不慎，绳子绑偏了，面对的结果往往是走到半路，麦草就散架了。背草人最怕麦草背到半路上散架，这会引来同行们的耻笑。当然也有没有散架，但绳子绑偏了以后，麦草捆形状就是个"喇叭状"，这也会引来很多人的耻笑。

在这种背麦草的时间段，还有些村里的孤寡老人会拿着小扫帚,将那些掉落在地上的麦草扫起来,集中到一起,背回家烧炕。

而另一波人就是女人、年轻人和老人。他的任务是将那些混合颗粒堆积起来。麦子少的人家,堆一堆就好了,麦子多的人家,可能还要堆两堆。碾场到了这时候,基本完成了一大半,剩下活慢慢干。

然后就是吃午饭。午饭一般都是水煮菜,里面有让人嘴馋的腌肉片。大家都坐在打碾场,一人端一碗饭,仡蹴着就吃了午饭。

吃完午饭整个打碾场的人还是分两类,一类负责将剩余的麦草背回草房,垒起来,然后用脚踩严实。另一派人自然就开始揽(shuì)场(将堆起来的麦粒与麦衣的混合物扬起来,颗粒垂直落下,麦衣随风飘到颗粒后面,成功分离麦衣与麦粒的方法)。揽场一般都是一个执簸箕的人,两个给簸箕里装混合颗粒的人。他们的目的,就是将那一堆麦衣和麦子颗粒的混合物分开。

当然,揽场必须要有风,没有风那堆混合物分不开。揽场时,大多时候都有风,也有极个别没风的情况,只能等待。这个过程就得看老天的保佑了。揽场完毕后,麦衣与麦粒就分开了。找些编织袋子,将粮食一代又一代装起来,用架子车拉回家,一年的收成,也就落下帷幕。

这种用牲口打碾的过程,时间持续较长。那些土地多人口多的人家,麦子种得格外多。麦子多的人家,可能要打碾几天,才能将麦子装进袋子。碾场是集体劳动,几乎每一个打碾场的十几户人家,自成阵营,一家挨着一家打碾,直到将打碾场上麦子全部打碾完毕。至于说秋粮燕麦、豌豆等作物,因为种的数量不多,打碾的时候也和年麦子打碾时间错开,所以,这些小面积的秋粮,自家人就能完成打碾操作,不用一大帮人。

人工打碾的时代,人与人之间是热心的,相互调侃的,没有芥蒂的。劳动的种类一样，劳动的目的一样，分不出孰优孰劣。条件好的人家，给大家准备两顿好饭也就是了。所有人都是你帮我，我帮你，相互扶持，相互帮衬，整个农忙季节也就结束了。

那段时间，好似人类回到了最初一起劳动的时代，尽管人已经进化了几千年。但这样的打碾生活，也是短暂的，至少在我的记忆中是短暂的。我记忆犹新的应该算机械打碾时代的到来。

因为时代不断地发展，很多人工干的活，机械就代替了，那些铁疙瘩，可以解决掉很多人工没法完成的工作，从效率的角度上来说，机械的出现，无疑是一种进步。而在打碾场上的机械，就是拖拉机。

拖拉机的到来对原来牲口碾场的模式造成了极大的冲击。拖拉机后面拖着铁制碌碡。一阵阵黑烟过后，麦子全部落在麦秆底部，麦秆也瞬间成了绵软状。拖拉机大大提高了碾场的效率。但刚刚开始时，人们还对这个铁疙瘩不认同，依然有人加驾着牲口碾场。但同一时间，两种方式比较下来，拖拉机赢了。

拖拉机有时候，可以同时兼顾三个或者四个打碾场的麦子碾压工作，而牲口就不行了。一个牲口一场麦子，都累死累活。这种人和动物都吃力的活，自然会被拖拉机所替代。人们顺利地接受了拖拉机，但那年月，能买起拖拉机的人，寥寥无几，司机很快成了村子里的红人。当年，我的一个远方舅舅，家里有一台拖拉机，每年到了打碾时，他就成了村子里的香饽饽，得提前几天预约，才能排上队。

拖拉机的辉煌期，正好是我上学的那段时间，记忆犹新。打碾过程加快了速度，但这时候碾场依然沿袭着牲口时代模式，要摊场，抖场，挂草，挠场。因为绝大多数人家还喂养着牲口。拖拉机虽然可以碾场，但进不了地，犁地的主要力量依然是牲口。所以，麦草依然要碾压成绵软状态，麦衣用来烧炕。

但科技的进步农村人没办法预料。不久，就出现了各种小型农机具。脱粒机的出现，对以往的打碾模式，再一次形成了冲击。村里人觉得这个玩意儿太神奇。当脱粒机上了打碾场后，一切的模式都被打乱。拖拉机过时了，成了搬运工。打碾场上很少再见到拖拉机拉着碌碡转动的身影。

脱粒机张着巨大嘴巴，只要将麦秆塞进去，瞬间麦粒和麦草就分离了。找一张大帆布或者塑料布，铺在场地上，将脱出来的麦粒倒上去，晾晒，直到所有的麦子都脱完，帮忙的人，都开始用大塑料袋子装麦子。麦粒被簸箕装进了一个个尿素袋子，或者饲料袋子，装进三轮摩托车，一溜烟，就直接拉进主家院子里。等在屋里装卸粮食的男人们，快速将三轮车里的麦子码起来。一年的收成，一堆饭的功夫就进了粮仓。

脱粒机的这些功效，减少了摊场、抖场等等诸多环节，效率也大大提高了。往年用时一天，几十人打碾场上忙碌的结果，还不如现在村里几个人一两个小时的忙碌。成本和时间上，脱粒机再一次占了优势。而直接从脱粒机出草口脱出来的草，也都是绵软状态，虽然没有拖拉机碾压时的绵软，但总归是绵软了。这时候，麦草就不会被背到草房里去了，而是被堆积起来，一层又一层堆积着，逐渐垒成一个大草垛，没有牲口的时代，麦草也成了无用物，只能垒成草垛子，等待冬天烧炕用。

今天的打碾场上，到处都堆积着麦草垛。高低各异，形状不一。打碾场已成为临时堆放烧炕草垛的地方，很少再有人想起使用这些打碾场了。

有些人家为了方便，直接将柴油机和脱粒机拉到地里，在地里脱掉麦粒，麦草用一把火点燃，只把麦粒带回家。

当我站在打碾场上追思往事时，闪现在脑海里的打碾场，就与眼前的打碾场形成鲜明对比。打碾场上，草垛子成了主人。

只在中心位置留出一片空地，用来各种协调之用，比如晾晒粮食。那些猪、牛、骡子就在这个中心地带悠闲转悠着，偶尔留下一泡粪，也算是到此留痕了。那些草垛子也是重要之物了，很多人家出门务工，一年到头不回来，草垛子就在打碾场一点点腐烂，最终变黑，直至消失不见。

就此打碾场的命运，还是没有好转，因为它的价值越来越缥缈，越来越轻微了。任何事物的存在，一定有其存在的价值。既然打碾场的价值，可以忽略了，那么它的存在也就备受考验。

那连片的打碾场，终于在2013年岷县漳县地震后，被征去了。上面清一色地修建着异地搬迁房。剩余的村里的打碾场，没有几块是完好无损的，基本都萧瑟衰落。距离我家附近的一个打碾场，因在村庄中心，所以那一片的人，都将这个打碾场当成了临时晒粪的场地，以及冬天堆放柴草的废弃之地。

打碾场的正在消亡，就像农村里那些年纪最大的老人一样。

最后一个与打碾场，与麦子有关的地方就是村子里的麦草房。这些草房大多都是旧房子，一排排一座座，几户十几户人的草房连在一起，每户一间。中间用篱笆或者木板隔开。草房的位置，也都很集中，基本上都是在各自打碾场旁边，依打碾场修建。

我记得小时候，大人将麦草背到草房，我们这些娃娃就站在麦草上使劲踩踏，将蓬松的麦草，踩得严严实实。那时候，草房是专门装草的地方，有了这些草房，那些麦草就能干燥地待在草房里，随着主人的需求随时取用。这些老房子，年久失修，墙面斑驳，房屋上面，长满了荒草。里面装着麦草和麦衣。但随着麦草不再进草房，草房的作用，似乎也在凋零。

当我走在今天的打碾场上时，我发现很多原来寸土必争的地方都在消亡。与务农有关的一切东西，都在凋亡。尽管，这种凋亡首先是从打碾场，再到草房。

村里草房的命运，比起打碾场来，要坎坷得多。这些草房，在我生活的那些年月里，许多都被火烧成了一片废墟。似乎每隔几年，村里的那一排排草房，都要燃烧起来。童年里，那些草房着火后，全村人救火的场面历历在目。

关于那些草房着火的原因，在我还不懂事的年月里，被故乡人传得神乎其神。有人说，我们庄风（村子的风貌）有问题，有人说，有神仙故意施灾难，也有人说是破坏自然的上天报复。村子里阴阳师，借助着可以安通天地的功能，曾不止一次说是有鬼在捣乱。他还预言，村子里的这些老房子，一定会全部被火烧光。没想到他的话，一语成谶。

在阴阳师去世许多年后，村子里的老房子，的确先后都被火烧成了一片烁瓦残壁。着火原因不明，装着麦草的老房子，里面干燥的麦草，像汽油一样，只要见着火星子，一点就着，而且无法扑救。好似有一股看不见的力量，在控制着这些老房子的命脉。这些往事，在故乡父辈这一代人眼中，也成了一种灵异事件的表现。反正大家都说不准是怎么着火的，只能归结于神灵。

我儿时，在奶奶家成长，奶奶家门前原来也有一排装着麦草的老房子，其中有两间是我们家和奶奶家的草房。许多年前，与我有表亲关系的堂弟，家庭条件比较好，过年时，为他买了花炮。那年月，对村里的孩子来说，花炮还是稀罕物。他就在许多孩子追捧下，给大家看花炮点燃后的绚丽色彩。但那时候他年纪较小，也没有安全意识，他将花炮点着后，对着我家草房门前的门洞。不成想那花炮噢一声，透过门缝，射进了草房里。瞬间，草房里的麦草就被花炮点燃，他吓了一大跳，和那帮孩子跑了，并未及时呼救。当有人发现黑烟滚滚时，麦草房已经火苗乱窜。火势已经很难控制住了，而且更要命的是时间临近傍晚，风吹得厉害，风一吹，那草房子里就窜出鬼魅一样的火苗。那是我这一生中，看到过最为绚丽的火苗，仿佛它们都是有生命的。

房子后面就是奶奶家的房子。全村的人都出动了，大家锅碗瓢盆都是上手，给草房灭火。可依靠人力担水灭火，无异于杯水车薪。草房里的火不但没有被浇灭，反而着地更大了。大家看到火舌已经蔓延到奶奶家的房子里，几个村里的年轻人麻利地登上了火苗乱窜的屋顶，将草房的马鞍架檩子砍断，那些屋子顶落在了燃烧的火苗中，暂时压制住了火势蔓延。但火势也存在着死灰复燃的可能。全村人都一起上阵，继续给那些火坑里倒水。

那晚上一村人来回地扑救，火势在后半夜得到了控制。奶奶家的房子并未被火点着，但着实让我们捏了一把汗。次日早上，已是腊月二十六，按照往年，我们要在这一年蒸馒头，准备过年的事情。然而那一年，被点着草房的人家，忙着清理被火烧过的残草。我家里的麦草，几乎被火烧尽了。那一年我们的新年过得很没有滋味儿，直到上学时，我依然能感觉身上那股被烟熏过的味道。

最后村里剩下的草房是上水泉边上的那一栋。在我离开故乡求学之后，它依然屹立在打碾场边上。但是今年回家时，那里也是一片废墟。残壁碎瓦，破砖烂石满地都是。我曾询问过着火原因，得到的答案是房顶上的电线短路，点着了里面的麦草，房子成了一片废墟。

那些着火后的草房，只有一些被火烧过的墙面，还在经受的风吹雨打，也没人管，像个被遗弃的孩子一样。后来上面说要搞美化环境，那些墙面也被拆除了，草房所在的地方，只留下了一片片被刨平的土地。草房的痕迹，已然早已看不见，要不是在这个村里生活过，都很难看出那些地方曾经是红火一时的打碾草房。

故乡的打碾场以及附属打碾场的东西，比如草房，比如架椽，比如桩杆等等，似乎早已不适应这个快速发达的社会。这些东西影响着现代化的推进。

既然要实现现代化，那这些代表着过去，代表着原始，甚至影响村容村貌的东西，就得被淘汰，被剔除。

好在不需要人为力量，时间和那种无形的自然消耗力，正在一点点蚕食它们。现在，那些依旧看见的打碾场，以及被火烧过的草房痕迹，也在消退。或许用不了多久，这些代表着过去的痕迹，就永远地消失在历史中，消失在我的记忆中。我们只能在老一辈人的口中，不断地用文字去恢复当年这些场景。

2.逐渐消亡的牲口

在中国古代，素有"六畜兴旺"之说。马、牛、羊、鸡、犬、豕成了人们生活必不可缺的牲畜。这六畜基本上从各个自身特点，影响着中国人的生活，比如马善驮，牛善耕，羊、鸡、豕善食，犬善守门。据《三字经·训诂》中记载："牛能耕田，马能负重致远，羊能供备祭器"，"鸡能司晨报晓，犬能守夜防患，猪能宴飨速宾"，还有"鸡羊猪，畜之孳生以备食者也"。以后这六畜，融入中国人生活的各个方面。它们从衣食住行等方面，影响了中国文化几千年。

在我的故乡这六畜对人们的生活影响各不相同。

比如猪，那是每家每户都要饲养的，因为每年到了过年时，必须要宰杀，以备全家一整年肉的来源。没有空调的年代，除过年时需要留一部分食用肉之外，其他部分都用腌制的方法储存。腌肉可以从年初一直存放到年终，等到第二年重新杀猪。有的人家到了第二年时，前一年的腌肉还没有吃完。农村里猪的命运就这样依次往复地循环着。

狗的命运，前文中已经有叙述，这里不再赘述。羊基本上是用来食用的，祭祀活动也很少了。能让人想起的，也都是端午节祭祀山神，才杀羊。即便是过年抬爷这件事，也是宰杀猪来作为祭祀用。而今村里人手头也都有钱了，吃羊肉成了一种家常便饭。

鸡在村里零星地散落在各处，不过没有之前多了。

村里的老人们，对鸡还是有感情的。虽然现在村里没多少人，但鸡好养活，撒一把粮食，就能养活了，不至于如狗一般挑剔食物。鸡还有产卵和啼鸣的功效，可以作为一个临时的时刻表——尽管现在已经家家户户都有钟表，但更多的时候，人们还是以鸡叫声为时间点来把控一天日程的安排。鸡肉还能吃，那些喂养鸡的人家，几乎每年初春时节，都会买十几只鸡苗养着，到了年终时，孩子们都回家了，偶尔杀一只解解馋，一直到所有的鸡被吃光，第二年继续购买鸡苗，继续饲养鸡。鸡和猪在农村的地位一样，只要有人，他们就不会更绝。可马的命运，似乎比以上几种要悲惨一些。

村里原来也有马，但数量不多。后来就很少见到马了，我们不是草原民族，不需要逐水草而居，所以马的许多功用，就被故乡的骡子代替了。骡子属于马与驴的杂交产物，高度不育。因为骡子是杂交产物，兼具有马与驴的特性，反而成就了骡子的存在。骡子也成了很好的劳动力。

六畜里，最后就剩下了牛。

牛在故乡其受宠程度，自然要高于其他五畜。这点也不难理解，故乡是农村，是中国农耕文明的末端，更多的时候，也是需要耕地。所以，故乡的牛就在六畜中脱颖而出了。

牛是中国人最忠实的朋友，其对中国人社会的推进，起到了至关重要的作用。从古至今，我们的祖先开始饲养牛，牛就成了祖先们的忠实奴仆。几千年来，牛一直都得到农民的重视，也得到官方的重视。毫无疑问，牛是任何朝代里，都是生产力的代表。即便是二十世纪新中国建立后，牛依然是重要的生产资料，在人民公社化和农业学大寨时期，它们也有着非常高的地位。在那些文字资料里，都能找到牛的身影。所以，我把对牛的描述放在最后。因为从有记忆开始，村里的主要劳力就是牛，至于骡子都是后来产物。牛一度陪我度过了漫长的童年和少年时期。

牛应该是人类历史上，与人类一起生存时间最长的动物。它们为土地而生，亦当为土地而亡。牛又是个特有物种，它们的存在，就是其特性的象征。耕地时，牛比骡子走得慢，但牛能把每一次插入土地的犁铧，都能种到位。深浅、宽窄、力度都集中在那一片犁铧之上。拉着犁铧的牛，每一次走过曲曲折折的犁痕，总是能将每一块土地都耕细。

后来牛出现了竞争对手。那就是骡子，因为骡子可以耕地，也能驮东西，其长处，依然比牛要多。牛只能犁地，不能驮东西。也正是因为牛只能犁地，所以，牛的特性也就显现出来了。

相较而言，整个犁地的过程骡子就显得急躁了。骡子驮东西牛不能比，但牛耕地，骡子也不能比。骡子在地里拉着犁铧总是毛毛糙糙，像个不安分的人。耕地时如果用骡子，得有一个手脚麻利的人来耕，因为骡子走得快，如果跟不上骡子的步伐，那地就耕作就会出问题，故乡人将此称之为丢地，也就是那些犁铧没有耕过的地方，得重新来过，这也是着急忙慌的结果。而因为牛走得慢，每一步都稳稳实实，像个历尽繁华的人一样，不急不躁。这也也就决定了，用骡子耕地，有的人能耕作，有的人驾驭不了，而用牛几乎所有人都能用。

在我小时候，几乎家家都有牛。这是每一个家庭里必不可少的生产资料。甚至，牛的地位应该和人是一样的。牛是种地时的重要力量，没有牛意味着种子将不能按时种到地里。那样，就有可能面临饥饿和饥荒。

一个农民种不了地，那种慌张的劲头，就像喂奶的母亲听见吃奶孩子的啼哭声一样。当然，村里肯定有个别人家，家里没有牛。那么他们的土地怎么办呢？往往都是别人家种完了，他们才能借用这些牲口来种地。以至于整个播种时间，他们要比别的人迟一些，收获的季节，也都比别人要迟很多。但农村里的许多作物，必须要按时令去播种和收割，否则，收成将出现问题，这样那些没有牲畜的人家就挑选早熟物种，在收夏粮的时候，别人家还没开始，他们就得赶紧收割完毕，利用别人家暂时不用的牲口来耕地。

不过牛耕地只能耕半天，即便是最忙的秋种，每天的耕地，都要分配好，不能让牛太过劳累。一般都是上午耕地，下午就要在山里放牛，让牛歇一歇，吃最干净的草，喝最清冽的山泉。这样牛才会养好精神，以备第二天积极犁地。牛一整天都在犁地的情况比较少，村里人抢抓农时，也都有经验，故而在对待牛的问题上，也不敢马虎。如果在最紧张的时候，牛若是病了那就成了大麻烦。让牛健康地劳动，也是人们必须考虑的事情。

然而，即便是这样一种影响了几千年的物种，在今天的乡村里，依然很少再见到了。有关牛的一切，也只能去记忆中寻找了。

我记得，我家有过两头牛，都是雌牛。

我家的牛和村子里的牛一样，成了村子里牛群里的一员。它算不上村子里的好牛，只能做耕地的牛用，就如同人群中的大众一样平凡普通。

而那时，村子里有许多好牛，每次到了放牛的时候，我们总会钦点那些牛，比一比谁家的牛最好。甚至牛与牛之间的那些战斗，有时候也是我们故意促成的。我家隔壁是三贵家，我们是童年的玩伴。三贵家有两头青牛，都长着一对锋利的牛角，体格健壮，身材魁梧，算是牛中伟丈夫。我们称之为"大青牛，二青牛。"这两头青牛，是我们村的村牛，和村花，校花一样，名声远播十里八乡。村子里没有一头牛可以与之匹敌，它们甚至会在半路上，仰起头挑衅其他村的牛。这种挑衅往往都是这两头青牛胜。

那时候我们也搞村与村之间牛的相互对抗，这两头青牛就代表村里出战，往往也都是胜券在握。因为这两头牛代表着我们村，我们也就很喜欢这两头牛。许多年后，当现代化机器进驻村里后，这两头牛的去向，我便不得而知了。

当然，我这里要说的并不是大青牛和二青牛。他们是牛中的名牛，村子里的人都知晓。我要说的是我家的牛，这两头牛我最熟悉。相较而言，我家的牛就逊色多了。尽管它们与三贵家的牛圈，只有一墙之隔，实力却有着天壤之别。

我家的第一头牛，黑色，身材中等，不高挑，有没有伟岸的牛角，只能算作村里牛群中的老雌牛。这头牛在我家很多年。自从我记事起，这头牛就存在了。虽然算不上魁梧，也很难用壮实来形容，但家里的地都是这头牛的任务。它的存在其实就是为了家里的那些地。

因为我家只有一头牛，不能搭成一对儿，而故乡的牛犁地，必须要一对儿才行。那种很多电视里看到一头牛拉犁的情况，在故乡很少看到。所以，那些只有一头牛的人家，就给牛找搭档。两家的牛，就能组成一对。有个架在扭脖子上面，专门拉动犁铧的东西，叫耕子，是专门架牛的物件。弯弯曲曲的耕子，架在两头牛的脖子上，后面绑上犁，一天耕地的时光由此开始。

那时候，上坪村的爷爷还尚在人间。我们家的牛，和村里另一户也只有一头牛的人家自动组合，组成了一对儿。所以，这两头牛，实际担负着两家人的耕地。那户人家家的牛，花色，豹纹状，长着四五寸的小牛角，看起来有点小家子气。但这牛温顺，每次我吆喝着两头牛去山里放牛，这牛都跑不远，就在某处吃草、喝水，然后在树荫底下卧着。我小时候总是跟着爷爷去放牛，与那牛的感情很好，似乎那牛早就认识我这个小主人了。我总是伸出自己稚嫩的手，去触摸它的头，它会低下头来，打着响鼻，让我任意抚摸。

那时候，我们每个人都因为自家的牛的形态，而得过一个好听或者不好听的外号。这种外号是村里人根据牛的形态，给我们每个孩子取得。外号，一般都是名字加牛的形态。很多年后，依然有人用那个外号称呼我时，我依然会感觉到很亲切。

然而，一头牛的风华正茂，毕竟也是有限的，就如同一个人的青春年华一样。干了许多年后，家里的那头黑牛，老了干不动了，爷爷就将这黑牛出售。那头黑牛被买走的时候，我还哭过一鼻子。爷爷用换来的钱，买了一个小牛犊。这个小牛犊陪着我度过了整个童年。

以后，那头小牛犊，逐渐长大，成了我童年的玩伴。

牛在农忙时节,耕地干活。没有农活时,牛要被赶到山上去转一转,我们称之为放牛。或许在我们这一茬的人当中,只要是从农村里长大的孩子,一定都放过牛。耕地的牛不能圈养,要出去放,让牛活动筋骨。否则,牛会急出病来。这是故乡人世世代代都恪守的某种经验。现在那些养殖大户,却把牛都圈在圈里,只给牛吃饲料,然后出售牛肉。养殖的目的,其实也只是为了不断地催生牛长肉,好卖个价钱。但故乡耕地的牛就不行,长肉这件事对牛来说,会成为一种负担,成为他们耕地时的负担,牛不能有太多的膘。

在农村放牛是我们每个农村孩子成长的必修课。从我们降生那一刻起,放牛是一段时间内我们必须去做的一件事。那是童年的一种活计,是体现我们价值的劳动之一。重体力活我们干不了,但放牛就是帮助家人解决牛的问题,让家人腾出手来干其他事情。

当许多年后,再次回想起那些放牛的日子,我却惊奇地发现,那是这辈子最好的日子,就是那段放牛的日子,无忧无虑,吆喝着牛,走向山野。网上有个段子说得好:好想回到农村去放牛,不再接受各种明枪暗箭和人心难测,只在乎牛在不在。这个段子说出了很多人的心思,而今的人不管生活在哪里,总是要经受各种各样的预防和人设,活得太累。农村小时候放牛的回忆,就成了所有人追求向往的生活。

我们的故乡地处秦巴山脉,到处都是山峰沟壑,这也决定了我们的牛,也只能在山里放。蒙古大草原上奔腾的牛群景象,与我们放牛的景象截然不同。

春夏之交,春粮种上之后,牛就闲了下来。每周到了周末,我和小伙伴们,总是将全村的牛集中到一起,赶到洗瓶沟去放。洗瓶沟是一道大山沟,两边是连绵的山脉,两山中间是条大峡谷,峡谷中间流淌着一条河流，常年不断，冬天的时候，还有几处会冒着热气，像温泉一样。此处为何叫洗瓶沟，无可考究。但这个沟里的许多地方，都给我留下难以磨灭的记忆。比如，我在斩龙湾砍过柴，在斜沟里摘过野草莓，在王家湾烧过土豆，在学沟里摘过五味子……当然，这些记忆的都应该归结于放牛这件事。因为放牛，田野成为我们的乐园；因为放牛，山峰藏匿了我们的身影。

每次放牛，我们都能准确地识别出自家的牛在什么地方。而用来识别的这个东西，就是牛挂在脖子上的铃铛。全村牛的铃铛，音质都不同，即便是相似的铃铛，在牛脖子里，也就有了本质的区别。而这区别，就在于我们平时与牛打交道时听出来的。如果你是个没有听过这些细微差别铃声的人，那你一定辨别不出牛的方向。

我们每天将牛赶到山上的林子里，任由牛沿着山坡吃草，牛钻进树梢后，消失了踪迹。沿着山体，寻找着最可口的草。而我们则坐在河道里摸贝壳、捡石头，或者抓娃娃鱼，再或者将流动的水用石头拦起来，筑坝拦河，临时搭建一个游泳池，脱得一丝不挂，钻进河里凫水，任由时光流逝。到了下午，太阳的阴影，漫过了河道，上了峡谷对面山脚，我们就开始寻找钻在林子里的牛。

循声寻去，那牛就在丛林深处。

这种寻找，往往都是根据铃铛声，判断谁家的牛在哪里。我们沿着铃铛声，一般都能找到牛所"隐藏"的地方。也有极个别情况，就是听不到牛的声音，也不知道牛去了哪里。往往这时候，我们都会分几路，沿着早上牛上山的地方，开始寻找，也总会在谋个偏僻角落里找到牛的藏身。也有时我们会搞恶作剧，将某家的牛脖子里的铃铛用树叶塞住，铃铛就不响了。任由某个伙伴在林子里窜进窜出，焦急万分。

　　但有一次，我家的牛耍了脾气，在我们收揽所有牛下山的时候，它却犯了牛劲，沿着山路往上跑。我没有将它从山上赶下来。我而是越赶它，它就跑得越快。我们在相互较着劲。可是牛在山上，其灵活程度，要远远大于我这半大孩子。山底下等着我回家的同伴们见我久久不下山，就赶着牛回去了。我一个人，在一头牛的后边撵着。始终没将它赶下山，牛反而越跑越快。

　　天黑了月亮露出了脸。我赶着牛在山里走着，心里紧张极了。我已经跟着牛跑了好一段山路，腿脚都有些酸痛。加上没吃晚饭，体力明显不支，我心里一遍又一遍叫苦。这时候，村里伙伴们将牛跑了的事情，告诉给了爷爷。

　　劳作了一天的爷爷，就拿着手电筒，在山里一声一声呼唤着我的名字。那呼唤声穿透了夜空，赶走了惧怕。我大声叫着"爷爷"。奇怪的是这时候牛也不跑了，和我站在林子里。最终，爷爷听到了我的喊叫声，将我和牛都带回了家。

　　以后很多年，我家的牛再也没有发生过类似的情况。直到我外出求学，这头牛，依然担负着家里的所有土地。

　　土地不终结，牲口不散去。

　　土地和牲口，一样古老。念书时，暑假回来还要吆喝着牛，去洗瓶沟放牛。如今，洗瓶沟的路上，已经没有多少牛的踪迹。村子里许多年轻人都出门了。

　　后来和我们小时候一起放牛的人，都逐渐老去。即便是我们儿时的同伴早已各奔东西，甚至有的人已经离开了这个世界。这些人在这些年，我逐渐忘却了，记不清他们的模样。印象最深的一个人，常年在放牛，具体名字叫什么我不知道，只是略知他姓苟，两个儿子都很出息。他是一年四季都坚持放牛的人，每次我去山里放牛，都能看见他。似乎他这一生，就是与牛为伍。

许多年后，当我再次回到村里时，偶然间听说他在放牛的路上，失足掉进燕子河，被淹死了。从此，这条方牛道上，就再也不见他这个人了。一切因放牛而起，一切必将由放牛而终。

以后很多年，我不再去放牛了，洗瓶沟也再未进去过。很多年前那些踩踏过牛脚印的地方，是否草飞一般疯长？那些石头底下是否还有娃娃鱼在叫？我无从知晓，我只能将这些记忆深深地埋在心底。放牛的场景，也只能在梦里出现。

2010年以后，爷爷身体不好，家里许多山地全部撂荒，家里的牛也就没有存在的意义了。加上这时候，旋耕机、脱粒机铺天盖地席卷农村，牛就显得不合时宜，没有人愿意天天赶着一头牛去山里放。旋耕机方便，愿意耕多久，就可耕多久，只要加一桶油，就可以干很多活，而且不用像牛一样，得赶到山里放半天，旋耕机比牛更有优势。牛要吃喝拉撒，都需要人操心，机器就没有这些短板。牛在机械进入村庄后，也再一次展现出了不合时宜。

我家的牛也出售了，听说卖到了岷县马坞镇。那地方我去过，是个大镇子，每年七月十一有庙会。那地方还有个罗马市场，专门出售各类牲口。我不知道我家的牛，是被人买去当作犁地的工具，还是被人送上了餐桌？对牛的怀念，只能停留在那些童年少年的记忆里了。

现在，村子里几乎没有牛了。

3.土地的终结

又到了播种的季节，母亲总是一遍又一遍念叨：那几亩地该怎么办？似乎在问我，也似乎在问她自己。父亲在世时，总是在播种的季节，坚持按时播种，不管收获如何。后来我发现，这是他们那一代人的心结，是他们对土地的情结，也是他们存在的价值。这不由地让我想起三爷说的一句话"农民不种地去干嘛？"当然，这绝不是说，农民就是种地的命。

父亲去世后，我将寡居的母亲接进城，一方面，母亲就生活在我们身边，有个头疼脑热的，可以随时照顾，另一方面，母亲还可以帮着我们照顾孩子。从某种程度上讲，我们这代人，很少与孩子共享一家人的时光。我们总是把大量的时间，用在了如何改变生活上，我们工作是为了更好的生活，但到头来却一直是牺牲生活去完成工作。对孩子的关心，对孩子的爱，只能用亏欠两字表达。但是，能怎么办？既然改变不了现状，只能继续在岗位上拼命。

家里的地已荒芜一个春秋。似乎随着父亲的去世，土地也终结了。那些当年一度受人夸赞的土地，生出了好多野草杂蒿。在风霜雨雪中，在烈日爆晒中，土地变得铁板一样硬。过年时，我给父亲上坟，重新踏上那片川地，一地荒芜，一地衰落，一地拾不干净的残碎记忆。每一脚下去，都能感受到土地的抗拒，土地的呐喊。而邻着我家的地里，都被精耕细作，冬小麦的根部，已经有了些绿意。

我曾试图找过村子里的人，让他们捎带着把我家的地种上，种什么都可以，荞麦、燕麦、豌豆、洋芋，甚至柴胡草、大黄、当归、羌活等等，只要不荒废就好。毕竟，那些地种什么都会有收获。就像庄稼人常说的谚语"人可以亏人，土地不会亏人"。

然而，没有人愿意接手。原因很简单，没劳力去种额外的地，自家的地，都一片一片撂荒，哪有时间和精力去顾他人土地？让人很难想象的是当年小岗村人冒着天下之大不韪，集体摁手印要包产到户单干的劲头，在三十多年后，又变成了另一种景象。

我们这代人，对土地是有感情的。我们的童年少年时代，是在农村度过的，土地与我们虽然不及父辈们那样刻骨铭心，却也是我们一定时间段直接食物的来源，是我们体现着劳动价值的载体。

我记得小时候，每年到了夏收季节，便是我们最忙的时节。从玄黄鸟叫着"玄黄玄割"开始，收割麦子，就成了庄农户人最大的任务。那段时间，村子里会静悄悄的，路上或者村口没有一个闲人，每家每户大门口都紧锁，全家大小齐上阵。大人割麦子，一片一片的麦子，在镰刀所到之处，会变成一个个大小差异不大的麦捆。大人们在一块地里挥汗如雨一整天，长在地里的麦子，就都成了一个又一个麦捆。小孩子便会如蚂蚁一样，将大人们捆好的麦捆，一个个由远及近或者由近及远地集中堆积在一起。

最后，由大人将集中的麦捆按照一定次序垒成麦垛，盖上"盖头"，让烈日晒一段时间。等到麦垛子里的麦穗儿全部干透后，便将地里的麦子搬上打碾场，等着一个好天气，开始碾场。

那个时候，我们都以劳动为荣。而体现一个人将来是否比人强的标准是会干多少种农活。而今劳动尤其是体力劳动成了被人嘲笑的行为。毫无疑问，这时代已经不欢迎体力劳动者，他们是出死力的代名词，也就是没本事、愚昧的代名词。

割麦子是个技术活，中国的西北在没有现代化机器之前，曾有一个行业特别吃香，那就是麦客。麦客是专门到各地为人家割麦子的人。价钱议定，一亩地多少钱，或者一天多少钱，管两顿饭，一包烟，就能一头栽倒在地里，挥动着镰刀，任由烈日把脊背压弯。

那时候的麦客，就似如今上新疆捡棉花的人一样。割麦子成为一些人终其一生的职业。而今这个职业，已经退出了历史舞台。地没有多少人种了。平原的地方，到了夏天，收割机总是"轰轰"响着。故乡有收割机的那一年，我还在上学，放暑假回来，和大人一起割麦子。当时村子里一户吃公粮的人，掏了钱让收割机钻进地里，不出一顿饭的工夫，一亩地里的麦子全部变成了粮食，直接装进了编织袋子，这让庄稼人傻了眼。想不通这个铁疙瘩，竟有这种功能。这省去了冒着炎热收割麦子，再用人工搬到打碾场，最后又叫上人碾场这些环节。直接将长在苗上的麦穗，变成一粒粒麦子。庄稼人，慢慢接受了收割机。

　　麦子收割完了，接着便开始耕地。种过麦子的地，要耕两遍。将地里的土层翻出来，经过整个夏季的风吹日晒，到立了秋，翻了两遍的地，土就"熟了"。寒露过了，便准备冬小麦的种植。在这之前，为来年预备的油菜籽地，必须在冬小麦之前，种进地里。

　　即便是这样，随着村里青年打工族的外出。许多山地被撂荒。留守在村里的老人，没有能力去高山上播种，并将庄稼收割回来。我们家有两个半人的地，几乎都是山地。那些年月里，山地上我们一年要走好多回。尤其是背麦子的时候，是最煎熬的，天不明就出发，全家大小都上阵。每人一根绳子，一背麦子，汗流浃背，苦苦撑着，将麦子背到了打碾场。那些山地里产的粮食，几乎是全部收成的一半以上。这也让我们不敢放弃山地。

　　然而，多年后这些土地却无情地被我抛弃，就此荒废。我抛弃土地，就如同我抛弃故乡一样。我和那些故乡人，坚持着一样的观念：种地划不来。当母亲说起那几亩地时，我就猛然间感觉到了，那些地其实就是她的价值存在。可今天这些土地荒芜了，无人问津了。

　　这些土地上有我父母亲一生奋斗的意义。所以，就此撂荒，母亲心里却不是个滋味儿。就如同某件东西，曾经在特定时期发挥过不小作用，现在依然发挥着作用，但这作用不如以前了。对这件东西的依赖也就少了。但要让人将这件东西弃之不用，又觉得非常可惜。毕竟，这件东西曾经辉煌过。

这些地是我们赖以生存的根本，是养育我长大的源泉。我正是吃着这些地里的麦子、洋芋、豌豆，甚至燕麦，从孩童成长为青年。那些年月里，地对我们来说，是活命的根本。因为地，衍生出来的一切劳动，都在当年变得那样有意义，甚至父辈们将一个人农活干得好不好来评价一个人轻浮还是沉稳，并且与将来的成家立业挂上钩。地里庄稼干不好的人，必然也活不在人前头，谁跟了这样的人谁倒霉。

世事变换着，人的思想也在变换着。原来不干活，不好好营务庄稼，就是不务正业。而今这年头，只要能弄到钱，就是有本事。坚守土地，反而成了一种木讷的表现。

从农村衡量人的标准的变化，就能看出市场经济席卷过后，乡村文明一败涂地。更恐惧的是，那些影响中国农村的东西，什么时候开始的我们并不知道，什么时候结束，我们也无可预测。

如今国家层面鼓励更多的人继续依靠土地来改变生活，还将原来的交公粮变成了现在的给补助，但这依然难以阻挡人们放弃土地。

更多的山地——曾经发挥过不小作用，曾经养育过多少人，都被遗弃了，山地耕作困难，运输费时费力，不如舍弃。这几年，我回村时总是看见那些山地里，长满了荒草，看了就让人添堵。

这一次，因为写到了土地的关系，我决定再一次去我家的地里看看，即便是那些已经荒芜的土地，都应该成为我毕生所敬重的东西。那些山地里留下了父母亲一生的勤劳的汗水。

我背了一袋水，拿着一根棍子，走向山野。

最远的地，在上坪村的后山上。从家里出发，绕着羊肠小路，慢慢攀援。最陡峭的一段，故乡人给取了个有趣的名字：脸面地。意思是陡峭如人的脸面，坡度在八十度以上。上了大路，许多记忆，也就油然而生。

我沿着山路走，一路上都无人。四野里，荒草和庄稼长势姿态各异。路山路边上，长出了许多的荒草，由此可以说明，这条路已经鲜有人迹。当我到达脸面地时，故乡落在一片绿荫里。那些树木，郁郁葱葱，包裹着房屋。故乡显得人间仙境一般。

这是很多年后，再一次上山。我坐在脸面地上，任由风吹过脸庞，放眼遥望故乡这一片神奇的土地，那些山的尽头，依然是山。就像《青藏高原》那首歌里唱的一样。可此时此刻，我的思绪，与童年时期坐在这个山顶上看风景完全不同。

山野里蚂蚱扯开嗓子啼叫。偶尔，从天空中飞过一只鸟，身子一闪，不见了踪迹。天空没留下鸟的影子，但鸟儿已经飞过。

我起身继续往上走。过了最陡峭的山路，便上了山顶。山顶的路相对平缓。我一直都是沿着山脊走，路上各种野草和野树，枝枝叶叶都蔓延到羊肠小道上，遮住了土路。

我用手里的棍子，边走边敲打着路边上的那些荒草，赶走藏在荒草中的虫子、蛇、老鼠等等。当我上了第二层阶梯时，碰见了李家大爷。他牵着骡子，骡子背上驮着两个竹子编成的背篓。李家大爷是将自己去年积攒的农家肥，用骡子驮到了地里。他说，这已经是他今天第三回了。我和他坐在山顶上，吸了一根烟。

这种给自家山地里运送农家肥的事情，一点都不陌生。小时候家家都准备一个粪场，积攒农家肥，到春秋种地之前，人们都会将这些农家肥送到田地里，散开，最终和土地融为一体，为即将播种的作为提供营养。

他是最后一批坚持使用农家肥的人了。这种传统的农家肥，在二十世纪化肥缺少的背景下，曾经成为集体财产，有些大队村民，为了一点农家肥甚至大打出手。即便是我记忆中，村里依然有许多老年人，天天都会背着背篓去拾粪。路遥的《人生》中记载高加林去县城拉粪之事，曾经也风靡一时。然而，今天村里已经没有了牲口，农家肥就更少了。

他坐着，吃着烟，嘴里发出"嘶嘶"声，一副很享受的样子，让我有些羡慕。我们就这样一老一少，坐在山顶上。

山上的风吹过脸庞，像一阵欢快的歌儿，从耳畔飘过。又似一片看不见的面纱，抚摸着我们的全身，让我们周身都舒服。

山下是故乡，隐隐约约。远处峰峦连着峰峦，最高处的尖山，像个锥子一样，戳入天空深处，不知是否通向天宇。

李家大爷看着山，开始了叙说，我静静地听着。

而今，谁还像我这样，给地里驮粪？现在的人，都把地撂荒了。我是挨过饿的人，知道粮食来之不易。也只有挨过饿的人，才会珍惜粮食。儿子让我不要种地了，说我一年种的地全部收成折成现钱，还不如他一个月挣来的钱多。作为一个农民，首先不能这样精打细算，土地是农民的衣食父母，如果这样细算账，也算不清楚土地与人的关系。也许他们说的对，一年在土地上累死累活刨挖，除去农药、人工，可能还要倒贴。可是地撂荒了，我心里也慌。我一年四季不出门，天天守在家里，不干活，我就急死了。我们这代人，就是受苦的命。真正闲了，还坐不住，总要想着做点啥。

我记得农业社里，我们所有人都干活，那时候没有先进的技术，啥都是靠人工。我们把苦吃尽了，依然吃不饱。粮站里的粮食，堆积的那么多，我们每个人的口粮，却都有限。后来，分了地，所有人家都把地当成了活命的根本，大人娃娃，都要上地干活，许多娃娃，也被大人从学校里拉了回来。所有人疯了一样营务庄稼。有的地被耕了好几遍，一苗杂草都没有，人们对土地的感情，从来没有像那时候那样高涨。那些年月里，最希望的就是多一个人，多一分劳力。那些有劳力的人，家口大的人家，都去山上开垦荒地，种上麦子。

地种好了，庄稼就收成好。到了九几年的时候，基本上所有的人家，都家有余粮。那时候，开始有陆续走向外面打工的人，但那都属于不务正业的人，不愿意务农，又不安分，想倒腾点什么。更多的人依然愿意坚守土地，毕竟是土地让我们吃饱了肚子。

我现在就很想念那时候，大家生活条件差不多，人与人之间的比较也少。少了比较，关系自然也好，谁家有点好吃的，都可以相互送着吃一口。而今社会发展了，人与人之间反而关系疏远了。那些曾经和我关系很好的人家，因为子女都有本事，我们后来关系也慢慢淡了。我觉得，还是社会的问题，一样穷的时候无所芥蒂，现在讲的是谁比谁更有钱。

后来，赶上党的好政策，农业税也免了。我们不用再上粮（上交粮税）。家家收的粮食，都进了自家粮仓。有些人家，一年产的粮食，几年都吃不完。那时候的老鼠都肥，跑不动。许多粮食一年后没办法吃完，第二年新粮上来时，不得不粜卖了。那时候，娶个媳妇，都要看男方家里有没有粮食，有几亩地，有几个弟兄，以备将来分家时，可以多得一些。

2006年以后，村子里的年轻人，陆续开始外出打工。从那以后，地慢慢地就被人遗忘。现在这些年轻人，他们与土地没有感情。其实土地也是有感情的，你要对它好，多上肥料，多除草，多耕地，多去地里走走，土地是会回报人的。你看看现在的年轻人，谁还愿意上地干活，一个穿得比一个好，就怕土地脏了衣服。

再后来，外出打工的人就多了。只要有能力，还能动弹的人，都出去打工了，没人愿意种地。种地虽然有收成，但来钱处少，而今这年头，干个啥都得出钱。后来，国家还给补贴，鼓励农民种地，但没有人愿意种地了，种地没前途，种地种不来钱。你说现在的人就是不满足，国家鼓励都不愿意种地。

我就想着，打工不可能打一辈子，总有干不动的时候。那时候怎么办？只有土地不会亏人。任何时候，只要你真心对土地，土地总会以丰收来报答你。

我这辈子，没出过门，没见过大世面。但我就想，外面再好，也不如家里好。外面再好，也都是人家的外面，我们这样的人去外面，也只能干最苦最累的活。家里有热炕，柜子里有粮食，只要能种地，就有收成的地，上哪里去找这些？我也不打算去外面，我就在这土地里刨挖，这土地，就能养活我一辈子。

李家大爷说了很多，唉声叹气地遗憾着。如今许多人将土地闲置，成了他最痛心的事情。他一直怀念的是大家伙一起在田地里劳作时的光景。现在他虽然也固守土地，但和他一样坚守土地的人，村里实在没有几个，他成了孤独的麦田里的劳动者。

我尽管对他深爱这片土地的感情不能感同身受，但从他的语言里，我能感受到他内心的焦虑不安。他指着这一大片的土地说："你看这方圆，有多少好地被撂荒了，长满了荒草，真是造孽啊！"我顺着他的手指，看到近处的山地，有一大部分，长满了荒草。我的心里仿佛也长满了荒草。

青壮劳动力大量涌入城市，是土地荒废的重要原因。过去我们说城乡二元社会，给农村造成了很多的不利，死死把农民绑在土地上，让他们在土地里劳作，却只给城市里人生产生活物资。那一段时间，关于二元社会的批判到处都是。只要是有点责任意识的知识分子，似乎都要说一说这种不公平的存在。

然而，随着城乡一体化的推进，现在城市也向所有人都开放，只要有本事的人，不论出身，都可以在城市里立足。这一政策性的开放，虽然有优胜劣汰的过滤网，但更多的农民还是愿意走向城市。

这种情况下，我们似乎又走向了另一个极端。空心村又成了大家长久谈论的话题。如何才能让空心村不空心，似乎成了一个研究的课题，需要更多人深入农村一线去找答案。

但我们必须面对劳动力的流失现实。这让在农村土地上发展产业，成了一种空洞的理论，缺少劳动力这一因素的支撑。如何让农民在土地上，体现自己的价值，并能赚到钱，适应这个快速发展的社会，应该是乡村振兴必须解决的问题。

我们告别。李家大爷牵着骡子，向山下走去，消失在拐弯处。我沿着山脊继续往上走。去寻找我家的地。那一刻我心里充满了虔诚，仿佛要去面见一个故友，心中还带着淡淡地歉意，因为我没来这里好久了。

当我到达最高处时，我家的地也就到了。我远远看见地畔上那面长满了橡树的土地，孤独地等待着有人来走近它。我的耳边似乎飘过了一个声音："你早该回来了。"

是的，老朋友，我来了。

我走进地里，坐在了荒草之间。四周都是茁长成长的野草野花，苜蓿、马刺干、苦苣、野草莓、水蒿等草，它们似乎在这里找到了家，它们在这片地里安家落户了。

这是我家最远的土地，后面就是草木茂盛的山梁。我躺在地上，天空中飘动着薄薄的云彩。四野里很寂静，又似乎处在一种爆发前的安静中。我关掉手机，脱了鞋子，放浪形骸。我想起小时候，父母带着我们在这块地里种地，父亲吆喝着牛耕地，母亲跟在父亲后面撒种子。我们姊妹几个就在山上疯跑，任由脚底的青草绊倒。

而今，父亲已经长眠于地下，母亲也逐渐衰老。谁还来耕地？我吗？显然我不行，那些原始的农活我早已生疏。让我吆着牛，用犁铧翻开这厚重的土地，我没有勇气。虽然我有回归故乡的想法，但让我回归土地，我似乎没有办法说服自己。

我起身沿着地畔走了一圈。当年，父亲带着我们用地里石块垒砌的石墙，还在地边上屹立。透过石墙的缝隙，我看到了时间的穿透力。雨水和风霜，侵袭过后，那些石墙变得斑斑驳驳。

我上了地畔的山脊小路，沿着原路往回走。我家的地在我身后慢慢隐去。当我转过一个山头后，我家的地再也看不见了。我的心"咚咚"跳着，在心里说着抱歉。我不知道这次离开后，不知何年何月才能再踏上这块土地？

当我转过身去，试图再看一看隐约中的土地时，一只野兔窜了出来，在我面前晃了一下，又钻进了荒地里，瞬间没了踪迹。

4.燕子河

当你沿着今天的任何村庄行走，总会在村庄附近发现河流的影子。即便是干涸的河床，依然能显示这里曾经有过流水的痕迹。有村庄的地方，总有河流经过。有河流的地方，也一定会有村庄。从人类的发源上来看，依水而居，是人类群居的特征，很少有偏离河道而聚居的人。

故乡人都沿着燕子河两岸而居。我儿时所有的记忆都要归结于这条河，这是条记忆的河流，这是条历史的河流。

小时候，我曾经沿着燕子河而上，逐水而钓，奔波于这条河流的每一处。但那时候我没有意识到这条河，滋养了生活在这里的人们祖祖辈辈。

这种习以为常，让我对燕子河的存在忽视了。太熟悉的事物，往往最容易被忽略。可当我决定提起笔写一写这条河时，却发现这条贯穿了故乡的河流，竟然在脑子里模糊不堪。

所以，我决定要沿着这条河走一走。看看今天河流变化的样子，也寻找许多年来，一次次在梦中的那些曾经熟悉的场景。

这条河的发源地，在岷县双燕。故名燕子河。燕子河发源于岷县，但主要途经湫山全境。从发源地的一条小溪流，汇集了湫山大小各异，流量不同的支流后，成为一条涌着波涛的不小河流。儿时的燕子河，其河流气势也颇有规模，若没有桥是不能过河的。而今，燕子河已经逐渐在消退，不是雨季的时候，燕子河就瘦成了一根麻绳，任由人们踩着裂石过河。

当我行走在燕子河边，那些往日河床裸露着，河水浅浅，水底的那些污染物，一眼见底，这与早年间清澈见底的河水，形成了鲜明对比。在这样的河床上走，记忆把我从现实终拉回那些久远的岁月，重忆往日燕子河繁华。

燕子河水冬春之际河水静淌，无声无息。有时，因天气原因，河中的流水会越来越少，越来越浅，但总归会流淌着，从未出现过断流；夏秋之际，常有洪流侵袭。雨季来临时，河道里总是咆哮着浑浊的河水，田地里的泥沙被带入到河里，黄泥浆会持续很久。每次雷雨过后，河道里浑浊不堪。对于我们这些小孩子而言，洪来临时，捉鱼成了乐此不疲的事情。

每次雨后河里的鱼儿被浑水呛着气，无法呼吸，只能逃到岸边，呼吸新鲜空气。我们会拿着背篓坐在河边，静等那些受不了浑水的鱼儿，自动跑到岸边来，成为我们的收获。那些长不大的小白鲦，和麻怪鱼（杂鱼的一种），都会成为人们的美餐。那场景，神似《静静的顿河》中格里高利第一次和阿克西妮娅捕鱼时的情景。冬天天气懒洋洋地，冷风中太阳有气无力。燕子河进入到冬眠时期，进入到沉睡梦乡，河面上结上了厚厚的冰层。我们常常自制滑冰板，三五成群，吆喝着，追逐着，在冰上摔了一跤又一跤。

沿着河岸走，思绪会常常飘回到童年。勾起许多已经忘却的往事，许多遗忘的人。我就在现实和过去的时光隧道中，任由思绪行走。

燕子河岸边上，那些依然健在的杨树柳树，已经绿成一片，叶子在风中絮语，枝干来回荡着秋千，就连那些荒草都疯长着，完全没有停下来的意思。

河岸边上的田里，土豆花白的、蓝的、粉的，尽情释放，感受着清风拂面的惬意。这个季节，应该是燕子河道里最美的季节。

我把裤腿挽起来，钻进了滚滚东逝的河水。那沁入骨子里的凉意和清爽，瞬间融化了内心的烦闷。一些幼鱼苗儿，在指缝间乱撞着。河里的细沙，将双脚包裹住了。许多年前，我们总是挽起裤腿，在河里摸鱼。

一群孩子在河边上挖着蚯蚓。忽然其中一个大喊："长虫！长虫！"孩子们一拥而上，争相追逐着，喊叫着。我能想的来，他们看到蛇后的惊奇。孩子们口里喊着："打死它！打死它！"。

不久，一个大胆的孩子手里拎着蛇。蛇像一团柔软的粉条，任由那孩子玩弄着。我好奇地转了过去，走近他们。我看到那条蛇的头已经被砸成了一堆肉泥，蛇的身材完全失去了活力，耷拉着成了面条状。那孩子用手紧紧捏着蛇的尾巴，将蛇轮转起来。其他孩子就退后了。

那孩子似乎很得意，将死蛇在手中把玩够了，才丢在了一旁的草丛中。他旁边一个年纪较小的孩子手里，拿着两个饮料瓶子。瓶子里，曲卷着几条鱼苗儿。他们对我爱理不理，依旧在河边扒拉着土层，寻找着钓鱼的蚯蚓。

他们这些举动带着我走向久远的童年，走向记忆中的往事。

儿时我常常在燕子河里凫水钓鱼。那时候，燕子河很大，很宽广，有二十多米。也很幽深，那些依托石崖的地方，石崖底部被水冲击成空洞，里面会传来奇怪的叫声。河里有很多胳膊一样粗的红色鲤鱼。我们用烧弯曲的绣花针和草帽线，绑在竹竿上钓鱼。

我们也会沿着河边上疯跑着，把鞋子和衣服弄的狼藉一片。当然，湿了的衣服和鞋子，是不敢穿回家的。我们只能生　堆火，把衣服和鞋子烘干。有时候，不注意，衣服和鞋子会被烤个洞，越发不敢回家带去。大家围着火，把红色鲤鱼开膛破肚，找根棍子，挑着鱼儿，开始烤鱼吃。直到那些鱼全部进入肚子，带着满嘴的腥味儿，灰溜溜往回家走。被火烤出洞的衣服或者鞋子，终究也会被发现，但时过境迁后，父母也就不再来捶打我们。但臭骂一顿少不了，母亲总会找根针线将其重新缝好。

许多年后，当我沿着燕子河一路直上，重拾曾经的童年生活。河边上有路时，我就沿着河边走，没有路的地方，我就钻进山林中继续前行。

　　不管是沿着河边走，还是在山林里穿行，燕子河都在我身侧，我们一起感受着时间的覆盖力。许多地方，都已经没有记忆中的样子。甚至，我一直走到了那个叫双燕的地方。那里也无甚新奇，密林从中的一泉水而已。就是这泉水沿着六十公里的燕子河道日夜奔流着，像个将军一般，沿途招纳了诸多部下，等到了湫山境内时，已经是波涛汹涌的大河，滔滔不绝。这条汇集了千万生灵的河流，流过湫山的大大小小回旋窝，在艰难险阻中中，一路前行。最后在苗河水库汇集，流过罗坝，在县城与西汉水交汇，汇入了波涛汹涌的西汉水，沿着那崇山峻岭从东向西流去，并在那个叫大滩的地方，转向而流，流进嘉陵江。

　　行走途中，我坐在河边石头上，聆听夏日燕子河的絮语。

　　行走了一天，我继续沿着原路返回。

　　返回的路上，燕子河又成了另一番样子。在夕阳中，燕子河显得安详静谧。

　　路上没有一个人，任由我思绪在天地间飘荡。

　　燕子河伴随着我长大。这条河，寄托了我所有的感情。从小到大，从成长到离开，这里都有我脚步留下的痕迹。

　　我清晰地记得也是在这里，我第一次用颤抖的手握着我初恋女朋友的手，沿着河边上走啊走，漫无目的，无比甜蜜。我们绕着村庄，沿着比膝盖还要高的麦子地走，就怕被熟悉的人看见。我们紧张地在河边上走着，听着彼此胸腔里跳动的声音。路上的青草，羞涩着，那些杨柳脸也红了，露珠为我们微笑，我也为露珠微笑。

　　大学毕业后，我陷入失业的极度苦闷中，不想与人交流，更害怕见到故乡人那疑问的眼神。百无聊赖中，我常常一个人在燕子河边溜达，在远离人烟的河边我可以睡在大地上之，耳际吹过快乐的风声，和燕子河波涛声。我把燕子河当成了倾诉的对象，当成排忧解难的去处。那段时间，燕子河与我相处非常融洽。

参加工作后，就很少去燕子河边溜达了。成年人的世界，到处都是一地鸡毛，哪有闲暇时间去燕子河边上打发光阴？

有好几年，我忘却了燕子河。燕子河也忘却了我。

今天的燕子河，已经老了，也颓废了。满是沧桑，满是疲惫，再也不见往日的风采了。它像个老人一样，衰老和枯萎，肮脏和凌乱，尤其是五黄六月的季节，经几天太阳曝晒，燕子河就细成了一根麻绳。如今，我依然会沿着燕子河岸往上走，重拾往日时光。那些裸露的河床，那些曾经的辉煌被岁月无情地抛弃了。

河里再也没有红色鲤鱼。只有些小白鲦，在浅水中尽情畅游。它们与自然界和人类抗衡，会让你瞠目结舌。不管河流多么肮脏，不管河流被如何污染，它们总是成批成批繁衍着，代代传递着河里的信息，时时刻刻适应着河里的味道和污渍。

河流的石头也都不见了。从我记事起，我便记得燕子河里有很多石头，形色各异。2006年，本地作家式路先生在沿着燕子河而上时，看到河道里别具特色的石头，不由地大为赞赏。后来他在《约会漱山》一文中，曾这样描述燕子河里的石头：

从没见过河道里有这么千奇百怪的石头。石头一个接一个卧在河道里，大的，小的，浑圆的，怪状的。颜色看上去大致一样，白底黑点，密密实实，似做着有别于别处石头的标记。小的潜在河底，大的高出水面。河道里拥不下，就在岸边挤成凶神恶煞的样子竖着横着仄着。在水里的皆生着苔藓，看去不停地颤动，像受了电击，露在外面的傲骨撑天，不可一世地狰狞在那里。每一颗石头的后面都开一朵水花，像是石头挂破了河水。哪一段河水里露出的石头多，水花就稠密，露出的石头少，水花就开得稀少，大石头后开大的花，小石头后开小的花。石头形状不同，开的水花也不同。

这是我读过写燕子河里石头，最为动情的文字。

燕子河里的石头，仿佛就是为了这条河所生。石头依托着河水，河水掩护着石头。石头有水的温柔，水又包含着石头的坚硬。甚至那些石头在某些特定时刻，成为神奇地化身。

故乡人对处在婴幼儿期常常啼哭的孩子，都有认"拜大"（干爹）的风俗。据说，我们村有个人，幼年时期不乖，常常啼哭。家人为了安抚孩子，遂决定给孩子认拜大。

于是，抱着孩子的半路上等着，有路过之人就是拜大。然而，那天很奇怪，没有一个人从路上经过，无奈只能将那颗石头认作孩子的拜大。逢年过节，孩子还要给那石头烧纸上香，磕头拜会。这成为当时人们笑谈。后来发大水，那颗巨石被混流冲走，孩子的拜大也就不在了。

燕子河里的石头，曾经一度是我们引以为傲的东西。各种石头的存在，主要还是人为破坏力度较少，所以它们一直静静地躺在河床里。2000年之前，全乡人口相对较为集中，加上那时候人没有钱，修房安院的人也不多。燕子河道里水流大，河道里的石头比较多。

然而，2000年以后，逐渐成长起来的那些年轻人越来越多，许多年轻人要成家立业，要修建属于自己的家。所以燕子河坝里那些原来被视为无用之物的石头，这一次发挥了作用，天生石头必有用。石头与河边的那些泥沙，也经过再次淘筛，拉回家和上水泥，做最好的砌墙物料。这东西比原来的长草泥作用好，易于凝固，便于处理。

随着修建房屋的人越来越多。河坝里的石头，大量地从河中捞出来，拉回家以备使用。只要是河坝里拉回来的石头，大小都有用。那些平整的用来砌墙。那些长相不太好，又无法用铁锤砸烂的石头，只能用做房屋基石，被永远地压在房屋底下。小石子儿就充当各种填补空隙的物料。

后来，河坝里可以人工移动的石头，都被洗劫一空。从那些一座座拔地而起的房子数量和规模，就能看见石头的使用率。到了许多年后，偌大的燕子河床上，能移动的石头，都被拉走了。即便是几十年积淀的那些巨大的石头，都被铁揸打碎，一片一片也装进三轮车或者拖拉机拉回家，成了修房的原料。留下了那些揸不烂、砸不破、移不动的石头，在河坝里静静躺着，享受着河水漫过的惬意。

我用脚步丈量着燕子河岸，目光所到之处，几乎一片萧瑟和荒凉。试想一下，一个没有石头的河道是多么寂寥。那几个钓鱼的孩子，钻进了水磨坊背后，那里有一片深潭，是藏鱼的地方。

水磨坊映入眼帘。这里是我们儿时钓鱼的地方，虽然破败，但那些象征着水磨坊的建筑物还在。不过，它们也正在一点点的被时间蚕食。在燕子河沿岸，除了石头。最为动人的就是那些依托河水修建的水磨坊。

沿燕子河而上，每隔一段，都有一个磨坊。六十里的燕子河道上，沿途能看见大大小小数十座磨坊。这些磨坊在科技不发达的年月里，承载着全乡人家粮食的碾和磨。那些有水磨坊的人家，一度成为让人向往的富家。一座水磨坊，就是一座聚宝盆，一棵摇钱树。甚至，出嫁女儿看家世背景，都把这磨坊列为重要财源。

水磨坊里忙碌的多为老年妇女，她们把打下的粮食淘洗干净后，按照先后次序，排好队，挨家挨户进行磨面。因为流水不断，水磨白天黑夜不停歇，磨面也自然白天黑夜不停歇。我记得，儿时爷爷奶奶就在某几次晚上，在水磨坊里磨面。我就白天去水磨坊，晚上回家闷着脑袋睡觉。

水磨坊磨面效率不高，几袋麦子可以磨一两天。但慢工出细活，水磨坊磨出的面粉，就有了劳动的味道和收成的气息。

在我记忆的磨坊中，要数护林沟口、下坪、上坪、庙山磨坊最为长寿。好些年，那里都成为人们一度聚集的地方。即便是后来，电磨诞生后，村里人依然还会将那些粗粮，全部都拉到水磨坊里去磨成混合粉。然后用箩筛了麸皮，把最精细的部分，留给自己。麸皮成了猪的调料，每次在猪食里倒一点，促进猪的胃口，为来年有个长膘的肥猪打基础。现在，那些粗粮很少有人种了，磨坊的功效，也就渐渐消亡。

我走近磨坊。这是上坪境内唯一一个磨坊。这磨坊沿河而建，用石筑坝。将河水引流到通渠，最后通至水磨盘上，利用水的动能和势能，来推动磨盘转动。转动的磨盘，将灌进磨盘里的燕麦、麦子、玉米、大荞等作物碾碎，变成粉面状。

这座水磨坊始建于哪一年，我不知晓。自我记事起这座磨坊就存在了。这里面主人是张家大爷，磨坊也许就是他们年轻时候的杰作。我记得他们家最早的时候还有个手工榨油作坊，也记忆深刻，只是这东西，已经不在了。

上坪的水磨坊，还住着张家大爷。他们家兄弟四个。成年以后，便各自修建院落，繁衍后代。老二老三已经作古。老四新居在川坝地里，和我家成了门对门的邻居。守候在水磨坊坊的人是老大。张大爷至依然健朗，膝下有两个儿子，也都有了儿孙，四世同堂。但张大爷至今依然住在水磨坊。他们守着水磨坊，和水磨坊一起生活，一起沉睡，一起迎朝送晚，一起感受四季变化。

水磨坊后面，有一株酸梨树，每年过了中秋酸梨就熟了。我们小时候经常跑到后面偷偷用石块或者木棍子抛起来，打酸梨吃。最狠的一次，石头扔到了张大爷家磨坊的屋檐上，几片瓦被打碎。那一次，张大爷放出了狗，撵着我们满地跑，我们跑了好久，最后藏进了草房（装麦草的房子），才算躲过一劫。以后，就再也不敢去打酸梨了。

这座磨坊，我幼时常来。这里留给我印象最深磨出是燕麦熟面。小时候，家家都种燕麦，等到了收成季节。燕麦会被拉到磨坊，磨碎。等要吃了，用锅抄一下磨好的燕麦面，加上甜菜干粉（用煮熟的甜菜根切成条，晒干而成，磨成粉），和到一起，就是我们说的燕麦熟面。

经过温火炒的燕麦熟面，就有了淡淡香味和清新的甜味。倒上少量水拌成不干不湿的粉末状态，能用手捏在一起就好。拌熟面是个技术活，水的量一定得控制好，。少了达不到和熟面的效果，多了又会变成一碗稀汤，无法用手捏制成棒状。

和好的熟面煮上茶，一口熟面一口茶，那简直是人间极品。还有精打细算过日子的人家，会将燕麦熟面放到第二年春夏之交，等待野草莓成熟。摘了野草莓洗干净，不用加水，直接将燕麦熟面和甜菜干粉与野草莓混合，用小棒槌捣碎野草莓，让草莓汁水全部融进燕麦熟面里，用手捏一把塞里嘴里，酸、甜、香、鲜诸味齐全。野草莓熟面成了那个季节，任何食物都无法比拟的美味。从很早那个年代过来的人，几乎都吃过这种熟面。我记得，爷爷在世时，我们每年都能吃到燕麦熟面。后来，爷爷去世，家里不再种燕麦，村子里也鲜有人再播燕麦。而今，燕麦熟面成了奢侈品，花重金难得一尝。

上坪的这磨坊，在筑坝的地方，河面比较宽。那条河流因为拦河筑坝，一部分被拦到水渠，一部分在继续沿着石缝流走。这条拦河筑坝的工程当年动用了多少人不得而知，但整个大坝，至今都完好无损。大坝外形呈喷喇状，全部用石头垒起来，缝隙中间用荒草和土填补，这种原始的筑坝方式，却格外地牢固，燕子河几经洪流侵袭，原来沿路的诸多人造水泥桥或者便民木桥，无一例外全部被水冲走。唯有这座堤坝，稳固地存在着。发洪水时，水面高过堤坝，洪流迈过堤坝而走，堤坝岿然不动。细看堤坝也就是用石头和木柴筑成，牢固力又抵过了那些钢筋水泥的桥面，不得不佩服祖先们的智慧。都江堰建成几千年了，至今都在使用，就是最好的佐证。

当我走近水磨坊时，水磨坊门紧锁着。在快速发展的今天，工业文明席卷到了农村，在时间效率上，钢磨坊有着明显的优势，水磨坊自然被遗弃。钢磨坊代替了水磨坊，电能代替了水能。水磨坊被冷落了，像一个辉煌过的符号，正在历史的推进中，一点点被时间蚕食。对此，我没有任何办法挽留，只能让它们存活在这粗浅的文字里。也许许多年后，故乡人不会再想起有这么个东西，一茬又一茬的年轻人的童年记忆里，不会再有磨坊这个记忆的载体。

故乡人也都在算时间账。这些年来农村已经被城市远远甩在身后。城镇化掀起的风，吹乱了农村的生产模式，水磨是慢的代表，不适合时代，被淘汰也是必然。

当城里人渴望着吃到水磨磨下来的原生态的面粉时，故乡人开始向现代化进发。当城里人追求健康、原生态、口感好、有助于消化的时候，故乡人开始沿着城里人曾经发展的路子走。那些谓之原生态的产物，多半都会有假。原生态在农村已经很少了。毕竟，农村是要奔着城市发展方向去的。水磨坊操作起来，太烦琐，成本不高，谁还敢用?

水磨坊被遗忘。那些曾经辉煌一时的转盘、石板落上了厚厚的尘埃。

当我再次沿着河流往上走,沿途的水磨坊,有一半以上被遗弃,甚至被拆除。有的被大混流一卷而空,只留下残垣断壁,提示着某处,曾经是一块水磨坊的旧址。

仅剩的那几座,门也紧锁着。磨坊屋顶,长满了荒草。河水被改道,水渠闲置,成了一条需要跨过的鸿沟,记载着过去的荣耀。也许用不了多久,水渠也终将被尘土湮没,或者填平。水磨坊,终究会成为时代的产物,消逝在历史长河中。

如今,上坪的水磨坊早已停产。磨盘上,因潮湿生出了一丛丛绿茵。常年不用的水槽上,苔藓疯长着。上坪磨坊后面那株酸梨树,好像也老了,在风中摇曳,窃窃私语,感叹着人生无常。张大爷夫妇依旧守在那里。那是他们一生的追求,是他们那一代人拼搏的财富,象征着荣耀、成功、收获和拥有。我偶尔也去磨坊,看被岁月抛弃的磨坊,依然存在的理由是什么?转了好久,沉思了好久,我都找不到答案。似乎除了呼啸的风,剩下的就是无尽的空洞。

河水干涸了,磨坊失去了效用。

至今,还在使用的沿河建筑物就是那座水电站了。

水电站建于二十世纪五六十年代,曾经发挥过不小作用。当时,我们用电照亮成了一种奢侈。九十年代以后,全乡各村才陆续通上电,一些偏僻的聚居区,居住人口少,依然没有通电。我记得小时候,我们晚上回来写作业,都是煤油灯盏。

那时候,一斤煤油五毛钱,可以供半年使用。即便如此,父母舍不得煤油,半夜里都是黑灯瞎火地坐着,说着话,摸黑睡觉。我常常是在学校将当天作业做完了才回家。通电的往事，隐隐约约在记忆中才能记起来。

没电的年月里，对一个可以发电，可以供取暖和照明的水电站来说，那可是吃香的部门。水电站建在新庄村（燕子河南岸），水电站跟前，有一排房子，里面住着管理水电站的人。原来那排房子前面是一片空地，当成院子使用。

水电站的蓄水池，我们叫前池。前池也是我们洗澡游泳的地方，足有四五米深。后因一家小孩不小心掉进前池淹死了，闹了官司。水电站的人就不让所有人到前池里游泳了。

如今水电站已成为危房，但还在投入使用。只是我们的用电，早已不依靠水电站来输送，而是由县城输送出来，经罗坝变电所，再次输送到湫山，水电站失去了自己的作用。

水电站租给了个人，常年有人守在那里。曾经的那片院子，被开垦出来，种上了土豆，春天的时候，土豆闪出色彩，院子就有了生机。据说，水电站现在已经变了经营模式，发的电也是出售给国家的，所以，才有人还继续干着发电站的经营。

而今，燕子河越来越细了，像个长时间吃不饱的饿汉。日渐消瘦，日渐衰老。河里长满了绿色带状物，随着河水摆动着。

小时候的燕子河，清澈见底，而今的燕子河，油垢一片，肮肮脏脏。这应该是沿河的村民，不断向燕子河里抛生活废弃物的缘故。很多沿河人家的厕所，就临河而建，粪便物也都排入河里，河水自然也不会清澈了。有一年，我听一个在故乡当村干部的同学说，一伙人给学校粪池抽粪，将抽出来的粪便全部都排入燕子河里，导致了整个燕子河臭了整整一个夏天。

河里没有了石头，河里缺少了活物。即便是那常年不息的细流，也疲惫不堪。

越来越多的饮料瓶、啤酒瓶、塑料袋、纸皮、废弃砖头、旧家具、无用的铁器、碎玻璃……统统抛入河中。重物沉底，混入泥沙中，最危险的是那些碎玻璃，你光着脚丫淌进河水，就有可能让河水里暗藏的利刃，把脚底"开个花"。那些塑料饮料瓶，常年在河岸边上漂着，水流不走，风刮不走。有些回旋湾里的水成了死水，上面飘着白黄相间的泡沫，底下是厚厚的污泥层，散发着腥味、臭味。燕子河成了巨大的垃圾桶，可以接受人们一切的抛洒。

河水，满是忧伤。

5.瓦厂—砖窑—养牛场

如果你能有幸沿着今天的中国村庄行走，你一定你能够看见那些遍布在村庄外面大大小小的砖窑。有的砖窑已经废弃，有的还在投入使用。这些砖窑，也因时而动。

我们村的砖窑，已经废弃，只能看见一片残存痕迹。这片建砖窑的地方，原来有一个老式砖瓦厂。瓦厂始建于何年不得而知，废弃于何年亦不得而知。据说，当年人工烧制的瓦片，也曾风靡一时，十里八乡的人都来此地购砖瓦，以至于这个瓦厂名气很大。

后来，修房屋的人少了，经营不善，入不敷出，瓦厂就倒闭了。在荒草丛生中，被废弃了一段时间，宛如一片孤坟。那些烧瓦的地方，也都被土地重新覆盖。到了包产到户时，这里已经成了一片片恢复原貌的土地。人们开始在这些土地上种植庄稼。瓦厂也只是有个象征性的名字，显示着这里曾经辉煌过的岁月。

在我很小的时候，这里已经没有了瓦厂，只有些残瓦碎烁和被烧成灰褐色的灰烬，在地上丢弃着，显示曾经砖瓦厂的辉煌。瓦厂上面的土地已经全部恢复成耕地，许多麦子正在窜着拔苗。

然后，这片土地就被人遗忘。时间一直到了2008年，这个地方才被人重新想起。

2008年5月12日中午，汶川发生特大地震。作为毗邻四川的我们，不同程度受灾。我们与四川都被列入到了受灾严重的地区，受到额外政策的青睐。大批的拨款，下拨到了乡上，要求对全乡境内的危房实现大部分重建。

各种修建开始搞，俨然一种大生产活动，如火如荼。水泥、沙子、砖瓦，成了最抢手的货物。那年刚刚修建的通乡公路上，总是跑着双桥车，扬起了满天尘埃。

这是一场全民搞建设的活动，当然会有很多有利可图的生意诞生。据说那年下坪村一个小饭馆的就创下是余万元收入。

就是在这种背景下，故乡这个从未有过砖窑的地方，在原来瓦厂旧址上开设了一方砖窑，专门给那些修建户供砖。千百户人家都要修建房屋，需要的砖也就很多。这个烧砖窑的经营者，自然是有了这种经济思考，才开建了烧砖窑。当然，这种砖窑的开设的确解决了当时拉砖瓦的窘迫。

据说当时许多人家要修建房屋，都得自己先修建，乡上不给钱而是发物资。也就是说，当时乡镇上的政策是，修建房屋的重建款，不会直接下拨到群众手中，而是让群众自己协调物资，乡镇府直接将钱拨付给砖瓦销售的人。

这招看似很明智的做法，目的自然是希望群众都修建房屋，否则直接将重建款给了群众，有些群众就不会修房，而是直接花了重建款，这显然与上面的真诚个不相符，为了保险起见，给物资是一种最佳方式。但当时湫山并无砖厂,这无疑给群众搞建设带来了挑战,许多人要拉砖瓦得自己联系车,到五十公里以外的县城拉砖瓦。

但那时候村子里很少有现代化机器,要自己联系车,很不方便。在这种条件下,那些脑袋比较灵活的人,就把目光盯在了砖这个事情上,砖其实就是钱啊,只要有砖,钱都是现成的,直接可以拨到账户里。

砖窑就是在这样的背景下产生的。如此一来,拉砖瓦的难题解决了。很多人家不再去到处求人拉砖瓦了,砖窑就在自家附近,只要有农用车,就能够拉砖。群众也知道,每家每户都有钱,只是这些钱不会直接给他们,让他们去指定的地方拉砖瓦。

老百姓心里多少有些不乐意,给自己的钱,竟然自己没有花的自由。但也没办法,钱在管钱的人手中拿着,他们只能按照有关部门的意思来。老百姓们是实诚的,他们不指望别人无偿帮自己。既然现在国家有这政策,那么就不能便宜了这帮人,即便是不能花钱,用那些重建款购买的物资,他们也必须全部都拉回家。反正这些砖瓦也不要钱,他们自然也乐意要。不要钱的东西,谁不要呢?所以,那些年月里,许多人家,直接用架子车,一车车将国家补给的一万多片砖头,几千红瓦,拉进了自家院子。

至于建砖窑的人如何选中了这块地方不得而知。许多年后,我才从别人口中得知,当年经办砖窑的人,不是一个人而是几个人。这里面有几个人,都是当年吃公粮的人,很有些手段。我们村的一个人,只是负责砖窑的运营,而其他人只有两件事:入股和分红,其他的事情从不参与。于是湫山的砖瓦厂顺利修建,并很快投入使用。

据说,当时砖窑建之前,建砖窑者已经与乡政府谈妥了合作的条件,只要这个砖窑建起来,所有的砖瓦都从这里出。那时候我已上了大学，对于这个砖窑的修建过程，并不是很清楚。但每次我回来时，总能听见砖窑哪里机器们"轰隆"声，我也会去那里转一转。

那是我第一次见制砖机，第一次见识烧砖窑工作。尽管早在《平凡的世界》里了解过制砖的过程，但并未实地见识过这个铁疙瘩。当传送带上，将成型的土砖块来回运送时，着实让我大开眼界。这个世界，还真是只有想不到的没有办不到的事情。

砖窑建起来后，点上火烧砖行动就开始了。这个砖窑，当时动静搞得挺大的。我记得一大片的土地全部被征用去了。那些地曾经是村里人眼中的好地。可比起钱来说，地的价值，也就没有那么重要了。砖窑开建以后，那些种植庄稼的土地，被揭去了地皮，开始从最上面取土。

那片地方本来是个隆起的山丘，在一层层取土的过程中，整个隆起的部分全部被挖空。从最高处开始取土的地方到最低处有制砖机运转的地方，高地差距在两三丈左右，可见当时取土取得多狠。

就这样，湫山的砖窑便在我们村头修建在修建起来了。这个砖窑，迎合了那次灾后重建。为此而生，也为此而灭。砖窑迅速地建立，开工也迅速。这是故乡最早的一家企业，也养活了那几年一大批故乡人。一些当时不修建房屋的人，找各种关系，在砖瓦厂打工，挣得化肥钱和家用补贴。

这个砖窑的命运多舛。

当时，不知道是技术不行，还是土质不太好。总之，那些年月里，砖窑里烧出来的砖，都长得东倒西歪，成了歪瓜裂枣。制砖机上传送的土坯子转模型，都是整整齐齐，四方四正。进了砖窑一烧就变了形，完全不成样子了。

我想这多少与制砖的技术有关系，可这样的砖烧出来了，就得销售出去, 生意人才不会做赔本的买卖。那次只要被纳入到危房重建的人家, 必然要给些砖瓦的。这样以次充好的现象, 就在农村里上演着。砖窑里烧制的砖瓦成色不好, 许多人就有了意见。但也仅仅是意见罢了, 没有人正在将此事当回事。那些劣质的砖瓦, 一样都给了每家每户。

主家人一看那砖的成色就知道, 和外面大砖窑拉回来的砖没办法比。这时候, 很多人希望自己协调从外面拉砖瓦。然而此时, 乡政府已经与村里的砖瓦厂形成了某种合作关系, 自然不能中断这种合作。老百姓必须在这个砖窑拉货, 别的地方拉了砖, 乡政府不认账, 这就意味着你在别处拉砖瓦, 将得不到重建款。这似乎看起来有些强买强卖, 但当时的政策就是这样的, 许多人对于国家的政策, 自然也都只有服从的份儿。

其实, 现在看来, 这里面还是有很多的不合理之处。但在那个年月里, 老百姓自己不能购买质量好一些的砖瓦, 那就退而求其次, 把这些不好的砖瓦拉回家里, 能用的就用, 不能用的, 扔掉也比不要这些砖瓦的好。即便这些砖瓦的质量不太好, 有总比没有好, 修不了房子, 修猪圈, 修牛圈, 或者草房都可以。所以, 那些年月里, 湫山砖窑里烧制的劣质砖瓦, 依然被那些重建户们, 洗劫一空。因为上面要求, 对那些房子要重建, 不建的人就是套取国家资产。这罪名就大了, 老百姓自然也都听政府的话, 用这些劣质的砖瓦建了房子。

在2009年的时候, 那种红色一体的房子, 成了故乡一种亮丽的风景线, 似乎在有意提醒着人们, 这就是湫山砖窑烧制的砖瓦。

只是, 那些红色的砖瓦并没有如我们期待的那样, 拥有良好的质地, 可以保证新修建的房屋经受风吹雨打, 抗严寒酷热。当初老百姓拉砖瓦时, 就说这些砖质量不咋地, 但还是都用来修房子了。许多用那砖窑里烧制的砖瓦修建的房子,在以后几年里,都出了问题。首先是那批红色的瓦,流水性不好,许多人家用红瓦盖得房子都漏水。而且那红瓦容易长植物。几乎每家每户的红瓦房,上面都长着一丛丛长短不一,种类不一的植物。这就与那些正规厂家烧制的青瓦,有着本质区别。那些青瓦上面,几十年都不会长植物,最多也就有些苔藓之类的东西。许多人家在骂骂咧咧中,不得不将房顶重新拆下来,换成青瓦。到了2014年以后,故乡基本上没有红瓦建筑的房子了。

那次灾后重建,我家也被列为重建户。但我家并没有修建房屋,那时候我刚刚上大学,家里只有父亲一个人外出打工,家里没有劳力修建房屋。我家的祖屋,在那次地震中,只是出现了几道裂痕,房子整体没有受到影响,加上父亲多年的维修,我家的祖屋算不上最破旧的房子。所以,给我家的砖瓦,并没有拉回来,而是一直在砖窑里闲置着。几年后,砖窑经营不善快要倒闭了,才通知我们将原来下拨的砖瓦拉走。

我记得那一年我也在家,父亲叫了村子里的拖拉机,一趟又一趟地拉着那些砖。砖烧制水平不合格,经过雨水浸泡,许多都有了碎片化的性质,有的砖块用手一捏,就成了一把红色的土渣。

父亲带着我们全家,一边给拖拉机里装砖块,一边咒骂着。这些砖,拉到家里没地方放,只能全部码在院里,反而成了家里的负担。父亲看见一回就骂一回,本来就不大的院子里,码着这些废弃的砖瓦,显得特别挤,也特别压抑。这些砖瓦一直也在院子里闲置着,任由风吹雨打。

后来,为了把这些砖清理出去,已经成年的弟弟,不得不将一部分砖瓦,修建成了家里的厕所。而另一部分,则用来修院墙。

而今,那些由砖瓦修建的院墙和厕所,依然护着院子。这个院子是父亲一生的骄傲，却在他去世后，依旧静静安坐在那里。

而今的砖窑，已经不见了当年的样子。只是那些取过土后留下的大坑依旧在。那些因为取土而荒废的土地，正在等待自然地恢复，只是这种恢复需要很多年，就像个受伤的人，要想恢复成未受伤之前的体魄，就需要多年的休养一样。

去年我回家时，意外地发现那片砖窑旧址上，竟然改了活动板房。打问了才知道，这是另一个村的养殖户，见这片地方没有种庄稼空着，竟然建起了一个养牛场。

从此，这个地方实现了从瓦厂到砖窑，再到牛场的转变。不知道未来，这里还会变成什么样子？

6.垃圾包围的乡村

当你沿着今天的村庄行走，映入眼帘的除了掩映在村庄的房屋外，最刺眼的当属成堆成山的垃圾。

这些垃圾似乎在向生活在村庄里的人示威：看你们能将我怎么办？村子里的人，也见怪不怪，继续扔着垃圾，因此垃圾越来越多。整个村里堆积垃圾的地方，也发出阵阵恶臭的怪味道。

小时候，村庄里最扎眼的应该属烂柴破院、塌房残壁，以及那些永远绕不过去的牲口和家畜的粪便。这是影响村庄整体的主要因素。许多年来，那些东西就在那里放着，你看与不看，塌房难院就在那里，你走或者不走，牲口家畜粪便就在路上。

后来村子进行了整顿，一些残房烂院被人们拆除了。乡上也号召人们整治环境，那些沿着公路的房子，都被刷了青灰相间的涂料，看起来还蛮像个样子。

　　村庄看起来在不断地改善着。但不知哪一天起，村子里就开始垃圾就多了起来。这些垃圾，最先从哪些打工者家里流出，塑料袋的时代到来了。而且瞬间就席卷了村庄。村里人开始使用塑料袋，那东西方便，用完了随手一扔，不会带给人任何麻烦。

　　慢慢地，那些小卖铺开始有了塑料袋。买东西也用不着从家里拿兜了，商店有的是，只要你买东西，人家就送你塑料袋，而且给你装好。

　　也许刚开始用这东西，还比较新鲜，但用着用着就习惯了。最怕习惯这东西，一旦感染上，就欲罢不能。

　　后来市场的花样商品多了，塑料袋被更多地使用。这时候的农村就是个巨大的塑料厂。而那些小卖部，源源不断地从外地开始进塑料袋。各种塑料带，开始在道路上，在田间地头，在家里屋檐下被丢弃。

　　地上本没有垃圾，扔得人多了，也便有了垃圾。

　　当然，还有那些饮料制品。这几年，小孩饮用的各种饮品，席卷了市场。五毛钱一管的果冻，一块钱一块的雪糕，两三块钱一瓶好喝的饮料，都在席卷着乡村。这些商品都使用塑料装。塑料这东西不知道是谁发明的，真该感谢他，他为市场开了先河。那些玻璃和铁质的容器，被淘汰了。这些东西成本太高了。反正是要生产，塑料更有优势。在追逐利益的前提下，成本越小越好。

　　如果你进去过今天的超市，进去过农村的那些小商铺，放眼望去，摆在货架上琳琅满目的商品，几乎都是塑料包装。整个商店里，其实是个巨大的塑料厂。

　　源头上都是塑料，使用过后塑料包装就成了废弃物。开始被人们丢弃，在巷子里、主道上，飘满了塑料废弃物。这些废弃物，在人人双手的"制造下"，瞬间淹没了村庄的大街小巷。即便是那些常年晒不到太阳的角落，也被风带进去许多的塑料，在暗角里散发着腐朽的味道。这时候，你不得不佩服这些垃圾的生命，它们何其顽强，又何其辉煌。任凭各种力量，都无法将它们消耗。它们就在路边或者沟渠里静静躺着。

刚开始的时候，人们还挺不好意思的，会将随手丢弃的垃圾捡起来，丢进火炉，或者丢进火炕里，燃烧掉那些让人沮丧的垃圾。可垃圾越来越多了，丢的热越来越多了。各种型号和颜色的塑料纸，软的硬的，都在路边上随地丢弃着。村里人开始对这种情况习以为常。反正大家都这么丢，谁丢了也没人说。习惯成自然，路上的垃圾越来越多。

随着垃圾越来越多，随地丢弃的人越来越多，垃圾已经处理不完了。处理不完，就随它们去吧。反正农村里土地面积大，也不在乎这些塑料的东西。于是，越来越多的垃圾丢在地上。原来的那些牲口家畜的粪便，这时候就不显眼了。况且，现在村里人家的那些牲口、家畜家禽们，也都有自己的圈舍，路上很少再有它们的粪便了。

越来越多的塑料垃圾，席卷农村，覆盖农村。

路上丢弃的太多，依然无法承载全部的垃圾，村子里开始意识到问题的严重性，开始设置专门的垃圾场，指定一道沟渠，引着村里人去倒垃圾。那些垃圾点，堆起一个又一个高高的垃圾山丘漂亮极了，里面有各种颜色的成分，红的、黄的、绿的，似乎能想到的颜色，都会混杂其中。

这些垃圾并未因堆砌而被自然界分化。自然界的分解能力，实在比不上人们丢弃的速度。垃圾被人们越堆越高，越堆越多，越堆越有规模。那些堆积垃圾的地方，上面散发着无以名状的恶臭，这恶臭席卷着村子，在村子上空久久不愿散去，似乎在提示人们，这就是你们亲手制造的结果。

整个村子被垃圾紧紧抱着。

垃圾成了村子里的主人，没有人能消灭掉。那些村上，也组织人员清扫清理。但刚刚清扫过的街道巷子，一转眼的工夫，垃圾又落下来了。有时候，你甚至不知道这垃圾到底是谁扔的。那些搞恶作剧的风，也趁机作乱，风一吹，就将一些暗处的垃圾，又吹到了路上。即便你站在路上不动，一次又一次清扫，依然扫不干净那些飞舞着的垃圾。

很多年前，六月份打碾麦子，路上会落下一层厚厚的麦秆和麦衣。那算是村里最多的垃圾。但那些垃圾，在整个农忙时节结束后，会被人清扫。那些老太太们，拿着扫帚，沿着大路或者巷子，一直扫过去。巷子里，路上，就干净了。那种人为的垃圾，人们自己就能消耗掉。

但今天的塑料垃圾，再也没有人愿意拿着扫帚去清扫。垃圾除了包围着村庄，垃圾还进一步扩大自己的领地，开始在田地，或者河流中占得一席之地。

殿子河道里，就成了垃圾的天堂。塑料瓶、塑料带、塑料布……凡是塑料的东西，都在和道路随便扔着。

那些临着河道的人家，将家里的塑料垃圾，从家里拎出来，随手一扔，垃圾便在空中形成一个完美的抛物线，顺利地落在河道里。河道里满是垃圾，等有暴雨过后，各村河沟里的垃圾随着暴洪，顺流而下，汇入到燕子河道。在水的冲击下，随着河水浪潮，在河道里向东流去。

天晴了，河道里的水开始降位。飘在最上面的垃圾，在河边的树木和石头的阻碍下, 停在了河边上。如果你沿着今天的燕子河道往上走, 那些触目惊心的垃圾, 就在河道边上悬挂着, 或者被和水冲击到岸边, 常年在那里。

除非得到下一场暴洪, 将它们带向更遥远的地方。

后记：再见，我的故乡我的国

大约是在2018年初时，我就决定要写一写故乡，写一写故乡的人和事。

但因诸多琐事困扰，想法一直束之高阁。提起笔，心静不下来。等心静下来，要驱动感情写作时，精神又集中不到一起。对于一直要写故乡的想法，渐渐在心里变淡，当年立志要写故乡的激情，一点点被现实蚕食。

可心里总是隐隐约约有个声音在呼唤：你不能就此放弃，你在那里生活了那么多年，那里有你人生割不断的记忆和情感，不可能就此一个字都没写，就这样将记忆一笔抹去。

于是，试着重新拾起笔，逼迫自己坐在电脑跟前。电脑的显示屏上，隐隐约约可以看见我的脸，我看着自己，逼迫自己敲击键盘，哪怕是一堆狗屎，也不能就此一个字都不写。于是，艰难地写出了第一段。

于是，一切就有了开始。

这是我写给故乡的第一本书。书我的一切都源自于这个村落，我的性格形成，也与这个村庄有着莫大关系。

当我在村庄上行走，掩映在老树昏鸦的村庄，静静地坐落。那些路依然在故乡人的踩踏中，尘埃漂浮。那些麦田里依旧拔节而长的菜籽秆，枝头已经有了黄色的小花。麦苗恍如一夜就有了生机，染绿了山乡遍野。

我喜欢这样一个人在田野里行走，感受大地、天空、风、错综复杂的野花味儿，还有泥土的气息。远离城市喧嚣，远离处处欲望迷离，就这样一个人行走在的山野里，行走在少有人烟的村落里。

这时候，在故乡行走，就是行走在心灵的栖息地。

年轻的时候，曾经有一段时间，我对这片土地充满了叛离，满心积郁着要逃走的冲动。逃离农村，成了我十几岁二十几岁的目标。当然，我顺利地逃离了。走上了求学之路，去过了北大荒。穿梭于人潮汹涌的都市，奔走于飞驰而过的火车上……故乡离我愈来愈远了。

在外面转了一大圈却惊奇地发现，不管我走向哪里，这片地方终究是心灵的归属，就像父亲的那片坟茔，会成为我此生无法割舍的怀念。尽管现在这里已经不是我的常住之地，但却在心里，给它留足了空间。

我几十年的成长、奋斗、苦楚、心酸，均来自这片土地。这片土地给予我的不仅仅是养育了我，还教会了我怎样做人。然而，随着我外出求学，随着我进入城市，我天然地与故乡之间，有了一道无形的屏障。当我试图找一种心灵的安慰，找一种精神的寄托时，我忽然发现这是不可能的。

我的那种逃离成功了。然而这种逃离，却被永远地贴上标签，让我永远回不到故乡了。所以，我要重新深入故乡，深入故乡腹地，深入故乡人生活的现状里，重新找回当年村庄的影子。

可当我再次进入故乡，更准确地说，进入故乡的结构内核，寻找当年我们的童年记忆时，故乡早已在我们完全感受不到的速度中，蜕变成了另一番样子。我们这代人的记忆，早就在日渐变迁的故乡中，慢慢被时光蚕食掉。那些记忆中的人也背负着生活的重压，在各自残留的岁月里一点点老去。

越是这样，我的内心要留住记忆的冲动就越强烈。

如果这些记忆，我不再去重新拾起来，也许过不了多长时间，这些东西就全部会从故乡中消亡。因此，在2018年过年为父亲"坐纸"时，我利用回家过年的时间，到故乡的各出去转，重拾往昔岁月。我和故乡里能聊得来的所有人交谈，谈他们的生活，谈他们爱恨情仇，七情六欲。我们谈到了农村的衰落，农民的处境，土地的荒芜，田野的孤独，乡村教育的衰退，造成空心村的原因……似乎这些，不仅仅困扰着我，也是每一个故乡人的疼痛和忧伤。

最初我询问他们的生活情况时，很多人都不愿意表露心迹。甚至有意回避我的询问。那些幸福的，或者不幸的往日生活记忆，他们都不愿意说，或者说没有人愿意听。这种倾诉，毕竟是将个人"隐私"表露出来，尽管在我看来，这不是隐私，而是一代人或者几代人的奋斗、追梦、惆怅、心酸，但他们天然地不想说。他们的那些经历中，包含着人生的欢乐与痛苦，幸福与不幸，追求与梦想……

这些不需要任何人知道，他们更多地表现出了默默承受生活的一切，最后咽进肚子里。所有生活的幸福与不幸，与他们而言这太平凡了。故乡人都是这么过来的，默默无闻中过来的，他们是亿万中国农民中的一员，平淡地在社会上出生、成长、立业、生儿育女，然后死亡，没必要为这些事情斤斤计较。

可随着我慢慢深入，大家便开始对我敞开心扉。

我的写作，也顺利进行着。这本书在写作之前，就决定我要还原于生活的真实。在进入写作后，我才发现要做到真实的确不是件简单的事情。真实这个词真的很奇妙。什么样的生活才是真实的生活？如何表达的生活才是真实的生活？我用自己的眼睛，去看今天故乡的变化，映入我眼帘的故乡，和映入别人眼帘的故乡，并不一定是一样的，给人的感受也各异。传入我耳朵的那些叙述，也并不一定就是事实本身，或许真相距此十万八千里。

所以，我的写作，更多的是遵从自己的内心。本书中的"我"是第一人称，这里面有我自己的审视视角，也有其他人的审视视角，之所以用"我"这个第一人称此，更多地是为了方便叙述。当然，书中我描写的一个个故乡人，更多地围绕着"我"来进行。在写作故乡人的过程中，他们的叙述，他们的困惑，其实就是我的困惑。这种写法，类似于新闻采访报道，让主人公自己站出来说，而我只作一个记录者。

本书的成书过程，也如同经历着一场场艰难。我随时都拿着书稿，走到哪里写到哪里，每天坚持写，把最新映入脑海的事情记录下来。我深知书中记录的部分，只是一个村庄的轮廓，但足可以反映我生活的地方的变迁。书中最后的部分，并没有记录所有人的生活，而是对自己最熟悉生活的记录。

本书写完后我就一直放置着，不愿去改动，不愿意重新走近这些叙述的往事中。甚至有了冷落它的意思。以后的一段时间，我又再次进入故乡，对书中涉及的部分进行了再考证，直至全书都完成。

这是我写给故乡的第一本书，生怕写不好会遭到故乡的诟病，整个写作过程都是战战兢兢的。这种类似于纪实的手法，对于表达自己内心的感受是有约束力的。它不像小说，可以任由想象在时间隧道里穿梭，它的写作必须尊重于事实。当然，这种事实是被我"处理"后的事实。

初稿写完后，我抱着这一摞初稿，沿着燕子河，沿着那些山野走了一天。童年的记忆，连同我对当今城乡的变异思考，都在这本书里了。

最终，我对全书画上了一个句号，也算是对我几十年故乡生活的一次总结。以后我还会写故乡，不过这本书就到这里结束了。我在心里一遍遍喊着再见。再见了，童年；再见了，故乡，我的王国。我去过世界上许多繁华的城市，许多各异的村庄，但走到哪里，都无法代替故乡在我心中的位置。

现在，为了生存我必须到处奔波，已不会长久地回到故乡，在故乡居住。但我不可能远离故乡而去，我还会在适时回到故乡，和故乡人一起编传。书里的故事，就这样结束吧，总有个结束的过程。还有那些早就烂熟于心的故乡往事，我会持续关注，并把故乡作为写作素材的宝库，挖掘更多的故事。

初稿：2018年12月至2019年12月

定稿：2020年1月至2020年3月